知音动漫图书·时代坊
ZHI YIN COMIC BOOK 荟萃名家·品读经典

# 长夜幻歌

著 多多

贰

中国致公出版社　知音动漫

长夜漫漫，以爱为筝

且听我，弹奏一曲清歌

# 目录

# 长夜幻歌 贰

## 壹·碧水寒

死亡从来不是终点，生命在爱中延续。

恰似这碧水滔滔，连绵不息。

华灯初上，月色迷离。

夜晚的常州像是一个梳妆停当的美人，环绕城市的运河是美人的秀发，灯火辉煌的高楼是她明媚的眼波，而她的唇呢，当然是充斥着轻歌曼舞、流莺花娘的烟花之地。这里旖旎而冶艳，街道两旁都挂着暧昧的红灯，若隐若现的香气像是一只只看不见的手，招引着街上寻欢作乐的男人们。

但在五月的天气里，却有一个奇怪的人，他穿着黑色的大氅，跑到一处偏僻的私宅会情人。

人人都知道，那宅子的主人名唤顾五娘，脾气最是奇怪，喜欢抚琴弄曲，只接待自己喜欢的客人，稍有些肥腻丑陋的，就是花再多的银子也见不到她一面。所以即便传说她有倾城之姿，也恩客寥寥，只能租了间小院独住，在这花街上过起了寻常生活。

但这扇紧闭了多日的门，却被这奇怪的访客敲开了，路人只见门缝里露出了一张白净美丽的脸，还想再多看两眼，门已经飞快阖上，穿黑色大氅的人像是夜风般悄无声息地进了小院。

"替我杀了他。"坐在花灯下的访客从怀中掏出了一封信，递给了面前的女子。

女子梳着堕马髻，一副春睡初醒的慵懒模样，身穿烟云般的淡红色轻纱，整个人像是盛放的牡丹般娇艳。她的双眼宛如江南烟雨，蒙眬神秘，红唇微翘，诱惑着天下的男人。

"又是这种活，你就不会给我风雅点的任务。"她不满地说，但语气却带着娇嗔，柔媚入骨。

"也不看看你是什么样的人，怎么给你风雅的活儿？"访客低低地笑了，随即严肃起来，"对了，有个叫老头子的驱魔师已经到了常州，估计跟我们的目的差不多，记得当心些。"

"老头子？哪个嫌命长的人起了这么个破名字？"

"他是个驱魔师，所以只能用隐名，不但不老，还是个俊俏的少年……"访客伸出手，抚摸了一下她美丽的脸颊，"搞不好还很对你的胃口。"

女人愣了愣，随即笑了。她听过驱魔师，那是一种驱使妖怪为自己牟利的职业，但那行当很危险，因为妖怪寄生在他们身体的各个部位，一旦妖怪受伤，躯体也要受损。更要命的是，一旦妖怪有了反心，为了增加力量，第一个要吃的就是自己的主人。虽然获得妖力后会不老不死，但也未免太不划算，还不如像自己这样，毫无挂碍，风流快活。

她越想越开心，瞧着镜中自己的绝世姿容也美了几分。不知何时，奇怪的访客已经悄然而去，室内只有烛光摇曳，照亮了桌上的一封密函。

烛泪簌簌而落，凝成一朵狰狞的花。

## ·一·

过了五月，天气渐渐炎热起来，常州仿佛一瞬间就进入了夏天。少男少女们头上簪满鲜花，像是要将即将过去的春天留在自己身上，也沾些春意，多些旖旎多情的故事。

堤岸之旁，一个身穿青色纱衣、头戴纱帽的少年踏草而来，身边跟着一个活泼明丽的少女。少女穿碧蓝衣裙，袖口裙角都绣了嫩黄色的花朵，秀发上也别了两朵黄色的雏菊，看起来鲜妍可爱。

怎么看他们都是一对璧人，但是如果凑近了去听，会发现他们居然一直在吵嘴。

"够了，碧瑶，你什么时候肯听我一句话，少看戏，多读书，哪怕没事多吃点饭，练练身手也是好的。"

少年说着咳嗽起来，他面容文静俊秀，浮着一层苍白的病气，但那失血的脸色却衬得双眼更黑、嘴唇更红，平添了出尘脱俗的气质。

"死老头子，你才多吃饭呢，不知道现在姑娘们都喜欢苗条吗？而且看戏有什么不好，戏文里的故事缠绵悱恻，昨天看到贵妃跟玄宗死别，都把我看哭啦。"碧瑶瞪了他一眼，眼睛亮得像天上的寒星。她年纪虽小，却已经有了几分美人的姿态，尤其一笑起来颊边两个酒窝，甜得近乎腻人。

"数你最不听话，如果不是你下手快，我早就不要你了。"被唤作老头子的少年气得连连干咳，苍白的脸庞也浮上了几朵红云。

"如果不是我力量不够，早就吃了你了！"

"我等着啊。"他笑眯眯地说，一点儿也不生气。

"没几天了，你洗干净了脖子等着我的刀吧。"

两人很快来到了一处开满紫藤的园林前，这院子属于城中某个富贾，建在水边，颇有几分临水照花的诗意。

少年看着垂落到墙外如烟云般的紫藤，面现沉醉之色。他轻轻挥了挥衣袖，身边的碧瑶竟然纤腰一扭，化入风中。明媚可爱的少女凭空消失，只有她鬓边别的黄花落在了地上。

"这个家伙，总是这么马虎。"少年皱了皱眉，将雏菊拾起，叩响厚重的院门。

不过一会儿，门缓缓打开，走出来一个身穿紫衣、浓眉大眼的年轻公子。

"你就是老头子？"公子扬了扬眉，盯着他苍白的脸和他手中的雏菊，愣了一下，随即哈哈大笑。

名唤老头子的少年却一点儿也不生气，将黄花别到了纱帽上，咳嗽着问："正是在下，这位可是朱文浩朱公子？"

"你一点也不老啊，而且看起来也没那么大力量。"朱文浩撇了撇嘴，转身走入内室。

他猿臂蜂腰，从背影来看肩部宽阔，一看就曾练过功夫。但这个身手高强的男人却偏偏伪装成风流公子的模样，即便他笑得再开心，眼中也没有半点暖意。

老头子随他走进去，闲庭信步，装作欣赏紫藤花的样子，将这院子的方位布置看了个明白。

朱文浩笑而不语，悠闲地坐在凉亭中，为他斟了一杯热茶。

"听说你很能干，是驱魔师中的佼佼者？"朱文浩单刀直入地说，"不是我自夸，朱家三代都是牙人，普通的生意我从来不接，这次找到你，确有棘手之事。"

　　"有所耳闻。"老头子点了点头，朱家跟寻常牙人不同，做的根本不是赁个屋子、卖两匹骡马的生意，他们既能把官府的生意卖给富贾，也能把人头卖给他们的仇家，是手眼通天的人物。

　　"这次有人要一封密函。不知你听没听过江浙的盐商盛家，他家的第三代孙子盛天钰明日就会抵达常州。"他一边喝茶，一边说出了委托。

　　老头子细细听下去，原来这盛天钰今年刚满二十，这次不知为什么，盛家竟然派他来常州送信。从他自杭州出发，就有人得到消息，要买这封密函。可是盛家的人并不傻，只走水路不走陆路，吃喝拉撒都在船上，几名神偷绞尽脑汁也未能得手。而船一在常州靠岸，盛天钰就住进了位于城中的私宅，宅子内外皆有护卫层层把守，生人轻易混不进去。

　　所以这单生意的价码从他出发就开始飞涨，终于由半个月前的五十两涨到了现在的五百两。即便如此也无人敢接，潜藏在暗处的生意人都怕失手砸了自己的招牌，所以朱文浩跑遍了整个常州，终于找到了初来乍到的少年驱魔师。

　　"五百两……"老头子沉吟了一会儿，他想到了手下的几个妖怪和他们穿金戴银、饮酒吃肉的花销，叹了口气，"勉强可以做吧。"

　　五百两足够一个小户人家舒舒服服地过一辈子，可在他的眼中，却像是苍蝇腿上的肉一般零丁。

　　"好！不过盛家守备森严，无隙可寻。"朱文浩点了点头，他也不知这少年是真有本事，还是傻到了极点，居然轻易接下这棘手的任务。但此时他没有别的选择，因为这名唤老头子的少年是半个月来唯一没有拒绝他的人。

　　"漏洞从来不在守备，而在人心。"老头子端起茶杯，喝了口香茗，低低地笑了。午后的春光照在他的青衫上，仿佛映出了他身后几个模糊朦胧的影子。

　　"这是订金。"朱文浩将一只锦袋放到他面前，"记住，你只有半个月的时间，据线人说，他要在下月初一之前将密函交给王知州。事成之后，我再付你全部的酬劳。"

　　"理应如此……"老头子水银般清澈的眼睛在他身上转了一圈，笑着问，"不过你竟敢跟驱魔师合作，不怕被妖怪附身？"

　　"富贵险中求，瞻前顾后还做什么大买卖？"朱文浩朗然大笑，伸手摘掉了他纱帽上的雏菊，"在我眼里，你也就是个普通的年轻人。"

　　他迈着轻浮的步伐离去，哼着风流的小调，始终像是个流连于欢场的败家子。

　　而在和煦的春阳下、悠闲静憩的院落中，一个危险的交易在盛放的紫藤花中达成。

　　紫色浓而艳，宛如干涸凝固的血。


· 二 ·


　　老头子拿到了订金，却没去盛家打探，只在常州偏僻的所在赁了处茅屋。

　　天气渐热，他换了件月白色的吴绫长袍，像是一朵轻云般飘过了常州的大街小巷。他时而咳嗽着，虽然年少清俊，却因脸上苍白的病气，给人以遥不可及的距离感，所以游荡了几天，也没有招惹来任何是非。

而最奇怪的是他身边跟着的人，有时是个一袭黑衣黑裙、雪肤花貌的艳女，有时候又变成了青衫黄裙、娇俏可人的小姑娘。正当有路人对他的艳福侧目时，他的伴当又换成了一个身高近一丈、魁梧如小山的壮汉。

他十足像是个游山玩水的纨绔公子，只是夜深人静时会孤身坐在灯下，一边咳嗽着，一边在黄纸上画些诡异古怪的符咒。

这晚新月如钩，像是少女秀美的眉毛，悄悄挂在天边。茅屋中窗棂一响，灯影闪烁，一个身穿黑裙、腰细如蜂的美女出现在了灯下。

"阿朱，你就不能走一次大门吗？"他看向这肤光胜雪的艳女，但眼中却无半点责备。

"那多没意思，就像爱情一样，突如其来最是有趣，铺垫太多反而不美。"阿朱红唇胜血，黑发如云，在昏黄的灯光中，美色如刀锋般凌厉逼人。

"好吧，你总是有道理。"老头子摇头苦笑，拉起她的手，轻轻印上了一个吻。

"你让我打探的事情有消息了。"阿朱眸光流转，凑在他耳边说，"盛家的公子要去游江，时间就在明天。"她喜欢摆出暧昧的姿态，在这个熟悉得不能再熟悉的少年面前展示自己的魅力。美人吐气如兰，发丝轻飘，果然让少年苍白的脸色染上几分红晕。

于是她娇笑着消失了，茅屋又恢复了寂静，只有烛光摇曳，将漫漫长夜染上黄昏般的暖意。

次日晨光乍现，老头子就摇着扇子踏着潮湿的晨露出了家门。十天已经过去，他对常州的道路了如指掌，那些大街小巷像是血管的脉络般印在他的身体中。

阳光初照，江风清寒，他在风中招了招手，衣袖招展，宛如江水东流。随着他的召唤，出现了一个绿衫绿裙、美态恰似春水般流动的少女。

"这么早叫我出来干吗？"碧瑶瞪着黑亮的大眼睛，叉着腰质问他。

"当然是游江，来常州这么久，你还没有看过江景吧？"老头子不知从何处掏出一把折扇，更像个游手好闲的少年公子了。

"难得你这么大岁数还有这种雅兴，那本姑娘就陪陪你吧。"碧瑶年纪小，一说到玩就十分心动，嘴上却并不承认。

她话音刚落，江上就传来木桨击水之声，一条窄船已经划破碧波，穿过晨雾，悠悠向他们而来。

载他们的是个上了年纪的老艄公，听说他们要包下小船一整天，脸上的褶子都笑得开了花。他卖力地将船划得又平又稳，小船沿着江面徐徐而行，几乎让人感觉不到颠簸。老头子十分满意，打赏了他几个铜钱，他立刻舌灿莲花般跟这对少年男女介绍起了沿途的景致。

跟每个城市一样，稍微能入眼的景色都有别致的故事：有才子佳人约会缠绵的月老桥，还有以兄弟二人双双登科中举的佳话命名的双登科树……一个又一个故事连绵如水地从老艄公的嘴里讲出来，无止无休。

老头子听得无聊，忍不住打了个呵欠。碧瑶却听得入神，难得老老实实地端坐在船舱中，不再乱发脾气。

阳光透过简陋的竹编篷顶照下来，像在她的身上撒下了无数星星的碎屑。光斑中，少女的眼睛瞪得溜圆，颊边两个圆圆的酒窝会随着她的表情忽隐忽现，流露着一种娇憨的美。

碧水潺潺，江风清凉，此情此景让老头子忍不住想起了与碧瑶初见的时候。

那是三年前一个乍暖还寒的初春，连翘嫩黄的花瓣上还凝着清冷的寒霜，他闲极无聊去瓦肆上看热闹，被一个卖艺的摊子吸引，耍戏法的年轻人手里牵着一根细铁链，铁链的另一端则系在一个黄毛丫头纤细的脚踝上。

　　小丫头踏在一个大箱笼上，箱笼里每个格子都装着不同的首饰玩意儿，客人们随便说一样，她就能准确地从上百个格子的箱笼中取出来。每次必对，换来惊诧声一片。

　　而就在他看得入神之时，小姑娘突然跳过来，坐在他肩上不走了，瞪着惹人怜爱的大眼睛，直直地望着他，像是要在他身上戳出个窟窿。她虽然穿着灰色的布衣，却怎么看都像是一簇跳动着的小小火苗。

　　耍戏法的人气得七窍生烟，但哪怕他把手中的柳条举得再高，少女都不再理他。最后老头子不得不花了二十两银子将她买下，把她带回了家。

　　当晚寒夜漫漫，星子伶仃，他割破手指，将鲜血挤在了酒水中，递到了女孩面前。

　　"喝完了之后，就没有自由了哦。"他笑嘻嘻地逗她。

　　"不要紧，等我力量够大，就可以吃了你……"她飞快地将杯中酒一饮而尽，毫不犹豫。

　　她在刹那间发生了变化，皮肤变得水润白皙，颊边还有两个圆圆的酒窝，引得人总想伸手去按一按。

　　"想要吃了我，得看你有没有那么大的本事。"他忍不住伸出手，按在她的酒窝上，笑吟吟地说了一句，就和衣倒在了温暖舒适的床上。

　　后来他为她起名叫碧瑶；后来他居然发现这烈火般的女孩以速度见长；后来他带着她走遍大江南北，做了几笔大生意，打下了名声。

　　可是一直嚷嚷着要吃了他的碧瑶直到出落成了大姑娘，仍凶巴巴地守在他的身边，不见动手。

　　"喂！死老头子，我们到底要在江上玩多久？真是气闷。"他正在回忆往事，碧瑶又不耐烦地嚷嚷起来。

　　就在这时，一座描金绘彩的画舫出现在了江心。那楼船高达三层，像一座小山般巍峨。三层的竹帘被江风吹开，可见雅阁中坐着十几个人，正中是一位年轻公子，大概十八九岁，锦衣金冠，一张脸生得如玉像般俊美。

　　"看清了吗？"老头子捅了捅身边的碧瑶，她似乎也明白了所为何来，一双大眼睛死死地盯着窗边的公子。

　　楼船飞速与他们擦肩而过，很快就消失在水天一色间。

　　而原本兴致勃勃的少年公子突然像是扫了兴，给了老艄公几个钱，让他快点将船划到岸边，似乎不愿在江中再多待片刻。他根本没有留意，跟在他身后的碧瑶难得地沉默，一路上失魂落魄，像是中了什么邪法。

· 三 ·

　　而就在同一天傍晚，以脾气古怪著称的顾五娘，也袅袅婷婷地走出了小院。

　　她穿着紫色的烟罗纱裙，挟着一袭香风迤逦而行，脸庞如美玉般晶莹，双眸像是三月烟雨中的西湖，既美丽又神秘，吸引了路人的目光。

她走向一顶停在街口的软轿，轿子是车马行赁来的最常见的样式，轻易就遮住了她的万种风情。

蓝顶小轿在夜色中穿街过巷，最终停在了一处大宅前。明月洒下淡淡银辉，照亮了寂静的宅院，这院子正是盛家在常州的别院，院墙高高，守卫森严，铜墙铁壁般毫无缝隙。

顾五娘掀开了轿帘，刚才还笼烟含雾般蒙眬的双眼刹那间就犀利起来，仿佛是一只窥到了鼠穴的猫，眸光幽森，亮出了锋利的爪子。

但是不急，她还有很多时间，足够找到猎物的漏洞。

想到这里，她红唇微翘，笑得像一朵初绽的花蕾。

而在同一个夜晚，也有一个人按捺不住性子，踏着夜露出了门。他身材高大健美，却偏偏穿着一件花里胡哨的外袍，格外醒目，像是一个移动的绣球般向常州城的偏僻处走去。

这人不是别人，正是牙人朱文浩。他派给少年驱魔师的任务转眼就要到期了，可是那古怪的小子竟日只窝在茅屋中孵蛋，他再不亲自走一趟，怕是那密函被烧成了灰也不会落到自己的手里。

可是他刚走到驱魔师偏僻的小院门外，门就悄无声息地打开了，门缝里露出了一张娇艳如花的脸。开门的正是阿朱，她风尘仆仆，似刚做了什么事情回来，连鬓边的秀发都有些凌乱。

"只剩下三天了，你什么时候动手？"朱文浩虽然喜欢美人，但对妖怪尚存几分忌惮，径直走进了房中，找到了在灯下喝酒的驱魔师。

"已经动手了啊。"老头子换了件洗得发白的布袍，长发散乱，颇有几分魏晋名士的模样。

"没时间听你胡说，三天后拿不到密函，耽误了我的好事，看我不拧下你的脑袋！"朱文浩冷笑着朝他扬了扬拳头，就匆匆离开。他不想跟驱魔师有太多的瓜葛，那少年虽然看似孱弱，但背后似乎藏着几个影子，让他十分忌惮。

而当他走在常州城的大街上时，却见上城的里坊中乱成一团，火光照亮了半边天幕。

"走水啦，知州府走水啦！"几个忙着救火的百姓奔走相告，叫来了巡街的差役。

路很快就被封死，大家忙着救火避难，一时之间，知州府附近乱成了一团。

朱文浩站在人群中看了会儿热闹，他突然想起了阿朱散乱的发髻还有少年驱魔师讳莫如深的笑，恍然明白了什么。

他微微一笑，大步离去，花衣如蝴蝶般在夜色中翻飞，转瞬即逝。

"火放得不错……"茅屋中，老头子喝着新酿的青梅酒，抚摸着阿朱漆黑的长发。

"看看这个。"阿朱玉手一翻，变戏法般掏出了一块平安玉扣，"这是王知州的贴身宝贝，每晚都摘下放在枕边，我怕他不够警醒，放火时顺手偷了过来。"

老头子赞许地点头，望向窗外指痕般浅淡的月影，说："希望碧瑶那边也能成事……"

碧瑶此时正穿着粗布麻衣，跟几名婢女睡在一张大通铺上。

前几天盛家的管事要买婢女，专挑十几岁、胳膊纤细的女孩。这种孩子多半干不了重活，又娇气难养，所以他以很便宜的价格买到了五名少女，却没有留意到其中一个身穿青衣、脸色蜡黄的少女，一双漆黑的眼睛如夜晚的火焰般熠熠生辉。

月色如霜似雪，她睁开了黑亮的大眼睛，掀开小窗上的竹帘，可见窗外江天万里，一弯月影如婴孩的眉毛般稀疏浅淡，倒映在江水之中。而一艘高楼般巍峨的画舫正停在岸边。白日里这艘船描金画粉,颇有几分喜气,但在这浓黑夜色中,怎么看都像是一匹硕大无朋的怪兽。

"还有三天……"碧瑶轻轻地说,脸颊上露出两个甜美的酒窝。她晶亮的大眼中充满期盼,不知是为了即将到来的颇有挑战性的任务,还是为了那个俊俏高贵的公子。

三天一晃而逝,很快就是初一,老头子一天都没有出门,只悠闲地窝在家中喝酒,虽然他长着一副少年面孔,习惯却像个迟暮老人。

当晚夏风清凉,夜风中浮动着丁香的暗香。听说江边的景色更为怡人,碧水中无数画舫仿佛仙境中的玉宇,有丝竹歌舞,有美人如画。

不过更美的却是碧瑶,她梳着双丫髻,跟在两名婢女身后,将美酒佳肴送入画舫的雅阁中。

船划到江心,在这上不接天、下不接地的虚无之地,雅阁外十几名大汉重重把守,连只苍蝇都飞不进去。

但是他们做梦都没想到,宴席中少不了的美女和美酒,成了功亏一篑的漏洞。

碧瑶跟两名少女一起,为雅阁中的两位客人温酒布菜,其中一个客人正是她曾见过的盛天钰,今日他穿了件淡蓝色的锦袍,衬得皮肤更白、五官英挺,尤其是他身上的书卷气,更为他增添了文雅精致之感。

另外一位客人是个身穿布衣、头戴幞头的中年男人,他面容平庸,留着胡须,走在路上都不能让人多看一眼。

两人推杯换盏,闲话家常,跟寻常的朋友相聚一样。

可整条船被清空,只有这两位客人,即便他们面上的笑容再自然,整件事也透着说不出的诡异。

初一的月影淡得像一弯指痕,散发着不祥的意味。

伺候的婢女们都是精挑细选的十几岁出头的姑娘,手腕都细得如同青笋,仿佛凡是比酒壶重的物事都拿不起来。

女孩们温言软语地劝酒,两名客人醉眼蒙眬。他们越说越开心,渐渐靠在了一起,盛天钰悄悄地伸手入怀,将一个物事飞快地塞进了王知州的手中。

碧瑶低眉顺眼地笑,跟其他的姑娘并无不同,而她的眼睛却像鹰隼般犀利,始终不离盛天钰分毫。

在刹那间,她拔出了刀。

刀是短刀,只有半尺长,巧妙地藏在发髻中。几乎在她拔刀的同时,她的身影就消失了,人们只看到桌椅翻倒刀光闪动,根本不知道发生了什么。而等他们再回过神来时,只见冲进来的护卫已经有两名身负重伤,雅阁的窗户被冲破,那如青鸟般的少女早已一去不回。

王知州哪里见过这阵仗,吓得几欲昏厥,完全没留意到手中空空落落,密函早已不翼而飞。

"江畔何人初见月,江月何年初照人。人生代代无穷已,江月年年只相似。"在茅屋的灯下,青衫磊落的老头子正在一边喝酒一边吟诵着关于江月的诗词。

虽然这晚的月亮淡得像个一病不起的可怜孩子,可仍然无法抹杀他的好兴致。

院子里传来一声轻响,仿佛花苞坠落。

他和衣走出茅屋,只见墨锭般的夜色中,正站着一个身穿绿衣、浑身鲜血的少女。少女笑了笑，颊边露出两个圆匾的酒窝，妖异中添了可爱。

她袅袅婷婷地向他走来，伸出手，将一卷小小的羊皮塞进了他的手掌中。

"干得不错。"老头子满意地点了点头，而碧瑶难得温顺地走进了茅屋，两人在漫漫长夜中，共品着一壶温热的美酒。

·四·

这晚之后，一个可白的故事像风一般在常州流传，据说盛家的楼船上发生了劫案，作案的人身手快如闪电，是人类根本不可能达到的速度。

后来王知州也派仵作调查，却不了了之，没人能依凭一抹影子来抓人，何况他们丢的东西本就见不得光。

在那之后，喧嚣的江面宁静了几天，不过常州太大了，这桩奇闻很快就被新的故事淹没，当老头子跟朱文浩在碧水上见面时，江面上又恢复了歌舞升平的景象。

这次他的随从换成了碧瑶。碧瑶一袭青色纱裙，如春水般婀娜动人，乖乖地跟在老头子身后，举手投足都添了些淑女的气质。

"这是你的报酬。"楼船的顶层，朱文浩将一只沉甸甸的锦袋扔在了少年驱魔师面前，"没想到你干得这么漂亮，可你怎么知道他们会在船上交易？"

"因为那把大火。"老头子打开了锦袋，看到里面装着十几个金锭，满意地点了点头，"那场火让他们觉得在陆地上交易非常不安全，所以才特意选在江心，而盛天钰前几天游江，也绝不是单单为了游山玩水而已。"

"这么说，他们是被你赶到船上的？"朱文浩点了点头，立刻明白了其中的玄机，但他很快就嬉皮笑脸地逗他，"说那个盛天钰，他因为丢了密函不敢回家，每天在花街柳巷流连，居然搭上了一位美貌的佳人，据说有倾城之姿，估计很快我们就有新的生意做了。"

朱文浩像是嗅到了血气的豺狼，露出森森白牙。男女之间，最容易产生极致的爱和彻骨的恨，尤其是后者，每次都让这些痴情的男女不得不花大把银子消灾。

"那祝你生意兴隆，发个大财。"老头子咳嗽了两声，一副体力不支的样子，"初来乍到，我还是不要太招摇了。"

他说罢起身要离开，可一回过头，却发现一直站在自己身后，摆弄着衣角的碧瑶竟然不见了。

窗户微敞了一角，窗外碧水潺潺，少女的身影不知何时遁入江风中，翩然离去。

碧瑶也确实像风一般疾驰在常州的街巷中。初夏时节，暖香熏人，不少百姓都在瓦肆夜市中游玩，可没有一个人看到少女的身影，他们都觉得有一阵风擦肩而过，带来了江水般的清凉。

她穿街过巷，最终停在了一座高大的宅院前。门外有几名护院在轮流把守，但这根本难不倒她，她如青鸟般跳上了高墙，在一棵又一棵树上跳跃腾挪，很快就来到了位于宅子东边的一个小院里。

院子里蔷薇怒放，花窗微敞，不断响起调笑嬉闹声，只见一个身穿紫色纱衣、怀抱琵琶的美艳女子正在为俊美的少年公子弹琵琶。公子头戴金冠，面容俊秀，有一种书卷气，神情恍惚地望着面前的女人，仿佛沉浸在迷离的梦境中。

　　"明明是我先看到他的……"碧瑶坐在枝叶茂密的树上，不服气地说。她摸了摸自己圆圆的、略透着稚气的脸颊，又看了看自己像是没发育的身体，突然有些泄气。

　　她虽然是个妖怪，却不知为什么，居然对这年少英俊的盛天钰一见钟情。动手的那天，是她第二次见他，在抢走王知州手中密函的一瞬，她仗着自己的速度，还偷偷亲了他一下。

　　密函丢失，他不得已在常州停留，她异常开心，只等风头过去，创造一个跟他偶遇的机会，就算当个朋友也是好的。可是怎么才几天过去，这文静英俊的少年就投入了另一个女人的怀抱呢？

　　她太年轻，不明白什么叫造化弄人，只呆呆地望着窗中的情侣亲昵地依靠在一起，琵琶发出"铮"的一声轻响，滚落在地，金杯倾覆，酒香四溢。

　　小院中瞬间变得安静，只有燕子呢喃般的细语。两人忘情相拥的影子映在绿窗上，你中有我，我中有你，根本分不清谁是谁。

　　碧瑶失落地伸出纤细的手指，在虚空中勾勒着他们的轮廓，幻想着他怀中的那个她，变成了自己的模样。

　　月亮缺了又圆，转眼就是半个月过去，年少的驱魔师仍在常州逗留，后来朱文浩又来找过他，给他更高报酬的委托，却都被他一一推拒了。他并不傻，懂得藏锋的道理，每个城市都是一潭深不见底的水，谁知道人心的暗角中躲着怎样可怕的怪物？

　　初夏的常州如诗如画，鲜花次第开放，连鲜少出门的老头子都喜欢在常州的月色下流连。漫漫长夜里，听两首曲子，跟几个漂亮的歌妓调笑，再喝几杯美酒，即便神仙也不过如此。

　　可他过了段神仙般的日子，在天气渐热、街上的姑娘们都换上纱裙和半臂时，他才想起已经很久没有见过碧瑶了。这性格火辣的小姑娘爱捉弄人，经常带着一阵疾风忽然出现在他面前，打掉他的纱帽，或者偷他点东西再扬长而去。

　　没了她的日子，竟然有些不习惯。

　　这晚明月圆润洁白，像个美人团团的脸，怎么看都透着几分喜气。他坐在花间饮酒，轻轻打了个响指，一阵夜风忽然而至，吹落了盛放的蔷薇，几乎在血红花朵落地的同时，灯影中已经出现了一个身材窈窕、腰细如蜂的黑衣女子。

　　"这么有闲情逸致，一个人喝酒？"阿朱坐到他对面，媚眼如丝地拿走了他手中的酒杯。他只能叫店家再添个杯子，跟阿朱宛如情人般亲密地喝起了酒。

　　"最近怎么都没见到碧瑶了？"酒过三巡，他装作毫不在意的样子提了一句。

　　"你想那个小妮子了？"阿朱含笑望着他，仿佛看透了他心底的秘密。

　　"我怎么会想她呢？更不会约束你们的自由……"老头子摇头叹息，咳嗽了两声，"只是小丫头有点傻，如果她有你一半机灵，我就不用为她担心了。"

　　这马屁拍得滴水不漏，将阿朱哄得异常开心。她笑眯眯地喝光了杯中的酒，白皙如雪的脸颊泛出一丝红晕，如海棠花般娇艳动人。

　　"你确实该替她担忧，因为这小妮子最近居然在学习怎么勾引男人……"

　　"啊？"老头子的下巴差点砸到了桌子上。

"其实恋爱倒没什么，毕竟每个灵魂都害怕孤单，但是她的意中人就不怎么样了……"阿朱卖着关子留下半句话，身影一闪，化入风中，只留下几缕暗香。

她一去了之，老头子只觉得手中的是杯苦酒，再也喝不出滋味。夏风乍起，吹得他连连干咳，仿佛没几天好活了似的。

·五·

跟老头子的愁眉不展截然相反，一直脾气火辣、身手利落的碧瑶却像是一朵含苞欲放的花，在这碧水环绕的城市完全盛开了。

她梳了个望仙髻，一头乌发宛如堆云，衬得她小脸更加圆润，像是藏在云中的明月般讨人欢喜。而那条绿裙子也被她精心修改，腰肢勒得细细的，又刻意地露出一段雪白的脖颈。这样一番打扮，即便纤细瘦小、宛如少女的她，也有了几分女人的意味。

无论是细雨蒙蒙，还是艳阳高照，她总是会出现在盛天钰的附近，看他宝马金鞭，去结识朋友或是与情人幽会。

而他那位住在花街附近的情人也很奇怪，平时鲜少出门，即便出门也乘着软轿，饶是碧瑶跟踪了盛天钰许久，也始终没看清她的眉眼，只知道她叫顾五娘，虽然是风尘女子，却颇有个性，反倒吸引了不少男人追捧。

碧瑶虽然性格火辣，其实内心胆怯，很少离开自己的主人。那苍白而强大的少年就像一堵坚不可摧的墙，让她有所依靠，却也限制了她的自由。但是在见到了盛天钰之后，她突然想到墙外去看看，哪怕付出再大的代价。

不过还好她是妖怪，自古以来，妖怪想接近人，就很少有不成事的。

于是本就丢了密函、吓得连家都不敢回的盛天钰，最近更是衰运连连，不是乘坐的马车突然掉了个车轮，就是跟朋友赏花饮酒时被粗心大意的侍女泼了一身的酒水。

少年公子第一次离家出远门，哪见过这种怪事，只当自己走背运，每次都吓得够呛，根本没留意徘徊在自己身边的青衣少女。

这天天色阴沉，灰蒙蒙的天幕下渐渐洒下牛毛般的雨丝。盛天钰带着一个伴当，穿了件朴素的布衣，乘着车向郊外的寺庙赶去。多日来接连发生的事情让这个年轻人想去庙里烧烧香，求个法器保保平安。

车辚辚而行，刚刚走出常州城的城门，几根手臂般粗细的树枝就从天而降，死死挡住了通往郊外山间的路。赶车的车夫看傻了眼，虽然近日阴雨绵绵，但并无大风，连片树叶都吹不落，怎么凭空就折断了小半棵树？

可还没等他掉头绕路，就从山路上走下来一个身着碧绿罗裙、姿态宛如春水的少女。少女撑着一把紫竹伞，伞在她的脸上投下淡淡的阴影，越发显得她神秘美丽。

坐在车内的盛天钰察觉到车不动了，也好奇地掀开了竹帘，一抬眼就看到了这如春柳般的美人。虽然她看起来不过十五六岁，稚气未脱，但那星子般的眼睛中却藏着烈火般的热情。那是他在大家闺秀和流莺女子身上从未见过的情绪，她们不是文静羞涩就是媚眼如丝，总藏着些欲拒还迎的小把戏。

"这位姑娘可是也上不了山？不如上车来我载你一程。"在刹那间，他忘记了家中长辈的叮嘱，推开了车门。

"既然如此，多谢公子了。"碧瑶朝他施了施礼，收起竹伞，大大方方地坐进了车里。

马车掉头而去，向常州城疾驰。阴冷的天气中，车厢内温暖舒适，但盛天钰却从未觉得马车如此狭窄。绿衣少女只是静静地坐在对面，圆圆的脸庞上印着两只诱人的酒窝，明明穿着春水般的衣裙，却像是燃烧的炭一般散发着灼热的光华。

碧瑶明媚的青春、火辣的性格和妖怪特有的野性，一旦在盛天钰白纸般单薄的人生中出现，立刻就将他的灵魂点燃。

一个时辰之后，当马车抵达常州城时，两人已经无话不谈，甚至还约定了下次见面的日期。

而过了半月有余，当盛夏的脚步将近，池塘中荷花盛放，两人已经出双入对，成为亲昵的情侣。

盛天钰早就忘记了住在花街的顾五娘，他喜欢的一贯不是神秘美艳的女子，但顾五娘就像一朵罂粟，有着梦幻般的魔力。他甚至忘记是在哪里结识她的，只觉得像是做了个黑甜的美梦，梦醒时分，了无痕迹。

碧瑶仿佛挟着光热而来，不但驱散了顾五娘的魔力，甚至让他连丢失密函的沮丧都忘了。他沉浸在热恋中，完全忘记了自己的身份，每天跟碧瑶打马球、放风筝，玩得不亦乐乎。

碧瑶虽然姿色不甚出众，无论怎么打扮都透着一股小女孩的稚嫩，却有他最缺乏的生命力，让儒雅文静的他像是得到了新的生命，每天都焕然一新。尤其是她还对他的爱好了如指掌，几乎每次见面都让他舒服熨帖至极，她为他准备的一切都像是一只看不见的手，挠到他心底的最痒处。

眨眼间天气就热了起来。炎热的夏风中，顾五娘坐在院子中乘凉，即使身边放了再多的冰，也感受不到一丝凉意。眼见煮熟的鸭子飞了，她焦躁得整夜难以入眠，甚至连她为之骄傲的容颜都一天天憔悴下去。铜镜中的她娇艳如花，但仔细看去，可见脸颊添了一小块青斑。

"小丫头，跟我抢男人，也不看看自己几两重……"这美艳的女人恶狠狠地念叨着，却无能为力，因为她摸不清躲在碧瑶身后那个叫老头子的驱魔师的底细。

她并不傻，当然知道以静制动的道理，只能忍着一口恶气，在这小院中蛰伏。

"不过，现在倒是可以找点事情干。"她美目流转，烟云般柔软地站起身，走到了大门前。透过门缝，可见夏夜的街道上站着几个年轻漂亮、打扮鲜艳的花娘，她们正在兜售新酿的酒。每年官家都会派下来卖酒的任务，而这些又苦又累的活儿，往往都是由花楼中最低级贫贱的少女完成。

顾五娘望着这些美丽的女孩子，双眼熠熠生辉，像是见到了食物的蛇一般，舔了舔丰满的红唇，贪婪地笑了。


跟顾五娘一样，孱弱俊逸的驱魔师同样十分难过。他已经快一个月没见到碧瑶了，在一个微雨的午后，阿朱随雨丝出现，只说了个地点，让他自己去看看。

她说的地方叫贞娘桥，据说因一位在此殉情的少女而得名，这故事虽然凄惨，却受到了常州少年男女的追捧。那些暗定了终身的恋人们会来这里幽会，以祈求跟对方喜结良缘，天长地久。

讨厌雨天的老头子难得撑着一把紫竹伞，踏着濡湿的青石板路，走在了常州的街道上。

烟雨蒙蒙中，桥的影子像是一弯虹，出现在了他的面前。桥下是花荫柳岸，碧水潺潺，一对年轻俊逸的少年男女正坐在桥下避雨。

男的正是与他曾有过一面之缘的盛天钰，而碧瑶则穿着一条白色纱裙，绿色绸缎上衣，藕一般俏生生的胳膊上挂着一只镶金的翡翠镯子，正是他曾经送给她的那一只。

碧瑶笑起来颊边荡漾出俏丽的酒窝，似能将天下的男人溺毙，而这笑容也给了盛天钰十足的鼓励。这文雅怯懦的少年居然睫毛轻颤，渐渐地凑近了碧瑶，在她的酒窝上印上了一个吻。

老头子看了一会儿，在冷雨中离开。他的心底突然生出了隐忧，不是为了碧瑶那烈火般的爱情，而是因为盛天钰眼底的紧张。

不论是谁，在真爱面前都是怯懦的，如果这百无一用的富家公子真的爱上了碧瑶，那他又该怎么办？

·六·

但是他并没有阻止碧瑶。那少女如同烈火，从不知迂回，多年之前，她也是这样霸道直接地闯进了自己的生命，根本没留给他后退的余地。

如今这团火烧向了她心爱的少年，一去不回头。

很少在一处定居的驱魔师，难得着地在常州逗留了两个月，还好这个临水的城市热闹繁华，闲适的时光也过得飞快。只是风起的时候，夏雨淋漓之时，他会坐在茅屋中，看着野花点点的院落，想起昔日跟碧瑶的过往。

她一贯是个争气的女孩子，刚跟着他的时候力量孱弱，只能锻炼速度。那时不论寒冬还是炎夏，总能看到她负重奔跑的样子。

开始她绿色的身影象一只笨拙的小龟，但渐渐地就像矫健的羚羊，终于有一天她变成了一阵风，稍一晃神就不见了她的影子。

后来他开始派给她危险的任务，她每次都完成得十分出色，并且毫无怨言。如今他不比从前，驱使的妖怪所剩无几，只有这娇小的女孩擅长攻击。本来他是想找回昔日厉害的属下，就卸下她细弱肩膀上的担子，可是没想到这一找就是几年，碧瑶居然奇迹般地扛下了所有的任务，替他在江湖上扬了名。

"缘分到了啊……"白衣黑帽的少年倒了一杯青梅酒，叹息般地说。

阿朱随夏风现身，伏在他的怀中，像是看透了主人的寂寞。一片黄叶似在附和他的离愁，施施然从树上飘落，以凄美的姿态拉开了秋日的序幕。

似乎只下了几场雨，暑气就消散了不少，风中有了些许怡人的凉意。江上歌舞渐歇，只有碧水潺潺，仿佛倾诉着说不尽的寂寥。

这晚细雨方歇，老头子刚打发了朱文浩，在屋中一边咳嗽一边看书，茅屋的门就被人大大咧咧地推开了。来的正是消失了已经两个月有余的碧瑶，她笑嘻嘻地看着年少清俊的老头子，拎着一盒糕点。

"哟，还知道回来啊？"老头子咳嗽着看了她一眼，却意外地发现几十天不见，碧瑶竟然长大了。她梳了个松松的堕马髻，穿了件嫩柳色的半臂和蓝色纱裙，虽然还是一样的面孔，却散发着淡淡的光华，就连她那能一眼望到底的瞳仁，都有了些欲说还休、妩媚动人的意味。

大概唯一没变的，就是她颊边的两个酒窝，笑起来仍是不谙世事的天真可爱。

"当然啦，这不是还买了点心来看你。"碧瑶小心翼翼地将糕点放在桌上，坐在了他的身边。漫漫长夜，她曾无数次地像这样靠在他的肩上，看他写字或者讲述暗夜中的传说。可同样亲密无间的姿势，如今却像隔了万丈鸿沟。

"老头子，我是想来跟你解约的……"碧瑶终究还是年轻，喝了几杯酒，终于说出了来意。

"是为了他？"少年驱魔师只扬了扬眉，毫不惊讶。

"是的，我从未这样喜欢过一个人，跟他在一起的时候，我觉得自己像是真正地活着……"

"这么说，跟着我的日子如同行尸走肉？"老头子漫不经心地说，眼底却凝结出薄冰般的寒意，"可是别忘了，那个富贵公子没多少自由，你觉得他的家族会让他娶个妖怪？"

"只要在盛郎身边就好，我怎么敢奢求名分？"碧瑶听不出话里的讥讽，仍羞涩地倾诉心事，"他已经答应带我回杭州，会置一处小院子，跟我长相厮守。"

"可是跟我解约的话，你可能连人形都变不成。"老头子咳嗽了两声，似在讥笑她的愚蠢，"再说凭你那盛郎的本事，能自立门户吗？"

"你怎样说我都可以，但不许说他。"碧瑶突然瞪圆了眼睛，怒气冲冲地看他，"而且他沦落至此，都是因为你盗走了密函，难道你就没半点愧疚吗？"

"笨成那样，被偷也是应该。怎么你们谈情说爱，倒跑过来跟我算账？"

"死老头子，我恨你！"他说得句句在理，碧瑶却恼羞成怒，抬手就给了他一个耳光。

她速度极快，动起来宛如光影，寻常人根本无法躲避。少年唇边渗出鲜血，更衬得他脸色如纸一般苍白，他却并不生气，眼中满含讥讽，只斜睨着她，似在嘲笑她的愚蠢。

碧瑶气得脸色涨红，抬手又要打他。

但这次，她那从未落空过的手却被少年牢牢抓住，她甚至没看清他是怎么动的，只知道他的速度比自己更快。

"碧瑶，好自为之。"老头子面如凝霜，冷冷地说。

碧瑶的脸色由红转白，随即悄无声息地消失了，桌上只留下了半碟桂花糕。那香甜的糕点再也没人品尝，在秋风中干涸裂开，像是他们无法挽回的关系。

秋天的脚步渐行渐近，午夜风凉，有时院子里传来轻响，老头子都会披衣而起，推门看看。但他的希望一再落空，碧瑶再也没有来过，只从阿朱的只言片语中得知，她跟盛天钰越发痴缠，只等盛家原谅了孙子的过错，两人一起回去。

而在花街之中，一直闭门不出的顾五娘却突然有了动作。她脸上的青斑消退，面容如皎月般光洁，虽然这一个月间有三名卖酒揽客的小花娘莫名失踪，可是这些卑微生命的消逝在偌大的常州根本激不起半点水花。

她们都被她做成了药引，助她永葆青春，成为她惊世之美的一部分。

她披上了件低调的黑色斗篷，以风帽遮脸，急匆匆地走出了花街，向盛家的大宅走去。

天边的月亮缺了又圆，十五将至，如果她再不完成任务，那个人就会收回他所有的力量。她忧虑地望了望天边的明月，很快就来到了盛家大宅附近。

"还好，那小丫头跟主人断绝关系了，连老天都成全我……"她站在昏暗的墙根处，低低地笑着。之前她忌惮少年驱魔师的力量，投鼠忌器，如今再也没有什么可怕的了。她只恨自己当初去跟盛天钰调情兜圈子，早知半路会杀出个程咬金，不如干脆杀了他了事。

她妩媚的双眼流露出阴狠的光，斗篷微晃，露出了一双玉手，但那双手转瞬间就变得黝黑坚硬，宛如虫子的螯技，骇人至极。

这晚正值中秋，家家户户都在庭院中赏月。

盛天钰跟几名朋友喝完了酒，犒赏过家里的仆人，照例去后花园里找碧瑶。花园中那美丽的池塘是他们钟爱的幽会之地，海誓山盟说了无数，几乎要将小小池塘填满。

而当他快步来到花园，昊然看到池边坐着一个婀娜的身影，那人披着一袭淡淡月光，如仙子般出尘脱俗。

"瑶瑶……"少年公子看到心上人，立刻喜不胜收，忙走到池边，轻轻呼唤着恋人的名字。

"盛郎，我等了你好久……"女人缓缓抬起头，柔媚入骨地回答，"你真是狠心，这么久都没有找我。"这张脸美艳中散发着成熟，根本不是碧瑶，而是曾跟他幽会过的顾五娘。

盛天钰突然后退了一步，吓得浑身冷汗，在这个月圆之夜，他突然想起了自己跟这个女人相识的经过。

那正是密函被盗的当晚，他在亲信的陪同下，好不容易从画舫上逃下来，刚登上江岸，就见寂夜中站着一个紫衣女人。她面若白昙、纱裙飞扬，宛如一株亭亭玉立的虞美人。但这样一个美人，孤身站在深夜的江畔，怎么看都透着几分诡异。

但还没等他反应过来，美人身影微晃，衣袖招展，轻易就割断了跟在他身边的仆从的脖子。

"救命啊！"他惊骇地大叫，借着朦胧的月光，竟看到美人的衣袖下长着匕首般的螯肢。

还好随从陆续赶来，救了他一命，但他吓晕了过去，再醒来时顾五娘竟莫名其妙地成为他的红颜知己，随侍在他身边。他像是被迷了心智，每天都活得浑浑噩噩，甚至连那个可怕的夜晚都忘得精光。

"你、你到底为何要缠着我……"记忆恢复，他的脸吓得纸一般白，哆哆嗦嗦地问。

"当然是为了……"顾五娘媚眼迷离地望着他，像是在看着心爱的情郎，用纤纤玉手抚摸着他光洁年轻的脸，"……取走郎君你的性命。"她话音未落，纤长的手指已经变成了虫子的螯肢，利刃般向盛天钰的脖颈割去。

盛天钰只有闭眼等死的份儿，却听风中传来"铮"的一声轻响，一柄短刀刹那间挡住了即将落下的螯肢。

只见碧瑶不知何时出现在他身边，银色的月辉挥洒而下，将她映得仿佛一株亭亭玉立的水仙。

"瑶、瑶瑶……"盛天钰吓得连话都说不清楚。

他上前一步，想挡在碧瑶面前，却意外地发现，这个平时对自己百依百顺、娇小可爱的少女已经变成了另一个人。

"混蛋，又来坏我的好事"顾五娘阴森地说，面容飞快地发生着变化，眨眼间就变成了一只巨大的蛊虫。

盛天钰哪见过这阵仗，登时吓得腿软，碧瑶却挺刀而上，如疾风般围着蛊虫突刺。

但刹那之间，烈火自平地而起，将整个庭院变成了一片火海。这法术既强大又古怪，连见多识广的碧瑶都手足无措。

"送点劫火，就当是给你们所谓真爱的贺礼！"顾五娘在烈焰中离去，浓烟中回荡着她尖厉的笑声，"居然还有妖怪会爱上人，真是太傻！果然活得久了，什么样的事情都能见到。"

火势凶猛，掀起灼人热浪，游龙般朝碧瑶冲来。盛天钰不知从哪里来的勇气，一把将碧瑶推进了池塘中。水花飞溅，池水像一双冰冷的手将少女紧紧保护起来。而火焰却蹿向了盛天钰，登时吞噬了这富贵公子单薄的身影。

·七·

盛家的大火足足烧了三天三夜才被扑灭。秋日天干物燥，本是容易起火的季节，可仆从如流的盛家，救火却救了足足三天，就令人分外奇怪了。而且最诡异的是，火烧了这么久，邻里居然安然无恙，连个火星子都没溅到。风言风语飞快地在常州流传，都说这是地狱中的业火，专烧有罪之人。

甚至连朱文浩都跑来问老头子，这怪事是不是跟他有关，却被年少的驱魔师矢口否认。

虽然器重的属下被拐走，但他跟小丫头又不是恋人，怎么会放火去烧了那个富贵公子的家？

可是在打发走朱文浩之后，他还是悠闲地离开了家，踏着细碎的金色夕阳，向盛家大宅的方向走去。

他心中有事，走得十分慢，跟在身后的高大壮硕的熊男连大气都不敢喘，活像个移动的巨石，默默地保护着主人的安全。所以当他到了焦黑的废墟前，阳光已经敛尽了最后一丝光华，天边显出一轮暗淡的明月，宛如游魂般有气无力。

在迷蒙的月光下，昔日壮美辉煌的盛家大宅已经变成了一片废墟，焦黑的泥土上矗立着几根同样烧得漆黑的梁柱，宛如一具具屹立不倒的骷髅。

夜风清凉，带来一丝焦臭的气息，让他忍不住连连咳嗽。风中夹杂着一股难闻的巫咒味道，显然不是一场意外之火那么简单。

"老头子，是你吗？"一个细细的声音从废墟中传来，宛如一只猫发出的呜咽。

老头子连忙向声音的来处看去，只见一根梁柱后探出了一张白净的小脸，两个浅淡的酒窝嵌在脸颊两边，正是久未谋面的碧瑶。

"碧瑶？"他轻轻地问。

"不是……"碧瑶躲起来，小声抽噎着，显然无颜再见昔日的主人。

"笨蛋……"老头子咒骂了一句，越过废墟，一把将她拉了出来，就像多年之前把她从卖艺人手中带出来一样。

碧瑶瘦了，头发蓬乱，仍然穿着春水般的碧绿裙子，但衣裳却尽失光华，像是一片在秋天枯萎的黄叶。

"在等我？"少年驱魔师咳嗽着，斜睨了她一眼。

"没有！"碧瑶别过脸，仍然倔强。

"盛家是条大鱼，丰硕肥美，不知有多少势力觊觎他们的财富和地位。"他坐在断垣中，望着天幕中的寂月，"草蛇灰线，伏沿千里。既然有人盗密函，必然也有人要取人命，可你偏偏要卷进去，我拦都拦不住……"

"谁让你派我去偷密函的……"碧瑶脸颊通红，喃喃地说。

"怎么又成了我的错？"老头子咳嗽个不停，但盛天钰公子年少，又品行端正，确实不该派年轻气盛又从未恋爱过的碧瑶过去偷信。

碧瑶见到了主人，像是找到了依靠，拉住他的衣袖，嘤嘤哭个不停，哪还有平时火辣暴躁的模样。

"年轻人多流流泪是好的，只有挫折才会飞快地让一个孩童长成大人。"老头子嘴上说得难听，却怜惜地摸了摸碧瑶脸颊上的酒窝，"起火的那晚，你看清了始作俑者的样子吗？"

"是顾五娘……"她抹干泪水，飞快地回答，"她像是被施了什么邪法，很快就变成了一只虫子，接着就莫名地放出了大火。"

"哦？还有这种法术？能直接令人变成妖怪？"他皱了皱眉，眼底闪烁出几分忧虑，"那盛天钰呢？到底死了没有？"

碧瑶摇了摇头，终于绽放出笑容："没有，他受了重伤，被我藏到了画舫上，就是我们第一次相见的那艘。"

"笨蛋！巫蛊能勾动劫火，自然也能驱使阴水……"老头子剧烈地咳嗽着，但随即眼珠一转，似乎想到了什么好主意，"不过画舫倒确实是个不错的地方……"

碧瑶看到他气定神闲运筹帷幄的模样，悬着多日的心终于落了地。

"她放了那把大火，估计消耗了不少元气，你先去保护盛家公子，三日后我会放出他还活着的消息，足够时间我们打造一个捕虫子的牢笼。"

中秋过后，秋风送爽，碧水微寒。夏日里热闹的江面经历了一场秋雨，立刻变得沉寂安静。描金染红的画舫仿佛在同一天消失，客人们都远离寒气袭人的水面，他们更爱坐在庭院中，吃几只新收的蟹，喝些温暖的菊花酒。

于是，偌大的江面上只剩下一艘奇怪的画舫。它足有三层楼之高，如小山般巍峨，据说属于某个富贾，船上却偏偏没出现过几个人影。沿岸的渔民艄公都说那是条鬼船，由鬼魂驾驶，他们每每捕鱼载人，都远远地绕着它走，视它为不祥之兆。

不过他们也算说对了一半，因为船上确实躺着一个生不如死、如幽魂般的人，那就是昔日的富贵公子盛天钰。他浑身包裹着轻软的棉布，只露出一双眼睛，宛如一具活尸。过去那种仆从如流、金鞭宝马的日子，对此时的他来说，简直就像个缤纷而脆弱的梦。

"盛郎，你醒了？"如今陪在他身边的只有碧瑶，短短几日，她飞快地憔悴下去，只有在跟他说话时，她漂亮的大眼睛中才会有些神采。

他呜咽了几声，算是对她的回答。

"对不起，我骗了你，其实我是个妖怪……"碧瑶说着，两行清泪滑下脸颊。

他摇了摇头，似乎在说没关系。

"盗走密函，让你被家族嫌弃的也是我……"

这次他愣住了，眼中闪现出惊讶的神色。

"但是得知你因此不得不留在常州，你知道我有多开心吗？第一次见到你，我就爱上了你，就像阿朱姐姐说的那样，爱情从来没有任何道理……"

碧瑶越说哭得越伤心，而盛天钰的目光也渐渐变得温柔。是啊，他永远不会忘记，那个在雨中出现的烈火般的女孩。她一袭绿衣，款款而来，带给他无边的快乐和最大的劫难。

"我爱你，所以我不会让你死的。"碧瑶低下头，在他干裂的嘴唇上印上了一个缠绵的吻，"我活了这么多年，你是第一个跳出来保护我的人。"

她原本是个本事微末的小妖，跟了厉害的主人，只能逼自己逞强装凶。起初遇到盛天钰，只是喜欢他文静雅致的模样，但是起火的那天他奋不顾身地将她推入水塘，让她一贯坚硬随性的心变得娇弱柔软起来。她这才明白，之前自己从未动过心，是没见到最好的。曾经沧海难为水，一经沧海，怎能甘心错过。

天上的明月缺了一角，像是只睁不开的眼，懒洋洋地俯瞰这绵延万里的江水和如画般的夜景。

而在暗淡月光的照耀下，江心"扑腾"一声溅起几朵白色的水花，露出了一条黑黝黝的虫子的螯肢。巨虫绕着画舫游了一圈，顺水流蜿蜒而去。

就在同一时间，江岸上一个披着蓑衣夜钓的少年收起了钓竿，迈着轻快的脚步离开了。他边走边咳嗽着，似乎重疾缠身，但眼神却神采奕奕，比天上的寒星还要亮几分。

## ·八·

次日傍晚时分，始终没露面的老头子就像是变戏法般出现在画舫的甲板上，他穿着一身吴绫长袍，白衣翩翩，颇有几分英俊少年的姿态，尤其这少年面如白玉，剑眉入鬓，鼻梁高挺，怎么看都让人喜欢。只是那双眼睛，完全没有年轻人的生动活泼，像冰，像铁，总是少了些人味。

碧瑶在舱底感知到主人的气息，风一般跑上去停在他面前，却觉得忐忑不安，连呼吸都变得急促。

"终于要来了吗？"她从腰间拔出了两柄短刀，眺望着被落日染得鲜红的江水。

"应该很快，我每天都来江边钓鱼，昨晚发现了她的踪迹。"老头子迎着江风咳嗽着回答。

今天冷风乍起，江中翻起千万层鱼鳞般的波浪，仿佛他们的船根本不是在江中漂流，倒像是停在北冥之鲲的背上，驶向未知的玄妙之地。

两人在甲板上站了一会儿就回到舱底，只等天黑。

船上还有几名忠仆，碧瑶让他们做了些下酒的小菜招待老头子，俨然一副女主人的样子。老头子看着灯光下的碧瑶，她的脸依旧圆圆的，脸颊边仍有两个俏皮的酒窝，但无论如何也找不出少女的稚气。

"老头子，谢谢你帮我，你说得有道理，这次救了盛郎，我还回到你身边，再也不奢求跟他天长地久……"碧瑶说着，泪盈于睫。

妖和人之间隔了道深不见底的鸿沟，她空有一腔爱意，却无论如何也跨不过去。

"说你笨还真笨，你我费了这么大劲，要跟那难缠的大虫子打架，难道就是为了让盛天钰独自过快活日子？"老头子笑眯眯地按了按她颊边的酒窝，"听我的，你死死地缠住他，你对他有恩，他这辈子都不敢撇下你。等他年老色衰，你腻了，再回我身边不迟……"

他还没说完，碧瑶就抓起一张热饼丢到他的脸上。她的紧张和悲哀在刹那间一扫而空，小小的船舱里充满了笑声。

长夜幻歌
贰

可当明月高悬之时，碧瑶就笑不出来了，她坐在床边，握着盛天钰的手，惶恐地看向窗外。

盛天钰似乎也知道今晚是他的生死攸关之际，连大气都不敢喘，如果不是一双眼睛仍会动，简直跟死人无异。

甲板上只有少年驱魔师，倚靠在栏杆上。

月色皎皎，江天万里，他提着一壶酒，翩然而立，仿佛一张嘴就要吟诗作对一般。江心浪潮翻涌，卷起污浊的泥水，他拔下壶塞，将整壶美酒倒入江水之中。

"别藏着了，快出来吧！"他咳嗽了两声，微笑着说。

江水中骤然起了异动，一条水线箭一般向他射来。他将酒壶抡圆，重重地砸在了水线之上，刹那间在月色下绽开了一朵白色的水花。而这花很快就谢了，取而代之的则是一只巨大的蛊虫，它昂然立在船前，竟然跟这三层楼的画舫差不多高。

虫子桀骜地朝他挥舞着螯肢，说出的话却柔媚入骨，是娇滴滴的女人的声音："你就是老头子？"

"是！"老头子轻飘飘地飞到船顶，宛如仙人般曼妙优雅。定睛看去，却能看到他背后悬着一根坚韧的蛛丝。

他站在高处，终于看清了虫子的全貌。它周身被厚厚的黑壳覆盖，后背上却长着一张女人的脸。而跟他对话的，正是这个女人。

"你是怎么把自己变成这样的？"连见多识广的他都有些不忍心。

"是一位贵人教了我些小法术，让我不但能永葆青春，还能拥有力量。"顾五娘看出他眼底的惋惜，也长叹一声，"毕竟年华老去的女人很难得到真爱。"

"你这贵人……可真不怎么样。"老头子咳嗽了两声，摇了摇头。

"那我们能和解吗？毕竟船里的那位公子跟你也没什么瓜葛。"她显然不愿与他为敌，温柔地问，"只要你不拦着我，让我取了他的性命，我绝对不会伤你分毫。"

老头子居高临下地望着她美丽的脸，轻轻地摇了摇头："如果是个美人来求我，或许我会答应，可你如今的样子，实在……"他微笑着说，像个轻佻的少年。话音未落，一只巨大的螯肢已经向他刺来。

"阿朱！"他大喝一声，阿朱婀娜的身影在风中出现，双手一扬，蛛丝横溢，瞬间就缠住了螯肢。

他转身向舱底跑去，阿朱孤身对抗着巨虫，她的看家本事就是捉虫子，瞬间手中变出了一张张巨网，绵延不绝地向顾五娘头上罩去。

顾五娘在水中无处着力，瞅了个机会，飞快地攀到了甲板上。而此时老头子早就跑得不见影踪，只剩下阿朱一个人在跟她对抗。

她疯狂地割断了身上捆绑的蛛丝，挥舞起螯肢，就向阿朱刺去。

"熊男！"风里又响起了老头子清脆响亮的呼喝，随即一个身材高大、身穿毛皮背心的壮汉骤然现身。他伸出蒲扇般的大掌，如接白刃般紧紧抓住了虫子的螯肢。

"给你最大的力量！"老头子从窗中探出头，他的面容变得狰狞，连飘飞的白衣仿佛都化为火焰。与此同时，熊男身上的肌肉刹那间膨胀了数倍，源源不绝的力量涌入他的身体，他像是神话中的刑天般威猛有力。他大吼一声，一咬牙就将虫子掀翻在甲板上，同时双臂一挥，"咔嚓"一声就掰断了一只螯肢。

熊男威风八面，老头子则浑身颤抖，周身的骨骼无一处不痛，那是用力过度的结果。他最讨厌这种硬碰硬的比拼，只有傻子才会到处去跟人比力气，但为了完成自己的计划，不得不做些蠢事。

他奋力在风中一挥，熊男的身影在夜色中消失，空荡荡的甲板上只剩下被摔得七荤八素的顾五娘。她伶俐地翻过身，只见船舱中白影一闪，老头子像是鹰隼般灵敏地向舱底跑去。

"藏在那里吗？"她舔了舔鲜红如血的唇，一头钻进船舱，也奔向舱底。

甬道狭窄逼仄，没有给她多少施展的空间，她只能追着老头子的背影不停地咬，螯肢不能挥舞，能攻击的只有面盆大的嘴和嘴边的两根触须。

可是每当她即将咬到这白衣少年时，他总是会摔个跤或者在地上打个滚，巧妙地躲开攻击，而阿朱和熊男还会时不时交替出现，偷袭她两下。

这处境让她十分气愤，又无处发泄，只希望快点杀掉盛天钰，然后全身而退。她这心愿仿佛被老天听到，只见如兔子般一直跑在前面的老头子，突然停在一扇门前不跑了。

他朝她微微一笑，蛇似的顺着门缝溜了进去。

顾五娘迟疑了，她留意到这是船舱的最底层，从窗口看出去，江面仿佛就在脚下。但她想到了那个穿黑色斗篷的人，还有那人可怕的手段，仍然鼓起勇气，一把撕裂了那薄薄的门板。

## ·九·

可还没等她看清门后的情形，就蹿出了一道风，风中夹杂着甜香的味道，风刮到哪里，哪里就出现刮骨般的疼痛。

她并不傻，见门内宽敞，急急往里移动。这次她看清了屋内的布局，只见房间的尽头摆着一张床，床上躺着一个僵尸般的人，而老头子一袭白衣坐在床边，正跷着脚，用一柄小锉刀在挫指甲。

"这是什么？"虫子身上鳞甲脱落，露出了鲜红的皮肉，那团风却只围着她转，无论她怎么扭动都摆脱不了。

"让你死得明白点。"老头子放下锉刀，咳嗽着打了个响指。

风骤然停了，变成了一个身穿绿裙、脸颊圆圆的少女，她手中持着两柄钢刀，刀刃被鲜血染红。

"是你！"她认识她，因为她们交过手，她正是跟盛天钰卿卿我我、形影不离的小丫头。

"上次让你偷袭得手，这次你别想全身而退！"碧瑶双眼一瞪，拎着两柄短刀又冲上来。

顾五娘看着脸如白昼、闲适安逸的老头子，立刻明白了他的计谋，自己的优势在于身体庞大、螯肢有力，但劣势也同样在于此。他故作虚弱，将她引入了船舱的通道中，令她有再多的腿也施展不开，只能任以速度见长的碧瑶一寸寸将她肢解。

"混蛋！以为我就这么完了吗？"顾五娘眼露凶光，一咬牙将船舱撑破，冲进了房中。

房中场地宽敞，她挥舞着十几只螯肢，跟碧瑶斗了起来。

一时之间，只见腿影飞舞，疾风闪动，室内只有"叮叮当当"的兵刃相交之声。

床上的盛天钰呼吸越来越急促，他直直地望着老头子，似乎在让他想办法。

"别怕……"老头子咳嗽了两声，瞅了他一眼，眼神却像是冰一样冷。

盛天钰打了个冷战，一时之间，竟觉得他比那化身为蛊虫的顾五娘更可怕许多。但见他伸手在空中一挥，一个壮汉凭空现身。

　　熊男大步向顾五娘走去，一拳就砸在了虫子的头上。虫子避无可避，只能生生承受，随即第二拳接踵而至，立刻将她砸得晕头转向。

　　“我不杀人了，放过我吧！”顾五娘哪受过这种委屈，嘤嘤哭泣。

　　可没人理会她的哭声，老头子甚至还将全部力量灌注到了碧瑶身上，碧瑶化为一团青色烈火，速度变得更快，连手中的短刀都变成了长刀，眨眼间就在虫子身上砍了几十刀。

　　他们都是在黑暗中生活的人，明白对对手慈悲，就是对自己狠毒。即使要放过顾五娘，也要剥夺她的力量，让她毫无威胁。

　　顾五娘当然更明白，她知道自己此番即便不死，也会被砍光了腿，登时发了狠。她不再攻击熊男和碧瑶，而是挥舞起螯肢，拼命砸向地板。

　　“不好！”老头子暗叫了一声，但见她已经将地板砸出了一条宽阔的裂缝，一头向下钻去。

　　碧瑶也看出她的心思，立刻跳上她的脊背，举刀就向她那张美丽的脸上刺下去，但斜刺里蹿出一只螯肢，一下就刺穿了碧瑶的肩膀。她不是躲不开，而是求胜心切，只想进攻，忘了防守。

　　“还是太年轻啊……”一股甜腥之气涌上白衣少年的喉头，右臂传来撕裂般的疼痛，妖怪受了伤，驱魔师的身体也同时受损。老头子再也不能云淡风轻地坐在床边，他摇摇欲坠，仿佛随时都会昏倒。

　　熊男急忙回撤保护主人，而受伤的碧瑶则忍痛跑到了盛天钰的身边。

　　顾五娘一头就钻进了裂缝，随即船体传来轰隆巨响，水飞快地从裂缝中涌入。顾五娘逃命心切，竟然生生将船舱给凿穿了。

　　江水带着船上的人跟半截楼船一起沉到了水底。船太大太重，在下沉时卷起了巨大的漩涡，像地狱敞开了一角，要将所有的生命都吞噬。

　　阿朱在千钧一发时现身，用味丝裹住了老头子的腰，将他带到了水面上。而碧瑶瘦小的身体迸发出无穷的力量，她踩着水，拼命将盛天钰推了出去。

　　盛天钰受伤虽重，但性命攸关，也不再怕身上伤口迸裂，也竭力挥舞起手臂，两人相携着浮上了水面。只是鲜血源源不断地从碧瑶背后涌出，像是为这个单薄清瘦的姑娘穿上了件烈焰般的红披风。

　　江面逐渐恢复了平静，老头子跟碧瑶向岸边游去。碧瑶的瘦小身体中似有无尽的力量，她将盛天钰翻过来，只露出口鼻，勾住他的脖颈前进。

　　还好阿朱先上了岸，她伏在岸边的一棵高大的古松上，双手一挥，两道银丝激射而出，紧紧地缠住了老头子跟碧瑶的手腕。银丝缓缓收紧，他们有了依靠，终于放了心，任阿朱将他们带到岸边。而在他们身后，月光洒满大江，照亮了画舫的残骸和几名家奴的尸体，宛如水中地狱。

　　还好这骇人的地狱被他们远远地甩下了，飘洒的月光中，碧瑶头发尽湿，脸庞因失血而显得苍白，更衬得眼睛黑亮，睫毛纤长。

　　老头子跟她认识了多年，从未见过这样美的碧瑶。她不再是小姑娘时那样风风火火，也不似女人般柔情似水，她的美更像是一把迅捷的刀，还来不及反应，就被她剖开胸膛，偷走了心。

"怎么总瞧着我啊，后悔了？"碧瑶朝他挤了挤眼睛，仿佛根本没受伤。

"美得你，我是想你成家了，要送你什么嫁妆呢？"老头子煞有介事地说，但他的右臂仍然疼痛不已，显然碧瑶的伤还没好，"我不跟你解约，让你过十年快活日子，等你后悔了可以随时来找我……"

"老头子……"碧瑶小声地啜泣，主人平素总是高高在上地惹人恨，可是没想到关键时刻，他会以牺牲自己力量的方式帮她越过那道无法逾越的鸿沟。

"相爱的年轻人们，本来就该在一起……"他说到一半，又剧烈地咳嗽起来。

而这时阿朱已经将他们拽到了岸边，这黑衣艳女腰肢一扭跃下古松，先将盛天钰拽上了岸。老头子是三人中体力最好的一个，他抓住了江边的荒草，竭力往上爬。

然而就在这时，身后传来了破水之声，一个庞然大物如蛟龙出海般从江水中跃了出来。

那是顾五娘，她虫甲脱落，浑身血污，并没有比他们好到哪儿去，虫子怒瞪着铜铃般的双眼，仿佛要射出灼灼烈火，尽数朝老头子身上喷去。

她本就是个肤浅的女人，既爱美又记仇，此番吃了大亏，早把盛天钰抛到了脑后，眼中只有这个苍白清俊的驱魔师。

"去死吧！"她大叫一声，扬起一只螯肢向老头子刺去。这一击满含她的恨意，快得像是来不及看一眼就溜走的时光。

但是这世上有一个小姑娘，她的速度比光阴还快上几分，老头子连眼睛都来不及眨，碧瑶就出现在了他的面前。她的嘴微微张着，鲜血像是花一般从她的胸口盛开，染红了她洁白的衣襟。与此同时，他的右臂传来了剧痛，像是有人要活生生地将它扯下来一般。

"老头子，谢谢你……"碧瑶伏在他的怀里，努力凑上去，将温热的双唇贴在了他的嘴上。他只觉她舌尖温热腥咸，一口鲜血吐到了自己的口中。那是多年前他和在酒中，递给她的那口心头血，如今她尽数还给他，他的右臂不再疼痛，他们的羁绊到此为止。

"我很开心……"她叹息般说，并没有哭，而是微笑着失去了生气。

"阿朱！"他愤怒地击打着水面，阿朱双手射出银丝，箭一般飞向蛊虫。

顾五娘懂得见好就收的道理，虽然没有杀掉老头子，但是死的是碍眼的小姑娘，她也觉得挺开心。她得意地笑了，沉入水中，逐浪而去，螯肢上还挂着碧瑶单薄清瘦的尸体。碧瑶脸上挂着笑容，双眸紧闭，像是睡着了一般，沉入了水底。

她碧绿的身影一闪，消失在碧水之中，宛如一朵注定会湮灭的浪花。

江风呼啸而过，宛如呜咽，江水也冷得刺骨，就连这满天的星月，都是如此孤寂荒凉。

### ·尾声·

秋日渐凉，深秋之时，京城出了一件轰动的大事，据说有人带着一封密函去告王朴之的状。调查后却发现，信中所记述的私自买卖船舶货物的事完全是子虚乌有。告状的倒了大霉，连累了整个商号都被牵连，盛家趁机吞并了敌人的商铺，势力更加壮大。王朴之落魄了一个夏天，又继续做他的太平官，而盛天钰也在初冬时分被召回了杭州。

启程的前一天，老头子约他喝酒，他坐在酒馆的雅阁中，迎着初冬的暖阳，已不是那个文雅懦弱的少年。那把烈火在他身上和脸上留下淡淡的疤痕，令他看起来成熟了不少。

"盗密函的事你们早就知道？"老头子如今知道事情的始末，看他的眼中就少了几分怜悯。

"是，但是没想到，会遇到她。"盛天钰红了眼眶，又露出了公子娇养的神态，"本来我该待在常州，假装被家族遗弃，让这事看起来更真一点。"

"可是对方似乎不仅要密函，还想要你的命呢。"老头子咳嗽了两声，在脖子上比划了一下。

"没有她，没有你们，我这条命早就没了。"他愣愣地看向老头子，"妖怪跟人，真的不行吗？"

白衣少年抿着嘴角，笃定地点了点头。

"那我们是有缘无分……"盛天钰叹息着，哀求地望着老头子，"能不能让我见她最后一面，毕竟我明天就要启程了。"

"我把她派走了，你知道那个丫头，她绝情起来，谁也留不住……"他说到一半，心头一软，阖上眼帘，睫毛轻颤着说，"爱情因分离而美好，你只要记住她给你的一切，就不枉两情相悦一场。"

盛天钰像是听懂了，轻轻点了点头。他拼命回忆着那个烈火般的少女，她勇敢的样子，她热爱生活、享受生命的姿态，竭力想把她铭刻到骨髓中。

次日他离开了常州，而五年之后，盛天钰的名字响彻大江南北，他不再是懦弱文静的少年，而成为了一位商场上的将军，杀伐决断，干脆利落，跟过去判若两人。

没人知道他在常州的几个月中发生了什么，只知道他爱让姬妾们穿青衣绿裙，跳刀剑之舞，更喜欢她们唱《碧水寒》的小调。

在盛天钰离开之后的几天，老头子也踏上了北上的船。夜晚江风凄寒，他喝了几杯暖酒，做了个梦，梦里竟然有碧瑶。她仍旧骄傲美丽，跟他嬉戏玩闹，张牙舞爪，冰雪可爱。

"为什么你要挡在我的身前呢？"冷风吹过，他突然想起了她死前的情景。

"老头子，你真是个大傻瓜！"她点了一下他的额头，撒娇般笑起来，两只酒窝引人怜爱。

他忍不住伸出手去按她颊边的酒窝，就像多年前他们签订契约时那样。可是碧瑶却把脸一偏，轻轻地躲开了。

她变成了一只绿色的翠鸟，从窗缝中振翅飞走。鸟儿通身碧绿，只有颊边长了两簇朱红色的羽毛，像极了美女的酒窝。

老头子翻身惊醒，但见船舱中只有江风寒冷，窗外碧水清寒，而昔日的少女早已随水逐流，化为碧波。

但他知道，她的勇气和力量，都寄托在爱情之上，在一个少年的灵魂深处重生。

死亡从来不是终点，生命在爱中延续。

恰似这碧水滔滔，连绵不息。

# 长夜幻歌 贰

贰·杀破狼

爱从来都不是占有，而是守候、奉献或者遗忘。我得到爱，又付出了爱，又怎会在长夜中独自惆怅？

冷风萧瑟，冬雨淋漓。

一家驿站中，身穿灰衣的少年正在喝着暖酒，他手中拿着一封信，一边看一边轻轻点头，非常满意的样子。

"钱真是好玩意儿，花哪儿哪儿好。"他赞叹地弹了弹信，朝懒洋洋趴在房梁上的阿朱说，"你都找不到眠狼的踪迹，居然被这些要价高的探子找到了。"

"冬天冷啊，人家一到冬天就精神不济，你又不是不知道……"阿朱打了个呵欠，杏眼半开半阖，"倒是眠狼那小子，怎么能把你忘了？这么多年也没跟你联系。"

"一匹狼，当然喜欢独来独往。"老头子叹息一声，将信凑近烛火，"他那样的人才，我倒是舍不得丢弃。"

两人喃喃说着，先后陷入了梦乡。窗外落雨缤纷，凌乱了沉静的夜色，而在不远处的山峦中，回响着凄厉恐怖的狼嚎。

· 一 ·

这晚冬雨飒飒而落，洒在枯黄的草木上，发出呜咽轻响，像是在山中奏起了一曲悲歌。这歌声时起时落，足足哀怨地唱了一天，直至傍晚时分，有人敲响了李老汉家的柴扉。敲门声在空旷的山谷中回响，仿佛木鱼的声音般宁静悠远。

一直窝在炭火盆旁等待客人的李老汉裹着棉袍迎了出去，只见在如水墨晕染的天幕下，站着一个身穿灰白色布袍的少年，他看起来不过十七八岁，五官俊秀，消瘦的脸颊呈现出失血的苍白。

"你就是老头子？"李老汉将信将疑地问，牙人朱文浩曾拜托他接待一位叫老头子的人，他还以为那是个跟他一样的老家伙。

"是。"少年低低地回答。

"进来吧。"老汉将他让进家门，掩住了柴扉，小院中传来黄狗的低吠，但只叫了两声，便被主人喝止了。

天色瞬间就暗了下去，仿佛将一盒墨泼到了虚空中，山影树林都被墨色掩盖了，只余火盆中的亮光，明明灭灭，为这冷峻黑暗的山林带来一丝暖色。

黄狗仍然在叫，它想跳出矮墙，扑向不远处矮林中的一个影子。那是寻常人无法留意的，追随少年脚步而至的魔影。

长夜幻歌 贰

此时李老汉和少年正窝在火盆旁烤火品酒，酒是老头子特意从江南带来的青梅酿，装在瓷瓶中，用热水一蒸，整个房间便充溢着青涩芬芳的味道，活似搬来了南国的杏花烟雨天。

三杯酒下肚，李老汉原本就昏花的老眼愈发浑浊了，看着眼前这个弱不禁风、总是咳嗽的少年也觉得可爱起来。

"听朱三说，你要在祈山过冬？"

"是的，所以还得拜托老人家帮我赁处合适的宅子。"少年低下头，将脸藏在炭火的阴影中。

"这地方哪用得着赁宅子？明天我就把另一处茅屋收拾收拾，估计三天后你就能住进去。"李老汉声音洪亮地回答。

他道了声谢，又咳嗽起来，连身上灰白色的棉袍都添了萧索之意，像极了山坳中蒙尘的积雪。

这晚李老汉以一种看将死之人的怜悯眼神将少年安排到了茅屋唯一的卧房中，而他自己则窝在火盆前，拢紧宽大破败的棉袍，舒舒服服地躺下了。

"年纪轻轻，起了这破名字，真是嫌命长呢……"他吧唧吧唧嘴，嘟嘟囔囔地说，可是客人带来的酒真是好喝，让他想起了年轻时喜欢过的姑娘，也让他原谅了那个不吉利的名字。

夜深人静，山风波涛般从林间涌过，挟着雨丝，奏起了慷慨激昂的曲子，而在这大开大阖的天地之音中，还夹杂着一两声高亢的狼嚎。李老汉久居深山，并不害怕，很快就在此起彼伏的叫声中入睡，倒是看家的那条黄狗惊骇到了极致，将尾巴紧紧夹起，缩在屋檐下哆嗦个不停。

三天后，少年住进了小镇上偏安一隅的木屋中。他看似孱弱，又很少出门，渐渐镇上的居民都说他是久病成医，进山来采药吊命的。

当这谣言日益被本地的居民接受，老头子正站在他那小小的院子里，看向秋霜白草中一抹消瘦的人影。那是一个疲惫消瘦的黑衣少年，一头乱蓬蓬的长发以荆簪束在头顶，唯有眼睛是湿润晶莹的，像是融化的冰，躲藏在长长的睫毛下。

"男子汉大丈夫，何必纠缠不休？"他嘴上说着，唇边却含着笑，望着这张熟悉又陌生的脸。

少年并不说话，只沉默地走到他面前，弯腰朝他行礼，久久也未起身。

"哎，真是的……"他叹息着摇了摇头。

这少年是他过去的手下，名唤眠狼，跟阿朱一样喜穿黑衣，兵刃也是一把黑色的玄铁剑，平素总是冷着一张脸，不苟言笑，仿佛谁都欠了他几吊钱一样。他本以为冷若冰霜是眠狼的伪装，哪想几十年过去，他倒真将自己忘了个精光。他索性端起了架子，不搭理眠狼。半个多月过去，眼见山中层林尽染，草木含霜，眠狼仍然执着地守在他的茅屋外，不肯离开半步。

那死倔的性子倒是多年未变。

北方的夜总是来得特别早，眨眼间天色就暗了。老头子急忙裹紧了棉袍，脚步匆匆地向镇上唯一的酒馆走去。

"来一斤烧酒，两斤熟牛肉。"他把几个铜钱放到了小酒馆油腻肮脏的柜台上，站在门后的草帘旁避风。只是一回头，就又看到了眠狼的身影。他正站在不远处的一处砖房旁，在寒风中瑟瑟而立，仿佛一株在山风中颤抖的小树。

"贵人要占卜吗？"就在这时，一个抱着米箩的老妇人朝他招揽生意。

"那就卜一卦吧。"等酒肉准备的空当，他决定打发时间。

老太太脸上的皱纹都皱成一团，她缩在宽大的旧棉袄中，露出一张干瘦苍老的脸，活似一只活了几千年的灵龟。她干枯如柴的手指夹了一根秃笔，闭上双眼，突然浑身颤抖起来，仿佛神明上身的样子。秃笔在米上划出了虫爬般的痕迹，过了一会儿，她长舒一口气，放下了笔。

"贵人最近走的运格是'杀破狼'，有除旧立新之势。"老太婆又端详了一下盘中的米，"你遇到了一个缘分深重的人，而令你们结缘的，则是一个女人。"

又是女人！老头子吹了声口哨，又咳嗽起来，将两枚铜钱放到了老妇的手中。

"客人，熟牛肉好了。"冷风里传来店小二殷勤的呼唤，而恰在此时，天完全黑了。昏黄的灯火如在海洋中漂浮的水母，整个小镇被汹涌如海的夜色淹没，连巍峨的祈山也不能幸免。

## ·二·

当晚茅屋中孤灯如豆，身穿重锦棉袍的阿朱陪老头子在炭火盆旁饮酒作乐。她在这寒冷的天气中也不忘展示风情，微露香肩，惬意地吃着虫卵。

"你这狠心的郎君，人家对你那么痴情，你居然不为所动。"这个活色生香的女人杏眼微眯，笑吟吟地喝下了一口烧酒。

窗外的狼嚎此起彼伏，老头子当然明白她指的是谁。

"谁让他忘了我，怎么也该惩戒他一下。"老头子笑眯眯地喝酒，"这次给他点教训，免得下次再离开我，又把我给忘了。"

阿朱杏眼一转："不然，给他个台阶下得了，我看他身形消瘦，过得也不好，不要把他拖病了。"

老头子笑了笑，索性裹紧衣袍装睡。

"这老东西！又在装聋作哑。"阿朱娇嗔地将一枚米粒大的虫卵弹到了他白皙的脸上，继而又妖媚地笑了，"可是我却偏偏喜欢你这点。"

夜幕深沉，炭火暖了冬日，而在如金色火炬般的杨树下，黑衣少年仍执拗萧索地站着，眼睛中寒芒点点，望着茅屋中萤火般的光。

次日傍晚，老头子端着半盆熟牛肉向站在秋风中的眠狼走去。此时已进了十一月，草木枯黄，白霜凄凄，黑衣少年已经瘦得形销骨立。

"这是给你的。"少年驱魔师抓起一块牛肉递到了眠狼面前，他却看也不看，坚定地摇了摇头。

"那这样呢？"他笑眯眯地将手指咬破，几缕血淋漓地滴到了温热的食物上。眠狼木讷的眼珠骤然灵活起来，一把抓过染血的牛肉，几下撕开，狼吞虎咽地塞进了嘴里。

朔风在山林中呼啸，黑衣少年发生了飞速的变化，蜡黄的肌肤变得丰满润泽，长发如绸缎般闪亮，当他再抬起眼时，已是一位英俊挺拔、双眸似星的美少年，宛如一块精光四溢的玄铁。

"你还是叫眠狼吧。"少年驱魔师满意地点了点头，这才是一匹狼该有的姿态。

"是。"眠狼恭谨地回答。

"帮我做件事，做好了，你才是我的手下。"老头子咳嗽了两声，朝眠狼招了招手，"进屋说话。"

当晚下了入冬以来的第一场雪，雪像是细细的盐粒，沙沙地打在纸窗上，衬得夜更加寂静。茅屋中的灯光足足亮了一晚，次日天还没亮，黑衣少年就出发了，他消瘦而笔直的身影如同鬼魅，转眼便消失在深山茂密的树影中。

之后的三天老头子也没有出门。雪足足下了三天才停，整个祈山和小镇都变成了一片银装素裹，白墙黑瓦都被积雪淹没，像是换了天地。

就在第三天晚上，眠狼回来了，他有些狼狈，英俊而略带稚气的脸颊上添了几抹血痕。老头子似乎早就知道他会到来，早早披着厚厚的棉袍，斜倚在门口等他，仍然咳嗽着，苍白文秀的脸上却隐含笑意。

"你要的东西。"眠狼一身黑衣踏雪而来，将一个布袋掷在他的面前。

他打开布袋，只见里面放着一堆枯骨，满意地点了点头。这堆纠缠着长发的骨头就是他进山前在太原府接下来的活儿。一个月前，位于太原府的禅定寺出了一桩怪事，每每饮宴欢乐之时，就有一名绝色女子与众歌妓一起翩翩起舞，没有人认识这个漂亮的女人，只知道她每次为客人敬酒时，总是将双手拢在袖中，得了个别名为"藏袖娘"。

开始大家认为"藏袖娘"乃风雅的佳话，甚至有名人雅士慕名而来，只为一睹这位天仙般美丽而神秘的女子的风采。可是过了几天，禅定寺住持发现，凡是被她敬过酒的人，很快就厄运缠身，不是患了重疾就是摊上官司，这才找到驱魔师帮忙。

他接了这桩生意，却偏偏没有凌厉的手下，只能先来到深山寻找厉害的妖怪，却万万没想到被眠狼缠上。

"做得不错。"此时窗外皑皑白雪，他满意地朝眠狼点了点头，"你看到了她的手？"

"是的，并不好看。"眠狼垂下眼帘，"她拢在袖中的是一双骷髅般的骸骨，我抓住她的手，稍有冲突，她就变成了这副样子。"

宴乐之中，灯火之下，红颜转眼变成枯骨，那场面想必香艳骇人，却被这少年轻描淡写地两句带过。

"进来喝酒吧。"老头子水银般的眼珠微转，伸手拍去了眠狼肩上的积雪，笑吟吟地说。

眠狼依旧沉默地点了点头，但是他英俊而漠然的脸上却难得地浮上了一抹笑意。

这晚冷月如钩，高高地挂在林梢，照得整个大地明晃晃的一片，宛如白昼。而在深山中的一栋茅屋里，传来觥筹交错的声音，其间还夹杂着女人娇媚的笑声。

谁也不知道这病弱少年独居的茅屋中藏着什么秘密，那正是古老的、流传在暗夜中，关于人和妖怪的传说。

## ·三·

山里的日子过得飞快，转眼就是十二月，厚厚的积雪压断了树枝，也让街上的行人变得更少。有时天气放晴，老头子就会提着一壶酒，咳嗽着去看望李老汉。

李老汉年轻时曾是一位有名的猎户，据说他狩猎的目标不仅是山上的动物，还有太原府的人。时至今日，酒馆里的店老板还时时回忆他昔日的风姿，说他身披兽皮，脚踏毡靴，每每归来都如战神般英勇魁梧，肩上总是扛着野鹿或者豺狼。或许因为这个原因，他才能跟远在常州的朱文浩有联络。

可那都是过去的风流了，如今跟老头子围炉品酒的，只是一个上了年纪的老人，他身上的肉都松松垮垮地掉下来，连昔日犀利的鹰眼都变得浑浊。

一来二去，两人便也熟悉了。老头子虽然看似单薄，没事就咳嗽两声，可是从未染过风寒。最奇怪的是，这个年纪轻轻的少年说起前朝逸闻来活灵活现，仿佛他就在旁边看着一般。

"有件事，我想拜托你去看一看。"在一个雪后初霁的早上，李老汉为难地说。

灰袍少年并不搭腔，只在雪光中扬起了秀美的下颌。

"我有个朋友也是猎户，可是他家的女儿却被妖怪缠住了……"李老汉看着少年毫无表情的脸，结结巴巴地说，"我、我觉得，这事或许有办法。"他在这小镇中自给自足，多年没有求过人，难免口舌笨拙，还好老头子朝他笑了笑，扬了扬手中的酒壶。

"我们先喝酒再说。"

这天他们只喝了半壶酒，就踏着皑皑的积雪出发了。山路艰险难行，直走到傍晚，两个人才来到了位于祈山脚下的另一座小镇。

此时天色将晚，风雪欺人，李老汉带着老头子穿过半个小镇，最终停在了一栋瓦房的门前。敲门声在冷月下回响，清脆响亮，仿佛随时都能凝冻成冰凌。一个身穿兽皮的男人跑出来开了门，在白色灯笼的照耀下，他意味深长地看了少年驱魔师一眼，将两人让了进去。

"小女两年前得了怪病，是镇上的人在祈山脚下发现她的，她当时昏沉沉地躺在雪里，谁也不知道她到底在山上看到了什么。"中年男人从箱笼中捧出了一张光可鉴人的白色虎皮，"如果先生能令小女恢复神智，当以虎皮为报。"

老头子看了一眼那吊睛白额的老虎皮，突然无奈地笑了笑。

"我听说过这只百兽之王，没想到却落在了你手里。"他来到祈山后就听过这白老虎威风八面的名头，所以才逗留了两天，想要顺便再收个手下。可是万万没想到，这只老虎早已变成了一张兽皮。

"小姑娘在哪里？"老头子放下兽皮，轻轻地问。

"这边请。"猎户连忙带他走进了女儿的闺房。

山里人没有那么多的讲究，猎户的妻子也未回避，仍跪坐在女儿身边。只见不大的房间正中央吊着一只火炉，炉上正煨着药，满屋子都弥漫着一股药香。而在火炉的旁边铺着一张地铺，厚厚的棉被中露出一张憔悴而精致的脸。女孩不过十七八岁，正是女人最美的年纪，但是她的秀发因久病而变得稀疏，小嘴也微微张着，像是一朵凋零的花。

"先生，求求你救救香香。"

老头子端详了一下女孩，没发现魑魅魍魉的踪迹，女孩只是单纯地陷入长梦之中。

"她已经病了两年，有时会清醒一会儿，说的却根本不是人话，倒像是野兽的叫声。"香香的母亲啜泣着，"也有巫女说，是她爹杀孽太重，报应到了孩子身上……"

"昏迷之前可有征兆吗？"

"没有，可是听说香香过去曾在林子里偷偷养了一只狗，出事的那天，她好像又去喂狗了。"

"狗？"

"是的，有人见过，说是一只很大的狗。"

老头子看向窗外，新月如钩，仿佛被冻凝在深蓝色的天幕上。月光将他一张俊秀的脸映得如玉石般晶莹洁白，香香的寻亲眼含热泪，看着少年驱魔师，恍惚间竟像是在他水银般的明眸中看到了一种本该属于老人的、悲天悯人的神情。

当晚入夜之时，老头子才回到了自己的茅屋中，他朝虚空中打了个响指，阿朱婀娜美丽的身影随冷风出现在房间中。

"你喜欢白虎皮吗？"老头子扬了扬眉，笑嘻嘻地问阿朱，"我今天看到一张上好的虎皮，刚好可以给你做大氅。"

"切，定是你看小姑娘冰雪可爱，忍不住想要出手了吧。"阿朱杏眼微眯，狡黠地笑，"可是我觉得这事没这么简单，搞不好有妖怪作祟。"

"当然，不然怎么会唤你过来？"老头子拉过她的手，在纤细白嫩的手背上印上一吻。

"两年前的事情可不是那么容易就能查清的，不过我会试试看。"阿朱眨巴着大眼睛，透着小媳妇似的娇憨明媚。

"这里就拜托给你了，最近我要离开几天。"自从漂亮地解决了禅定寺歌姬一事，住持在前天托人给他捎信，拜托他去太原府一趟。据说最近入夜后，太原府中经常有一辆华丽的宝车在闹市中穿梭，香飘数里而不散，但在这宝车出现的同时，太原府已经有三位年轻的后生失踪，衙役们追查了几天也没有收获，只能拜托驱魔师帮忙。随信附赠的还有一张写了数额的红纸，那上面金光耀眼的一万贯，让他俊秀的眉眼透出几分喜色。

窗外又传来了几声狼嚎，那是眠狼跃跃欲试的欢叫。

## ·四·

次日少年驱魔师就出发了，他依旧穿着那件破棉袍，在皑皑积雪中行走，一副文静孱弱的样子。但奇怪的是，他身后却始终跟着一个身穿黑色锦袍、发髻高挽、头戴黑色皮帽的英俊少年。少年冷漠得像一块冰，虽然长相俊美，却毫无表情。

有好事的邻居特意跑出来瞧，可是想了半天也想不出哪家有这样的后生。两人一前一后走出了小镇，消失在苍茫的白雪中。

在温暖的车厢中，他几次想打听眠狼离开他后的经历，但是这个沉默寡言的少年却根本不理会，只一个劲地喝着闷酒。直至两个时辰后，眠狼独自喝干了一坛好酒，吃掉了半条羊腿，他也没有从眠狼嘴里撬出来半个字。

"还不如带块石头上路呢。"当马车停在禅定寺时，老头子翻了个白眼，轻轻骂了一句。

眠狼耳尖，显然听到了他的话，却只是低头轻笑了一声，似乎在嘲笑他。

车还未停稳，住持就慌慌张张地迎了出来，显然是等不及了。这个中年人身穿僧袍，头戴毡帽，举止完全不像个出家人。

"你就是老头子？"住持瞪圆了眼睛，显然惊讶他看起来如此年轻。

"是。"

"那好吧，快随我进来，或许今晚'鬼车'就会出现呢。"住持踏着薄薄的霜雪快步跑进了寺庙，钻进了一间专门接待客人的禅房中。

炉火烧得暖暖的，住持一进门就急忙将一张图摊到了桌面上。

"这是一个月来另外一个驱魔师画的'鬼车'出现的轨迹，它在朔月前后时活动的次数是最多的。"

"两天前正是朔月。"

"对，所以我觉得近两天它一定会出现，才急急把先生叫来。"住持搓着手说，"佣金不会少了你的，都是太原府的香客们凑的钱。"

此时天色已晚，白烛的光芒照亮了老头子俊秀的脸，他伸出一根修长的手指，在图纸上缓缓移动，时而停顿一下，似乎在思考什么。

"这里，是什么地方？"最终他的手指停在了一条小路上，那是通往瓦肆夜市的必经之路，每日车辆来往无数。

"路边只是几处民居，没什么特别的。"住持轻描淡写地回答，似乎很不理解他为何会留意如此庸常的所在。

直至月上中天，老头子才和衣躺在了温暖的禅房中，飞霜打碎了月影，随月色出现的还有一个通身黑衣的少年。少年冷硬如刀，站在他的床前，英俊的面庞上鲜有表情。

"去！"老头子在看到眠狼的一瞬笑了，将一个锦袋塞入了他的手中，又细细吩咐了几句。他的声音轻如蚊蚋，夹杂在灯花破碎的噼啪声中，让人无法听得清晰。眠狼将他的锦袋纳入怀中，身子一晃，便已消失在窗外，行迹快如鬼魅。

两日来太原府平安无事，瓦肆中车马如流，夜市中百货琳琅，根本没有那掳人的香车的影子。倒是有一位衣饰明丽的俊美公子引起了众人的瞩目，公子锦衣金冠，做文人打扮，一张脸似敷粉般白嫩，唇边总是含着几分笑意。他身着锦衣却不带伴当，像是从哪个大户人家偷跑出来的富贵公子。但在月影朦胧的夜晚，妖魅丛生，百鬼夜行，谁也不在乎迤逦的夜景中多一个传奇。俊美公子夜夜都来瓦肆中闲晃，不是斗鸡，就是听两场戏文，跟寻常的花花公子并无不同。

而在第三天新月初升时，住持已经急得团团转，因为他特意请来的驱魔师日日闭门不出，几个捐钱的香客急了，没事就来寺里催他。这晚他实在忍不住了，偷偷地跑到了老头子所住的禅房外，天边稀薄的月光透过乌云映在洁白的积雪上，似乎将整个寺院都笼罩在轻纱之中。

他叩响了禅房的门，哪想轻轻一推，门就发出"嘎吱"一声轻响，徐徐打开，只见室内只有一支白烛烛光摇曳，哪里还有驱魔师的影子。

在婆娑的虬枝中，缥缈的光线下，住持愣在了空荡荡的禅房外。夜色仿佛掀开了一角，让他看到了那掩藏在黑暗之中不为人知的狰狞一面。

就在同一轮明月下，公子徜徉在稀稀落落的人群中。他刚去听了两场戏，带着惬意的笑容走在街道上。此时已近寅时，夜市中行人寥寥，薄薄的积雪在月色里泛出明媚的华光，仿佛为这繁华盛世铺上了一层锦缎。

远远有车辙声辘辘而来，浮荡的冷风送来沁人心脾的香气。拉车的是五彩骏马，两盏白晃晃的描金灯笼挂在车厢前，映得漆制车厢油光闪亮，无一处不透着富贵之气。

"这位公子，晚来风急，何不上车一叙？"车戛然停在了他身边，从锦帘后伸出一只绵软的玉手，朝凄迷的夜色中招了一招。

少年公子愣了一下，随即含笑点了点头。

赶车的仆人立刻搬来脚凳，伺候他上车。香风袭人的温暖车厢中，坐着一位千娇百媚的娘子。娘子身穿青色长裙，玉色绣花褙子，一头秀发拢在百花冠中，垂下两缕发丝拂在羊脂般洁白无瑕的脸庞旁，像是春天里湖堤上摇摆的柳枝。

在这天寒地冻的天气，偏有此处，春意盎然。

公子坐在宽敞的车厢里，一盏金顶兽纹香炉放在一角，袅袅香气从炉中逸出。娘子笑而不语，只为他倒了一杯美酒，靖到了他的面前。月光晦暗不明，衬得俊美公子的面庞比月色更加皎洁。

"这是传说中的美酒'昆仑觞'。缘，不可失也，更不可拒也。"女子浅笑低吟着说。

他并未说话，只含笑接过了酒，美酒呈现出如血的鲜红色，那是传说中从黄河源头取来的河水酿成的绝世美酒。

他仍然在笑，可是那笑却像是面具般浮在表面，根本没有映在眼中。在他仰头要喝酒的一瞬，佳人已经突然起了变化，她双手一展，素手变成了尖利的白骨，直向那俊美公子刺去。

寂静的车厢内突然回荡出"铮"的一声轻响，兵刃相交，在夜色中迸出火花。公子面带寒霜，袖底竟出现了一把乌黑的长剑，长剑破风而出，将他身上的狐裘划破，露出一身漆黑的精悍短衣。

"你、你是妖怪？"女人惊诧至极。

黑衣少年并不理她，一剑就刺破了她春水般靓丽的锦衣，锦衣之下根本没有香软的娇躯，只有几截腐烂发霉的骸骨。

女人立刻怒气勃发，双手如爪，插向了眠狼的脖颈。眠狼挥起黑刃，轻而易举地挡住了她这致命的一击。

"不，你不是普通的妖怪……"她突然察觉到了什么，在空气中轻嗅着，"是驱魔师！有驱魔师在附近。"

恰在此时，华丽的马车突然停了，一个圆球"呼"的一声砸破门帘，落在了她的怀中，只见在幽森的月光下露出一个惨白的骷髅头。骷髅头戴毡帽，正是为她赶车的车夫。

"缘，不可失也，更不可拒也。"冰冷的夜风中响起了少年清朗悦耳的声音，只见月色如霜雪，在白霜瑞雪中，正站着一个身穿灰袍的俊逸少年。他气质清俊，脸色苍白，在冷风中飘忽如鬼影。

"混蛋！"女人咒骂了一句，转身便遁入夜风中消失，华丽的车厢在瞬间变成了朽木，眠狼冷漠地走下破烂的木车，怀抱着一个兽纹香炉。

"做得不错。"老头子笑吟吟地伸出手，捏住了眠狼毫无表情的俊脸，"难得你还会笑呢，还足足笑了三天。"

"走开，脸酸！"眠狼白了他一眼，百般嫌弃地说。

·五·

当晚老头子孤身一人回到了禅定寺，此时天已经蒙蒙亮了，他的禅房中灯火通明，住持跟几名香客正坐在桌椅旁，正怒气冲冲地等待着这摸鱼的驱魔师归来。

但见他怀抱着一个兽纹香炉，口口声声说自己凯旋，众人皆有疑虑。老头子却咳嗽着将香炉放在了禅房外的院落中，点燃了里面黑色的香。

在黎明的晨晖中，只见原本只有落雪和虬枝的空旷院落中刹那间站满了人，那些人有男有女，有老有少，甚至衣着打扮都来自于不同的时代。在奇异的香气中，他们都面带平安喜乐之色，仰望着禅定寺后佛塔的方向。这奇景让住持和香客们都看直了眼，一时间庭院中寂静无声，只能听到风呼啸着吹过树枝发出的尖厉啸声。

"这是添加了犀角的香料。"老头子盖紧了香炉的盖子，馥郁的香气化入晨风，幻景也如海市蜃楼般消失了。

"犀角？在《晋书》中有记载，晋代名士温峤，适逢寒夜，在武昌一桥边见水深难测，便燃起犀角四处视察，突然在水中见百千魔影，随波漂浮，吓得众人魂飞魄散。"住持突然想起了过去在书上读过的有关犀角的记载，"可是，这种香真的存在吗？"

"当然，而且很快我们就能看到'鬼车'的主人了。"

再也没有人敢指责这位年轻的驱魔师，香客们都围在他的身边，啧啧称奇。

当日正午阳光最盛之时，老头子与住持出现在了通往瓦肆的街道上，只见霜雪中有点点鲜红的痕迹，宛如红梅初绽。

"这是朱砂？"住持好奇地以指拈了一点，轻轻地问。

"画符剩下来的，刚好可以用来追踪那妖怪的去处。"老头子笑嘻嘻地说。

他算准了妖怪会逃跑，所以才令眠狼在与女妖近身肉搏之时，将装满朱砂的锦袋放在了她身上，方便今日追踪。

红痕最终停在了一处民居前，房屋的主人是位卖香料的胡商，听到两人来意后吓得不轻，因为他刚好从波斯买了一块犀角香，本想卖个高价，却没想到在一个月夜不翼而飞。

朱砂的痕迹绵延不绝，直停在了后院的一棵松树下。胡商令仆人就地挖掘，掘地三尺之后，露出了一具不知是哪朝哪代埋下来的骸骨。住持带领着几位小沙弥，连夜将骸骨掩埋超度了，太原府再也没有出现过夜路上飞驰而过的"鬼车"，而那几位失踪的年轻后生也陆续从江浙一带风景优美的地方辗转而归。

据他们说在喝过一杯世间最甘美的"昆仑觞"之后，就开始与那位头戴花冠的佳人漫长的约会，彻夜享乐，纵情歌舞，那是他们此生难忘的体验。

而当这几名年轻人兀自陶醉在如梦似幻的回忆中时，老头子裹着破败的灰白色棉袍，踏上了去往祈山的马车。

"为什么？"万年锯嘴葫芦眠狼居然主动开了腔，"你明明可以令我一剑就解决了那个女人，何必如此大费周章？"

"可能是因为寂寞吧。"灰衣少年歪在颠簸的马车车厢里，望着窗外的飞雪如花，脸上现出几分落寞，"人活得长了，难免会寂寞，就像那具躺在泥土中的骸骨，即便死了，仍然留恋这十丈软红，不惜盗取灵犀，化为美女纵享温情。我太明白了。"

说罢他喝了一口酒，酒色如血，是太原府特产的高粱酒，虽然不是"昆仑觞"，但是孤独的人喝来，也没有什么不同。

"那你为什么要回祈山呢？"眠狼抿了抿嘴，小心翼翼地问。

"秘密。"他朝他抛了个飞眼，卖起了关子。眠狼被他逗得哭笑不得，只能低头喝起了闷酒。

雪越下越大，遮天蔽日，在这乱花飞雪中，似乎有一位头戴花冠身穿青衣的女子踏雪而来，她的裙摆在风雪中曼舞，宛如兰花初绽，但这朵花很快就凋谢了，随落雪而逝，如轻尘坠水，消失在驱魔师的视线中。只留下一抹耐人寻味的笑，似是感激，又像是超脱后的豁达。

松涛如海，冷风似刀。

当老头子一边咳嗽着一边扳着覆满积雪和冰凌的袍子回到自己的茅舍中时，只见阿朱身穿黑色绫罗，腰如裹素，正斜倚在火盆旁泡酒。她用来泡酒的是一条条五彩斑斓的蜈蚣，这妩媚的女人轻哼着小调，玉指轻捻，数十条蜈蚣就被相继扔进了酒坛中。

"我、我的菊花酒……"他看到这暴殄天物的场面，差点就要断气。

菊花是他出高价收集到的，原本想存上一冬，在春天拿出来品尝，没想到才出门几天，就被阿朱活活糟蹋了。

"什么酒？我只看到了蜈蚣泔。"

"没什么。"老头子脱下棉袍，哆哆嗦嗦地坐在了火盆旁，"香香这几天有变化吗？"

"一回来净惦记别的女人，你真是个没心肝的男人呢。"阿朱嘴上似乎吃着醋，娇美的面庞上却毫无怒意。

老头子温柔地抚摸着她的秀发，像是世间最多情的情郎，火光照亮了他白色的脸，难得地添了一丝红晕。

"前天晚上，女孩子又发疯了，惹出不少乱子。她四肢着地，像野兽一样奔跑，直跑到祈山脚下，在林子里嚎叫到半夜，惊得祈山附近的小镇居民都惶恐不安。"阿朱边说边捋着长发的发梢，像是在说一个无关紧要的事情。

夜半三更，昏迷的少女如野兽般跑进山里，怎么想都是一副骇人的场面。

"两年前，到底发生了什么？"老头子沉吟着闭上了双眼，他实在太累了，整天的车马劳顿，消耗了他原本就不多的精力。

于是他像个风流少年般，枕在阿朱的膝上沉沉睡去。窗外乱花飞雪，在呼啸的风吟里夹杂着几声辽远而恐怖的狼嚎。

## ·六·

山里的雪一场又接着一场，似乎要将漫长的岁月都覆盖在白雪之下。在一个雪后的清晨，李老汉带着猎户登门拜访了。

"先生，求你救救小女吧！"强壮的汉子一进门就拜倒在地，捧出了一个包裹，包裹散开了一角，露出如瑞雪般洁白的兽皮。

可一贯笑眯眯的老头子却异常冷淡，眼光静静地扫过了猎户朴实而憨厚的脸。

"瞒着我的事情也该说出来了吧。"

猎户的脸刹那间变成了惨白，包裹跌落在地，兽皮如老虎般斜逸奔出。

"这只老虎不是你猎的吧？"

猎户愣了一下，随即垂下了头，显然是默认了。

"进来说话。"老头子咳嗽了两声，带两人走进了内室。

狭小的木屋虽然简陋，却烧着最好的银丝炭，房间里像是藏着一个暮春。老头子也不着急，他徐徐地倒着酒，又掏出银刀细细地切烧肉，仿佛有漫长的光阴可以等待。

"其实在小女生病的两年间，一直有妖怪在接济我们。"一直垂头不语的猎户终于扛不住了，道出事情的原委，"不知从哪天起，开始有山参和猎物出现在我家门口，山参可以为孩子吊命，其余的猎物刚好可以供我们维持生计。"他越说声音越低，"可是，香香的身体却一日比一日衰弱，眼看活不久了……"

"所以你就觉得香香生病都是那个一直帮助你们的妖怪造成的？"老头子喝了口暖酒，他仍然披着灰白色的破棉袍，在单调的白山黑水中，像是一张画般遥远疏离。

猎户沉默地低下了头，任谁都能看出潜藏在他心底的魔魇。

"那天我第一次看到这张白虎皮，就知道整件事还暗藏玄机，虎的致命伤在脖颈处，留下了猛兽撕咬的痕迹，这怎么也不像是猎人的手段。"

猎户的脸涨得通红，不敢抬头看这个脸色苍白的青年。

"两年前，到底发生了什么？你到底还有什么隐瞒？"

"除了妖怪的接济，别的事他都告诉你了。"李老汉也为自己的朋友感到羞愧，不好意思地抹了抹鼻子，"不过，在两年前的那个冬天，刚好有狼群迁徙，经过祈山。"他沙哑的声音轻颤着，夹杂在呜咽的山风中，宛如鬼哭，"我永远不会忘记那个夜晚，不知有多少狼在山中汇合，在撕咬了一晚之后，诞生了一匹头狼。次日山里树木都被压倒了，鲜血遍地，那根本不像是动物该留下来的痕迹……"

"你的意思是说，有妖怪？"少年驱魔师眯着眼睛问。

两人不约而同地点了点头，此时风雪渐停，太阳像个纸糊的灯笼，有气无力地挂在天边。

几天后的一个冷夜，难得没有下雪，满月嵌在深蓝色的天幕上，荧白得像一滴被冻凝的泪。风吹得猎户家的窗发出"嘎吱"的轻响，瘦弱的女主人披着衣服从暖床上爬起来，关上了木窗。

月光映着积雪，晃得夜晚如同白昼。在摇曳的松枝中，一个黑影飞快地滑过，钻进了香香的房间。在少女暖意融融的闺房中，一只冰冷有力的手托起了她憔悴疲惫的脸。女孩因为久病脸色枯黄，头发也稀稀落落的，可是在这只手的抚慰下，红晕缓缓烧上了脸颊。

手是属于一个男人的，他的臂膀强壮有力，他的胸膛也宽阔而温暖。

"香香，我又来看你了。"黑暗的房间中，传来他压抑而嘶哑的声音。

少女无法说话，长长的睫毛轻颤，不由自主地依偎在他的怀里。炭火忽明忽灭，照亮了这对相拥的男女，他们恍如交颈的鸳鸯，痴缠在了一起。

"我会让你好起来的，只要再过几天……"男人的声音越来越低，把头埋在了香香柔软的脖颈中。香香虽然昏迷不醒，却仿佛知晓一切，干枯的嘴唇变得如花瓣般柔软，回应着这个不速之客舔舐般的吻。

他逗留了一会儿，掏出几根灵芝放在了香香的枕边，身子一扭，跳出了窗外。他的速度非常快，像是风一般迅疾，可是有人比他更快，他双脚还未落地，一张银色的大网就从天而降，兜头要将他罩进去。

但是一道乌光骤然从他怀中暴起，划出致命的弧线，网瞬间便被割成了无数道纷乱的银丝。他双足在地上一踏，身影微晃，已经奔出一丈开外。

"阿朱，拦住他！"

倒悬在房檐上的阿朱双手一挥，无数道银丝激射而出，直向那人的背影袭去。男人的本事也很大，连头都不回，挥剑斩向背后。银丝再次被利刃割断，但也令他脚步滞了一滞。就是这一瞬间的耽搁，让他失去了脱身的机会，树林中蹿出一个身材魁梧的汉子，迈开大步挡在了他的面前，还没等他反应过来，就伸出粗壮的手臂，一把扣住了他的手腕。

他挥剑想要再刺，却根本连动都无法动一下，阿朱的银丝如海浪般铺天盖地地袭来，将他半个身体都卷在了坚韧的蛛丝中。

几声剧烈的干咳在夜风中回荡，像是死亡敲响了门扉。一个身穿灰白色棉袍、头戴棉帽的清俊少年从猎户的木屋后转了出来，他饶有意味地看着捕获的猎物，清澈的眼睛中满含笑意。被蛛丝缠住的男人再也不挣扎了，低低地垂下了头，似乎要将自己藏进这无所不在的夜色中。

"为什么是你呢？"老头子从怀中掏出火折子，在他面前点亮，低低地问，"眠狼，我以为你没有七情六欲。"

火光照亮了那人的面孔，他浓黑的剑眉、英挺的鼻梁，以及那双黑玉般美丽的眼睛，都无所遁形。这人不是别人，正是老头子的手下眠狼。他俊美的面容依旧冷酷，鲜有表情，却不由自主地回避了主人的目光。

"你不依不饶地缠了我十几天，就是为了她？"

"是。"

"成为我的手下，获得力量，也是为了她？"

"是。"

山风中回荡着两人言简意赅的对话，最终老头子的脸上浮现出一丝薄怒，他拂袖一扫，阿朱和熊男都凭空消失，眠狼重重地跌落在厚厚的积雪中。

"没出息。"他低低地骂了一句，转身离去，似乎不愿多看一眼这情长志短的属下。只留下眠狼一人，孤零零地坐在黑白分明的山景中。

## ·七·

可是眠狼并没有消沉多久，次日刚入夜，他就悄无声息地来到了主人的木屋。他比昨晚憔悴了许多，双眸通红，头发蓬乱，似乎又变回了之前那个流离失所的少年。

彼时老头子正对着窗外的一轮明月品酒吃肉，从他那带着病容的脸上看不出任何情绪。

眠狼一言不发，一进屋就跪在他的面前。

"有什么话就直说，不要搞这些没用的虚礼。"他不耐烦地瞥了一眼这不听话的属下，冷哼着说，"别忘了，你是个妖怪！"

眠狼似乎听懂了话里的意思，突然暴起，夺过他的酒杯就将杯中的残酒一饮而尽，继而又捧起酒坛，连倒了几杯酒，飞快地喝了个精光。

"我知道自己是个妖怪！"他冷漠而漂亮的脸像是一张面具般瞬间崩塌了，情绪涌上脸庞，望着老头子，一字一句地说，"我没什么奢望，甚至都不敢想能跟她厮守，可就是偷偷去看看她也不行吗……"

他漆黑的眼睛像融化的冰，随时都有水会流下来。老头子望着他英挺而俊美的脸，长长叹了口气，抓起衣袖在他满布雪水的脸上用力抹了抹，似乎嫌弃他丢人的模样。

"多大个事儿，值得哭哭啼啼？"他拿走眠狼的手中的酒杯，徐徐为自己倒了杯酒，又徐徐喝下，饶有意味地问，"那个小姑娘到底得的是什么病？"

"是失魂症。"

"哦？是被什么妖物勾走的吗？"

"我。"眠狼枯黄的脸颊上缓缓浮上了一抹红晕，低低地答了一句。

老头子秀眉微扬，吹了声口哨，似乎颇有兴致。毕竟在这古井般孤寂的小镇中，有风流韵事下酒，真是再好不过。

于是在这个清冷的夜晚，眠狼与老头子共用一个酒杯，你一口我一口地就着小镇酒馆中的劣酒，谈起了发生在多年前的往事。窗外晃动着魔影，仿佛是耐不住寂寞的妖怪来偷听这暗夜中的怪谈。

"我认识香香的那年，她才十三岁，那时我对人世间的一切都很好奇，没事就在山脚下玩耍，就在三月里的一个春天，我在河边见到了她……"

眠狼面薄，很多细节都一语带过，但即便如此，也可以想象二人初遇的美好，在春草初生春花初绽的山林里，英俊的少年遇到了美丽的少女。

"我当时力量微薄，无法变成人的样子，她以为我是一只普通的狗。"眠狼小声地倾诉着被掩埋在林海中的情愫，"她有空就会拿家里的食物喂我，还会对着我说话，不知从哪一天开始，我突然决心要跟她在一起。"

"所以两年前，那桩祸事的始作俑者就是你？"

"是，因为她长大了，父亲又是镇上知名的猎户，来她家提亲的人渐渐多了起来。"眠狼轻轻地说，"所以，我也用了'鬼车'主人类似的办法，用乌头草让她能看到我成为人的样子，她果然爱上我了……"

"乌头草……"老头子沉吟着说，"也是能令人变成野兽的巫药吧！"

眠狼沉默不语，似乎又回想起自己铸成的大错。美丽活泼的少女一杯杯喝下自己递上的草药，却渐渐失去了人性，变得越来越像一只野兽。

"本来我能够控制她的兽性，可是万万没有想到，在两年前的那个冬夜，迁徙的狼群在祈山交汇，狼群为了争夺领袖地位搏命厮杀，最终诞生了一个如妖怪般强大的怪物，它的力量对所有的狼和其他野兽都有感召力，在刹那间夺走了香香近似野兽的魂魄。"眠狼放下酒杯，直接捧起酒坛，将酒尽数喝光。

"但是我的力量太小了，根本无法阻止，我只有不断变强，才能把香香的意识从狼群中夺回来。"

"所以你才找到了我？"

"是的，因为你足够强大……"眠狼不胜酒力，俊脸被酒气一蒸，红得像滴血。

"还以为你是想起了我……"老头子连连摇头，"没想到却是因为个小丫头。"

"你的身上有煞气……"眠狼双眼迷离，头一歪就醉倒在老头子的怀中，仍喃喃地说，"那是杀了无数人，才会有的味道……"

眠狼说完这句话，就躺在主人的怀中沉沉睡去。老头子不再咳嗽了，他抚摸着眠狼乌黑的长发，俊秀的脸庞变得生机盎然，根本不像是一个久病不愈的人。

窗外蠢蠢欲动的妖怪缓缓退去，它们并不傻，似乎察觉到了驱魔师散发的罡风杀意，夜又恢复了寂静，月光中只有白雪飘舞，宛如梦境。

次日天光大亮，只有少年驱魔师一个人孤零零地躺在地板上，眠狼不知什么时候离开了，室内桌椅狼藉，火盆口只有残灰的余温。

酒被眠狼喝了个精光，他摇头叹息，又拎着酒壶去小镇上唯一的酒馆打酒。这天难得是晴天，占卜的老婆婆仍然抱着米笋守在这唯一热闹的地方。

"来给我卜一卦。"老头子照例要了一斤烧酒和两斤熟牛肉，等着店小二打酒盛肉时，丢给老妇人两枚铜板。

在滴水成冰的天气里，老村妇又做出一副神明上身的模样，颤抖个没完，停下来的时候额上已经浮现出细密的薄汗。

老头子倚在酒馆的门口抿嘴微笑，光是看她这表演已经值了。

"贵人要问什么？"

"替一个小朋友问姻缘。"

"那可就不好了，看卦有破镜重圆之像，但是镜子破了就是破了，又怎么能变成当初的模样？"老村妇很认真地看着老头子，"而且贵人你最近走杀破狼的运格，万事可要小心。"

"怎么解？"

"杀破狼，是大变数。如果变好，你会得到一个有力的帮手；如果不好，可能会丢了性命。"

老头子笑了笑，又赏了她两个铜钱，拎着烧酒和牛肉转身就走。他的旧棉袍在白雪红瓦中如一袭灰云，似乎随时都能在冷风中散去。

"想要我的命，好像没那么容易。"这病弱的少年冷哼了一声，不以为然地说，转眼就消失在冬日小街上。算卦的老太太瞪了半天眼睛，也没搞明白这少年公子是怎么离开的。

可是当他回到自己的木屋时，却见皑皑白雪中站着一位白发苍苍的老人。老人身穿一件兽皮短衫，脸上的肉松垮地垂下来，一双浑浊的老眼难得的精光四溢，正是年轻时曾威风八面的猎户李老汉。

"那个东西又来了，我闻到了风里的血腥气。"李老汉紧张地说，低沉的声音在北风中轻颤。

"什么东西？进来说。"老头子疲惫地朝他笑了笑。

但李老汉的脚却像是生了根一般，立在雪中动也不动，他回头望着雪光中黝黑苍茫的大山，几乎是从牙缝中挤出了几个字："两年前的那个怪物。"

仿佛是为了回应他似的，朗朗乾坤下，深山里竟然传来了几声凄厉的狼嚎，那是狼群中的狼相互召唤的叫声，老头子脸上的笑容瞬间在北风中凝住。刹那间，他明白了眠狼的心意。

·八·

"阿朱！"他脚步匆匆地走进了木屋，刚刚关紧了大门，就轻唤出一个名字。

阿朱仍然一袭黑衣黑裙，雪肤花貌，风情万种地出现在木窗旁。

"眠狼在哪里？"

"这么说来，好像昨晚跟你喝过酒后，就一直没有出现呢。"阿朱眨巴了一下明亮的杏眼，无辜地说。

"去给我找他，这个混蛋，搞不好要给我们招来杀身之祸。"老头子难得情绪失控，阿朱也被他狰狞的表情吓到了，窈窕的身影化入风中，踏雪而去。

转眼就到了午后，仍然没有阿朱传来的消息。阿朱虽然总是一副娇憨的模样，但办起事来非常麻利，如果让她找人，往往半日不到就会寻到踪迹，找了这么久没有线索，实在太过反常。

他再也坐不住了，喝了两口烈酒暖身，翻出一件厚重的狐裘大氅，踏着厚厚的积雪向山脚下猎户所在的小镇走去。

等他来到小镇，已经是傍晚时分，冬天的夜来得格外早，家家户户都亮起了灯，昏黄的灯光在苍茫的夜色中浮沉，宛如飞舞的萤火。猎户家却出乎意料地没有点灯，而是柴扉紧闭，大门紧锁，整栋瓦房像一个死气沉沉的棺材，隐约传出沉闷的叫声。

门闩在老头子面前宛如败絮，他只轻轻一推，门便次第而开。木屋中正上演着残忍的一幕，强壮的猎户正把瘦弱的女孩按在地上，用绳子捆绑住她细弱的手足，香香满脸鲜血，嘴巴被塞进了一个麻核，发出断断续续的呜咽。

"先、先生，这孩子又发疯了……"猎户看到他的身影，像是溺水的人抓到了救命稻草，祈求地望着他。

老头子走到香香身边，只见女孩瞳孔涣散，口涎直流，根本没有了人类的模样。他伸出手，唤出了蚕奴，一个巴掌大的荧白色肉虫从袖底爬了出来，这个小东西没有别的本事，却能吃掉一切跟妖法幻术有关的东西。

在如桑蚕吃叶的沙沙声中，乌头草的力量衰退，少女恢复了平静，再次陷入了沉眠。

"谢谢……"猎户夫妇望着沉睡的孩子，向老头子连连道谢。

"这两天除了香香发疯，还有什么怪事发生？"

"没有了，只是今早开门发现门口多了很多猎物，有山鸡野兔，还有灵芝百草，足够我们过冬了。"

"他果然来道过别了。"老头子喃喃自语地说，然后快步走出了木屋，身影之快，像是一抹倏乎而逝的夜风，即便是锻炼出一双鹰眼的猎户，也没有看到他是如何离开的。

散入珠帘湿罗幕，狐裘不暖锦衾薄。山里风雪袭人，荒草蔓生，老头子深一脚浅一脚地在黑暗的森林中行走，冷风卷起积雪，吹透了他厚厚的裘衣，像是将整个世界都笼罩在乱花飞雪中。狼嚎声此起彼伏，在山谷中回荡，似乎有无数匹狼在雪中疾行，向某处汇合。

"熊男！"雪厚及腰，他再也无法行走，轻轻唤出了属下。一个身高丈许、孔武有力的男人从灌木中现身，一把就提起他的胳膊，将他放在了自己肌肉发达的肩膀上。熊男迈开大步，向狼嚎最集中的方向走去，偶尔有落单的狼看到他如夸父般高大恐怖的身影，都吓得夹着尾巴绕开了。

熊男驮着他疾行，比方才的速度快了很多。越往深山中潜入，狼的数量就越多，一路上竟然看到了十几匹。两人刚刚走到一处山谷，便有积雪从树上簌簌而落，他们抬起头，只见阿朱如九天玄女般翩然从天而降。

"找到眠狼了。"阿朱轻飘飘落在地上，向他汇报，"他混在了狼群中，看起来像要刺杀谁。"

"辛苦了，等解决了这件事，我就去买太原府最漂亮的衣服给你。"老头子满意地点了点头，安抚自己的属下。

就像大多数女人一样，阿矢的眼中立刻迸发出快乐的神采，她向熊男指明狼群汇集的方向，娇躯一扭，便消失在白山黑土中。

他们很快就抵达了阿朱所指的地方，那是位于山坳处的一块空地。荒草积雪中，两头狼正在撕咬搏杀，鲜血染红了冰雪，在漆黑的夜晚中看来，格外恐怖。

"是为了选出头狼？"老头子坐在熊男的肩膀上，这残忍的一幕在他面前一览无余。

"是的，狼群汇集，只能有一匹头狼存在，所以它们不得不竞争头狼的位置。"熊男似乎司空见惯，索性坐在雪地中，观看这场决斗。

很快其中一匹狼就被咬死了，血腥味在冷风中蔓延，招来了更多的狼。草地中，林木里，到处可见躲在暗处的荧绿色光芒，那是一双双幽森的狼眼。

可是得胜的狼还没来得及喘息，从树林中就蹿出一条黑影，一口就咬断了它的脖子。厮杀并未结束，很快就有新的狼加入了战斗。

有嗅觉灵敏的狼留意到了驱魔师的存在，但碍于强壮的熊男，它们都不敢造次，只能远远地围着老头子打转。

半个时辰过去，空地中已经有了五六具狼尸，最终胜出的是一匹如牛犊大小、头上长着红色鬃毛的公狼。它咬死了所有挑衅的同类，站在空旷的山林中发出了胜利的嚎叫。

然而就在这时，一阵腥气扑鼻的风从上风处传来，一个巨大的影子猛然蹿出，毫无预兆地扑向了得胜的公狼。在它现身的同时，山林中刹那间充斥着刺耳的狼嚎，所有的野兽都在同一时间兴奋起来。

狼嚎四起，杀气蓬勃。

一匹狼发狂般冲向熊男，咬住了他壮硕的胳膊，熊男振臂一抖，把它摔在了雪地上，可是它毫不畏惧，又嘶叫着扑上来。他们附近的狼都像是发了疯，接二连三地发起攻击，熊男孔武有力，坛钵大的拳头抡得滴水不漏，将几头率先扑上来的狼砸得脑花四溢，总算暂时止住了它们的攻势。

但事情并未到此为止，空地中两匹狼的厮杀仍然在继续，红毛公狼转眼就落了下风，几下就被那巨大的黑影咬断了脖子。

月光照在它的身上，它居高临下地站着，坐在熊男肩上的老头子突然觉得浑身发冷。因为那根本就不是一匹狼，而是一个长着银灰色鬃毛、状如豺狼的怪物。它虽然长得像狼，却比狼大了几倍，更像在远古的神话中才存在的怪兽，同时它的身后还有重重黑影，似乎满含怨气。

巨狼留意到了驱魔师，突然就向老头子所在的方向疾冲而来，刹那间所有的狼都在同时暴起，此起彼伏的狼嚎在山谷中回荡，振聋发聩。

白雪飞溅，腥风扑面。

就在巨狼的血盆大口即将咬到熊男健硕的肌肉时，一道乌光闪过，一剑就划破了它背后厚重的毛发。

一只光裸的手臂从鬃毛中露了出来，剑的主人一击得手，纵身跳到半空，又一剑从空中刺下。冷风吹散了他黑亮的长发，露出英俊冷漠的脸，正是失去踪迹的眠狼。

## ·九·

"咳！"眠狼正在全力打斗，老头子的力量已经无法支持他瞬间的爆发力，他剧烈地咳嗽起来，不得已，只能让熊男退下。

眠狼剑术高妙，只见他与玄剑合二为一，化为一团黑色罡风，转眼就将那怪物围住。怪物背后的鬃毛不断被剑削掉，渐渐现出了一个少女的身躯，她赤身裸体，像是初生的婴儿般纯洁干净，在皑皑白雪的衬托下，美丽得令人不敢直视。少女的眼睛微微睁着，但是手脚和皮肤都跟巨狼的身体长在了一起，倒像是寄生在了这可怕怪物的身上。

眠狼看到少女的情形愣了一下，显然没有想到自己会面对这样棘手的情况。但就是这么一晃神的工夫，却被巨狼钻了空子，它咆哮着纵身扑向眠狼，一爪就抓向了他的胸口。

刹那间鲜血四溢，少年胸前被抓出了几道深深的血痕。而在丛林的边缘，一直竭力支持眠狼打斗的老头子突然发出了一声闷哼，他捂着自己的右胸，脸如金纸，呼吸得越来越急促。眠狼寄居的位置是他的肺，眠狼受创，他的肺也被连累受伤，他咳出一口鲜血，弯腰倒了下去。

周围的狼群察觉到驱魔师露出的破绽，同时暴起，一起扑向了倒在雪地中的少年驱魔师，争先恐后要分食他的血肉。

"给我滚！"眠狼再也顾不上跟巨狼纠缠，将黑色长剑舞成一团乌光，疾冲着去救主人。

剑风所到之处立刻有三匹狼被活活劈开，血肉内脏撒在了白雪中。可是血的甜香在冷风中飘散，令这些畜生们完全不怕死，断手断脚也要分到一点能增进力量的鲜血。

眠狼挺剑而上，乌光闪过，又有几匹狼被分尸，但是他胸前的伤口也撕裂得更严重，鲜血从他的胸口涌出，濡湿了他的黑衣。

"吼！"巨狼也闻到了老头子的味道，不甘示弱地扑了过去。

它是杀掉了无数狼才演变成的怪物，本已是半个妖怪，如果再得到驱魔师的血，力量更会倍增。它像是远古的神兽般气势汹汹，不可抵挡地冲向了老头子，鬃毛在月光中摇摆，铜铃般的大眼变成了触目惊心的血红色。

所有狼的兽性完全被激发，刹那间都嚎叫起来，整个祈山都充斥着刺耳的叫声。

但是巨狼背上寄生的少女仍然双眼紧闭，连动都不动一下，而且随着巨狼勃发的凶残兽意，她的肢体与狼背结合得越来越深。

眠狼踏上一步，横剑在胸，硬生生地挡住了巨狼的俯冲。强劲的冲力让他在雪中疾退了两丈远，还没等他站稳，巨狼再次冲了过来。

血浸染了他的黑衣，这个倔强的少年仍然冷硬地昂着头，屹立不倒。他不是不能切断这怪物的咽喉，可是如果那样的话，跟它共生的少女的魂魄也会灰飞烟灭。

"香香，你醒醒啊！"他目眦欲裂，压抑地低吼着，再次横剑挡在了胸口。

但这次就没有那么幸运了，巨兽一仰头就将他挑到了半空中，张开大口，一口咬住了他半个肩膀。黑衣的少年如败絮般倒在了血泊中，怪物啃咬着他的血肉，他徒劳地举剑抵挡，手却再也握不住剑，那柄乌钢黑剑就像这个英俊而倔强的少年一样，折堕在白雪中。

"哎！"冷风中传来了谁的叹息，与怪物共生的少女缓缓睁开了眼睛，她的目光清澈而澄净，恍如一个刚刚来到人世的婴儿。

但眠狼再也看不到这一幕了，他黑玉般美丽的眼睛敛去了光彩，像是石头般毫无生气。

"他是我的！"然而就在这时，星空之下，白雪之中，突然传来了一个清朗的声音，那声音从聚集的狼群里响起，仿佛来自地狱，"还没轮到你破烂货吃他！"

无数道白光骤然从平地而起，那是一条条闪亮坚韧的银丝织成的网，网的中间站着仅着单衣的清俊少年，鲜血染红了他苍白的脸和衣襟，让他看起来恍如一个从地底爬出来的恶鬼。

"阿朱！干掉这些畜生！"他奋力朝天空中一挥手，将他笼罩其中的网瞬间就变成了无数条钢刃，射向狼群。刹那间哀嚎四起，他身前一丈远的狼都变成了模糊的血肉，其余的狼感受到了妖怪的邪气，立刻吓得夹着尾巴狂奔。

"地龙！"老头子咳出一口血，脸上现出残忍之色。

一只棕色的巨爪从雪地中钻出，在积雪中划出爪痕，以迅雷不及掩耳之势抓住了巨狼的前肢。凶残的怪兽发出了愤怒的咆哮，震得树梢上的雪簌簌而落，再也顾不上眠狼，想冲向老头子，却寸步难移，地龙紧紧地抓着它，甚至将它壮硕的腿勒出了血痕。

"你这破烂玩意儿，还想当我的对手吗？"老头子剧烈地咳嗽起来，鲜血从他的口鼻喷出，可是他毫不在意，还顺手掐死了想要舔舐他鲜血的两个不成形的小妖。此时这文弱俊秀的驱魔师已经变得比妖怪更为可怕。

"熊男！"他连站立的力量都没有，却奋力唤出了另一个妖怪。

熊男庞大如小山的身影出现在巨狼面前，巨狼张开大口扑向了这强壮的汉子，熊男闷哼一声，硬是以双手撑住了它的血盆大口。这是力量和力量的对决，獠牙刺进了熊男小臂健硕的肌肉中，怪物的嘴角也被熊男撕裂，渗出了点点血丝。

刹那间山中寂静无声，只有老头子急促的喘息声在风中回荡。这是生死攸关的时刻，只要谁退让一步，就会跌入死亡的深渊，万劫不复。

"啊啊啊！"熊男感知到了主人的危机，力量在瞬间澎湃而起，他双臂加大力量，硬生生将巨狼撂倒在雪地中。巨狼沉重的身躯砸到地面上发出轰然巨响，林木中积雪簌簌而落，像是下了一场暴风骤雪。

熊男一击得手，挥起拳头就砸向了巨狼的脑袋。一拳又一拳，坛钵大的拳头带着强劲的力量打在肉体之上，发出了死亡的闷响。

"不、不要……"眠狼的意识渐渐恢复了，他躺在雪中动弹不得，却仍直直地望着巨狼背上的少女。

少女也睁开了眼睛，面白如纸，凝视着眠狼，她的嘴唇微微张着，似乎想说什么，却又说不出。

熊男却完全不管他的劝阻，仍然要杀掉这凶残的怪兽。巨狼结结实实地挨了他几拳，但在瞬间翻过身，张口就向熊男咬去。

熊男躲开一击，举拳就砸向了它的脊背，那是与它共生的少女的所在。然而就在这时，一个黑影从斜刺里钻出来，一下就挡在了女孩的面前。

熊男夹杂着罡风和死气的拳头硬生生地收了回来，就是这么一滞，巨狼一回头就咬住了

贰·杀破狼

那个突如其来的影子。

"咳！"一直强撑着的老头子终于撑不住了，他哇地吐出了一大口鲜血，脸如金纸。

熊男威武的身影随风化入夜色，连桎梏着巨狼的地龙也消失不见。驱魔师排山倒海的力量化为无形，他像个再普通不过的人类，匍匐在雪地中，连动一下都很艰难。眠狼再次受伤，像是有万根金针刺进了他的肺中，即便他有钢铁般的意志也扛不住了。

"真是的，没想到被你拖累成这样……"老头子喃喃自语，索性倒在雪地中，连眼皮都抬不起来。

所以他最讨厌这些妖怪们肆意妄为地恋爱，因为一旦它们爱上别人，总是由他来陪葬。

可是在孤寂的长夜里，漫长的岁月中，谁又能抵挡爱的温暖呢？

·十·

眠狼像是败絮般挂在怪物的獠牙上，他英俊的脸依旧冷漠，却像个残破的娃娃似的毫无生气。然而就在这时，一只如兰花般柔嫩的手伸出来，捧住了眠狼染尽鲜血的脸。

"眠狼，是你吗？"狼背上的少女痛哭着摩挲着爱人的脸，她纤细的身体渐渐从巨狼的躯体中分离而出，兰花般洁白柔软的肢体缠在了眠狼的身上。

"是我啊……"眠狼闭上漆黑漂亮的眼睛，叹息般说，"你终于回来了……"

"我好像做了一个长长的梦，梦里很冷。"女孩轻轻地说，像婴儿般钻进了眠狼的怀中。一直鲜有表情的眠狼难得地笑了，紧紧地搂住了少女的纤腰。

"我们永远不要再分开了，好不好？"女孩撒娇般地问。

"好。"

眠狼言简意赅地回答，怀抱着少女的生灵，自己伤痕累累的身体感觉充溢着强大的力量，他以仅余的一只手挥舞起长剑，剑光暴起，在夜色中划出优美的弧线。乌光所到之处，巨狼连哼都没来得及哼一声，硕大的头颅就滚落在地，血花喷涌，笼罩着这对久别重逢的少年男女，像是搭起了一顶残忍而炫目的红纱帐。

老头子被眠狼的杀招耗尽了最后一丝力气，他连哼都没哼一声，就痛得晕了过去。

在无尽的黑暗中，他仿佛看到眠狼和香香相拥着倒在白雪中，在最终的最终，爱唤醒了沉迷于兽性的灵魂。

野兽般的少女，投入了少年的怀抱。

·尾声·

老头子的伤足足养了两个月才渐渐复原。当他再次踏出木屋时，已经是春风送暖的三月。

此时新春已过，冰雪消融，沉眠了几个月的山脉似乎也在春风中变得如少女的眼波般明媚。

他依旧咳嗽着去找李老汉，因为这个老猎户对他有救命之恩，他总是会提着最香醇的酒去做客。在那个恐怖的夜晚，是李老汉带着几名猎人铤而走险地进山，才在如修罗场般的血腥之地找到了因重伤而昏厥的他。

据说祈山深处的那片空地中，除了他之外再也没有一个活物，几十具狼尸围在他的身边，都被砍得七零八落，仿佛有妖怪经过。而最可怕的是在他身前不远处，居然倒着一匹马匹般大小的狼，而这巨狼的头被人一刀削下，落在地上，足有面盆那么大。

获救的少年被带回小镇，喝了十几天参汤才捡回一条命。而奇怪的是，在他苏醒的同时，猎户家那个疯了两年的女儿也逐渐恢复了意识。

"是你做的吧？"李老汉小心翼翼地问，"你杀了那个怪物，找回了她的魂魄？"

"不是我。"彼时老头子望着窗外的草长莺飞，脸上浮现出一抹苦笑，"是另外的人，一个不爱说话的傻瓜。"

李老汉愣住了，他绞尽脑汁也想不出小镇中竟然隐藏着这样一位高手。

可就在同一个温暖的午后，眠狼正坐在一棵高大的柏树上，眺望着不远处猎户家的红墙黑瓦。温婉的少女坐在窗前，一边轻哼着小调，一边做着女红。她的脸庞丰盈而红润，与两个月前的消瘦憔悴完全不同，乌黑油亮的长发梳成一个同心髻，像一朵含苞待放的花。

"新春至，人乍别，长江水，流残月。悠悠画船东去也，思量起，恨长夜。"轻软的歌声飘飞散落，随着春风散入祈山。

女孩脸色绯红，唱着这动人的情歌，似乎思念着情郎，但是她的心中再也没有了那个喜欢穿黑色衣服的英俊少年。乌头草的魔力退去，迷路的魂魄找到了自己的身体，关于少年的记忆也像是在春风中融化的冰雪般消失了。

少年坐在高处，看了许久许久，直至明月爬上树梢，才悄悄地离开了，就像他来时一样，毫无声息。

当四月的鲜花遍布山坡时，老头子踏上了离开祈山的路，在临走时，他把白虎皮送回了猎户的家中，说是要留给香香做嫁妆。

此时香香已经完全复原了，她正在院子中帮母亲干活，健康得与其他山里的女孩并无差异。只是她从老头子的手中接过虎皮时，眼底闪烁出一丝哀伤之色，纤细的手指在虎皮上的齿痕处摸了又摸。

"先生，为什么我的心里会这么难受？"她打量着少年清俊的脸，仿佛要在那张脸上看到谜底，"我好像忘了一个很重要的人，却偏偏怎么也想不起他是谁。"

"那就别想了，你将来就会懂，人生总要留点遗憾。"老头子轻咳了两声，笑着对她说，"你虽然忘了他，却拥有了新的希望。"

香香似懂非懂地看着他，似乎根本听不懂他的话。

"那是他留给你的，最好的礼物。"

这个清俊的年轻人说完之后就起身告辞了。他身穿一件洗得发白的青色长袍，宛如一片飘飞的柳叶，随时都能化入这温暖的春风中。

在门外不远处，一个身穿黑色镶缎短衫的俊美少年正在等着他，少年看到他就迎了上去，接过了他肩上的行囊。

香香恋恋不舍地看着少年矫健的背影，仿佛在祈望他不要离开，但他追随着老头子的脚步远去，从始至终都没有回头看一眼。

落日沉入林海，芳草在暮色中摇曳。

老头子跟眠狼一前一后地在大山中赶路，明月的银辉洒满了茂密的树林，在山的深处隐

贰·杀破狼

约回荡着悠长的狼嚎，宛如呜咽。

"眠狼，是你在哭吗？"夜色中，老头子轻轻地问。

少年却望着林梢上的满月，素来冷漠的脸浮上了一丝笑意。

爱从来都不是占有，而是守候、奉献或者遗忘。我得到爱，又付出了爱，又怎会在长夜中独自惆怅？

长夜幻歌

贰

叁·白头吟

落花风里，遥遥送来谁的浅吟低唱，而这天下的痴男怨女，最终不过离散的离散、飘零的飘零，唯情真意重之人，共度白头。

"这么说，朱老爷这次请我来还有别的事情？"平江城的明月楼中，身穿锦衣的少年公子一边品尝着葡萄美酒，一边漫不经心地问。

"是。"一位中年人端坐在他的面前，额上汗珠密布，显然心中异常紧张。

他是平江城的香料商人，前几天祖传的舍利失窃，辗转通过朱文浩找到了这名驱魔师，只在短短三天之内就令舍利失而复得。这文弱少年的好身手像是一把业火，点燃了朱老爷心中的魔障。在这个交付酬金的夜晚，他又想拜托这名少年驱魔师再替他做些事。

少年身着锦衣，黑发梳得一丝不苟，款款而来。但他只字不提酬金的事情，仿佛只是单单为了欣赏平江城的美景。窗外河道交错，小楼林立，辉煌的灯火与天幕中的浩瀚星图交相辉映，简直像将天上的宫阙搬到了人间。

屏风后怀抱琵琶的歌女在弹着小调，咿咿呀呀的吴侬软语，唱的是《白头吟》。"皑如山上雪，皎若云间月。闻君有两意，故来相决绝……"本来是哀怨的诗句，但用平江话唱起来，就像女儿家撒娇般柔媚。

朱老爷终于绷不住了，他连连挥手，驱散了弹琴弄曲的歌姬。明艳奢丽的房间中只剩下两人，静得连呼吸的声音都能听到，在这压抑的气氛中，甚至连墙上那幅花开富贵的牡丹图中鲜红的花瓣看起来都有些狰狞刺眼。

"试试这个。"少年为朱老爷倒了一杯透瓶香，有时男人们做决定是需要几杯爽辣的烈酒的。

朱老爷接过酒杯一饮而尽，又接连喝了几杯，再抬起头时，双目已经染上血色。

"我想求你帮我杀一个人。"

少年咳嗽了几声，春天的风还有几许寒意，沁入肌肤，令人难过。

"是什么人？"

"一位姓周的商人，我曾经的合作伙伴。"朱老爷的声音沙哑而低沉，"就在几天前，我们合作运香料的船队遇上海难，我的几艘船全部沉了，他的船却完好无损。幸免于难的伙计告诉我，在出事的那天，海底突然浮现出无数海蛇，它们将船底钻出洞，才导致了沉船。而失去了船上价值万金的龙涎香，我几乎倾家荡产……"

"海蛇虽然常见，但总不至于会把船底洞穿……"少年一语道破玄机，令妖怪妖力倍增的能力，倒不是寻常人有的。不知为什么，他想起了在常州府化身为蛊虫的顾五娘。在漫长的夜色中，似乎有一股强大的势力在暗暗涌动。

"这位周姓商人是一年前来到平江的，谁也不知他从何而来，但是他来了之后势力就不断壮大，紧接着纷纷有商号倒闭。我开始也以为是那些商人们运气不好，但这次我终于明白，可能有妖怪作祟。"

明月楼中依旧烛火通明，但景致与方才截然不同，泼墨般的暗影中似乎随时都能跳出来一个可怕的怪物。

"所以你想杀了他？"他也无心喝酒，放下酒杯。

"是！我这辈子都没有做过这样阴狠的事情，但是他跟我无怨无仇，却害我到这种田地，即便堕入地狱我也要搏一搏。"朱老爷拿出一只精致的象牙小盒，双手捧到他的面前，"先生，我的资金大部分都被拿去抵债了，只有这祖传舍利是无价之宝，希望能够取那狗贼性命。"

"用不了这么多。"老头子笑着推开了他的手，又咳嗽了两声，"再说我又不是出家人，要这舍利有什么用？"

朱老爷愣住了，似乎生怕被拒绝。

"不过我会去调查你说的那个商人，如果侥幸事成，希望你能把这舍利捐给平江城的文殊寺，也算做一件善事。"

"想不到你虽然年轻，却胸怀大义。"商人不好意思地笑了笑，将象牙盒妥善收存起来，黝黑的脸膛因激动而变得通红。

老头子哑然失笑，转而看向雅阁中那面铜镜，镜中映出一个不过十几岁、眉清目秀的少年的面容。看来这副青春永驻的皮囊果然好用，世人总是在乎外貌，谁又有耐心去仔细打量你的心？

于是他装出少年们特有的颇有朝气的笑容跟朱老爷告别了。刚刚走出雅阁，就有一位身着罗衫的妖媚女人缠了上来。

"这位客人，可要喝酒？我这儿有新酿的柑橘酒。"她笑意吟吟地伸出食指，在他单薄的胸口划来划去，"看你是个俊俏郎君，钱可以少算你些。"

"真是可惜，我已经有约了。"老头子扬眉一笑，指向楼梯的方向，而那暖红的烛光中正站着一位身穿黑色纱衣、雪肤花貌的女子。她的腰以素绢缠住，细得不盈一握，婷婷立在画柱前，宛如一只温润的瓶。而且最妙的是，这个美丽的女子几乎是为夜色而生，烛火的光辉在她的黑绸长裙和羊脂般的肌肤上游走，明艳不可方物。

女孩子白了那黑衣艳女一眼，快快地离开了。

"死老头子，你又骗人。"阿朱挽着他走出了明月楼，娇嗔着伸出手指在他的额上一点。

花街上灯火辉煌，姑娘们穿得花团锦簇，头戴花冠，在河中泛舟而行，香艳迤逦，花船行到哪里，都引来行人们惊艳的目光。

他跟阿朱的身影映在河水中，一个公子年少，一个艳丽无双，在外人看来，不失为一对儿璧人。可是这些秉烛夜游漏夜寻欢的凡人们，永远猜不到在那些徜徉于暗夜中可怕的真相。

·二·

次日午后，老头子就拿着朱老爷的荐函来到了平江府的商会，最近这位周姓商人跟会长走得很近，每隔几天就要往商会跑一次，两人似乎有大生意要做。

在递出荐函后，立刻有仆人带他到客厅中等候，虽然他今日穿了件上等的天蓝色绸袍，打扮得精致文雅，可脸长得太嫩，又总咳嗽着，仆人没把他当回事。他左等右等也不见会长的人影，干脆向客厅后的花园走去。

那是个精致的园中园，内有假山奇石，绿水潺潺，即便在以园林众多著称的平江城也是出类拔萃的。园子里的假山堪称杰作，有的像西施捧心，有的像猕猴献桃，衬上别出心裁的紫藤白兰，简直是一处一景。

他在园子里流连，不知转了几个圈，只见园中多了一张八仙桌，桌上放着樱桃酪和桂花糕，都是他爱吃的甜品。一个身穿水色绸缎长衫、乌发如缎的人坐在八仙桌前，天光云影照在这人的身上，如梦似幻，一时竟分不清是男是女。

老头子脸色骤变，止住寻芳问柳的脚步，转身向回走。

"等等。"但为时已晚，那人已经出言呼喝，声音清朗动听，显然是个男人。

"误闯入公子的花园，真是抱歉，在下这就告辞了。"他连忙鞠了一躬，再次要脚底抹油。

"你不是来找人的吗？"然而这青衣公子却含笑向他走来，这个人面容娟秀，眉目温润，生得一双细长的笑眼，眸光蕴着水色，如春水般多情，又如春水般多变。

"是的，但是在下找的人却并不是你。"他一拱手，仍然要走。

"可是我一直在等的人却正是你。"这人开心地快走两步，拦住他的去路，"我叫青岚，你也可以叫我小青。"

可老头子不敢叫他小青，生怕他一不高兴就给自己好看，但是青岚却非常客气地邀请他坐到八仙桌前，轻轻地打了个响指，立刻有一位着粉色襦裙、红色上衣，梳丫髻的胖丫头自花丛中转出来。她长得像个面团，一扭一扭地为他们温酒布菜，怎么看都让人想笑。

"这是今年新酿的桃花酒，取桃花的花瓣和蜜酿就而成，最适合春天饮用。"青岚却不觉得胖丫头有什么不好，像个好客的主人似的连连劝酒。

"还是不饮为妙。"他轻轻咳嗽着。

"为什么？"

"因为自从我踏进这个花园，太阳始终停留在那棵柳树的树梢，根本没有西移。"少年驱魔师指了指天边的一轮红日。

青岚长而微弯的眼睛上挑着，活似一只狡猾的狐狸，衬着白玉般的面庞，在静止的阳光下看起来格外诡异。而那胖胖的侍女面容也像面具般僵硬，许久没有变化。

"眠狼！"老头子轻轻唤出了一个名字，园林里响起了孤远的狼嚎，仿佛将这锦绣花园衬成了无边旷野。

一道乌光刺向胖侍女的腰间，她连哼都没哼就倒在地上，但是落地的刹那就变成了一截花团锦簇的桃枝。眠狼手持乌钢宝剑站在他的身边，依旧如玄铁般冰冷，整个人带着一种凌厉的、生人勿近的绝情之美。

"怎么突然就动起手来了？"青岚却不害怕，他仍然眯着笑眼，觍着脸套近乎，"不就是请你喝杯酒吗，大不了不喝就好，何必生气！"

眠狼眼若寒冰，俏脸一沉，身手迅疾如风，毫无预兆地又一剑刺向了这翩翩公子的胸口。但青岚的身影却如一阵风般飘忽而逝，剑气落空，黑衣少年急忙沉下脚步，才稳住了疾冲的身形。

　　周遭的景物在瞬间发生了变化，优美错落的园林消失不见，八仙桌也变成了腐朽的树根，夕阳像是一盏破败的红灯笼，将灭未灭地挂在天边，呈现在老头子面前的只有一片荒芜的空地，以及几棵虬枝错节的老树。青岚如春水般坐在树梢上，笑眯眯地望着他。

　　"听说你叫老头子？"一只鸟从树枝间飞过，他长手一伸便抓住了那可怜的雀儿，放在手中把玩。

　　"没错。"老头子打量了一下四周，只见这荒园紧连着商会的园林，不知为何却并未开辟。

　　"我们合作吧。"青岚直直地望着他，下颌藏在长发中，尖削而小巧。

　　"如何合作？"

　　"你跟我的敌人是一样的，如果没有猜错的话，你可是为了那位奇怪的周老爷而来？"他眼中似藏着针，能刺进人的心底。

　　"不，我只是想来拜会一下商会的会长。"老头子笑眯眯地应对，这是显而易见的谎言，但是不知对方的底细，他怎敢轻易交付血肉？

　　"你还不知道自己要面对的是什么。"青岚眯着笑眼，十分有耐心地说，"早晚你会分给我你的血。"

　　说罢他一松手，惊惶的麻雀如箭一般冲上天空。就在这时，残阳敛尽光辉，天仿佛在一瞬间就暗了下来。

　　虽然已是春天，傍晚的风仍蕴含着残冬的凉意，这个叫青岚的妖怪伸手一点，老头子的脚下就出现了一条鲜花盛放的道路。

　　老头子朝他挥手微笑，感谢他的美意，倒是眠狼一副宠辱不惊的模样，背负黑剑，板着俊脸跟在后面。

　　"皑如山上雪，皎若云间月。闻君有两意，故来相决绝……"晚风中传来谁低低地吟唱歌曲的声音。

　　老头子走到一半，回头打望，只见身后一片荒芜，黑暗中只余老树的枝丫在风中微颤，哪里还有青岚飘逸的影子？

·三·

　　后来他还是见到了商会的会长，那位白发苍苍的老人很热情地接待了这个看起来孱弱文雅的少年。三月的春风中，他们依旧坐在客厅中喝茶，可是再也没有什么别致美丽的园子，厅堂后只有一片荒芜的空地。

　　据郑会长说，那块地原本也打算建成园林，甚至都找好匠人精心规划过，可是不知为什么，每当要破土动工之时，总有怪事发生，不是工具被盗，就是工人集体昏睡，都是既让人觉得诡异又令人哭笑不得的恶作剧。大家都猜测这块地里有地仙，所以再也没有打过它的主意，只能任由它荒着。当他这样说时，脸上的表情像是吞了个胡麻般难过。

　　"可惜了我那块地，不知道是被什么东西霸占着，如果有人能帮我祛了这块心病就好。"在老头子跟他告别时，他还在嘟嘟囔囔地说着。这位庸常的老人完全没有留意，比这调皮捣蛋的妖怪更可怖的存在——那个在他口中勤勉而谦和、出手阔绰的商人周老爷。

所以当老头子离开这座位于平江府上风上水之处的好园子时，已经对那位未曾谋面的商人有了初步的认识。那是一个看起来朴实而敦厚、毫不浮夸的中年人，据说他待人谦和、慷慨大方，无论去哪个商号拜访，都会有主人的笑脸相迎。但奇怪的是，他从未邀请过朋友去自己家里做客，有的人甚至连他家住在哪里都不清楚。

一年下来，他在平江府陆陆续续开了几家店，生意涉及丝绸、香料、木材，店子的数量都以飞快的速度增加，而且就像那位朱老爷所说的那样，跟他合作过的商号总会因莫名其妙的原因倒闭：有的店铺被烧；有的被莫名其妙地揭发货品以次充好，导致整个商号都受到牵连；还有商号运送货物的船在水中沉没。

偏偏这些怪事都是天灾，鲜有人祸，所以没人留意到其中的关键。看起来这是个心思缜密、出手狠辣之人。老头子回到自己的住处时已经有了主意，对付这种聪明人不能正面交锋，所以先派阿朱去探探虚实。

阿朱很快就带来了他要的消息，包括周家老爷住在哪里，他最近跟哪些人走动密切。

"只好钱，惯于昼伏夜出。"这晚灯光摇曳，身穿陈旧布袍的少年坐在灯下，轻轻念出了绢纸上的墨字，"除此之外，他没有别的爱好吗？比如收集名画美玉之类？"

"没有。"阿朱摇了摇头，"既不喜欢女人，对美食也毫无追求。"

"有家眷吗？"

"据说妻儿都在西京，并不在平江。"

"简直不像个真人啊。"他长叹一口气，在灯下连连摇头，"甚至连弱点都没有。"

不过还好他有足够的时间等猎物露出破绽，只要是人，就不会毫无可乘之机。他索性在平江赁了一处临水而建的偏僻小楼住了下来，将平江城星罗棋布的河道和道路摸得一清二楚。对一个猎人来说，比捕猎的一瞬更重要的，是了解猎物的生存环境，掌握丛林的呼吸。

月亮的影子圆了又缺，当天心中的月影变成一弯玉钩时，阿朱婀娜的身影再次出现在窗边。彼时老头子跟眠狼正在喝一壶新得的蓬莱春，配上炙好的小羊腿，堪称一个良宵。当然，如果他的酒伴不是个闷葫芦就更好了。眠狼虽然是个俊美少年，但不知他是不是还没从失恋的伤痛中痊愈，永远都耷拉着脸，冷得像一块万年玄冰。

"老头子，你居然如此悠闲。"相比之下，阿朱就好多了，她笑眯眯地向这清俊的主人走来，毫不客气地夺过他手中的酒杯，喝光了浓香的琼浆。

"三月暮，花落更情浓。长空皓月，美酒怎堪负？"老头子一见阿朱，立刻诗兴大发，作势又敬了她一杯。

"你想不想听点有趣的事情？"

"什么有趣的事？"他扬眉浅笑。

眠狼见两人有话要说，便自趣地站起身，拿起乌钢宝剑走下了小楼。

"这个闷人，真是无趣，也不知你怎么受得了他。"阿朱瞥了眠狼一眼，朱唇微启，撒娇般说，"我今天在商会的郑会长家得到消息，四月初八，商会要在文殊寺做一场盛大的法事，届时平江城所有的商人都会来参加，你不想去见见那个人吗？"

老头子听到这个消息，嘴边浮现出一抹笑意。阿朱与他共享生命，心意相通，立刻就明白了主人的想法。老头子献宝般从食盒中拿出一碟新鲜的虫卵，递给了阿朱。黑衣艳女的杏眼中迸发出兴奋的光芒，乐不可支地以手捻起白色的虫卵，就着蓬莱春品尝去了。

窗外明月西斜，淡淡地挂在柳梢，仿佛美人的一抹泪痕。

离四月初八只有三天了！

四月初八是释迦牟尼的诞辰，因要以香水沐浴佛身，自汉代以来，这天便被定为浴佛节。而寺庙中也会举行盛大的浴佛仪式，礼请法师开坛说法，谈道论教，祈求佛祖福弥天下，消灾解难。

这天文殊寺中人山人海，挤满了平江城中的善男信女，老住持和他的弟子们恭请出佛祖的金身，在晨光中将商人们捐赠的香水洒在了佛像上。

这天老头子特意换了件朴素的白布袍，夹杂在人群中，像谁家刚长成的孩子般毫不起眼。他遥望着站在大殿最前排的商人门，很快就留意到了一个朴实的身影。那人站在商会郑会长的身后，年逾不惑，体态臃肿，脸色呈现出一种不正常的灰黑色。四月里充满勃勃生气的阳光照在他的身上，却无法为他平添一丝生气，活似一尊木讷迟钝、毫无生命的绘金泥塑。

"怎么样？看到你的对手了吗？"他正仔细地打量着那位商人，耳边突然响起了清朗悦耳的低语。

他回头一看，只见青岚正笑眯眯地站在自己身后。今日他穿淡青色长衫，头戴黑色纱冠，皮肤透着晶莹的玉色，既飘逸又俊美。而最妙的是，他身上自有一种惑人的风流，远远地有几位妙龄的姑娘正在含羞带笑地望向他们这边。

"好久不见。"老头子轻咳了两声，对青岚打了个招呼。

"上次我提的建议，你考虑好了吗？"

"我们各干各的，井水不犯河水。"

"为什么？"青岚很诧异，瞪圆了眼睛，瞳仁是漂亮的金色，在阳光下闪烁着诡异的华光。

"因为我还没决定要插手这件事。"其实他没有控制住青岚的把握，更不知道这强大的妖怪执意要得到驱魔师血液的目的，与这可怕的妖怪为伍，难保他哪天心情不好，会把自己拆吃了增添力量。

"你一定逃不开的。"青岚眯着眼，胸有成竹地笑了，宛如一只狡黠的狐狸，"因为我等你这样的驱魔师已经足足等了一年。"

白衣少年盯着他的眼，示意他继续说下去。

"给你个提示吧。"青岚垂下头，将唇凑到他的耳边，轻轻地说，"平江城中一个驱魔师都没有，你说是为什么呢？"

"而且，除了我之外，连一个妖怪也没有。"他的发丝拂在老头子光滑的脸上，痒痒得令他难过，但青岚很快就移开了身体，"想找我的时候，呼唤我的名字即可。"

青岚清瘦的身影倏乎而逝，恰似徜徉在初夏的青岚之风。而这时老头子才发现，熙攘的人群早已散去，只有他一个人站在庙宇前。风里飘荡着烛火的香气，大殿后传来柔和低沉的诵经声，法师即将为众信徒讲述佛法。

"阿朱，继续跟踪那个商人，看他最近跟谁做生意。"他轻轻吩咐一句，便摇着折扇离开了文殊寺。

阳光透过菩提树亭亭如盖的枝叶，在地上洒下繁星般美丽的光斑，而在这流动的光影和清风中，传来了一个女人娇媚的应答。

四月初八之后，暑气渐盛，平江城中鲜花次第开放，雪白的玉兰、烟霞般的樱花，将红墙绿瓦、碧水小楼都映得如新妆的娇媚娘子，美丽得可以入画。

姑娘们都换上了轻罗长裙，头戴鲜花坐在往来如梭的船上，四月的阳光照在她们粉白的面庞和青青的发梢上，引得路上的年轻小伙子们都移不开眼睛。

在这个如诗如画的季节，即便再坚硬的心也会变得柔软，阿朱忙着添置夏装，连眠狼这万年寒冰都似在这个暖意融融的初夏融化了。他望着河道边浣衣女孩们婀娜的身影，黑玉般冷硬的双眸中终于有了几许温情。

但是少年驱魔师却没有闲着，他每天轻摇折扇，像个浪荡公子般在花街上走一走，瓦肆里转一转，还会去茶舍中听上了年纪的说书人讲平江城一年来的怪事。

这些鱼龙混杂之地，最不缺的就是时新的消息。纷叠的信息如雪片般向他飞来，各家商号的老板都在哀叹今年的生意不好做，年初制定好的计划，总是因为各种原因无法执行。他们找不出原因，只能说流年不利，或许挺过这个年，一切都会好起来。

"皑如山上雪，皎若云间月。闻君有两意，故来相决绝。今日斗酒会，明日沟头水。蹀躞御沟上，沟水东西流……"

这晚他正在一边饮酒，一边查看手中繁芜的情报，窗外突然飘来了清朗的歌声。那是一个男人的声音，而且唱的又是那首《白头吟》，登时令他咳嗽个不停。

还没等他放下酒杯，小楼的花窗就被一股清风吹开，青岚已经坐在了窗沿上。与半月前不同，今天的他穿了件应季的嫩柳色长衫，衣领和衣襟处还绣着两枝青翠的细柳，配上那细长的眉眼和敷粉般的面孔，活脱脱就是个翩翩公子。

然而这文雅公子伸手朝老头子一点，他的酒杯中骤然绽放出一朵含着露水的芙蓉，花瓣在初夏的晚风中轻颤，栩栩如生。

"青岚，玩这种把戏有意思吗？"少年驱魔师放下白玉瓷杯，白了他一眼。

"凄凄复凄凄，嫁娶不须啼。愿得一心人，白首不相离……"青岚却很以自己的歌喉为荣，越唱越来劲，像是一只在春天孤独啼叫的黄莺。

随着他的吟唱，幻象还在不断增加，芙蕖开满了布置简陋的房间，荷叶蔓延到了棚顶，老头子倒出一杯酒，装着杏花白的酒坛中竟然有几尾金红色的小鱼游弋。

"我可不想跟个变戏法的合作。"他不耐烦地说，"如果你只会这个，那还是待在园子里自娱自乐吧。"

"何必这么认真，这只是一点小把戏，跟传说中能以幻术杀人的蜃妖比差多了。"青岚朝空中打了个响指，幻象尽数消失，小楼中只剩下孤灯明月和驱魔师清夜阑珊的形影，"我会的当然不止这些，你听过矛跟盾的故事吗？我就是那种既有矛又有盾的人。"

这个家伙说话绕来绕去，显然心意不诚，老头子冷哼一声，没有理他，只提起毛笔，沾满浓墨，在一个日期上勾了重重的一笔。

"哟，我果然没有看错，你真的很聪明。"青岚脸皮极厚，似乎脚不沾地就来到了清俊少年的桌前，"那姓周的最近就在忙这一桩生意，看样子事情的关键也就在前后几天。"

老头子白了他一眼，继续忙碌。正如青岚所说，他一直在留意周老爷的行踪，据说这位富贾即将跟平江府著名的丝绸铺锦绣春合作，要赶制一批上好绣缎，送往京城。而队伍的启程之日正在四月十五这天，黄历上写着"诸事大吉"的好日子。

"我们合作吧，你一个人应付不来的。"青岚突然搂住了他精瘦的肩膀，像是孩子般撒起了娇，"好不好嘛？"

他一个大男人摆出这样的姿态，简直令人肉麻。

"眠狼！"少年驱魔师在纸上勾勾点点，画出其中可能出纰漏的环节，连看都没看他一眼，只唤出了一个名字。

陋室中风声大动，烛光纷乱，墨纸飞扬，身穿黑色丝绸春衫的眠狼手持玄剑骤然现身，剑尖离青岚白皙挺翘的鼻尖不过寸许。

"真是容易发脾气。"青岚抱怨一声，身影一转，化入清风，像是一缕柳色烟云般消失，"过几天再见！"风里留下了他不羁的声音。

老头子把被风吹得乱七八糟的房间整理好，连连叹息摇头，只希望再也不要见到这个爱恶作剧的家伙。

但是生活并不是话本，往往事与愿违，很快这对冤家就再见了。

天上的月亮缺了又圆，水中的月影破了又聚。四月十五那天很快就到了，老头子换了件黑色的夜行衣，跟阿朱依偎着坐在一艘小舟上，小舟沿河停靠，紧挨着锦绣春位于下游的仓库。他这身打扮乍一看简直就是翻版的眠狼，只是脸上更多了几分戏谑。

他支起了舟上的乌篷，遮住了两人的身影，即便有人留意，也只会以为是一对偷情亲热的男女。

"你觉得他今天会来吗？"月朗星稀，阿朱将白嫩的双足伸在水中乘凉，好奇地问。

"如果是我，就一定会。"老头子沉吟着回答，这是一石二鸟的时机，只要在装车之前偷换了锦绣春的货物，不但可以砸了这家老字号的招牌，更能向京城的商人推销自己的货物，他怎么能错过如此天赐良机？

天上几近圆满的月影渐渐西斜，寅时过后，瓦肆勾栏尽数关门歇业，直至黎明之前，这段时间是整个平江城一天中难得安静的时候。

星月争辉的夏夜骤然间变得如死寂般沉静，偌大的城市像是被装进了一只光芒闪烁的珠宝匣中，只有虫鸣许许在熏风中回荡。

不知过了多久，乌云遮住月辉，而在这如水墨晕染的黑暗中，一片比夜色更浓郁的黑影出现在仓库前。住在前厅的守门人陷入酣睡，那影子像是流动的水，缓缓顺着紧锁的大门流了进去。

清凉的夜风中送来了一丝离奇的香气，却并不是雅士和女子惯用的熏香，更接近庙里的火烛气息。

老头子朝阿朱使了个眼色，妩媚漂亮的妖怪指尖弹出几缕蛛丝，缠住了岸边垂柳，身子一荡便轻飘飘地从乌篷船上落到了仓库的房顶。

借着阿朱的双眼，他看到了那片黑影的真相，那是无数蚂蚁组成的阴云，它们蜂拥着冲进仓库中，啃噬着库房中价值不菲的绫罗绸缎。

阿朱娇俏的面庞上立刻现出喜悦的神色，她从房顶倒悬而下，顺手就从门上抓起了一只拇指肚大小的蚂蚁塞入了口中。

"不要……"他眉头一皱，连忙阻止，但是已经来不及了，蚁群受到攻击，突然暴起，宛如黑色的海浪般从仓库中涌出来，直袭向阿朱丰盈美丽的身体。她发出一声娇呼，藕臂上已经覆满蚂蚁。老头子突然觉得眼睛吃痛，急忙唤回阿朱，阿朱的身影在半空中一荡，如夜雾般消散在风中。

但是事情并未到此为止，那些蚂蚁听到了驱魔师的声音，居然掉头就向他藏身的小舟扑来。蚁群正在岸边聚集，但一时半会儿无法渡河。

"眠狼！"他连忙朝风中呼唤。

眠狼的身影出现在仓库前，他与主人心意相通，立刻明白指示，一拳击碎了守门人所住的陋室，拿起窗前的煤油灯，将煤油洒在了仓库前，立即点燃。

火光冲天，惊扰了熟睡的守卫和周围的邻居，有几名腿快的已经拎着木桶来提水救火。这情景让躲在船上的少年现出笑容，但很快他就笑不出来了。因为呈现在他面前的是噩梦般的景象，蚁群无法渡河，居然列成了一堵两人多高的蚁墙，铺天盖地般向小船砸来。

他连思考都来不及，转身就跳入了河中。

## ·五·

冰冷的河水将他清俊的身影吞噬直至没顶，他做梦都没想到自己遇到的会是如此难缠的对手。而且蚂蚁闻到了驱魔师的血液香气，近乎疯狂地钻进了水里。眼见成百上千只黑蚁顺水缠上了他的衣襟，他急忙挥手赶走它们，可是仓皇之中却接连灌了几口水。即便是再厉害的妖怪在水中也施展不开，眠狼？阿朱？熊男？他们的脸在老头子脑海中闪过，却没有一个能解他此时之困。

"想找我的时候，呼唤我的名字即可！"在幽深黑暗的河水中挣扎的老头子耳边仿佛响起了一个轻柔舒缓的声音。

"青岚！"在深水中沉浮，他勉力做了一个口型，这声呼唤耗尽了他仅有的力气，几串气泡从口中溢出，如脱笼的飞鸟般翩跹漂向河面。

几乎气泡在河面上裂开的同时，一股暗潮从水底涌起，像是一只看不见的手轻而易举地冲走了他身上的蚂蚁。接着又一股水流涌动，托着少年驱魔师的背，飞快地将他送上了水面。而当老头子露出水面的刹那，阿朱便已现身，银丝一晃便缠住了主人的腰，几个起落就带他离开了这是非之地。

这一串动作配合得天衣无缝，令人目眩神迷，当老头子被阿朱带到空中的一瞬，他在忙于救火的人群中看到了一个长相敦厚的中年男人，那人身穿靛色锦袍，正仰着头双目满含怨毒地望着他所在的方向。这是老头子这晚看到的最后景象，在阿朱温暖丰盈的怀抱中，他很快就陷入了昏迷。

在漫无边际的黑暗中，隐约有一双毒如蛇蝎的眼如影随形般黏在他的身上。

青岚帮助老头子脱困后，更加大摇大摆地登堂入室，当苍白的少年从长梦中醒来时，见到的就是青岚跟眠狼争风吃醋的情景。眠狼脊背笔直地端坐在主人的身边，守卫着老头子的安全，而青岚每次觍着脸要凑过来，都会被他以长剑逼走。一来二去，两人一言不发地在简陋的房间中打了起来，不是剑气驱赶了风，就是风压倒了剑气，弄得屋子里桌椅皆翻，一片狼藉。

"够了！"老头子被他们吵得头痛欲裂，再也不能装睡。熊男随着他的怒气立刻登场，高大得如神魔的身躯骤然将狭小的房间挤得满满当当。

在有限的空间中，长剑无处施展，清风也无可遁形，战争总算暂时停止。

"那个人到底是什么来历？"就这样，在熊男的制衡下，老头子总算换得了片刻宁静，连连咳嗽着问向青岚。

"你不是看到了吗？他也是个能驱使妖怪的人，跟驱魔师没什么两样。"青岚细长的眼睛闪烁出不屑的目光，"可是这人却非常聪明，知道自己能力有限，只使唤细小密集的虫蚁蚊蛇之类的魔物，非常难缠。而跟他作对的妖怪和驱魔师大部分都被他干掉了，我曾见过一个驱魔师被他用毒蚊活活叮死，全身被咬满了包，溃烂流水，足足哀嚎了七天才断气。"当他说这些时，连暮春绚烂的晨曦都被染上几分阴霾，老头子也虚弱地咳嗽了两声。

"身为一个普通人，驱使妖怪未免太过危险。"驱魔师与妖怪共生，维持了利益和力量的平衡，为了自己的性命安全，妖怪也要保护主人。但是这种平衡一旦被打破，连驱魔师都有被反噬的危险，更何况是人类？

"他利用的是恐惧。"青岚眯着细长的眼睛，脸上现出狐狸般精明的神色，"没有契约，也无需奉献自己的鲜血，全靠力量的压制，通过驯养和符咒，令妖怪对他心生畏惧。"

"怎么会有这样的人……"老头子想起了蚁群出现时的香烛气味，明白青岚并没有骗他。

"驱魔师已经过时了。"

"什么？"

"现在人类利用妖怪，可不像你们那样优雅又复杂。"青岚以看老古董的怜悯眼神看了他一眼，就起身离开了。这次他没吵着要分他的血，而老头子终于明白，自己其实没那么抢手，青岚想要跟他合作，也许只是无奈之举。

阳光照进小楼，将飞舞的尘灰映得如金屑般耀眼。不知为什么，明明是朝阳时分，却令始终年少的他嗅到了沉沉暮气。

那晚之后，突如其来的大火虽然让附近的居民受惊，却只烧毁了一小部分绸缎，锦绣春的伙计在黎明时分将剩下的绸缎顺利装车，而老板发现了蚂蚁的踪迹，在车上特别装了防止虫蚁的香料。

绸缎在京城受到欢迎，一进布行就被各家商铺分抢一光，但合作的周老爷却只赚了一点毛利。货物如同美人，最怕比较，他的绸缎与锦绣春的摆在一起，俨然老妪站在二八少女身旁，无论如何也瞧不出俏。

这个好消息像是一缕阳光照亮了弥久不散的黑暗，平江府的商人们都面有喜色，连年过六旬的郑会长都变得精神矍铄，走路带风。

"拜托你果然是对的。"当喜讯跟夏风一起传到平江城时，已是五月中。端午一过，天气就闷热得让人心烦，少年驱魔师换了件轻薄的夏装与朱老爷坐在凉亭中饮茶纳凉，朱老爷满面红光，与一个月前落魄的模样大不相同。

"过奖了，这次只是侥幸。"老头子谦逊地回答。他没有说谎，如果没有青岚，自己现在早就成了沉在水底的一具白骨。

"听说，那家伙最近郁郁寡欢，鲜少出门。"朱老爷压低声音说，"而借着锦绣春的势头，郑会长也接到了一桩大生意，据说他得到了'茶券'，但这活儿不是郑家一家能吃掉的，最近正在选择合作伙伴。"朱老爷这次请他过来，显然是传递消息的。

"希望郑会长的买卖能顺利达成。"老头子笑着喝了口芬芳适口的茶，茶杯中映出蔚蓝的天色，像是盛着一块剔透的美玉。

郑会长的合作伙伴在七天后就选定了，一共有三个商铺参与，其中就包括了那位周姓商人。据说老人家在五月十五那天带家眷去文殊寺上香，抽了个"管鲍分金"的上签，而解签的僧人则建议他最好选个最近生意顺遂的商人，讨个吉利。

那天盛夏的骄阳晃花了香客们的眼，老头子照例打扮得朴素寻常，站在菩提树的阴凉中，远远看到白发苍苍的老会长在向僧人合十拜谢，他家的女眷则站在大殿外的台阶下等候。

而比阳光更惹眼的，是其中一位娇俏的少女，大概十六七岁模样，穿着红色的石榴裙，正是含苞待放的年纪。女孩站在暑气中不耐烦地挥着帕子，晶莹的汗水浮上脸颊，更衬得她肌肤晶莹如玉。

"那位娘子是谁？"当他把几枚金瓜子塞到解签的僧人手中时，指着遥遥远去的少女，好奇地问。

"是郑老爷的孙女，平江府出名的美人，闺名叫明月，轻易可不得见。"那年轻的僧人说着脸竟有些红了，"施主，我只是解签时按你说的稍微加了几句，用不了这么多……"

但老头子却执意把金瓜子塞入了小和尚的手中。恍惚间，恼人的热风里似乎送来了谁寂寞的浅吟低唱。

·六·

自开国以来，朝廷就限制茶叶的流通，但茶叶保鲜时间有限，过于潮湿和干燥的环境都会造成品质下降，官府的经营手段又不如商人灵活多变，所以近两年开始放松管制，售给商人"茶券"，商人们用"茶券"去南方的产地换取茶叶，再贩卖到西北地区，能获得几倍的利润。

在暴利的诱惑下，连一直赋闲在家的老会长都心动了，据说他把全部身家都押了进去，派出自己的两个儿子亲自去茶农处换茶，只等茶叶收到平江，再统一运到西北。

"这是我这辈子做的最后一次买卖了，以后便由子孙们去管吧，可操不起这份心。"阿朱在他家的房梁上待了三天，见这老头每天都愁眉苦脸，一起床就忙着看天气，晴也愁，雨也愁，一张嘴就是这句话。

"都那么一大把年纪了，还那么贪财，就是累死了也活该。"等待的日子是漫长的，尤其是在暑气袭人的初夏时节，阿朱吃了几天梁灰，颇为不满地跟主人抱怨。

"古往今来，有几人能勘破一个'利'字呢？没见那姓周的商人，都已经成魔成鬼。"此刻积云密布，天气闷热，老头子索性带着阿朱到瓦肆中玩乐消暑。

夜市中货品琳琅满目，无奇不有，又因平江河道交错纵横，更有小贩用船载货叫卖，花灯和幌子将河水映得如玉带般瑰丽。很快就要入伏，他给眠狼买了顶样式简洁的镶玉纱冠，又为熊男添置了一件麻纱外衫，阿朱则挑了一袭烟罗黑裙。

这热闹的人间烟火令他忘记自己是个驱魔师，仿佛又变成了很久之前那个意气风发的少年，只是昔日那个与他并肩而行的少女却早已不知影踪。

"愿得一心人，白首不相离。"不知为什么，一贯远离情爱的他竟然哼起了青岚惯唱的那首《白头吟》。可是这世间有太多的坎坷与蹉跎，又有太多无法捉摸的变数和身不由己的离合。一丝犹豫，就会造成一世的错过。当岁月为华发染上清霜，时间的利刃带走了年少的风光，只能在午夜梦回时，叹一声："白首不相离。"

"老头子，你在想什么？"阿朱见主人在灯火中恍惚出神，便好奇地问。

"没什么。"少年驱魔师朝她笑了笑，她是个没有心肝的妖怪，自然无法理解人类的悲欢，"你在老会长家见到明月了吗？"

"死相，就知道惦记人家漂亮的小娘子。"她娇嗔着将玉指在年少清俊的主人额上一点，"那小娘子每天不是弹琴就是做女红，全不顾她的家人为了生意几乎要跑断腿，也不知是傻子还是没心肝。"

老头子笑了笑，并没有说话。这世间的事就是这样，有人为生活奔波，就有人坐享清福，也没什么稀奇，况且美丽的女孩子本就该被捧在手心呵护。

他跟阿朱并肩走在这流光飞舞不夜天中，渐渐走出了瓦肆，沿着河道走向下游的住处。

天空中无星无月，越发闷热难耐，今夏的第一场雨呼之欲出。然而就在这时，风里突然送来了一股香烛之气，这气味像是一条昂首吐着红信的毒蛇，让人不寒而栗。随即寂静的暗夜中竟然传来隐约的蜂鸣声，那"嗡嗡"的细响无处不在，如天罗地网般将他包围。

"阿朱！"他突然紧张起来，轻轻唤了一句，阿朱双手一展，一张晶莹的银丝大网将他们笼罩其中。说时迟那时快，她的网刚刚出现，就有一只黄蜂撞到了网上。阿朱急忙锁紧网口，整张网细密得几不透风，但黄蜂女暴风骤雨般劈头盖脸而来，这些拇指大小的毒虫前仆后继地撞到网上，被弹回去又如箭矢般再次冲刺，几乎能看清它们腹部那些黑亮的毒针。

一声闷雷从天边滚滚而来，恍如万马奔腾，大军压境。雷声里夹杂着谁低低的呼啸，啸声过后，原本杂乱无章的蜂群突然聚成了一列，像是在半空中飞舞着一杆花色斑斓的枪。

"激刺！"雷声乍响，那低低的呼喝也随之而来。

"阿朱！网变盾！"望着那致命的蜂群，他厉声高喝。

话音未落，那狰狞的枪已经向这对少年男女刺来。阿朱杏眼圆睁，鲜艳的樱唇中长出尖利的獠牙，在夜风中如妖花初绽。这朵妖花飞快地旋身，银丝大网瞬间消失，取而代之的则是以无数坚韧蛛丝构成的圆盾。丝盾足有两丈宽，辉映着电闪雷鸣，莹白而坚硬，像是将天上的满月搬到了人间。

"啊啊啊！"阿朱的力量用到了极致，令老头子双目发胀，眼中流出鲜血，他发出声嘶力竭的高呼，也已经使出了全力。

长枪刺来，挟着致命的蜂鸣，以势不可挡的力量冲向了阿朱手中的丝盾。阿朱身单力薄，被蜂群冲撞得连连后退，他一把握住她的纤腰，止住了她的退势。

无数黄蜂撞在坚硬的盾上，肚破肠流，雨点般跌落在地。但是很快又有新的蜂群接上，这根以无数生命组成的长枪不但攻势猛烈，而且根本没有力竭之时。

"老头子，快点想办法！"阿朱控制丝盾的手微微颤抖，青葱玉指鲜血淋漓。

"用最大的力量，由盾变网！"少年驱魔师紧紧闭上眼睛，咬牙忍住双眸中传来的针扎般的刺痛，向阿朱发出号令。她感知主人心意，玉手在空中画出了一个优美的圆弧，刹那间盈白满月在夜色中散开，如昙花初绽，化为一张晶莹闪烁的巨大蛛网，网飞快地扩大蔓延开来，兜头就将所有的黄蜂都罩了进去。

阿朱双手合十，手指宛如拈花，摆出观音式。网悄无声息地合拢，在半空中成为银白色的网球，千万只黄蜂被困在其中，东冲西突，无路可逃。

形势骤然变化，两人转眼就占了上风，就在这时，铅灰色的天空中划过一道虬龙般的闪电，随即雷声滚滚而来，豆大的雨点砸到了地面上，激起尘土飞扬。

## ·七·

在不绝于耳的轰鸣中，那隐藏其中的呼喝声再次响起，伏击他们的人十分聪明，他自己躲在暗处，每次都在雷鸣中发号施令，让人无法找到他的踪迹。

"地龙，以最小姿态出来！"老头子突然朝小巷深处喊了一声，果然，在那黑漆漆的甬道中传来了低低的闷喝。

因为阿朱竭力而搏，他的视力也变得十分微弱，只能摸索着快步走进甬道。刚走了几步，便见一个身材敦实肥胖的中年男人正尴尬地靠在墙壁上。一只棕色的手凭空从地底长出来，紧紧扣住了他的脚踝。如果不是阿朱分去了他大半力量，凭地龙一己之力就可以抓得他肚破肠流。

"你果然跟其他的驱魔师不一样。"这人正是那姓周的商人，他一双眼怨毒地望着这个清俊苍白的少年，"居然能找到我藏身的方位。"

"这得感谢你，因为你的攻击令我半盲，而盲人的听力往往是最好的。"老头子抹去了眼角的鲜血，朝他残忍地笑。

"你为什么要坏我的好事？"他咬牙切齿地说，闪电撕裂了夜幕，蓝紫色的电光将他照得脸色狰狞，宛如妖魔。

"坑害同行，暗算他人，这也是好事？"老头子冷笑了一声，手按在折扇的扇柄上，那里有他藏着的一把匕首，再驱使妖怪会令他力竭，最终解决这个祸害还要靠他亲自动手。

"这算什么？古往今来，商场如战场，不论是权贵富贾、游商走贩，不都是一直在做同样的事情吗？"周姓商人冷哼着说，"只是他们没有我的手段，如果真的有了这等本事，怕是比我做得还绝。你不见那郑会长已经老成那样，尚惦记着金玉白银，为了赚钱连命都不要。"

他的话令少年驱魔师无法反驳，只是缓缓拔出了匕首，或许他也没有错，或许别人处在他的位置上会更加贪婪，但那只是"或许"，生活中没有假设，只有现实，杀人越货的事情都是他做的，说得再冠冕堂皇也无法推脱罪责。

"你真蠢！"这个肥胖的中年男人在幽暗的光线中抬起头，直直地望着少年苍白清俊的脸，他的眼神像看一只蚂蚁、一只蚊虫，或者其他可以轻易被碾死的东西。

雷声不绝于耳，雨水淋滴而至，暑气消散，风里送来凄冷的寒意。

"居然以自己的躯体供养妖怪，真是太蠢了！"周老爷蜡黄色的脸好似泥塑，一点人气都没有，双眼怨毒地在驱魔师身上游走，"偏偏你们还觉得自己很厉害。"

"谁胜谁输，不是嘴上说了算的！"短刃出鞘，寒光四射。

"那可未必！"他突然朗声朝小巷外高喝，"散开！"

刹那之间，老头子明白了他的意思，只要蜂群向不同的方向飞散，以阿朱的力量是无法控制那张网的。果然，小巷外立刻响起一声娇呼，与此同时，他的眼中传来了针扎般的剧痛。

黄蜂如乌云般涌进了小巷，朝他的方向扑来。他急忙以衣袖遮住头脸，惊慌失措地躲避，地龙因主人的情绪不稳而消失了，周姓商人失去桎梏，大摇大摆地走出了暗巷，站在了巷口。

那恐怖的嗡嗡声不绝于耳，无数黄蜂悬在离他不足半丈高的头顶处，随时会发起攻击。

"现在你明白了吧？虽然我驱使的妖怪连人形都成不了，更没有你的手下力量大，但是不用耗损自身便能轻易胜过你。"周姓商人看着泥水中狼狈的少年，拂袖而去，风雨里传来他鄙夷的声音，"螳螂当车，安知死乎！"

在他的身影隐匿于黑暗中的刹那，蜂群直冲向老头子的身体。然而他并没有等来意料之中的刺痛，却见一名黑衣女子挡在了自己的身前，她丰盈美丽的身体在细雨中如花枝般轻颤着，正是阿朱。她双手举过头顶，仍勉力撑着一张银丝织就的网，网已经变得很小，堪堪能遮蔽两人的身躯，仿佛一片即将凋零的残荷。

"阿朱，不要勉强了，吃了我吧，我可不想被这些丑陋的家伙吃掉，成为它们身体的一部分。"阿朱的出现几乎令他全言，他绝望地躺在冰冷的泥地中，等待死亡的到来。

"你那么老，谁要吃啊！我只喜欢年轻鲜嫩的男人！"凄风冷雨中传来阿朱不屑的嗤笑，可是不知为何，她的笑声听起来倒像是在哭。

这是老头子失去神智前听到的最后一句话。不知谁说过，死亡是人生中必赴的一场约会，遗憾的是，没人知道它会在何时到来。一直自诩脱尘出世的他做梦也没有想到，自己会丧命在这陋巷里、淤泥中。

"杨柳儿活，抽陀螺；杨柳儿青，放空中；杨柳儿死，踢毽子……"不知过了多久，耳边传来聒噪的童谣。

老头子只觉浑身无一处不痛，头昏脑胀地坐起来，阿朱已经消失，眼中灼痛随之减轻，能够看到模糊的影子。一个身穿嫩黄色长衫的男人正在他身边摇头晃脑地唱儿歌，那人纤长的眼睛微微上挑，活似一只幸灾乐祸的狐狸。

他靠在湿漉漉的墙上，艰难地转过头，只见小巷外云霞瑰丽，晨晖缥缈，新的一天来了。

"青岚……"

"不要谢我，这次真的不是我救了你！"青岚影动如风，伸出手指按在少年单薄的唇上，笑嘻嘻地说，"是你自己命大，你瞧瞧地上。"

他顺着青岚的视线望去，只见地面上积水横流，泥泞的水中满是黄黑相间的毒蜂。

"昨天我刚想出手，雨势突然就大起来，这些东西再厉害毕竟也只是虫子，立刻被暴雨浇得七零八落。"

"哦，好一场雨……"他剧烈地咳嗽着，连笑都笑不出。

"谁叫你不跟我合作？让自己落得这步田地。"青岚拉起他的手，把他精瘦的身躯架在肩膀上，向小巷外拖去，"驱魔师们总是这样别扭，早晚会被这个世界抛弃。"

"是吗？那你又有多大的本事？"这话刺痛了老头子的自尊，他白了青岚一眼，颇为不屑地说，"是因为以你的智慧和能力，没办法独自战胜他吧？"

青岚的身体刹那间僵住了，他双眼微眯，白净如女子的脸庞上现出残忍的神色。

"难道我说得不对吗？你就连自己喜欢的女人都没法保护。"老头子又看向他，少年黑白分明的眼睛中像是藏着尖锐的针。

"你怎么知道……"青岚浑身一震，看他的眼神如见鬼魅。

"只有钟情于某人，才会天天哼着《白头吟》吧？"老头子干咳不止，咳嗽声在晨风中飘飞，令这雨后初晴的早晨都被染上几分死气，"你明白那首诗的意思吗？你知道那些字怎么写吗？"

青岚的眼神越来越冰冷，那双金棕色的瞳仁中蕴含着浓郁的杀气。

"要不要我来告诉你这段感情的结局？"清冷的晨风在空无一人的街道上涤荡，他浑身淤泥，落魄不堪，连站都站不稳，却笑得非常开心，"你们最终会天各一方，永不再见！"

"滚！"青岚的薄唇中长出森森獠牙，一把把癫狂大笑的少年推倒在地。

老头子跌在泥水中，却仍然挑衅地笑。

"你这死老头子！谁要跟你合作？我死了都不会要你一滴血，我要看你被那个姓周的杀死！之后我还要分吃你的血肉！"青岚气急败坏地破口大骂，撕下了风度翩翩的伪装，简直就是一只气急败坏的兽。

"驱魔师确实没什么了不起……可你又算什么？"他鄙夷地望着这只疯狂的兽，"瞧瞧你的模样，你不过个妖怪，却妄想跟人类白头到老。"

"啪！"风里传来一声清脆的掌声，青岚愤怒地给了他一个耳光，身影化为狂风，呼啸着消失了。风过之处，花雨飘零，老头子却落魄地躺在泥水中，发出了胜利的笑声。

青岚撕下温文尔雅的伪装，而他也展示了自己的残酷。多么可惜，他们的合作也如落花逐水般付诸东流。

## ·八·

经此一役，老头子在床上养了七八天的伤，眼疾才稍微好转。天气越发闷热，小楼外碧水潺潺，蔷薇飘香，可是在涤荡的夏风中，那浅吟低唱的妖怪却不再拜访。或许人总是在失去后才知珍惜，没有了青岚的骚扰，他在长夜中自斟自饮，竟没来由地觉得有几分落寞。

时光绿了梧桐，凋了春花，很快就到了盛夏。姑娘们换上了颜色娇嫩的夏装，池塘中碧叶接天，芙蓉初绽，天空中流云飞舞，璀璨的夏阳将天幕映得如湛蓝剔透的琉璃。

在一个虫鸣阵阵、熏风送爽的夜晚，阿朱轻盈地荡进了他的小楼，送来了新得的消息。郑会长的儿子和合作的几名商人明早要带着搜集来的茶团横渡太湖，取近路回到平江。太湖附近盛产一种叫"吓煞人香"的茶，虽然名字不雅，却是茶中极品，虽并非明前茶，这"吓煞人香"一入市，仍然能卖出高昂的价格。

他白白的脸毫无表情，得到消息后就挥退阿朱，吹熄烛火，推开了小楼的木窗。

在这个流萤飞舞的夏夜，熊男正在窗下，朝主人露出憨厚的笑。他换了身轻便的布袍，纵身一跃，跳进这魁梧汉子的怀中。熊男将他放在结实壮硕的肩膀上，迈开大步，在寂静的长夜中全力奔行。这妖怪身材高大，一步抵得上人类的十步，连骏马都能被他遥遥甩下。

平江城的夜晚月朗星稀，灯火阑珊，无数晚归的人们看到了一个巨大的影子在城里跳跃奔袭，可是偏偏没有一个人看清那是什么，只能把这长夜中的传说写进话本，变成一个个精彩纷呈的故事，在茶舍酒肆中流传。

在拂晓之时，老头子抵达了太湖。湖面一望无际，笼罩着轻纱般的云烟，湖景大气磅礴，尽吞山色。

清晨的湖面冷风袭人，他蛰伏在长草中，等待着时机的到来。朝阳初绽，猫须似的光线将青灰色的天幕撕破，玫瑰色的朝霞潮水般从裂痕中涌出来，晕满天际。

很快江边就迎来了运茶的船队，阳光驱散了湖面上的白雾，风中送来了细碎的破水之声，在辽阔碧绿的湖面上，十几条六桨船相继而来。摇橹的艄公高唱着动听的渔歌，几位商人打扮的中年人坐在船头，满面红光地眺望着湖光山色，而在他们身后，船舱中正满满当当地装着以油布妥善包裹的珍贵茶团。

这些人沉浸在喜悦中，完全没有察觉危机正在缓缓接近。

船队很快就靠岸了，工人们相继跳下船，搭好舢板，开始搬运货物。此时天光已经大亮，照亮了船上每个人的脸，老头子很快就在这些人中发现了一个熟悉的身影。

"眠狼！"猎人般的少年眸光一闪，轻轻地唤了个名字。跟这周姓商人的两次交手让他发现，这人只善于进攻，不擅防守，要想胜他，唯一的时机就是在他动手前先发制人。

眠狼矫健的身影在风中现形，如一团黑雾般疾冲向那人身前，玄剑出鞘，寒光四溢，登时将工人们吓得落荒而逃。

眼见就要得手，眠狼却站在船头，衣袂临风，架在那商人颈上的利剑竟无论如何也刺不下去。

"快点下手，你还在等什么？"老头子急得攥紧了拳头。

可眠狼一张俊脸上满含犹疑，紧张地望向主人的方向。刹那间，他明白了眠狼的心意，在夏日明丽的光线下清晰可见，那肥胖的中年人白嫩有须，满脸汗珠，却并非他要杀的那周姓商人。

糟糕！他心中暗叫不妙。可是还没等唤回眠狼，一缕若隐若现的香烛气息已经钻进了鼻翼，耳边传来"沙沙"轻响，长草中似乎有未知的恐惧在奔袭而来。

"啊啊啊啊！救命啊！"眠狼收回长剑，那肥胖的中年人惊慌失措地夺路而逃，但他只跳下船跑了几步，就惨叫一声跌倒在湖边的沙砾中。中年人痛苦地打滚，脸色很快就变成了骇人的青紫色，口鼻中流出黑血，显然是中了剧毒。

就在这时，一个冰冷的东西缠上了老头子的脚踝，他低头一看，只见脚边竟然满是黑身花斑的毒蛇，足有上千条之多，如潮汐般向他奔涌而来。

"阿朱！"事已至此，只能想办法脱身，眠狼的身影在晨光中消失，阿朱出现在了船舷上，她双手一扬，银丝激射而出，紧紧缠上老头子的手臂，将他带上空中。毒蛇群起而攻，却咬了个空，像是一片黑压压的潮水般朝湖边的船只靠近。

"眠狼！"他的脚一落到甲板上就立刻唤出了黑衣的少年，眠狼的身影如旋风般出现，乌黑的剑光也随这致命的旋风四散开来。眨眼间血花纷飞，最先涌出草地的十几条蛇已被眠狼齐齐斩断，但那些毒蛇的兽性却被激起，吐着红信争先恐后地围向眠狼。

眠狼俊脸一冷，刹那间剑光暴起，又斩死了几十条蛇，可是眨眼间蛇尸就被后面蠕动而来的蛇群淹没。前仆后继的蛇群转眼就将黑衣少年围在中央，眠狼躲无可躲，腾空而起，最后斩杀了几条蛇后，身形如雾气般化入风中。

"手下败将，你这又是何苦？"沙哑低沉的声音在湖面上响起，一个大腹便便的中年商人走出了停在岸边的一艘六桨船。他的脸色蜡黄，双眼如同白蜡雕就，虽然身着价值不菲的深紫色锦缎长袍，周身却弥漫着沉沉死气，冷漠骄傲地看着船上的少年驱魔师。

"现在论输赢，未免太早。"老头子咳嗽了几声，看来他早有防备，这才躲在船舱中迟迟不肯现身。

"好言劝不了该死的鬼，上次被你逃了，想不到你居然还敢自投罗网。"周姓商人阴森森地凝视着清俊的少年，那怨毒的目光将盛夏的晴日都染上了几分寒意，他朝空中一招手，"黑蛇，聚集！"

荒草中的蛇群争先恐后地奔涌而出，首尾相扣，缠在一起，竟然变成了一条足有两人合抱粗的黑色巨蟒。巨蟒不断发出嘶嘶轻鸣，在湖边昂起了头，斑驳的花纹在艳阳下看来令人毛骨悚然。

"有件事情我想问你。"湖上风冷，令老头子不住轻咳，"杀了我之后，你要如何处置那些合作的商人？"

"西北山路崎岖，谁知道会发生什么事？有太多商队跌下悬崖，陷入泥潭，或者被蛇虫咬死。"商人阴森森地笑，"总之，所有的货物最终都是我的。"

"那可未必。"少年轻笑一声，有风从湖面上拂过，吹皱了一湖春水，仿佛是谁无处发泄的愤怒。

"你说的话已经太多了！"他不耐烦地说，朝巨蟒发出一声呼啸。

蛇群飞快地蠕动游走，黑色的巨蟒居然直立起来，随即张开大口，粗壮的身体像是倾倒的梁木般向他砸来。

"青岚！"刹那间腥气扑鼻，杀意蔓延，老头子飞快地拔出匕首，割开了自己的手臂，"来吧，接着我的血！"

鲜血从他白皙消瘦的手中涌出，在夏风中飘飞，风里像是有一只看不见的手，尽数卷走了飞散的血花。

"你这个死老头子，怎么知道我没走？"一袭青衣的青岚在风中出现，他伸出红舌，妖异地舔舐了所有的鲜血。

"因为你的《白头吟》让我相信，你不会放弃守候自己爱的人！"无尽的力量涌入了老头子的身体，他朝空中一招手，一股狂风从袖底窜出，直冲向那泰山压顶般倾轧而下的巨蟒。

"合作愉快！"青岚嗤笑一声，身影化入风中，顿时风势骤起，如金龙吸水般卷起碧绿的湖水，变成一条晶莹闪烁的水龙，冲向了黑色的巨蟒。

·九·

小龙和巨蟒在半空中纠缠不休，令那周姓的商人看傻了眼，他大概没想到这个总是咳嗽的少年会藏着如此强大的妖怪，本就失血的脸色变得蜡纸般惨白。

"为、为什么？"他哆哆嗦嗦地问。

"因为你不懂人心，也不懂妖怪的心。"老头子冷漠地说，"你只懂得计算利益，用力量压制，却根本不明白，有时掌握的力量越强大，反而越危险。"

他愣住了，似乎明白了什么，但已经太晚。

"青岚，以最大的力量反击！"老头子朝空中一招手，胸腔间传来撕裂般的疼痛，他竭尽全力，咬牙支撑着青岚力量的提升。

风中发出骇人的巨响，风柱骤然扩大了两倍。一股强劲的龙卷风挟着千万条毒蛇和湖水，以迅雷不及掩耳之势卷向了那肥胖的商人，毒蛇被风势压制，在强大而无法反抗的力量前，它们纷纷扑向了自己的主人。

"不要咬我！你们这些长虫不怕我了吗……"但他只来得及喊了一声，就有一条蛇钻进了他的嘴里。

龙卷风裹着他肥胖的身躯飞向了半空中，不知过了多久，风才渐渐止歇，老头子有气无力地靠在船舱上，看风势慢慢变小，涛浪翻涌的湖面再次变得波澜不惊。

蛇尸像是落雨般从半空跌落，它们落在水中，很快被浩瀚的湖水吞噬，而最后跌下来的则是一具狰狞的白骨，那骷髅身上仍挂着几片锦缎华服，嘴巴惊骇地大张着，只在空中一闪，便沉入冰冷的水底，归于寂静。正如那些深埋心底无法见光的罪恶，正如那些消弭于历史烽烟里的残暴野心，再无影踪。

随即天空中飘起了蒙蒙细雨，那是被带到天空中的湖水化就而成的，雨丝如烟，将整个湖面笼罩其中，如诗如画。

老头子却无心欣赏眼前的美景，他靠在船舱上，艰难地咳嗽起来，驱使青岚耗尽了他所有的力气，令他四肢百骸都如虫蚁啃噬般疼痛。

"我们赢了啊。"一阵清风旋过，青岚潇洒的身影出现在他的身边，笑嘻嘻地说，"看，我就说我们早该合作，胜得如此轻而易举。"

"因为那些蛇只受力量的控制，当有更强大的力量出现，只需一瞬……"老头子咳嗽个不停，简直连话都说不清。"……它们就会反噬，选择吃掉自己的主人。"

"这么说，驱魔师还是没有过时啊。"青岚拖着腮，若有所思地说。

毕竟面临危难之时，阿朱和眠狼都选择了与这少年驱魔师同生共死，而没有去吞噬他增加自己的力量。

老头子得意地笑了笑，任细雨洒落脸颊，在这个晴朗的雨天，一弯彩虹若隐若现地出现在琉璃般剔透的天空下，美丽而动人。

两人并肩而坐，静静地望着这奇迹般的景致，他们共享生命，竟难得地没有再吵架拌嘴，心意在无声中融会交流。

"有件事我一直想问你。"青岚看了一眼身边苍白的少年，一个眼神就传递了自己的心意。

"说。"

"为什么你说我跟她会分开呢？"他垂下头，低低地问。

老头子看着他羞得通红的耳朵，不由一笑："你唱的《白头吟》是跟那个姑娘学的吧？而一个唱着'白首不相离'的少女，心中自然早有了情郎。"

"哦。"青岚头也不抬地应了一声，语气中却有了悲伤。

有风拂过，卷起的细尘迷了老头子的眼睛，等他再睁开眼时，身边那个青衫飘飘、俊逸文雅的公子已经消失不见了。只有一弯虹光寂寞地悬在半空中，宛如一角破碎的心。

后来他在船上坐了很久才等来那些去而复返的商人，他们感谢驱魔师为他们守住了货物，然后把他带回了平江府。

郑会长人生中的最后一桩买卖做得十分成功，当六月的盛夏来临之际，他的儿子已经带着丰厚的利润从北部满载而归。

　　"他们都说我贪财，可是并不知道，我这么做，其实是在为自己心爱的孙女准备嫁妆。"据说这位白发苍苍的老人曾在酒过三巡后爽朗地笑着说，"如果不是为了明月，我才不这么拼呢！"

　　当这些流言像风一般传入老头子耳中时，他正跟朱老爷一起，在文殊寺住持捐赠佛祖舍利的仪式。在平静的诵经声和缥缈的香火里，身穿锦衣的少年难得平静喜乐地微笑，笑那变成白骨的商人错得彻头彻尾。

　　不是每个人都见利忘义，也不是所有人都会遁入魔道，因为他们的心中有爱，与那些尘世间难得的温暖比起来，绝对的力量又算得了什么呢？

　　平江府恢复了平静，商人们的生意越来越顺利，商会也有了扩建的计划。老头子却在这一片欣欣向荣的炎夏中过得十分抑郁，因为青岚很不听话，他从来不回应主人的召唤，也不愿解约。

　　这晚老头子照例守着眠狼那个闷葫芦在小楼中喝酒，青岚大摇大摆地出现了，这次他没有给他变荷花，也没有用好玩的把戏取悦他，而是气鼓鼓地坐在桌边，喝起了闷酒。

　　眠狼跟他秉性不合，一看他来就拿起宝剑，闷声不吭地起身下楼。

　　青岚这天穿了件白色长衫，袖口衣领都滚着金边，越发像个风流公子，只是他喝了两杯闷酒，突然赌气般瞪着烛光中的少年。

　　"你等着瞧吧！我永远都不会跟她分开！"他边说边拉过老头子的手，将一口血吐到了他的手掌中，人与妖的关系在刹那间解除，青岚那张狐狸般的脸再次变得遥远而陌生。

　　"她嫁到哪里，我就跟到哪里！"他得意地扬起细长的眉眼，桀骜地说，"白首不相离，不只是唱唱而已，我还要继续守护她的家族呢。"

　　"难得你这么有志气……"青岚这副样子令人哭笑不得，老头子只能举起酒杯，作势要敬他酒。

　　但是这个行迹无常的家伙再次化为一阵旋风，在狭窄的房间中转了几圈就消失了，临走时还打翻了他那来之不易的樱桃奶酪。

　　十分可恨！

　　仿佛是为了向老头子示威一般，次日午后，毒辣的太阳晒得树叶变蔫、蔷薇萎谢之时，一艘小船来到了他的小楼下。

　　"住在这里的是老头子先生吗？"酥得入骨的软语在窗外响起，彼时他正在懒洋洋地睡午觉，听到声音连忙仓皇失措地跑下楼。

　　只见河道中正停着一艘精致的小船，船边站着一位梳着丫髻的婢女，见一位少年公子走出来，少女立刻朝他福了一福。他朝婢女回礼，却不知她所为何来。

　　"我家娘子昨晚做梦，听说你能帮老爷解决心事，才特意来拜访的。"小丫头掀开了船舱的珠帘，只见里面坐着一名艳光四射的少女。少女身穿石榴罗裙，芙蓉色上衣，像是一朵含苞待放的芙蕖，正是郑会长家的千金明月。她的膝头盘踞着一只毛茸茸的棕色狐狸，那狐狸却偏偏长着一张玉面，眉眼细长，正在挑衅地望着他。

　　"先生，我家的花园昨日动工，但是又出了怪事，所以才找到了你……"明月怀抱着狐狸走出船舱，声音甜腻地跟这文雅的少年说清了原委。

"这是？"老头子哑然失笑，明白了她的来意，明知故问地指向她的怀中。

"哦，它叫小青，是我养大的狐狸。"明月漂亮的大眼中满含笑意，点了点小兽湿润的鼻尖，温柔地说，"它最近真是跟我寸步不离呢。"

"你不会离开它吧？"

"当然，走到哪里我都会带上它的。"妖媚的少女点了点头，又跟他谈起了园子的事情。

这天午后碧水潺潺，天光宜人，在夏日的熏风中，似乎传来了谁低低地吟唱《白头吟》的声音。

·尾声·

半月之后，明月顺利出嫁，这个平江城中首屈一指的美貌娘子是乘船离开的，而郑会长那总是建不好的园子也如愿打起了地基。

那天老头子没有去码头看成列的船队，只听阿朱说嫁妆丰厚，蔚为壮观，引得平江城的百姓倾城围观。

但当天最奇怪的是 盛夏的天气明明连一丝风都没有，送嫁的船却乘万里长风，破浪而去，好像那团风只围着郑家娘子的船队转似的。

当老头子听到这些话时，正在喝柑橘蜜酒，冰冷的琼浆滑入口舌，沁人心肺，仿佛能甜到心坎里。

落花风里，遥遥送来谁的浅吟低唱，而这天下的痴男怨女，最终不过离散的离散、飘零的飘零，唯情真意重之人，共度白头。

叁·白头吟

长夜幻歌

贰

人生就是不断失去，而每次失去都伴随着成长，这是生命最大的悲哀，也是最值得欢欣的喜悦。

这晚春雨迷蒙，如丝如絮，化入风中，黏在行人身上，宛如离人缱绻不舍的目光。此时已近亥时，偌大的西京城空寂无人，昏黄的灯火照亮了光洁的路面。

　　一个身穿淡青色布裙的小婢女踩水而来，她打着一把油纸伞，淡灰色的伞面上画着一朵瑰丽的紫鸢花。在雨夜辉光的照耀下，紫鸢栩栩如生，在夜色中空自摇曳。

　　但是这花很快便凋落了，少女刚刚拐入了一条小巷，就从巷子里传来沉重的闷响，还夹杂着女人压抑的哭叫。

　　不过半刻，万籁俱寂，街巷中恢复了平静，一把沾血的油纸伞从小巷中滚落而出。

　　春夜迷离，春雨如丝，别致风雅的鸢尾变成浓腥的红花，红花随濡湿的雨水晕开，在积水之中化为丝丝血线。

· 一 ·

　　"这是你画的美人？"位于西京郊外的一处庄园中，身穿花衣的公子抢过了朋友手中的画。

　　"只是闲暇时打发时间的拙作！"朋友是个圆脸的书生，眼睛清澈明亮，透露着不符合年纪的青涩单纯。他也穿了件花衣，却不是刻意为之，而是陈旧的布衣上沾染了油彩的污渍，乍一看像是印满了五颜六色的花。

　　"确实不怎么样。"花衣公子叫皇甫珍，是西京新晋的画师，尤其擅画美人，据说一张画价值百两纹银。他啧啧摇头，颇为嫌弃地看着画中那春睡不醒的红衣姝丽，美人云鬓高挽，卧在贵妃榻上，纱衣如烟雾般萦绕着她雪白的娇躯，让人浮想联翩。

　　"曲宣，不是我说你，你的见识也太短，如今的美人谁还穿这种样式的衣服？还有这环佩明珠、发髻妆容，通通不对！"

　　"那还请皇甫兄指点一二。"曲宣的脸登时涨得通红，圆润的脸看起来活似个熟透的柿子。

　　"没什么可指点的，要卖个高价就得全部重画。"皇甫珍连声叹息，从衣袋里掏出十几个铜钱放在他的手中，"这钱算是买画钱。如果不是靠我接济，凭你的画工，早晚得在西京城中饿死……"花衣公子絮絮叨叨地说着，他贫困的朋友低三下四地连连应是，日光在天边敛去光辉，将这对不平等的年轻人身影拉得很长。

　　皇甫珍又在凉亭下坐了一会儿，满脸不耐烦地走了，今晚鸳鸯楼的行首杜小燕跟他有约，他等那妩媚女人的召唤已经等了一个多月，万万不能错过。

　　"你就继续在这里画美人吧，谁让我们是朋友呢，换个人怎会如此慷慨地借你园子住？"

曲宣只能把头埋得更低，信誓旦旦地说一定会画更多的画作为报答，实际上穷到他这种程度，能出卖的也只有才华。这世上的事就是如此，为了得到，就要付出自己所拥有的。这些道理曲宣都懂，他并不傻，只是运气不好。

于是，当天色刚蒙蒙黑，他就扛起一架木梯，直奔两里外的一处荒园。那座荒园不知是哪位富贾心血来潮置下的，装饰好了却并不来住，渐渐满园奇花异草被荒草淹没，如同美人在风尘中折堕。

但这园中却有他的灵感之源——一朵碗口大的兰花。花瓣洁白如玉，盛放时成蝶形，放到西京的花市中估计价值千金。可是不知为什么却被遗忘在荒野中，从暮春开到初夏，居然也毫无凋谢的迹象。

"白兰啊白兰，你我何其相似？空有才华和姿容，却只能在这寂寂芳草中度过一生……"他架起梯子爬到墙头，眺望着那夜色中的白兰，在画纸上勾勒出一个女人的侧影。

他是一个穷画师，这辈子也没有见过几个女人，对美女所有的想象都来自于鲜花，皇甫珍深知他的癖好，所以才将他安置在满是奇花异草的郊外。

"牡丹艳丽、茉莉清新、水仙高洁、虞美人热情……"他一边画一边还兀自嘟囔着，似乎真的把兰花当成美人在沟通，"你呢，就是缥缈吧！美人如花隔云端，有距离感的美才是最美，因为人们总是会沉迷于他们自己的臆想……"

他像一个最优秀的话本作者，企图用自己的笔把所有的看客都兜进迷宫。当他创作之时，脸上稚气尽脱，变得精明而狡黠。

"咳咳咳……"当晚他热情高昂，居然一口气画到了寅时，可是在这一天中最黑暗的时刻，身后突然传来了一阵轻咳。这咳嗽声洋溢着浓浓死气，如钝刀般割裂了夜的宁静。

曲宣好奇地回过头，却见墙下正站着一位身穿月白色绫纱长袍、头戴黑色纱帽的少年公子。他明明那样年轻，却偏有沧桑表情，眼中藏着虎狼般的光，脸色却又透着病容，这是身为画师的曲宣第一次在一个人身上看到这么多不协调之处。

"我、我打扰你了吗？"曲宣骑在墙头，不愿下来。

"你是画师？"少年公子看看他手中的草图，饶有意味地扬了扬眉，"我不知道自己的园子中有什么值得你画的。"

"抱歉，我不知道这园子是你的，我还以为没有人住……"曲宣立刻大窘，急忙顺着梯子爬下来。

"我也只是偶尔来小住而已。"那少年公子水银般的眸光在他身上转了一圈，又轻咳不已，似有顽疾缠身。但不知为什么，当被他的目光笼罩，曲宣有一种连骨头都被拆了一一检视的感觉。

"这是你的画？"他咳嗽完了，眼光停在曲宣手中的草图上，"为何画中是美人？"

"因为你的院子里有一株兰花，清雅高洁，我就把它想象成美人画了下来。"曲宣的脸再次红得像个柿子，所幸夜色深沉，替他遮了羞。

"美人？兰花？"他拿起曲宣的画仔细端详，似乎在琢磨什么，接着他朝曲宣微微一笑，"我叫老头子，不知这位画师，能不能赏脸来园中小坐？"

"在下曲宣，我真的能进这园子里吗？能不能让我仔细看看那朵花？"曲宣立刻欣喜若狂，甚至都忘了追究，一位文弱俊逸的少年公子为什么会起如此奇怪的名字。

当晚曲宣如愿看到了那朵兰花，但老头子只让他停在离花朵三尺之外的地方，不许他再接近一分。可是即便这样，也比坐在三丈外的墙头看得要清晰多了，他完全不记得主人盛情款待的酒菜，只记得那花瓣细腻的纹路和如美人唇瓣般红润的花蕊。而白兰也似乎感知到他的心意，每有夜风拂过，洁白的花瓣便如鸟翼般微微颤动，翩然欲飞。

老头子把这一切看在眼底。此时不知从哪里走出来一个雪肤红唇的黑衣女人，为他奉上美酒之后，低低地凑到他耳边说了几句话。

夜风清凉，更深露重，如玉般莹白的花朵仿佛也听到了这人间的窃窃私语，轻轻地点了点头。

自此之后，曲宣一有空就往老头子的园子中跑，唯一让他觉得奇怪的是，这个名唤老头子的年轻人似乎总是在晚上出现。有一次他带着皇甫珍在白日里来拜访，却吃了个闭门羹，害他又被好一番嘲笑。

而皇甫珍仍然对他的画嗤之以鼻，却仍要买这幅他新画的美人图。曲宣把这幅画视为生命，只口中答应，却迟迟不肯完工。不知为什么，他仿佛从那株被埋没于荒草的兰花身上看到了自己，那顾影自怜、得不到众人欣赏的美人，何尝不是另一个自己呢？

· 二 ·

就在曲宣埋头于创作美人时，老头子的荒园中来了一位贵客，那是一个身穿紫色罗裙的艳女，皎洁的月光照在她的脸上，将她眼角刻意描绘的紫色眼影映得像是凤凰的羽翼。女人婀娜地站在月色中，轻轻叩响了荒园的门扉，而与她的妩媚多姿形成对比的，则是她身后那个高大健壮的随从。随从大概二十出头，身高丈许，厚厚的嘴唇微微下垂，一双眼睛中闪烁着鹰隼般犀利的光芒，一看就不是等闲之辈。

"你就是龙爷？"园子里响起一阵轻咳，门被打开，露出了老头子年轻俊秀的脸。

"你就是老头子？"龙爷掩嘴娇笑，如花枝迎风，"怎么一点也不老？"

"你也不像个爷呢。"

驱魔师的名字不能为外人所知，一旦被人知道，就有丧命的危险，所以他们大多会取个隐名，以保安全。而这位紫衣艳女就是西京城中首屈一指的驱魔师龙爷，最近她要暂时离开，只能把手头的任务转交给老头子解决。

"'妒鬼'？是西京城中的鬼怪吗？"老头子跟龙爷坐在荒园中，喝了两口阿朱奉上的热酒，便说起了正事。

"不是鬼怪，而是一个人，专门帮西京的贵妇出气的人。他喜欢搞恶作剧捉弄那些招蜂引蝶的女人，但只限于掉包情信或者剪人裙子之类的把戏，从不害人。可是最近有一位婢女在送信时遇害，尸体被墨汁涂黑了脸，衙门怀疑是'妒鬼'做的，却偏又没有证据，所以才找到我。"

老头子沉吟不语，水银般的眼珠转了又转，让他在长夜中宛如一幅蒙尘的画，让人看不清晰，无法琢磨。

"就帮我这一次吧，我真的有急事要离开西京，报酬我一分不要，全是你的。"龙爷像是稚气未脱的小女孩，抱着他的手臂撒娇。最终老头子还是点头答应了，他像是个从久远的

长夜幻歌

时光中踏歌而来的君子，总是无法拒绝女人的请求。

"但是这点银子可能不够。"老头子朝她比了一个巴掌，"我看这事没表面上那么简单，其中必有蹊跷。"

"你这个贪财的老家伙！怪不得大家都不愿意跟你打交道，你就活该独自一个人老死。"龙爷愤怒地大骂。

"既然叫老头子，自会老死。"老头子却不生气，仍笑吟吟的，非常气人。

龙爷拿他毫无办法，只能喝光了他存的两壶好酒，就带着自己那高大威猛的妖怪告辞了。这紫衣女郎身影婀娜，仿佛云烟，很快便消失在郊外苍茫的夜色中。

老头子孤身一人坐在荒园中喝酒，夜风吹起了他如月光般浅淡的衣襟，吹得满园的荒草此起彼伏。而在这片空旷寂寞的浪潮中，站着一个白衣如雪、伶仃单薄的女孩，她的眼睛黑而亮，像是天上的星光尽数洒落到她的瞳仁中，她直直地望着老头子，小脸上写满了急切。

但老头子仿若没有看到，不徐不疾地喝光了酒就起身离开了，于是她热情的目光就跟残酒一起慢慢变冷，孤寂而凄凉。

几日来，老头子就像是个闲散书生般，每天清晨都摇着折扇，带着眠狼去西京城中闲晃。他先是去了流言蜚语流传最多的集市和酒肆，在那里听到很多人在谈论"妒鬼"，女人们都说"妒鬼"性情大变，居然由保护弱者的人变成了残害美女的怪物。所有的女人不论是否有姿色，都是一副心惊胆战的样子，连带着胭脂水粉铺的生意也萧条了几分。

他还看到一位花衣公子在书画店外高价兜售自己的画，画上是一位横卧在榻上的红衣美女，冰肌雪肤被烟雾笼罩，若隐若现，引人遐思。那美人图的笔触他十分熟悉，但画上的印章却是另一个人的。

"皇甫珍又出新作了，这次怎么也能卖二百两银子吧？"两个跟他一起围观的人在讨论，但是画的成交价比寻常百姓清想的高很多，因为那花衣公子跟一位大腹便便的中年人走入书画店，很快就带着满足的神情离开了，看似收获颇丰。

古往今来，这种把戏他已经见得太多了，即便是唐朝画圣的画作也有出自弟子之手的。他看尽热闹，突然想跟曲宣喝两杯酒。落魄的画家很久没来了，当习惯了有人陪伴，一个人的长夜就变得格外漫长。

这晚他特意在西京买了很贵的昆仑觞，端坐在荒园中等待曲宣。可是直至月亮的影子移上中天，他也没看到那个一脸稚气的画家。

他一贯很有耐心，把冷酒烫了又烫，就着星光月色自酌自饮，但另一个人就不像他那样沉得住气了。白衣少女在月色下踟蹰，徘徊的地方正是兰花绽放的所在。

"怎么？想你的画师了？"老头子唇边含笑，轻轻地说。从曲宣提到兰花时，他看到的就并非兰花，而是这个瘦弱的少女。每次年轻的画师来画画，她都会垂着头，脸色绯红地站在月光下，那时的她娇媚动人，几乎可以把艳丽的阿朱比下去。

"先生，求求你，收下我吧。"女孩再也忍不住了，三步并作两步跑过来，跪在了老头子面前。

"看你这样子也不能打斗，跟着我又是何苦，还不如自由自在地在旷野中漫游。"

"心中有了牵挂，即使能飞翔却也谈不上自由。"她低低地回答，说出的话却比外表成熟许多。

"我可以给你力量，你又能给我什么？"老头子打量着她消瘦的肩膀和枯黄的头发，实在看不出有任何价值。

"我能助先生解决难题。"她眼中闪烁着晶亮的神采，"我听到了几日前先生跟客人的对话，'妒鬼'注定要死在我手里。"

"哦？"

"而且现在的'妒鬼'跟那个搞恶作剧的根本不是同一个人。"

老头子笑了，因为她足够聪明，居然能察觉到这点。之前的"妒鬼"更像是小孩在作弄大人，现在这个却以杀人为目标，画在尸体上的墨迹只是为了转移仵作们的注意力而已。

"是个聪明的孩子，希望我没有看错。"老头子点了点头，他伸出纤长的手指，放到了女孩干裂的唇边，沉吟着说，"以后你就叫幽兰吧。幽兰露，如啼眼，你的眼睛衬得上这样的名字。"她一口咬住，贪婪地吸吮着那充满魔力的甘甜鲜血，塌陷的双颊如被露水浸润的花瓣般丰盈了起来。

明月悄无声息地将脸藏在了乌云之后，似乎不愿目睹这场在长夜中进行了千百次的人与妖怪的交易。

## ·三·

三日后，盛夏的花香被暑气蒸腾，将清冷的寂夜都熏上了几分暧昧的暖香。

曲宣喝得酩酊大醉，跌跌撞撞地来到了老头子的废园中。他并没有回到皇甫珍为他准备的鲜花遍地的庄园，那里的花虽然很美，却像是带刺的美人，无时无刻不在提醒他是个寄人篱下之人。他只想见见那个总是游离世外、很少说话的少年公子，再不济，看看心爱的兰花也好。

门并没有锁，他踏草而入，只见月光下园中酒杯凌乱，一朵莹白如玉的蝴蝶兰淑女般恬静美好地立在月下。他看到这朵遗世独立的花，宛如看到了被世人遗忘的自己，再也忍不住悲伤，扑到花前，哀嚎痛哭起来。

"皇甫兄的画又卖了好价钱，为什么我没有这样的才华……"这个大男人泪落如雨，完全忘了老头子的嘱托，他双手捧住花瓣，倾诉着自己的压抑，"听说西京外的千福寺重建，要请人再现吴道子的《地狱变》，皇甫兄也获邀，我何时才有这等机遇……"

他哭得撕心裂肺，多年来所受的种种委屈刹那间如海潮般奔涌而出。今晚皇甫珍做东，在西京的满意楼大摆筵席，席间这英俊的年轻画师春风得意，风头无两。同去的画师都忙着巴结他，热情地谈论着《地狱变》这样的恢弘巨作注定要由皇甫珍这样的青年才俊来完成。放眼西京，画得又快又好的，除了他还有谁呢？

曲宣像是一只躲在暗处的蛾子，连一个理他的人都没有，如果不是皇甫珍跟他喝了两杯酒，鼓励他继续画美人图的话，估计都没人留意他是否曾来过。

他想起多年来所受的折辱和委屈，悲从心来，扑在地上长哭不起，夏日清朗宜人的夜空都被他的哭声染上几分凄厉的气息。

他正哭得心碎，寂夜中伸出一只温软洁白的手，轻轻捧住了他的脸。曲宣愣住了，泪眼蒙胧中，只见如轻纱曼舞般的月光下正站着一个白衣少女，女孩很瘦，像只有十三四岁的模样，但她的眉眼中隐含丽色，尤其是一双黝黑明丽的大眼睛，像是藏着星光的碎片，令人目眩神迷。

"你、你是谁？"曲宣立刻抹干眼泪，惊诧地问，他明明记得自己走进来时只看到一株兰花，再无其他。

"我叫幽兰。"女孩轻轻凑过头，在他颊边印上了一吻，"你会成功的，相信我！"

曲宣呆了一会儿，"扑通"一声坐在地上，这是他二十几年的人生中，第一次有女人对他示好，哪怕那人只是个乳臭未干的小丫头，也令他心神荡漾。

"离开这里，抛弃皇甫珍，把你画的那幅兰花美人卖掉，去西京重新开始。"幽兰低低地说，她的声音细而微弱，似乎中气不足，却自有一番振奋人心的力量。

"我、我……"他不敢答应，那意味着他要抛弃现有的一切，重新开始。

"被困在笼子里的鸟，怎么能飞呢？"幽兰长长叹息，似乎是为他多舛的命运，也是为他虚掷的才华。这声叹息像是一只看不见的手，探进了曲宣的心底。他仿佛被妖魔蛊惑，几乎在刹那间就下了决心要自立门户。面对这年幼的少女，他突然不再眷恋自己那张呕心沥血的美人图了，就连原本被他奉为灵感之神的兰花都被置之脑后。

当晚他就收拾行李离开了皇甫珍为他准备的安乐窝，跟他一起回到西京的，还有来路不明、苍白消瘦的幽兰。

"老头子，你就这样看着他们私奔吗？"他们并不知道，自己所有的举动都落入一双清冷如水的眼眸中。阿朱陪着老头子坐在高高的树上，将这落魄画师的哭泣和奔走都看在眼里。

"志同道合的人早晚会在一起，我又怎能阻止？"老头子打了个呵欠，今晚他喝得有点多，稍显疲惫。

"可是那小姑娘不是说要杀'妒鬼'吗？你就放任她胡闹，不把她留在身边？"阿朱不以为然地说，"她会不会是为了得到你的血在撒谎？"

"谁知道呢？妖怪的心我永远都猜不透，不过我相信幽兰。"老头子轻抚着阿朱如绸缎般华美的黑发，"她压抑得太久，必定一鸣惊人，就像那个男人一样……"

阿朱缱绻地伏在他的怀中，兰再反驳。月亮的影子越发圆满，似乎转眼间，盛夏就如奔马般呼啸而至。西京城中百花盛开，迎来了一年中最繁盛美丽的时期。

自立门户远没有曲宣想的那么简单。失去皇甫珍的庇佑，他活得近乎潦倒，背着画具在西京风餐露宿，找了三天才找到了一间据说闹鬼的茅屋住下。室内尘灰满地，狭窄得一下床就能走出房门。跟这陋室比起来，皇甫珍为他提供的遍布奇花异草的庄园简直堪称宫殿。

所幸幽兰并没有抱怨，她像是一只出笼的小鸟般欢快，极尽所能地布置起了这个简陋的房间。只是每逢夜深人静，曲宣总是看到她坐在院子里望着涤荡的夜风发呆。时而会有白色的飞蛾落在她的指间，她就会对这只能在夜间活动的昆虫说几句话，再挥手放它们离开。而当夜蛾振翅高飞，曲宣总觉得这个消瘦的女孩也会乘风飞去一般。

日子流水般滑过，曲宣每天都去集市中卖画，只是现在他笔下的美人已经不再丰硕美丽，眼角眉梢都带着贫苦孤寂之色。再也没有什么珍稀花朵供他想象，这些都是他对着绿柳和桑园画出来的作品，难免也沾染了尘土之气。没有书画店的老板肯让他进门，更没有人愿意给他的画出个好价钱，他只能跟小贩一起站在街头叫卖，每日卖画所得不过十几个铜钱，跟皇甫珍当初给他开的价码一样。

　　他布袍上沾满油彩，简直要看不出本来的颜色。而在西京的闹市中，他也曾见过皇甫珍在众人的簇拥中高歌而去，但这位风流俊逸的才子却不曾向他和他的画瞧上一眼，或许画上平庸的手笔已经让他泯然于众人，毫不惊艳了。

　　"卖了那幅洛神图吧。"在一个凉爽的夜晚，当曲宣带着可怜的收入回到家时，幽兰轻轻地对他说。半个多月下来，她更瘦了，身上的白衣也变得黯淡无光，只有一双大眼睛仍然炯炯有神，恍如暗夜中跳动的烛火。

　　"可是我恐怕再也不能画出那么好的画了。"曲宣垂下了头，这些艰难的日子磨平了他的才气，那些依照鲜花画美人的逍遥日子，明艳得像前世的记忆。

　　"再这样下去，你就什么都画不出来了，你甘心吗？"幽兰咬了咬薄唇，大眼睛中含着不屈的光芒，"难道你想一辈子做一只见不得光的蛾子，在黑暗的角落自生自灭？"

　　蛾子？这两个字像洪钟敲醒了沉睡的人，曲宣抬起头，他想到了那种恶心丑陋的昆虫，只能在夜间出现，永远不被注意，即使投火而死，也只落得个愚蠢的名头。

　　"不……"他几乎是咬牙切齿地说，眼睛里像是藏着一簇跳跃的火焰。

·四·

　　七月十五，中元节。家家户户都忙着祭祀先人，不少人家举家出动，去西京的郊外扫墓祭祀祖先。还有的人留在城中，晚上去洛河边放花灯祈福。

　　这晚月朗星稀，明月像是个完美无瑕的银盘，将尘世照得如同白昼，既照亮了西京城千顷华厦，也照出了一个佳人窈窕多姿的影子。那是个从西京下城中走出来身穿素衣的女子，她鬓上别着一朵白花，似乎是新寡，可是看她那妩媚的眼角流露出的风情，又毫无悲戚之色，尤其眼角的一颗黑亮小痣宛如宝石般衬托得她的眸光更明丽似水。

　　"就是这个女人，每天都招摇过市，专门挑晚上出门，简直比花楼里的花娘行首还忙。"一棵高大的槐树上，阿朱正对老头子耳语，"我已经跟了她几天，如果'妒鬼'再次出手，估计目标十有八九就是她。"

　　老头子望着女人纤细的腰肢，她像是弱柳扶风般在夜色中走着，每走一步都勾画出优美婀娜的曲线。

　　"或许，就是今天呢。"他目送着女人远去，以轻不可闻的声音说。七月十五，月满如盘，百鬼夜行，还有什么日子比今晚更适合杀人呢？

　　女人优雅又颇具风情地走到了洛河边，河的上游挤满了放河灯的百姓，她十分嫌弃地皱了皱挺秀的鼻子，眼角的小痣微微一跳，似乎不喜欢与众人拥挤在一起。她索性提着竹篮，分花拂柳地向寂静的河下游走去，既避过人群的喧嚣，又躲开了几个登徒子孟浪放肆的目光。

　　"千万恨，恨极在天涯。山月不知心里事，水风空落眼前花……"她点燃一盏荷花灯，一边将花灯放在水中，一边唱着温庭筠的小调。烛光映着水色，照亮了她皎洁的侧脸，眼角的小痣宛如泪痕，挂在颊边。此情此景像是浸润了千百年来人类生离死别的惆怅，离人不归，歌声不歇。当岁月如怒海惊涛般奔涌而去，当初等待的人早已化为白骨，只剩下这凄婉歌声在时光中空自徘徊。

隐身在河堤长草中的老头子也被她的悲伤感染，发出了一声低低的叹息。一直心无挂碍的他竟生出了要保护这女人平安的念头。因为这首饱含深情的小调，让她在他眼中不再是个"饵"，而变得生动明丽起来。

然而就在这时，不知从哪旦刮来一阵腥风，熄灭了河灯中的白烛。河边只余星月辉光。女人惊恐地环顾四周，但还没等她看清，就有一个强壮的身影从河底跃出来，一把掐住了她的脖子。那人周身覆满坚硬的青色鳞片，根本看不出本来面目，活脱脱是个从画中走出来的恶鬼。

"天下的漂亮女人都要去死！"怪物低吼着，手上加力，眼看这小寡妇就要命丧他手中。

老头子朝风中打了个响指，一阵旋风平地而起，眠狼尚未现身，宝剑已然出鞘，一剑就刺中了怪物的手腕。怪物一惊，看清眠狼冷峻的脸后，似乎察觉到有人伏击，急忙撒腿就跑。

"别让他跑了，这人跟妖怪同化了，一定是有人教给了他什么法子！"老头子心中默念。他与眠狼心意相通，英俊的黑衣少年立刻明白了他的想法，将长剑舞得滴水不漏，完全封住了那人的去路。

但他们万万没想到，那怪物竟然双手抱头，大喝一声，直朝眠狼的剑尖撞去。眠狼想要收剑已经来不及，利剑刺破覆盖他周身的青色鳞甲，迸发出闪亮刺眼的火花，飞快地荡到了一边。

"阿朱！"老头子急忙跳出草丛，刚要召唤阿朱，有一个人却比他更快。只见那一直沉浸在悲伤中的小寡妇突然一扬手，一道白光脱手而出，追星赶月般直刺向那怪物的后心。

浓黑的夜色中传来一声闷哼，怪物在河堤上奔逃，几个起落就逃离了他们的视线。

阿朱倒悬在一棵柳树上，她朝老头子使了个眼色，锲而不舍地追上了那抹消失的影子。

"都怪你多管闲事，不然我早就杀了他！"方才还惊惶万分的女人把长发披散，玉手翻飞，将发髻梳成了少女的长辫。她的竹篮翻倒在地，河灯下竟然放了十几把匕首，刀刃上画满了扭曲如虬蛇的红色咒符，触目惊心。

"这不是我见到的第一个能驱使妖怪的人类，必定有人在暗处捣鬼，你又为什么要杀他？"老头子并不生气，只偏着头望着她。她小巧莹白的脸和那眼角的黑痣都像是谜，等待他破解。

"不为什么，我早就想杀掉'驴鬼'，惩恶扬善。"少女白了他一眼，收拾好竹篮就要离开，脚步匆匆，似乎在逃避什么。

"你以自己为饵，孤身一人行动，冒这么大的风险，怎么也不像是出于正义啊。"老头子像是想到了什么，笑容浮上了他年轻俊秀的脸庞，使他看起来简直就像个风流公子，"你该不会就是之前那个恶作剧的'驴鬼'吧？"

少女停住了脚步，恶狠狠地回过头瞪视着这个剔透聪明的少年，眼角的一点黑痣随着她愤怒的表情跳动，像一颗蓬勃争发的芳心。

在同一个夜晚，喝得醉醺醺的皇甫珍走在回家的路上。最近他心事颇多，自己供养的画师跑了，没人再替他画美人图换钱，千福寺请他画《地狱变》的住持居然也对他颇有微词。

"公子年轻，似乎不了解什么是地狱呢。"老住持只看了一眼他的画，就笑眯眯地摇头，"没见过地狱的人，是无法画出真正的《地狱变》的。"

"难道吴道子见过地狱吗？他懂什么！"想到被人折辱的经过，他就忍不住咒骂。

这时暗巷中猛然蹿出一个人，一头就扑到了他的怀中，似乎体力不支。他的手中立刻沾满了黏腻温热的液体，他吓得连忙看向自己的手掌，像极了鲜血。但那血却是绿色的，就像他用花青和藤黄调出来的那种草绿。

他吓得惊慌失措，一把推开那个人，在西京的街道上狂奔。可是那绿色的血液却怎么也擦不掉，像是与生俱来的胎记般牢牢印在他的皮肤上。

·五·

近日西京的闹市中变得热闹非常，甚至连挽着竹篮卖花的女孩都喜欢来到闹市附近流连不去，原本就人群熙攘的闹市，像是烈火中被浇了滚油，更加繁茂了。

而这些人的目光都无一例外眷恋地望着一位站在这人间烟火中的佳人。那是一位身穿纱衣，手捧芙蕖，在碧水上凌波微步的女人。她的身段如春水般柔美，眼神也如春水般多情，任谁看到她那含在唇边的笑和眼角眉梢的风情，都会想起人生中那些美好缱绻的回忆。

但唯一遗憾的是这绝世佳人只能永远保持一个姿势，无法充分展露她的风姿，因为她是一幅画，一幅精心勾勒、以色彩渲染的洛神图。

卖画的是个脏兮兮的画师，他显然不擅经营，腼腆地坐在这张画旁边，已经足足三天了。

有懂行的人来专门看过，都觉得是好画，却不敢出手。因为卖画的人寂寂无闻，也没有书画行做担保，生怕买了赃物回去，惹官司上身。

可是那画太美了，美得令人心醉神迷，渐渐连挑夫都被吸引过来，这些粗人什么都不懂，只希望多看这仙子般的美人两眼。

"哟，我当是谁呢？原来是曲宣！"第四天下午，从人群中走出一位举止轻浮的花衣公子，他似乎跟落魄的画师相识，讥讽地说，"这画也就值十几个铜钱，我买了，就当照顾你，像过去一样！"他的话像是在静水中丢进了一块巨石，立刻激起嘘声一片。稍有眼力的人认出了这人正是西京风头无两的画师皇甫珍，据说他接了画《地狱变》的工作，最近闭门不出，正在研究鬼怪的画法。

"你看，你离开我混得这么惨，都说你没有天分，你还偏偏不信。"皇甫珍的眼中满含阴毒的神情，伸出手捏了捏曲宣的脸，"跟我回去吧，好吃好喝地给你，继续为我画美人。据说猫也是这样，挖空心思想跑出去浪荡，落魄得走投无路时，才知道主人的好。"

曲宣抓紧了衣角，把头埋得更低，不知该怎么办。面对倨傲的皇甫珍，他已经卑微惯了，忘记了昂头的姿势。

皇甫珍说罢掏出十几个铜钱丢到曲宣脚下，伸手就要去摘那幅画。

"我出五两银子。"人群中突然蹿出一个女孩，两下就把他的钱从曲宣面前踢走，女孩身材纤瘦，像是发育不良似的，脸上布满菜色，只有一双眼睛灿若辰星。

曲宣感激地望着女孩，眼眶微微红了。

"你出得起五两银子吗？把你卖了也凑不齐这个数。"皇甫珍的目光如蝎尾般毒辣，在她身上上下流连，嫌弃地扫过她清瘦的脸颊和平平的胸脯。但女孩毫无畏惧，似乎胸有成竹。

"她出不起，我出得起，我出十五两。"人群中一个身穿锦袍的中年男人嚷起来。在他唱价之后，又有人纷纷出价，价钱唱得一次比一次高。

而曲宣的头也随着价格水涨船高而渐渐抬了起来，与他相映成趣的是皇甫珍，他畏畏缩缩地嘟囔着画不值钱之类的话，却不敢大声宣之于口。

"我家公子出一千两！"就在这时，闹市中响起一个洪钟般的声音，一个高大魁梧如小山的男人迈着大步走来，所过之处如巨鲸分水——人们迫于他的威慑，纷纷为他让出道路。

男人周身的肌肤都是古铜色的，健壮的肌肉高高隆起，像是个铜铸的巨人，眨眼间就来到了曲宣面前，将一只锦袋交到他手中，接着以两指小心翼翼地取下洛神图，像来时一样潇洒豪迈，大步而去。

整个市场变得如死寂般宁静，过了许久，不知是谁欢呼了一声，人群立刻如烧开了的水般沸腾了。所有人都因目睹了这稀世神作成功交易而兴奋不已，那高不可攀的天价和神魔般的买主，为这场交易增添了传奇的色彩。

曲宣当场名扬西京，而皇甫珍则趁乱离去，谁也不知他是何时走的，只听说他离开时脸色灰败，宛如行尸走肉。

但没人知道，在离集市不远处的一家酒楼中，一位少年公子正在惬意地喝着价值千金的葡萄酒。他坐在高处，将一切尽收眼底，而在他的身边则站着消瘦幼小的幽兰，她刚刚打断了皇甫珍对曲宣的羞辱，趁众人竞价之时，回到了主人的身边。

"先生，谢谢你出手相助，我只求你买下他的画，但没想到你会出这么多钱。"幽兰小声地说，因为领了老头子的情，她的声音难免有些怯意。

"没什么，他的画将来会值这个价的。"老头子笑眯眯地说，端详着手中那幅洛神图，"况且西京人向来势利，如果只以寻常的价格买下，怎能助他一举成名？"

幽兰钦佩地点了点头，老头子总是能轻易玩弄人心，在这方面，她远远不及。

"你还打算留在他的身边？'妒鬼'已死，你身为妖怪，不能总跟人类厮混在一起……"老头子怜悯地看着她。

"是的，我想再帮他一下，让他成为西京首屈一指的画师。"幽兰抬起头，她稚嫩的小脸在夏末的阳光中现出感激的神情，"因为只有在他的眼中，我才是一朵兰花。"

"哎。"老头子长叹一声，将画卷起来收好。

妖怪们就是这点傻，因为不谙人事，只要有人类稍微对他们好一点，这些傻东西就恨不得以命相报，拦都拦不住。

"况且，'妒鬼'是不是真的死了，还未可知。"在他即将离开之时，幽兰突然轻轻地说，"我的本事不大，但偏偏是克他的，寻常的刀剑无法彻底要他的命……"

老头子愣了一下，他看着这个似乎一碰就会碎的纤弱少女，仿佛十分疑惑。但他最终只说了个"好"字，便拂袖而去。

这天之后，曲宣的声势便如烟花般骤然升起，所有书画店的老板都把他的画挂在最醒目的位置，花楼中的行首争先恐后请他作画，他画的美人越发活色生香，跃然纸上。他的画张张都能卖出高价，老板们纷纷把皇甫珍的画摘下来，即使没有曲宣的真迹，也要放几张仿作充门面。

但这个年轻的画师还像是过去一样，即便坐拥群芳也只爱一株兰花。他带着幽兰搬到了西京最繁华的地段，用绫罗绸缎把这个小丫头打扮得像一只瓷娃娃。幽兰在他高妙审美的装扮下也褪去青涩，她的脸颊泛出红晕，乌黑靓丽的秀发盘成一个同心髻，低低地挂在脑后。

一身淡粉色襦裙配柳黄色半臂披肩，既烘托出她的少女之美，又掩盖了她容颜清淡的缺点，令小巧纤瘦的她越发精致美丽，像一株绽放在夏阳中的月季花。

曲宣仍然喜欢对着幽兰画画，每日晨起，他都要为幽兰画一张小像练手。他觉得这是自己人生中最幸福得意的时光，昔日受到的委屈也像是蜜浸过的莲子，微苦的莲心只是为了衬托蜜糖之甜。

"不，这样还远远不够。"幽兰站在如烟垂柳下，轻轻地说着，仿佛看到了他心底的满足，"要成为大才，不能只知苦乐而已。"她像是在对曲宣说，又仿佛是在说给自己听。

一只黏在花枝下的蝴蝶正艰难地要破茧而出，如果这只昆虫今天不竭力爬出茧，就会死在茧中。幽兰伸出一只手指，轻轻一点，蝴蝶像是得到助力，轻而易举地爬到茧外，它在阳光下将潮湿的翅膀晒干，跌跌撞撞地振翅而飞，在夏日的晴空中划出优美曼妙的弧线。

## ·六·

天气转凉，西京很快就迎来了入秋的第一场雨，雨挟着风势席卷了整个古城，带来了舒爽的凉意。姹紫嫣红的鲜花在落雨中凋零，辗转落于尘泥，宛如那些盛放在昨日的风流。

雨停之后，巡夜的更夫在街巷中看到了一个女人，她身穿艳丽的绫罗衣裙，头戴花冠，委顿在濡湿的高墙下，似乎是宿醉未归的歌妓。可是当这上了年纪的老人走近时，却吓得一屁股坐在地上，因为这女人早已气绝，脸皮被人活活剥去，淋漓的鲜血染红了她身下的水洼。

当这个可怕的消息像秋风般在西京不胫而走时，老头子正跟一个女孩在洛河泛舟。少女身穿艳丽的巫女服装，浓艳的眼妆为她柔美的五官添上了几许凌厉，只有眼角的一颗小痣依旧俏皮如昔。

少女叫灵雨，正是跟老头子一同除去"妒鬼"时相识的，她是西京的女巫，之前靠恶作剧整一些不义的女子赚点外快，得了个"妒鬼"的称号，可是最近有凶徒接二连三地借"妒鬼"之名杀人，让她恨之入骨。

"为什么假借'妒鬼'之名的怪物又出现了？上次我们明明杀了他！"灵雨气急败坏地说，她年纪尚小，没有老头子那么沉得住气，一听到消息就急忙约这个永远是少年模样的驱魔师见面。

一个月前，在七月十五的那天晚上，阿朱就找到了那个被她刺了一剑后落荒而逃的男人。他僵死在偏僻的小巷中，鳞甲褪去，露出了一张丑陋愁苦的脸。后来从仵作们那儿得到消息，这人是西京的一个鞋匠，因几年前美貌妻子跟人私奔了，因此对所有的美女都怀有恨意，不知从哪里学到了邪法，专门残杀美女泄愤。

"因为寄生在他身上的妖怪在我们赶到之前就已经逃跑了，它转移到了别人的身上。"

"还有这种妖怪？"灵雨好奇地问。

"应该是中了咒术，如果不跟人类共生，它就无法存活。"老头子长叹一声，无限惋惜地说，"跟险恶人心相比，妖怪们可是很弱小的。"

"你的意思是说，这次它附身的人，偏偏又是个嗜血如命的家伙？"

"还有一点不同。"老头子朝她勾了勾手指，示意她附耳过来，"之前那鞋匠毫无大脑，只要看到漂亮的女人就去杀，但这个人不同……"

灵雨好奇地凑过去，年少英俊的驱魔师轻轻地在她耳边说："他只对烟花女子出手，似乎是个风流之人。"说完还朝小女巫耳边吹了口气，灵雨立刻涨红了脸，看着老头子狡黠的目光，她似乎猜到了什么。

之后的一个月，西京城异常平静，路上奔走卖花的少女少了很多，当垆卖酒的花娘们也闭门不出，她们并不傻，都从死者的身上看到了自己的影子。

这压抑的气氛结束于九月初一，西京迎来了一年一度的菊花节，这天百姓赏菊花，品菊花酒，佩戴茱萸，服食茯苓丸子鸡，据说能长命百岁。沉寂了许久的城市仿佛在瞬间恢复了活力，毕竟那可怕的"垆鬼"再无动作，谁知道歌妓的惨死是不是仇人为之？

女人们穿上了色彩浓厚的应季新衣，再次走上了街头，花楼中的姑娘们又巧笑倩兮地兜售应景的菊花酒，如果再不出来卖酒，怕是完不成官府给的任务。而西京的花楼纷纷借着这喜庆的节日氛围推出了各家新来的花娘，而其中一位年方十六的小花娘艳冠群芳，刚一露面就得到了价值百两的东主打赏。如此高的赏金震动了西京，人们纷纷来到这家花楼，想见这一出道赏金就高过行首的小花娘一面。

而少女恃宠而骄，不肯轻易见人。九月初一这晚，一位上了年纪的老举子一掷千金，才换得了和她饮酒抚琴的机会。或许看他老迈的脸和花白的头发跟节日格外应景，这小花娘居然难得地答应了。

这晚新月如钩，小花娘正在梳妆打扮，她换了件烟罗长裙，轻纱中露出玉颈，黑亮的秀发堆云般挽在头顶，一双妩媚的眼睛顾盼神飞，眼角一颗小痣俏皮可人。

很快她的房门就被推开，走进来一个颤颤巍巍的老人，他连站都站不住，垂涎地望着灯下的美人。这少女虽美，却并不及传说中那样风情万种，可是他已经不能反悔了，只能端坐在椅子上，一边喝酒，一边欣赏花娘抚琴。

"玉炉香，红蜡泪，偏照画堂秋思。眉翠薄，鬓云残，夜长衾枕寒……"花窗微敞，送来悠悠的歌声，婉转入耳，散入风中，随风撒入对面高楼的窗里。

"这小狐媚子，看她能得意几时！"一个身穿樱红色纱衣的艳丽女人怀抱着少年公子，颇为愤愤不平地说。

"哦？何出此言？"少年咳嗽了两声，他虽然容貌清俊，却带着几分病气。

"她这等姿色在花楼中毫不出众，这是有人帮她抬高身价，又故弄玄虚地不让她轻易见人，才让她名气鼎盛。"那花娘嫉恨得咬牙切齿，"偏偏男人们最爱这套，等新鲜劲过了，看谁还来捧她！"

"你刚刚说什么？"

"等新鲜劲过了，看谁还来捧她。"

"不，之前那句。"少年公子恍如记性不好似的，连连追问。

"男人们最爱这一套？"那花娘媚眼翻飞，颇有心得地说，"你别说，他们最喜欢这种神秘又矜持的女人，像是猎奇，这办法屡试不爽，所以我猜她一定是得了高人指点。"

"听你这么说，我就放心了。"少年公子轻轻拍了拍她的柔荑，唇边浮上一丝笑意。

歌声化入风中，听得梁上一个黑衣艳女也连连点头，阿朱望着窗外伶仃的月影，像是回想起自己生命中为数不多的几段恋情。

花娘抚琴，老举子当即提笔为她作诗，两人正兴致勃勃，却听窗外传来一声巨响，一个浑身覆满鳞甲的人破窗而入，如青色的罡风般疾冲向那青涩的少女。

花娘裙摆微动，居然以不可思议的速度躲了过去，她这么一让，那人收势不及，一头就撞到了老举子身上。于是这个可怜的老人连叫都没来得及叫一声，就被扭断了脖子，鲜血喷涌，染红了粉红纱帐。

阿朱纤手微扬，无数道银丝直射而出，将他缠了个结实。可是这人鼓起全身的肌肉，鳞甲立刻竖起，化为片片利刃，刹那间就将蛛丝割得纷纷断裂，零落委地。

他发现中了埋伏，转身就要跃窗而逃，但窗边不知何时站了个身穿黑衣的冷峻少年，他一剑刺来，整个人化作一道乌光，让人躲无可躲。他再次鼓起鳞甲，硬生生扛了这一剑，一头撞破花窗而出。

"喂！又被他跑了，怎么办啊？"愤怒的小花娘从窗口的破洞处大喊。

那怀抱着艳女的少年公子立刻走到窗前，推开花窗，咳嗽了两声，对她笑吟吟地说："别急，我今日诱他出来，只是试探一下。"

"那身鳞甲的厉害你又不是不知，还有什么需要试探的？"灵雨鼓着嘴生气，要她扮成花娘已是极大的牺牲，尤其是她都做到了这种地步，还没抓到那怪物，难免令她失望。

"我要试探的不是他，而是她……"老头子仿佛在说一个谜语，眼神深邃如夜色。

但这谜语很快就被破解了，浑身青鳞的怪物刚刚跑出花楼，就见小巷中迎面而来一个白衣的少女。女孩穿的是价值不菲的白色滚金边绫罗，乌黑的秀发梳成了丫髻，髻上插着应景的金菊，像是水葱般俏生生的动人。而最奇怪的是，她竟然瞪着一双黝黑的大眼睛，坦坦荡荡、毫无畏惧地望着他。

他加快脚步，向这神秘少女疾冲而去，这身坚硬鳞甲能抗住刀剑，哪怕这女孩有再大的本事也会被撞飞。

"解体！"然而就在他接近少女的刹那，她伸出一根手指触到他的手臂上。

"啊！"随着"砰"的一声闷响，女孩果然被他巨大的冲力弹开了，但空旷的夜色中却遥遥送来一声凄厉的惨叫，几滴鲜血淋漓地滴在了路面上。

·七·

老举子的死再次为西京的秋色增添了几许阴霾，连红艳似火的枫叶此时看起来也平添了几分血腥的煞气。

但是居住在千福寺中的曲宣完全感受不到这诡异阴森的气氛。他是在九月初一的当天搬进来的，因为皇甫珍的《地狱变》创作不顺利，千福寺的智光禅师只能再次邀请西京风头最盛的曲宣来画。

曲宣在千福寺的东影壁创作，而皇甫珍要画的是西影壁。寺里早就对香客们公布要在十月初一为《地狱变》揭幕，以皇甫珍的进度应该无法如期完成，他们只好邀请曲宣一同创作。哪怕需要揭幕两个画壁，也比一个都画不出来的好。

而奇怪的是，自从曲宣入驻之后，才思枯竭了很久的皇甫珍却突然再次挥毫泼墨。这个俊美的画师创作时像是在跳舞，一袭白衣，飘飘欲仙，在影壁前笔走龙蛇，风姿潇洒。配上他那张俊美而略带邪气的脸，登时吸引了来寺里踏秋赏枫的仕女围观。

沾满了墨色的笔在他手中上下纷飞，宛如剑舞，每当剑光闪过，一幅幅鬼神图便森然出现在墙上，有风吹来，画上形象衣带翩翩，势如脱壁。这难得一见的风采几乎日日都能引来无数香客围观，到了第十日早上，皇甫珍还没出现，等待的香客就已经挤满了寺庙。

他画的是地狱中饿鬼食人图，腹胀如鼓的鬼怪将罪恶深重的人活活拆吃，有的扭断了脖子，有的揭下面皮，幽森恐怖，看的人无不触目惊心，却只感到畏惧，毫无悔动。

而就在皇甫珍志得意满之时，却并未发现人群中一个脸色苍白的少年公子正在观察着自己的一举一动。

"是个见过地狱的人啊。"老头子只看了两眼他的画，先是点头，继而摇头，"可惜，见到的只是杀生地狱。"

"地狱还分很多种吗？"阿朱站在他身边，娇俏地问，"我怎么一个都没见过？"

"那是因为你谁也没爱过。"老头子丢下一句莫名其妙的话，身影匆匆，很快便消失在人群中。

跟皇甫珍当初一样，曲宣也曾对这恢宏巨作充满野心，这是任何一个画师都不忍放弃的题材。可是当面对空白的墙壁时，他立刻就发现自己人生的浅薄和苍白，他只吃过苦，尝过为了生计辗转反侧的焦虑，但是那点挫折和阅历令他根本无法驾驭这么宏大的作品。

地狱到底是什么模样？是血流成河，还是遍布刀山火海？它只会让人遭受皮肉之苦，还是能激起灵魂的震颤？

曲宣迷惑了，他无数次提起笔又放下，他终于明白，不入地狱之人无法画出《地狱变》。

寺里的僧人看他的眼光越来越不耐烦，有一种花重金请了个草包的懊恼。大概唯一能让他感到安慰的就是幽兰了，这个少女总是晨昏时为他送饭，还给他带来各种绘画的素材。她从不催促他的进度，那双漂亮的大眼睛中总是藏着善解人意的光。

可皇甫珍的爆发并没有持续几天，在他画完了半面西影壁后，就再次躲进禅房中，闭门不出了。

相反，一直没有动作的曲宣却画起了草图，几天来他熬得胡茬满脸、脸颊塌陷，简直像个活生生的幽魂。曲宣并不傻，知道如果自己交出一张白卷，那他刚刚在西京鹊起的声名立刻会毁于一旦。

他模仿吴道子的兰叶描，以缓慢而稳定的速度前进着。但他并不知道，当他沉浸于创作中时，幽兰总是会坐在离他很远的树上，看着他辛苦忙碌的背影。她稚嫩的小脸上既无喜也无悲，只有气定神闲的从容，仿佛那种端坐在牌九桌前，看透了整局输赢的人。

日月交替，斗转星移，离十月初一转眼就剩下五天了。枫叶在秋风中零落，千福寺的石阶上凝起了淡淡的白霜，位于山中的千福寺处处都流露着诗人们所喜爱的"空山悠远，霜月如雪"的静憩禅意。

而在这个冷月清寒、秋风刺骨的夜晚，发生了两件事。一件是在禅房中闭门不出的皇甫珍听到了两个小沙弥在廊下的对话："听说智光禅师最终决定用曲宣了。"

"他虽然画得不那么传神，但胜在进度快，功底扎实，皇甫珍太傲气，禅师说让他吃点苦头也好。"

皇甫珍握紧了拳头，咬牙切齿地在月色中伸出了手，他清瘦白皙的手在月色中渐渐长出了细密的鳞片，鳞片像是有生命般飞快地覆盖了他的全身。自从七月十五撞到了死人，他莫名其妙地拥有了这种异能,起初他还惶恐不安,但很快就发现这绝对的力量赋予他的能力——面对脆弱的人类,他可以轻而易举地夺走他们的性命。第一次杀人是因为才思枯竭,在杀掉那个晚归的歌妓之后,他窥视到了地狱的一角,画出了《地狱变》的草图。第二次虽然他并未得手,但老举子惨烈的死亡景象和惊恐的尖叫让他了解了人类在下地狱时的表情,于是灵感迸发,一口气完成了《地狱变》的一半。

"今晚就该轮到那老秃驴了,让你瞧不起我!"他恶狠狠地说了一句,身影晃动,转眼就冲出了禅房,向智光的住处奔去。

霜雪般的光芒照在他的身上,令这俊美的青年变得如鬼似魅,在暗夜中疾行。

另一件事是当忙碌了一天的曲宣准备熄灯休息时,禅房的门被人轻轻推开了,身穿淡红色锦缎衣裙的幽兰羞涩地站在门边。她的眼角眉梢尽是风情,她凝视着曲宣,原本稚嫩的小脸在烛光中也如珠玉般熠熠生辉。

这情景像极了话本中描绘的怪谈,大雪之夜,深山之中,一位绝色姝丽手持灯烛,出现在落魄书生的门外。

幽兰一言不发,她解开了锦袍,露出了纤细的锁骨。她的长发披散在肩头,令她像个成熟的女人般妖媚艳丽。

曲宣额上冒汗,捡起她丢在地上的锦袍,裹住了她光滑洁白的身躯。可是幽兰却像是蛇一般钻进了他的怀中,近乎祈求地说:"只有在你的眼中,我才是一株漂亮的兰花……且顾当下,且顾当下……"

曲宣认命地闭上了眼睛,这晚他的禅房中尽是春色,这个年轻画师的记忆又飘回到了暮春之时,他趴在墙头,以爱慕的眼光看着荒园中的一株白兰,那时他任人欺凌,只能以画笔为武器,竭力打破命运的束缚。

今夜夜色汹涌如海,仅有幽兰飘香。

·八·

更深露重,霜花微凝。

皇甫珍轻盈地落在了老住持的禅房中,五指成爪,向床上的人抓去。然而他并没有等来预料中鲜血飞溅肚破肠流的凄惨场面,手却被紧紧攥住,连抽都抽不回来。

"果然是你啊。"禅师转过身,容貌却不再苍老慈悲,而变成了一个面带病容的少年,"皇甫珍,你就是通过杀人来见识地狱的吗?"少年扣住了他的手腕,虽然还轻轻咳嗽着,但他的手却如岩石般坚硬有力。

"你、你到底是什么人?"皇甫珍紧张地问,自从他获得能力,还从未有人能轻易攥住他的手腕。

"我是什么人,有必要告诉你吗?"少年轻咳着,眼底却凝出寒冰般的阴冷。

"每个画《地狱变》的人都要通过杀人来获得灵感,传说吴道子也是这么做的,我又有什么错?"皇甫珍大喝一声,用尽全力向少年的胸口击去,杀不了智光那老秃驴,杀了他来获取灵感也不错。

可是少年毫无惧色,只朝空中挥了挥手,一个彪形大汉瞬间出现在少年的身后,伸出长臂将他环抱在怀中，铁拳微晃，挡住了皇甫珍的攻击。

"得是多么幼稚的人才能将传说当真？"少年摇着头苦笑，而在他的脸上，皇甫珍看到了揶揄的意味。

高大的壮汉搂着苍白的少年，像是一座不可逾越的山挡在他的面前。他并不傻，只凭着方才刚烈的一拳，就判断出了力量的差距，他的敌人像是大海般深不可测。因此他一头撞破了木窗，跃出禅房。

老头子望着他远去，却并不追击，只对着寒意刺骨的秋风唤出了一个名字。

"啪！"寂夜中传来一声轻响，一只飞蛾撞到了窗纸上，幽兰的眼睛睁开了，她从沉睡的曲宣怀中爬起来，像个干练的女人般套上了衣袍。她穿在锦裙里的中衣是白色的，像是雪，又像是白兰，在夜色中绽放。

幽兰挽起长发，在曲宣的脸上轻轻印上了一个吻。就像他们初识时的那个夜晚，她还是一个灰头土脸的女孩，而他是落魄潦倒的画家，他们都在彼此身上看到了自己的影子。

"现在，该轮到我去实现梦想了。"她轻轻地笑了，但双眼中却隐含泪光。

这个纤瘦的少女转身走出了禅房，不再回头，淡白色的衣袂在风中舞动，活似蝶翼般翩翩欲飞。

皇甫珍浑身颤抖地躲在一处灌木丛中，深山中回荡着细碎的脚步声，那是眠狼提着利剑在搜寻他的踪迹。他知道自己打不过这个出手狠辣的美少年，但只要仗着对地形的熟悉，躲过今晚，或许就能寻得一线生机。

一只停在灌木上的飞蛾被他的呼吸惊扰，振翅欲飞，被他眼疾手快地一把抓住，掐成肉泥。如果被那少年发现昆虫异动，定然会暴露自己的行迹。

正当他为自己的聪明沾沾自喜时，枯草中响起了一阵细碎的脚步声，似乎有人踏草而来。脚步声不徐不疾地停在他的面前，接着黑暗中多了一双如星光般璀璨的眼睛，那双眼睛毫无表情，正冷漠地透过灌木的缝隙打量着他。

他再也抑制不了心中的恐惧，大叫一声，跳出灌木。但见浓黑的夜色中正站着一个清丽的少女，她的脸上仍带着稚气，正面无表情地盯着他。

女孩的脸似乎在哪里见过，他想起了九月初一的那个夜晚，当他杀死老举子逃走时，也有一个身弱的少女拦住了他的去路。她碰了他一下，然后鳞甲就像长出了牙齿，咬掉了他手臂上的一块肉。

皇甫珍突然像是明白了什么，老头子的欲擒故纵，眠狼的穷追不舍，都是为了把他赶到这少女的身边。她才是最大的杀招，为他精心准备的地狱！

皇甫珍拔脚便跑，但是已经来不及了，刹那间林中起了白雾，幽兰衣袖轻扬，无尽的雾气从她的袖底奔涌而出。雾气一黏在他的身上，覆盖在他皮肤上的青鳞像是活过来一般，疯狂地啃噬着他的血肉。

"啊啊啊——"森林中回荡着他的惨叫，让这夜晚宛如地狱。

他俊美的脸被啃得只剩下白骨，在眼球被吃掉的一瞬，他终于看清，那根本不是雾，而是蛾子翅膀上的鳞粉。这密林的树干上、枯叶下，竟然停了成千上万只蛾子，它们同时抖动翅膀，满含剧毒的鳞粉便像是落雪般飘飞。

他跟妖怪的契约在这鳞粉中失效，他的手臂被吃掉，脑髓被喝光，身形越来越小，最终变成了一只青色的球，静静地躺在灌木中，而这只青甲球下，满是淋漓的鲜血。

落雪渐歇，蛾子纷纷从树上跌下，僵死在秋风中。而刚才清丽动人的少女此时也形容枯朽，小脸皱成了一团。阿朱带着老头子翩然从树上落下，将他送到了少女面前。

他的右臂已经萎缩，额上布满因疼痛而泛出的冷汗，幽兰的鳞粉对妖怪和驱魔师都是剧毒，它能破坏一切法力，令那个妖怪从咒术中解脱，吞噬了支配它的人类。

有野心之人必被自己的野心吞噬，这是他百年来见惯了的事情，并不觉得惨烈。他只是心疼幽兰，这小姑娘的五官都缩到了一起，皮肤干黄，连头都抬不起来，显然是不能活了。

褪去鳞粉的蛾子，也注定避免不了死亡的命运。

"先生，谢谢你……"幽兰见到老头子，竭力挤出一丝笑容，"可是不能再追随你了，真是抱歉。我做得好不好？"

"非常好，如果没有你，它可能会寄生在别人身上，继续害人。"老头子捧着她的脑袋，只觉得她的脖颈在自己的掌中绵软无力，像是随时都会折断一般，"可是你制止了它，让杀戮到此为止。"

"我很开心，我见到了光，也爱过了人，我的生命短暂却有意义，已经足够了……"幽兰拉起老头子的手，将一口血吐在了他的掌心。两人的羁绊在刹那间消失，老头子萎缩的右臂渐渐变得健康而富有弹性。

寒风乍起，失去了驱魔师的血，消瘦清丽的少女已经消失不见，满地枯草中，只有一只巴掌大的白蛾僵死在秋风中，宛如一朵绽放的兰花。

· 尾声 ·

十月初一，千福寺的《地狱变》如期揭幕，引得西京的百姓尽数围观。有屠夫鱼户看到画之后就立刻改了行，而百姓们足足一个多月不敢沾肉腥。画师曲宣因此名动西京，但没人知道，他是在一夜之间画完了《地狱变》。

次日曲宣从春梦中醒来，枕边清寒，他心爱的少女消失不见，取而代之的则是一只白蛾的尸体。画家像是明白了什么，在面壁了三天之后，一挥而就，一天就将长达十几丈的影壁尽数涂满。

他的《地狱变》中没有过多的血腥描绘，但所有在地狱中徘徊的人都面带绝望，眼中饱含对生命的质问——

为什么我们要来到这尘世？为什么要品味爱恨离别？如果终将失去，又何必让我们曾经得到？

人生就是不断失去的过程，而每次失去都伴随着成长，这是生命最大的悲哀，也是最值得欢欣的喜悦。

所有人都在《地狱变》中找到了自己的身影，其实真正的地狱并非刀山火海，也并非充斥着血腥杀戮，而是放眼天下却没有自己所爱之人，失去了爱，即便在人间享乐也如同置身地狱。

曲宣在那个初冬的清晨，终于见识到了地狱的模样。

从此他声名大噪，之后有佳人美酒相伴，但眉宇中也隐含着孤独的意味。三年后，在一个落雪的清晨，他的书童为他送来了一幅画，画上是凌波微步的洛神，看那笔法和意境，正是那幅曾令他一举成名的画。

　　曲宣看到这幅画，立刻热泪盈眶，他亲自追出门外，却见长街上只有落雪茫茫，哪里有书童口中所说的少年的身影？

　　那是他贫困潦倒时曾骑在墙头对着一株兰花画出的美人，虽然很久之后他才知道自己见到的并非兰花，而是一种酷似花朵的白蛾。

　　画上的美人顾盼神飞，饱含了他对爱人的幻想。他似乎又变成了那个懵懂的少年，或许当时他在长夜中执起画笔，想要的就不是什么一展抱负，不过是与心爱之人长相厮守。

　　可是多年过去，他仍徘徊在无边地狱中，无法冲破那孤独的黑夜。

　　夜那么漫长，而昔日让他心醉的幽兰，已化为晨露。

肆·幽兰露

长夜幻歌

贰

# 伍·钗头凤

或许爱上一个人就像爱上一片海，没人能带走瑰丽的海洋，只求在付出爱时毫无保留，没有遗憾，便已足够。

天幕阴沉，像个黑压压的盖子笼罩着一望无际的大海。海浪在风中奔涌，雪白的浪花如奔腾的白马般呼啸着冲上岸边，有的一头撞在礁石上，激起飞花碎玉；有的则涌上金灰色的沙滩，带来无数的贝壳虾蟹。

一艘小船像飓风中盘旋的树叶般在海浪中颠簸，船上坐着一个干瘦健壮的中年人，他用青筋暴露的手握住木桨，熟练地在浪潮的缝隙间游走。

天越发阴沉，船夫被海风吹得黝黑的脸庞上现出了担忧的神色。船舷上悬着一根结实的麻绳，他拽了拽绳子，可是绳子却轻而易举地被拉了上来，绳子的另一端像是被某种利器齐刷刷地割断，只有一个小竹篓悬在绳结上。

他的脸刹那间变得惨白，立刻朝海底望去，但浓黑的海水中只有浮沫散了又聚，哪里还有采珠女柔软如海草般的身影？

海风咸湿黏腻，在长空下呼啸，夹杂着谁压抑的哭声。

竹篓的口微微敞着，无力地躺在船板上，几颗指甲大小的明珠滚落而出，在晦暗的光线中绽放着晶莹温润的光芒。

· 一 ·

南方的雨细如牛毛，黏腻地沾在身上，像是剪不断理还乱的情丝，挟着也如相思般入骨的阴寒，透入肌肤之中。

"咳咳咳……"临海山坡的庄园前传来了一阵轻咳。咳声在雨中回荡，将清幽的山景都染上了几分死气。那是一个身穿淡蓝色棉袍的青年，一头秀发拢在帽中，只露出一张俊秀的脸，只是这张脸上浮着病态的苍白，更衬得他的眼晶亮如水银。

他的身边放着两个半人高的酒坛，一个梳着冲天辫、身穿淡金色短袍的少年正坐在酒坛上打盹，乍一看像是扫把成了精。

"真是没用的家伙……"老头子瞥了少年一眼，摇头叹息。

少年叫苍甲，是他在西京时新收的一个小妖怪。这鲁钝的男孩被人施了咒术，成为人类作恶的工具，在他将咒语破除的同时，苍甲就吃掉了那个跟他共生的画师。

"哈哈哈，天太黑了没看清，一不小心就吃错了人。"彼时苍甲大大咧咧地笑，完全没有任何负罪感，"不过他也活该，居然敢使唤小爷。"

接着他就像狗皮膏药般缠上了老头子，天天守在他的荒园外不肯离去，要当他的手下。

按照他的说法，他要为自己报仇，所以必须得到驱魔师鲜血的助益。

"他被人算计是因为力量不足吗？明明就是太蠢。"

"既然他见过施咒的人，留下他也无妨，否则让他跑了，我们连这条线索都丢了。"阿朱娇笑着劝慰自己的主人。

所谓再精明的商人也躲不过赔钱的货，当雪花飘飞时，他们在雪中签下了共享生命和力量的契约。自此老头子的生活就再也没有片刻安宁，苍甲不是烧错了炭弄得满屋浓烟滚滚，就是跑到夜市里偷东西。如今让他挑两坛酒陪自己拜访老友，刚走到半山腰，他又开始喊累，于是不得不找了个庄园的檐下休息避雨。

"这位公子，是不是迷路了？"当天色渐晚，庄园的门被打开，从里面走出来一个慈眉善目的老管家，"雨天湿寒，不如进来歇息一下。"

老头子朝他作揖道谢，苍甲一骨碌从酒坛上爬起来，比主人更快一步挑着两坛酒跑进了园子，也不知方才是真睡还是假睡。

"既然如此，就多谢了。"这下他连推拒的理由都没有了，只能硬着头皮走进了园中。

庄园占地面积不大，却依山势而建，玲珑有致，亭台楼榭都别有韵味。客厅里暖意融融，熏香清甜，让人进来了就舍不得出去。

有穿着讲究的小厮端来茶水，茶盏像是夏日的晴空，白中透青，瓷器中有烧制时产生的羽毛般的花纹，正是价格不菲的银兔毫。而茶叶清香适口，是被诗人盛赞的"轻裘骏马成都花，冰瓯雪碗建溪茶"中的建州茶。

以如此昂贵的珍品招待两名路过的旅人，似乎太过隆重。老头子垂下眼帘，不动声色地品尝着香茗，但苍甲就全无心机，一口气将茶喝得底朝天，还意犹未尽地吃掉了茶渣。

风挟着细雨吹开了花窗，厅堂中烛影晃动，画着仙鹤和青松的屏风后传出了一声惊骇的呼声。

"真的是你？"那是个中年妇人的声音，婉转中夹杂着轻颤，"是、是老头子先生吗？"

老头子抬起头，双眸如电，直直地望着那影影绰绰的屏风。只见屏风后身影微晃，走出来一位身穿深紫色滚金边褙子，举止优雅的贵妇人。虽然岁月的风霜在她娇嫩的肌肤上刻下皱痕，但从那微翘而挺秀的鼻子和含蓄而美丽的双眼中，能看出她年轻时的绰约风姿。

"你是……"

"我是玉蓉啊，建州的玉蓉……"贵妇人掏出锦帕，抹了抹濡湿的眼角，"一晃三十年过去了，我已经这么老了，你居然还如此年轻。刚刚在雨中听到你的咳嗽声，我还以为自己听错了。"那熟悉的声音让她恍然觉得自己仍是那个待字闺中的少女，仿佛漫长的三十年岁月从未流逝。所以她才命管家迎这位旅人进来，又以好茶招待，算是对昔日那位曾助她脱困的恩人的纪念。可是却万万没有想到，坐在客厅中的竟然就是恩人本人，连他那特有的浮着病气的脸和总是咳嗽的虚弱的样子，都跟过去一模一样。

"是玉蓉啊……"淋漓细雨中，老头子叹息般说。他的眼前浮现出一个粉衣少女坐在花园中刺绣的样子，桃花纷飞，风吹起她鬓边的长发，衬得她比漫天飞舞的桃瓣还更娇俏几分。

昔日就是这一面之缘，让他下了决心要帮助她。

"现在他们都叫我王夫人了……"玉蓉低低地说，满含无可奈何。

"其实永葆青春也没有那么好。"老头子想要安慰她，却不知该从何说起，只见王夫人突然抬起了头，泪光盈盈的眼中似乎窜起了灼热的火苗。

"既然遇到了先生，能不能求先生再帮我一次？"她伸出手，一把抓住了年轻驱魔师的衣袖，"最后一次！多少钱我都愿意出！"

"玉蓉，人生是你的，并不是我的，虽然它崎岖坎坷，你还是要独自走下去。"老头子轻轻咳嗽着，拽回了衣袖。他从未接过老主顾的委托，多少有点心虚。怕她在他身上寄托了太多的希望，又怕不能像过去那样令她满意，最后让她失望。

"既然如此，我也不勉强先生了。"王夫人眼中的火一寸寸熄了下去，可毕竟是大家闺秀出身，她只吩咐管家为他们准备了果子点心，并让庄园里的轿夫送他们上山。

软轿离开时，她并没有亲自来送，倒有一个穿着粉色衫子的婢女递给了老头子一个锦盒："夫人说了，这是送给先生的信物，如果先生改变主意，或者在泉州有事相求，随时可以拿着这个来找她。"少女的声音甜腻如蜜，丝丝化入雨中，沁人心脾。

当软轿停在位于山顶的望海楼门前时，他打开了锦盒。里面放着一把玉柄折扇，扇面上画着一个身穿粉衣荡着秋千的少女。画上题着两行诗，墨迹未干，显然是新写的——

"知君仙骨无寒暑，千载相逢犹旦暮。"

这短短的十四个字，似乎凝结了几十年的岁月风霜，转眼间沧海桑田，而错过的人纵使寻遍滚滚红尘，茫茫碧落，也可能死生不复相见。

聪明如她，不动声色地求他看重这次偶遇的缘分。

## ·二·

望海楼的主人正是牙人朱文浩，这个手眼通天、心细如发的青年却偏偏总是装作风流不羁的模样。此时他左拥右抱地正在跟几个胡姬饮酒作乐，苍甲十分不争气，一踏进花厅，看到了这些金发碧眼波斯猫般的美人眼睛都直了，连酒坛都摔到了地上。

"你迟到了啊，老头子！"朱文浩脸色绯红地嚷嚷，推开了怀中冰肌玉骨的胡姬，"快先来认罚三杯！"

胡姬们十分有眼色，看出这名客人是主人看重的，纷纷围在老头子身边，即使他连连咳嗽都不在意。

"这个小兄弟好讨人喜欢。"一只如玉的手抚上了苍甲的脸，他黝黑的脸膛立刻变成了茄子般的深紫色，耳朵红得似要滴血。胡姬们发现了这少年的有趣之处，都去逗他玩乐，留下老头子跟朱文浩在屏风后饮酒夜话。

西京春风楼的琼浆不愧是名酒，不枉他千里迢迢地带来，不过三杯酒下肚，他就有了些飘飘然的舒畅之感。

朱文浩从衣袖的褶皱中掏出一个纸卷，缓缓在灯下展开，这张不过巴掌大小的纸完全摊开后居然铺满了半张酒桌。老头子细心看去，才发现那是某种动物的皮，经过打磨加工变得薄如蝉翼，却又十分坚韧。

"是人皮。"朱文浩扬了扬眉，似乎看出他眼底的猜测，"是多年前的细作牺牲了性命偷来的情报，当然我们都叫它羊皮。"

"那我要的资料，都在这张羊皮上？"

"只记载到唐末。屡次跟你交手的是一个叫作'奇门'的密党，看名字应该是起源于道教。"朱文浩的手指沿着反制上的刺青符号缓缓移动，"根据这些密文记载，他们早在唐朝便已跟宦官勾结，为祸朝廷，策划了宣宗之死和甘露之变。"

"为了权力？"

"看起来是这样，如果没有这个密党的干预，被称为'小太宗'的宣宗能多活十几年，或许就不会有如今山河破碎的局势了。"朱文浩收起了皮卷，"可是关于密党的记载在唐亡后就消失了，或许他们仍然活跃于民间，但与皇族脱离了关系，没那么引人瞩目。"

金钱可以满足人类最低级的需求，不过权力就不同了，它是能令灵魂得到最大欢欣的毒药。古往今来，不知多少人死于这种剧毒。

"还有一个消息是附赠的，不知你想不想听？"朱文浩醉眼蒙胧地靠近他，刺鼻的酒气喷在老头子苍白清俊的脸上，"是关于泉州最大的秘密。"

"天下哪有免费的东西？那多半是陷阱……"

可是话未说完，朱文浩已经凑到了他面前，惺忪的醉眼完全睁开，双眸中宝光四射，哪里还有半分醉酒的模样，"泉州最珍贵的并不是繁华的港口，也不是来自世界各地的稀世珠宝，而是藏在海底的'毒龙里'……"

"据说它能解天下所有奇毒，寻常人吃了它也能延年益寿……"他喃喃说着，顺势倒在了老头子怀中，将一卷轻薄的羊皮塞到了他的手中。老头子轻轻推开了他，不动声色地将一只装了十几个各色宝石的锦袋放到了沉醉的朱文浩手中。

那是他们之前说好的价钱，可是这聪明的牙人却不想再跟他沟通，佯装醉酒了。

位于山腰的听涛阁里，王夫人正守在一个坐于窗前的少年身边，少年身穿白绫睡衣，更衬得身材消瘦，体不胜衣。他脖颈和手臂上隐约可见青色的血管，肤色惨白，脆弱得似乎随时都能随风而逝。

"昌儿，不要怕，奶奶一定不会让你死的。"她将手覆上了少年白中透青的手背，两行清泪无声无息地从面颊滑落。

少年双眼微睁，反握住了奶奶的手。

他所在的房间是整幢庄园中风景最好的一间，推窗便能看到山下的海滩。细雨中浪花翻涌，惊涛拍岸，像是在天地间奏响彭湃的凯歌。

"哪怕那药再珍贵，我也要帮尔找到……"风里回荡着贵妇人低沉的呓语。

一个浪头撞在礁石上，碎成了一朵花，可是这朵花眨眼间便化为飞沫，如同尘世间万物之归宿。

笙歌渐歇，长夜将尽，朱文浩鼾声大作，睡得深沉而香甜。

老头子枯坐了一会儿，觉得无聊，放下酒杯走出了望海楼。苍甲虽然满心不情愿，也不得不跟在他身后离开，还兀自一步三回首地望着那些美丽的胡姬。

此时雨已停了。午夜风寒，三夫人家的轿夫仍身披蓑衣站在门外等他。蓝袍少年坐进软轿，跟轿夫叮嘱了几句，漆木小轿像是一朵乌云，在山间飘荡而下，停在了王夫人的庄园前。

王夫人仍穿着那件深紫色裙子，眼眶微红地出门来迎，似乎一夜没睡。

"夫人知道我会回来？"老头子轻咳着问。

"年年岁岁花相似，岁岁年年人不同，我猜到先生重情，会眷顾昔日桃花。"她轻轻地说，声音婉转动听，宛如风吟。

"你仍然那么聪明，就像过去那次偷凤钗一样。"年少的驱魔师抬起头，在青灰色的晨光中笑了，"但我也知道了你要拜托的事情，所以决定再帮你一次。"

王夫人面色一僵，似乎不敢相信他会猜到自己心中所求。

"'毒龙胆'，你要找的就是它吧？"驱魔师仍咳嗽着，"如今你富甲一方，放眼泉州，还有什么得不到？大概唯一求之不得的，就是这个存在于传说中的秘宝。况且我方才逗留时，在客厅中闻到了药香。"

"先生……"王夫人并未否认，声音都有些哽咽。岁月的风尘带走了一切，又仿佛什么都没有带走，她似乎又变成了昔日的二八少女，脆弱无依地站在落花风里，而一个面带病气的少年朝她伸出了手，改变了她一生的轨迹。

·三·

这天风和日丽，泉州府的码头上出现了一个奇怪的少年公子。他面色苍白，总是咳嗽，身后跟着一个妖媚动人的黑衣佳丽。虽然他只穿着平凡的布衣，却出手阔绰，很快买下了一艘最好的船。这艘船是一位商人订的，只付了订金没付尾款，就再也没见人影。造船的老板天天望着这艘船叹息，好不容易等到了个冤大头的买主，巴不得立刻脱手。

在冬天晴冷潮湿的天气中，港口上仍喧嚣热闹，无数船只游鱼般进港出港：发色各异的胡商带来了珍稀的香料和象牙；高丽商人的船上则满载了山参和青鼠皮。正如《泉州歌》所唱的："蛇风蹑龟背，虾屿踞龙头。岸隔诸番国，江通百粤州。"泉州绝佳的地理位置，以及官府的扶持，令这个耕地寥寥的城市变成了名副其实的海上"丝绸之路"。

"订船这种事，何须你亲自动手？"阿朱在集市上买了几件新衣，媚眼如丝地说，"王夫人有得是家丁，而且她在泉州这么多年，总知道哪家的船最好。"

"但是那样的话，就没有人知道了啊。"老头子笑吟吟地瞧着她，"我就是要告诉那些人，我也在找'毒龙胆'。"

"你的意思是……"

"如此稀世秘宝，你觉得他们能放过吗？而且从之前的交手来看，他们以敛财为主，似乎还未完成积累。"老头子带着阿朱找到一家茶舍坐下，看着街上熙熙攘攘的人群说，"我刚问了那个船家，三个月前，弃船而去的商人曾订过五艘船，而且他订的船货舱很小，船底以石灰密封，显然不是用来运货的。"

"难道他也在找'毒龙胆'？后来为什么消失了？"

"有可能是几个月来一无所获，他已经疲惫了。还有一种可能……"老头子眼底泛出阴沉的影子，望着远方碧浪起伏的大海，"他在寻宝的途中葬身海底。"

一贯轻佻妖媚的阿朱难得叹了口气，她掏出锦帕，在杏核大眼下抹了抹："哎，可怜那个俊俏的小郎君……"

她口中的俊俏小郎君正是王夫人的嫡孙昌儿，如今已经十七岁，但因常年生病，看起来倒像个十三四岁的孩子。但这个病弱的男孩却遗传了祖母的美貌，男生女相，兼之终日足不出户，肌肤竟比女人还要白皙几分。

"昌儿在五岁那年被我们的仇家下毒，我们找遍建州和泉州，遍请名医也无法彻底清去他体内的残毒。"那晚王夫人坐在灯下不住拭泪，那苍白美丽的少年却如玩偶般无喜无悲地望着窗外的大海，仿佛祖母谈论的是别人的生死。

海风清凉，令老头子连连咳嗽。

"这几年一直靠高丽人参吊命，如果再找不到'毒龙胆'……"王夫人寻找"毒龙胆"已经整整五年，但是五年内他们翻遍了近海，连它到底是什么东西都不得而知。大家都说它是海底蛟龙的胆，可解天下剧毒，却只在海中看到了海蛇和鲨鱼，哪里有什么蛟龙。

"这世上真的有龙吗？"老头子回忆着几天来的经历，喃喃自语地问。

天边阴云凝聚，如水墨画般在晴空上变幻出一条苍龙，张牙舞爪地腾飞翱翔，但这条龙很快被墨云吞噬，海面上狂风大作，方才还风平浪静的大海眨眼间便翻起巨浪，露出狰狞的模样。

海风带着潮意席卷而来，雨丝细如毛发，从天空中飘散而下。涛浪翻滚，老头子索性与阿朱品茶聊天，看海天都变成了一片苍茫的深灰。

而在同一时间，还有两个人跟他们一样在欣赏着海景。其中一个梳着冲天辫，身穿暗金色短袍，远看像极了扫把精。他跟体弱的昌儿并肩趴在窗前，眺望着山下的潮起潮落。昌儿多年不曾外出，跟苍甲见识相仿，不过短短几天，居然跟这个蠢钝的小妖怪成了朋友。

"来给你看我的秘密。"活泼好动的苍甲为虚弱的少年带来生气，让他难得地露出欢欣的笑容。

苍甲跟他爬上了顶层的阁楼，昌儿伸出细弱的手臂推开了窗，海风夹杂着腥气涌入，让他忍不住又咳嗽起来。只见山下金灰色的海滩上，一艘小船在风浪中靠了岸，船上有两个船夫和一个窈窕的少女，女孩只穿着贴身单衣，长发挽在头顶，浑身净湿，濡湿的衣物勾勒出她醉人的曲线，她像一只在森林中徜徉的小鹿般跳下了船。水花在她细白的长腿间飞溅，勾勒出美妙的弧度，搅住了少年的春心。

苍甲和昌儿都屏住呼吸，没再说话，直至海浪撞上黝黑的礁石，发出隆隆巨响，他们才发出"啊——"的一声赞叹。

"是不是很美？"昌儿以手托腮，目送少女的身影远去，依依不舍，"这就是我总住在这海边山上的原因，可惜我身体不好，始终不能下山去看看她。"

"是很美啊……"苍甲的眼力比寻常人好许多，在少女现身的一瞬，他竟有一种心痛的感觉。虽然他最近眼界大开，见了很多美人，但不论是带着阴柔之美的昌儿，还是那些鲜妍艳丽的胡姬，都不会让他觉得难过。

"我这辈子都没出过门，连个朋友都没有，即使请了伴读的书童，可他们都是听从祖母的命令才陪着我。但你就不一样了，你跟他们都不同，不为了任何目的接近我……"

苍甲痴迷地伏在窗前，他接近昌儿确实没有目的，因为他简单的头脑中根本就没有"目的"这个词儿。

"我能拜托你一件事吗？"昌儿握住了苍甲粗粝坚硬的手，"替我去海边看看她……"他因病发着低烧，肌肤冰凉，手心却透着灼人的燥热，那张恍如少女的脸因咳嗽而浮上一抹绯红，更衬得他皮肤细白，双眸漆黑。

这样脆弱的美少年，仿佛风一吹就会消逝的灵魂，实在令人无法拒绝。红晕浮上了苍甲的脸，他不好意思地挠了挠脑袋，轻轻点了点头。

"船夫已经雇好了，三天后就可以下海。"这日风平浪静，老头子坐在海边的茅屋中对身边饮着热酒的眠狼说。

"是，先生。"眠狼向来惜字如金，休息时身体也坐得笔直，他望着海面上风云的变幻，冷冽的双眼中闪烁着沉稳的光。

虽然王夫人为老头子在泉州港口准备了宅邸，但他却执意要住在这座近海的茅屋中，因为手下的妖怪没一个是生在海边的，他要为他们提供一个了解大海的环境。就像眠狼，他在海边住了七天，已经摸清潮汐的规律，认出几种预兆天气变化的云。老话说，欺山莫欺水，面对大海，即便是见多识广的驱魔师也不敢掉以轻心。

海涛翻涌，宛如巨兽，残阳像是一只堕落的红色果子，只在海天之间闪了一闪，就落入了巨兽腹中。

· 四 ·

涛声起伏，波浪翻滚。

一个扎着冲天辫、浓眉大眼的男孩正坐在岸边的岩石上，跷着二郎腿，嚼着一块烙饼。少年看起来不过十六七岁，肌肤是健康的金棕色，眼睛黑而亮，可惜眼底的眸光怎么看都有些天真。

苍甲一贯遵守诺言，答应了昌儿替他见渔家少女，一大早就出了门，从黎明等到了午后。这片海滩虽然偏僻，也有几条渔船经过，他看着那单调的灰色海面和如鱼鹰般在海上翱翔的渔船，眼皮越来越沉。

"你是谁？怎么从来没见过你？"就在他要去会周公时，海风中传来一个清脆悦耳的声音。

那是一个身穿布衣的少女，黑亮的长发编成两条长辫垂在胸口，一张脸如苹果般红润饱满，即使不笑，双眼也微微弯着，鼻子挺翘秀美，眼仁黑而亮，像是名贵的黑珍珠。

"我、我叫苍甲。"少女窈窕的身段和纤细的脚踝他都似曾相识，苍甲急忙从礁石上跳下来，跑到了女孩的身边。

"这片海滩鲜有人来，你怎么知道这里的？"少女秀眉微蹙，警惕地看着他。

在她如炬目光的注视下，苍甲的脸刹那间变得通红。天气晴朗，金色的阳光轻纱般笼罩在少女身上，令她浑身散发着生机勃勃的美。如果说从远处看来，她是一张遥不可及的画，此时就像画上的美人语笑嫣然地走下画卷，虽然不再完美，却平添了诱人的生气。

"其实，我是住在那里的……因为每天都能从窗口看到你，才想跟你做个朋友……"他指了指少女身后的山，结结巴巴地说。

女孩回头眺望着山中飞檐翘角的庄园，娇嫩的面庞上现出鄙夷的神色："原来你是个富人呢！怎么闲来无事来找采珠女消遣？"

她眼中似跳着两团灼热的怒火，可惜这燎原怒火刚烧起了个头，就被这不谙世事的少年泼了冷水。

苍甲笑嘻嘻地挠着扫把头："什么叫消遣？是吃的吗？"

这就像挥出重重的一拳，却打在了空气里，少女摇了摇头，觉得自己不该跟傻子较真。

海浪起伏不定，像是少年荡漾的心，苍甲死皮赖脸地缠在女孩身边，知道了她叫小鱼，是个采珠女。小鱼也渐渐卸下了对这懵懂少年的防备，跟他讲起了自己多年来采珠的趣闻，她的笑声跟海风夹杂在一起，像是唱着一首悦耳的歌。

但不知为什么，直至暮色沉沉，他要回到庄园也没有跟小鱼提起昌儿。

病弱的美少年充满希冀地盼他归来，他从窗口看到了苍甲跟少女的身影，恍如见到嫩芽从严冬般苦寒的生命中破冰而出。

"明天见面后把这个给她吧。"当晚昌儿在屋里翻箱倒柜，拿出了一块精美的丝帕递给苍甲，"告诉她我一定会好起来，去山下看她。"当他这样说时，玉一般润白的肌肤上浮现出桃瓣般的红晕，古井般死气沉沉的双眼中闪烁着耀眼的生命华光。

晨晖破晓，浓雾弥漫。

一艘簇新的船从码头出发了，积云如浅灰色的盖子遮蔽了天幕，晨光如利剑般割破云层，照在一个站在船头的蓝衣公子身上。他不过二十出头，面容俊秀，双眸如点漆，站在海风中不住咳嗽着。

"苍甲那小东西，不知又跑去了哪里，我找遍了整条船也没找到他。"一个身穿黑色锦裙的妖媚艳女站在他的身边，纤细对他说，"听船老大说，最近有渔民看到这附近的海域有虬龙出现，但这怪兽只在风雨中现身。"

"龙本来就是行水的神兽，这也没什么奇怪。"他不以为然地笑，"苍甲最近在干什么？我好像几天都没看到他了。"

"他跟那王家的小公子玩得很好，却又每天一大早就往海边跑，去见个长相俏丽的小姑娘，谁知道他脑子里装的是什么……"即便是最了解男人的阿朱都看不透这个单纯的少年。但她却并不知道，她猜不透苍甲的心思是因为他根本就没有心。他的爱就像是蝴蝶遇到初绽的鲜花，鸟儿遇到沾露的果实一样单纯而热烈，不掺杂一丝经营和筹谋，反而更令人看不懂。

"随他去吧，反正我也没指望他能帮忙。"伴随着老头子刺耳的干咳声，船已经驶出了港口，向大海深处开去。

苍茫的海面宛如一望无际的沙漠，环顾四周都是单调的灰色海水，如果不是司南在转动，他甚至会以为船还在离港口不远的海域徘徊。

寻觅的过程枯燥无聊，转眼已是午后，头顶铅云越积越厚，海风里满是潮意，似乎能掐出水，即使是对大海知之甚少的老头子也看出风雨将至。

"公子，我们还是返航吧。我看这风不对劲，搞不好马上就会有暴风雨。"船老大小心翼翼地请示。他是个中年汉子，虽然外表粗犷，但却行事谨慎，眼底含着对大海的敬畏。

"再兜两个圈子。"老头子朝他笑了笑，指着甲板上的一堆钢索，"我都带着它来了，总不能空手而归。"

船老大的心骤然沉了下去，许多年来，他见过无数富贾异人寻找这传说中的秘宝，他们有的带上了经验最丰富的海民，有的开着船队深入大海，但不过几个月之后，几乎全被无情的大海吞噬，就算有人侥幸活命，也因为这疯狂的冒险而变得一贫如洗。

拿人钱财，替人消灾，他不再言语，只用缆绳紧紧缠住了自己的腰。天色越来越暗，简直与黑夜无异，顿时雨落如注，狂风如虬蛇般曼舞。船一会儿被海浪抛到山巅，一会儿又被砸到低谷，即使经验丰富的船夫都胆战心惊，老头子却依旧站在船头，双脚似生了钉子，牢牢踩在甲板上。可是仔细看去，他的脚上也确实生了钉子，地龙五指成爪缚住了他的脚踝，让他在颠簸的海浪中稳如泰山。

## ·五·

"快看，海底有东西！"一个眼尖的船夫突然高声尖叫，只见在深蓝的海水中浮上了一个庞大的黑影，赫然是条黑色的海蛇。它足有十几丈长，身体有丈许粗，周身覆满了坚硬鳞片，仿佛从传说中跃然而出的神兽。

甲板上的七八名船夫都吓得跪下，连连磕头讨饶，哀叫着一定是触怒了海神，才会遇到这种怪物。

"眠狼！"但那俊秀瘦弱、总是咳嗽的少年公子眼底却闪现出兴奋的光芒，他朝空中一招手，骤雨中立刻出现了一个陌生的黑衣少年。谁也不知道他是何时来到船上的，更没人看到他是从哪里出现的，只见这黑衣少年快步跑到钢索旁边，黑剑一挑，将锁链缠在了剑刃上。接着他长臂一展，将长剑掷向海底的黑影。锁链发出哗啦啦的脆响，像条银色的蛇，曳动着奔入深海。

而几乎就在黑剑脱手的同时，他矫健纤细的身影便化入风雨之中，取而代之的则是一个身高丈许、魁梧如小山的巨人。巨人大喝一声，伸出蒲扇般的大手，一把就拉住了不断滑落的铁索。锁链在刹那间绷直，一股强大的力量从海底传过来，将船拖得在海面上打转。

天色黑得如同泼墨，浪头如高山般砸到了船上。桅杆断裂，船体歪斜，所有的船夫都如同置身噩梦，那孑然一身立在船舷边的少年公子在他们看来竟比海底的怪兽还要可怕。

"啊啊啊——"熊男发出一声咆哮，宛如落雷滚滚。他周身的肌肉刹那间膨胀了几倍，古铜色的肌肤上血管暴露。而那少年公子的脸也越来越白，额头青筋凸显，似乎承受着无法言说的痛苦。

随着熊男手上力气增加，一条海蛇翻滚着被拽出了海面，船老大也不想死，事已至此，他只能操纵着船在大海中不住画圈，只等海蛇筋疲力尽，再拖它上岸取胆。

钢索绷成了一条线，一个身姿曼妙的女人出现在飘荡不止的锁链上，她的纱衣被海水打湿，勾勒出丰满玲珑的身体。她红唇边含着笑，玉手间银丝浮动，一双杏核大眼中晃动着罪恶的快乐，一步步向海底的巨蛇挪去。

刚刚还吓得半死的船夫立刻被这艳女的举动惊呆了，她显然要去靠近那怪物般的虬蛇，孤身取蛇胆。

黑色纱裙在暴风雨中飘摇，像是一朵绽放于午夜的花，美丽而神秘。

"阿朱，去！"老头子咬紧牙关，轻轻地说，阿朱的身影化为一道黑箭，疾冲向被熊男拖上海面的巨蛇。

然而就在这时，一柄短刀从斜里刺出，利刃破空发出"嗤"的一声轻响，直指向老头子的咽喉。他急忙避让，另一刀却接踵而至，地龙被挥退，他站立不稳连连后退，却已然太晚。利刃割裂了他的锦袍，刺进了他右臂。几乎在同一时间，熊男闷哼了一声，魁梧的身影化入风雨中，钢索上的阿朱惊声娇呼，也堕入海中。

一个身穿黄色短衫的少女现身于风中，她圆睁双目，提刀要再向老头子刺去。船身却开始剧烈地摇晃，汹涌的水从船底灌入，整条船竟在飞快地解体。

"泡了这么久的水，也差不多了。"少女满意地笑了，樱唇中露出两颗俏皮的虎牙。

"你在船上做了手脚？"老头子体力用尽，右臂鲜血淋漓，不断有海蛇冲上来要啃噬他的血肉。

"你才发现吗？这条船的船底连一枚钉子都没有，是我们特别为你打造的。"少女娇俏地笑，嘴里说着最邪恶的事，表情却天真无邪，"你太碍眼了，不论我们在哪里布局，总是被你横插一脚。"

"你们到底是谁？"老头子低声问。

"去那边问阎王吧！"少女提刀再刺，短刃划出死亡的寒光，划向了老头子修长白皙的脖颈。

然而眼见刀刃就要落在老头子的肌肤上，却发出"叮"的一声脆响，宛如砍中了铜铁，他光裸的脖子上竟然长出了一层细密坚硬的青鳞。青鳞转眼覆盖了他的全身，这瞬息间的变化令少女不由一愣。而就在这时一个浪头打来，将她笼罩在水幕之中，等她再睁开眼，却见倾斜的甲板上只剩下船舷的残片，哪里还有受伤的少年公子？

是夜惊涛骇浪，大海仿佛是个愤怒的帝王，掀起千丈巨浪，似乎要将天地都淹没。这场骇人的暴风雨足足持续了三天才逐渐停歇。

第三天清晨，海面上风平浪静，阳光在云层后露出了脸，仿佛前几日的暴风骤雨只是一场噩梦，转眼便在晨光中烟消云散。

年轻男女嬉戏打闹的笑声在静谧的沙滩上回荡，吵得一直昏睡的老头子从山石上坐起身。只见不远处的沙滩上，苍甲正在跟个眉眼弯弯的女孩打水仗，女孩长腿细腰，乌发如缎，笑起来像个清甜的苹果。

"这小子倒是艳福不浅……"他的衣服因浸水而发皱，头发也沾满了沙子，口唇龟裂，哪里还有半分公子的模样。他望着梳着冲天辫无忧无虑的苍甲，连连摇头叹息。

苍甲捧起海水泼到了少女的身上，女孩躲避不及，衣襟被弄湿了大半。她脸色绯红，含羞带怒地瞪了他一眼，踏着柔软的沙子跑走了。苍甲连忙追上去，拉住她的手，往她的手心中塞了什么东西。

女孩推拒了几次，最终推不过也，将那物事捧在手中，一步三回头地离开了。苍甲望着少女离去的背影，一贯了无心事的双眼中，竟然平添了几分哀愁。

"她是谁？"在少女走后，老头子好奇地问苍甲。

"小鱼，是个采珠的女孩。"苍甲眼光闪烁，似乎有什么事瞒着他，"她很会玩水，能潜到海底很深的地方，前几天就是她把你救上岸的。"

"哦？这样说我倒是该好好感谢她。"老头子咳嗽了两声，双眼如刀子般犀利，在苍甲略带稚气的脸上一扫，"救我救得那么及时，难道你偷偷把她带上了船？"

"嘿嘿嘿，什么都瞒不过你，我对她说你买了条好船，她就想上去看看，我就变成鳞甲助她伪装，其实我们一直躲在甲板上的渔网中。"苍甲一边挠头，一边笑嘻嘻地回答，"不过先生你真厉害，小鱼见到你的身手，还说你或许真的能捉到'毒龙胆'呢。"

老头子突然剧烈地咳嗽起来，他的脸颊因咳嗽而变得绯红，乍一看倒像是捂着嘴在憋着笑。

苍甲瞪着黑亮的大眼睛偏着头看他，然后这个永远心无挂碍的少年就蹦蹦跳跳地向半山腰的山庄中走去。

山庄里昌儿正躺在床上，他比前几日更瘦了，皮肤下透着失血的苍白，像是个一碰就会碎的瓷娃娃。

"你把东西给她了吗？"见到苍甲出现，他的精神好了些，有气无力地问。

"给了，她说扇坠太贵重，说什么都不肯收，还是我硬塞给她，她才拿走的。"苍甲蹲在昌儿床边的椅子上，小心翼翼地回答，似乎生怕说出事情的真相会惊扰到这个虚弱的美少年。

"是个好姑娘呢……等我好了，就跟祖母说，去她家提亲……"昌儿疲惫地垂下眼帘，长睫在眼眶下投下浓重的阴影，"等我好了……"

他又陷入了昏睡，虽然痛苦地皱着眉，唇边却始终凝着一丝满足的微笑。

苍甲伸出手，想摸一摸他清瘦美丽的脸，却又不敢，只能把手缩了回来。

白晃晃的光照进花窗，像是冷冽而明亮的目光，看清了苍甲心底的暗影。他始终没有跟小鱼提起昌儿，那个明媚生动的少女根本无从知晓，他所写的情诗、他赠送的小礼物，都来自这个即将油尽灯枯的美少年。

· 六 ·

残灯照晚，曲断弦咽。

王夫人枯坐在灯下，摩挲着一支金钗，钗是金丝掐成的凤凰，做出振翅欲飞的模样，以翠玉点缀出羽毛，黑宝石镶嵌成双眼，只是凤凰嘴中却空落落的，只剩下了个金丝掐成的托，似乎曾有宝石珠玉镶在上面，如今却遗失了。

怎么看都是个遗憾。

她的记忆仿佛随着这只振翅欲飞的凤凰回到了少女时代，那时她违抗父母之命，喜欢上了一个小小的船商之子。身为一家之长的祖母给她出了个难题，如果她拿到自己的一支凤钗，他们就同意这桩婚事。老太太喜欢这支钗，几乎天天佩戴，从不离身，兼之身边总有婢女相随，想要偷凤钗简直难如登天。

就在她急得失魂落魄时，她通过情郎认识了老头子，这个面带病气、总是咳嗽的年轻人扮成书画贩子，只见了那凤钗一眼，就给她出了个绝妙的主意。

她永远不会忘记，当时他只使了个小计谋，就偷换了凤钗，成就了她一生的姻缘。

可是岁月不饶人，三十年后当她再次遇到昔日的恩人，他却无法帮助她了。虽然他看上去只有二十余岁，但终究不再年轻，第一次下海就传来了噩耗。

两行清泪从王夫人的眼中滑落，在她看不到的地方，一个穿着纱裙的黑衣艳女正匍匐在房梁的角落。阿朱杏眼微转，早就把这个庄园的角落摸了个透，风里传来她娇俏的嗤笑，窈窕的身影已经悄无声息地化入风中。

"你的老主顾正在为你抹泪呢。"阿朱蛇一般灵活地钻进了海边的一间茅屋，简陋的房间中，老头子正在听涛饮酒，十分惬意。不过短短七天，他身上的伤全好了，此刻换了件月白色锦缎长袍，长发披散，活似个风流不羁的公子。

"她哭得越伤心，那些人就越会放松警惕。"老头子喝了杯酒，轻咳了两声，"没想到我刚一动手他们就出现了，还要置我于死地。"

在望海楼中，朱文浩特别提到了"毒龙胆"，就是在暗示密党有可能在寻找这传说中的秘宝。但敌暗我明，形势对他极其不利，所以他才招摇过市地订了一艘簇新的大船，实际上下海寻宝是假，诱敌现身是真。那些人果然中计，如今他已知道对方的目的，而对方却不知道他还活着，形势明暗瞬间调转，他处在了有利的位置。

"还有，你让我调查那个小姑娘，她曾有个姐姐，是泉州一等一的采珠女，她活着的时候采到过十几枚昂贵的明珠，据说镶在当今天子帽子上的那颗明珠，就是她采的。"

"哦？这么出色的女孩是怎么死的？"老头子扬了扬眉，好奇地问。

"干采珠这样危险的行业，当然是葬身于大海。"阿朱摇了摇头，杏眼中流露出惋惜的神色，"听说她被海蛇咬伤，钻出水时已奄奄一息，被抬回家里时，只说了一句话……"说到关键处，阿朱突然卖关子不再说下去，老头子急忙对她连连安抚，承诺事情解决，会给她买一串最好的明珠，她才终于又开了金口。

"她说：'我知道'毒龙胆'是什么了！'"

老头子在灯下望着她笑靥如花，沉默了一会儿："就这么一句？"

"是的，就这么一句，接着可怜的姑娘就断了气。渔民们知道了她的遗言，都当她是个笑话，'毒龙胆'是稀世珍宝，怎么能轻易被这个贫贱的采珠女见到？"阿朱叹息地摇头，"但她的阿爹和妹子气不忿，隔三差五就在山下那偏僻的海滩出海采珠，誓要找到'毒龙胆'，为自家人出一口气。"

"在小姑娘口中，提到'毒龙胆'用了个'捉'字，似乎那是个活物呢。"老头子沉吟着说，"苍甲这小家伙虽然脑筋不好使，却误打误撞地找到了突破的线索。"

"谁说他脑筋不好使呢？"阿朱媚眼飘飞，话里有话。

老头子递了一杯美酒给她，并奉上了一罐蠕动的活沙虫，茅屋昏黄的灯光在海风中飘摇，潮声涌动，似乎夹着谁浅吟低唱的絮语。

月光千里，飘洒而落，容纳百川的海洋在月辉中像个城府极深的老人，明明知道一切，却偏不宣之于口。

虽已是深冬，泉州的天气仍温暖如春，两个年少的男女正在泉州府的夜市上闲逛。小鱼是偷偷从家里溜出来的，当时苍甲蹲在墙根下，接住了这个跳墙外出的少女。

夜市上琳琅满目的商品看花了苍甲的眼，小鱼经常贩卖珍珠，见些市面，于是她带着苍甲去瓦肆中吃小吃、听戏文，两人玩得不亦乐乎。

但苍甲的眼底似乎总是含着一丝郁郁寡欢的神色，在经过书画摊时，他买了一把画着美人的团扇，扇子上的女孩正在踩水嬉戏，面容跟小鱼有几分相似。

这时人群中走出来一个壮汉，他迈着大步，分开了汹涌的人潮，径直停在了苍甲面前。壮汉脸上横肉纠结，一言不发，只在灯火中望着梳着冲天辫的少年。

"我有点事，你先在这里等我一下，马上就回来。"笑容在苍甲脸上凝固，他慌张地对小鱼说了一句，转身跟在壮汉身后走了。

　　小鱼梳着两条乌黑亮丽的麻花辫，站在画着各色美人的扇子面前，绚丽的灯火映在她的脸上，照亮了她长而翘的睫毛和红嘟嘟的小嘴，生动活泼，一点都不输给那些画上的美人。

　　一阵轻咳在她耳边响起，她回过头，只见一直埋首画画的老板抬起了头。那是个不过二十余岁年轻俊逸的男人，薄唇如削，眸如黑玉，颇有几分含蓄优雅的意味。

　　"你是……"小鱼偏着头问，她似乎在哪里见过这个男人，可是他当时受了伤，奄奄一息，跟现在截然不同，让她不敢认。

　　"我叫老头子，是苍甲的朋友，可以问你些事情吗？"老头子以轻不可闻的声音对她耳语，"是关于你姐姐发现的秘密。"

　　小鱼的脸色立刻因激动变得涨红，几乎连想都没想就跟上了他的脚步。

　　苍甲在瓦肆中的一家杂耍摊前看艺人表演口中喷火，看了许久也没有等来老头子的影子。他一头雾水地返回去找小鱼，可是书画摊却不知何时收摊了，只有一个锦衣方帽的少年公子正站在灯下等他。

　　"原来你在这里。"苍甲一看到他，立刻三步并作两步跑了过去，"你看到小鱼了吗？我让她在这里等我的。"

　　"她回家去做准备了。"老头子微笑着说，"她要带我去找'毒龙胆'。"

　　苍甲的小脸刹那间变成了惨白，一拳向他挥去："你真卑鄙！为什么要把她牵扯到这么危险的事情里？她除了水性好点，什么都不懂！"

　　"听起来你好像懂很多似的。"老头子脸色一冷，一把就扭住了他砸来的拳头，"你并不傻，早就猜到了她是为了避人耳目，才总是在荒僻的海滩出海。既然知道她了解'毒龙胆'的真相，为什么不告诉我？"

　　"因为她太渴望得到'毒龙胆'了，一旦你对她伸出援手，她一定不会拒绝。"苍甲不再反抗，垂下了头，眼中涌出泪水，"那样的话她就死定了，我不想让她死。"

　　"说得我好似个恶人。"老头子松开手，话里像是藏着刀子，一片片剜他的心，"说到卑鄙，谁能胜过你？你讨她欢心的礼物是你自己的吗？那些情诗又出自何人之手？她喜欢的到底是你，还是那个文采斐然、家境优越的小少爷？你比谁都清楚！"

　　苍甲的脸由白变红，浑身不受控制地轻颤。

　　"对了，尤其是你的情敌还等着'毒龙胆'救命，如果他病死了，岂不是正合你的意？"

　　这话刺痛了少年的心，他气急败坏地向老头子冲去，但他只走了一步，熊男魁梧的身影就挡在了他的面前。

　　"你这个死老头子！我恨你！我恨你一辈子！"他咒骂着离去，气得连头上的冲天辫都要炸开，"我要看你怎么在海里喂鱼，我会看着的！"

　　老头子却并不生气，挥退了熊男，看少年愤怒的身影消失在人潮中，唇边浮现出一抹笑意。

·七·

　　海滩上的少女一天都没有出现，昌儿裹紧了棉袍，失望地关上窗。婢女为他端来浓郁的参汤，可是他连一口都喝不下。苍甲也有四天没来了，他虽然体弱，却并不傻，隐约觉得平静的海面下孕育着狂风暴雨。

"你的病好点了吗？"一阵风吹开了木窗，身穿金色短衣的少年坐在了窗沿上，与往日不同的是，他双眸中毫无神采，看起来非常疲惫。

"好多了……"昌儿看到苍甲立刻笑了，"你这几天去了哪里？还有，怎么连她都不见了？"

苍甲并不回答，将一柄团扇递给他。

"这是她送给我的吗？真是太好了，这画上的人还真的有几分像她……"昌儿在灯下看着扇面上的美人，立刻欣喜若狂。

"不，不是她，是我买给你的……"苍甲咬着嘴唇，轻轻地说，"所有她给你的问候都是我编的，就连这把扇子也是我看你可怜才买给你的。"

昌儿愣住了，握紧了扇柄，指节青白。

"我本想告诉她你的心意，可是不知为什么，一看到她的脸，我就说不出真相。"苍甲理亏地摸了摸鼻子，"不过我想通了，以后我不会再骗她……"

"你这个卑鄙小人，亏我还把你当朋友，真心实意地对你！"昌儿愤怒地把扇子掷到他的脸上，"那些礼物呢？你堂而皇之地以自己的名义送给了她吗？你认得字吗，怎么好意思说情诗是出自你的手？"

苍甲愣住了，他不敢相信自己的耳朵，一贯温柔而病弱的昌儿居然这样刻薄。

"你就是个小偷，顶替我的身份去接近我喜欢的女孩。怪不得祖母不让我外出，她说得没错，外面到处都是骗子和强盗……"昌儿骂声不停，却根本没有留意一直静默不语的苍甲早已眼含凶光。他还想再骂下去，突然觉得身上一沉，苍甲居然纵身一跃，将他扑倒在地。他再也不是那个单纯爱笑的少年，此刻他口唇中长出獠牙，双眸中杀气四溢。

"你自己又比我好多少？"苍甲一把掐住了昌儿细弱的脖颈，"别以为我看不出你那点小心思，你让我传话不过是看我好骗！你怕她嫌弃你的病，所以你连面都不敢露，只想等病好了再去跟她相见，我只是被你利用去拖着她的工具！"

昌儿张了张嘴，想反驳却又说不出。

他想到了跟苍甲初见的那天，单纯热情的男孩正站在窗下朝他笑，那笑容比阳光还要透明，没有任何心机。当时他的心里像是有一只鸟飞过，雀跃而兴奋。但真的是因为认识了一个新朋友吗？还是这友情一开始就藏着见不得光的私心？

他气若游丝，被苍甲掐得几乎晕厥，但最终发狂的妖怪还是放过了他。

"想要什么就自己争取，不要总指望别人！"苍甲转过身，咬牙切齿地说，"身上有病还有药可医，但一旦心上染了病，就是再珍贵的灵丹妙药也治不好你。"

他的话像是说给昌儿听，又像是说给自己，等昌儿回过神来，只见卧房中唯有烛光辉映，木窗大敞，哪里还有少年矫健的身影？

时光飞逝，转眼就是年关，即便是温暖的泉州府也迎来了凄冷的寒风。这天恰逢十五，位于南门的天妃宫里香客如潮，都是祈祷来年自己能一帆风顺的。

王夫人也带着两个婢女来敬香礼佛，但她跟那些喜气洋洋的香客不同，她跪在地上，望着妈祖金身的眼却是微红的。大殿中烟气萦绕，静谧安详，她刚点燃了三炷香，泪水就已经落了下来。

"为什么你总是这么爱哭呢？"缥缈的白烟中传来了一个轻柔低缓的男人声音。

王夫人惊诧地抬起头，只见一个身穿月白色锦袍的少年公子跪在自己身边，他的侧脸皎若明月，在晨雾般的飞烟中若隐若现。

这位矜持端庄的贵妇人此时再也忍不住了，顿时哭得更加大声，不仅是因为他的死而复生，更是因为三十年前他们第一次相见时，在如海春光下，十里桃林中，这个长身玉立的少年说的也是同样的一句话。

"女人真是奇怪，不管多大了都还像小孩子一样。"老头子似笑还嗔地说，但他此行可不是为了跟王夫人叙旧的，他将一张纸片不动声色地塞进了她的手中。王夫人只来得及看了一眼手中的纸片，老头子的身影已经在香烛的烟火中消失。

纸上只写了寥寥数笔——

"五日后，山脚下，沙滩上。隔舱刀鱼船一艘，渔网一张。务必备齐，切记，切记！"

备齐这些简单的东西对王夫人来说轻而易举，她走出天妃宫的脚步都是欢快的，脸上不自觉地荡漾着微笑。随行的两个小婢女不知大殿中发生的事，只道这天妃宫香火灵验，夫人只去了一趟便已心结全消。

汹涌的白浪吞噬了山下的金灰色沙滩，如马群奔腾，挟着万钧之力跌宕而至。小鱼抱紧双肩站在海风中，看海天一线之间几朵乌云聚了又散。那是暴风雨的前兆，不出意外的话，三天之内必有风雨，而在风雨之夜的海底，"毒龙胆"自会在深海中出现。

风吹乱了女孩鬓边的长发，今天她特意穿了件红色的新衣服，为了来跟那个爽朗爱笑的少年告别。可是她从清晨等到日暮，也没有等来梳着冲天辫的金袍少年。海浪的泡沫在风里烟消云散，昔日情深意重的誓言也像是浮沫般转眼化为虚无。

晶莹的泪水浮上了小鱼漂亮的双眼，她悲伤地从怀中掏出一只锦袋，倒出了一枚拇指大小的金色珍珠。这是她采到的最大最美的珍珠，一直舍不得卖，准备留给自己做嫁妆的。她此番去找"毒龙胆"，必定凶多吉少，她多么想在出发前见他一面，把这枚宝珠给他看，告诉他即使他家财万贯，自己也并非一无所有，如果她活着回来，就让他去跟阿爹提亲。

但现在这些话都用不着了，那短暂的恋情、轻浮的誓言，不过是冬天里的一场梦，还没有等到春风送暖，梦就已经醒了。

暮色四合，海天一色，徘徊了整天的小鱼失望地离开了，她窈窕轻盈的身影在海滩上远去，像是一朵红花随风飘零。

而在山上的一棵高大的樟树上，黑发金袍的少年正坐在树枝上，望着她的身影号啕大哭。他空洞单纯的大眼睛慢慢变得深邃有神，他的心不再如苍穹般空茫茫毫无挂碍，那里早已经藏进了一朵花一般柔嫩的倩影。

三天后的傍晚，一条坚实的刀鱼船出现在了山下的海滩上，天边风雨如晦，一场风暴即将来临。

"准备好了吗？"老头子站在船头，问向同船的一位红衣少女。

少女身穿贴身的中衣，露出一双洁白修长的腿，乌黑秀美的长发挽在头顶，让她如苹果般清甜可人的脸庞平添了几分干练。

"当然，为了这一天我已经准备了两年多，没什么可担心的。"小鱼的心情似乎十分不好，面无表情地回答。

老头子朝空中打了个响指，一个魁梧的壮汉出现在了潮湿的海风中。熊男托起小船，大吼一声，竟然将船凭空掷了出去。船落入海中，逐浪而去，转眼便消失不见。

"她在干什么？苍甲呢？为什么不阻止她？"这一切都落在昌儿的眼中，他望着如夸父般强壮的熊男和小鱼飘摇的倩影，心底升起不祥的预感。

可是风将树林吹得如海浪般涌动，高低起伏的阴影间，却再也没有了身穿金袍的干练少年。

昌儿像是明白了什么，他美丽的脸变得凝重起来，独自强撑着拿起一把紫竹伞，披上大氅，向楼下走去。

整个庄园都格外寂静，暴风雨的傍晚，仆人和婢女都躲在温暖的房中早早休息了。反正那病得奄奄一息的小少爷从不外出，连轿夫都乐得清闲。

昌儿跌跌撞撞地推开了庄园的门，门上的铜铃传来悠长的轻响，却转眼被风声吞噬。雨劈头盖脸地砸下来，让他几乎握不住伞柄。

落日被云层遮蔽，眼前的道路曲折幽暗，不知通向何方。但面对这疾风骤雨，他却不再后退，而是在命运的道路上蹒跚前行。

· 八 ·

小船在风浪中颠簸，像是一尾灵敏的游鱼，时而被抛到山巅，时而被甩进谷底。一身红衣的小鱼坐在船头，稚嫩美丽的脸上却毫无惧色。

"再往前一点，前方海比较浅，我们更容易捉到它们。"小鱼抹干了脸上的雨水，吩咐掌舵的眠狼。

眠狼一贯不苟言笑，却对任何事都十分认真，在泉州待了一个多月，居然学会了驾船。妖怪的平衡性比人类卓越，小船在这个冷面少年的操纵下随水逐流，虽高低起伏，却稳而不乱。

"你确定那就是'毒龙胆'？"老头子大声地问小鱼，他的话刚一出口，就被强劲的海风吹散。

"是姐姐发现的，可是没人相信她，为了验证她的话，我多次潜入海中，早已摸清它们活动的规律。"小鱼凝望着深沉的海底，"要想找'毒龙胆'，就得先找到那条黑色的海蛇……"

她话音刚落，水底就闪烁出耀眼的斑驳花纹，在昏暗的风雨天中，花纹仿佛是面瑰丽的地毯在深海中缓缓铺开，七彩斑斓，美丽得令人目眩。

"来了！"小鱼站在船舷上轻轻地说，这种花纹她之前见过两次，再熟悉不过，如果没猜错的话蛇很快就会出现。

她把缆绳紧绑在腰间，拉起渔网就要跃下深海。但她的胳膊却被人紧紧抓住，那人的手劲非常大，让她感觉像是被钢筋桎梏般难以摆脱。她回过头，只见老头子站在风雨中，咳嗽着连连对她摇头。

"这种事不该让小姑娘来做，你只要指点一二就可以了，我的手下自会办得妥当。"他像是看穿了一切，摸了摸少女黑亮的发髻，"失恋了也不要自暴自弃以生命去冒险，其实一直有人在关心你，只是你还没有发现而已。"

"不，不仅是这样……"小鱼想起了一去不复返的苍甲，眼眶变得微红，她倔强地摇头，

"我做这些都是为了姐姐，我要向世人证明，她并不是胡言乱语，她一直是正确的。"

"好吧，人总是要做些什么才能令生命有价值。"老头子笑了笑，松开了手，"那是你的梦，我无权阻止。"

少女感激地望了他一眼，随即像是一尾灵活的鱼钻进了海底。

跟海面上的惊涛骇浪相比，海底十分平静，斑驳的鱼群惊慌失措地四处游走，而方才在海面上看到的五彩花纹正是这些瑰丽的鱼的反光。

一条漆黑的影子从远处蜿蜒而来，在它不远处闪烁着无数灿烂的银光，像是将天上的星星搬到了深水里。

小鱼浮上水面，换了口气，朝老头子招了招手，再次潜入了海中。

艳丽的鱼群游过，银光转瞬就来到她的面前，那是上百尾银色的大鱼，每条都有两尺来长，周身长满细密的鳞片，非常罕见。

她轻展渔网，立刻就有十几条鱼被兜入网中，随即她连忙拽了拽网，立刻一股大力从网上传来，轻而易举地将她跟渔网一起拖离了海底。

那是熊男在风雨中现身，他双手用力，眼看就要将网拖入船中，然而就在这时，海面上浮出几个漩涡，一条巨大黑蛇在海中出现，它头上长了个脸盆大的红色肉瘤，双眼足有灯笼般大小，散发着绿荧荧的光。

蛇像是一座小山在海中矗立，俯瞰着渺小的渔船，双眼紧紧地盯着熊男手中的网，眼中闪烁着贪婪的光芒。

"快跑！"小鱼踩水跃出水面，朝老头子挥手，"网里的鱼就是'毒龙胆'……"

这是来自北地海中的珍贵银鱼，每年冬季随洋流来到南方。由于生长在苦寒之地，这种鱼体内有着天然的抵抗疾病的能力，所以才可解天下百毒。但极少有人发现银鱼的存在，因为每次它们出现都会引来海蛇的追赶捕食，久而久之，大家竟以为海蛇的胆就是"毒龙胆"，认为那才是海中珍贵的宝物。

老头子朝眠狼招了招手，眠狼举起船上一根两丈来长的巨桨，用力一荡，小船就像是离弦的箭般远远离开。

黑蛇却穷追不舍，眼睛死盯着网中的银鱼。那是它等待了一年的食物，可以化解它体内沉积的毒素，它似乎不打算轻易放弃。

"阿朱！"老头子轻轻地说了一句，阿朱的身影在狂风暴雨中出现，她身姿一扭，手上蛛丝缭乱，准确地射向了海蛇的头。但海蛇往水底一钻，激起浪潮奔涌，机灵地躲进了深海。

"快走！"老头子催促眠狼，眠狼巧妙地找准了风的方向，鼓起船帆，船再次逃远了。

"糟了，先生……"熊男终于把装满了银鱼的网拖到船舱上，低低地说，"小姑娘不见了……"

老头子心中一紧，果然见渔网中银鱼跃动，哪里还有小鱼柔美如水草般的身影？

但此时船底进水，五个船舱废了两个，只能勉力支撑，再也不能回到那片危险的海域。

"阿朱，去水底找她，务必要把她找回来！"老头子凝视着阿朱，现在唯一能指望的就是她了，虽然她也不识水性，可是有蛛丝缚在船上，她是唯一有用的人。

阿朱面露难色，但这个艳丽的女人纤腰扭动，仍毫不推辞地站上船舷，准备跃入水中。

"你这个混蛋，果然害死了她！"然而就在这时，海风中传来少年愤怒的咆哮，消失了几天的苍甲竟然出现了，雨幕中他小脸紧绷，黑亮的大眼睛里跳跃着愤怒的火苗。

"抱歉，我也没想到会这样……"老头子握紧了拳头，表情肃穆而阴沉，"我向你保证，一定会让阿朱带她回来。"

"给我最大的力量……"苍甲走上船舷，少年的脊背挺得笔直，像是旗杆般立在狂风暴雨中。此时的他再也不是那个心无城府、吊儿郎当的孩子了，老头子从他坚毅的眼神和昂起的头看到了一个男人的身影。

一个坚定可靠、胸怀如海的男人。

"好，你去吧！我会用自己的生命支撑你！"驱魔师点了点头，而几乎在话音落地的同时，苍甲纵身一跃，已经跳入磅礴的大海中。

"以最大的力量出现吧，苍甲！"风里传来老头子的低吟，苍甲周身都生出细密的青鳞，他如利剑般划破水面，疾冲向深不见底的海中。

海里仿佛有一朵花即将凋谢，小鱼长发披散，已经随着水流越漂越远。而在她的身后，一条巨蛇从礁石中探出了头，它张开大嘴，露出森森獠牙，要把少女吞入腹中。就在这时，斜刺里冲出了一个少年，紧紧将女孩搂在怀中。

少年的身体飞快地变化，化为一个遍布鳞甲的青色圆球，裹住了女孩柔嫩的娇躯。巨蛇从未见过这样奇妙的变化，它一甩尾将鳞甲球重击在礁石上，又毫不客气地将它咬在口中。

坚硬的鳞甲被划破，血缓缓溢出，但它始终将女孩严严实实地包裹在最安全的地方。

很痛啊！很痛！

但是心底好像有温暖的期盼，让他能忍耐住这种痛。海蛇仍肆虐地啃噬着少年的躯体，就在这时，它的体内被注入了更多的力量。鳞甲飞快地膨胀，他的身体扩大了一倍，终于带着淋漓的鲜血从蛇口中逃脱，飘飘摇摇浮上水面。

· 尾声 ·

小鱼做了一个长梦，梦里有个身穿金甲的少年踩水向她游来，他伸出结实健壮的双臂将她抱在怀中，那怀抱温暖而舒适，安全得宛如母亲的子宫。

"你终于回来了……"她伏在他的怀里哽咽地说。

"是的，但是我很快就要走了，不过你不要害怕，会有人代替我守护你……"少年眼含泪光，微笑着说，"其实我只是他的替身，远不如他爱你更多……"

小鱼抱住少年精悍的腰肢，悲伤地哭出了声，而这时一口水从她的腹中涌上来，又咸又涩。她睁开了眼睛，只见天幕中仍有雨丝飘零，自己则躺在一个俊美少年的怀抱中。这个少年她从未见过，他嘴角边全是鲜血，脸色比纸还白，似乎得了重病。

"小鱼，你终于醒了，我以为你再也醒不过来了……"昌儿抱着这失而复得的女孩激动得大哭，泪水布满了文雅俊秀的脸庞。

今晚他勉力从山上走到海滩，就看到老头子的船从海中归来，船上正载着因溺水而昏迷不醒的小鱼。他守在小鱼身边，为她按摩胸腹，以体温为她取暖，足足一个时辰也没有停歇，终于捡回了她一条命。

老头子一身蓝衣站在海滩上遥望着这对男女，不帮忙，也不说话。他的衣襟间血色斑斓，怀中抱着一只奄奄一息的金灰色动物。那是一只穿山甲，它似乎被某种猛兽攻击，鳞甲脱落，浑身布满鲜血，但它始终瞪着黑亮的双眼，视线不离少女半分。

"就这样走了，真的好吗？"雨丝飘飞，老头子轻轻地问。

穿山甲扭过头，将脸埋在他的怀中，似乎黯然神伤地点了点头。老头子命阿朱为海滩上相拥的少年男女送去一把竹伞，自己衣袂飘飘地踏着风雨离去。

这个世界属于勇敢的少年们，不论是勇于追寻的，还是有勇气离开的，已经没有他这个老家伙什么事了。

三个月后，狂风渐歇，春意融融。人人都奔走相告，说王家一直病重的小少爷得到了"毒龙胆"，居然在几个月间痊愈了。这个俊美的少年居然迎娶了一位贫寒的采珠女，成就了另一桩传奇。据说女孩的嫁妆是枚稀世罕见的珍珠，镶在王夫人最珍爱的那支凤钗上，相得益彰。凤钗被赠给了新娘，装点了美人的如云秀发。凤凰口衔珍珠，振翅欲飞，像这桩姻缘般完美无瑕。

而在孙子成亲的当天，王夫人接到了一封信，上面依旧只有寥寥几笔——

"三十年前，明珠已毁。还君明珠，切望珍惜。"

在这个春意盎然的早晨，这位贵妇人思绪飘飞，仿佛又变成了昔日那个粉面桃腮的少女。那时她的祖母在一次家族聚会中照例佩戴凤钗出席，可是凤凰口中的珍珠却变成了暗哑的淡黄色，一看就是被人掉了包。凤钗被盗，老太太立刻猜到了是谁下的手，不得不同意了孙女的婚事。

但没有人知道，那天她只是遵循驱魔师的吩咐，在装凤钗的盒子里的绒布中倒了一点点醋。明珠被腐蚀，面目全非，大家都以为老太太戴的是支假钗。

如今凤凰衔珠归来，带来了另一桩美满姻缘，冥冥之中，似乎一切早已注定。

王夫人坐在如海春光中，心满意足地笑了。

而就在这天，老头子带着苍甲登上了去往建州的船。身穿金袍的少年两杯酒下肚，喝得醉眼蒙眬，他不好意思地低下头，轻轻地说："其实有一件事我忘了告诉你，那天我根本没看清给我下咒的人长什么样，因为我眼睛不好，在晚上是半盲的。"

老头子横了他一眼，似乎在说从来就没对他抱过希望。

"你不会嫌弃我，不要我了吧？"苍甲小心翼翼地问。

"算了，你就留下吧，看在你成人之美的份儿上……"老头子喝了一杯酒，勉为其难地点了点头。其实真正的原因是，如今想找他这种肯拼命的蠢货已经很难了。

苍甲雀跃地在船舱里翻了个身，冲上了甲板。星光如辉，照亮了少年矫健的身影，但不知为什么，他总是忍不住想回头再看看泉州。

那里的山崖下，有他最爱的金灰色沙滩，沙滩上有金色的阳光，翻滚的白浪，还有踏沙而行的美丽少女。

或许爱上一个人就像爱上一片海，没人能带走瑰丽的海洋，只求在付出爱时毫无保留，没有遗憾，便已足够。

知君仙骨无寒暑，千载相逢犹旦暮。

少年远眺着远方泉州港的阑珊灯火，明明微笑着，眼眶却渐渐湿润。或许每个人都会歌颂不留恋儿女情长、说走就走的好汉，可是谁又能看到，那些背影高大英伟、永不回头的男人们，眼底深藏的落寞？

伍·钗头凤

长夜幻歌

贰

陆·离人归

当我们年轻时，总是会奋不顾身地爱上一个人，不求回报，不计付出，却往往为情所伤。但却并不知道，伤害我们的其实并不是那个冷酷的爱人，而是自己奉献的那些卑微的、痴心的、却又浓烈如火的爱。

飞雪漫天，草木荒芜，荒郊野岭中既不见星也不见月，整个世界仿佛都被落雪笼罩。

一个男人正在风雪中抽泣，他身边放着成堆的行李，面前却铺着一张残破的草席，草席下露出一只青白纤秀的手。

生死间不可逾越的鸿沟似乎也被飘舞的雪花覆盖。

"需要帮助吗？"一个身穿黑色狐裘大氅、头戴风帽的人不知从哪里走出来，站在了男人身边。

"求求你，救救我家公子。"男人抬起头，露出一张愁苦而憨厚的脸。

"那倒不难。"穿狐裘的人笑了笑。

"往前五里处就是驿站，快帮我把他抬到那里，应该还能有救。"男人连连对他磕头，然后就要抱起草席。

但那人却阻止了他，伸出一只戴着羊皮手套的手，拉住了草席下早已冰冷僵硬的手。也不知发生了什么，不过片刻，草席滑落，席下的人竟然坐了起来。

男人"扑通"一声跪坐在雪地中，被这奇异的景象攫住了心魂。

飞雪如花，白雪中站着一位身穿锦缎棉袍的美少年，他黑发飘舞，双眼微微上挑着，像是两只明晃晃的钩子，要勾走天下少女的芳心。

"公子，你、你没事了吗？"男人战战兢兢地问，那身穿狐裘的怪人却不知何时离开了，像他来时一样悄无声息。

"长歌……"长着钩子眼的少年吐了口气，轻轻地呼唤了一个名字。

雪越下越大，如怒海磅礴，要将整片荒林淹没，落雪中似夹杂着谁恶作剧般的嗤笑，随冷风四散飘扬。

· 一 ·

西京郊区的荒园中，坐在炭火盆旁饮酒的少年冷不丁打了个寒战。窗外风雪飘摇，落雪压得松枝都垂下了头，回风流雪中，他似乎听到了来自故人的遥远呼唤。

"这局你输了，该告诉我你叫什么名字了吧？"一个娇媚的少女正坐在他的面前，眼角一颗小痣俏皮地在火光中跳跃。

"我叫'承俊'，这名字很好听吧？不要告诉别人。"少年压低声音，似乎生怕被人偷听了去。

"一听就是假名，但总比'老头子'好些。"

"那叫'阿成'，这么朴实总不像假的。"

"你就如此信不过我吗？"少女气得柳眉倒竖，瞪圆了漂亮的眼睛。她叫灵雨，是住在西京的女巫，得到驱魔师回到西京的消息后就立刻跑来跟他饮酒叙旧。可是连着来了几天，这个长着少年面容的老家伙仍然对她满怀戒心。

"哎呀！"房间中响起一声惊呼，跑去热酒的苍甲脚一滑，差点就摔倒在地，还好他手中生出倒钩般的鳞片抓住了即将摔下去的酒壶。

"你收的妖怪越来越有趣了……"灵雨看着笨手笨脚的苍甲，幸灾乐祸地笑。

"没办法，现在不仅是人，连妖怪都变得越来越精明，像他这样老实的不好找了……"可他刚说了一半，笑容就凝固在了嘴边，因为苍甲手一抖，将他高价买来的昆仑觞尽数倒在了他身上。

灵雨笑得花枝乱颤，而苍甲见惹了祸，大眼睛滴溜溜一转，居然打了个旋，化入冷风之中消失了。只留下老头子一身残酒，坐在寒冷的天气中，窗外还飘进来几朵雪花，像是轻浮的吻印在他苍白清俊的脸庞上。

半个时辰后，荒园的房间口传来了响亮的水声，少年脱下棉袍，站在装满热水的浴桶口擦洗身体。酒气渐散，他一边洗，一边发出轻咳。咳嗽声被呼啸的冷风淹没，像是蝴蝶在浓雾中迷失。

"你这个坏家伙，居然当着我的面脱衣服……"灵雨羞得急忙转过身，蒙住了眼睛，其实他们中间隔着厚厚的屏风，她什么也看不到。可是她眼角下的小痣黑而亮，像是一只眼睛般从指缝间窥视。

"最近西京有没有有趣的事情？说来听听。"水声哗哗作响，老头子擦拭着洁白而遍布疤痕的身体。

"有啊，好多可怕的事情。"灵雨皱着眉说，"比如如意坊的民巷中就有两个卖油的为了寡妇大打出手，还有个小偷屡次到有钱的商户家偷东西，至今没被逮到……"

屏风后水声渐歇，仿佛流露出了他的不满。

"算了，只有一件事堪称有趣，'船王'顾家的小儿子一直在西京求学，临近年关他回泉州省亲，一走就杳无音信，你猜怎么着？"灵雨故作神秘，幽幽地说，"他的车马一直都没抵达泉州，居然在这个世界上凭空消失了。而顾家人找了半个月都毫无线索，就在这时，失踪多日的公子竟然突然出现在了家中。"

"那一定是个冒牌货。"屏风后又传来急促的轻咳。

"说起来泉州的冬天温暖如春，你为什么会回到这苦寒的西京呢？"

屏风后水声渐歇，老头子黑发濡湿地走了出来，苍白的脸庞被水汽一蒸，平添了几许红晕，简直就像个英姿勃发的少年。

"没有雪的冬天，多么寂寞。"他含笑坐回了桌边，而阿朱不知何时出现了，手中捧了一瓶热好的美酒，替二人斟上。

"你这死老头子，没一句真话。"

"男人对女人说了真话，多半会死得很惨，尤其是你们这种漂亮的小姑娘，最会骗人。"他仍温文尔雅地笑，宛如一潭看不清也摸不透的水。

灵雨听了他的夸奖，像是有蜜糖丝丝甜到心底，她也不再跟他斗嘴，两人就着热酒吃起了点心。

窗外风雪正急，飞舞的雪花像是构筑了另一个世界，令这座荒园缥缈得宛如异界仙境。

瑞雪渐歇，冷风飘散。西京顾家的园林里响起了一阵干咳，连被白雪覆盖的假山玉树都被这干咳浸染上了几分死气。咳嗽的是个身穿蓝色棉袍、头戴棉帽的少年，他的脸藏在厚厚的毛领中，让人看不清容貌。

西京园林，实甲天下。而号称"船王"的顾家园林，自然更有看头。三步一景，五步一林，少年信步而行，竟然来到顾家小公子所住的小院外。

谁也不知道他是怎么进来的，更不知他如何找到这座小院的。而且最奇怪的是，他刚一站到门口，那扇雕花漆金的大门竟然发出"嘎吱"一声轻响，在冷风飞霰中打开了。门缝中露出一张少年的脸，皮肤比雪更白，乌发金冠，堪称是位玉人，而偏偏一双眼睛微微上挑，像是钩子般挑尽天下春色。

老头子的眼在他身上打量了一番，露出会心的微笑，而少年也拉开了大门，将他请进了小院中。

"你是驱魔师啊，怎么会找到这里？"少年嬉皮笑脸地盘膝坐在椅子上，毫无贵公子风度。

"听说这里有怪事发生，就想过来看看，没想到真有妖怪作祟。"老头子眸光如刃，滴溜溜地在他身上一转，似乎拆掉了那美轮美奂的人皮，看到了藏在骨头里的真相。

事实上他刚走到这户大宅门外，就嗅到了冷风中缥缈的妖气，顾家的这所宅院看守甚严，他守了许久才找到一个空隙，唤出阿朱将自己带了进来。

"不要说得那么难听，我变成这样，只是方便等人而已……"这位金冠少年眼中显出悲戚之意，"羲禾再不回来，大家都会以为他死了……"

老头子打量了一下这布置奢丽的房间，虽然豪华温软，炭火烧得室内温暖如春，却没有一个伺候他的仆役婢女。显然这户人家根本没人信他是真的主人，否则也不会大老远地写信给在泉州的顾老爷，求他找人拿妖捉鬼。

可妖怪们就是这点傻，总是妄图用自己那点可怜的感情去与人类的冷酷博弈。

"别等了，再等下去连你都自身难保，我听说管家已经请了好几拨道人拿你，现在来的都是草包，你还能安然无恙，谁知道哪天就请到了高人呢？"

少年的头一寸寸低下去，连闪烁的金冠都跟着耷拉下去，他知道驱魔师说得没错。他确实以障眼法吓退了几个牛鼻子老道，可是这日子过得连他自己都没底气。就像眼前这奇怪的年轻人，他虽然总是在笑，眼中却像是藏着锐利的刀锋，他时不时咳嗽着，看似憔悴病弱，但背后却隐约站着几个缥缈可怕的人影。他就像传说中漂浮在北方汪洋上的冰山，显露出海面的永远只是微不足道的部分。

"我可以跟你走，可是我毕竟是个妖怪，趋利避害是本性……"钩子眼的少年脸色红扑扑的，望着老头子，欲言又止，"能不能分点你的血给我，让我也获得点能力……"

老头子白了他一眼，并不答应。但他钻到少年驱魔师的怀中，拼命地撒起娇来："我叫糖奴，很甜很甜的意思，答应我吧，否则我看不到少爷回来，死也会留下来作祟的……"

老头子推开他的头，他又厚脸皮凑过来。窗外北风呼啸，吹得白雪簌簌而落，既像梨花，又像极了驱魔师惨白的面色。

·二·

大寒将至，花灯飘摇　白雪被灯光照得五彩缤纷，宛如将暮春的花园搬到寒冬。

从冬至日起，全国上下就在为年节做准备，西京的百姓自然也不例外，家家户户忙着添新衣，包馄饨，更有艺人来瓦肆中赶场，酒楼经常营业到凌晨，尚歌舞不休。

此时老头子正站在人群中看摔跤比赛，场内两个赤膊大汉互博得酣畅淋漓，看得周围的百姓连连叫好。与这热闹喧嚣的气氛相比，他冷静得像一块冰，清俊的脸上毫无表情，时不时还发出两声不应景的干咳。

"你这人真是无趣，早知道我就不跟你走了。"他身边站着个穿浅蓝色锦缎衣裙、梳着双环髻的少女。女孩发髻上束着金环，肌肤在灯光的映衬下恍如透明，堪称娇俏明媚。但唯一美中不足的，是她正端着碗热馄饨，呼呼噜噜地吃个不停。

"把血还我。"老头子朝她伸出手。

"不给，不给，我好不容易才能变得这么漂亮，除非你把我带到温暖的地方，我才会把血还给你。"她把头摇得像拨浪鼓，喝完了碗里的汤，又将眼睛瞄向了摊贩挑子里的菠萝蜜。

老头子望着糖奴的背影，连连叹息摇头，虽然他知道她一无是处，但却没想到会草包成这样，除了吃什么都不会。今天下午他赖不过她的死缠烂打，只能把自己的血分给她一部分，签订了契约。

"罢了，罢了，看你是个男孩子，还能做点跑腿探信的工作……"可是他话音未落，糖奴就奸笑着舔舐光唇边的血，活生生地在他的注视下变成了个小姑娘。

当时他心口一痛，骤然产生了要将她置之死地的念头，甚至因为感受到他的愤怒，眠狼也挺剑现身了。

"不要这样对我，我好害怕。"面对一身黑衣、面如寒霜的眠狼，糖奴可怜兮兮地说，"带我去见见世面吧，我知道自己很笨，不会死缠着你的，等到了温暖的地方我就会离开你。"

老头子挥退了眠狼，无奈地摇头，最终让她寄生在了后背。她也不嫌弃，欢天喜地地跟他走了，顾家的管家照例来送饭，却看到小少爷的房中空落落地没有人，立刻惊喜地向主人通报。顾宅从午后就开始大肆庆祝这个瘟神的离开，简直比过年还要热闹。

就这样，糖奴成了老头子的属下，虽然她眉眼弯弯、容貌可爱，但也跟其他的妖怪一样有自己的小秘密。她的腰间总是圭着个锦绣荷包，比普通的荷包大了十几倍，不似装饰，倒像带了个累赘的鼓。变成公子顾羲禾的时候是这样，恢复了本来面目还是这样，老头子屡次想看看里面装着什么，却都被她推开。

她一路走一路吃，当星斗阑珊，她跟着老头子回到废园中时，嘴里还塞着两只糖球。

"这是什么鬼地方？"当她看到空旷黑暗、荒草蔓生的庭院时，立刻高叫了起来，"死人住的都比你好！我怎么这么可怜，居然沦落到这种人家……"

老头子朝这空中打了个响指，阿朱在冷风中显身，一双杏核大眼中满是戏谑，仿佛在看他的笑话。接着她手中蛛丝一展，眨眼间就将糖奴裹成只粽子，袅袅婷婷地带着这个聒噪的

陆·离人归

粽子走入内室，总算让他的耳朵得到片刻安宁。

"哎……"枯灯照晚，细雪漫天，孤独的驱魔师裹着棉袄坐在火盆旁叹息。

虽然又收了个没用的家伙，但好在轻而易举地就替顾家除了心病，可以跟委托他的顾老爷有个交待，只是不知那失踪的顾羲禾如今是死是活。

他坐在灯下给顾老爷写回信，只想快快了结这桩委托，早日离开西京。不仅是为了遣走百无一用的糖奴，还因为这里的雪让他心神不宁。

似乎有故人踏雪而归，带来不祥的消息。他的手一抖，一滴墨从笔尖跌下，在宣纸上晕染化开，像是一只失神的眼瞳。

风灯摇曳，灯光飘忽，照亮了深夜的街巷，也映亮了夜归人的身影。

一辆马车发出"咯吱"轻响，穿过长街，停在了顾家大宅外，从车上跳下了一个面相忠厚的中年男人，扑到大门前拍响了门环。响亮聒噪的敲门声在空荡荡的街巷中回荡，不过片刻，门便被打开一条缝，探出了一张十三四岁的童子的脸。

"忠伯？"他起初还睡眼惺忪，但只看了一眼门外的男人，手中的灯笼就差点掉在地上。因为这人正是跟随少爷省亲、失踪的五名仆人之一。

"你、你们没事吗？"小童颤抖地问，"大家都说你们跟公子掉进了河中，连尸体都没找到……"

"我们的船撞上浮冰，为了赶时间不得不走陆路，可惜祸不单行，居然又遇上了暴风雪。"忠伯放下行李，兴奋地搓着手，"但菩萨保佑，顾郎居然没事，毫发无损地跟我回来了。"

"你、你说郎君他又回来了？"小童双腿不由发软，在顾羲禾刚失踪的几天，就有个妖怪变作他的样子出现在家中，举止荒唐，胡言乱语，前两天好不容易才莫名消失，怎么又来了一个？

他想到了话本中的可怕故事，据说有一种怪物会变成亲人的模样骗过门神，当他们登堂入室之后，就会在夜黑风高的晚上将全家人通通吃掉。

但就在他发愣之时，马车上走下来一人。那是一个身穿白色狐裘大氅的少年，风帽盖住了他半张脸，那尖削的下巴、上挑的眉眼，分明就是这座宅子的小主人顾羲禾。

"还愣着干吗？没看顾郎回来了吗？快快进去通报！"忠伯不耐烦地大吼，将行李卸下马车。

看门的小童跌跌撞撞地向宅院中跑去，不知是因为欣喜，还是因为恐惧。

而就在这天晚上，睡在荒园里的糖奴从床上爬了起来，这个一身蓝衣、长着一双笑眼的少女第一次褪去笑意，赤着脚站在窗前。

"羲禾，回来了……"她推开木窗，冷风呼啸而入，似乎带着旧主熟悉的气息。

望着荒草飘摇的影子，她嫌弃地摇了摇头，伸出手指，指向了空旷的雪地。刹那间奇迹在乱花飞雪中发生，树木拔地而起，湖泊凭空出现，九曲回廊如蛇般在夜色中蜿蜒现身。似乎有一个高明的画家在空白的纸上挥毫作画，眨眼间枯草丛生的荒园就变成了富丽堂皇的园林。

糖奴抱着怀里的锦绣荷包，满意地点了点头。接着这个小姑娘穿好了衣服，悄无声息地走出了房间。

风雪欺人，很快就淹没了她消瘦娇小的身影，谁也不知她要去向何方。只有夜，蔓延得无边无际。

## ·三·

"这地方现在总算像个人住的样子。"雪后初霁,灵雨笑眯眯地望着眼前的亭台楼榭,只见瑞雪皑皑,片尘不染,将人间的园林映衬得如同仙境。

"我怎么不觉得?"老头子长长叹息,他穿着锦缎棉袍,上面还以金线绣着繁复华丽的牡丹,简直像个纨绔子弟,哪里还有平时低调的样子。看来妖怪真是不能随便收,只是一夜之间,糖奴就把这荒园变成了金碧辉煌的宫殿,而且只要步入这方寸之地,所有人的衣饰都会变得浮夸耀眼。他找了那小家伙整整三天,也不知她躲在哪里,呼唤她也不出来,看样子是惹了祸躲起来了。

眠狼端了两杯茶水过来,平素冷峻肃杀的黑衣少年此时穿着件五彩团花的棉袍,简直像个会移动的绣球。大概他也觉得这模样十分滑稽,脸色涨得通红,放下茶水就飞快消失了。

"这是障眼法吧?简直可以以假乱真。"灵雨赞叹地说,"你说那顾家的郎君会不会也是障眼法变的?"

"什么?"老头子脸色一凛,放下了茶杯。

"就是我跟你提过的去而复返的顾家郎君啊,听说他还在顾家没走呢,也不知是人还是妖怪?"灵雨转着伶俐的大眼睛,眼下的小痣黑亮俏皮,"我还以为你是为了他从泉州回来,如今看来是猜错了。"

老头子笑而不语,但他的话就此打住了,无论灵雨怎么逗他说话,他都默不作声,像是张挂在墙上的画,虽然始终微笑着,却透着冷漠和疏离。最终小巫女只能意兴阑珊地走了,背影在美轮美奂的园林中穿过,仿佛满载了失望。

可是她前脚刚踏出园子,老头子就唤出了阿朱。阿朱一贯风情万种,此时穿着件艳红色的褙子,配樱色长裙,颇有几分花楼行首的风姿。

"我发现红色也蛮适合我,以后可以尝试一下。"她笑吟吟地朝老头子抛了个媚眼,"看你愁眉苦脸,又有什么事情要我帮忙?"

"怎么顾羲禾还在?"公子年少的老头子没空跟她调笑,冷着一张苍白的脸,"我明明带走了糖奴变成的替身,这次回来的又是谁?"

"哎,冰天雪地的,真不想云趴墙根。"阿朱抚了抚如云秀发,眼角眉梢尽是春色,"不过还好顾家郎君长得不错,如果能吃了他,倒是不虚此行。"

老头子瞪了她一眼,阿朱娇笑着消失在冬天冰冷的阳光下,再无影踪。

是夜月满如盘,在人间洒下清冷辉光。

顾家大宅灯火通明,将整个宅邸照得如同白昼。一个双眼如钩的俊俏郎君除去金冠,长发披散地坐在房间中。这是他来到顾家的第三天,虽然顾羲禾的母亲辛夫人验过他手上的伤疤确认了这个儿子,但仆从婢女的眼中满是戒备。并且自他回来,宅中的灯便彻夜点亮,从未熄过。

过了这么多年,人类仍然如此愚蠢,面对强大的未知,除了自我安慰什么都做不了。

他冷笑着打量着这个房间,除了金石玉器就是古玩字画,甚至还有弯弓和玉箫,怎么看主人都是个不学无术的公子哥。

陆·离人归

但他的眼神极其犀利，双眸一转，落在了书架下的一个木箱上。箱子是上了锁的，似乎藏着珍贵的东西，他轻而易举地就扭断了那把金灿灿的巧锁。

箱盖打开，里面居然分了三层。第一层放着一个编制精巧的竹笼子，笼子中铺满了绿叶。第二层则是几个巴掌大的铸铁模具，还有几块价值不菲的松香。这些奇怪的东西令他十分疑惑，但当他打开最底层，摸出里面藏着的物事时，所有的谜团就立刻烟消云散。那是几块做工精美、剔透晶莹的琥珀，有扇坠、有环佩、有挂饰，每个琥珀中都有一只封死的昆虫。红色的蜻蜓、碧绿的蝈蝈、蓝色的蜘蛛，在松香的包裹下，这些小虫绽放出晶亮的辉光，比活着的时候还要漂亮。

他挑了个红蜻蜓的挂坠把玩，将盒子阖上。虽然这些琥珀剔透美丽，却不是他要找的东西。只需找到那件东西，他就能跟帮他的人两不相欠了。钩子眼的美少年披了件大氅，在风雪中走出了房间。

而在屋檐下，一双眼睛瞪圆了，糖奴不可置信地望着他的背影，这分明就是羲禾，甚至连他手上的疤痕都一模一样，但那仿佛万人尸骨累积而成的死气又是来自谁呢？

少女越发惶恐不安，身影立刻随夜风飘逝，似乎在逃避什么。因为这独特的气息她再熟悉不过，与那个脸色苍白、总是咳嗽着的少年散发的味道明明是一样的。

北风呼啸，连天上的星子似乎都被冻凝在天幕上，恍如一只只明亮的眼，沉默地凝视着这漫漫长夜。

· 四 ·

雪夜，冷风如刀，刺得人皮肤生疼。

夜归的男人们高歌着走在路上，马车在风雪中碌碌驶过，风灯映亮飞雪，车里飘散出甜腻的暖香，点缀了这冰凉的夜。

一个身穿棉袍的少年正站在暗影中，眺望着面前的高墙深院。他时不时咳嗽着，面容却比瑞雪更冷几分。

三天前，一贯伶俐可靠的阿朱带来了个糟糕的消息，依她的说法就是"顾家来了个麻烦的家伙，还没潜入园中，就闻到妖气冲天"。所以她破天荒地没有完成任务，只带回了顾家家丁仆从的只言片语。依据下人们的说法，这第二个回来的少爷比第一个像，起码不会胡言乱语，也颇懂礼仪，但是偏偏每晚都跟游魂一样在宅院中穿梭，书房、花园、佛堂，甚至夫人的卧房，都是他经常光顾之处。

"而且，我在那宅邸附近还看到了一个人……"阿朱向他汇报完，露出妖冶的笑，"那个消失了的小糖奴。"她说完这话，就朝他抛了个媚眼，消散在夜风之中，只留下老头子一个人在灯下生闷气。

"哎，果然妖怪不能随便收。"他在寒风中摇头叹息，也终于明白为什么糖奴惹祸后便消失，小妮子去找过去的旧主了，哪里甘愿供他驱使？

更夫报了三更，夜市的商贩随更鼓散去，路上变得空无一人。他朝风里招了招手，婀娜伶俐的阿朱就出现在瑞雪中。

"记得答应我的东西。"她撇着嘴，万般不愿意。

"知道啦，何时没兑现过？"他朝着黑衣艳女赔着笑脸，"况且我不是来陪着你了，还怕什么？"

阿朱手一扬，银丝从手中激射而出，缠住了一枝探出高墙的树杈，如轻云般荡到半空，转眼便消失了。

大宅中灯火通明，一个身穿锦袍头戴金冠的少年正端坐在房中沉思。他已经在顾家找了近十日，还是没有找到那个东西，此刻他秀眉微蹙，眯起细长的双眼，耐心似乎已经消耗殆尽。

就在这时，窗棂发出"喀"的一声轻响。他猛然抬起头，只见一双圆圆的眼睛正在从窗缝中窥视他。

他连问都不问，手一扬就唤出了个妖怪。那是个使双刺的红衣少女，乍一现身，整个人就化为一团红风，疾向窗口冲去。

"你不是羲禾，你到底是谁？"木窗在利刺中化为飞屑，糖奴根本无法抵挡少女凌厉的攻势，吓得脸色苍白，连连后退。

"原来是个忠心为主的小妖怪……"少年冷漠地笑，摸着自己俊美的脸庞，"难道是钟情于这具皮囊，所以才流连不去？那你知道《海国图》藏在哪里吗？告诉我的话，可能会留你条性命哦。"

"羲禾到底怎样了？"但这傻丫头却只追问旧主的下落。

"我就是他，他就是我，我跟他共生了，这具身体年轻而俊美，我再满意不过了。"他朝糖奴微笑着，脸庞在白雪映衬下散发出淡淡的辉光。

"或者，你叫我冢狐也可以……"

糖奴的蓝裙随风飘舞，脚步一滞，差点就摔倒在雪地上，小脸吓得青白，冢狐……这个名字似乎在哪里听过，在流传于暗夜的神话中，他是邪恶和绝对力量的代表，每当他出现，死亡总是紧随其后。

"笨东西，去死吧！"红衣少女见问不出什么，手臂微动，一道弧光向糖奴的脖颈上划去。

糖奴举起片刻不离的锦缎荷包挡在身前，她瞪圆了双眼，瞳仁中流露出能迷惑万千众生的辉光。在这千钧一发之际，一束银丝从天而降，缠住了那致命的毒刺。接着又一束银丝缠住了糖奴的腰，轻而易举地将她带到半空中，她的蓝裙子如一只翻飞在夏日晴空的蝴蝶，几个起落便消失在沉沉夜色中。

"他果然在附近呢……"勾子眼的少年笑了，缓缓走出了庭院，像个不疾不徐的猎人。

"快走！"阿朱带着糖奴逃出来，一落在地上就疾冲向那站在墙角的苍白少年，要带他一起逃命。

"晚了。"老头子凝视着她的身后，素来苍白的脸此时更白了，简直像是冬天的雪，毫无血色。

阿朱拉着糖奴的手，两人同时化入风中。只见长街上一个孤零零的人影缓步而来，他走得并不快，却转眼就站到了老头子面前。

"又见面了呢。"勾子眼的少年笑眯眯的，但不知为什么，落雪中这人身上似乎出现了恍惚的叠影，一个身穿紫衣、阴柔如狐狸的男人站在他的身前。

幻象一闪即逝，老头子默不作声地望着这位久未谋面的宿敌，在天下大乱之时，他明明把化为妖兽的他杀死，怎么时隔百年，他居然再次现身？

"不要害怕，我只是一点精魂，否则也不用选择跟这副躯体共生了。"冢狐微笑着说，"至于找到我残存的意识、让我复活的人是谁，我不方便告诉你。"

"是控制宦官、企图篡权的秘党？"

"嘘——"冢狐将手指放在唇边，示意他噤声，"知道太多的人总是活不长。长歌，这么多年来，你为什么就学不会傻一点呢？"

"让我装傻，还不如早点死了呢。"老头子轻轻咳嗽着，眸中透着虚弱，仿佛不久于人世的样子。

"但聪明总被聪明误。"

一阵风卷起地上的积雪，将浓黑的夜空撒上万点白霰，凝结的冰霜尚未落地，两人便已经动起了手。一个又一个妖怪被唤出，当毒刺现身时眠狼挺剑相对；当老头子唤出熊男时，冢狐就叫盾龟抵挡。

阿朱时而现身，见缝插针地偷袭，而冢狐的手下也异常伶俐，一个使棍的汉子出现了，一棍就搅乱了阿朱的银丝。

当老头子遇到危险，苍甲立刻挺身而出，将他的要害之处藏在坚硬的鳞甲下。

瞬息之间，暗巷中群魔乱舞，魅影丛生，将人间变成了地狱。

"再打下去也毫无结果，没有任何意义。"冢狐突然将手在空中一举，挥退了驱使的妖怪。

老头子也笑了笑，停止了攻击。暗巷中冷风呼啸，只剩下两个温文尔雅的少年相对而立，仿佛方才的激斗是场梦魇。

"我不是来跟你打架的，如果想报仇，我早就去找你了。"冢狐眯着吊梢眼，笑眯眯地说，"我只想拿到自己想要的东西，就去过太平日子。"

"看来时间的力量确实不可小觑，居然能令你转性。"老头子轻轻咳嗽着，显然不相信他的话。

"受人恩惠，替人消灾，只要你别阻止我拿《海国图》就行。"

"可是我的委托人要的就是保证顾家的安全，怕是不能如你所愿了。"

"真是有趣！太有趣了！长歌，幸好百年之后还能与你相逢，否则我该多么寂寞。"冢狐愣了一下，继而尖声大笑，"我如今已经成了顾家主人，就算把宅子拆了寻找也没人敢吭声。长歌，我等着，看你怎么阻止我！"他说完这话便消失在风里，只留下老头子一人站在空旷的街巷中。

冢狐说得没错，如果在这个世界上没有势均力敌的对手，未免太寂寞。他轻笑着离开，突然觉得平静了许久的心又充斥着年少的激情。

## ·五·

《海国图》是传说中的秘宝，据说谁得到就能掌握海上的生意，传说是由唐代的星宿师和航海士共同绘制的，描绘了通往高丽、琉球等多个海域的航路，不但标出了暗礁险滩，更有测绘季风洋流的方法。

顾家在泉州成为"船王"，就是因为船队三十年来从未在海上沉没，财富才得以积累。所以有人盛传这张价值连城的《海国图》落在了顾家手中，如果被人拿走宝图，怕是过不了几年，这"船王"的名号就要易主。

"这世上真有这张图吗？"阿朱斜倚在铺着金色软垫的贵妃榻上好奇地问。

"应该是有的，那些人显然是怕我捣乱，才特意把冢狐招来还魂，让宿敌牵制我，看来他们对此图志在必得。"老头子回想起昨晚跟冢狐的会面，总觉得有哪里不对劲，却又说不上来。虽然他依旧盛气凌人，高高在上，但似乎有一处不协调的地方出现在了一贯孤高自矜的冢狐身上。

"小姑娘，你家主人有没有藏着一张珍贵的图啊？"阿朱笑眯眯地问糖奴。

糖奴却只失魂落魄地趴在窗前，谁也不知道她在想什么，连雪花落到她的衣裙上她都不知拍打一下。

"指望她是不成了，看样子她是为了漂亮的小少爷伤透了心。确实，情人被妖怪吃了，谁也不会接受。"阿朱哀怨地看向老头子，"怎么办呢？冢狐守在顾家，不要说去找什么《海国图》，连门都进不去。"

然而一直在发呆的老头子突然像是想起了什么，突然诡秘地笑了起来。那笑容让阿朱不寒而栗，她似乎看到了昔日在动乱的年代那个如魔似鬼的男人又回来了。

"这几日顾家必有一场大火，我们只需在火起时趁乱混进去即可。"老头子眼中闪烁着兴奋的光芒，"阿朱，我好像猜到《海国图》藏在哪里了。这几天还要辛苦你去守在顾家，留意动静。"他兴致极高，苍白的脸庞也变得绯红，然后如多情公子般吻了吻阿朱的桃腮。

"这么冷的天，去探听消息好辛苦，我要集市上最好的黑绢做春衫，再有些炸全蝎或者其他虫子就更好了。"

他满口答应，居然拉着一直失魂落魄的糖奴出了门。他既没有去顾家大宅，也没有去找灵雨，而是来到了集市中。糖奴跟在他身后，再也没有几天前的活泼可爱，一路上始终绷着小脸，瞧着地面，任他拿桂花糖糕逗弄她，她也是一副无精打采的样子。

落雪茫茫，老头子撑着竹伞，披着厚重的斗篷，在绸缎铺买了两匹阿朱喜欢的黑绢，又去了蛮民开的店里买虫卵。但最后，他却意外地停在一间售卖松香的店门外，就在他走进店铺的同时，一直如行尸走肉般的糖奴突然活了过来。她脸色潮红，瞪圆了眼睛看向店铺中陈列的透明松香，像是看到了什么特别的存在。

"公子是要做琥珀玩件还是用来擦琴弦呢？"卖松香的老板急忙迎了过来，显然看他气度不凡，有生意可做。

"怎么？这还能做琥珀？"他奇怪地问。他突然想到了冢狐身上的不和谐之处，昨晚他的腰带上正缀着个琥珀挂饰，那是一只红色的蜻蜓被包裹在透明的松香中，栩栩如生，晶莹可爱。

"当然，只要以小火将松香融化，再把昆虫放在模具中，就能做出松香琥珀。虽然不及真的琥珀坚硬，但以软布磨亮，也是个漂亮的挂饰。"仿佛为了让他动心，老板还不忘补充了一句，"这种玩意儿如今在衙内公子中很流行，年轻的少爷们每逢春夏就会去庄园郊外搜集鲜艳夺目的昆虫。"

最终老头子买了两块松香，踏着落雪离开了小店。糖奴诚惶诚恐地看着他，小脸绷得紧紧的，觉得似乎被他发现了自己的秘密。

"羲禾待你好吗？"在飞扬的雪花中，老头子静静地问。

"很好……"提到旧主，这个喜欢吃东西的小姑娘再也不闹着买吃的，而是抹起了眼泪。

"有多好呢？"

"我喜欢什么他都会买给我。"

"那我也给你买东西，你不要再想他了。"路过一家馒头铺，他买了两个肉馅馒头，递给了糖奴，"我知道你的心意，不要再为过去的事情难过了。"

糖奴接过馒头，默不作声地吃起来，缓缓跟在他的身后。华灯初上，飞雪如梨花般片片飘落，在这寒冷而美好的黄昏，她仿佛又看到了那个俊俏风情的钩子眼少年。

"糖奴，你想要什么呢？是喜欢树叶还是蚊虫呢？"那是再也回不去的过往，也是她生命中最幸福的一段时光。

这个被家族摒弃到西京放浪形骸的公子哥居然屈尊降贵，无微不至地照顾她，给她最精致的住所，为她提供最好的吃食。在羲禾的呵护下，她过得像个公主，不知世间疾苦，甚至在落雪纷飞的冬日也能享受到春季的暖意。

日月更迭，情愫暗生。

"要是能变成配得上羲禾的女人就好了。"这个荒唐的念头不知是在哪个夜晚从脑海中冒出来的，她拼命想要将它抹去，但它偏偏却像是春天的野草般漫无边际地生长。

终于有一天，羲禾又为她摘来了几十种树叶，她看到了她一直在等待的那种心形的叶子。那是紫檀叶，传说能迷惑世人、令人类产生幻觉的树叶。

于是在一个冷月辉光的夜晚，她抛弃丑陋的躯体，变成了少女之姿。而随着手中的紫檀叶不断增加，她幻化的女孩越来越完美，纤腰如裹，肌肤细腻，除了脸稍微圆了点，几乎称得上是个美女了呢。

她默默地存下了所有的紫檀叶，将它们视若珍宝，只希望叶子再多一些，自己再漂亮一点，就以少女的姿态与他相见。

可是所有的梦都在一个寒风呼啸的夜晚随雨打风吹去。

糖奴擦干了脸上的泪水，不愿再回忆过往，连忙跟上了老头子的脚步。

"我还想吃栗子糕。"

"你再这样吃会嫁不出去的。"老头子嘴上说着，仍买了栗子糕给她。

或许妖怪本来就该跟驱魔师为伍，何苦要奢望人类的爱恋，她拉住了老头子的衣袖，第一次表现得乖巧听话。

钩子眼少年的身影似乎随着灯下的落雪零落在夜晚的寒风中。

·六·

这天已是大寒，冬天里最冷的节气。为了庆祝年节将临，整个顾家大宅中热闹喧嚣，炙羊肉，饮屠苏酒，一番热闹景象。

然而就在这个寒冷的夜晚，顾家大宅的柴房中突然起了火。阿朱正坐在一棵高高的大树上，火焰像是一只凤凰般振翅在风中飘飞，照亮了半边天空，也映亮了这黑衣艳女深不见底的瞳仁。她红唇微翘，露出了妖冶的笑容。

而映在她眼中的火焰，在同一时间照亮了另一个人的双眼。那是一个身穿锦缎棉袍的少年，他正坐在酒楼中喝酒，就像大多数彻夜寻欢的风流公子一般放纵轻佻。

"涉江采芙蓉，兰泽多芳草。采之欲遗谁，所思在远道……"头戴花冠的歌姬衣衫不整，弹唱着缠绵入骨的琵琶曲。

这时，他原本风流轻薄的神情突然消失了，他轻轻放下了酒杯，转身推开木窗，纵身跳下了高楼。歌姬吓得连忙放下了琵琶，却见天寒地冻中，楼下正站着一个身穿棕色毛皮的魁梧汉子，他张开双臂，轻而易举地接住了这少年公子，将他放在肩头，迈开大步快速离去。

歌姬拢了拢衣襟，打了个冷战，但仍坐在窗前，接着唱完了后面的曲子："……还顾望旧乡，长路漫浩浩。同心而离居，忧伤以终老。"

这样美丽的寒夜，如此传奇的少年，如果没有轻歌曼曲伴奏，未免有些遗憾。

熊男大步如奔，像是夸父般穿街走巷，不过片刻就停在了顾家的大宅前。高墙中火势凶猛，十几名仆人正在尽力灭火。锦袍少年仰望着坐在树上的阿朱，这娇媚的女人轻飘飘荡下来，如跳舞般曼妙地钻进了他的怀中。

"辛苦了。"老头子朝她笑了笑，两人便相拥着飞入烈火中，衣袂在夜风中飘摇，宛如飞鸟。

而在混乱的仆人家奴中，还有一个人在烈火浓烟中奔走，那就是扮成顾羲禾的冢狐。

"郎君，那边危险，不要过去。"一个仆人要拉住他，却被他一把推开。

"夫人在哪里？"他问向一个正在提水的家奴，

"不知道啊，太乱了，我连人都看不清。"火舌舔舐着屋顶，转眼就将红墙绿瓦烧成了一片焦黑。

冢狐朝风中挥了挥手，一个提着长棍的男人出现在他的身边。他将蜡杆长棍舞成一团罡风，风起之处，火苗都被吹得尽数后退。

冢狐眯着钩子般的双眼，凝视着救火人数最多的一处屋舍，那是辛夫人每天礼佛的佛堂，这个被发配到西京的不得宠的女人一天有大半时间都消磨在那里。

"去那边！"他朝使棍的男人招了招手，男人立刻踏前一步，替他驱走了所有窜向他身上的火舌。

冢狐慢慢接近了佛堂，钩子般晶亮闪烁的双眼中荡漾出清浅的笑意。放这把火的人正是他自己，只需留意救火的人最在意的地方，那里便藏着这宅子里最重要的宝贝，即是三万人都想得到的《海国图》。

而就在这时，顾羲禾的房门被人推开，走进来一个身穿棉袍、面色苍白的少年。他轻轻咳嗽着，在灯下环顾着卧房。

跟冢狐一样，他也找到了那只放在书架下的奇怪箱子。但与冢狐的反应不同，当他看到箱子里的琥珀松香时，似乎验证了心中的某种猜测，顿时眼中满含怜悯。为什么他第一次来到这里时没有留意到怪异之处呢？否则一切谜团早就迎刃而解。

"老头子，果然有你说的那样东西。"阿朱举起一只陶罐递到他面前，"这是在顾羲禾的行李里翻到的，你怎么知道冢狐不会叫人收拾箱笼？"

"因为他怕跟仆人们接触多了会被拆穿，所以才深居简出，就算要找《海国图》也只在夜晚出门。"

"那如此良机，我们要不要也去浑水摸鱼？"阿朱杏核大眼中闪烁出精光，这放火的招数她见老头子用过，每次寻找重要的人或者物时屡试不爽，火起之后，只需留意这宅院中的人最重视的地方，那里就是藏宝的所在。

"不，我们在这里等就可以……"老头子朝阿朱笑了笑，"这次跟以往不同，因为辛夫人是位母亲。"

"母亲？"她更加疑惑，迷茫地望向窗外，只见火借风力，烧得越来越盛，半边天都被映得通红。杂乱惊惶的人影映在窗纸上，宛如鬼魂在业火中狂舞。顾羲禾的房间虽然未在火场中心，但仍有黑蝶般的飞灰趁隙而入，带来焦臭的味道。

不过片刻，门外传来了杂乱的脚步声，随即大门被推开，跌跌撞撞地走进来一位中年美妇。她身穿赫色褂子，黄色衣裙，发髻凌乱歪斜在一边，显然已经吓得花容失色。

"禾儿，禾儿你怎么样？有没有受伤？快随娘走吧，这里太危险了。"她抱着个包裹冲进了房中，才发现坐在屏风后的并不是她的儿子，而是个长相俊逸文雅、脸色苍白的陌生少年。

"辛夫人。"老头子起身朝她点了点头。

"你、你是谁？禾儿在哪里？"她望着这个冷静的少年，突然有些后悔没让两个贴身婢女跟进来。虽然儿子回来后跟过去截然不同，可是凭着他左手上的那道疤，她无论如何都不愿承认那不是自己的孩子。她每天在佛堂念经，但心里一直牵挂着这孩子的一举一动。今天突然起火，她收拾好细软后第一件事就是来找儿子，要带他平安地脱离险境。

"我是羲禾的朋友……"老头子微笑着说，他这样也不算骗人，他跟冢狐确实是旧交，"可是很抱歉，要得罪夫人了……"

他话音刚落，便有几根银丝从房顶溢出，一下就卷走了她手中的包裹。接着少年身影一晃，竟然以不可思议的速度掠出了门，动作快得如同鬼魅。

辛夫人甚至连反应的时间都没有，两手间就已空空，她突然觉得自己窥到了地狱的一角，惊骇地尖叫起来。她叫声方歇，院子里就蹿出一个人影，飞快地冲出来要拦住少年的去路。那是一个身穿红衣的少女，她手持毒刺，用尽全力向老头子挥去。可是这一副病弱模样的少年却并不唤出妖怪，只以衣袖抵挡。只听半空中发出"当"的一声脆响，她的毒刺被一股大力荡开了，这力量绵绵不绝，竟然让她一个跟头就栽倒在雪地中。

"拦住他！"冢狐疾步跑过来，唤出妖怪。

但是却再也来不及了，双方势均力敌，只要其中一方占了先机，任另一方使尽全力也追不上。

老头子翩翩的身影挂在银色的蛛丝上，几个起落便从夜空中消失，只余半片衣袖，飘飘荡荡地落下。

冢狐捡起衣袖，只见上面写着几个潦草的大字——

"图已到手，除夕之夜，京郊荒园，静候故人。"

"混蛋！"钩子眼的美少年气得跺脚，他终究还是输了这一役。他输的不是力量的比拼，也不是计谋的策划，而是对人性的了解。辛夫人是位母亲，在火起之后，必然会去找自己的儿子，因为那才是她生命中最珍贵的宝物，而《海国图》也自然会被她随身携带。

· 七 ·

直至当晚寅时，大火才被扑灭。冢狐进入被烧得半毁的佛堂，却发现那些仆人竭力想要保住的居然是泉州海民信奉的天妃妈祖的金身。

黎明的辉光照亮了焦黑的房梁，他冷着脸站在废墟中，辛夫人狼狈地向他走来，一边哭一边将手覆上他的脸颊。豖狐眼中现出嫌弃的神情，但终究没躲，任她捧着自己的脸，感受着那柔软双手中的温度。

"母亲，图真的被盗走了吗？"他像个乖巧的孩子般小心翼翼地问，毕竟老头子狡猾多端，不能完全信他。

"图？什么图？"

"当然是《海国图》。您当天被抢走的包裹中有那张图吗？"

可是辛夫人却愣住了，像是见到蛇蝎般畏惧地收回了双手："你不是羲禾，他到底在哪里？他现在怎么样了？"

豖狐一把掐住了她的脖颈，制止她继续说下去。被识破了，但是不要紧，只要他稍一用力就能要了这个女人的命。

但是不知为什么，最终他还是松开了手，踏着焦土和尘烟离去。只余下辛夫人脱力地坐在地上，悲惨沧桑地哭泣。

为什么没有杀掉她？或许是为了她那双满含爱意的眼，或许是她手中的温度让他留恋，还是因为这具躯体让他尚存人性？

在西京热闹的街道上，一贯冷血的豖狐望着自己的手掌陷入了疑惑。他重获新生，却失去了对自己内心的把控。

天道苍茫，无所不在，即使再精明的人也无法摆脱它的制衡。

"那不过是个老女人，杀了她又有什么用？况且《海国图》被盗，也没必要留在顾家。"他为自己找了借口，向西京最繁华的所在走去。

除夕将至，西京的集市人潮熙攘，老头子也来为手下们置办年货。他为阿朱买了根点缀着红珊瑚的金钗，为眠狼、苍甲和熊男各买了皮衣领巾，但想到糖奴时，他突然犹豫了。那个姑娘除了吃，很少对器物表现出热爱，而且连兵刃都没有，送她剑穗刀鞘也不实用。

最终他挑选了一个绣花饭袋，在回去的路上路过书屋，又买了八卦五行的书，放在了那精致漂亮的小饭袋中。

还有九天就是除夕，也是他跟豖狐约定决斗的日子，但他却轻松自在地在西京里闲逛，甚至还去看了看在别人家里驱邪做法的灵雨。

"听说顾家着火了？果然你回来就会带来灾祸。"灵雨身穿艳丽的女巫装，秀发高挽，一见到他就笑嘻嘻地连连躲避。

老头子跟她聊了会儿天，就赁了头驴，慢悠悠地骑着驴回到了位于郊外的荒园中。

这晚冷月如霜，不知从哪里传来爆竹声响。糖奴落寞地坐在自己的房间中，那遥远约烟花又让她想起了跟羲禾美好的过往。因为他们就是在一个除夕夜相逢的，她被装在金丝编制的笼子中，作为礼物送给他。羲禾一看到她就瞪圆了细长上挑的眼睛，瞳仁中闪烁出兴奋的神采。

"给你起个好听的名字吧，看你像糖果一样漂亮，就叫糖奴吧。"钩子眼的少年十分开心地说，这名字虽然不好听，却甜得腻人，她默默地接受了。

在大雪纷飞的除夕，羲禾为她搬来了一盆盆玉雕似的漂亮水仙。他们在温暖舒适的房间中赏花看雪，吃糖糕喝甜酒，暖炉生香，将这寒冷的冬夜都熏上了暧昧的颜色。

　　而当春天来临之时，他会带着她去玩筑球和投壶，更会向所有的朋友炫耀她，引来那些衙内公子羡艳的目光。

　　"糖奴，快过来……"风穿过厅堂，似乎是谁发出的亲切低吟，"到这里来……"

　　钩子眼的少年又出现了，他仍然穿着惯爱的貂裘大衣，手中持着一柄玉勺，轻轻地呼唤着她。袅袅白烟在玉勺中升腾，令他那张熟悉的脸变得缥缈而遥远，简直像一个她从未见过的陌生人。

　　这恐怖的景象打破了她对过往一切美好的追忆，她凭空打了个冷战，惶恐地抱紧了双肩，在寒夜中瑟瑟发抖。

　　天气越发寒冷，风里夹杂着火药的气息，家家户户都挂上了红灯，整个西京都笼罩在一派年节将至的气氛中。据说顾家还在寻找顾羲禾，顾老爷对儿子的生还已经不抱希望，伹不知为什么，追寻一天都没有停止，在运河和官道附近找寻的人越来越多。

　　当听到阿朱带来的消息时，距离除夕只有三日，老头子把礼物散落在园林中，那些温暖的裘衣、漂亮的首饰、精致的领巾，明明放在凉亭中、花圃旁，却一转眼就消失了。

　　光照不到的阴影中，似乎藏着一个个诡异神秘的妖怪，悄无声息带走了属于他们的东西。

　　"这支钗我很喜欢。"当晚阿朱脸色绯红地出现，她水灵灵的大眼睛滴溜溜地转着，似乎有什么心事，"还有三天，冢狐就该来了吧。"

　　"是啊。"老头子在把玩给糖奴买的饭袋。

　　"有一件事我很担心。"阿朱叹息一声，忧心忡忡，"冢狐毕竟用的是顾羲禾的身体，新主与旧主争斗，糖奴会选择谁呢？"

　　老头子没有回答，只是剑眉微蹙，显然也为此烦恼，冷风透窗而入，黑衣的婀娜艳女不知何时已化入风中。

　　糖奴正抱膝坐在廊下看月亮，身边一盆炭火烧得暖暖的，实际上今晚的月亮真的不怎么样，像是一根稀疏的眉毛挂在天边。自从见到了与冢狐共生的顾羲禾，她就一副心事重重的样子。

　　"这是给你的礼物。"俊逸文静的少年从回廊中走过来，将绣花的饭袋递给她。

　　"谢谢，我很开心。"但她圆圆的脸上却未见任何喜色。

　　"我很少亲手送属下礼物，那会让彼此羁绊加深，将来分离时也会更痛苦。"他轻轻地说，"但是把它当面交给你，是有些话想对你说。"

　　糖奴抬起头，诧异地望着他。晶莹的雪光中，这苍白的少年像是高山大海般莫测，又隐约散发着高山大海般宽厚温润的力量。

　　"阿朱刚才说，决战之时，怕你在新主旧主间无从选择。"

　　"先生，我一定不会被他蛊惑而站在他那边的……"糖奴终于明白他所为何来，急忙辩解，"我只是有点伤心，很快就会好的……"

　　"不，我不希望你选择我们中的任何一个……"老头子摇了摇头，说出了惊人的话，他望着糖奴稚嫩的脸庞，缓慢而清晰地说，"我希望你选择的是自己，因为不论人或者妖，唯一要效忠的，就是自己的心。"

糖奴愣住了，但她又像是明白了什么，低下头紧紧抓住了除夕礼物，而白袍青巾的少年已经踏雪离去。

·八·

除夕之夜，家家户户都挂上了桃符，贴上了门神，贩卖驴肉鹿肉的铺子前早早就排起了长队。天刚擦黑，路上就已空无一人，只余红灯高照，散发着喜庆的辉光。

稀稀落落的爆竹响起，一个身穿紫色裘皮的少年孤身走在通往郊区的路上，他看似步履闲适，身形却移动得非常迅速。仔细看去，他的狐裘下似乎藏着奇怪的暗影，让人瞧上一眼就不寒而栗。

"长歌，上次我找到你的时候，好像也是在除夕。"他已经完全不像是顾羲禾了，气质变得阴柔莫测，连那双钩子般的细长双眼都透出了精明的光芒。他似乎想到了什么，薄唇边蕴着一丝得意的笑，这次他志在必得，因为同是驱魔师，他太了解对手的弱点。

天空中飘落下细碎的雪花，当天色全黑之时，他已经来到了老头子位于郊外的荒园前。

园中静憩无声，似乎根本无人居住，但当他站在大门前，两扇沉重的包铁木门却左右分开，似乎是好客的主人在恭迎客人的到来。

庭院中琼楼玉宇，银装素裹，在飞雪中美得好似幻境。一名白衣少年乌发如炭，眼似黑玉，正孤身站在回廊之中。

"《海国图》在哪里？"冢狐笑吟吟地问，"我是来取它的。"

"它就放在那边，何必着急，不叙叙旧吗？"老头子咳嗽了几声，指向园林中的凉亭，只见石桌上放着一个精致的漆器木盒，里面似乎装着名贵的宝物。

"你会这么好心？"冢狐双眼微眯，显然心存疑虑。

"只因我有十足的把握杀你，何必弄虚作假？"老头子不以为然地摇头，"你以为我不知道？你回来之所以不找我报仇，是因为体力虚弱，力量不足，这具人类的身体根本无法驱使妖怪。"

"那你就大错特错了！"冢狐狞笑起来。

最后一个字的回音尚在园中飘荡，冢狐便已经化为一道紫光，疾向老头子冲去，而这抹飘逸的身影还在半空中，身边就多了两个妖怪，一个身穿红袄，一个着青色短袍。他们一个使双刺，一个使长棍，化为两道罡风，直向老头子夹击而来。冢狐则冲向了位于花园中心的凉亭，径直去夺取漆盒。

熊男出现在老头子身后，裸露在寒风中的肌肉坚硬如铁。他抬起双手，一只手掐住了刺向老头子脖颈的毒刺，另一只手生生扛了一棍。

长棍反弹，使棍的男人顺势飘到一丈开外，连退几步才止住退势。但使毒刺的小姑娘就惨了，她被人抓住兵刃，既不能攻击又不能消失，进退不得。

"郎君，救我！"她朝冢狐凄厉地喊，但冢狐的眼中却只有漆盒，哪里还有她的安危？

一道银丝激射而出，迅速缠住漆盒，将它带离凉亭，冢狐冲过去，却扑了个空。而与此同时，熊男将毒刺女举过头顶，用力摔在地上，她惨叫一声，口中喷出了鲜血。

冢狐嫌弃地看了一眼重伤的少女，女孩的受伤似乎没有给他的肉身造成任何伤害，他飞快朝空中挥了挥手，一个使锤的黝黑大汉立刻取代了她。

"女人就是力气太小，不好用。"他冷哼了一声，索性站在凉亭的石桌上远远观战。

新的妖怪似乎有异国血统，周身肌肤黑得发亮，像极了唐时胡姬酒肆中的昆仑奴。他几乎跟熊男一样高大，狞笑着露出雪白的牙齿，双手抡起大锤，在夜色中划出一弯圆弧，直向老头子头顶砸去。

熊男双手交叉，伸出蒲扇般的大掌，硬生生地挡住了这一击。而与此同时，他怀中的老头子突然捂住了左臂，面孔变得扭曲。

"眠狼！苍甲！"眼见使棍的男人也向自己疾冲而来，他又唤出了两个妖怪。

园中响起凄厉的狼嚎，使棍的人不由愣了一下，然而就是这么一愣，一个冷峻的美少年突然从斜刺里冲出来，一脚就踢在他的肩头。虽然少年穿着滑稽的团花短袍，但周身都散发着凌厉的杀气，他急忙撤棍回护，眠狼的剑却已舞成一团乌光，将他笼罩其中。

而苍甲像是只猴子般翻上了熊男的肩头，鳞甲以迅雷不及掩耳之势覆盖了这壮硕大汉的周身，铁锤再次抡来，砸在他的头顶，发出金石相交的巨响，熊男却毫发无伤。

"居然把护身的鳞甲用在妖怪身上，不知你是真蠢还是假蠢。"站在凉亭中的冢狐连连摇头道。

老头子因驱使过多的妖怪而脱力，勉力站在刀光剑影中。回廊早就被纵横的剑气和巨锤砸得七零八落，他站在熊男的怀里，虽然憔悴，却没有受到任何伤害。

"知道我为什么说你错了吗？"冢狐看到对手狼狈的模样，轻轻笑了，"因为我根本不需要消耗自身来驱使妖怪，既有驱魔师的力量，又没有其弱点，你说你怎么打得过我呢？"

妖怪的战斗越来越激烈，熊男跟黝黑的使锤壮汉索性抛弃了兵刃，四拳相对，进行着单纯的力量对决。

而眠狼那边则斗得令人眼花缭乱，黑剑舞成一团团剑花，剑气四溢。但使棍的男人却占了兵刃的便宜，将一根长棍舞成了扇形，令眠狼根本无法近身。

一时之间，庭院中喘息声、兵刃相交声络绎不绝。老头子的脸越发苍白，他的口中甚至溢出了鲜血，像是个活的僵尸。

然而就在这时，这个几乎僵死的少年眼珠微转，轻轻念出了一个名字，这名字说出来时，甚至连眠狼和熊男都觉得不可思议。

因为他呼唤的并不是攻击力高灵活度强的阿朱，而是——糖奴。

冢狐警惕地眯起了眼睛，他从未听过这名字，是个新的妖怪。可片刻之后，雪仍然纷飞而落，凉亭中却只有他孤身一人，冷风涤荡而过，根本没人现身。

"你在说胡话吗？还不如把阿朱叫出来，让她把《海国图》乖乖奉上，或许我会饶你一命……"然而他话未说完，脚下坚实的地面就突然下陷，他急忙跳到回廊上，然而双足刚一沾地，回廊也随即坍塌。

像是噩梦一般，园林发出轰隆隆的巨响，地面裂成一条条沟壑，他狼狈地躲避，但无论躲到哪里，哪里就会瞬间崩塌，或者绊住他的双足，这些美轮美奂的景致都成了要他命的兵器。

一堵高达丈许的墙挟着巨大的风势劈头盖脸地向他压来，墙上站着一个身穿蓝色锦裙、梳着双环髻的少女，她的胸前挂着一个巨大的锦缎荷包，显得滑稽可笑。

"你去死吧！"少女瞪圆了微弯的笑眼，圆圆的脸庞上布满杀气，"大混蛋！"

墙隆隆作响，轰塌而下，他躲避不及，一条腿被压到了墙下。糖奴扑在他的身上，瞬息间手中已经多了把寒光四溢的匕首，只要她的刀落下去，俊俏的美少年就会葬身于此。

"糖奴……"就在这千钧一发之际，少年的脸庞突然变得澄明剔透，他那双微微上挑宛如钩子般的双眼中散发出脉脉温情。

糖奴的手一僵，褪去牙气的他，怎么看都是昔日的顾羲禾。

"这是在哪里？我怎么了？"少年迷茫地望向四周，"为什么我不在家中？"

糖奴的手缓缓放了下去，她的刀无论如何也刺不下去了。

站在廊下的老头子剧烈地咳嗽着，鲜血溢出口角，滴在白雪中，宛如红梅初绽。支撑三个妖怪战斗，他的生命即将耗尽。

"糖奴，乖，我们回家吧。"少年伸手将糖奴揽在怀中，而她也像只猫一般柔顺地伏在他的胸口。

我希望你能选择自己，因为无论人或者妖，我们要效忠的，始终是自己的心。

"能吻我一下吗？"她抬起头，对眼前的美少年说。

"好。"

他轻轻笑了，眼中闪烁出狡黠的光。果然是个傻女孩，那天在顾家被她偷窥，他就猜到她钟情于顾羲禾，没想到他假扮死去的少年说了两句话，就轻而易举地骗到了她。

两人唇瓣相接，交换着彼此生命的温度，雪下得更大了，似乎要淹没这对少年男女拥吻的身影。

这是最初、也是最后的吻。

### ·九·

阿朱倒悬在大树上，曼妙的身影随风摆动，这妩媚艳丽的女人却绝望地闭上了双眼。她最担心的事情发生了，小姑娘在最后一刻选择了自己的情郎，扭转了战斗的局势。

"啊啊——"但冢狐却发出了凄厉的尖叫，他的胸口多了一柄匕首，入骨三分，淋漓的鲜血染黑了高贵的紫衣。

糖奴从他的怀中站起来，蓝色的锦裙在夜风中招展，像是一只翩翩彩蝶。

"你以为我是你的玩物，可以为你倾尽生命？"她在裙摆上擦了擦染血的手，冷冷地说，"你不是我的主人，他早已死了，即便他不死，我也不会再受任何人掌控。"她这样说着，眼中却闪烁出晶莹的泪花。是的，羲禾已经死了，死在漫天飞雪的荒山中，如今她得到了他最后的温存，还有什么遗憾？

"你这个疯子，疯子！"冢狐愤怒地破口大骂，百年来他从未折在妖怪手中，而随着他的骂声，使锤的大汉突然出现在糖奴身后，抢起锤就要将她砸死。

熊男和眠狼都救助不及，眼见这小姑娘就要被酒坛般的大锤砸得粉身碎骨，老头子迅速挥退了两名妖怪。几乎在他们消失的同时，万道银丝从半空中射出，缠住了那灌注了千钧之力的大锤。阿朱飘落在雪中，在障眼法中，她的黑衣变成了红裳，宛如白雪中一簇跳动的火焰。

"终于等到你了！"冢狐方才还虚弱无神的双眼突然变得精光四射，使棍的男人转眼出现在了阿朱的身后。他长棍一挑，准确地击中了她手中的漆盒，盒子"啪"的一声飞到半空，盒盖翻开，一张轻薄的图纸飘荡而落。

"糖奴！"老头子焦急地厉声大喊。

阿朱回身抢图，但长棍舞出凌厉的罡风封住了她的攻势。使锤的大汉搬开断垣，把豕狐从废墟中救出来，而就在这时，地面发生了剧烈的颤动，一面面高墙拔地而起，封住了豕狐的去路，只见糖奴双手抱着荷包，小脸紧绷，催动了最强的障眼法。

豕狐顺势跃起，一把将《海国图》抢在手中。而这时墙开始一面面坍塌，发出隆隆巨响，他们在墙垣间飞快地跳跃移动，却仍被沉重的石墙追得狼狈不堪。就在他们逃到门前时，两扇大门却"哐当"一声关得死死的。

使锤的大汉将巨锤抡成满月，一锤砸在门上，巨大的劲力震得他虎口出血，但总算被他砸出一条生路。他拉着豕狐从门上的破洞爬出去，使棍的男人殿后，他们似乎也受到了惊吓，始终没敢再回头看这可怕的园林一眼。

除夕之夜，辞旧迎新。灵雨坐在家中兴高采烈地吃着炙羊腿和馄饨，喝着热好的屠苏酒，准备守岁过年。然而当天空中响起第一声爆竹时，她的小院中却意外地响起了叩门声，而客人却是一个脸色苍白、口角尽是鲜血的俊逸少年。

"有酒有肉？"他倚在门上，有气无力地笑。

"有啊，但是只够一个人吃的！"灵雨白了他一眼，准备关上大门。

但他却仍厚脸皮地挤了进来，虽然糖奴以撒豆成兵指草为蛇的障眼法驱走了豕狐，他的荒园仍然被毁之殆尽，根本无法居住。除夕之夜，店铺早已歇业，他只能来灵雨这里暂住。

伴随着爆竹声声，他裹着棉被躺在温暖的火盆旁边，吃着炙好的羊肉，突然觉得非常温暖。这是他生命中为数不多的有人陪伴的除夕。

"哎，好幸福，怪不得男人年纪一大就想成家……"他感慨地说。

"我可不这么觉得，谁要去伺候男人……"灵雨翻烤着炉子上的肉，气得脸颊绯红，连眼下的小痣都跟着跳动起来，"混蛋，我只买了两斤肉啊……"

突然烟花大作，淹没了她的咒骂，在绚丽的光影中，两人的嫌隙似乎也随着这辞旧迎新的气氛化为乌有。

半个月后的上元节，老头子养好了身体，带着糖奴神采奕奕地逛灯会、猜灯谜，玩得不亦乐乎，但她却始终提不起精神，一副愧疚的神色。

"对不起，如果我的动作再快一点，《海国图》就不会丢了。"走了半响，这个可爱的小妖怪低着头道歉。

"谁说《海国图》丢了呢？"老头子朝她眨了眨眼，站在五彩花灯中笑。

实际上他那天抢回的辛夫人的包裹中，只有一些珠玉首饰和佛经法器，哪里有《海国图》的影子？于是他将错就错，以一张假图骗过豕狐，不但可以让他死心，更摸清了这阔别已久的宿敌的实力。

"可、可是，如果他拿走的图是假的，那真的在哪里？"糖奴听他说清原委，却越发迷惑。

"被顾羲禾带走了，他是打算把它交给他父亲的。"老头子走到糖奴面前轻轻地问，"糖奴，你是在哪里杀掉他的？"

糖奴抬起头，瞪圆了眼睛，以不可置信的眼光望着他。

"他应该带你一同上路了吧？行李里有装过昆虫的陶罐，但却是空的，当我看到它时，就猜到了一切……"

她面色一僵，但随即就低下头，小声哭泣起来。

那个噩梦般的夜晚再次浮现在眼前，在去往泉州的大船上，她还满怀少女旖旎的春梦，顾羲禾却融化了松香，在灯下温柔地对她笑。

"糖奴，一点都不痛的，我要将你做成最美丽的琥珀，送给父亲。"他持着装满松香的玉勺，将她钉在模具中，钩子眼中闪烁着残忍的光，"多么漂亮的翅膀，多么碧绿的颜色，不枉我养你这么久……"

那时她才明白，她始终是他的玩物。他所有的爱意温存、细心呵护，都是为了让她保持最艳丽的姿态死去。

但顾羲禾却没有想到，他面对的却是因满怀对他的爱而成为精魅的昆虫。一片浮冰凭空出现在运河上，撞破了大艘，他们不得已改走陆路，却又莫名其妙地失去方向，最后在荒野中迷路，风流倜傥的少年在寒风冷雪中慢慢成了一具尸体。

当忠伯逃离困境后，她心中被悔意和负罪感充斥，在一个温暖的夜晚从陶罐中逃出，使用障眼法一路回到顾家，变成了顾羲禾的模样。

人类总是如此残忍，高高在上地玩弄其他生命，却也难逃被妖怪杀死的命运。

老头子抚摸着这可怜姑娘的秀发，似乎在安慰痛哭流涕的她。可是她的心情他再明白不过，当我们年轻时，总是会奋不顾身地爱上一个人，不求回报，不计付出，却往往为情所伤。但却并不知道，伤害我们的其实并不是那个冷酷的爱人，而是自己奉献的那些卑微的、痴心的，却又浓烈如火的爱。

上元节的灯火色彩缤纷，如千树花朵在东风中绽放，又像是将天上的星子都搬到了人间。蓦然回首时，昔日的离人却早已消逝在灯火阑珊之处，再不复归来。

·尾声·

一个月后，老头子乘船南下，抵达了泉州，将在荒山中找到的《海国图》交到了"铅王"顾老爷的手中。

顾羲禾在生命的最后一刻怕被仆人们盗走这稀世珍宝，将它藏在了一个树洞中。《海国图》也并非一张图，而是一个做工精致的镶满珐琅和琉璃的计时器，当有光透过，便有一张瑰丽辉煌的海面地形图映在影壁之上，同时显示四时气候，还会随光影变幻，堪称巧夺天工的宝物。

虽然只是三月，泉州已经天气炎热，花木丛生。他在郊外的一处密林中跟糖奴道别，小姑娘从锦绣荷包中抽出了一片紫檀叶交给了他。

"遇到危机时，记得拿它挡一挡。"在三月的暖阳下，她微笑着，甜得像是一块糖。

"我送你的八卦五行图你也要好好保留，以后你要独自生存，总要学些防身之术。"老头子像个婆婆妈妈的长辈，一再叮嘱她。

糖奴笑吟吟地点头，将荷包晃了晃，娇俏的身影已然在树影中消失。只有一只螳螂伏在叶片之中，大眼睛漆黑闪亮，周身碧绿晶莹，美丽得宛如翡翠雕就。

少年微笑着看了它最后一眼，迈开大步，翩然而去，清瘦俊逸的背影很快就消失在鲜花和碧草间。

　　传说螳螂擅用树叶使障眼法，以虚化实，迷惑世人，得紫檀叶则尤甚。《淮南子》中记载：
"得螳螂伺蝉自障叶，可以隐形。"

　　但谁知道这些发生在漫漫长夜中的怪谈是不是真的？

　　或许传说也仅仅只是传说而已！

长夜幻歌

贰

他并不明白，遗忘是另一种铭记，而最美好的爱情，往往是在情浓意深时戛然而止。他已得到了如蜃景般绮丽深刻的爱恋，即便幻境终有一天消逝。

风中异香浮动，月光如流水般铺满了整个小镇，一个五六岁大的女孩子迷茫地站在街心。在她周围有几十个人载歌载舞，脸上挂着幸福的笑，像是在庆祝喜事。但不知为什么，这些癫狂兴奋的人却令她感到害怕。

一个身穿月白色绣着水墨荷花长袍的男人从人群中走了出来，停在她的面前。月光中，他的脸如冰雪雕成，眼帘以黛色渲染，更显得双眸深邃，朗若辰星。

"小姑娘，这不是你该来的地方。"他轻轻地说，风挟着雪飘落，她这才发现，他的发髻上插着一朵花，一朵本不该开在这个季节的白色的秋海棠。

"大哥哥，你是神仙吗？怎么能这么好看！"她好奇地问。

"我叫乾达婆，快点回家吧。"妖异俊美的男人抱起她，他的臂膀坚强有力，靠在他的身上像是依偎着参天大树。

那晚她忘记了自己是怎么回到家的，更忘记了那奇怪的场面，留在脑海中的只有乾达婆神仙似的英俊面庞。

次日她睡到晌午，却根本不知道，小镇上哭声一片，人们悲恸得不得不相互搀扶才能行走。

纸钱如落雪飘洒，白幡在风中飘摇，遮天蔽日，宛如末世。

· 一 ·

十年之后，料峭寒风乍起，一个身穿花袄的少女正笑吟吟地站在香料铺前。

"要两钱雪梅香。"她对卖香料的阿贵说。

阿贵只瞧了她一眼，脸就涨得通红。这个腼腆的小伙计今年刚满十八岁，凡是姑娘媳妇来买香，总会让他羞得脸颊绯红，可每当这名叫梅香的少女光顾，他的脸还会更红几分。

"你的香……"阿贵飞快地包了一包香片给她，足有五钱之多，"梅香，你最近有空吗？"

"怎么？"梅香收起香片，摆弄着乌黑油亮的长辫，一双眼睛圆溜溜的，像是算盘珠子，漂亮中掺着市侩。

"我、我想跟你看月亮。"

"月亮有什么好看的？"梅香皱着眉嘟囔，随即又拍起手，"过几日春分要祭神，你可以跟我一起打扫神社。"

阿贵立刻把头点得如捣蒜，却完全没有发现自己被这个漂亮的少女骗去干活。梅香笑嘻嘻地又跟他说了几句，便离开了香料铺。

她窈窕的身影像是一只灵巧的鸽子，转眼就消失在冬日灰蒙蒙的街巷，引得阿贵依依不舍地连连打望。

梅香是整个小镇最漂亮的姑娘，却鲜少有人上门提亲，不仅是因为她家经营客舍，人来人往，不够体面，更因为大家都认为她是神的女人——乾达婆神！那个佛经中记载擅长乐器、喜欢香气的神仙。

乾达婆只在十年前现身这一次，他出现时极尽华丽也极尽残酷，一夕之间小镇被香风笼罩，而也在一夕之间，几十名青年男女失魂落魄地走进了冬夜的大山，次日都冻成了冰栏。

但自那之后，神仙显灵的消息像风一般席卷了十里八村，甚至有东京城的当红伶人来参拜这传说中的乐神，小镇渐渐变得繁荣热闹起来。

这天午后，梅香刚买了香片回到客舍，就见客厅中坐着个身穿灰白色棉袍的少年。他的黑发拢在帽中，露出一张清俊的脸，双眉入鬓，目如点漆，只是脸色过分苍白，像是浮着一层病气。

"这位客人，是不是刚到啊？想住在'梅屋'还是'竹舍'呢？"梅香立刻伶俐地跑去接待，顺手掏出香片放在暖炉中。狭窄简陋的房间被香气一熏，平添了几分雍容华贵，居然舒适了不少。

"似乎是梅花香。"少年嗅了嗅空气中的芬芳，微笑着说，"那就住在'梅屋'吧。"

"好的，这就去为您安排。"梅香的眼睛滴溜溜地在他身上一转，似猜到了什么，"客人，您也是为了乾达婆来的吧？"

"哦？你怎么知道？"少年突然咳嗽个不停，连苍白的脸都咳红了。

"我是整个镇上唯一见过他的人，给我五个铜钱，我就告诉你十年前那天晚上发生的事。"梅香狡黠地眨了眨眼，像只精明的狐狸，油亮的粗辫垂在脑后，宛如狐狸的尾巴。

"我叫老头子。"少年似乎十分欣赏她做生意的头脑，从怀中掏出了一枚亮闪闪的金叶子，"除了听故事，我还有别的事要你去做。"

金子的光闪花了梅香的眼，她突然像是想到了什么，脸颊羞得绯红，像是雪中绽放的红梅。

"你放心，我见过的漂亮女人太多了，不会对你做什么。"老头子登时被她逗得咳嗽连连。

梅香脸红得似滴血，但凭着对金钱的热爱，她还是绘声绘色地讲起了说了无数遍的十年前雪夜中发生的传奇。

"香气、落雪、死人？"

"是的，而且被发现时，那些被冻死的人都面带微笑。"终于说到故事中最恐怖的一环，她刻意压低声音，"都说他们是太开心了，毕竟见到了神。"

"没有死亡值得欣喜，也没有神会诱导自己的子民赴死。"他又低声说着，明明是年轻人的脸庞，却浮上了沧桑的气质。

"故事讲完了，你想去山里看看吗？"梅香颇有挫败感，客人既不害怕也不惊喜，她的故事就显得乏味。

"可是天气好冷……"

"你来这里难道不是祭拜乾达婆神的吗？他可是著名的乐神，别以为我不知道你是什么人……"她圆溜溜的眼珠精光浮现，直直地望着少年苍白清俊的脸，"老头子是个假名吧？你多半是个伶人，因为混得不如意，才想来参拜乐神的。你这种人我见多了，住店的有很多伶人流莺，据说他们离开了这里，很快就出了大名……"

老头子起初还面带惊诧，随即就笑了起来。

"既然乾达婆这么灵，我还真的得去拜拜，好让我的嗓子更好听，扮相更美。"他连连点头。

梅香总算找到了点成就感，当天就带他进了山。可是到了山林深处的乾达婆庙，老头子却毫不虔诚，居然挑剔塑像雕得不美，没有乐神的风韵。

这让少女觉得很难过，虽然她得到了金叶子，却有一种自尊被践踏的感觉。她洋洋自得的事在少年眼中稀松平常，她讲的故事再离奇，他的眉头也不会皱一下。倒是下山时经过一处山坳，他却突然来了精神。

"那是什么地方？"他指着山坳处的一个山洞问。

"谁知道呢，听说那是仙女坟，百年前有仙女葬在那里。但却没人见过，倒是乾达婆神显过灵……"梅香抱着最后一丝希望，推销着关于乾达婆的一切。按照她平时对付客人的手段，接下来就要高价卖给他香片和乐器了。

但老头子却并未答话，像是要死了般咳嗽个不停，一路咳回了小镇。梅香并不傻，知道就是得了痨病也没有这么咳的，只好心灰意冷地把他带回了客舍。

为客人备好美酒和烧肉后，她突然很想香料铺的阿贵，无论她说什么，阿贵都会面带欣喜地听着，她想要什么，阿贵都会买给她，即便两人见面都是在众人之前，他也从未抱怨过。

"可惜不行……我是乾达婆神的女人呢……"她为自己的妄想感到羞愧，连忙浆洗床单。

月光铺满了整个小镇，如流水般照亮了白墙黑瓦。寂静的夜色中，传来了清亮悠远的捣衣声，隐隐透着寂寞。

就在梅香为自己的感情伤怀时，她那位年少清俊的客人正躲在房中喝酒吃肉。烛影闪烁，狭窄的客房中，却有几个人围炉而坐。

苍甲抓起一只鸡腿吃得正欢，而眠狼则斯文拘谨地啃着风干的牛肉条，熊男抱着蜜罐，用木勺舀蜜吃，只有阿朱一边为老头子倒酒，一边认真地抠墙缝里的虫卵。

"乾达婆那个家伙，到底去了哪里？"灯影下，老头子皱着眉，颇为忧虑，"无论我如何召唤他都不出现，当初我就是看他能耐得住寂寞，才派他守墓的。"

"是不是被哪家的小姑娘给拐跑了？"阿朱笑吟吟地伏在他的怀中，撩拨着他尖削的下颌，"男人啊，哪有能耐得住寂寞的？"

他望着窗外的月色，晶亮的双眸变得暗沉阴郁。十年前到底发生了什么，让他信任的属下选择了离开？而镇上死去的几十个人，真的是乾达婆下的手吗？

· 二 ·

妖怪的心难以猜测，可比妖怪更难捉摸的便是女人。

"老头子，快点起床，那小丫头就要来了。"次日凌晨，老头子正睡得迷迷糊糊的被阿朱推醒了，一贯妖媚沉稳的阿朱难得地笑得花枝乱颤，怎么看都像是幸灾乐祸。

少年公子急忙披上衣服，拿起行李就慌慌张张地跑走了，因为阿朱口中所说的"小丫头"不是别人，正是西京的小巫女灵雨。自从跟她过了个除夕，她就像疯了般缠上了他，说什么留他过夜，自己名节不保，必须要他负责。而在这之前，她又扮寡妇又装花娘，每晚在街上流连，可从来没听她说过'节操'二字。恰好冢狐出现，他不得不抹杀自己唯一的弱点，匆忙离开西京，哪想到她居然能追到这荒僻的小镇上。

"这是给你的。"他正要跑出大门，遇到了起床打扫的梅香，他又掏出两枚金叶子塞在了这贪财的女孩手中。

"公子要我做什么，请尽管吩咐。"拿了钱，梅香嘴上像是涂了蜜。

"今天你家的客舍要来个贵客，她住店时记得把屋子烧得暖暖的，香也多熏一些。"他说罢拔脚要走，却突然像是想起了什么，忙又嘱咐道，"记住，千万不要说见过我。"

"喂，贵客长什么样啊？"

"我、我也不好说，总之你看到她就会明白的。"他急忙奔入灰蒙蒙的街道上，灵雨擅长变装，谁知道她会以什么姿态出现。

梅香猜不透这奇怪的客人，只好去打扫他住的客舍，正扫到一半，门外传来悠悠铃声，果然有客人上门了。

"有人吗？"冷风里送来了清朗动听的声音，像是琴弦上的宫商之音般不带一丝感情，但却清晰地听出是个男人。

梅香连忙跑出去迎接，只见灰蒙蒙的天色中正站着一个身穿紫色锦衣的美少年，他跟方才落荒而逃的老头子差不多年纪，眉眼精致，头戴金冠，肌肤笼在云烟般的紫衣中，玉一般莹白。大概这张脸上唯一美中不足的就是那双眼睛太过细长上挑了一些，像是钩子般锐利阴寒。

在见到这少年的刹那，梅香就几乎认定他是老头子口中的贵客。事实上，这客人确实足够金贵，他在入住之后觉得一分满意，大手笔地掏钱包下了整座客舍，而且不让任何人接近自己的房间。

有这种要求的客人梅香也见过不少，她乐得清闲，按照老头子的吩咐，把他住的房间烧得暖暖的，又结结实实地熏了一炉香送进去，就出门溜达去了。

香料铺的小伙计阿贵正站在柜台后，不安分地望着街上来往的行人，他生得浓眉大眼，也是个英俊的后生，但眉宇间却浮着一层粗蠢的气息，抹杀了五官的优势。他一看到梅香的小花袄，脸立刻就红了，待少女蹦蹦跳跳地走到他面前，他的脸庞已经像是个熟透的柿子。

"今天新进了檀香，你、你试试好不好闻。"他忙结结巴巴地献殷勤。

"我家的客舍来了两个客人。"梅香却推开他的香，窃笑着说，"他们的关系好像很奇怪哦……"

阿贵太过腼腆，又是个闷葫芦，无论告诉他什么秘密都不用担心他会说出去。

"怎么个奇怪法？"小伙计瞪着眼睛，不明所以。

"你说一个男人给了我很多钱，让我去照顾另一个男人，是不是很有趣？"她乐得抚掌大笑。

"男人？"然而就在这时，身后响起了一阵干咳，登时令梅香的笑凝在俏脸上。她慌张地回过头，只见早上离开的老头子正站在自己身后，他剑眉微蹙，眼底像是浮着一层薄冰，冷得不近人情。而且他居然不是孤身一人，身后跟着个穿黑色罗裙的妖冶女人，女人在这冷风萧瑟的冬日也袒露着雪白酥胸，一双杏眼中藏着千丝万缕的风情，只瞥一眼，就能网住男人的心。阿贵的脸更红了，干脆躲到了柜台下。

"你说，入住的是个男人？"老头子上前一步，堵住了想要溜走的梅香。

"是、是啊，你不是说那个客人很特别，他确实长得很好看，出手也大方……"

"那他是不是穿着紫色的衣袍？"老头子眯着眼睛问。

"是的，那衣服不知是什么料子做的，颜色跟夏天的晚霞似的，我也想要一件……"梅香想到那美少年的长袍，不无羡慕地说。

"豕狐？没想到他这么快就跟来了。"阿朱朝老头子抛了个媚眼，"别想让我去监视他，我虽然喜欢美貌的男人，却唯独不喜欢他。"

"他得到了新的身体，连行动都比过去快了。"老头子的眼睛像是一弯秋泓，漫不经心地看向梅香，"你刚刚说什么？想要一件漂亮的衣裳是吗？"

梅香看着他年少清俊的脸，轻轻地点了点头。

他像是变戏法般从衣袋里掏出拇指大的一颗东珠，在梅香眼前晃了晃，只要去大城市里将珠子换成金银，做十件漂亮的衣服都不在话下。但梅香自小经营客舍，哪里那么好打发？她从柜台后一把拎出扭捏腼腆的阿贵，说："我阿爹年纪大了，怕不能时时替我盯着，得需要他帮忙。"

老头子看透她的小心思，又给了她一枚珠子，还伏在她的耳边，说了句让她春心荡漾的话："这只是头款，事成之后，还有两倍的钱。"

于是当晚阿贵就去客舍中当了短工，整个小院中只有那个房间亮着灯，阿贵烧好一桶桶热水，送进了紫衣少年的房间中。

美少年坐在桶中沐浴，蒸腾的热气将他的脸熏得面如桃花，但热水不断浇下去，他却只连连叹息着说不热。

"这副身体终究受过寒，一到天冷就手脚僵硬，真是不中用。"他懊恼地眯着细长眉眼，但所说的话却一字不漏地被蹲在墙根下的梅香记了下来。

"怕冷，喜欢泡热水澡。"她写下这行字后，望着天上一轮冷月，连连叹息摇头。这该是多么深的爱啊，能让一个男人如此关注另一个男人，连起居饮食都要一一记录。这种变态她从来只听过，没见过，没想到老天给机会让她也开了眼。

当她这样想时，眼前浮现出一个男人英伟高贵的身影，他怀抱着年幼的自己，在风雪中前行。那是她的天神，也是她这辈子要为之舍命的人。可是不知为什么，或许是萧瑟的冷风唤醒了沉眠的记忆，她竟恍惚看到昔日的乾达婆手中好像拿着个东西，淋漓的红色液体从那东西上流下来，在他们经过的雪地上绽放出一朵朵鲜艳刺眼的红花。

香气浮动，宛如红梅初绽。

## ·三·

此刻深山之中传来了阵阵轻咳，一袭白衣的病弱少年站在一个空旷的山洞前。冷风挟着细雪飘洒而落，像是飞扬的逝去流光，让他想起了许久前的往事。

那时生病死去的少女躺在他的怀中，身体绵软冰冷，再无气息。昔日的海誓山盟都被死亡带走，像是风吹走落雪般毫无痕迹。

"长歌，我能不能求你最后一件事……"在临死之前，女孩轻轻地说，返魂香的魔力消逝，她偷来的生命仅仅延续了三年。

"不要……再让我复活……"她叹息般呼出了最后一口气，眼睛微微睁着，像是活着时一样，但琉璃般的眼珠却失去了神采。

漫长的生命带给她的不是快乐，而是无边无际的空虚。即使跟他厮守了三年，她仍然选择了永远离开。

"琉璃，我来看你了。"老头子朝幽深的洞口说，伸手一挥，一个矫健的身影已经在风中现身。

眠狼一马当先地走在前面，替他砍断洞内的枯藤，山洞中的暗影如汹涌的海，刹那间就吞没了他的身影。而在他的身后，一个影子在灌木后探出头来，那个人嫌弃地拍掉了身上的落雪，也蹑手蹑脚地走进了山洞。

客舍之中，紫衣少年舒舒服服地洗完了热水澡，正在灯下靠着暖炉，独自喝着酒。或许是酒气让他头晕，也或许因为梅香和阿贵只是普通人，他根本没有察觉到他们的存在，居然自言自语起来。

"蔷薇。"酒气浮上他的面颊，他轻轻地唤了个名字。

奇迹发生了，竟然不知从何处走出来一个红衣的少女，亭亭立在烛光下。她妩媚而泼辣，眼尾晕染着淡淡的红色，一看就不是等闲之辈。

蹲在墙根下的梅香开始发抖，牙关咯咯哒哒地响个不停，阿贵一把捂住了她的嘴巴，总算没有露馅。但他也好不到哪儿去，豆大的汗珠从额上落下来，在雪地上砸出一个个小坑。

"调查得怎么样？"紫衣少年喝了一口酒。

"没发现老头子的踪迹，我们似乎比他先一步到达。"红衣少女小心翼翼地说，"但是也没有找到妖怪的线索，倒是听说附近有一座仙女墓。"

"如果是琉璃的坟墓，就应该有守墓人。"美少年蹙了蹙眉，"而且这么多年了，老头子早就该把她的尸体销毁，不会让她留下任何痕迹的，毕竟她是这个世界上唯一知道他弱点的女人。"

"可当地的人们都说，乾达婆神十年前曾在此处现身，导致数十人死亡……"

"乾达婆……"他转了转手中的瓷杯，酒色荡漾，像是昔日沉淀的时光，"老头子过去的手下，似乎有一个也叫这个名字。"

"给我们情报的人并未提到他，只说这里有公子您想要的一切，老头子的弱点，以及最强悍的妖怪……"

"一夜之间就能吃掉厂十条人命的妖怪，确实足够强大。"他的钩子眼中闪烁出贪婪的光，"只要我能驾驭它，就没有人是我的敌手。"

他微笑着朝恭谨地站在身边的蔷薇招了招手，示意她一起过来喝酒。少女受宠若惊，立刻跪坐在桌前跟他喝了起来。

如果是过去的自己，一定不会跟妖怪同席吧？可是不知为什么，得到了少年的躯体，似乎也让他拥有了一颗人类的心。而所有的心，都最怕寂寞。

蹲在窗下的梅香和阿贵已经抖得像筛糠，他们手脚并用地爬离了冢狐的房间，躲进了梅香温暖的小屋中。

"来这个地方，是要找老头子的弱点，和一只厉害的大妖怪……"梅香还不忘记在本子上写下偷听来的话。

"老头子就是拜托你监视他的人吗？"阿贵并不傻，瞧出了端倪，"看样子，他们俩好像是对手啊。"

"哼，你没听过相爱相杀吗？"梅香却白了他一眼，又兀自嘟囔着说道，"没想到他让我监视的人这么危险，得再多要点酬劳。"

"梅、梅香……你有没有想到一件事？"阿贵哆哆嗦嗦地说，"既然这个人都这么可怕，那个老头子，是不是比他更恐怖呢？而且'最厉害的妖怪'又是怎么回事？十年前那些冻死的人都是被它吃掉的吗？"

听到这里，梅香的小脸吓得惨白，笔跌落在地。她想到了十年前的那个夜晚，她为什么会走到街上？乾达婆的手中拿的又是什么？

而在深山腹地，老头子走进了山洞的尽头，他唤回了眠狼，叫出了力大无穷的熊男，魁梧的大汉出现在狭窄的洞穴中，宛如一座巍峨的小山。

他轻车熟路地走到了山洞最黑暗的一处角落，推动了一块黝黑的岩石。他臂上肌肉隆起，似有无尽的力量从躯体中绵延涌出，山洞中发出隆隆巨响，岩石被搬开，露出了一个仅能容一人通过的洞口。

百年之前，放下这块石头的就是熊男。他本以为这辈子都不会再开启这道石门，哪想本已死去的冢狐竟然现身，令他不得不抹杀自己在这个世上唯一的弱点，也是他心底仅存的柔软之处。

"苍甲。"他再次更换了妖怪，苍甲的身形较小，钻洞对他来说再适合不过。梳着冲天辫的少年应声出现，一猫腰就钻进了狭窄的洞口。坚硬的鳞甲瞬间覆盖了他的手掌，他飞快地清理了碎石，将洞口扩大了一圈。老头子跟在他的身后，轻而易举地钻进了窄洞。只见洞内豁然开朗，一副石棺静静地躺在洞中。

"打开它。"他轻轻挥了挥手，如少年般的脸庞上现出悲伤的表情。

苍甲走到石棺前，用尽全力推开了积满灰尘的棺盖。棺材里放着层层锦缎被褥和珠玉首饰，还有几十个琉璃彩球，刹那间姹紫嫣红喷涌而出，像是在这盛放死亡的容器中开出了一簇缤纷夺目的花。

"琉璃，我来看你了……"他激动地走过去，掀开了锦被。然而锦被在他手中变成了败絮，下面空空如也，不要说尸骸，连发丝都没有一根。

他登时僵立在墓穴之中，苍白俊俏的脸上浮现出几分惧意，这地方只有他一个人知道，又是谁带走了琉璃的尸骨？

然而就在这时，洞口传来窸窸轻响，一个人影在黑暗中一闪即逝。

"追。"年少的驱魔师只干脆地说了一个字。

阿朱的身影如夜雾般出现在山洞中，银丝闪电似的从指间逸出，直袭向那人后心。那个人拿起东西挡了一下，居然从千万缕银丝的缝隙中钻了出去，直向山洞外跑去。

但他的脚步很快就止住了，因为一柄黑剑悄无声息地架在了他的脖颈上，剑快得惊人，后发先至，像是刚巧在前方等着他一般。

眠狼从山石后走了出来，他五官俊美，却总是带着一副生人勿近的表情，像是他手中的剑般冷硬锋利。

"别逃了，从我进来的时候你就一直跟着我吧？"空旷的洞中响起了咳嗽声，宛如魔鬼的低吟。只是这魔鬼却是个白衣翩翩、面色如玉的俊逸少年。

"嘻嘻嘻，我还以为没被你识破呢。"被眠狼截住的人抬起了脸，在冬日清朗的月辉下，看到她面容娇艳中透着灵秀，眼角的一颗小痣调皮地随表情跳动。

"怎么是你？"老头子挥退了眠狼，表情颇为复杂地看了她一眼。

这身穿淡樱色棉衣的少女不是别人，正是对他纠缠不休的巫女灵雨，她没去小镇上唯一的客舍投宿，亏他还以为阿朱情报不准，没想到她竟然跟他进了山。

"我的脚好像崴到了，你怎么不知道怜香惜玉？还对我打打杀杀的！"灵雨嘟着嘴抱怨，"亏我还请你吃过二斤肉呢，你是不是全忘了？"方才的愁绪在她出现的刹那一扫而空，像是风吹散浓雾般不留痕迹。

老头子摇了摇头，快步朝山下走去，虽然他一路咳嗽着，腿脚却十分利落，兔子般在雪地中疾驰。

"二斤肉！二斤肉！二斤肉……"灵雨一边追他一边念叨。

空山静寂，月光如霰，飘飘荡荡地洒在婆娑树影上。白衣少年在山路上走了一会儿，终于忍受不了身后的聒噪，停下脚步，不耐烦地瞪着她说："不就是二斤肉吗？明天就买了还你！"

"哼，你以为我那么好打发？"灵雨高傲地昂起头，瞥了他一眼，"本姑娘找你，当然不只是为了肉。"

"那是为了什么？"他不由后退了一步，生怕她说出什么惊人的答案。

"是为了'蜃'！"灵雨难得严肃地绷起小脸，"传说中能吞吐'蜃气'，迷惑世人的妖怪。"

"可传说'蜃'不是出现在水中？"他舒了口气，但不知为何，心底却隐隐有些失落。

"一般的'蜃'是离不开水的，但是你手下的妖怪哪一个没离开故土？阿朱不能下水，眠狼和苍甲也不适合生活在城市中吧？"

"那是因为，他们有了驱魔师的血……"老头子说到一半，突然愣住了，他水银般黑白分明的眼底似凝结了寒冰，一个可怕的猜测在脑海中升起。

"没错，我怀疑这只'蜃'被驱魔师所豢养。"灵雨低低地说，声音化入山风之中，宛如呜咽，"十年前的惨祸，可能就是它造成的。"

同一片月光下，梅香困倦至极，终于伏在床上睡了，但即便睡着了，她的眉头仍微微蹙着，像是有化不开的愁绪。

阿贵替她搬出被子盖上，又把火盆烧得暖暖的，之后才走出了房间。这个浓眉大眼的后生站在门外整整守了一宿，仿佛魔怪在守护着他珍爱的财宝。他不知是从什么时候开始喜欢梅香的，只记得自己刚来到这个小镇，就看到梅香被大人们抬着，去参加祝祷乾达婆神的仪式。

她穿着樱红色的锦缎衣袍，乌黑油亮的头发梳成双环髻，虽然只有几岁，却像是神祇般高贵而不可侵犯。后来她渐渐长大，变得越来越贪财市侩，但是她在阿贵的心中始终是那个骄矜如仙子的女孩。

柒·雪梅香

一弯冷月照亮了院子里的积雪，也照亮了阿贵年轻光洁的脸，这个小伙计似有心事，将脸埋在了膝盖中。因为他能想起在小镇上度过的时光，一点一滴，近在眼前，却偏偏忘了他是在哪里出生和成长的，甚至连自己多大都不清楚，之前的人生像是冬日的积雪般苍茫空白，无迹可寻。

"阿贵，我决定啦，要继续把这活儿做下去。"次日梅香一起床就神采奕奕地宣布，"所谓富贵险中求，为了多赚钱，冒点风险算什么？"

"可、可是，那不是一点风险……"熬得眼眶通红的阿贵哆哆嗦嗦地说。

"只要小心点，应该没问题。"梅香十指翻飞，把头发编成了一条乌黑油亮的长辫放在脑后，眨巴着大眼睛，像是山中调皮的小野兽。

说罢她就去为客舍中唯一的客人添炭熏香了，而美少年客人似有心事，一大早就出了门。后来连续三天，皆是如此。

其间她一丝不苟地记录他的饮食起居，又见过两次他召唤妖怪，他似乎格外中意一个穿红色衣服、名唤蔷薇的少女，她长得明艳美丽，确实是男人们喜欢的类型。

"哎，看来老头子没戏了，真是可怜。"这天梅香站在香料铺前连连摇头。阿贵去客舍做帮佣，香料店的老板只能自己卖香料，肥胖的商人一边为她称雪梅香，一边满含怨气地瞪着她。

"谁没戏了啊？"她身后又响起了蔓延着死气的咳嗽声，一回头，果然看见容色苍白的老头子正含笑站在细雪中。他仍然穿着那件灰白色的棉袍，因为面色不好，整个人显得清澈透明，仿佛就要化入乱花飞雪中一般。而这次跟在他身后的是个高大的壮汉，他撑着一把紫竹伞，小心翼翼地罩住老头子的头顶，宛如猛虎在呵护着柔弱的猫。

"你这个奸商！"梅香一见到他就气不打一处来，痛诉着那美貌少年的怪异和自己处境的艰险。

老头子笑而不语，只从衣襟里掏出了一枚金叶子就令她闭上了嘴，乖乖地交出了这几天记录的小本子。

老头子只翻看了几页，脸色就变得比霜雪还白。

"以后不要监视他了，尽量少在他面前出现。"他皱着眉吩咐梅香，"最近他出门回来后，靴子是不是都是湿的？"

"是啊，你怎么知道？"梅香诧异地问，因为每天她都要帮他烤靴子，做工精致的鹿皮长靴湿到靴筒，一看就是踏过深雪。

"看来他也进山了，他要找的厉害妖怪就是'魇'吗？"老头子却不理梅香，自言自语地嘟囔着。接着他把小本子还给了少女，并按照说好的价钱给了她几枚东珠，"你的任务结束了，监视过他的事，千万不要被发现。"

"他到底是什么人？"梅香压低声音，胆战心惊地问，"会是妖怪吗？"

"你猜？"老头子却笑眯眯地丢下一句话，转身离开。似乎只是一转眼，他的身影就化入漫天飞雪中消失不见，连同那小山般魁梧的仆人。

当晚奇怪的客人回到客舍时，已是掌灯时分。落雪在灯影中飞舞，宛如飞蛾扑火般透着凄凉的美。

阿贵殷勤地迎上去，为美少年撑起竹伞，将他带进了烘得暖暖的房间。但几天来都神秘而孤僻的客人却一反常态，热情地邀他们喝酒。阿贵和梅香连连推拒，但当他捧出上好的菊花酒和烧肉时，他们就不好意思再拒绝了。

酒过三巡，少年上挑的钩子眼也在灯下变得柔和了许多，两个少年男女的心防慢慢卸下，竟然跟他攀谈起来。他说自己叫冢狐，是来小镇投奔亲戚的，可是亲戚却搬家了，他只能继续寻找他们的消息。

"十年之前，这里是不是发生过什么可怕的事情？听说本地人都认为那是乾达婆显灵。"他兜了半天圈子，终于绕到了正题上。

"这件事我最熟了，因为那晚见到乾达婆的就是我。"梅香喝了几杯酒，脸色酡红，又把多年前那个夜晚的经历绘声绘色地说了一遍。

"哦？这么说，镇上人说的乾达婆的女人，就是你？"冢狐不动声色地问，昏黄的灯光下，他美丽的眉眼中现出欣喜的神色。

"是啊，而且我还知道，你在这里根本没有亲戚，你来是为了找妖怪……"梅香喝多了，笑嘻嘻地说。

"梅香！"阿贵连忙要阻止她，但已经来不及了，只见冢狐眼中精光暴起，随即一阵阴冷的风直朝他们后心袭来。

阿贵吓得抱住梅香滚在地上，一柄锐利的黑刺掠过他们的后心，钉在墙上。

一袭红衣的蔷薇站在灯影下，纤纤素手中抓着十几支黑刺，衬得她肌肤更白，唇色娇艳如花。阿贵这才明白，这个漂亮的少女为什么叫蔷薇，因为蔷薇的花瓣下总是藏着伤人的刺。

·五·

梅香的酒立刻被吓醒了，连忙冲向房门，但蔷薇身影舞动，瞬间就封住了他们的去路。

"杀了他们。"冢狐轻描淡写地说着，依旧坐在灯下喝酒，连身子都没晃一下。

蔷薇嘴角微翘，勾出一个鄙夷的笑，一刺就刺向梅香的胸口，阿贵连忙挡在梅香身前，硬生生地要以胸膛接住这致命的一击。

然而过了一会儿，这浓眉大眼的小伙计却没等到预期中的剧痛，他哆哆嗦嗦地睁开眼，只见窗缝中撒入无数月光般的银丝，紧紧缠住了蔷薇手中的刺。

"老头子，你果然现身了，我就猜到这两个小家伙有问题。"冢狐终于放下酒杯，面带微笑地走出了房门，"他们对我太殷勤了，热情得虚伪。"

天幕如泼墨般漆黑，白雪漫天飞舞，像是无数只翩翩的蝶。而在这乱花飞雪中，正有一个身穿白衣的清俊少年站在皑皑落雪中，他乌发如炭，目如点漆，清清冷冷，宛如白鸟，如果不是他总是轻轻咳嗽着，这意境便如水墨画般美好。

老头子笑了笑，衣袖招展，迎风轻舞。隐隐有魔影在他身后涌动，黑衣雪肤的阿朱雾一般在飞雪中现身，手中银丝疾如闪电，疾速缠向了蔷薇。

蔷薇忙将手中的黑刺舞得密不透风，刹那间如雪银丝被黑刺寸寸割断。但阿朱杏眼含笑，双手猛然一挥，一张银丝大网从天而降，将蔷薇整个人都罩在网中。

冢狐秀眉微蹙，在风雪中打了个响指，立刻有个使长棍的男人冲出来，一棍就挑起了即将收紧的网。

柒·雪梅香

老头子唤回了阿朱，眠狼于狼嚎中登场，冷漠英俊的少年跟黑剑化为一体，如一道乌光般跟使棍男人斗成一团。

白蜡长棍舞出一个真空半圆的空间，在这狭窄的方寸间连一片雪花都没有。但眠狼的剑却像是黑蛇般围着长棍游走纠缠，渐渐让它的攻击范围越来越小，越来越施展不开，而黑剑的剑风却瞬间暴涨，眨眼间便占了上风。

一个又一个妖怪被召唤而出，它们冲出客舍，在蛇鳞般的屋脊上纵跃打斗，又从屋脊上斗回了小院。

乱花飞雪中，魔影重重，宛如地狱。

阿贵紧紧地抱着梅香，缩在院子的角落，时而有剑气袭来，他身上就多了一道口子。梅香躲在他温暖的怀抱中，感到前所未有的安全。

同样是下雪天，同样有力的拥抱，同样的暗香浮动，梅香尘封的记忆如开闸的洪水奔涌而出，乾达婆俊美妖异的脸再次出现在她眼前。这次她看清了他手中的东西，那是一支长枪，枪尖上红缨闪动，如跳跃的灼热火焰，而比这簇红缨更刺目的，则是枪尖上的鲜血。血丝似线，一缕缕地滴在雪中，画出死亡的轨迹。

"我们再打下去有什么意义？"老头子轻咳了几声，率先住了手，熊男在他身后现身，将他单薄消瘦的身体拥在怀中。

"你也是为了'蜃'而来？"冢狐眯起漂亮的钩子眼，犹疑地望着他。

"也许是吧……"他不敢说自己此行是为了销毁琉璃的尸体。

"那就对不起了，我不能让你先找到'蜃'。"美少年扬手就要唤出厉害的妖怪。

老头子却毫不畏惧，水银般黑白分明的眼径直看向冢狐，似胸有成竹地说："你就那么确定自己能找得到'蜃'？这种传说中的妖怪，根本没人见过。"

"据说它出现的时候，雪落生花，枯树复春，山石变为奇珍异兽……"冢狐说着，声音却越来越低，因为他发现老头子的目光像是寒冰，又似止水，始终没有一丝波澜。

"你找不到它。"他言之凿凿地说。

"谁说的，我不相信！只要是妖怪都会留下踪迹！"

"你进山几次，可有发现线索？"老头子冷冷地问，这次他的目光中则满含戏谑。

紫衣的美少年愣住了，他将手抄在袖中，不打算继续攻击，杀气尽敛，安静美好如处子："那就看我们谁先找到'蜃'吧，得到它的人，也注定会赢。"

"你跟过去不一样了……"老头子望着飞雪中的紫衣少年，虽然他换了一副面孔再次回来，依旧邪气四溢，但行事风格却相差太多。如果换成过去的冢狐，可能会抓住这对少年男女为人质，再给自己致命一击，怎么可能会跟自己比着找妖怪？

但冢狐似乎对这个决定很满意，洒脱地走进了房中，他脸上始终带着孩子般倔强的神情，不像是多年前那个残忍狡诈的驱魔师，倒像是纨绔子弟顾羲禾。

"喂，那个谁，快来帮我看看，梅香好像吓晕了！"风雪中响起阿贵焦急的声音，而梳着长辫的少女倒在他的怀抱中，已经不省人事。

梅香醒来时，闻到的不是熟悉的熏香，而是烤肉的味道。她这才发现自己正躺在一个茅屋中，而屋子中央架着木炭和烤架，几个人正围坐一圈，一边喝酒一边烤肉，其中有老头子，有阿贵，还有她见过的那个壮如小山的汉子，而还有一个身穿樱色棉衣的少女和冷峻如冰山的少年，她却一点印象都没有。

"死老头子，不许跟我抢，说好了要请我吃二斤肉的。"每烤好一片肉，少女就迫不及待地抢到自己的盘中，很快就堆成了一座小小肉山。

"放心吧，一定会让你撑死。"老头子依旧笑眯眯的，又在烤盘上放了几片羊腿肉。

而熊男一低头，就默不作声地吃掉了少女捧在手中的肉。

"管管你的手下！"她气得眼角的小痣不断跳动，厉声高叫。但就在她叫嚷的工夫，熊男以手指捏起她的盘子，将油舔得一干二净，又还给了她。

"盘子上全是口水，让我怎么吃！"她叫得更大声。

"你醒了吗？一起过来吃肉。"老头子像是身后长着眼睛，已经注意到她的动静。

阿贵见她醒来，欣喜若狂地把她扶起来，又殷勤地为她端酒烤肉。炉火温暖，驱散了心底的寒意，令之前的打斗仿佛噩梦般不真实。

"冢狐买下了你家的客舍，我已经叫你阿爹连夜离开小镇了。"老头子一边翻烤着羊肉一边说，"你休息一下，明天也准备上路。"

"我不离开这里！凭什么要我离开家乡？"梅香激动地说。

"为什么不走？如果我们成功地找到屭妖，十年前的惨祸可能会再次发生。"他眯着眼睛，似看穿一切，"还是你眷恋所谓乾达婆的女人的身份，不愿意离开？"

"谁说的……"梅香的脸登时红了，她最大的愿望就是有生之年能再见乾达婆神一面，所以才恋恋不舍。

"那就赶快走吧，免得失望。"老头子烤好了几片肉，夹到灵雨的盘子里。

"算你有良心……"灵雨含笑望了他一眼，又看向梅香，语重心长地说，"小姑娘，乾达婆并不如你想的那么好，有时希望越大，失望越大。"

"不，只有他能阻止屭妖，我想起自己遇到他时的景象了……"梅香垂下眼帘，长睫在灯影下颤动，像是一只灰褐色的蛾，"他当时正在战斗，多年前就是他保护了小镇。"

老头子望着灯影下的梅香，她的脸如蜜桃般粉嫩清甜，一条长长的辫子垂在脸侧，怎么看都像一个人。他黯然伤神，别过了眼睛，专心为灵雨烤肉。窗外雪花飞扬，在天地间飘飞漫舞，仿佛要将前尘往事尽数淹没。

## ·六·

次日雪总算停了，冬日里冷风呼啸肆虐，刀子般割痛了人的脸。

老头子在镇上赁了辆马车，让阿贵带着梅香上路。梅香虽然不情愿离开，但还是跟着阿贵走了。自家的客舍被卖掉，她在小镇上再也没有根了，只能带着简单的行囊上路，只有衣袖间一缕香气浮荡，铭记着客舍中温暖平静的日子。

而冢狐也在同一个清晨再次进入了深山。山中空寂寒冷，因为昨晚刚下过雪，树木山石都是空茫的白色，宛如莫测的未来。

他召唤出蔷薇，让这红衣少女在山中焚香燃烧纸符，并在积雪中游走，吟唱着妖怪们喜欢的咒语。但悦耳的歌声在森林中回荡只惊到几只飞鸟，连个鬼影都没看到。他不由皱起双眉，眼中泛出阴冷的寒意。

"主人，仍然没有'蜃'的踪迹。"蔷薇从树上跳下来，积雪簌簌而落，像是在她身上撒下了无数的星屑。

"看来是方法不对啊。"冢狐眯起了钩子般细长的吊梢眼，想起了老头子那张充满自信的脸，他那双幽潭般深不可测的眼中，似隐含着什么秘密。

"其实我一直有个想法，你说这小镇上盛传的乾达婆神会不会就是蜃妖？在佛经中，乾达婆还有'海市蜃楼'的意思，而'蜃'却正是制造海市蜃楼的妖怪。"蔷薇低垂着头说。

"哦？说下去。"

"听说镇上的居民每年都会举办祝祷乾达婆神的仪式。"蔷薇抬起了漂亮的眼睛，眼尾一抹嫣红如血，"我们要不要也弄一个女人来祭祀试试？"

"你的对手都进山去找妖怪了，你怎么还坐得住？"小镇上的酒馆中，白衣少年一边喝酒一边眺望着山景，而在他的身边，小巫女已经急得抓耳挠腮。

"你是不是也跃跃欲试？"他瞥了她一眼，唇边含笑。

"当然，我是为了'蜃'而来的，恨不得立刻把它从深山中捉出来。"灵雨摩拳擦掌，咬紧银牙，"身为巫女，就要为民除妖。"

"我劝你还是省些力气，不要进山了，这么冷的天，还不如在暖炉边烤烤火呢。"老头子慵懒地倚在暖炉上，像是一只贪睡未醒的猫，"因为没有'钥匙'，你是找不到蜃妖的。"

"钥匙？"灵雨瞪圆了双眼，连眼角的小痣都跟着跳了一跳。

"对啊，不然它怎么能蛰伏十年而毫无影踪？当然需要关键的环节，我就叫它'钥匙'。"老头子眼神迷蒙，似乎就要在温暖的酒馆中睡着了。

"你已经知道'钥匙'是什么了对吧？"灵雨扑过去抓住他的肩膀猛摇，"快告诉我，快告诉我！"

然而俊逸的少年却把眼睛一闭，索性装睡。

"你这个老不死的家伙，你再卖关子我就送你下地狱！"清冷的小镇上回荡起一个少女尖厉刺耳的咆哮。

车轮辘辘，山景幽远。

梅香伤心地坐在狭窄的车厢中，摆弄着荷包里的宝物，那里装着十片金叶子，几枚拇指大的东珠，还有一点碎银子。金子的光晃花了她的眼，稍稍冲淡了离别的愁绪。

"以后我也要流浪了。"她叹了口气，"阿爹好像去了西京，你说我要不要也去大城市闯一闯？"

"你去哪里我都会跟着你。"阿贵小声回答，脸红得似滴血，"我、我要守护你一辈子……"他鼓起勇气抓住了梅香的手，想告诉她自己的心意，如果她同意的话，他就去找她的父亲提亲，一生一世都跟她在一起。

梅香诧异地望着突然充满男子气概的阿贵，脸颊也变得通红。但她还来不及张口回答，车厢就突然毫无预兆地倾倒了，梅香和阿贵抱在一起，跌落在了雪地中。

只见一个手持长棍的精瘦男人正站在风里，车马被他掀翻，而拉车的车夫正躺在地上无助地呻吟。

"小家伙们，真是可惜，你们走不成了。"男人将长棍扛在肩上，露出狰狞的笑容，"我家主人有事要请你们过去。"

不知为什么，一直胆小贪财的梅香这次却没有发抖，她躲在阿贵的怀里，漆黑的眼中却闪烁着期盼的光。

平静的小镇突然变得喧嚣起来，因为一年一度祭祀乾达婆神的日子就要到来，虽然梅香走了，但漂亮的少女有的是，对祭祀没有丝毫影响。

邻镇的居民、漂亮的歌妓、打扮华丽的伶人都纷纷赶来看热闹，而且不知是因为春日临近，还是受到热烈气氛的感染，山里的天气也变得格外好。冬阳和煦，轻风送暖，落雪中红梅绽放，仿佛只要转个弯，就能遇到春天。

冢狐仍然没离开，但他却不再进山，每天都躲在客舍中，不知在筹谋什么。因此老头子也不敢轻举妄动，他每日跟手下们在茅屋中喝酒吃肉，过得悠闲至极。

唯一不甘心的就是灵雨，她几乎每天都往山中跑一趟，回来之后不是跟老头子说乾达婆的塑像被粉饰一新，就是说参加祭祀的少女有多么漂亮，但始终没提的就是她心心念念的餍妖。他看透她刻意隐瞒失败，也索性不问，听她讲白日里有趣的见闻。

事实上他根本不关心餍妖，唯一惦记的是墓穴中的那副空棺。琉璃去了哪里？又是谁偷走了她的尸体？在没搞清一切之前，他无法离开这座小镇。

"老头子，事情好像有点古怪。"这晚灵雨又不知跑去了哪里，他拨亮了灯芯，阿朱妖媚的身影便随着光影出现。

"说来听听。"

"最近我没有查到琉璃的线索，却看到冢狐在山中布置什么。"她颇为担忧地说，"似乎祭祀那天他也要有所行动。"

"哦？他不找餍妖了？"老头子也十分疑惑，自从冢狐通过顾羲禾复活，行动就变得难以预测。纨绔子弟的身体被驱魔师侵占，但骨血中仍不时流露出年少贪玩的本性。

"是的，他也像是在准备一场祭祀。"

"随便他吧，反正找不到'钥匙'，他折腾得再欢也没有用。'餍'这种喜欢隐藏自己的妖怪是不会轻易出现的。"他不以为然地说。

"可是他好像找到了'钥匙'。"阿朱的脸在灯下变得严肃，连嫣红的嘴唇都微微耷拉着。

老头子看向这得力的属下，似乎不敢相信她的话。

"那个小姑娘似乎没走出大山，被他带回来了。"她也不大敢确定，可是客舍中的梅花香气和客房中的呜咽声，都令她不得不怀疑。白衣少年不再悠然自得，眼中浮现出薄冰般的寒意。

"继续打探，看他要在哪天行动。"

阿朱纤细的腰肢一扭，已经从狭窄的窗缝钻了出去。冬日的冷月照亮了她窈窕的身形，但这抹影子在房脊上一晃即逝，恍如魔魅。

·七·

这晚天气清寒，阿贵蜷缩在墙角打着摆子，这已经是他们被关在仓库里的第七天了，不知那个可怕的冢狐要什么时候才能放他们出去。

而一贯娇弱的梅香却比他镇定得多，她在墙上刻下痕迹，计算着时光的流逝，甚至还会从行囊里拿出香包，把最漂亮的裙子熏得香喷喷的。

阿贵望着她平静地做着这一切，眼中满含怨气。

"你就那么忘不了乾达婆吗？他只是个虚无缥缈的怪物！"憨厚的小伙计终于忍不住了，气急败坏地朝正在熏香的少女嚷道。

"他是神，祭祀的日子近了，他在召唤我，所以我才又被带了回来。"梅香咯咯低笑，"尔瞧，他根本不舍得让我走。"

"谁知道十年前那晚发生的事是不是你做的梦？"阿贵望着执迷不悟的梅香，语气中满含悲伤，"你遇到困难时，他出现过吗？为什么你就不能看看身边的人呢？"

梅香沉默不语，阿贵的话似说中了她的痛处。

"梅香，你清醒一些吧，不要总活在梦中……"阿贵走过去，眼底似藏着一只蛰伏的兽，他紧紧桎梏住了少女的双肩，"为什么你就不能多看我一眼呢？"

梅香伸出手，抚在阿贵的脸庞上，她不是不知道这少年的心意，可是从十年前起，她的心底就藏下了那个天神般的人物。所以无论阿贵如何明示暗示地表明心迹，她都强迫自己别过脸，将视线放在金子上，装作贪恋钱财的模样。

"梅香……"阿贵激动地将她紧紧抱在怀中，又捧住了她漂亮娟秀的脸蛋。

然而就在这时，仓库的门被人推开了，妖娆艳丽的蔷薇像是一枝盛放的花般站在夜风里，冷眼瞧着这对相拥的少年男女。

"好像打扰到你们的好事了，但是祭祀开始了，快点准备出发。"

一年一度的祭祀乾达婆的仪式总是在夜晚举行。镇上的居民们换上鲜艳的衣服，手捧熏香和鲜花走进了雪山。其中还不乏装扮成天女的歌妓伶人，更为祭典增添了神秘的气息。灯笼的光辉照亮了冬日的深山，像是将天幕上的星空搬到了地面。

这支队伍很快就到达了乾达婆庙前，小伙子们将烤猪抬上了祭坛，身穿厚重锦衣的少女坐在鲜花装点的肩舆上，也被抬了进去。

"过去都是我扮演那个角色的……"风里传来了梅香不甘心的低语，此时她跪坐在山脊上一块凸起的石头上，满怀不甘地望着不远处的璀璨灯火。

她穿上了最漂亮的衣裙，裙摆被山风吹起，散发出浓郁的香气，长长的发辫盘在脑后，更显得她的脸庞圆润秀美。

"这种时候，你还在关心这个吗？"冢狐站在她身后的雪地上，似觉得她的虚荣十分可笑。

"当然了，没人能取代我的位置，只有我才是见过乾达婆的人……"少女兀自骄傲地说着。

"所以，你才是召唤'蜃'的关键，之前我怎么没想到？"紫衣少年眯起眼，看向梅香婀娜的身姿，"十年前蜃妖现身时唯一的幸存者，又见过乾达婆，这也未免太过巧合。"

其实连梅香都不知道自己的异常之处，她没有娘，阿爹也不亲她，甚至在卖掉客舍后就撇下她一个人去了西京。镇上的老人都说她是从山里捡来的孩子，她本来只当作耳边风，可是如今父亲的表现却不由得她不信。

"其实我总是强调自己是乾达婆的女人，也只想让大家多重视我而已，每次坐在轿子上被抬着参加祭祀，我才能找到一点存在感……"山风呜咽，她跪在冰冷的雪地中，两行清泪流下脸颊，"这么多年，我都不愿从自己编织的美梦中醒来。"

"谁说没人重视你的？还有我呢！"风里传来了阿贵嘶哑的叫声，他被使棍的男人踩在脚下，匍匐在雪地中，年轻的眼睛中爱欲如火般灼热，似要将这凄冷的黑夜点燃。

梅香望着阿贵，哭得更伤心了。她并不傻，当然知道冢狐抓她来做什么，祭祀时镇上的小伙子也会把活鸡宰了献给神，只是每次她都扭过头，不敢看那血腥的场面。可万万没想到，有一天躺在刀下的竟会变成自己。

庙宇前少女们唱起了婉转的歌，伶人们跳起了欢快的舞，香片被投入庙宇前的香炉中，整座山都被笼罩在醉人的香气中。传说乾达婆神以香气为食，最好雅乐，是天帝身边的乐神。

在这缥缈的乐声和芬芳中，一柄利刃架上了梅香的脖颈。拿刀的正是冢狐，紫衣美少年的眼中闪现出阴毒的神色。

"梅香……"风里传来阿贵无助的哭声。

利刃刺破她娇嫩的肌肤，鲜血如珊瑚般一簇簇涌出来。冢狐的眼底闪烁出阴森的寒意，他想割断女孩天鹅般的脖颈，却发现无论怎么用力，刀都刺不下去。缥缈轻盈的银丝如雾气般缠上了刀刃，转眼就将短刀层层包裹。

"你又来破坏我的好事！"他立刻明白宿敌已到，不由愤恨地咒骂。

可骂声未歇，短刀就被蛛丝卷到半空，划出闪亮的弧线，最后落在了一个白衣少年的手中。少年站在黑山白雪中，不断轻咳着，姿态蹁跹，宛如白鸟。他嫌弃地看了一眼手中的刀，将它掷在地上。利刃落地，发出"当"的一声轻响，拉开了激战的帷幕。

一个使锤的巨汉毫无预兆地出现在老头子面前，抡起两个坛钵般的大锤，直砸向他的头顶。

银丝再次斜逸而出，以迅雷不及掩耳之势缠在老头子腰间，令他在雪地上飘然滑过，便如鬼魅般躲过了这致命的攻击。

大锤顿时砸在地上，冰雪四溅，像是在寂夜中开出一朵瑰丽狰狞的花。

战斗在瞬息之间发生，梅香被这可怕的战斗场面吓得浑身瘫软。只见面前两个少年，一个端方如玉，一个俊美无双，却偏偏驱使着只有地狱中才能见到的妖怪战斗。一时间积雪化为飞刀，山风变成剑气，一草一木都洋溢着浓郁的杀意。

"别发呆了，快点跟我走！"一只温热的手扣住她的手腕，灵雨不知从何处现身，将她拉了起来。随即阿贵连忙赶来，扶起梅香就向山下跑去。

祭祀仪式正进行得热火朝天，灯火照亮了半边山色，只要逃到火光辉映之处，就能脱离死地，踏上生途。

· 八 ·

瞬息间，老头子和冢狐已经换了几个妖怪，双方势均力敌，但冢狐却不用消耗自身体力，在耐力上更胜一筹。他不断召唤蔷薇、盾龟等妖怪，以守为主，想要把对手拖垮。

"熊男！"老头子并不傻，立刻看出他的意图，连忙唤出力量最强的手下，以求速胜。

熊男强壮魁梧的身躯出现在山坡上，挟着万钧之力，直向冢狐冲去。冢狐衣袖轻展，强壮的昆仑奴再次现身，抡起金刚铁锤，生生挡住了熊男的去路。

狭路相逢勇者胜！两个旗鼓相当的妖怪互搏，比拼的却是驱魔师的体力。熊男和昆仑奴扎下马步,陷入了僵持阶段,老头子不断为手下输送力量,不到片刻工夫,脸色已经白如落雪。

"你中计了。"冢狐眸光闪烁,露出狡黠的微笑。

一袭红裙的蔷薇如花般在夜色中绽开,她疾影如风,高举毒刺,竟然刺向了正在逃命的梅香。

梅香吓得不知所措,恰在此时,阿贵却踏上一步,挡在了她的面前。黑色的毒刺穿透少年的肩胛,温热的血溅在了梅香圆润娇嫩的脸庞上。然而阿贵却始终带着憨厚的笑,将她护在臂弯中。

"啊啊啊——"梅香紧紧抱住了受伤的阿贵,悲伤地哭叫着,她痛苦地抓住胸口,仿佛里面有什么东西喷薄欲出。

然而战斗并未停止,灵雨手持短剑,挡住了蔷薇的攻击。

"眠狼!"事已至此,年少的驱魔师只能拼尽最后一丝力气,唤出眠狼解围。

黑衣少年在冷风中现身,一剑刺向蔷薇后心,但熊男的力量刹那间减弱,昆仑奴的大锤结结实实地砸中了他的臂膀。

熊男受伤,身影化入凄冷夜色,而与此同时,老头子痛苦地喷出了一口鲜血,跪坐在地上,再也起不来了。

瞬息之间,胜负已分。

"没想到你变得这么弱,如果不是要保护那几个微不足道的人类,或许还不会输得这么惨。"冢狐走到他面前,轻蔑地说。

然而一片雪花飘扬而落,在半空中却幻化成了粉白色的花瓣,嶙峋山石变成了走兽飞禽,在花雨中奔跑飞翔,枯萎的树枝上长出了金黄色的叶片。

"'餍'现身时,落雪生花,山石变为奇珍异兽……"他惊诧地望着眼前奇异的景象,只见一只花色斑斓的老虎驮着一个少女向自己走来。少女梳着漆黑的长辫,年轻丰盈的脸颊满是骄傲,如天女般遥不可及。

"谁说她微不足道呢……"老头子边咳边笑,血沫溅在地上,成为朵朵红梅。

"她、她竟然就是'餍'?"冢狐指着猛兽背上的女孩,因为她不是别人,正是那个平凡而贪财的梅香。

"没错,我以为她是叫醒餍的'钥匙',没想到她竟然就是妖怪本身。"老头子看着冢狐,露出嘲讽的笑,"还得感谢你连下杀手,才唤醒了沉眠中的妖怪。"

梅香始终都没有说一句话,她不再是人类的女孩,浑身散发着荧白的光辉,眼神却如磐石般冰冷坚毅。

"不要紧,我能驱使她,一定能……"冢狐从袖底掏出一张纸符,疾向少女袭去,然而一个矫健的人影却挡在了她的面前。

那人憨厚粗笨,是受伤的阿贵。

"梅香,你快点逃啊……快逃啊……"他痛哭流涕,半边身子被鲜血染红,却仍执着地要保护自己心爱的少女。少女端详着他,眼神遥远而陌生,宛如两人是初见一般。

冢狐见不过是阿贵,手上动作加快,立刻将一枚符纸贴了少女的肩膀上,她愣愣地看着咒符渗入肌肤,似乎不明白发生了什么。

"即使再厉害的妖怪,也注定要被我驱使。"冢狐突然双手一展,厉声叫道,"快幻化成最厉害的形态，吃掉这个男人！"

少女脸上现出痛苦的表情，随即细密的鳞片爬上了她的脸庞，飞花消失，胯下的老虎变成了山石，枯树上的新叶再次凋落，奇景异象转眼就化为烟尘，取而代之的则是风云际会，飞沙走石。

整座山都发出剧烈的轰鸣，浓腥的风从山隙间刮起，仿佛敞开了地狱的一角。少女的身姿已经消失，一条巨龙盘旋在半空中。

"果然，就像传说中那样……'蜃'有千般变化，它能带人抵达蓬莱仙境，也能令人置身血池地狱……"豖狐得意地狞笑，钩子眼中闪烁着癫狂的神色，指向虚弱不堪的老头子，朝巨龙命令道，"杀了他！"

巨龙发出咆哮，腥风扑面，几乎让人无法站立。但老头子却不避不让，他的脸色明明苍白如落雪，身形明明虚弱到随时会倒下，但他的眼底却似藏着千军万马，杀意蓬勃而出。

"这么多年，你始终不了解妖怪的心……"他喃喃地说，唇边含着势在必得的笑，"所以即便你得到了最厉害的妖怪，也注定会输！"

"别说大话了，我看你拿什么赢！"豖狐振臂一挥。

巨龙张开大口，俯身就朝老头子咬去，每一颗獠牙都有半个人那么大，面对这传说中的神兽，白衣黑发的少年显得比尘埃更加渺小。

"出来吧，我最厉害的妖怪！"然而他却毫不畏惧地将手伸在半空，厉声喝道，"乾达婆！"

"哈哈哈，乾达婆？你是不是叫错了人？他不是一直躲起来不肯出现吗？"豖狐笑得更加开心，仿佛几百年来都没听过这么有趣的笑话。

然而一个人影从斜刺里冲出来，他手持长枪，枪尖一点红缨，直指向巨龙的獠牙。那人浑身浴血，狼狈不堪，身姿却挺拔得像一株白杨。

这人不是别人，竟是总跟在梅香身后的小伙计阿贵。

谁也不知道他的长枪是从哪里来的，更没人知道，明明他只是个庸常的少年，为何会有如此矫健的身手和惊人的胆量。

阿贵如呼吸般自如地挥舞着长枪，跟龙斗在了一起。而他的面容也疾速发生着变化，他粗黑的肌肤变得细腻洁白，双眸神采奕奕，一抹黛色覆上他的眼帘，平添了几分妖冶的气息。等他再落在地上，已经成为一个翩翩贵公子，衣裾上绣着青墨翠竹，在雪中绽放着华光。

正是老头子失而复得的妖怪——乾达婆。

"哼，就算他回来了又怎么样？不过是多个陪葬的。"豖狐却不以为意，狞笑一声，继续命令巨龙攻击。

乾达婆纵身一跃，跳上半空，刺出了追星赶月般的一枪。枪尖刺中巨龙的鳞片，它发出愤怒的咆哮，一口就咬住了乾达婆的手臂。

老头子捂住手臂，毫不退缩，只咬紧牙关，承受着突如其来的疼痛。

然而贵公子般的妖怪掉转了长枪，一枪就刺中了龙颈上的逆鳞，巨龙痛苦地哀嚎，在空中翻滚了几下，落在地上又变回了少女的身姿。她荧白的身体一丝不挂，像是月光，又像是玉，美得让人移不开眼睛，却又无法让人产生任何猥亵之意。她就像一个幻梦，而谁又会对一个梦欲念蠢动？

"你终于还是找到了自己……"少女哭着伸出手，抚上了乾达婆受伤的手臂，"我自私地把你留在身边，让你失去记忆，蠢钝了这么多年，你不会怪我吧？"

"当然不。"乾达婆脱下外袍，盖住了她无瑕的躯体，轻轻地回答。

"我实在太喜欢你了，才会这样做的。"少女望着他鲜血淋漓的手臂，哭得更加伤心，"瞧我这么傻，怎么还伤到了你？"

"你在做什么？快点吃了他们！"冢狐气急败坏地说，但少女却再也不听他的驱使，眼中只有英俊的情郎。

"所以我说你不懂妖怪的心……"老头子摇头叹息，他险胜了这一仗，有些浑身脱力。

"不要说笑了，这个世界上，谁拥有强大的力量，谁就会胜利！"

"可你为什么驱使不了她呢？"老头子眼含嘲讽地望着他，像是在看一个蠢货，"因为妖怪们都很寂寞，而每颗心在寂寞时，都会抛弃恨而选择爱。"

冢狐似听懂了，又像是没明白，呆立在呼啸的山风中。他只知道自己再也无法驾驭这传说中最强大的妖怪，因为她选择了听从内心的呼唤。

"当她现出原形时，我就猜到了阿贵是乾达婆。"风里传来老头子低沉的声音，"因为没有哪个女人舍得让自己的爱人远离。"

所以，他赌了一次，又恰好赌赢了。

## ·尾声·

冢狐的身影化入夜风，愤恨不平地离去，他得到了最强大的妖怪，却败在了妖怪如潮水般汹涌的爱意之下。

"先生，对不起……"乾达婆掉转长枪，走到老头子面前，朝他鞠了一躬，"我失职了，整整十年都失去了记忆，没有守好坟墓。"

"不，你只是做了个梦而已……"老头子欣慰地望着这贵气逼人的属下，"而无论是人是妖，都难免会活在梦中。"

"可琉璃的墓……"乾达婆垂下眼帘，愧疚地说。

"我知道她的尸体去了哪里，你不要说了……"老头子看向披着乾达婆衣服的美貌少女，"吃了她的骨骸的就是你吧？所以虽为魇妖，却能生活在山中。"

少女不好意思地垂下头，长辫垂在脸侧，周身散发着淡淡的光芒，她的侧影怎么看都像是那个曾跟他同生共死的少女。

"是她把自己的骨骸给我吃的……"少女轻轻地说，"她说她要保护一个人，所以身体发肤一丝一毫也不能留在这个世界上……"

老头子的身体开始微微轻颤，他方才还那样强大，此时却像是一座随时会崩塌的雪山。

"我得到了她的力量，失去了控制，才令小镇上的几十个人产生幻觉，冻死在山中。而乾达婆阻止了我，最终却两败俱伤……"魇妖化为的少女羞涩地说，"我从未见过像他这样英俊强大的男人，就令他失去记忆，改变外形，留在了我的身边。而我也变成了人类的少女，过了十年平淡的日子……"

"但无论是谁，都不能生活在虚景之中。"老头子轻咳着说。

"是的，所有的美梦都有醒来的时候……"少女走到乾达婆面前，捧住了这贵公子般男人的脸，轻轻在他唇间印上一吻，乾达婆想要留住她，她却像鱼一般溜走了。

"从此以后，你会忘了我，就像春风不会记得冬梅的香气……"她脱下了外袍，露出了如婴儿般洁白无瑕的身体，宛如飞絮般化入山风，"就像把身体给我的女孩所说的那样：望君勿念。"

午夜的山林空茫而幽静，山风呼啸而过，带走了少女美丽的身姿，也带走了冬日里最后一丝梅花的香气。

那晚之后，乾达婆神的名字再次像风一般席卷了小镇，所有参加祭祀的人们都不会忘记寒冷夜晚中的奇迹。飞雪化为落花，山石成为走兽，枯木长出了新叶。大家都说是乐神显灵，小镇的名字不胫而走，引来了越来越多的游客。

乾达婆回来了，却在月光下变得沉默，他忘记了自己变成粗蠢的小伙计时经历的一切，也忘记了自己曾舍命保护的少女。只是他的手臂上不知何时多了个伤口，疤痕细密整齐，似乎是个牙印。

"是被狗咬的！"当他问向清俊的白衣少年时，却得到这样令人哭笑不得的回答。

当他们离开小镇时，已是冰雪消融春风化雨的初春。风里送来了泥土的芬芳，取代了梅花的香气。

不知为什么，乾达婆一路上频频回顾，但寂静的山路上却只有轻雾萦绕，哪里有他期盼的身影？

他并不明白，遗忘是另一种铭记，而最美好的爱情，往往是在情浓意深时戛然而止。他已得到了如蜃景般绮丽深刻的爱恋，即便幻境终有一天消逝，也留下缕缕梅香，萦绕心头。

柒 · 雪梅香

# 长夜幻歌

贰

你为了谁成妖成魔，谁又会为了你苦苦守候？即便你将我抛弃一万次，我也会跋涉千里找到你。即便你化成灰、变成了妖魔，我也会记得你的模样。

春雨迷蒙，宛如烟霭，笼罩了整个汴京。

"列华灯、千门万户。遍九陌罗绮，香风微度……"小巷深处，一位长发披散的女子在对镜梳妆。华美的铜镜映出她娇媚的容颜，媚眼和嘴角都微微上挑，仿佛总是在笑似的，勾走了天下男子的心。

烟雨蒙蒙，浮光闪动，一丝青痕爬上了她多情的眼角。

"啧啧，又该去找点猎物了呢……"她不以为意地说，反正汴京这么大，天天都是火树银花不夜天，烟花柳巷中，丢了个把姿色平庸的小花娘，根本无人追究。

门外传来珠帘轻响，女人好奇地走出去看，却见冷风凄然，只有帘幕孤魂般摇曳，厅堂中哪里有半个人影。

"是顾五娘吗？"一个优雅低沉的声音在她身后响起。

女人急忙回过头，顾五娘正是她曾用过的名字，在杀掉了年轻驱魔师手下的那个小丫头之后，她就改了名字，来到了汴京。可如今已经过了快两年，谁还记得她这个烟花女子？

雨幕潇潇，屋内光线昏暗，只见一个紫衣少年站在了她方才歇息的贵妃榻前。少年容貌俊美，宛如美女，只是一双眼睛过分细长，像是钩子般上挑着，平添了刻薄之感。

她后退了两步，藏在衣袖中的一双玉手已经变成了虫子的螯肢。

"别怕，我不是来找你麻烦的，而是经人指点，来跟你合作的……"少年笑眯眯地走到她面前，俯身在她耳边轻轻地说，"那个人让我问你，你还记得多年前的夏夜吗？"

顾五娘妖媚的眼睛登时睁大了，恍如看到了被埋葬在流光中的往事。

"你要杀谁？"

"一个讨厌的驱魔师，你也是为了躲避他才住在这不起眼的小巷中的吧……"少年惋惜地抚摸她柔嫩的脸颊，"可惜了这倾国倾城的容颜，就这样被埋没。"

"那就要拜托公子照拂了。"她顺势握住了他的手，将朱唇凑到少年的唇边，印下了一吻。

那是带着血腥味的一个吻，旖旎而浪漫，却拉开了复仇的序幕。

·一·

"老头子是蠢材！"春光明媚，花团锦簇，一个身穿花衣的公子正站在回廊下逗鸟。他生得浓眉大眼英气十足，却偏偏做风流公子打扮，发髻上还别了两朵鲜艳的花，像是要将热闹的春色都穿在身上。

"老头子，蠢材……"架子上的白鹦鹉扑棱着翅膀，有样学样地说。

"是谁想我想得这样紧啊？"温暖的春风中飘来一阵干咳，刹那间春光晦暗，都被这咳嗽带得添了几分死气。

一个白衣纱帽的少年悄无声息地出现在回廊中，他明明嘴角带着笑，眉眼也堪称俊俏，但气质却冷得似一块冰，连暖意融融的阳光都无法将他融化。但跟以往不同，这块微笑着的冰块旁边还站着一位身穿紫衣的少女，少女眼角旁有一颗漆黑的小痣，衬得一双黑葡萄般的眼仁越发俏皮。

"哟，你这次带的手下怎么如此接地气？"朱文浩轻佻地伸手要掐少女桃瓣般的脸颊。

"给姐放老实点，你哪只眼睛看到姐是妖怪的？"灵雨一挥手，"啪"的一声拍飞了他的手。

她看似纤弱，手劲却奇大无比，打得朱文浩连连叫痛。在泪光中，他看到了老头子这个总是面带笑容又深沉莫测的少年，此时却笑得比哭还难看。

两个人对视一眼，眼底尽是苦涩。

庭院中池水湛蓝，天光云影共徘徊，许久未见老头子的朱文浩照例有棘手的事要委托他办。这花花公子端坐在桌前，竟然郑重其事地捧出一只木匣，打开匣盖，掏出了一张写满了墨字的绢布来。

"哇，是情诗！"灵雨兴奋地赞叹，轻轻念了起来，"'多情自古伤别离，更那堪，冷落清秋节！'怎么有点耳熟？"

"是柳三变的词？"老头子掏出一把折扇，轻轻扇了扇，"没想到几月不见，你这势利的牙人竟然变得如此风雅。"

"彼此彼此，总喜欢独来独往的你，身后不也多了块绊脚石？"朱文浩扬眉看向灵雨，却被对方恶狠狠地瞪了回去，漂亮的小女巫像是只发怒的猫，随时都要扑上来挠他几下。

"你要找柳三变？听说他隐姓埋名，入朝当了官，也不再写这些风花雪月的词，后来连死在哪里都不知道……"扇子的凉风拂起他纱帽下凌乱的碎发，在眼底投下几缕愁绪，"就像没人知道他在哪里出生一样。这个人只活在一首首词中，简直不像个真人……"

灵雨恍然大悟，悄悄凑到老头子身边耳语："这事儿太好办了，我们只要去荒坟里挖具尸骨给他即可，反正死人又不会说话。"

"这并不是我接手的委托，而是十几年前我父亲接手的。委托人是个妙龄少女，只说要柳三变所有的词，当时他的词散落民间，不少还是化名所著，父亲派人去他曾生活和做官的地方找了整整一年，才大致搜集了近三百首词。"朱文浩缓缓展开白绢，墨字像是一个个尘封已久的寂寞魂灵散落在春光中，"但是等他完成任务，却发现委托人不见了。"

"这也没什么。"老头子不以为然，"有些人只是一时兴起，过了几天就反悔了。"

"不是那种不见……"一直嬉皮笑脸的朱文浩缓缓地说，声音都透着几分寒意，"而是这个人像是从未出现过，她住的地方荒草丛生，周围的邻居没一个人见过她，都说这里自始至终就是个荒宅，根本没人居住。"

这次老头子不说话了，他握紧了扇柄，俊秀的眉毛也蹙成一团。

"好像妖怪啊……"灵雨忍不住惊叹。

"家父生平见过无数怪事，但因此事悬而未决，说如果找不到那委托的少女，他这辈子都难以瞑目。这个月就是他的五十大寿了，所以我想让你帮我找到那名少女。"

老头子含笑摇了摇头，这事儿已过了十几年，如今寻人难如登天，他才不要啃这块硬骨头。

"如果你帮我这个忙，报酬是个新得的消息……"

"天下的消息满天飞，我怎么听得了那么多？"

"可是这个消息偏偏跟你有关……"朱文浩捧起木匣交到他的手中，满脸堆笑，眼底却似浮着冷霜。

白衣少年只能伸手接过这精致的匣子，像是接下了沉重的命运。

· 二 ·

夜色中的汴京像是将天宫琼宇搬到了人间，画舫楼船在汴河上悠悠而过，商人们在夜市里叫卖着时新的货物，人群熙攘的瓦肆中，美如少女的伶人们风情万种地转过了身。

一个漂亮的小花娘正在卖新酿的梨花白，这酒清冷辣口，销路不好，少有人光顾。她已经站了两个时辰，闷热的天气令她红扑扑的小脸上布满汗珠，冲花了拙劣浓艳的妆。

她疲惫地坐在街边，打算偷会儿懒，只见一双漂亮的绣鞋停在了她的面前。小花娘抬眼看去，只见灯火中站着个婀娜娉婷的美人。美人挽了个松松的堕马髻，衣服也是上好的丝缎制成，绣着明艳的花，眉眼困倦慵懒，仿佛刚从一场春睡中醒来。

"这是梨花白吗？我家官人最爱喝这种酒了，你有多少？我全要了。"女人眼中含笑地说，金色的花钿贴在眼角，花瓣随着笑容轻颤。

小花娘立刻欣喜若狂，连连道谢。

"但是酒太多了，我也搬不动，不如你跟我去家里取钱，我再让下人来搬。"

"那就有劳夫人了。"少女提起裙角，像只灵动的翠鸟，随她走出街市。

灯火宛如光海，转眼就吞噬了两人的身影。在车水马龙的闹市，无论是行人还是摊贩，都没有留意到这不起眼的女孩的行迹。只是当次日晨晖初起时，才有小贩发现街边竟然放着几坛美酒，始终无人来取。他哼着歌把酒搬走了，只有晨风寂寥，吹过空荡荡的街道。

这晚夕阳西下，顾五娘坐在灯下，满意地端详自己完美无瑕的脸。眼角的青痕消失了，少女的血果然是最好的脂粉，能抹平一切岁月的痕迹。

院外传来一阵轻响，一袭紫衣的冢狐踏着金红色的余晖走进了她的闺房。灯光在顾五娘的周身镀上金辉，令她美得像把出鞘的刀，锋利逼人。

"你变了。"冢狐端详着这明艳无双的美人，前几天的她不是不美，但肌肤像是沾尘的瓷，总是灰蒙蒙的，此时的她却宛如美玉，散发着水润通透的光。

"没变化还是女人吗？"顾五娘淡扫娥眉，悠悠地说，"所有的女人都有千般变化，因此才神秘迷人。"

冢狐皱了皱眉，他不是不了解女人，但那仿佛是上辈子的事，他如今的身体是个青涩少年，揣摩人性的能力很差，让他跟人交流时总有隔靴搔痒之感，不够透彻。

"那什么能让你们变化？"

"当然是爱，爱能令女人成佛……"顾五娘画完了眉，放下了炭笔，镜中的她娥眉斜插入鬓，像是猫头鹰般狠辣，"……也能成魔。"

冢狐似乎明白了什么，他偏着头，打量着灯下的佳人，这以沐浴少女的鲜血维持青春的女人，又是为了谁心甘情愿地成为妖魔呢？

"你这古怪的老头子，为什么不白天来这里呢？偏要赶在大半夜来，要吓死谁？"夜幕深沉，树影飘摇，灵雨深一脚浅一脚地走在荒草中，哆哆嗦嗦地抱怨。

这里就是那个神秘的委托人住过的园子，如今是个废弃的寺庙，月色中只见飞檐翘角，狰狞如猛兽。

"看地方就像看女人一样，白天一个样，晚上又是一个样，你懂什么？"白衣纱帽的少年不以为然地说。因为想要快点完成这无聊的委托，他没有派出阿朱，索性亲自出马。妖怪寄居过的地方，多少会留下些蛛丝马迹，选在夜晚来，也是因为妖怪喜欢在晚上现身。

两人走进破败的寺庙，晚风穿堂而过，呜咽声像是在奏一曲悲歌。

"什么人？"就在这时，一个细细的声音从佛像后传了出来。那座佛像年久失修，半个身子已经垮塌，冷不丁冒出这么一句，吓得灵雨像是猫一般尖叫起来。

"阿朱。"老头子却不徐不疾地轻轻唤出了一个名字。

夜风涌动，如涛似海，阿朱窈窕的身影在风中出现，纤指一挥，银丝如灵蛇般钻入佛像背后。随后，一个灰白的影子'嗖'的一声从佛像后跳出来，速度奇快无比，但任这人跑得再快也跑不过眠狼的剑。乌黑如墨的黑剑挟着杀气，一剑就钉住了灰白色的外袍，将这家伙挂在了墙上。

"嘿嘿嘿，跟你们开个玩笑嘛，何必当真？"月光下，可见这人不过十五六岁的年纪，长发披散，脸颊肮脏，连五官都看不清，唯有一双眼睛乌黑明亮，像是洒落了天上的星光。

"先生，这个看起来是个没什么能力的家伙。"冷峻如玄铁的眠狼收起剑，眸中仍然没有一丝感情。

"谁说我没能力？"白衣人明亮的双眼在老头子身上扫了一圈，突然欣喜若狂地高叫，"你竟然是个驱魔师？"

"喂，你没看到我吗？我还是个巫女呢？你不怕吗？"被忽视的灵雨不甘心地问。

"那又怎样？"老头子咳嗽了两声，不耐烦地别过脸。他做梦都没想到，自己来寻找委托人的蛛丝马迹，竟然遇到这么个废物。

"你收下我吧，我很有用的……"废物根本无视灵雨，开始宽衣解带，露出又白又细的长腿，"而且我长得也很漂亮，收下我你不会后悔的……"

灵雨立刻冲上去，帮这人拉上了衣襟。而老头子的脸瞬时就耷拉下来，他见过很多妖怪，却从未见过这样不知羞耻的。

"我叫虫虫，人们都夸我风情万种，你真的不考虑收下我吗？"白衣人却风骚地露出胸口，搔首弄姿。在这昏暗破败的地方看一个浑身尘土的家伙袒胸露乳，委实毫无情趣，尤其是这人的胸一马平川，肋骨嶙峋，简直跟噩梦无异。

"你居然是男人？"还未等老头子说话，灵雨就瞪圆了眼睛惊叫道，连眼角的小痣都因愤怒而跳动不已。

"怎么？不行吗？"

只听"啪"的一声脆响在破败的穹顶下回荡，惊醒了几只栖息的鸟儿，算是为这个荒诞的夜晚做了完美的结笔。

当次日天光亮起，老头子一睁眼就见阿朱幸灾乐祸地望着他。这黑衣女子鲜少在光天化日下出现，晨晖照亮了她雪白的肌肤，展现出一种冰雪般神秘而诡异的美。

"你这老家伙，这次可有得受了。"她伸出纤指，俏皮地在他头上戳了一下。而几乎就在同时，院外响起了破锣般的呼唤。

"主人啊，快开门啊，我是虫虫！你不要我了吗？你怎么这么狠心……"那声音跟哭丧似的，一声比一声凄凉。

他买下的这小宅院处在汴京不起眼的居民里坊中，就是为了不引人注目，但随着这凄惨的叫声此起彼伏，已经有邻人推门出来看热闹。

最近是撞邪了吗？他无奈地披衣而起，连连咳嗽着。先是被灵雨阴魂不散地缠上，又意外地撞上了这个没用的废物，即使是身经百战如他，此时也有应接不暇的感觉。他甚至没有时间去怀念那个消失在落雪中的故人和梳着长辫的少女身影，那些景象仿佛都被这些家伙搅得模糊了。

于是片刻后，虫虫就坐在了他的面前，满脸堆笑地望着他，虽然那张脏兮兮的脸上还印着灵雨的巴掌印。

"你在那间屋子里住了多久？"老头子轻咳了几声，为他泡了杯清茶。

"很久很久，久到我都快忘了时间。"虫虫不客气地接过茶，一口喝光，眼神迷蒙地回忆，"我记得自己是跟一个男人住在一起的，他就是世间女子最爱的柳永，他也十分喜欢我，甚至写了'小楼深巷狂游遍，罗绮成丛。就中堪人属意，最是虫虫'这样的词来赞美我……"

但是还没等他说完，老头子就已脸色发青，连乾达婆都随着他的勃然怒气现身，这翩然的贵公子穿着绣着水墨荷花的锦袍，枪尖直指向虫虫的脖颈。

"接下来我问你什么，你就答什么……"老头子笑眯眯地说，虽然他脸上挂着笑，却差点把手中的折扇捏碎，"再敢胡言乱语，小心我杀了你。"

"我没撒谎啊……"邋遢的少年冤枉地说，但咽喉前的枪尖又往前逼近了一分，他终于识趣地闭上了嘴。

但是老头子很快就发现在他的嘴中问不出什么，他只说自己在那间废宅中是为了等一个人，却因为时间太久，连那个人的形貌都快忘了。

"不过我记得主人的气味，人会做诸般打扮，气味却是不会变的。"说到后来，他得意地将了将凌乱肮脏的头发，"我就是顺着你的气味找到你的，是不是很厉害？"

"这本事对我来说没什么用。"

"那可未必。"虫虫含羞带笑地盯着他的鼻尖，"这里是不是没有妖怪寄生？我只要小小的一块地方就好了。"谁也不知道他一个七尺男儿是在哪里学来的女儿姿态，那缠绵的眼神令清俊风雅的驱魔师浑身发麻。

"不过你放心，我不会缠着你的，我只是想获得力量，快点找到昔日的主人，达成心愿后我自然会离开……"虫虫眼底浮现出一丝悲哀，令人见之动容。但很快老头子对他的那点同情就烟消云散，只见他做西子捧心状，装出虚弱的样子，"毕竟，我也不久于人世了，想在死前完成最后的心愿……"说这话时，可见他虽然肮脏邋遢，却身体硬朗，估计再活个几十年都不在话下。

在这个暮春的早晨，老头子却突然感到有些冷，他裹紧了长袍，命乾达婆送客。但是就在这当口，虫虫却猛然扑上来，张开就要咬他。他看似孱弱，身手却十分好，几下就制服了邋遢的少年。

"求求你了啊，收下我吧，我真的能帮上忙的！而且，你是不是在找人？找人我很擅长的……"少年一把鼻涕一把泪地抱着他的腿打滚。

"你真的很擅长找人？"老头子突然不撵他了，饶有意味地问。

"只要给我一点蛛丝马迹，哪怕那人走到千里之外，我都能追回来。"

"不要忘了你刚才说的话……"一直对他避之不及的驱魔师突然沉吟着微笑起来，他割破了自己的手指，将几滴鲜血滴到了少年干裂的嘴唇上。而转眼间，邋遢的少年不见了，取而代之的是个白衣如雪、秀发如缎的美貌公子，只是他举手投足间仍带着几分轻佻气息，让老头子不由连连叹息。

当日午后，年轻的驱魔师就带着新收的妖怪出门了。虫虫一袭白衣跟在他身后，体贴地为他撑伞遮住暮春刺眼的阳光，一路上倒引来不少路人频频回顾。

"真是不能留……"老头子冷着脸连连摇头，这家伙表现欲太强，而这迟早会为他带来危险。

两人很快就来到了朱文浩位于汴京的府邸，走进内室时，朱文浩正躺在藤椅上纳凉，啃着香甜的桃子。但是在看到老头子身后的虫虫时，手中的桃子都滚落在地。

"这是什么玩意儿？"他绞着眉说，"我越来越无法理解你了，你再这样堕落下去，我以后都不会再跟你合作了。"

"这只是个意外。"老头子勉强挤出一丝笑，"你让我找的那个少女，有没有留下什么东西在你手里？哪怕是封书信也好。"

"没有书信，只有交付订金时的一个锦囊。"朱文浩拍了拍手，吩咐下人去找老爷要那只锦囊。

被派走的仆人是个新来的小书童，他在九曲回廊中迷了路，转了半天才找到老爷住的院子。

"你来拿的是不是这个？"院外种着蔷薇，朵朵红花在春光中绽放，衬着浓翠的碧叶，晃花了人的眼。而在这花海之中，正有一个红衣少女手捧木盒，眸中含笑地望着他。书童今年刚刚十四，哪里见过如此明媚的姝丽，登时羞得脸色涨红，连话都说不出来。

"乖孩子，拿了就快点去向公子复命吧。"她伸出纤纤素手，将盒子递给了他。

小书童被她的艳光迷惑，连连道谢，顺着来路跑走了。可直至他跑出去很远才突然想起来，他连老爷的院子都没进去，那少女如何知道自己来取的是什么？

在蔷薇花海中，一个身穿紫衣的俊美少年从花影下转了出来，站在少女身边。

"蔷薇，你做得很好。"他眯着上挑的钩子眼，轻轻地说，"牢笼的门已经打开，只等猎物自投罗网。"

一片凋谢的花瓣落在地上，仿佛在柔嫩青草中滴下了一滴血，浓腥而狰狞。

· 四 ·

当夜朱文浩与老头子在花厅饮酒作乐，厅中金发碧眼的胡姬跳着著名的胡旋舞，少女们的裙角都以金叶子点缀，旋转起来宛如流光飞舞，虽然美艳，却越发令人感到韶华易逝。

"哼，酒池肉林，奢华糜烂……"灵雨横眉冷对地望着妖娆的胡姬，不断低骂。

而虫虫却瞧得眼睛都直了，连口水都几乎滴落在酒杯中。

"你不是喜欢男人吗？"他没出息的模样令灵雨更加愤怒。

"谁说我喜欢男人？"

"可你昨晚不是看到他就脱衣服？"小女巫指了指身边的驱魔师。

"那不一样，那是策略。为了达到目的总要有所牺牲，如果我不脱衣服，他能收我吗……"虫虫昂起脑袋，得意地捋了捋长发。

如果那也叫策略的话，那世上哪还有阴谋？这两人的无脑对话让老头子再也听不下去了，他索性朝白衣披发的少年招了招手，后者就颠着跑过来了，伏在他的身边，摆出打骂不走的姿态。

"你的鼻子是不是很好使？来闻闻这个，看看有没有线索。"老头子打开怀中的木匣，将一只锦袋放在了他的面前。

一直嬉皮笑脸的少年将脸埋进了锦袋中，再抬起头时，表情已经变得严肃凝重，他黑色的双眸中像是含着化不开的墨，愣愣地望着青巾乌发的老头子，但视线却像是穿过了他的身体，飘到了遥远的地方。

"怎样？你看到了什么？"不知为什么，板着脸的虫虫竟让他有了不祥的预感。这少年总是笑眯眯的，但脸色凝重起来后嘴角微微耷拉，眉毛又有些上挑，再配上他那秀丽的五官，像个不容于现实的梦，仿佛轻轻一碰就会破碎似的。

"杏花烟雨，三月江南……"驱魔师的血赋予了妖怪强大的力量，他超越时间和空间，看到了只有妖怪才能看到的幻象。

"哦？这么说，这锦囊的主人竟是个江南女子？"

"扬州……小楼……地下的洞穴……"少年如梦呓般说着。

"那这女人是不是死了？"朱文浩也凑过来，好奇地问，"毕竟已经过了十几年，如果死了，不来拿诗词也算正常。"

"不，没死……没有死人的味道……"虫虫突然瞪圆了眼睛，高声尖叫，"她躲在那里，那个洞穴中……"

接着他喘息了一会儿，闭上了双眼，再睁开时，眼中又满含轻浮的眸光，变回了吊儿郎当的少年。

"哇，你这样找人可真吓人，跟我们巫女们玩的那套邪灵上身一样。"灵雨见他恢复正常，长舒口气，拍了拍胸口。

"扬州……"老头子跟朱文浩交换了一下眼色，那里正是柳永的埋骨之地。这清贫的词人虽然考取了功名，但却至死也未得到重用，死后还是好友出钱把他草草埋葬。至于"群妓合金葬柳永"，不过是后人为了纪念这风流才子而杜撰的传说罢了。

当晚胡姬们格外热情，跳完舞之后就围着几位贵客敬酒，可奇怪的是她们的目标并不是豪气多金的朱文浩，也不是优雅俊逸的老头子，甚至连轻浮的美少年虫虫都没得到她们的眷顾。金发的少女们头颅攒动，像是见了蜜的蜜蜂般簇拥在灵雨身边，说着令天下所有女人都无法拒绝的溢美之词，将一杯又一杯葡萄美酒灌进了小巫女的檀口中。

酒过三巡，灵雨已经双眸蒙眬，眼角黑亮的小痣都被颊边彤云般的酒色淹没了。

后半夜时，窗外下起了淅漓细雨，老头子起身准备离开残酒零落的花厅。灵雨醉得不省人事，手却仍牢牢地抓住了他青色的袍角，像是要留住飞逝的时间一般。

但这世上，总有一些东西无法挽留，比如流水、比如韶华、比如离别。

他迎着牛毛般的雨丝走进了夜幕，身后的虫虫急忙跟上来，手忙脚乱地为他撑开了伞。

"你这么快就走？"朱文浩迎面而来，他的衣襟已经半湿，显然已经在外面忙碌了半晌。

"兵贵神速，机不可失。"老头子咳嗽着回答，"况且，我还想早点听到你私藏的消息呢。"

"有时候，逃避不是解决问题的办法……"朱文浩却戏谑地望着他清俊苍白的脸庞，"你应该也很老了吧？难道不想有个温暖的地方可以遮风避雨？"

"哼，你可见过驱魔师有家？"温润如玉的少年刹那间就锋利起来，夜雨中，他漆黑的瞳仁中似跳跃着一团火，又像是藏着一匹猛兽，"当我们跟妖怪签订契约时，就已经不再是人类了……"

朱文浩轻佻地吹了声口哨，每当他觉得尴尬时，总是会做出轻浮的样子。他从怀中拿出了一张商人的通行文书，塞在了老头子手中。

"替我照顾她。"老头子接过文书，放进怀中，头也不回地走了，只对朱文浩轻轻地说了这么一句。

朱文浩看着他消瘦的背影在雨幕中翩然消失，宛如青鸟振翅飞入乌云，竟独自在飞花细雨中站了许久。

"今宵酒醒何处？杨柳岸，晓风残月。此去经年，应是良辰好景虚设。便纵有千种风情，更与何人说……"他沉吟着柳三变的《雨霖铃》，那逝去了许久的词人，是不是窥到了今夜的离别，才写出这样应景的句子？

还是天下所有的离人，都是一样的心境？

·五·

同一个落雨的夜晚，同样是在汴河之上，一艘客船中，也有一个人在吟诵着《雨霖铃》。

"……便纵有千种风情，更与何人说？"吟诵的是位妖媚美丽的女子，一样的句子，经她的樱口吐出，便多了哀怨的意味。

雨打花窗发出沙沙轻响，像是蚕在啃噬桑叶，又像是岁月爬过生命时发出的声音，不引人注意，却又从不停歇。

顾五娘临窗望着黑漆漆的河心，思绪似乎飘飞到了很久很久之前。

那时她是汴京中有名的美娇娘，恩客无数，大家都夸她虽然出身风尘，却不与群芳同列，对客人毫无谄媚迎合之色。虽然那是因为她自心眼里厌恶流连于欢场的男子，哪知这清高冷漠的态度却意外地受欢迎，男人们都以得到她的眷顾为荣，而她的身价也水涨船高。

身在贱籍，即便再厌恶也不得不过强颜欢笑的日子，每晚当她回到自己的房间，望着黑暗的天幕，只觉得人生毫无出路。

而就在这时，她结识了那个蓝衣青年，当时他十分落魄，是陪朋友来寻欢作乐的，虽写得一手好词，但初来乍到，在偌大的汴京还是毫无名气。

他跟其他的客人不同，只远远欣赏着她，目光不猥琐也不下流，就像在看盛放的花、翩翩的蝶。

那天晚上，他们二人一句交谈也没有，他却为她写了一首词相赠。

"愿天上人间，占得欢娱，年年今夜……"当她在七夕唱起这绝妙的词，顿时在汴京爆红。

随着两人见面越来越频繁，她闭门谢客，只想跟他长相厮守。

"眼前时、暂疏欢宴，盟言在、更莫忡忡。待作真个宅院，方信有初终。"这样过了几年，当他的名气越来越大，她坐立难安时，他又为她写下安抚的词句。

她满足地依偎在他的怀中，像是流浪的鸟儿找到了巢，又像是娇嫩的花被陶盆妥善保护，再也不用担心颠沛流离。

那是她一生中最幸福的时光。

回想往事，顾五娘突然觉得有些冷，于是关上了窗，但寂夜中突然响起了叩门声，紫衣金冠的少年走进了船舱。

"以现在的速度，不过十日就能抵达扬州，你布置的地方不会有差错吧？"冢狐虽然嘴边含着笑，钩子眼中却闪烁着不信任的目光。这是他第一次跟人合作，如果不是如今的身体发挥不出最大的力量，他绝不会与这妖异恐怖的女人联手。

"当然，那里是妖怪的巢穴……"顾五娘对着铜镜扬眉浅笑。

冢狐满意地点了点头，退了出去，走回了自己的房间。

小小客船被他包了，他不爱跟顾五娘打交道，于是一个人坐在房中自酌自饮。蔷薇坐在灯下为他倒酒，红酥手，黄滕酒，柳眉含烟唇如钩，满是风情。

"主人打算怎么对付老头子呢？"蔷薇小心翼翼地问，"我们不知道他的真名，而唯一知道他名字的女人为了保护他，连自己的尸骨都喂了妖怪……"

"要名字干吗？"冢狐突然勃然大怒，一掌打飞了她手中的酒杯，"难道是在说我本事不如他，所以才要取巧？"

蔷薇吓得瑟瑟发抖，垂首坐在灯下，像是风雨中摇摆的花。

"我偏要以力量压制他，让他跟那些讨厌的妖怪一起粉身碎骨！"望着花容失色的属下，冢狐又恢复成了平时温和的模样，他拉起蔷薇的手，钩子眼中闪烁出晶亮的光，"蔷薇，你不要怕，我的目的不只是杀了老头子而已……"

"难道？"蔷薇突然像是明白了什么，惊诧地望着他。

"当我杀死老头子之后，这女人也要死……"冢狐眯着眼睛，微笑着说，"而且不仅是她，那个助我复活的人也不例外。那人竟然敢驱使我，我恨谁杀谁都是自愿的，谁也别想命令我！"

灯光飘摇，将他的身影投映在舱房的墙壁上，宛如张牙舞爪的妖魅。

风雨潇潇，站在甲板上等待登船的老头子，却格外地不痛快，因为一直吵闹着要跟他不离不弃的虫虫居然举着柄竹伞，站在码头上怎么也不肯走了。

"我觉得你不该把她扔下，虽然那个小姑娘不怎么讨人喜欢，但不告而别是最伤人的！"虫虫撇着嘴说，声音中竟然带着哭腔。

"好像我扔下的是你似的！你走不走？"老头子站在甲板上，青衫尽湿，连连咳嗽，但眼中却已经蕴出几分寒意。

"被扔下的人都很可怜的，一觉醒来，只剩下孤零零的一个人。所有过去的快乐就像一场梦，而所有对未来的期盼都成了空……"

"你念诗呢？是不是觉得我现在倚重你，所以跟我摆架子？"

"因为你没被人抛弃过，你根本不懂……"

老头子懒得跟他废话，伸手在空中打了个响指，熊男高大粗壮的身影出现在雨夜中，一把拎起了虫虫的衣领，像是捏小鸡般把他塞进了船舱中。

虫虫蜷缩在船中，仍然负气不满。直至次日傍晚，老头子带着手下们围炉烤肉，他才觍着脸凑到炉边，抓起一块烤好的羊肉就塞到嘴里大嚼。

"怎么还有这种厚脸皮的家伙？"阿朱杏眼微斜，笑话他说，"你的气节呢？不是不理我们了吗？"

虫虫一言不发，闷头往嘴里塞肉。

眠狼和熊男本就不爱说话，索性离他远远的，而乾达婆如贵公子般高贵，不好表现出明显厌恶，只指出他用手抓肉是十分失礼的。

"你是不是被谁抛弃过？"老头子坐在窗前，夕阳在他身后洒下金光，映得他苍白的皮肤如玉般剔透，几无人色。

"唔……"虫虫叼着肉，不言不语。

"那个人是谁？"

"是我昔日的主人……"他吐出了嘴里的肉，垂头丧气地说，"其实我骗了你，过去的事情我记得七七八八，我之前约住处是汴京最繁华的地方。"

老头子喝了口酒，挥退了其余的手下。

"但是在一个下雨天，我一觉醒来，发现屋子里空荡荡的，只剩下我一个人。雨冲刷了所有的气味，仆妇见主人没再回来，就把我扔在街头，将房子擅自变卖了。"虫虫长叹一声，"我每天都徘徊在街头，寻找主人的气息，直到有一天，在那座废庙中，我闻到了熟悉的味道，就再也没有离开过那里。我以为只要等下去，主人一定会回来的，可没想到等了将近十年，却什么也没有等到……"

"你很爱你的主人？"老头子眯着眼睛，似看透了这小妖怪的心。

虫虫点了点头，脸颊飞上红晕。

"那被这样对待，你不恨吗？"

"不，爱是心甘情愿的事……"他坚定地回答。

"你怨我太过狠心，我想说的是，每个不告而别的人，都有自己的苦衷……"老头子轻轻地说，语气饱含沧桑，"人生中处处都是分离，但真正的告别，往往是没有仪式的。"

虫虫像是明白了什么，他不再闹别扭，只是望着船舱外水天一色的景色陷入了沉思。他仿佛又变成了那个在废墟中执着等待的少年，身无长物，空有一腔期盼。

·六·

当扬州还叫广陵的时候，便已是诗人们竞相吟颂的游赏之地，而随着"天下三分明月夜，二分无赖是扬州"这样的名句流传后，更是奠定了扬州在江南诸城中无可比拟的地位。

与汴京的古朴大气不同，这座水城小楼林立，酒旗飘飘，二十四桥下的柳色烟霭中，处处可见妙龄少女婀娜多姿的身影。

所以虫虫一下船就被这处处楼台风送管弦的景致迷住了，街上的少女都喜欢穿浅色纱裙，配上白皙的肌肤和吴侬软语，简直要勾走男人们的魂魄。

但老头子一入城就离开了大路，向偏僻的小巷中走去。虫虫万般不愿，索性独自玩耍，而跟他同去的则是一贯活泼好动的苍甲。

小巷远离繁华街道，清幽僻静，一个管家打扮的老人从一间茅舍中走出来，将钥匙交到了老头子手中。

"屋里的家什用具都按先生的吩咐备好了……"老人意味深长地看了他一眼，"公子说，会在汴京等你的好消息。"

"老头子，你真是奇怪。"在老人走后，阿朱在篱笆墙外现身，这聪明美丽的女子颇为不解地望着自己的主人，像是第一天认识他。

"哪里奇怪？难道是这几天老得比较厉害？"他摸了摸自己的脸，依旧是少年模样，毫无变化。

"你一路风尘仆仆地赶到扬州，为什么不去找那女子藏身的地方，倒打算要在这里长住了？"

青衣纱帽的少年微微一笑，像是狐狸般狡黠。

"阿朱，你真是太聪明了，如果你不是妖怪，我几乎会爱上你……"老头子用欣赏的目光望着阿朱，赞许地说，"你说得没错，这事确实奇怪，但奇怪的并不是我。"

阿朱站在翠竹下，黑色纱裙随风曼舞，风姿绰约动人，杏核大眼中满含期盼。

"奇怪的是朱文浩……"少年驱魔师皱了皱眉，十分疑惑地说，"为了找这么一名消失了十年的少女，他未免太过大费周章，不但连夜为我租船赶路，更在扬州替我赁了个宅子，你说奇怪不奇怪？"

"你的意思是说……"

"而且朱老爷当了几十年的牙人，据说最大的一笔生意是从西域偷运了十几匹汗血宝马入京，提高了军队的战力。这种风云人物，会牵挂一个只知道寻找柳永词的委托人？甚至在十年后还念念不忘？"

"难道？她当年的委托并不止如此简单？"

"当年发生了什么，我无从得知。我只知道如今自己面对的情势，绝对不简单……"他疲惫地连连咳嗽，走进了内室，看样子是打算好好休息一番。

扬州不负几百年来的盛名，即便是来过多次的人，也能在琳琅满目的商铺中，华丽的画舫里，以及歌妓的温言软语中，找到新的乐趣。

而老头子这么一歇就是五天，这五天中他没有召唤任何妖怪，只躲在房中蒙头大睡，甚至连一个任务都没派出去。手下们也乐得轻松，眠狼去找了最好的匠人磨剑，乾达婆流连于花丛，阿朱去绸缎铺订了套新衣服，苍甲到处惹是生非。

倒是一直轻佻好动的虫虫，却难得地跟熊男一起守在驱魔师居住的茅屋外。这白衣的少年目光灼灼，似乎又看到了奇怪的景象。他不笑的时候嘴角微微下垂，仿佛快要哭出来了。

第六天的傍晚，一直蛰伏的少年驱魔师终于走出了茅屋，几天以来扬州城中夜夜歌舞升平，没有任何怪事发生。而草庐外只有竹影飘摇，暗香浮动，更是静憩宜人，怎么看都没有异常。

他踏着如血残阳走进了扬州繁华的街道，此刻华灯初上，宛如星光万点，将他的影子映在墙上。奇怪的是，明明站在灯下的只他一个人，那影子却纷乱飘忽，仿佛里面藏着好几个人。

"虫虫……"老头子朝风中挥了挥手，立刻有白衣胜雪的少年从他身后走了出来。一直嬉皮笑脸的虫虫也难得的严谨肃穆，似乎嗅到了即将有大事发生。

"走吧，带我去你看到过的地方。"老头子轻轻吩咐他。

虫虫吸了吸鼻子，似乎在花香中嗅到了线索，快步走在前面。他们赁了辆马车，足足走了一个时辰才来到了扬州城一处偏僻的民居前。

这里远离商业中心，更不是达官显贵的府邸，却偏偏有一座塔突兀地伫立在低矮的民居中，在霞光万道中，仿佛一柄利剑，将天幕一分为二。

"就是这里……"虫虫仰着鼻子在风中闻了闻，指向了那座高塔。

"这就是你所说的小楼？"老头子本就苍白的脸色被他气得变成了铁青。

"不知道啊，可是我看到的景象明明就是一座楼……"虫虫也十分纳闷，不断地挠着脑袋向前走。

事已至此，他只好硬着头皮跟上去。塔周围的民居中时不时有人探出头，好奇地看着陌生的他们。

"这位公子，不是本地人吧？"灰蒙蒙的天色中，迎面走来一个老人，打量了他一番。

"是的，此番来扬州，是探访一个朋友……"老头子咳嗽了两声，做出有病在身活不了几天的样子，"正好想问问老丈，这塔是做什么的？"

老人立刻挺直腰杆，笑呵呵地说："你可找对人了，年轻的人都不知道这塔的来历。据说这是一位痴情的女子为纪念她的郎君所建，而她终年住在这木塔中，饮水吃食都有人从外面挑来供给……"

"看来我们找对地方了，这里果然住着一个女人！"虫虫立刻雀跃不已，一副立了大功的模样。

"那多谢老丈了……"老头子咳嗽了两声，连连向老人道谢，"如此说来，为了这段感人的故事，我也得好好去看看这塔。"

老人连连点头，似乎对他的做法十分满意。

日光一寸寸消失，终于连最后那么一点余晖都被暗夜吞噬。夜风乍起，带着几分寒意，驱散了初夏的闷热。月光星辉尽被乌云遮蔽，一场夏日的雷雨即将到来。

他驱退了虫虫，孤身一人蹚着荒草走到塔前。塔是木质结构，共有七层，门环锈迹斑斑，似乎年久失修，无人居住。在昏暗的光线中，他俊逸清秀的脸宛如一张浮在黑暗底色上的画，透着一丝不属于人类的理性和睿智。

他根本没问里面是否有人，便推门走了进去。门在他身后悄无声息地阖上，他青色的身影在黑夜中一晃便消失不见，仿佛小舟倾覆于狂风暴雨的怒海。

·七·

塔内尘灰满布，仅有几扇小窗微敞，窃来月光。借着朦胧的晖光，他踏上了腐朽的楼梯，很快就到达了二层。二层放着几张破败的桌椅，还有一个佛龛，供奉着一尊蛛网密布的佛像。

"这真是令人感动的爱情呢……"老头子揶揄地说，但他话音未落，一个巨大的黑影从天而降，挟着刺鼻的腥风，直袭向他的头顶。

然而一柄长枪从这清俊少年的身侧窜出，疾如闪电快如风，直刺向黑影的咽喉。黑影在空中无法躲避，只能硬生生地将手中的双锤砸向枪尖。可长枪比他那沉重的兵刃更容易改变招数，只见枪头红缨闪动，枪尖宛如灵蛇般绕过铁锤，再取他的咽喉。

"回来！"楼上响起一个清朗的声音，黑影堪堪躲过一枪，一落在地上就化为烟霭，散入夜色之中。

老头子面带微笑地抬起头，只见在三层的楼梯上站着一个紫衣翩翩的美貌少年，他的眼像是钩子般微微上挑着，浑身都散发着阴邪之美。

"你早有防备？"冢狐眯起眼睛，好奇地问，"难道我布置的牢笼有破绽？"

"因为你太刻意了……"老头子连连咳嗽着说，"刻意在门外安插了那位老人，刻意让他在言语中提醒我这塔里有个女人，又刻意提到了这女人的深情，即使天色将黑，也鼓励我进来看看。而且那些居民看到我的眼神明明是非常惊诧的，显然这塔中藏着什么不祥之物。"末了他说，"你太心急了，生怕我今晚不会进来，所以才让他这么说。"

"好吧，你说得没错，以后我会注意的……"冢狐红唇微抿，露出一个残忍的笑，"不过也没有以后了，你既已进来，即便有万全之策，也无法逃出生天。"

他话音刚落便紫衣一闪，身影已经消失在楼梯上。黑暗如潮水般涌来，只有几扇小窗投下淡淡的月光，像是一只只微瞑的眼。无数细小的声音在墙壁上涌动，仿佛大漠中流沙陨落时发出的沙沙声。

老头子挥了挥手，阿朱婀娜的身姿出现在腐朽的楼梯上，她双手一挥，无数银丝从指间逸出，轻易就在老头子周身织出了一张大网。网像是牢笼，将他困在里面，也抵御了来自外界的侵袭。

那古怪的声音如水流般向他汇集，很快一个不成形的妖怪出现在了网上，它长着一张女人的面孔，伸出尖利的爪子，直抓向老头子的面门。

阿朱十指微动，网上银丝变幻收紧，瞬间就将这怪物绞死。但随即有更多妖怪爬过来，它们贪婪地露出尖利的牙齿，想要将这少年驱魔师生吞活剥。

"怎么有这么多妖怪？"老头子眉头微皱，唤出了乾达婆，轻声吩咐他，"快点找到出口，不可恋战。"

乾达婆长枪舞动，几枪就刺中了接踵而上的怪物，阿朱那坚韧的银丝网开始被它们用牙齿咬开，用指甲撕破，显然撑不了多久了。

阿朱腰肢一扭，轻盈地落在了一扇小窗上，她杏眼微斜，手一挥就将银丝缠到了老头子的腰间。恰在此时，蛛网破裂，无数妖怪轰然落下，而少年身影翩翩，在千钧一发之际，被拽到了半空中。阿朱振臂一挥就要带他逃出塔外，然而就在这时，一枚利刺刺破夜空，疾飞向阿朱面门。

"啊！"阿朱娇呼一声，身影一晃消失在寂夜中。而老头子失去支持，一头跌倒在几名妖怪身上。

"看你怎么逃得出去！"蔷薇手持双刺，笑吟吟地望着就要被群妖啃噬吃掉的驱魔师。

但一个庞大的身影在群魔乱舞中现身，这人身高近一丈，如小山般高壮，将清瘦苍白的少年紧紧护在怀里。而他另一只手挥起坛钵大的拳头，几下就驱散了扑过来的妖怪。

"苍甲！"老头子又唤出了个名字，细密坚硬的青色鳞甲从他的指尖蔓延生长，飞速覆盖了他的全身，只露出了一张白皙俊秀的脸。

"虫虫，快点用你的嗅觉找到出口。"在这些妖怪的利齿下，苍甲的力量维持不了多久，他手臂轻挥，叫出了虫虫。

白衣如雪的少年出现在了熊男的肩膀上，他的双眼在黑夜中闪烁，像是洒下了漫天星光。

"在顶层！顶层有大量新鲜的气流！"

他话音未落，熊男已经抱着老头子跑上了木梯。可是台阶年久失修，熊男身体庞大，几乎每走一步就会踩塌一级，很快他就发现自己已经无路可退。

"现在知道这里是什么地方了吧？"当熊男一口气冲到第四层时，冢狐终于现身，他站在尘土飞扬的塔中，宛如一只剧毒的蛾。

"这里为什么有如此多的妖怪？"老头子心中一冷，因为他突然发现，在冢狐身后的木架上，密密麻麻地放着几百只木牌，"对了，这里是座塔……"

他想到了一个传说，据说在唐初期，太宗因玄武门事变杀孽太重，夜夜不得安寝，就命人在长安城外建了两座塔，以玄奘取回的真经供奉，以化解那些冤魂的怨气。

"没错，这里就是专门供奉烟花女子的地方……"冢狐冷笑着说，"楼船高台，夜夜笙歌，有多少欢愉，就有多少悲伤。正是这些女人让扬州锦上添花，但不是所有人都能幸运地找到归宿，那些无依无靠的女人死后就把牌位放进这座塔中，时间一久，怨恨之气就化为妖怪。"

如果说繁华迤逦、歌舞升平的扬州是盛世中最美妙的光，那这座塔就是藏在光下的阴影。无数可怜的花娘在欢场中颠沛沉离，成就了城市的繁华，死后却只能在这荒僻肮脏的地方寄托枯骨。

怪不得！老头子在心底说。他来的时候，看到高塔立在斜阳里、苍穹下，透着寂寞和哀伤，宛如一道泪痕。

·八·

"幸运的是，我的血肉不能给它们提供力量，所以它们的目标只有你一个。"冢狐从腰间抽出一柄佩剑，得意洋洋地说，"这里，也将是你的埋骨之地。"

冢狐很少亲自动手，这更像是年少轻狂的顾羲禾的举动。

"那可未必……"老头子轻笑一声，打了个响指。眠狼的身影在飞舞的尘灰中出现，矫健的身体几乎要跟黑剑合二为一。

"昆仑奴……"冢狐唤出了使锤的壮汉，两人一个魁梧笨拙，一个灵活锋利，转眼就斗在了一起。

"乾达婆！"老头子勉力唤出了另一个妖怪，但他的力量不够支撑几个妖怪同时现身，苍甲首先露出了破绽，一只不成形的怪物立刻冲上来咬他暴露的肩膀，被乾达婆一枪刺死。随即他掉转枪头刺向冢狐的腔颈。紫衣少年却唤出了飞车，那是一个像爬虫的妖怪，行动迅速，立刻带着他脚底生风地躲开了乾达婆的攻击。

"盾龟！"他又叫出了一个妖怪，但盾龟却出现在了昆仑奴粗壮的手臂上。昆仑奴轻易地以龟背巨盾挡开了乾达婆和眠狼的突刺，手中大锤却片刻不滞，转眼间就在狭小的空间中占了上风。

乾达婆和眠狼的战斗力都比他强，却吃了兵刃的亏，在这里长兵刃根本施展不开，反而倒是蠢笨的家伙得了便宜。

"回来！"老头子挥手将他们召了回来，一掌拍在熊男肩上。这粗壮的汉子立刻明白他的心意，纵身一跃就跳上了第五层。他蒲扇般的大掌抓住了楼梯上的栏杆，但朽木却承受不住他的重量，不断发出"吱呀"声响，即将断裂。

"蔷薇！"站在下面的冢狐逮住这难得的机会，迫不及待地收回了昆仑奴，叫出了新的手下。红衣少女的身影像是火一般在黑暗中燃烧起来，她挥舞着双刺，轻盈地跳起来，疾刺向熊男。然而在这生死攸关之际，躲在熊男怀中被鳞甲包围得只露出一张脸的老头子却突然笑了，他的脸白皙清俊，笑起来像是夜昙绽放。

蔷薇看到这张好看的笑脸突然身体一僵，心底涌出一丝不祥的预感。就在这时，一张大网从她头顶罩下来，一下就把她紧紧缚住。而就在她重重跌下去的一瞬，她看到熊男的腰间悬着几根银丝，牢牢地将这巨汉悬在半空，如果不是从近处看，根本无法发现。

"混蛋！"冢狐见蔷薇失手，立刻驱使飞车，要亲自对付宿敌。熊男在半空中不敢动弹，而老头子也没有力量再召唤妖怪，这简直是天赐良机，他怎能让这样的机会从眼前溜走？

飞车带着他沿着楼梯的扶手灵敏地滑上去，他提剑就要刺向熊男，但躲在熊男怀中的老头子却伸出一只满布鳞甲的手，一把就抓住了锋利的剑刃。

"这么久不见，你笨了许多呢。"他露出狡黠的笑，手中用力，居然轻而易举就将长剑从冢狐手中夺了过来。

"主人！"蔷薇从网中脱困，急忙要去护主，但刚跃上半空就被一根蛛丝缠住了手足，再次重重地摔在地上。这次她似乎受了重伤，试了几次也无法爬起来。

"你是装的？"冢狐终于看到了熊男腰间的蛛丝，明白这壮汉摇摇欲坠一天一夜也不会掉下去。

"你才看出来吗？"老头子朝熊男使了个颜色，熊男挥起一拳，就将他打得口吐鲜血，身体如纸鸢般平平地飞到了五层。

"塔里的妖怪好像都不见了，好像越高处妖怪越少。"阿朱亭亭如玉地从暗处走出来，收紧了手中的蛛丝，熊男借着她的力也轻松地跳到了五层的平台上。

"你、你明明要输的，怎么会……"冢狐勉强坐起身，咳出两口血沫。他受了内伤，还好顾羲禾的身体不错，尚未危及生命。

"谁说我会输？你以为这狭窄的地方最适合昆仑奴发挥？"老头子指着环绕着塔的楼梯和每层平台上的房梁，微微一笑，"但你忘了阿朱，这里的地形其实对她最有利。所以我故意露出破绽，而你果然上钩了。"

冢狐用衣袖擦了擦嘴角的鲜血，突然狞笑了起来："你知道为什么越到顶层妖怪越少吗？"

"因为那里光线强烈，所以……"老头子突然说不下去了，他嗅到流动的风里传来了一股浓腥的血气。

"笨蛋，那是因为上面藏着一只最大的妖怪！"他话音未落，一只锋利的螯足刺破顶棚，直插向老头子的头顶。螯足大如砍刀，刹那间就劈碎了他肩上的鳞甲。苍甲发出哀嚎，吃痛消失了，驱魔师的鲜血飞溅，引来了更多的妖怪。

情势在瞬间逆转，一个周身覆盖着黑色硬壳的巨大蛊虫沿着楼梯爬了下来，它的背上长着一张女人的脸，那张脸妖媚入骨，风情万种，正是曾被老头子奋力击退的顾五娘。

"看起来，你们是受了司一个人的恩惠……"老头子一下就立刻明白，"那人让你们一个借尸还魂，一个化为妖怪，还真是很厉害……"

"废话少说，话多的人总是死得比较快……"顾五娘嘶叫一声，挥舞起螯足就向老头子身上砍去。

乾达婆连忙现身，以长枪挡住了她的攻击。而就在这时，一个没用的家伙在塔的角落出现。那是白衣如雪的虫虫，他蜷缩在灰尘里，惊恐地望着顾五娘，像是看到了一个可怕的噩梦。

"虫虫，快点回去……"他的出现占用了老头子太多的体力，无法驱使妖怪们打斗。

可是这个一直以来都表现得乖巧听话的家伙，却始终咬着牙，无论主人如何命令他都不肯隐身。

"想不到你连这种废物都收，怪不得会被怪物所伤！"冢狐尖厉地笑了起来，语气中满含讥讽。

"你说谁是怪物？"这话引来了顾五娘的不满，她嘶叫着向冢狐冲过去，吓得紫衣少年连连后退。

老头子趁隙要跑，但蛊虫庞大的身躯牢牢封住了通往顶层的路。顾五娘贪婪地看着他，像是要用眼神把这清俊的少年生吞活剥了。

"狭路相逢勇者胜，看来只能竭尽全力了！"老头子突然不跑了，他索性端坐在地上，青衣委地，唇边含笑，宛如一棵永不动摇的青松。

"别开玩笑了，你受了重伤，哪里还有力气……"顾五娘微笑着说，然而她刚说了一半就笑不出来了。高大的熊男突然出现在她面前，一拳就重重打到了蛊虫的头上。

"乾达婆！"老头子飞快地替换着妖怪，持着长枪的贵公子出现，一枪就刺向蛊虫的眼睛，它的眼睛登时瞎了一只，流出黄黄的液体。但它挥舞的长足也疾砍向老头子的胸口，苍甲立刻冲出来替他挡了一击，却被打得口吐鲜血，很快便隐身了。

"虫虫，你给我回去……"老头子大声怒喝，因为虫虫的出现，他不能同时驱使多个攻击性妖怪，如果熊男、眠狼以及乾达婆一同出手，或许在瞬息间就能决定胜负。

"不……我不回去……"虫虫呜咽着痛哭，"我闻到了熟悉的味道，是我的主人的气息……"

"你说什么胡话……"老头子刚要骂他，顾五娘就伸出螯足直袭他的胸口，他连忙躲避，眠狼急忙阻止，但却终究晚了一步。虫子的螯足刺进了他的前胸，浓腥的鲜血转眼就染红了半幅青衫。

·九·

"呵呵呵，看样子还是我胜了呢……"顾五娘得意地笑了起来，但她没过多久就笑不出来了，因为她发现刺进老头子身体里的螯足像是刺进岩石般被紧紧卡住。

"以最大的力量现身吧，我的妖怪们……"老头子虚弱地说，血从伤口中不断涌出，但他单薄的身体中似乎藏着无穷无尽的力量。

熊男立刻出现在蛊虫的后背上，他抡起坛钵大的拳头，用尽全力砸向虫子的脑袋。眠狼像是一道黑色的闪电般在它周围游走，转眼就砍下了它所有的足。乾达婆持着长枪从天而降，一枪就贯穿了蛊虫的脑袋，将它死死钉在地上。

顾五娘惊恐万分，她不知道发生了什么，自己怎么就突然处于劣势了。但瞬间所有的妖怪都消失了，塔内恢复了寂静，只剩下一只无法动弹的蛊虫和失去力量的驱魔师一起静静地坐在灰尘里。

老头子脸色白如冰雪，连头都抬不起来，奄奄一息。只差一点他就能取胜了，可是体力再也支撑不住，终究功亏一篑。

"看样子，还需要我来善后……"受了重伤的冢狐从地上爬起来，他咳嗽着捡起长剑，剑光如水，照亮了他美丽残忍的脸。

他拎着剑向两人走去，首先走向了无法动弹的顾五娘。

"螳螂捕蝉黄雀在后，没想到会死在我的手上吧？"他举起长剑准备向蛊虫背上的美人脸刺去，此时美人泪水涟涟，眼中满含怨毒，恶狠狠地瞪着他。在临死之际，这美丽的女人不知后不后悔将自己变成妖怪？

"不许碰我的主人！"然而就在这时，一个白影从斜刺里蹿出来，一下就把冢狐扑倒在地。

与此同时，老头子的眼睛睁开了，却是被逼睁开的，因为有个强大的妖怪正在源源不断地从他的身体中汲取力量。

扑倒冢狐的正是虫虫，他的身体飞速发生着变化，身形涨大了几倍，长出了尖利的獠牙和巨爪。这雪白的巨兽一掌就拍飞了冢狐手中的剑，而冢狐受了重伤，不愿恋战，连忙唤出蔷薇抵挡。但红衣少女刚抽出双刺，就被巨兽一掌打飞。它像是一座不可逾越的白色雪山，凶狠地守卫着老头子和顾五娘。

"这次就算了，我们的账下次再说！"冢狐并不傻，知道以自己的身体状况不能久留，连忙唤出飞车，顺着楼梯从塔顶逃走了。

而虫虫变成的怪兽摇着尾巴蹦到了顾五娘身边，伸出粉嫩的舌头，连连舔舐着她的脸。

"虫虫，是你吗？"顾五娘突然号啕大哭起来，而随着哭声响起，狰狞的蛊虫化为烟尘，坐在地上的只有一个伤心欲绝的女人。女人的怀中抱着一只雪白的小狗，小狗不断地撒娇，像是在安抚她受伤的心。

她想起了自己的过往，在与爱人厮守了几年之后，科举高中的情郎终于狠心将她抛弃，只留给她一首《雨霖铃》。

"多情自古伤别离，更那堪，冷落清秋节。"这是他对她唯一的交代。在那个下雨的秋日，她将他送上兰舟，然后就失魂落魄地离开了。她抛弃了他们那个在汴京的家，也抛弃了共同养育的宠物———一只跟她同名的雪白小狗。

或许是因为被情人抛弃，或是因为几年过去的她已年老色衰，对男人的恨和对美丽的期盼，让她在走投无路之际遇到了那个打着竹伞的人。那人站在伞下，伞遮住了半张脸，根本看不清模样，只递给了她一个符咒，说只要她喝下去，就能利用蛊虫永远保持年轻的姿态。

因为心怀怨恨，她很快就化身为妖怪，没想到人性却渐渐泯灭，在杀戮的路上越走越远。

直至今日，那只雪白的小狗再次出现在她面前，唤醒了她心底那点残余的爱。

蛊虫消失，老头子的血止住了，而妖怪们不再消耗他的体力，胸前的伤口也在缓慢地愈合。他睁开眼睛，看到了这温馨的一幕。浑身雪白的小狗窝在主人的怀中，露出幸福的笑容。

他想到了昔日在船舱中间虫虫的话："被这样对待，你不恨吗？"

"不，爱是心甘情愿的事……"那轻佻的少年曾这样回答他。

你为了谁成妖成魔，谁又会为了你苦苦守候？即便你将我抛弃一万次，我也会跋涉千里找到你。即便你化成灰，变成了妖魔，我也会记得你的模样。

多么多么爱你，为了爱你，我连生命都可以放弃。

因为在爱的世界里，没有谁对谁错，只有你情或者我愿。

十日后，老头子虚弱地出现在朱文浩的花园中，他的胸口仍缠着绷带，憔悴得像一片秋风中的枯叶。

"找到人了吗？"朱文浩好奇地问，他话音未落灵雨就冲了出来，差点将老头子扑倒。

"找到了，可是还有账没跟你算……"老头子推开灵雨，咬牙切齿地瞪着他，"为什么你不告诉我当初委托你父亲的客人是柳三变的情人虫娘？"

"哎，干我们这行的，要主意保护客人的隐私嘛。"朱文浩不以为然地说。

"她委托你们去寻找的根本不是去搜集情人的词，而是想要用邪法永葆青春吧？"

"如果跟你说真话，你不会去的吧？"朱文浩依旧厚着脸皮笑，"父亲看出她心底的愤怨，察觉到她已经化为了妖魔，才想找个驱魔师除掉这个祸害。"

"不过冢狐替换了她昔日留下的锦囊，布置了陷阱来害我，却没想到帮助他们的人跟我要找的是同一个人……"老头子也十分纳闷地说，"这世上的事真是奇妙，居然有如此巧合的事。"

"或许，这就是命运吧……"

确实，这世上哪有那么多巧合，永远只有躲不开的宿命。当他这样想时，灵雨又凑过来，紧紧靠在他的身边。

三日后，老头子出现在了汴京的一处宅邸中，这里靠近烟花柳巷，是个温馨舒适的小院子。院子的主人是个中年美妇，白发爬上她的鬓边，却仍不掩丽色。她怀中抱着一只奄奄一息的小狗，小狗只有出气没有进气，巴巴地望着自己的主人。

"我终于想通了，再也不用那些邪法了，我选择变回了普通的妇人，可是为什么才过了几天快乐的日子，它就要离开我了呢……"过去是风华绝代的顾五娘，如今是中年妇人的虫娘，痛哭不止地说。

"它在你暂住的废庙中等了你十年，对于一只狗来说，寿命已经算是长的了。"老头子摸了摸小狗的脑袋，它伸出舌头，感激地舔了舔他的手指。

没有了驱魔师的血液，它失去力量，再也无法支持下去了。

老头子望着它失神的眼睛，仿佛又看到了那个轻佻的白衣少年，他对自己说了一箩筐的假话，只有一句话是真的。

他确实不久于人世。

但在生命的最终，他拼尽最后的力量，找到了心爱的主人，唤回了她迷失的灵魂。

"我这一辈子已经没有什么心愿了，谢谢你，老头子……"雪白的狗吐出了最后一口气，缓缓阖上了黑亮的眼睛。

一个白衣少年仿佛出现在他眼前，朝他鞠躬道谢，然后微笑着转身离去。他步履轻盈，背影潇洒，宛如白鸟般翩然而去，似乎对这个世界再也没有任何留恋。

那是做尽了该做的事的男人才拥有的无悔的背影。

·尾声·

一个月后，临近端午，一个青衫寥落的少年出现在扬州城的一座孤塔下。塔前荒草丛生，斜阳晚照，周围的居民都像害怕什么似的，走路也要远远绕开这座塔。

少年走到紧闭的门前，将一只木匣放在了门外，匣子里是柳永的三百首词，这位半生流连在花丛中的词人，字里行间都透露着对烟花女子的同情和尊重。

唯有爱，才能化解怨，而这是他能找到的唯一能慰藉这些女人心灵的东西。

晚风乍起，塔门无声无息地开了，少年打开了匣盖，三尺白绢像是被一只看不见的手牵引着似的，飘飘然飞入塔中。

接着塔门又无声无息地阖上，像是它从未打开过一样。

少年踏着斜阳荒草离去，只听风中送来丝竹管弦，不知有谁在浅吟低唱——

"此去经年，应是良辰好景虚设。便纵有千种风情，更与何人说？"

# 长夜幻歌

贰

玖·流光舞

那是他唯一能给她的，最后的礼物。此后任流光匆匆，这场舞终将存在于她人生中最美好的时刻，永不消弭。

夏日夜风送爽，流光飞舞，像是将漫天的星光都搬到了凡间。

东京城一处僻静的庭院中，一个美貌少女跟个梳着冲天辫的少年在水塘边放烟花，少年笑嘻嘻的，臂力奇大，每每能将烟火掷到半空，在寂静的夜空中不时绽放出一朵朵灿烂而耀目的花来。

而在不远处的凉亭中，一个白衣少年正在自斟自酌，他坐在荒草中，面色苍白如玉，却宛如黑暗中的帝王。风吹起他的衣袖如游龙般滑过，不带走什么，也不留下什么，像是这千百年逝去的岁月。

凉风让他忍不住咳嗽了两声，池塘边的少女立刻蹦蹦跳跳地拿着烟花向他跑来。

"老头子，你真闷，快来跟我们一起玩。"她笑得像一朵灿烂的花，眼角的一颗小痣宛如花瓣中调皮的小虫，随着她的表情一跳一跳。

"累……玩什么玩，有苍甲陪你不就行了？"灵雨死缠着他不放，这女孩活泼好动，还好苍甲能跟她玩到一块儿，分散了他许多压力。

"多个人玩有意思。"小巫女今天穿了条樱色的新裙子，娇俏美丽，正拿着烟花跟他撒娇。

"老头子艳福不浅嘛。"一个黑衣艳女悄无声息地从凉亭上飘然而落，她的瞳孔像夜一般黑，肌肤欺霜赛雪，袅袅婷婷站在他的身边。

灵雨见阿朱出现，提着裙角就又找苍甲玩去了，转眼间池塘边又洒满了笑声，烟花再次在半空朵朵绽放。

"告诉你一个好消息。"阿朱俏生生地笑，用衣袖掩住了樱唇。

"别卖关子了，什么事？"

"来教训你的人已经在来这里的路上了。"她笑得更加开心，"看起来有二三十个，骑着骏马，都是打架的好手。"

悠闲的白衣少年立刻从凉亭中跑出来，拉起在池塘边玩耍的灵雨，拔腿就跑。恰在此时，残破的大门被人踢开，木屑飞舞中还夹杂着灵雨不开心的抱怨。

"我们为什么要跑啊？"

"因为好久没生意，我欠了高利贷！"

"可你不是拿珍藏的东珠做抵押了？"

"那些珠子当然是假的，真的我怎么能给他们？"

"啊啊啊，亏我还以为你很有钱，可以跟你吃香的喝辣的，没想到你竟然穷成了这样？"灵雨几乎要号啕大哭，"而且为什么要拉着我一起跑？这跟本姑娘有关吗？"

"你这身新衣服不是我出钱买的吗？昨晚吃的那只炙小羊嫩不嫩？怎么跟你无关？"老头子唤出熊男，粗壮的妖怪在暗夜中现身，将他们两人放到肩膀上，脚下生风地逃命。

"算了，我给你讲个故事吧，算是给你的补偿……"

"本姑娘才不要听……"

"那故事很有趣的！"

·一·

是的，那确实是个很有趣的故事，因为那是发生在我年少青涩时的传奇。这世上最珍贵的就是青春，而每段青春都值得铭记。

那时我还是个愣头愣脑的小伙子，就像大多数这个年纪的少年一样，一冲动就会做傻事。那天我照例去酒肆中喝了点酒，战乱时期的酒本就难觅，于是不免多喝了几杯，等我再醒来时，身边却多了个身穿绫罗衣裙的小姑娘。她大概七八岁，还未及笄，脸上满是肮脏的尘灰，眼睛却像是葡萄般黑亮，小手中牢牢抓着个琉璃彩球，警惕地瞪着我。后来她就为自己起名为"琉璃"，并且把那只球挂在腰间，据说那是她高贵身份的证明。

"喂，既然你如此高贵，就回家吧。"我酒醒后就忙不迭哀求她，恨不得马上把她打发走。

"我的家人都死了，虽然受了惊吓，但重要的事我还记得……"珠串般的泪水立刻从她乌亮的大眼中流出来，"如今我无家可归，你要是不收留我，我就只能流落街头，据说现在那些饥饿的流民连人都吃……"

我那时还年轻，根本不懂什么是示弱，什么是诡计，难免侠义心起，虽然万般不愿，还是点了点头。

当时正值隋初，天下初定，死去的亡灵滋生了无数妖怪，而在阴阳师中也衍生出一个新的派别，就是驱魔师。驱魔师们以鲜血供养妖怪，与之共生。妖怪们得到了驱魔师的力量，就会妖力大增，而驱魔师也得以青春永驻。可是这听起来不错的行当，干的人却极少。因为稍有不慎，把握不好力量的平衡，就会被自己豢养的妖怪吃掉。

就这样，我收留了琉璃。在物资匮乏的年代，养一个小姑娘是辛苦的事情，所幸我会点驱邪的法子，剑术又不错，能赚点小钱糊口。

时光飞逝，转眼三年过去，不知从何时起，跟在我身后的小姑娘眉眼间有了丽色。她像是得到春雨滋润的花，悄无声息地绽放，仿佛只是一个朝夕的工夫，就惊艳了世人的眼睛。

"不能再混日子了，得给你备嫁妆了……"这天落雪纷飞，我望着在房中洗头的琉璃，连连叹息。水珠从她黑亮的秀发上滑落，衬得她越发晶莹，唇色如花瓣般动人。

"长歌哥哥，什么是嫁妆？"她洗完了头发，坐在木盆沿上，笑嘻嘻地问我，漂亮的眼睛中似装着整个星空。

其实我觉得她什么都明白，却装作糊涂。因此我故意绷着脸，裹着破棉袍，走出了家门。前几天有人给我介绍了一桩大买卖，有个叫欧冶子的知名铸剑师被妖怪缠上，每天晚上都会悄悄起床，打铁铸剑。那当当的声音在寂夜中回响，不过几日，就几乎摧毁了他的家人和徒弟的意志。

"只要有人能赶走师傅身上的妖怪，可以白银二百两为酬！"他的弟子在街市间奔走哭号，召唤能人驱邪斩妖。二百两在当时是个大价钱，足够在洛阳城最繁华的地段赁一处宅院，更能让一个漂亮的姑娘风风光光地嫁出去。

听说那天之后就有几名男巫和阴阳师相继住进了铸剑师家，可那恐怖的当当声仍会在月夜中回荡，依旧没有止歇。江湖术士们灰溜溜地离开，甚至还有几个人吓得肝胆俱裂，说欧冶子以活人铸剑，所以被怨灵缠上。在这之后，铸剑师家门庭冷落，连弟子都跑得差不多了，再也没人为他奔走哭号。

"你确定要接这桩生意？"风雪之夜的一家茅舍中，一个身穿青衣的青年为我斟了一杯酒。他大概二十出头，浓眉大眼，颇有英气，是个厉害的驱魔师，以上古之神少昊为隐名。认识他多年，他总是笑嘻嘻的，但我却从不知他在想什么。

"不然还能怎么办呢？"我望着乱花飞雪，忍不住叹息。

"过去的你不是如此贪财的，甚至还跟我说，如果太过贪婪就会付出代价。"少昊眯着眼笑，春来几许，花开几度，这个家伙却从不见老。

"过去？过去我也不需要嫁妆啊……"

"也许快了……"他轻轻放下酒杯，似乎在我稚嫩的脸上发现了什么。

"什么快了？"我好奇地问。

"你成为驱魔师的日子。"少昊伸手掐了掐我的脸，"小家伙心底装下了人，我就可以放心地教你驱魔之术。"

"可你之前都让我拼命练剑，说什么怕我被妖怪吃了！"我一把打开他的手，怒目瞪他，"那都是骗人的吗？"

"你看这夜黑不黑？"他突然推开了茅屋的木窗，登时有风裹着雪闯进来。

"不要岔开话题！"我嘴上说着，却忍不住瞄向窗外。冬天的夜黑得如同一块玄铁，即便有雪花伶仃，也冷得令人绝望。

"当了驱魔师，有生之年都要游走在黑夜之中……"少昊伸出手，指了指我的左胸，"如果心里没有惦念的人，就会轻易迷失方向，遁入妖魔之道。"

我好像明白了什么，但只是装成大人的样子，跟他喝了一杯又一杯。酒入喉舌，暖了我的心，壮了我的胆，但直至我失去意识，也没敢问他心里惦念的到底是谁。

只是恍惚之间，我竟觉得面前坐着的是未来的自己。

十分强大，却也十分孤独。

· 二 ·

我到铸剑师欧冶子家时，是个温暖的午后，冬天的风太冷了，所以我特意挑了个艳阳高照的日子。

他家建在荒僻的城郊，跟普通的人家不同，后院宽敞开阔，足有三亩地大，分门别类地堆放着焦炭和木柴，院中还养着走兽飞禽，颇有情趣。

"你可以治好我们老爷身上的怪病？"开门的是个年纪跟我差不多大的仆人，双眼朝天，以鼻孔看人。

"有七成把握。"我抽出腰间的细剑，在寒风中扬了扬。

"进来吧，来的人都这样说，最后没一个成事的。"他通报了主人，把我安排在客房居住，虽然炭火烧得暖暖的，但我始终没见有人来招待。

这家人始终是不信我的！

我索性在院子里转了转，观察了一下这院子的地势形貌，只见宅院虽大，却没几个学徒和仆人，显然经过两个月的妖怪作祟，人已经跑得差不多了。

"请问何时才能让我见见欧冶子先生？"当天色擦黑时，有仆人为我送来了晚饭，他像是只受惊的兔子，根本不理我，放下饭菜转身就要跑。

"等等！"我却比他更快，跳起来堵住了大门。

"你这小子要干吗？吓死我了！"

"我是来解决麻烦的，怎么主人连面都不露？太失礼了吧？"我将手放在腰间的细剑上，却故作温和地笑。

"很快你就能见到他了，白天先生根本就不会走出房间，但每到晚上，铸剑室就会传来可怕的声音……"他的脸吓得青紫，哆嗦着回答，"你若想见的话，自己去铸剑室吧，反正别人都是那么见他的！"他说完夺门而逃，风从敞开的门中钻进来，只见窗外夜色朦胧，一轮冷月像是一滴被冻凝了的泪，高悬在天际。

当晚我和衣而睡，在那张简陋的床榻上，我发现了几张残破的纸符和半截衣袖，显然是之前驱鬼逐妖的人留下的。

长夜寂寂，北风肆虐，像是一只凶猛的兽，吹得窗门吱呀作响。说不怕是骗人的，但是我的眼前出现了一张柔嫩如花瓣的少女面孔，忐忑的心就安定了许多，连握剑的手都变得坚定有力。为了琉璃，这点惊吓算得了什么呢？

"当——""当——"不知过了多久，呼啸的风声中夹杂了别的声音，像是编钟轻响。一声又一声，连绵不绝，很快就充斥了整个夜色，就连方才还气势磅礴的风声都变得如枕边人的呼吸般微弱。

我顺着声音来到了位于后院的铸剑室，不远处还有一个羊圈，里面几只绵羊被惊醒，如灰云般在暗夜中蹿动。

一个赤裸着上半身的男人正在剑炉边打铁。炉中并未燃火，他的铁锤一下下砸在石头上，已经将一个锡块砸得如纸一般薄。男人背对着我，看不清面貌，只见他头发散乱，身材精悍，似乎年逾不惑。

"请问，是欧冶子先生吗？"我试探地问。

然而他不回答，只发出呜呜的声音，仿佛在压抑地哭泣。

"先生？"我按住了腰间的剑柄。

他猛地回过头，一锤就砸向我的胸口，这一锤灌注的完全不是人的力量，挟着腥风，排山倒海般向我压来。

我急忙拔剑刺向他的手腕，但他却似乎根本不怕痛，任腕上血花飞溅，铁锤丝毫不停顿。我只觉得胸口一阵剧痛，甚至听到了骨头碎裂的声音，人就平平地飞了出去，还好地上有厚厚的积雪，让我摔得没那么重。

"有人吗？这里有人吗……"我咳了口血，从雪地上爬起来，望向不远处那一扇扇荧亮的窗户。窗里的灯在冬夜中宛如萤火，虽然缥缈遥远，却给人以希望。每扇窗后都有人影闪动，却没一个人推门而出。几个月来他们都吓怕了，只敢躲在窗后偷瞧，根本没有勇气走出来帮忙。

"有人吗……"我无助地高叫，鲜血染红了衣襟。

冬夜黑而冷，像是汪洋大海将我淹没至顶。多年来我对付的一直是些杂碎小妖，从未面对过这么可怕的怪物。

"呼呼……"男人喘息着走向我，依旧拎着沉重的铁锤，每走一步都在雪中印下深深的脚印，宛如远古的神魔般狰狞。

我跌跌撞撞地向后院的矮墙跑去，还好我处事谨慎，在白天就发现了这条退路。

"呼呼……"身后的喘息声越来越近。

积雪湿滑，我手脚并用才爬到了墙沿。放在平时，我只需纵身一跃就能轻松翻过的墙，此时却如死亡般横亘在我的面前，难以逾越。

"呼呼……"男人双目血红，又抡起了大锤，但这次他瞄准的是我的脑袋。

我紧紧闭上了双眼，等待即将到来的重击。然而就在这时，一只温暖的手扣住了我的手腕，随即一个雪球以迅雷不及掩耳之势从墙后飞出来，"啪"的一声无比精准地砸在了男人的双眼上，男人的铁锤一偏，滑过我的后脑，砸在了矮墙上。

墙后露出了琉璃漂亮的脸，借助她微弱的臂力，我翻过墙，拉着她奔入了无边的夜色中。

夜是那么黑，无边无际，跟少昊那天让我看到的一样凄冷绝望。他说得没错，这样可怕的长夜，任谁徘徊在其中都会迷失方向。

·三·

"长歌哥哥？长歌哥哥……"我醒来后听到的并非呼啸的风声，而是琉璃的呼唤。她双眼通红，蓬头垢面，比平日憔悴了许多，仿佛又变成了那个躲在残垣断壁中拿着琉璃彩球的孩子。

"别哭了，我不是醒了吗？"我笑嘻嘻地说，但每一次呼吸都令我胸口剧痛。

"我不嫁人了，也不要嫁妆了，我们一直这样生活下去吧，穷一点也没关系，饿了我会忍住，你不要离开我好不好？"琉璃却猛地扑到我怀里痛哭流涕，让我的伤口像是又被大锤砸了一下。

"好啊，我永远也不离开你……"我苦笑着安慰她，却在心底暗暗做了一个决定。

七天后一个温暖的午后，趁着琉璃去集市买药酒的机会，我裹紧了棉袍，虚弱地走出了家门。踏着厚厚的积雪，我来到了位于郊区的一处茅屋中。

少昊住在一处山坳附近，远而且偏，当我抵达时天色已晚，冬日的太阳躲在灰云后，像一只半瞑半睁的眼，流露着衰败的光线。

"就知道你会来。"我刚要伸手叩门，柴扉就打开了，浓眉大眼的驱魔师在对我笑，他穿着一身灰袍，气质端庄，像温润的墨玉。

"你的妖怪报的信吧？"

"当然，你刚走出洛阳城，绿萝就发现了你的踪迹。"少昊拍掉了我肩头的落雪，像是对待自己的孩子般亲切温和，"进来吧，有美酒烧肉！"

茅屋狭窄温暖，绿窗中映出几个奇异纷乱的影子。但在我推开门的一瞬，这些影子全部消失了，火炉旁只有杯盘狼藉和几双凌乱的筷子。

我早已见惯了这场面，随便抓起一副筷子就吃起烧肉，吃得正酣时，少昊递给了我一杯温好的烧刀子。

"你想要成为真正的驱魔师，所以才来找我的吧？"

我点了点头，却诧异他为何能猜到我的心事。

"你平时走到这里需要一个时辰，今天却用了一个半时辰，显然是受了伤……"他仍微笑着，眼神却比尖刀还犀利，"你发现了自己的极限，所以才想借助外力突破。"

"你会帮我吗？"我讪讪地笑，生怕他会拒绝。

"当然，但即便成为驱魔师，你仍然会有自己的极限……"他打了个呵欠，仿佛见多了我这样的少年，又指了指我的心口，"因为极限就藏在你这颗心里，跟力量的提升无关。"

"什么啊……"我根本听不懂，我只知道自己要变得更强大，才能去制服被妖怪附身的铸剑师，才能让琉璃过上好日子。

"第一个妖怪很重要，就像第一个爱上的姑娘，往往对你的影响最大。"

"我又不跟妖怪恋爱……"

"倾听妖怪的心，不要用暴力去压制它们。"

我连连点头，他怎么跟个老妈子一样啰唆。

"永远不能懈怠，要不断地提升自己的能力，才能保持跟妖怪的制衡，否则你早晚会变成妖怪们的晚餐。"

这次轮到我打呵欠了，可是刚打了一半，后颈就被人重重打了一下，那人的手劲不轻不重，刚好够让我晕倒。

在被黑暗包围的刹那，我看到的是小妖绿萝俏皮美丽的脸和少昊深邃的双眼，只是那双眼中闪烁的怎么看都像是幸灾乐祸的光芒。

很快我就明白了其中的玄机，当我从昏迷中醒来时，四肢百骸无一处不痛，简直像是被铸剑师用铁锤把浑身都砸了一遍。

"水……"我艰难地朝依旧笑眯眯的少昊说。

"不许喝，我的血带着咒符正在你全身游走，怎么能喝水稀释呢？"他不仅不给我水，还当着我的面自己喝了半壶。

"混蛋……"我气急咒骂，可刚一开口就因急火攻心晕了过去。

再次醒来时，茅屋中的炭火盆依旧烧得暖暖的，木窗敞开了一条缝隙，可见天幕辽阔，星斗阑珊。

一切都跟过去一样，但一切却已完全不同。

我听到了风中夹杂着乖戾的笑声，我看到了窗外一闪即逝的鬼祟影子，甚至当我看向少昊时，才发现他身后似乎藏着几个缥缈可怕的人影。

"你走吧，我没什么可以教你的了。"他依旧笑着推开了门，但我却轻易察觉到了他笑容后的冷漠。

"好。"我点了点头，我从未发觉自己面对的是一个如此可怕的男人，甚至比那个被妖怪附体的铸剑师还要可怕几十倍。

因此我连片刻都不想停留，急忙走出了茅屋。

"记得我跟你说过的话。"他依旧古朴端庄地站在门边，温和地嘱咐着我。

我最后望了他一眼，就飞快地挪开了目光，匆忙离开了茅屋。少昊沉稳的身影映在我的眼中，却如巨兽般张牙舞爪。

为什么我到今天才看清，这男人根本不是什么温润的墨玉，而是一柄出鞘的剑呢？而且是那种饮尽千百人的血、遍布斑痕的凶剑！

我踏入刺骨北风中，夜无边无际，像是一片辽阔的汪洋大海。从今以后，即便有万人推崇，荣华加身，陪伴着我的也将只有如长夜般漫无边际的寂寞。

·四·

"怎么讲了这么多还没有捉妖驱邪的情节啊？半夜打铁的男人到底是怎么回事？快点说！"凉爽的夏夜中，灵雨坐在山涧旁不耐烦地催促。

熊男一贯是个老实勤力的妖怪，只顾带着他们一路狂奔，一不小心就跑过了头，居然奔出了东京城，直接跑进了深山里。或许对他来说，这荒芜的山野比繁华的城市更加安全。

"那要放在后面再说，接下来我想说的，是另一个男人。"老头子穿着灰白的旧袍，袍角浸在水中，随着水波的荡漾开出一朵花来，那花却有几分落寞，仿佛染了岁月的颜色。

"怎么刚说完一个男人，又来一个男人？难道你回忆里全是男人吗？"灵雨不耐烦地提高了嗓门。

老头子瞪了她一眼，又继续讲了下去，可这次他的语气中却多了几分惆怅。

幽山空寂，无数萤火虫在夜色中飞舞，像是将天上的星星都搬到了凡间。少年和少女并肩坐在流萤飞舞中，似乎踏着时光的长河，回到了很久很久以前。

·五·

拥有了驱魔师的血，一贯独来独往的我突然变得紧俏起来。尤其是走在荒僻处，更是追随者众多，他们有男有女，有老人也有小孩，总是在人烟稀少处跳出来，求我收下他们。妖怪们想获得力量的缘由各有不同，大多是因为恨，还有一些是为了爱。

但是我晃荡了几天，却没敢收下一个手下，不仅是因为少昊的嘱咐，更重要的是那些热切的眼神让我害怕，我不敢确定这些家伙是否会在夜深人静时吃了我。

当然也有力量强大的妖怪出现，由于妖力高强，它们往往拥有绝色容颜，却只远远地望着我，并不靠前。它们的眼神像冰冷的刀锋，仿佛要将我的骨骼寸寸拆开，好测算我有多大的力量，值不值得合作。

而就在那段迷茫的日子，我遇到了冢狐，当时他还是个叫李沁的少年。

那是一个下着雪的晚上，洛阳城素有宵禁，坊间空无一人。我照例跑去郊外的小酒馆打酒，酒馆的老板跟我很熟，总是会给我留下些白日里卖剩的残酒。

当我拎着酒壶走在墙垣下时，却发现不远处围了几个妖怪的影子。它们有的连人形都变不成，但无一例外都虎视眈眈地盯着一个少年。少年倚在墙上，眉目如画，半截身体都被落雪覆盖，像是一座凝固的冰雕。

我走过去赶走了那些怪物，冷风拂过，他的眼帘微微动了动，朝我看了一眼，他长捷上覆满霜雪，眼底死气浮荡。

"救我……"他声音低沉嘶哑，宛如魔鬼的轻语。

"好可怜，想活下去吗？"我收回了剑，扒开他身上的积雪，洁白的雪被鲜血染红，无数不成形的魑魅魍魉围着他的伤口打转。我立刻明白了他为什么要用积雪将自己盖住，因为血腥气散发出来，会引来更多的妖怪。

虚弱的他用力眨了眨眼。

"即使变得不人不鬼？"我再次问道。

少年只剩下一口气，用尽最后力气再次眨了眨眼。我只能割破自己的手腕，将鲜血喂给了他，希望能延续他的生命。我不知道少昊是如何让我成为驱魔师的，事到如今我只能试试看。

濒死的少年喝下了我的血，眼中渐渐有了神采，腹部的伤口也在缓慢地愈合。

"谢谢……"他说完就疲惫地闭上了眼睛，任我用棉袍将他裹紧，然后拖到了家中。

少年伤得很重，每天醒着的时间非常少，他美丽如少女的面容裹在棉袍下，憔悴得令人怜惜。但他的生命力非常顽强，只靠一点食物和药，伤口就以惊人的速度恢复。对于驱魔师这个身份，他似乎比我能更快适应，趁我不在的时候，竟然还收了两个妖怪，并为自己起了个隐名为"冢狐"。

"长歌哥哥，这个人什么时候能离开呢？"在第十天晚上，一直照顾冢狐的琉璃突然不耐烦地嘟囔。

"怎么了，你累了？"我拽了拽她粗黑的长辫子。

"当然不是……"琉璃在灯下欲言又止，"我觉得他很可怕，他好像早就醒了，只是在观察我们……"

我手中的书跌到了地上，因为琉璃自小就是个聪明的姑娘，完全不像别的十几岁少女那样蠢钝。

"总之，如果他醒了就送他走吧。"琉璃慎重地看了我一眼，"还有，别告诉他你的名字。"

我当然不会告诉他我的名字，因为驱魔师一旦被人知道真名，就跟死人无异。

就像琉璃猜测的那样，冢狐很快就恢复了健康，他察觉到了我们对他的提防，知道不能再继续装睡了。

"谢谢你救了我……"在冬天冰冷的晨光下，他虚弱地笑着说，"我是长安李家的人……你想要什么？我可以满足你。"

"救你只是举手之劳，我从来也没想过要什么回报。"

"真的吗？"冢狐高深莫测地笑，仿佛洞悉了一切，"难道你不想让那个小姑娘过上好日子，让她风风光光地嫁人？那么美的女孩，怎么能一直住在这茅屋中？"这俊美的少年像是个魔鬼，说出的每一个字都恰到好处地砸在我的心坎上。

"你是不是找不到称手的妖怪？我看你成为驱魔师这么久，居然一个妖怪都没有，定然是个挑剔的人。"他循循善诱地说，"我刚好有两个忠心耿耿的妖怪，可以暂借给你。"

我并不回答，只是望着窗外的雪景。年关就要到了，而再过一年，琉璃就要满十七岁了，正是少女们最适合嫁人的年纪。

"听说城郊有个有名的铸剑师被妖怪缠上了，寻常人根本无法解救……"他继续说着，

玖·流光舞

"这桩生意不但能赚到足够的银子，还能令你扬名立万，而对我们这样的新人来说，没有比名气更重要的东西了……"

他的直觉太过敏锐，跟我一样，都率先盯上了最大最危险的猎物。

没人能拒绝这样的诱惑，在这个堆霜砌雪的早晨，我跟魔鬼做了交易。

·六·

就这样，我拥有了第一个妖怪，那是一个叫三宝的男孩，不过七八岁大，长着一双圆溜溜的大眼睛，非常可爱。

冢狐跟三宝解约后，变得很虚弱，看起来真的要再躺上个半个月。

"只能借给你三宝了，如果再把疾风给你，估计我就要死了……"他艰难地朝我笑，脸色比门外的积雪还白，衬得五官更加精致，像极了一只奄奄一息的狐狸。我甚至都怀疑这个少年是不是根本就是狐妖变的，他老练而事故，看来身为人类时也因出生于豪门，没少接触钩心斗角的事。

"但是我会让疾风跟着你，如果遇到危险，我的力量应该能供他使出必杀的一击。"他虚弱至极，似乎真的在为我着想。

"谢谢你，但我还是希望他不要出手。"我第一次觉得应该相信他。

"去吧，去杀掉那个妖怪，让我们在洛阳城中建功立业……你拿剑的手从不颤抖，是个能干大事的人，这点比我强太多，我从小在家中娇生惯养，对武学一窍不通。"冢狐像是在我身上看到了希望，突然话多了起来，"还有千万不要心软，一有机会就要置对方于死地，这是我失去生命后才明白的道理。"

"我知道。"我点了点头，说完就拿着细剑，裹紧棉袍出发了。

此时已临近年关，欧冶子家为数不多的仆人正在忙着扫房除尘，忙得不亦乐乎，守门的仆人听说我的来意后，甚至连正眼都没看我一眼。

"最近来除妖的人太多了，你跟别人挤一下吧。"他再次把我带进了之前的那间客房，可是里面已经住下了一个身穿黑袍头发蓬乱的青年男子。他正在往自己的桃木剑上画咒符，看到我后轻蔑地笑了，"这洛阳城里是没人了吗？连个毛都没长齐的小白脸都来驱邪斩妖。"

"我们合作吧。"我却不生气，笑眯眯地说。争口舌之快有什么用呢，能克敌制胜才是最重要的。他愣了一下，似乎在我身后看到了妖怪浮动的影子，琢磨了一会儿，终于不情愿地点了点头。

当天午后，我们就在客房中商量好了计划，这妖怪之所以难以驱赶是因为它缠住的是欧冶子，也就是这家的主人，如果要打败他，就难免会伤害欧冶子，即便赶走了妖怪，人也非死即残，这样的话一切努力都毫无意义。它如此肆无忌惮，就是抓住了人们投鼠忌器的心理。

"但是它却忘了，欧冶子虽然因长年铸剑而身体比别人精壮，却也不过是个普通人。"我回想起半月前那个可怕的夜晚，"只要夺下他的铁锤，他就伤害不了我们。"

"那还不容易，我们两个人还怕夺不下他的兵刃？"男巫不以为然。他叫武吉，是个半路出家的巫师，以驱邪祈福的小生意为生，可是最近有人向他钟爱的姑娘提亲，于是他再也坐不住了，打算接个大活儿，多赚点钱，风风光光地将姑娘娶进门。

"喜欢的女人怎么能拱手让人呢？即使拼尽全力也要争取。"当提到那个女孩时，他不再摆弄木剑，而是挠着脑袋不好意思地说。

"是啊……"我的眼前出现了一个梳着长辫的少女俏丽的脸，但这个荒唐的念头一闪即过，因为琉璃从未表示过要跟我在一起，她大多数时间都在寻找父母的消息，似乎很希望回到过去的那个家。

我跟武吉怀着各自的心事，很快就迎来了寒冷的冬夜。北风呼啸，像是一只看不见的手在轻叩门扉，而到了午夜时分，寒风终于送来了我们等了许久的打铁声。那可怕的当当声像是尖利的锥子，一下下敲打着我的脑髓，每响一下，都让我想起了之前恐怖的经历。

但武吉却胆气十足，拉着我推开门就走了出去。明月洒下漫天清辉，将天地映成一片雪白，只见黑白相间的背景中，正有一个精壮的中年人赤裸着上身，站在剑炉前打铁。炉中燃着熊熊大火，却衬托得男人的身影更加阴森诡谲。

"什么嘛，我看他根本不是被妖怪附了身，只是疯病犯了。"武吉大大咧咧地走过去，惊扰了羊圈中的羊，仅剩的一只羊发出惶恐的叫声，似乎非常怕人。而风里传来了欧冶子痛哭般的呜咽，仿佛被妖怪缠住的他也十分痛苦。

"小心……"武吉正要拍他的肩膀，我急忙喝止，却已经来不及，只见欧冶子抡起大锤就向武吉的脑袋砸去。

"三宝！"距离太远，我根本赶不及去救他，只能唤出手下唯一的妖怪。

圆脸的男孩打了个滚，在雪地中出现，他无法阻止欧冶子，索性一把抱住了武吉的大腿，令他重重地摔倒在雪地中。

大锤抢空，但武吉也摔得不轻。

"混蛋，这就是你的妖怪吗？早知道不跟你合作了……"武吉龇牙咧嘴地叫。

"能救你的命就行了，还挑剔什么？"我抽出细剑挺剑而上，欧冶子再次抡起大锤，向我的头砸来。还好我反应敏捷，避开了重重的一击，铁锤落在地上，砸得积雪纷飞。

武吉手忙脚乱地爬起来，向我跑来，哆哆嗦嗦地说："喂，你之前怎么不说这个家伙如此吓人？"

我白了他一眼，明明都跟他说过，可他却当成耳边风。

多了一个人壮胆，我的胆子也大了许多，即使挟着死气的铁锤一下下向我砸来，也都被我巧妙地避开了。

"快点！"武吉大喊一声，猛地绕到了欧冶子身后，一把钳住了他的臂膀。

这是我们之前商量好的战术，由一个人吸引欧冶子的注意力，另一个人趁其不备制服他，最后夺走他手中的兵刃。

我挥起长剑向欧冶子的手腕刺去，只见他被武吉抱住，脸完全暴露在月光下，这是我第一次看清他的长相。他是一个粗犷而不失英俊的中年男人，五官刀刻斧凿般立体，鼻梁挺拔，剑眉入鬓，只是他表情扭曲，两行清泪从他的眼睛中夺眶而出。

面对我的并非狰狞的恶鬼，而是一个心碎至极的人。我从未想过，一个被妖怪附身每晚赤膊打铁的男人，居然每晚都在哀哀哭泣。每个人都被他的怪异凶残吓倒，却没一个人留意到他的悲伤。

"快点！"武吉催促我。

"你的极限来自于你的内心。"

"倾听妖怪的心，不要用暴力压制它们。"

但在我眼前闪烁的只有少昊沉稳从容的身影，以及他那晚的叮嘱。长剑凝在了半空，无论如何也刺不下去。

## ·七·

就是这么一瞬间的迟疑，让欧冶子抓住了时机，他一把就把武吉从身上摔下去，随即抢起铁锤重重地砸在了他的腿上。风里传来了骨骼断裂的闷响，紧接着一声惨叫在暗夜中回荡。

我连忙挺剑刺向欧冶子，长剑贯穿了他的肩胛，血洒在地上，但仍未阻止他的攻击。很快又一锤砸在了武吉的另一条腿上，这次武吉连叫都叫不出来，直接晕倒了。

神魔般的男人转过身，将大锤抡得如流星赶月，疾向我的胸口砸来。

电光石火间，一道银光破空而过，"叮"的一声砸在了铁锤之上。那沉重的铁锤应声落地，坚硬的铁锤上居然刺着一枚小小的飞刀，刀刃没入铁中寸许，显然灌注其中的速度和力量都十分惊人。

一个身影在矮墙上一闪即逝，那是一个英俊的缁衣青年，虽然只是惊鸿一瞥，我也看出那是个强大的妖怪，他有冷漠的眼神和完美的外貌，跟那些在雪夜中遥遥审视着我的妖怪一模一样。

三宝猛然从雪堆中钻出来，他小小的身影如猴子般灵活，飞速攀上了欧冶子的肩膀，紧紧擒住了他的脖颈。

"快跑啊，你输了，别恋战！"男孩露出尖利的犬齿，急切地说。

我想都没想，掉头就奔向了倒在血泊中的武吉。

"不要管他了！"三宝凄厉地喊。

我想到了武吉提到心爱女孩的样子，他眼底的眸光像是春水般温暖，他的梦还未完成，怎么能任他丢下那个美丽的姑娘，孤零零地死在雪地中？

欧冶子伸出强壮的双手，一把掐住脖颈上的三宝，男孩的力量太小，只挣扎了几下就被他举过头顶，重重地摔在雪地中。

刺骨的疼痛立刻从我的左臂蔓延开来，令我牙关打战，直冒冷汗。驱使的妖怪受了伤，驱魔师也要同受其苦。剧痛令我站立不稳，一跤跌在了雪地中。

还好三宝在地上打了个滚就消失了，雪地上只剩一摊鲜血。欧冶子不能再继续伤害他，转头就向我走来，我握紧细剑，挣扎着后退，但很快就退无可退。身后传来了灼热的温度，我竟被逼到了铸剑炉旁，火焰在风中肆虐舞动，宛如一条条随时准备吞噬人的毒蛇。

欧冶子不紧不慢地捡起了掉落的铁锤，步步紧逼。我徒劳地举起长剑横在胸前，又想起了少昊的话。为什么他说极限来自内心？可我听从了内心的呼声，又怎么败得如此彻底？

欧冶子终于停在了我的身前，高高举起了铁锤，火光照亮了他的脸，依旧泪水纵横。

"呜呜呜……"他哀哀哭泣，似乎有话要说，却又说不出来，那么悲伤那么痛苦。

致命的一击即将落下，风里仿佛有死亡的影子飘忽闪过。

就在这短短的刹那，我鼓足全身力气，以剑尖挑起几块炉中的炭火向他掷去。炭火穷如流星，挟着灼人的光热，划破了寂寂黑夜。而强大如神魔的铸剑师突然像是见到了最可怕的怪物，发出凄厉的惨叫，连连闪避着火光。他丢下铁锤夺路而逃，越过矮墙奔出了院子，只留下我一个人瘫倒在火炉之前。

整件事发生得太快，仿佛只是一转眼间，方才还压抑恐怖的庭院就变得静憩安宁。狰狞的打铁声消失了，只有几只受惊的羊发出哀叫。

不知是谁先小心翼翼地推开了房门，看到了坐在铸剑炉前的我，发出了惊喜的叫声。一个又一个人走了出来，他们提着灯笼欣喜若狂地向我跑来。就连欧冶子的妻子都在婢女的陪同下来向我道谢，这家人被怪事困扰了近半年，还从未有人成功地赶走过发疯的铸剑师。

可是我望着这些兴奋的人，却无论如何也笑不出来，因为事情还远未结束。

·八·

“哟，原来你以前那么丑啊。”夏夜空寂幽静的山坳中，灵雨脱下了鞋子，将脚泡进了汩汩的山涧中，任水滑过她莲瓣般的双足。她是个巫女，估计自小没有双亲，独自在江湖上飘荡，所以对男女大防毫不在意。

“是啊，但那时却是我最快乐的时光。”老头子眯着眼望着夏夜中流萤飞舞，清俊苍白的脸上现出温柔的笑容。

“快乐什么啊，如果换作现在，只派出阿朱就能把发疯的铸剑师解决了吧？那最后你是怎么取胜的？不会还是靠冢狐勾帮忙吧？”灵雨歪着脑袋好奇地问，月光照在她的脸上，令她的容颜如芙蕖般娇嫩动人，而眼角下的那颗小痣更令这朵花添了几分灵动。

“等会儿再慢慢说给你听。”老头子似乎心情非常好，指着山涧中星星般的萤火虫，“知不知道这些虫子为什么要这么飞？”

“它们是虫子，所以要乱飞，就像我不是虫子，只需要纳凉赏景一样。”

“因为它们在斗舞。”白衣的少年从衣袖中掏出小刀，划破指腹，将血挤进了水中，“今晚夜色正好，不如我们来看一场精彩的舞蹈吧。”

血混入溪水，立刻引得萤火虫纷纷冲去争抢，刹那之间便汇聚成了一条光的长河，像是将九天银河搬到了凡间。

灵雨看得惊奇，但称赞还未出口，就见河中出现了一个婀娜美丽的舞娘，她的身体匀称修长，闪亮的珍珠舞衣恰到好处又完美地点缀了她的肌肤。舞娘纤腰款摆，踩着清澈山涧，跳起了曼妙的舞蹈。

“斑竹枝，斑竹枝，泪痕点点寄相思。楚客欲听瑶瑟怨，潇湘深夜月明时。”她檀口微启，且歌且舞。

舞娘歌舞完毕，上游立刻出现了一个衣饰华丽、手持长刀的青年。青年容貌俊美，将刀在夜色中舞得行云流水，刀光汇成银色的光华，将黑暗的山涧照亮。

“岂曰无衣，与子同裳。王于兴师，修我甲兵。与子偕行！”他大开大阖，气势万千地唱起了歌，正是《诗经》中的《无衣》。这首悲怆战歌充满了兵戈铁马的气息，配上他健硕的肌肉和英姿勃发的动作，令人仿佛置身沙场。

美轮美奂的舞蹈让灵雨看得挪不开眼睛，连跟老头子斗嘴都忘了。青年跳完了舞，收刀朝二人行礼，身影如轻雾般化入夜色。

无数萤火虫缓缓从涧水中升腾，在半空分成了两派，新的舞者接连出现，胡旋舞、拓枝舞、鼓舞、羽舞、巫舞，甚至还有霓裳羽衣舞，令人眼花缭乱，应接不暇。

"真美啊！我突然觉得你还是有点用的。"灵雨连连赞叹。

"还想听我的故事吗？"老头子轻轻地问，但这次他黑玉般的眼中却平添了几分惆怅。

"当然，后来呢？"

"后来我把武吉送回了他的位于洛阳城外的家……"白衣少年低低地说，仿佛又回到了百年之前那个滴水成冰的冬日。

·九·

武吉的家是一间简陋的草房，几无长物，十分寒酸。

"老子不会这么容易倒下去的。"他痛得脸色青白，但仍勉强地笑，"我还要娶阿茹呢。"

"你不怪我？"我满怀愧疚，如果不是我那一瞬间的迟疑，可能此时胜利的已是我们。

"怪什么呢……"他长长叹息，"你自有你的道理，而且你也没有丢下我独自逃命。"末了他又补充道，"毕竟人都要听从自己的心，免得贸然做出后悔的事。"他说完又昏昏沉沉地晕了过去，但这个本事微末、装神弄鬼的男人说的话，却跟少昊曾说过的格外相似。

这天天气阴寒，风里裹着细雪，像是刀子般锋利，吹在人身上冷得发痛。我安置好武吉，就裹紧了棉袍向少昊的住处走去。我要去问问他，为什么我得到了力量，却仍然无法制服那可怕的妖怪？为什么那个被妖怪附身的人每晚都在哀哀哭泣？

一路荒僻冷清，路边的荒草中影影绰绰藏着鬼祟的影子，其中有一个脸颊消瘦长相罪利的男人正冷冷地打量着独自赶路的我。

看起来是个厉害的家伙，如果收它为属下，是不是就能轻易取胜呢？

我心中一动，停下了脚步。男人身影微晃，转眼就来到了我的面前，张嘴就向我的脖颈咬来。他的嘴宛如蛇口，猛地咧到了耳根，一张血盆大口中竟长满了长达寸许的獠牙。

我急忙举剑抵挡，却有人比我更快，那人身姿曼妙，宛如绿柳扶风，飞快地闪到我的身前。几乎在她站定的同时，一道血线直冲天际，恐怖的妖怪已身首异处，倒在了雪中，很快就变成了一条灰色的蜥蜴。

"长歌公子，几天不见，你怎么如此憔悴？"绿萝俏生生地对我笑，她绿裙如柳，发髻高挽，颇有几分闺秀风范。当然，如果她手中没有那把染血的短刀就更好了。

"我是来找少昊喝酒的，我有了第一个妖怪，想让他看看。"我叫出了三宝，三宝穿着厚厚的小皮袄，圆圆胖胖的脸上尚有昨晚打斗的青痕，不情愿地出现了。

"这可算不上你自己的妖怪。"绿萝摇头浅笑，"这小家伙可爱倒是可爱，跟你却像是没缘分的样子。"

"那怎样才算是自己的？"

"只有听到你的心声而来的才是真正跟你有缘的妖怪。"她指着地上的死蜥蜴，"因为你的心乱了，所以才引来了这么危险的怪物。"

"快带我去见少昊，我有事要问他！"我听出她话中的玄机，更想去问个清楚。

"主人不想再见你了。"绿萝的语气低了下去。

"为什么？"

"他让我带话给你，伴君千日，终须一别！如今你得偿所愿，剩下的就是一个人的修行，他再也无法帮你，不如就此别过。"绿萝朝我行了个礼，总是蕴着笑意的脸上浮上淡淡的哀伤，"以后绿萝也不会再现身了 公子保重。"

天仿佛更冷了，铅灰色的天幕中落雪纷扬而下，宛如一场盛大的离别。

我早已过了为分离而哀恸的年纪，但心底却满含失落。像是一个疲惫的旅人千里跋涉，穿过风雪，回到了阔别已久的家，可推开门却发现只有冷风在厅堂中游走，根本无人等候。

"既然如此，我也不强求，只是有件事想问你。"我忍住心中的难过，低声问向绿萝，"什么是妖怪的心？"

绿萝愣住了，显然没想到我会问这样的话，她偏着脑袋想了一会儿，十分为难地回答："跟人心没有什么差别啊，我们也会爱、会恨，会为了某个人在深夜辗转反侧。"

"那如果有一个妖怪夜夜都在哭泣呢？"

"那它一定非常悲伤吧……"绿萝长睫微颤，十分动容，"换作我的话，只有失去爱人，才会沉浸在这巨大的悲痛中无法自拔。"

我点了点头，跟她拱手作别。这美丽的少女朝我掩嘴一笑，身影微晃，便消失在皑皑白雪中。

就像每一个绿意盎然的盛夏都注定要被落雪覆盖，在这个冬天最冷的日子，我跟少昊的缘分也化入冷风细雪中，不复存在。

那天我照例去郊外的酒馆买了一壶残酒，在昏黄的煤油灯下，上了年纪的老板却连连看我，好像从未见过一样。

"不过几日不见，你怎么像变了个人？"他嘟囔着说，"差点都认不出来了。"

"是吗？可能是最近比较累。"我摸了摸自己冻得僵硬的脸，讪讪地笑。

"不，不是这种，而是整个人都变了……"他连连摇头，关上了木门，"奇怪，真是奇怪！"他已经上了年纪，眼神自然会越来越差。我不以为意，拎着酒壶回到了家中。

琉璃显然已经等了我很久，我刚叩响了院门，她就像只兔子般冲出来，飞快地把门打开。

"长歌哥哥，我还以为你不会回来了……"她一见到我就哀哀哭泣，连鼻尖都哭得通红。

"为什么这么说？我只是去郊外看看有什么厉害的妖怪。"我笑嘻嘻地掐了掐她的脸，"我刚成为驱魔师，连个可供驱使的妖怪都没有，未免太说不过去。"

她没再说话，替我脱下棉袍，扫下了衣服上的落雪。她的长睫在灯光下微颤，棕色的瞳仁中似藏着深不见底的黑。这个聪明的女孩似乎什么都知道，却又偏偏不说出口，让人永远都猜不到她的心思。

内室里传来了轻微的咳嗽声，我假装不在意，但在喝了几杯酒暖了身体之后，还是走进了那温暖漆黑的房间。

冢狐躺在被褥中，只露出了消瘦苍白的脸，床下的炭火烧得足足的，狭小的房间温暖得如同暮春，但他却更虚弱了。

"你真是个笨蛋……"他咳嗽着，少女般的面庞上现出几分薄怒，"我拼了命让疾风射出那一刀，你居然还无法杀掉他。"

"可是他在哭啊……"我想到了月光下欧冶子脸上的泪痕和他悲痛的表情，觉得于心不忍。

"那又怎样？我虽不了解妖怪，但跟人类打的交道极多，凡是阻碍你的人根本不值得可怜，妖怪也是一样。"当他这样说时，我的左臂不受控制地跳动了一下，似乎是三宝在抗议。

"把三宝还给我吧，我要亲自去杀了这个家伙。"他非常失望，索性闭上眼睛不再看我。

我失去了唯一的妖怪，可以依赖的只有手中的长剑。在一个起风的早晨，冢狐不告而别，我跟琉璃的生活恢复了平静，一切都跟过去一样，祥和安宁。

而就在我寻觅属于自己的妖怪时，琉璃却发生了变化。

·十·

她像是一朵即将凋零的花一样飞快地憔悴下去，眼眶下总是晕着两道青痕。她似乎在背着我做什么，直到有一天深夜我发现她的房中竟然空无一人。

而次日傍晚，一个男孩悄无声息地出现在了我的房中，他穿着皮毛小袄，戴着毛茸茸的帽子，露出圆圆的脸庞和黑亮的大眼睛，像极了一只顽劣的小猴。

"三宝？"自冢狐离开，我已经很久未见到他。

"今晚冢狐就要去铸剑师家了。"三宝小声说，"他一贯是个出手狠辣的人，这次那个妖怪估计凶多吉少。"

"他有了万全之策？"难道他要连欧冶子也一并杀掉？

"他说只要让铸剑师处于濒死的状态，妖怪自然就会从他身体里跑出来，那时只要一瞬间就能杀掉它……"三宝突然抬起头，恳切地望着我，"求求你，去救救那个妖怪吧，我跟你想的一样，它一定是有什么苦衷，不然不会害人的。"

我朝他微笑着点了点头。

"还有，那天我在欧冶子身上偷到了这个，一直没来得及告诉你。"他拿出一团白色的东西交给我，不好意思地挠了挠脑袋，"我打架不行，偷东西的本事却是一流的。"

那是一团动物的毛发，怎么看也不像是应该出现在欧冶子身上的东西。

"晚上我会去阻拦冢狐，你放心吧。"我拍了拍他的脑袋。

"还有你家的姑娘，最近她每晚都去欧冶子家探查，让她不要再去了，实在太危险。"三宝朝我鞠躬告退，在离开时突然说了这么一句。

我的心登时一沉，之前一直以为琉璃夜半外出是跟情郎幽会，没想到她胆子这么大，居然跑到了妖怪作祟的地方。

我再也坐不住了，急忙向位于城郊的欧冶子家赶去。我不知道琉璃是怎么出城的，或许她每天都是这样，在傍晚出城，然后次日清晨装作若无其事地出现在我面前，而我的心思都牵挂在妖怪身上，直至这两天才发现她的异常。

天色一寸寸黑下去，冬日的阳光像是一只将瞑未瞑的眼，只是倏乎之间，就完全消失了。等我来到铸剑师家的院外时，天色已经如泼墨般黑，北风锋利似刀，卷起乱花飞雪，迷了人的眼睛。

我对欧冶子家早就熟门熟路，干脆不走正门，直接绕到了后院的矮墙边。只见在昏暗的天色中，矮墙下正靠着一个哆哆嗦嗦的人影，那人的秀发梳成乌黑油亮的长辫子，穿着厚厚的大氅，俏丽秀美的脸冻得近乎无血，就连长长的睫毛上都凝结了霜雪。

"琉璃……"我突然有些哽咽，踏着皑皑白雪向她走去。

"长歌哥哥？"她听到我的呼唤，惊诧地抬起头，"你怎么来了？"

"那你为什么要来这里？"我的眼眶有些湿润，因为不必问就知道她所为何来。

"只是没事出来玩玩，你知道我最喜欢在洛阳城附近玩了，况且最近这家人闹妖怪，我怎么能不来看热闹……"她终于编不下去了，吐了吐舌头，"其实我是想帮你啊，看你天天为这事苦恼，我也很烦。"

"回家吧。"我扶她起来，替她掸掉了头上的落雪，"这是我一个人的事情，不能连累你受苦。"

"谁说连累我了？况且我还有大发现！"琉璃眨了眨漂亮的大眼睛，像是一只调皮的猫，指了指矮墙之内，"看，那是什么？"

我顺着她手指的方向望去，只见在铸剑炉旁有几团灰色的东西，那里正是前两次来时见到过的羊圈。

"这有什么稀奇？上次我看到过，羊圈旁还有个鸡窝，后院还养着几只狗和一匹马呢……"我连连摇头。

"你还记得曾跟我讲过的吴王买钩的故事吗？那铸钩的师傅挑选了好铁，却无论如何都无法在炉中融合在一起，后来他两个儿子舍身投入炉中，才铸出了一双钩子。匠人将钩以高于市价百倍的价格卖给了吴王，因为那是他牺牲了亲生骨肉铸造的兵刃……"琉璃越说声音越低，眼底浮现出阴郁的暗影，"长歌哥哥，是不是所有的名器都需要活生生的生命献祭？"

我突然明白了一切，冷汗从脊背上滑下，像是毒蛇在蜿蜒爬行，还吐着红色的信子。

"赶快跟我回家！"我一把拉住琉璃转身要走，"其余的事情以后再说。"

"来、来不及了，长歌哥哥……"琉璃脚下却像是生了根，愣愣地望着那边，连动都不动一下。她话音刚落，我们身后的矮墙内响起了单调悠扬的打铁声。

"当当"，声音如晨钟暮鼓，在冬夜中缓缓扩散，每一下都击中了我紧绷的心弦。

明月下，白雪中，铸剑炉烈火熊熊，仿佛一张魔鬼的大口，吞吐着灼人的热气。赤膊的男人一边哭泣，一边用力敲打着融化的铁块。火花纷飞，火光跳跃，将这一幕映得宛如地狱，说不出的诡谲恐怖。

我跟琉璃都被这可怕的景象摄住了心魂，连大气都不敢出一口。而就在此时，一道黑影箭一般穿过庭院，冲向了铸剑炉前的男人。遥遥望去，那是个紫衣黑发的美少年，他面容俊美如少女，眉宇间却透着几分决绝。

## ·十一·

我知道冢狐会来，却没想到他竟来得这么快。

他出手异常利落，脚下还未站稳就唤出了疾风。他哪里像个孱弱的少年，本该就是天生的驱魔师。紫衣男人在落雪中乍现，手一扬，无数寒光刺破浓夜，疾向铸剑师飞去。

欧冶子被他打了个措手不及，连连闪避，但胳膊上还是中了两刀。血花溅在雪中，像是绽开了一朵朵猩红的蔷薇。

"住手！"我连忙翻墙而入，要阻止这场战斗。

"为什么？你不是一直想除掉它吗？"冢狐眯起双眼，疑惑地望着我，"你对我有救命和再生之恩，我替你做不好吗？"

"不，我不想杀它，它一定是有什么苦衷。毕竟这么久了，除了那些要赶走它的人，它谁也没有伤害。"

"谁要了解妖怪的想法？既然作恶，就要杀掉，否则要驱魔师有什么用？陪它们谈心吗？"他冷笑一声，眸光变得比冰雪更冷。

我立刻拔剑出鞘，护在了欧冶子身边。而几乎在同一时间，冢狐利落地打了个响指，疾风在飞雪中出现。这强大的妖怪纵身一跃，已经凌驾到我们头顶，数十柄飞刀如落雨般激射而来。

我急忙将长剑舞得滴水不漏，堪堪护住了头顶。一时之间，寂静的庭院中只有刀剑相交的叮叮当当的脆响，如鼓瑟，如奏琴，煞是动听。

但我忙于应付疾风，三宝却打了个滚在雪地中出现，他不再像平日那样顽皮可爱，此时手持钢爪，仗着身材矮小的优势，专攻下盘，疾抓向欧冶子的双腿。

欧冶子吓得呼喝大叫，举起铁锤，连连砸向三宝，却都被他伶俐地避开。

几乎只在转瞬间，欧冶子就倒在了地上，他的脚踝流着鲜血，似乎受了重伤，一时片刻是站不起来了。这个精壮的汉子绝望地望着我，眼中仍满含热泪。

"快点出来，不然我就连你附身的人都一起杀掉！"冢狐缓缓走到他面前，从衣袖中拔出了短刀。

而就在这时，浑身鲜血的铸剑师居然做出一个惊人的举动，利刃加身，他既不畏惧也不求饶，连看都不看冢狐一眼，竟颤抖着向不远处的羊圈爬去。被困在栅栏中的温顺羔羊突然全部骚动起来，像是一团团的乌云在墨色的夜色中游曳。

"啊啊啊——"他哭得更大声了，鲜血在雪地上蜿蜒，绘出了一条触目惊心的红蛇。

"这是死到临头被吓疯了吗？"冢狐冷笑一声，抽出短刀向他后背刺去。

我一把抓住了他的利刃，任刀刃割破了手掌，温热的血缓缓流出。寂夜中立刻有妖怪闻到了血腥味，从阴暗处探出了头，它们睁着幽森的眼睛，贪婪地看着我手上的鲜血。

"为什么？！"冢狐愣了一下，随即松开了刀柄，似乎也被我疯狂的举动震慑，"既然你执意阻止，那就让我看看所谓妖怪的心吧！"他衣袖轻扬，疾风和三宝的身影都化入寒风中，空旷的后院中只有铸剑师伏在地上哀嚎痛哭。

"长歌哥哥！"琉璃急忙翻过矮墙，想为我包扎伤口。

"不用。"我朝她摆了摆手，向铸剑师走去。

他抬起头望着我，脸上血泪模糊，完全不像一个中年男人，倒像个脆弱的孩子。我把他扶起来，让他端端正正地坐在雪地中。

"我赋予你力量，你就能离开这个人，做自己想做的事情了吧？"我对他笑了笑，"这欧冶子虽然可恶，但也是有家人的，放过他吧。"

他听到这话，哭得更大声了，凄厉的哭声在寒风中飘扬，令人闻之心碎。

"居然真的跟妖怪谈心……"冢狐长长叹息。

我朝他笑了笑，向不远处的羊圈走去，羊群受到惊吓，在栅栏里奔走逃窜。但只有一只羊没有跑，它似乎上了年纪，疲惫地蜷缩在雪中。

"是你吧？"我朝它伸出了手，鲜血从指尖溢出，一点一滴地滴到了它的面前。

羊悲戚地叫了两声，看了我一眼，眼眶竟然是湿润的。接着它低下头，伸出舌头，仔细地舔舐了地上的鲜血。

人与妖怪的契约成立，刹那间一股温热的暖流涌入了我的血脉，我的手变得更加有力，五感也在瞬间变得敏锐。这跟三宝在我的身体里寄居的感觉不同，它是真正属于我的，是靠我自己的力量驯服的妖怪。

"先生……"方才战战兢兢的羊已经不见了，取而代之的是一个身披白色大氅、白皙美丽的女人。她大概二十多岁，虽然体态略显丰腴，却散发着一种温润恬静的气质。

"多谢先生相助，我也是没办法才出此下策。"她伏在我的脚边哀哀哭泣，"如果再让他继续铸剑，被丢进剑炉的就将是我的孩子们了。所以我拼尽全力令他神智失常，夜夜打铁，让别人不敢靠近铸剑炉。"

几只羊围了过来，还有一只伸出舌头，替她舔光了脸上的泪珠。

而在我身后的不远处，欧冶子发出一声呻吟，终于从长梦中醒来。以后再也没有神魔般可怕的铸剑师在深夜哭泣着打铁，就像这世上的杀戮最终都会被爱终结。

## ·十二·

其实从三宝交给我那团白色的动物毛发时，我就猜到了作祟的妖怪很可能是某种动物。而琉璃比我更先想到，所以夜夜来铸剑师家观察院子里的动静。可是欧冶子被妖怪附身之后，再也没有铸过剑，她的怀疑始终没被验证。但当欧冶子重伤，还要挣扎着爬向羊圈，我终于肯定了自己的猜测。

跟杨丽娘签订了契约，化解了她的怨恨后，欧冶子的家人以重金酬谢了我。而在欧冶子登门道谢时，他告诉了我铸剑之所以要用生灵的玄机。

"普通木炭的温度不够，铁块无法融合在一起，所以自古以来就有以人铸剑的传说。"这个强壮朴实的男人耐心地解释，"因为油脂会提升炭火的火力，而一直以来，我用的就是跟人类的油脂量最接近的羊。"当他说到这里时，我的右臂不自觉地一颤，我知道那是杨丽娘在惊惧发抖。

"以后我不会再用活物铸剑了。"他似乎察觉到了什么，朝我重重地拜了三拜，"万物有灵，我不该蔑视任何生命，家里的那几只羊，我会养到它们老死，算是为自己赎罪。"

我微笑着点头，连忙扶他起来。我拍了拍手，一袭素衣的杨丽娘端着温酒走了进来，为我们斟酒布菜。她洁白的肌肤被冬日的旭阳映得宛如羊脂，眸光柔和如春水，哪里还有半个月前满怀怨恨的模样？

在这个温暖的午后，我终于明白了少昊为什么会说第一个妖怪至关重要，因为妖怪与驱魔师心意相通，只有心怀爱意的主人，才能保证驱魔师不会迷失在人性的无边长夜中。

因为爱，是魔，却也是如来！

就这样，我攒够了琉璃的嫁妆，但这个小丫头却在初春突然改变主意，不想嫁人了，亏我还请了最贵的媒人为她说了门好亲事。她说嫁人前要先找到自己的父母，万一他们是皇亲国戚，自己岂不是嫁得低了。不知为什么，当她这么说时，我心中像是卸下了一块大石，没来由地觉得欢喜。

在一个初春的早晨，我跟琉璃驾着马车来到了郊外的一处棚屋中。武吉跛着脚走出来迎接我们，而扶着他的是个姿容清丽、装饰朴素的姑娘。

"我知道你一定能成功，果然被我猜中了。"虽然腿脚仍不利落，他却毫不在意，仍爽朗地大笑。

"为什么？"我十分纳闷。

"因为你有悲天悯人之心，人们都在意欧冶子怪异的举动，却只有你看到了他的眼泪。"他边说边挠着唇边的胡子，"不论是妖怪还是人，只有征服他们的心，才能取得胜利。"

"那现在我要征服你的心啦。"我高声大笑。

"什么？"他捂着胸口，吓得连连后退，"我心里只有阿茹，再也装不下别的人了。"他身边那位清丽的女孩也立刻上前一步，一副生怕情郎被抢走的样子。

我朝空中打了个响指，杨丽娘款款从马车上走了下来，手中捧着一个托盘，盘中放着一封银子。

"这是我和长歌哥给二位的贺礼，希望你们能幸福快乐。"琉璃看着他们窘迫的样子，忍不住掩嘴偷笑。

武吉立刻松了口气，寒冷凄凉的郊外响起了欢快的笑声，驱散了料峭春寒。

那年春天来得很早，我越来越会驱使妖怪，剑术也在不断提高。生意纷纷找上门来，而我跟琉璃也很快搬了家。遗憾的是，那个每天给我留一壶残酒的老掌柜居然再也不认识我了。每当我深夜过去，他总是在灯下打盹，却从未给我开过门。

我在亲近妖怪的路上越走越远，渐渐远离了人类的世界。"喂，不来喝一杯吗？"但换来了冢狐的登门拜访，这喜欢穿紫色衣饰的美少年痊愈了，每当夜幕降临，他总是会来找我跟琉璃喝几杯酒。他康复之后变得更加强大，映在墙上的身影中似乎藏着无数迷离的魅影。

那段日子是我人生中为数不多的快乐时光，那时我有琉璃，有冢狐，爱人活泼漂亮，朋友强大友善。那时我的身边被温暖的爱意包围，却根本不知道，这漫长的夜晚已经悄悄地对我露出了狰狞的一面。

· 尾声 ·

"这样就结束啦？那后来呢？冢狐过去是你的好朋友吗？你们现在怎么闹得这么僵？"灵雨眨巴着大眼睛，好奇地问。

"因为我们对力量的追求不同，渐渐变成了死敌。"老头子轻轻咳嗽了几声，望着半空中斗舞的舞者们，"你知道吗？在很久以前，我也用自己的血让萤火虫们表演了一场盛大的舞蹈给琉璃看。"

灵雨像是猜到了什么，双颊羞得通红，轻轻低下了头。

"但一样的舞蹈现在看来却格外不同……"白衣少年感慨地说，午夜风寒，让他连连咳嗽，"那时我还年轻，还能热烈地去爱一个人，但现在我已习惯了寂寞。"

少女的笑容僵住了，她愣愣地望着苍白清俊的少年。

流光似水，一去不复还。跟你相遇多么快乐，可惜却不是在对的时间。他连连咳嗽着，而萤火虫间的较量很快分出了胜负，歌舞停歇，舞者们也逐渐散去，山涧中又恢复了清冷和平静，黑暗中只有树影摇曳，差星光般的萤火都消失不见。

老头子一个人孤零零地坐在涧水旁，他身边的少女早已远去。她走时冷静地穿好了鞋袜，像是平时一样笑嘻嘻地跟他道别，仿佛毫不伤心的样子。

烟花永远在最绚丽的时候之为飞烟，感情也总是消弭于甜蜜之时。

他从怀中掏出一张纸条，看了两眼，又放回了怀中。随即，他像百年来一样孤身离开了山坳。纸条上是朱文浩给他的千金不换的消息，不知他此去是凶是吉，能否平安归来。但他知道那美丽少女的心中永远都会有一场盛大美丽的舞蹈。那是他唯一能给她的，最后的礼物。此后任流光匆匆，这场舞终将存在于她人生中最美好的时刻，永不消弭。

玖 · 流光舞

# 长夜幻歌 贰

## 拾·蓬莱岛

夜，才刚刚开始，而漫漫长夜中的传说，永不止歇。

夏夜风凉，咸阳宫中灯火通明，年逾不惑的帝王高高地坐在王座上，黑色的皇袍将他的脸色衬得更差，像是一块干枯发黄的蜡，几无生气。只有那双躲在冕旒后的眼睛，仍流露着猛狮般的威仪。

一个年轻的男人跪在阶下，望着御座上的皇帝，目光清澈澄明，没有丝毫畏惧。

"徐福，听说你找到了海外的仙山？有何为证？"皇帝终于开口了，声音沙哑艰涩，似乎饱受病痛之苦。

"臣在仙山上摘得仙果，特来献给陛下。"徐福笑着拍了拍手，宫人呈上一盘红褐色的果子。皇帝吃了一个，立刻觉得神清气爽，笑容不知不觉地浮上了他疲惫的脸。

"而且那仙山福地，也是禁锢妖怪最好的牢笼……"徐福低低地说着，唇边满含笑意，像是个文秀的青年。他是鬼谷子的徒弟，据说已经年逾五旬，却因方术高明，看起来如二十几岁。

"你这是什么意思？"薄怒蕴满了帝王的双眼，他的声音也变得阴沉。

"这咸阳宫中遍布妖魅，已经影响到陛下的身体，所以陛下才一直久病难愈吧？"徐福伸手一展，长袖挥舞，竟瞬间抓住了一个宫女。宫女尖叫着扭动，渐渐不成人形，变成了一个头上长角、青面獠牙的怪物。

皇帝望着这可怕的一幕，紧紧抓住了御座上的扶手，像是要将那坚硬的檀木抠出个窟窿。

"陛下，邪物已经在您的枕席边，情势刻不容缓，您还在犹豫什么呢？"徐福手上用力，怪物顷刻间化为飞烟，但他也笑不出来了，显然除妖耗去了他些许精力。

"可是孤在琅琊立的碑文中明言说不相信鬼神……"天子一言九鼎，怎能轻易推翻？

"那么请让微臣替陛下分忧。"徐福轻轻在地上叩了三个头，"给臣十艘海船，臣会想办法让妖物现形，让他们伪装成人类，将它们带走，必不会落人口实。"

皇帝没说什么，只是长长叹息，他已经老了，再也没有昔日统一六国的胆气豪情。由于杀孽太重，咸阳城始终妖鬼丛生，驱之不尽，近日更潜入宫闱之中，吸食他的精力。一双双幽蓝的眼睛潜在宫殿的阴暗处，贪婪地注视着御座上的皇帝，仿佛觊觎着他香甜的血肉。

最终他无奈地点了点头，徐福微微一笑，朝他拜了三拜。

同一年秋天，徐福带着三千身穿白衣的童男童女登上海船，从琅琊台扬帆起航，说是去海外寻找仙山。出发时举行了盛大的仪式，皇帝亲自来送行。

当日围观百姓众多，但都议论纷纷，因为没有谁家的孩子应征，谁也不知那些一身缟素、面容秀美的少男少女们是从哪里来的。

可这奇怪的事情跟大多数历史中的秘闻一样，很快就淹没在滔滔碧波和岁月的烽烟中，再也无人提起。只有渔民远航归来，说曾在烟雨蒙蒙中看到过蓬莱仙岛，上面有身穿白衣的少男少女们在眺望着大海，他们容貌俊美，宛如仙子。

· 一 ·

千百年后的夜晚，西京火树银花，车水马龙，与昔日威严肃穆的咸阳截然不同。

一家酒楼中，妩媚漂亮的伶人在台上旋了个圈，衣襟飘扬，露出了一截白皙纤柔的腰肢，引得客人连连叫好。但这柔美的少年却皱了皱眉，因为坐在前排的不是平时惯见的身穿绫罗的富贾，而是些面生的怪人：有一袭黑衣的美貌女子，有状如贵公子却敷着薄粉的俊美青年，还有个梳着冲天辫的顽皮小子和一个高大壮硕的巨汉，最奇怪的就是那个怀抱着宝剑、眸光如玄冰顽铁的少年了，即使自己使尽浑身解数表演，都在这少年的眼中激不出一丝情感的波澜。

他感到前所未有的挫败，只想赶紧唱完这个曲子，早早去台下休息。在这些怪人的注视下演戏，简直比练功翻筋斗还累。

这情景让坐在二楼的一位花衣公子忍俊不禁，而坐在他身边的一位灰衣少年则连连咳嗽着，似乎对这奇怪的景象毫不在意。

"你真会捉弄人，今晚过后，小如意这西京第一伶人的名字可要让给别人了。"

"我可没空捉弄一个伶人，只是不想被太多人听到我们的谈话，才把手下们支开。"文弱少年又轻咳了两声，看白了朱文浩，"你今晚找我，是有重要的事情要说吧？"

"跟聪明人谈话就是省力气。"朱文浩的脸上轻浮的笑意褪去，他一严肃起来就露出眼底的阴森，脸色也变得可怕，就连那身花团锦簇的衣服都无法拯救他那冷峻的面孔。手下一见主人露出这样的脸色，不约而同地鞠躬退去，紧紧关上了雅阁的房门。

室内瞬间变得安静，只有小如意咿咿呀呀的唱词像是断了线的风筝般在夜风中飘来荡去。

"上次给你的字条，你看了吗？那可是我来之不易的情报。"他又笑了，只是眼中毫无笑意，但露出白森森的牙倒像极了在草原上猎食的狼。

老头子皱了皱眉，那字条上只有"蓬莱岛"三个大字，力透纸背，纸上还有斑斑血痕。

他收到字条后就遣走了灵雨，因为对任何一个游走在黑暗中的人来说，这寄托了人类美好梦想的仙岛，都不啻地狱。

"你果然明白其中的玄机。"朱文浩满意地点了点头，"想不想去找那蓬莱仙岛呢？"

"不想。"老头子眯着眼睛，斩钉截铁地回答，"因为我还没活够。"

"可是这件事关系到国运，有人要放出岛上的囚徒，祸乱天下。"朱文浩叹了口气，望着楼下的歌舞升平，"可惜这样的好日子要到头了呢。"

"我可不关心什么家国，倒是天下大乱妖魅丛生，对驱魔师来说再好不过。"老头子突然笑了，他长相俊秀，笑起来像是清泉流过美玉。

朱文浩面色一僵，似乎没想到他会这样回答。

说完他起身而去，当走到戏院大门时，这个俊朗的少年轻轻扬了扬衣袖，宽大的衣裾招展，仿佛在夜色中铺开一朵乌云。与此同时，坐在最前排的几名奇怪客人同时消失不见。一直细声细气捏着嗓子拿腔作调的小如意在看到这诡异的一幕时，突然爆发出一声粗犷的惊叫。

西京的夜市灯火通明，即使已经夜深，街巷中仍宛如白昼。老头子孤身一人走在人群中，突然香风拂面，一个雪肤花貌的黑衣女子出现在他身边。

"阿朱？你知道我寂寞，所以特来陪我。"他笑吟吟地牵起了这美女的手，明明经常相见，却总是做出喜不自胜的样子。

"老头子，你不是想去蓬莱岛吗？为什么要拒绝他？"阿朱将红唇凑在他的耳边，柔媚入骨地问。

"什么都瞒不过你。"他连连摇头叹息。

"我寄生的地方是你的眼睛啊，所以只要我想看，连你的心都能看得到。"阿朱伸出纤长玉指，轻轻地在他胸前点了点，无限风情。

"因为我想试试他的决心，如果他心意不定，可能会导致我失败，我不能冒这个险。"

"你真是个油滑的家伙，可我就喜欢你这点。"阿朱似真非真地掐了他一下，烟视媚行地陪他走在万家灯火中。

"说到那个小姑娘，你为什么要赶她走呢？你的心好像还没老到不能为爱情跳动吧？"走了半晌，阿朱突然好奇地问。

但是老头子紧握着她的手突然松开了，他像是流水滑过岩石般径自向前走去，将阿朱抛在了闹市之中。

"哼，越是不承认的越是古怪。"阿朱并不生气，嗤笑一声，朝身边一个看热闹的后生抛了个媚眼，就翩然消失于夜风之中。

老头子孤身走出夜市，回到了位于西京郊外的庄园中。虽然这里曾被糖奴破坏殆尽，可后来修整了几个月，现在勉强可以住人。

他并未掌灯，像是只夜能视物的猫般轻盈地穿过荒草丛生的庭院，来到了修葺一新的内室。在这一片漆黑之中，风里送来了一缕血腥的气息。他皱了皱眉，而几乎在他剑眉微蹙的一瞬，一袭黑衣的冷峻少年已经抽出黑剑，整个人如疾风般冲进了房中。

刹那之间，狭窄的室内响起了叮叮当当的轻响，甚至连人影都看不清，只有风在房中奔涌冲撞。

老头子的右臂传来一阵微痛，那是眠狼拼尽全力的征兆，看样子来人的实力不容小觑。

他伸指在夜风中一弹，一个人影随着这轻微的动作凭空出现，瞬间变得庞大如山，冲进了内室。熊男在落地的瞬间就撞飞了房门，直扑向那两个搏斗不休的影子。

支撑两个妖怪打斗让他觉得有些吃力，连呼吸都变得急促。熊男的破坏力惊人，在刹那间就摧枯拉朽般砸烂了所有的家什，而只要这壮汉在狭窄的空间内占据优势，不速之客很快就会束手就擒。

可就在他薄唇微弯即将微笑之时，冰冷的利刃架上了他的脖颈。

"别动……"那是个年轻人的声音，低沉而动听，像是冬天的风拂过大地，"否则我就杀了你。"

"你是谁？已经有很多年没有人能将刀架在我的脖子上了。"老头子愣了一下，但随即就笑了，他一贯平和清俊的脸上显出少有的激动，像是弈棋的人终于遇到了可以与之一搏的高手。

"我叫枭，夜枭的枭。"青年仍低低地说，声音没有丝毫波澜。

"这好像是一种经常在有人死亡时出现的鸟，不过要杀我的话，派一只报丧鸟来可不够……"坚硬的鳞甲瞬间覆上了驱魔师的脖颈，他用力一挣，瞬间冲开了对方的桎梏。与此同时银丝缠住了他的手臂，将他轻轻巧巧地带出了破败的窗口，飞向半空，宛如一只展翅翱翔的灰鹰。

而在苍茫的黑夜中，他看清了自己的对手，那是一个身穿靛色长袍、头戴幞头的青年，眉眼含笑，看起来是个读书人。但即便是浓黑的夜色也无法淹没他消瘦的身形，蓬勃的杀气从他靛蓝色的锦袍中涌起，仿佛要吞噬这世间一切的活物。

## ·二·

"乾达婆。"当阿矢带他落地到庭院的一瞬间，他唤出了手下最强的妖怪。在漫长的岁月中，这个叫枭的文弱书生罕有地让他嗅到了死亡的味道。

几乎在乾达婆现身的一瞬，枭的攻击就发动了，他的速度非常快，乾达婆刚刚抖起长枪，他的短刀就搭在了枪尖之上，整个人则如一只青鸟般轻盈地黏在了枪杆上。

乾达婆奋力舞动长枪，他顺势将刀贴着枪杆滑了下去，刀光如水，又如闪电，疾刺向了乾达婆握枪的双手。

乾达婆飞快地松开了武器，虽然保住了手指，却也落了下风。

"回来。"老头子低喝一声，再次唤出了眠狼，这次跟眠狼一同出现的还有苍甲。方才枭电光石火般的速度让他明白，使长兵刃的乾达婆根本不可能取胜。

天下招数，唯快不破，能压制高速的只能是比他更快的速度。

眠狼人剑合一，几乎化为一道乌光，围着枭高速运转起来。如果不是苍甲变幻的金甲保护着他的要害部位，他的速度还能快上三成。但是他不敢冒这个险，面对强大的敌人，一丝一毫的疏忽都会致命。

身穿靛色长袍的书生却始终微笑着，他眉眼弯弯地站在原地接下了眠狼一招招致命的攻击，姿态优雅，举重若轻。

刹那之间，庭院变得如死亡般寂静，只有兵刃相交的声音如大珠小珠落玉盘般叮当不绝，奏响了这世间最恐怖的乐章。

"听说你是最厉害的驱魔师，也不过如此。"枭仍笑眯眯地说，完全无视致命的罡风剑气，仿佛那是夏日里的凉风。

他的锦袍被剑风寸寸割裂，在月光中露出结实的躯体，但那矫健的肌肉上却遍布伤疤，几乎没有一寸完整的肌肤，跟他文秀温和的脸庞形成了鲜明的对比。

"谁说的？"支撑两个妖怪竭力战斗，让他觉得浑身酸痛，老头子连连咳嗽着，几乎连话都说不出来。

枭笑而不答，突然一扬手，短刀像是长了眼睛，准确地刺中了腾跃在半空中的眠狼。刀刃刺入这黑衣少年的胸口寸许，但就在这一瞬间，金甲飞速合拢，牢牢地夹住了短刀。

"熊男！"一直虚弱不堪的老头子眼中精光四射，唤出了另一个妖怪。

而枭手中的短刀仍被卡在了眠狼的胸口，根本无法回收。就是这一瞬间的迟疑，熊男庞

拾·蓬莱岛

大的影子从天而降，他抡起坛钵大的拳头，直向这总是微笑的青年头上砸去。

"混蛋！"他咒骂了一声，飞快避过了一击，但想要丢弃兵刃却已来不及。

冰山般的眠狼突然牢牢锁住了他的手腕，少年黑玉般的眼珠中闪出一丝狡黠的眸光。

熊男再次挥起拳头，这次瞄准了枭的头部。

一丝笑容不知不觉地浮上了老头子薄薄的唇角。可随着"砰"的一声巨响，烟尘四起，他浑身传来剧痛，"哇"地喷出一口鲜血，倒在了地上。

尘埃落定，眠狼被远远地弹开，如小山般的熊男被击倒在地，唯一站在荒草中的仍然是遍体伤痕、几近半裸的书生。

但他的表情变了，脸上不再有温和从容的笑，而是变得阴森可怖，明明是一样的五官，气质却完全不同，仿佛换了个人一样。他赤裸的上身遍布膨胀的肌肉，身形大了一倍，跟以速度制胜的枭大相径庭。

老头子咳嗽着从地上爬起来，伸手一挥，收回了所有的妖怪。寂寂月色中，只有他独自面对着这恐怖的怪物，仿佛面对着每个人都逃不开的死亡。

"你是另外一个人？"他抹了抹嘴角的鲜血，冷静地问。

"不错嘛，不但能逼出我第二个人格，居然还能看出来。"男人蹲在他面前，伸指擦掉了他嘴边的鲜血，像是猫在戏弄口边的老鼠。

"一共有几个？"老头子咳嗽了几声，眸中平静如水，丝毫没有惧怕的样子。

"三个，我叫'狂'，还有一个叫'忆'。"这古怪而强大的妖怪居然十分坦诚地回答，"我还不是最厉害的，当'忆'出现时，你根本就不可能活下去。"

老头子突然瞪大了眼睛，他并不傻，当然听出了这句话的弦外之音。

"其实我只是来送信的，因为你总是破坏我主人的好事，甚至连顾五娘都被你收服，他非常不满，所以要给你一点小教训。"狂伸手在仅存的半幅衣襟中掏了一会儿，拿出了一截樱红色的衣袖，那是少女们最喜欢的样式，上面绣着粉色的花和翠色的叶，只是这漂亮的纱衣被鲜血浸染，平添了狰狞的颜色。

刹那之间，他的心抽紧了，因为这正是前几天他为灵雨挑选的衣服。

"别怕，她还活着，我们只是邀请她去一个好玩的地方做客，但是你如果来得晚了，我就不能保证她会怎样了。"狂将衣袖塞在他手中，像是登徒子一样轻狂地说。

"那个地方在哪里？"

"蓬莱岛，你应该听过。"

仿佛有蛇爬过脊背，让年少的驱魔师不寒而栗，他忍不住又咳出了几口鲜血。等他再抬起头时，眼前只有荒草蔓生，月光如洗，哪里还有书生的影子？

·三·

朱文浩的心情非常不好，他遣走了歌妓舞女，一个人孤零零地守在大宅中。秋天的夜空澄净美丽，仿佛少女清澈多情的眼波，一不小心就会被它摄住灵魂。

这素来爱穿花衣的牙人难得地换了件绛色长袍，袒胸披发地坐在贵妃榻上，颇有几分魏晋风骨。他紧绷着脸，像是一张拉到极致的弓，连他身边的鹦鹉都感受到了主人身上的肃杀气氛，连吭都不敢吭。而他黑亮的眼眸则紧紧地盯着大敞的花窗，显然在等待什么。

清风拂面，时过午夜，一个白色的影子出现在了澄明的夜空中。他立刻站起来，跑到窗口，伸出了手指。那是一只白色的鸟，双翼如光，它划破月色，轻盈地落在了他的指尖上。借着明亮的月辉，清晰可见这只鸟的身上连一根羽毛都没有，竟然是纸折成的。

朱文浩小心翼翼地收回了手，仿佛捧着一个精致的瓷器。

然而就在这时，斜刺里蹿出几缕银丝，轻轻巧巧地就夺走了他手中的白鸟。他愤怒地向庭院中看去，只见荷花之中碧水之畔站着一个身穿灰衣的清俊少年。少年脸色苍白，嘴角尚有血痕，水银般黑白分明的双眸中藏着深渊般难以捉摸的神色。

"你还是来了啊。"朱文浩终于笑了，因为这人正是今晚刚跟他分别的驱魔师。

"这是委托人送的信？"老头子轻轻咳嗽着，将折纸白鸟放在手中把玩，"被人用巫术写下了咒文，即便是一张纸也可以如飞鸟般日行千里，真是用心啊。"

"解咒需要我的鲜血。"朱文浩利落地从桌上拿出小刀划破手指，接着跳窗而出，走向老头子，"把鸟给我，我会给你看信的内容。"

血滴在鸟的翅膀上，折纸像是花朵般盛开，露出一行黑色的墨迹。

"花非花，雾非雾。夜半来，天明去。来如春梦几多时？去似朝云无觅处。"他轻吟着纸上的字，眉头皱成一团，"怎么是白居易的诗？"不过信的落款处盖了个印章，是个龙飞凤舞的"顾"字，透露了写信人的身份。

"这是泉州'船王'顾老爷得到的，是寻找蓬莱仙岛的情报。"朱文浩拿过他手中的信，仔细看了看，在确定没有其他的暗语后，连连摇头，"只靠这么一首无头无脑的诗，去茫茫大海中找一个小岛，谈何容易？"

老头子咳嗽了两声，嘴角又溢出了鲜血，既然能请得动"船王"，这委托人的力量不容小觑。

"虽然是为贵人办事，但老'船王'也有私心，听说有人在仙岛上看到了顾羲禾的行踪，他年纪那么大了，始终不相信自己最小的孩子已经死了……"

"家狐也到了吗？"少年驱魔师自言自语地说，咳得更厉害了，不知为什么，这次伤势没有很快复原，似乎体内寄生的妖怪有些不协调。

"你可以放心接下这个任务，'船王'会派最好的船带我们出海，即使遇到暴风雨也不要紧。"朱文浩见他有了兴趣，欣喜地握住了他的双肩。

"我们？"老头子眼珠微转，斜睨着他。

"没错，我会跟你一起出海，你登岛之后，我会留在船上等你，无论发生什么事我都会守住船。"朱文浩激昂地回答，这是他有生以来接到的最大一桩买卖，甚至关系到家国命运，让他忍不住热血上涌。

老头子想了想，轻轻地点了点头。朱文浩的表现让他安心，而且他确实需要一个可靠的帮手，谁知道他会在那妖怪丛生的岛上遇到什么事。

三天后，两人便从西京出发了，他们身穿锦衣，装成浪荡公子的样子，一路上赏花看景，很快就在中秋时节到了琅琊台。

秋凉如水，月满如盘，在这个家家户户团聚赏月的夜晚，琅琊台的海湾中停靠着十几艘船。其中一条巍峨如小山，操纵它的船夫就要百人之多。

顾老爷身穿织锦长袍，头戴纱帽，扮成了普通的商人，亲自来琅琊台送二人出发。

"麻烦先生，如果遇到犬子，一定要带他回来，我到现在还是不相信他已经死了……""船王"年事已高，说到最小的儿子时激动得白须微颤。他从怀中掏出一块琥珀坠交给年少清俊的驱魔师，"见到他的话，把这个交给他，他应该就会跟你回家了。"

这是他的小儿子曾送给他的礼物，晶莹剔透的松香中凝固着一片血红色的枫叶。当时他只是随手接过就扔到了一边，却没想到这是一年也见不了几次面的骨肉留给他最后的纪念。

"好。"老头子点了点头，接过琥珀后对"船王"耳语了几句。

"先生尽可放心，你拜托的事，我会尽全力完成。""船王"连连答应，让船夫带着二人登上了船。

船夫们起锚扬帆，十几艘船如飞鸟投林般冲入了苍茫大海。银辉皎皎，水天一色，海上生明月的美丽景致仿佛混淆了千百年的时光。一样的琅琊台，一样的寻仙岛，一样的千里送行，昔日那支消失于滔滔碧波的诡异船队，仿佛在今晚的月光中重现。

## ·四·

仙乐飘扬，暗香浮动。

在同样皎洁的月色中，紫衣金冠的俊美少年正舒适地坐在一个宽敞的宫殿中赏月喝酒。身边有白衣宫人为他端来果子点心，随后迅速退去，仿佛仙子般轻盈飘逸。

"要吃水果吗？"冢狐拿起一只桃子，走下阶梯，来到了宫殿中央，轻轻地问。

"不吃！不吃！不要假惺惺地扮好人，快点放我出去！"

地毯下传来少女愤怒的尖叫，他掀开地毯，露出了坚硬的铁栅栏，一个穿着樱红色裙子、活泼明丽的女孩正蹲坐在地牢中。她衣衫尽湿，头发也凌乱不堪，像是个落入陷阱的小兽，而那双明亮的眼睛也恰似被困的野兽般闪烁着惊恐的目光。

"给你……"冢狐把桃子从栅栏的缝隙中丢下去，然后索性坐在地牢边，仰望着天心的明月。

桃子"扑通"一声掉落在泥中，灵雨抓起桃子，犹豫了一会儿，还是大口啃了起来。她不知被抓来了多久，一直被关在这肮脏潮湿的牢房中，每天都不见天日，如果连个桃子都不吃，也未免太亏了。

如此清风明月，让人倍感惬意。冢狐喝了一杯酒，脑海中突然浮现出了过去跟老头子一起赏月的画面，但这些回忆中还夹杂着他跟父母在海上乘船望月的片段。一个身体，两个灵魂，他最近越来越搞不清自己究竟是谁。

脚下传来"咔嚓咔嚓"的轻响，地牢中的小巫女正在啃桃子，像只饥饿的松鼠。

"陪我说会儿话吧。"他轻轻地说，这样美的月色，如果没有人陪未免太过寂寞。

"你应该是驱魔师吧？叫个妖怪出来不就行了。"灵雨不耐烦地瞪了他一眼，眼角的小痣随着怒气跳动。

"它们好像都有点怕我。"冢狐美好如少女的脸庞现出几分得意，"因为我比它们强大太多。"最重要的是，他如今跟妖怪们只有力量上的压制和牵引，没有血肉交换的契约，让他丝毫不敢在手下面前露出软弱的一面。

"让他人害怕的人才真正可怜。"灵雨看不到冢狐骄傲的表情，捧着半只桃子连连摇头叹息。

"为什么这么说？"美少年眉头一皱，面现不悦。

"只有弱者才希望有人怕自己，而强者更期待对方真心地追随。"灵雨边说边认真地啃桃子。

"你懂什么？你这个小丫头，信口胡言！我要当着你的面杀死老头子，让你看看谁强谁弱！"这话戳中了冢狐的痛处，他疯狂地踢烂了酒水和点心，还有几只桂花饼滚到了地牢中。

随即他怒气冲冲地拂袖而去，只剩下灵雨孤零零地坐在地底，月光轻纱般弥漫而入，照亮了一方角落。她捡起了饼，小心翼翼地剥掉脏处，塞进口中。虽然身处困境，她的大眼睛中却隐现笑意，似乎看到了心中那俊逸沉稳的英雄击败对手解救自己的一刻。

月色苍茫，海面一望无际，整个世界安静得像一只紧闭的匣子，只有涛声在耳边起伏。

跟之前的每个夜晚一样，老头子正坐在灯下喝酒，但跟之前的每个夜晚也截然不同，今天的他每咳一声，口边就逸出一点鲜血。似乎有哪个妖怪出了问题，他浑身隐隐作痛，不协调的感觉充溢着每寸肌肤每根血管，让他的伤势始终无法痊愈。

"哎哟，你这是怎么了？"阿朱推门而入，带进来一阵咸涩的海风，跟平日妩媚的衣裙不同，此时她换上了精干的短衣，腰间束带，更显得她胸脯丰盈，腰肢纤细。

"没事……"他刚说了一句，血就从口中涌出来，滴入杯中，晕成一朵不祥的花。

"好像有人在闹别扭。"阿朱杏眼微斜，看着他苍白俊俏的脸，"让我来看看，到底是谁……"说罢，她捧起了老头子的脸，瞳仁变得幽森如黑夜，似乎能看到隐藏在暗处的一切诡秘之事。每当直视着阿朱漆黑的眼睛，连身为主人的他也会心生寒意，那是人对未知之事的本能畏惧。

"别找了，是我！"烛光摇曳，一个精干的少年身影在暗处浮现，他身穿金色短袍，梳着冲天辫，粗黑的眉毛几乎倒竖，整个人像个一点就着的炮仗。

"苍甲？"老头子挥退了阿朱，感到非常惊讶，"为什么？"

"因为、因为你辜负了她！"苍甲气得脸庞涨红，"如果那晚你不把她气走，她怎么会被妖怪掳去？"

"为了灵雨？"老头子饶有意味地笑，"你常跟她玩，难道是爱上她了？"

"不，她喜欢你啊！你这个笨蛋！"苍甲突然泄了气，撇着嘴巴仿佛要哭出来，"难道你不知道吗？她每天十句话中有九句都提到你，她知道你喜欢喝酒，知道你喜欢炙羊肉，甚至连你藏金子的地方都知道……"

"连这都发现了啊，看来是我太疏忽……"

"你为什么不珍惜她？我离开了小鱼，到现在还会心痛，但你却冷漠地把她赶走了。每个人遇到自己喜欢的人都不容易，难道喜欢一个人也有错吗？"说到最后，这个鲁莽的少年几乎哽咽了。

"所以你觉得我不配做你的主人？"老头子扬了扬眉。

苍甲不回答，却愤怒地别过了脸。

"感情有很多种，等你长大一些就会明白，不是只有挂在嘴边的才是爱。"他咳嗽了两声，苍白的脸颊因剧烈的咳嗽而浮上一抹红晕，"我只能告诉你，我对此行并没有把握，尤其是在枭那种强大的妖怪出现后……"

苍甲抬起头看他，似乎明白了什么。

"本来我要等一个厉害的帮手，但现在却匆匆启程，你知道为什么吗？"

"嗯……"少年点了点头，面现愧色。

"那就去休息吧，与其抱怨，还不如养足精力去救她。"清俊苍白的少年挥了挥手，苍甲的身影转眼间化入黑暗之中。

一缕血痕从他的薄唇间溢出，仿佛凝结的红色珊瑚。他狠狠地用手擦掉了血迹，黑玉般的瞳仁中闪烁出深沉叵测的光。

窗外铅云密布，遮住了明月，仿佛一场风暴呼之欲出。而在起伏的海浪中，一个巨大的黑影紧紧尾随着船队，如乌云赶月般挥之不去。

## ·五·

海上的旅途寂寞枯燥，跟在陆地上赏花看景不同，每天能看到的只有一望无际的大海，绵延到天际，根本看不到尽头。

一贯喜欢玩乐的朱文浩刚开始还坐得住，几天之后就开始跟船夫们推牌九、玩双陆，甚至还出钱让阿朱为他跳舞。黑衣艳女笑嘻嘻地应承了，却在跳完舞后突然咬了他一口，后来伤口腐烂化脓，直到他向老头子连连求饶，阿朱才放过了他。

老头子却跟他截然相反，他换上了最朴实的灰白色布衣，跟在繁华的西京时一样，尽日窝在房中，只有当夜幕降临之时，他才会到甲板上看看天空的星图变幻。他的白衣在海风中招展，像只翩翩欲飞的鸟，没人知道这苍白俊逸的少年在想什么，他就像一个谜，跟那座藏在烟波浩渺中的仙岛一样，令人捉摸不透。

船队在海上行驶了十几天，海风渐凉，海水的颜色也变得深沉如墨，最终在一座荒岛边靠了岸。船夫们落锚停船，搭起舢板，老头子跟朱文浩带着十几名年轻精干的船夫上岛，却只见沙砾遍地，林木茂密，哪里有宫殿楼宇的影子。朱文浩带着人披荆斩棘，在荒山中绕了半天，别说仙子了，连个人影都没看到。

老头子唤出了熊男和阿朱，这两个妖怪就是他的腿和眼，任何隐秘的机关都不会放过。但当夕阳西下，他们也一样空手而归，毫无收获。

"莫不是找错了地方？"暮色四合，众人坐在甲板上炙野味，都忍不住怀疑。

夜幕降临，岛上的荒山巍峨狰狞，宛如远古巨大的神魔，令人望之生畏。在这浩瀚大海中，辽阔苍穹下，人类变得格外渺小。

"不会，因为我的兄弟们就是在这座岛上出的事。"船老大是个年近四旬的中年汉子，一路上沉默寡言，一到这岛上就变成一副战战兢兢的模样。

"说清楚些。"朱文浩不耐烦地催促。

"那件事太可怕了，我实在不敢再回忆……"船老大捂住脸，几近哀嚎，"如果不是'船王'的命令，我这辈子都不会再出海……"

"废话少说。"朱文浩皱了皱眉，从腰间掏出一柄小刀，利落地从烤架上卸下一条羊腿。

他不再是城里那蝴蝶般花哨浪荡的公子，此刻简直像个凶残狠辣的海盗。

　　"我、我们是在两个月前奉'船王'之命来寻找仙岛的，那时出发的船有十几只，但只有我们看到了仙岛。当时下了场雨，海面上出现仙宫琼宇的虚影，仙山上花木俨然，仙子们的衣袍褶皱都看得清清楚楚，甚至有人认出来其中一人像极了失踪的小公子……"船老大捧着头，痛苦地回忆，"船上有经验的人都说，一旦看到蜃景，就离真正的仙岛不远了。于是我们航行了半天，终于来到了这座小岛上，但当时做梦都没想到，整船的人只有我一个人回来了！"

　　"哦？发生了什么事？"老头子饶有意味地问，他的脸在火光中苍白得像一个在夜晚游荡的鬼魂。

　　"跟今天一样，完全一样！我们在岛上搜寻了一整天，毫无成果……"他说到这里，目光迷茫地走向了船舷，仿佛沉浸在昔日恐怖的经历中，"但到了晚上，海中就突然响起了歌声。"

　　好像是为了配合他的话，海风中传来缥缈的音乐，像是一只看不见的手，攫住了所有人的心。

　　大家都放下了炙肉，不约而同地拿起了武器。绵延的黑暗中，奔涌的潮水里，似乎有可怕的怪物藏身潜行。

　　"那之后呢？"唯一不害怕的只有孱弱的驱魔师，他轻轻咳嗽着，仍在追问船老大。

　　"之后发生了什么，我也不知道。因为白日里我扭伤了脚，一直在船舱中休息，才逃过了一劫……"

　　歌声越来越近，越来越清晰，旖旎香艳，柔媚入骨，即便是西京最有名的歌姬都唱不出如此摄人心魄的曲子。它像是恋人倾诉着誓言，又像是情人在耳边低吟，如此迷幻如此美妙，任铁石心肠都会化为绕指柔。

　　站在船舷边的中年汉子目光空茫地望着月辉中起伏的海波，他粗犷的脸上浮现出一丝诡异的笑容，突然爬上船舷，"扑通"一声跳了下去。

　　船夫们吓了一跳，忙丢下缆绳要去救他，可是这些年轻力壮的小伙子只朝海面上看了一眼，就变得目光迷离，如痴如醉，仿佛被海中的景象攫住了心魄。

　　朱文浩也好奇地走过去，却被身边的老头子一把拉住。白衣少年不再平静淡漠，他双手一挥，一张银丝大网从桅杆上滑落，牢牢地封住了船舷。阿朱婀娜多姿的身影出现在了桅杆上，银丝如落雨般从她青葱玉指间滑落，但这张坚韧的蛛网却根本挡不住癫狂的船夫们，他们割破银丝，争先恐后地跳下海，甚至还有人发出酣畅至极的笑声，和轻柔动听的歌声融合在一起，宛如魔鬼的尖笑。

　　月光如轻雾弥漫，仙乐随夜风飘至，但几十人却在这美好的景致中前仆后继地赴死，这恐怖的场面宛如地狱。

　　朱文浩小心翼翼地走到船舷旁，只见漆黑的海面上仿佛开着一朵朵白莲，这些花在月光中吟唱着靡靡之音。每朵花都能引出男人最原始的欲望，因为她们都有洁白诱人的脸庞，丰挺的胸脯和柔嫩的红唇。在海浪中浮荡的哪里是花，根本就是一个个穿着轻薄纱衣、几近赤裸的美女。她们拥有仙子的容颜，却比歌楼中最低级的歌女还放荡，没有男人能抵挡得了这清纯和野性糅合的诱惑。

　　船夫们向她们游去，却一个个被拖下了海，连吭都来不及吭一声就在温柔乡里丧了命。

　　朱文浩只看了两眼，顿时心荡神摇，站上了船舷。老头子急忙跑过去，一把就把他拽了下来。海里立刻有个眼尖的女人发现了他的身影，她的歌声骤然变了，由缠绵入骨的小调变成了高昂的战歌，宛如猎人发现了期盼已久的猎物。

一个女人从海中跳出来，如银鱼般跃上船舷，水珠在她赤裸的肌肤上飞溅，美得如梦似幻。但这梦一般的美人却伸出利爪，疾向老头子胸口抓去。

白衣少年利落地躲过，在甲板上捡起一把长剑，疾风般刺穿了女人的胸口。她挣扎了两下，尸体就变成了一条浑身长满银鳞的鱼。

可事情并未到此为止，更多的女人从海中跳上来，它们是海底饿了许久的海妖，驱魔师血液的甜香吸引着它们疯狂地争抢。

"花非花，雾非雾。夜半来，天明去。来如春梦几多时？去似朝云无觅处。"老头子轻吟着诗，轻轻招手，唤出了眠狼。

狼嚎乍起，黑衣少年在甲板上现身，将长剑舞出一团乌光，疾风般在海妖中回旋，转眼海妖就尸横遍地。

"这么美的人，为什么偏偏是妖怪呢？"差点丢了命的朱文浩望着甲板上的一条条死鱼，不无惋惜地说，"可惜杀了它们，我们还是没有仙岛的线索。"

"谁说没有的？"老头子突然朝他一笑，纵身跃上了船舷，"蓬莱岛就在下面。"

朱文浩顺着他的视线望去，但见海浪起伏，哪里有仙岛的影子？

"那首诗描述的是月光下的梦境，而通往梦境的路，自然也不是普通人能走的。"老头子扬眉浅笑，拿起长剑划破手腕。

驱魔师的鲜血混入海水，吸引了无数海妖涌来，但是随着血浸入海中，飞快地蔓延扩散，方圆两里的海面竟然变得如镜子般澄净透明。只见这辉映月色的巨大明镜中赫然藏着一座小岛，岛上有飞檐翘角，琼楼玉宇，更有白色的人影在雾气中若隐若现。

"蓬莱仙岛……"朱文浩望着海中奇异的景象，倒抽了一口凉气，原来千百年来遍寻不获的传说，竟然就藏在这荒僻小岛的倒影中。

"记住你的话。"老头子突然回过头，微笑着对他说，"无论如何你都会守着船，在这里等我。"

"当然，我说过的话何曾不作数？"朱文浩愣了一下，随即像是平日般大咧咧地笑，自信满满地说，"实话告诉你，这船上有一半的船夫是我豢养的死士伪装的，所以你尽可放心。"

"知道你如此狡诈，我确实很放心。"少年满意地点了点头，转身跳入了大海。他白色的影子像是一条龙，轻盈地游入了海中的幻景中。

而就在他身影消失的同时，海面又变成了漆黑一片，无数妖娆的海妖在水中涌动，随着歌声冶艳地扭动着身体。

朱文浩从袖口撕下布条，将耳朵牢牢塞紧。他站在船舷之上，举起长刀，在海风中宛如一座屹立不倒的高山。

不远处乌云遮月，风雨将至。

·六·

冰冷的宫殿中，身穿靛色长袍的书生在唱着新听来的小调，他喜欢在繁华的闹市中玩耍听曲，如今回到岛上才半月，已经闷得浑身难受。

"一曲新词酒一杯，去年天气旧亭台。夕阳西下几时回？无可奈何花落去，似曾相识燕归来。小园香径独徘徊。"他一边唱一边舞动着衣袖，但每动一下，袖底都会发出叮叮当当的轻响，只见两条粗壮的铁索牢牢地桎梏住他的手脚，而锁链的另一端则钉在墙壁之上。

这是一个地牢，牢中只有一张床和一面巨大得足以映出整个人的铜镜。

"真是无聊啊，可能因为每天都只能对着自己说话，所以才变出那么多的自己。"枭笑眼弯弯，坐在镜前望着镜中的自己，他虽然在笑，笑容中却有藏不住的寂寞。

他半生都是在牢中长大，而牢中的一扇小窗就是他跟外界唯一的沟通渠道。如今这窗中飘来浅淡的月光，像是在午夜游荡的游魂，偷偷地溜进来，照亮了他遍布喜气的脸。可那新月般的双眼中却连一丝笑意也无，只有刀锋似的寒冷和如暗夜般难以捉摸的深沉。

与阴森的牢房截然相反，明丽宽敞的宫殿里，冢狐像是帝王般坐在金色的高椅上，享受着众人的侍奉。一袭红衣的蔷薇为他倒上美酒，身穿白衣的少女们翩翩起舞，而少年们则端坐在地，弹奏着乐器。

悠扬的乐曲在穹顶下回荡，灵雨却只能蜷缩在阴冷的地牢中死死地捂住耳朵。那晚之后，冢狐没事就找她说话，她却专门找他不爱听的话说，于是日子也过得一天不如一天。她樱色的纱衣沾满了淤泥，脸也饿得蜡黄，唯有从那秀丽的眉眼中隐约看得出她是个妩媚的姑娘。

冢狐像一个顽劣的孩子，看了一会儿歌舞就觉得无趣，便挥退了众人。他踱着步子，像是逗弄老鼠的猫一般走到了地牢前，饶有意味地看着窘迫的小巫女。

"你这个大笨蛋！"灵雨从铁栅中瞪着他，冢狐的脸在灯光下宛如美玉，却让她厌恶至极。

"笨的是你吧？是不是还在苦苦等待他的到来？你觉得他那样谨慎的人，会为了你冒这么大的风险？"

"他来不来我不知道，我只知你蠢到了极点。"灵雨白了他一眼，连眼角的小痣都透着鄙视。

"你是活得不耐烦了吗？"冢狐眯了眯眼睛，阴森森地说。

"你想没想过，你为什么会来到这座所谓的仙岛？"灵雨冷笑一声，却闭上嘴，卖起了关子。

"当然是有人为我找好了报仇的地方。"美少年也隐隐觉得不对，因为蓬莱岛是让他复活的家伙透露的地方。这里妖怪遍地，是与老头子决战的最好场所，而他在来之前特意抓走了灵雨，多年的经验让他明白，想要捕获大的猎物，没有"饵"是不行的。如今他住在岛上已经月余，除了曼妙如仙子的妖怪们，根本没看到一个活人。

"哼，决战在哪里不是一样？何必要跑到这么远的地方？妖孽丛生，谁知道会不会藏着一只最可怕的怪物？"灵雨冷哼着白了他一眼，"你被人算计了居然还不自知，早晚会变成妖怪肚子里的食物。"

冢狐背后泛出一层冷汗，他望着宫殿外的亭台花木，山峦起伏，心不由得一紧。在黑暗的夜色中，白日里优美宜人的仙山幻景像极了一匹匹巨大的蛰伏的兽，似乎随时都能跳起来将他吞噬。

"只有弱小的人才在背后捣鬼，但即便有魑魅魍魉勾当我也不怕。"他骄傲地扬了扬头，装作毫不在意的样子。

"真是笨到家了……"灵雨痛苦地扶额。

"对了，我给你准备了一件礼物，相信你一定会喜欢。"冢狐眯着钩子眼，饶有意味地望着地牢中的少女。

"什、什么？我不需要礼物……"不祥的预感从小女巫的心中升起。

"你一定会喜欢的……"美少年残忍地笑了，月色朦胧，将他的脸映得像极了一只狡诈的狐狸。

"是不是只有弱者才会强调力量？因为怕别人看不起他吗？"阴暗潮湿的地牢中，枭依旧坐在镜子前轻轻地笑。但在他的眼中，那铜镜中的身影根本不是自己，而是一个气质张狂、桀骜放纵的男人。

"你说呢，狂？"

"废话，真正厉害的人都喜欢隐藏实力，就像忆那个虚伪的家伙。"

"说起来，忆已经很久没有出现了……"枭犹疑地问，"而且主人费尽心思对付区区一个驱魔师，怎么看都有点奇怪。"

"奇怪什么啊，就你想得多，我要休息一会儿了。"狂打了个呵欠，似乎不爱跟他聊这个无趣的话题。只剩下枭孤零零地坐在铜镜前，他不再唱曲，脸上仍挂着温和的笑容，像是一只毫无生气的人偶。

月光缥缈，雾气萦绕，一个灰白色的人影悄无声息地从天而降，落到了树梢上。那是一个苍白俊逸的少年，面上似浮着一层病气，身手却十分敏捷。他轻盈地从一棵树跳上另一棵树，根本不走地面，只在高空中纵跃，这样做不但能避人耳目，还能观察地形。

阿朱配合着自己的主人，银丝在她指间收放自如，令少年飞鸟般翱翔。她已经有很多年没见过他如此亲力亲为的模样，岁月的流逝消弭了他的斗志，尤其是近几年根本不曾亲自出手。可今晚的他像苍鹰又像孤狼，他甚至不再假装咳嗽，完全露出了锋芒。

"是不是因为那个小姑娘呢？"阿朱红唇微抿，若有所思地笑，手中却丝毫不停，带着老头子越过云雾缭绕的山峦，来到了位于山顶的宫殿中。

宫殿如画中的月宫，以冰冷的白色大理石建造，周围环绕着亭台楼榭，虽然美丽，却毫无人气。此时已是深夜，几十个身穿白衣的少年在忙碌着什么，一股刺鼻的气息在夜风中弥漫。

"这是什么味道？"老头子伏在树枝上好奇地问，这气味让他想起了一个人。

"是松香，看来某人又要做琥珀了。"阿朱含笑回答，"而且看样子他融化了不少松香，要做个极大的玩意儿呢。"

老头子双眸一冷，像是突然明白了什么，纵身从树上跃下，一个少年刚发现了他的身影，就被他轻易地扭断了脖子。

"宝刀未老呢。"阿朱轻声调侃。

"谁说我老了？"少年桀骜地回答，但嘴边却逸出了几缕血丝。他借着挥退阿朱的手势巧妙地掩饰过去，向松香味的来源冲去。

白衣人陆续发现了他，纷纷冲上来阻止，足有几十人之多。他们像是扑火的飞蛾般冲来，眼看就要将他团团包围，但这苍白清俊的少年却毫不畏惧，如掌控黑暗的帝王般用力一挥手，庞大的妖怪瞬间现身，激荡得烟尘四起，熊男的身影如巍峨的小山般挡在他面前。这力大无穷的汉子一把抓起为首的一人，将他抡成一道圆弧，竟然以人为武器，三两下就把赶来围堵的人都打得翻倒在地。

熊男殿后，老头子毫无阻碍地冲入了宫殿中，只见十几个白衣人正缓缓将一只巨大的铜锅吊在半空。而王座之上，紫衣金冠的冢狐唇边挂着一抹残忍的笑，望着阶下的一幕。

·七·

同一个夜晚，海上也进行着激烈的战斗。

夜幕之下，旖旎的歌声在海中回响，海妖们跃出海面，使出浑身解数勾引着船上的男人们。很快又有年轻气盛的小伙子抵不住诱惑，纵身跳下了大海，被黑暗的海波吞噬。

朱文浩一声令下，长刀挥舞，训练有素的死士们整齐划一地将弩箭驾到了船舷上。上百人同时扣动机括，羽箭如飞蝗般射入海中。冶艳的海妖中了箭，凄厉地尖叫起来，露出了红唇下的森森獠牙，哪里还有美人的模样？第一批箭射完，海面已经恢复了平静，唯有海潮拍击礁石的声音。但是没有一个人敢松懈下来，海风送来血腥的气息，深海中似乎潜藏着更可怕的怪物。

不知过了多久，四周变得如死寂般宁静，朱文浩终于放下刀，跳下了船舷。他仍然穿着花衣，但衣襟却被鲜血浸染，方才有一个海妖跳上来咬住了他，虽然被他砍得身首异处，但他还是受了轻伤。

"弓弩都不许撤，轮流换人守夜。"他怒目吩咐着众人，再也不像个风流公子，倒似庙宇中凶狠的罗刹。

船夫和侍卫们都紧张地守在甲板上，可不过一会儿的工夫，海面上就又翻起了浪花，水声哗哗不绝。

"公子，不好了，好像有怪物！"桅杆上负责瞭望的小伙子突然高声惊叫，他话音未落，海中涌出浪花，一片银光闪烁，竟然有千万条银色的鱼跃到半空。鱼鳞折射着皎洁的月光，衬在浓黑的夜色中，宛如在黑色的丝缎上撒下了无数宝石。这场面美得令人目眩，尤其是没有海上航行经验的侍卫，更是看得目瞪口呆。

"快跑啊，有大家伙来了！"不知是谁喊了一声，船夫们奔走逃窜。而几乎在同一时间，一个庞大的影子从海中跳出来，掀起滔天巨浪。它足有三层楼那么高，浑身黝黑，只有腹部是白色的，只见它巨尾一甩就打断了一根桅杆。

"是鲸！"有眼尖的人认出了这恐怖的怪兽，可它却比普通的鲸更大几分，简直就像是个浮动的小岛。

鲸再次落入海中，发出轰然巨响，激起的水花从半空中落下，像是纷纷扬扬地下了一场暴雨。海水将朱文浩淋得尽湿，但他却没有后退一步，眼中寒光森森，唇边却凝着笑意。

"凭你也想毁了这条船吗？可惜不巧，我答应了别人，一定要守住它。"他狂傲地笑着抽出长刀，迎风而立，对着海中的巨鲸喊道，"放马过来吧！"

巨鲸似听到这男人的叫嚣，顿时向他疾冲而来。海浪被它庞大的身形分开，激起铺天盖地的水花，像是将整个世界都笼罩在水中。但朱文浩却一刀刺向水幕，仿佛一只要撼动大树的蚍蜉，渺小得可怜，又勇敢得可笑。

宫殿之中，老头子刚一现身，冢狐就满意地眯起了钩子眼。他不疾不徐地优雅地打了个响指，一个人影在夜风中出现，将一根白蜡长棍舞成一团光。

"长歌，你终于来了。"他笑眯眯地说，像是个热情好客的主人，"不过好像有点晚。"

"来了就行，不论早晚。"少年驱魔师身影翩跹，如一只白鸟飞快冲入殿堂中。他话音刚落，乾达婆已经飞跃在半空中，这贵气十足的妖怪手中长枪一闪，枪尖像是猎隼的喙，准确地挑向了使棍男人的咽喉。

"罡风，缠住他。"冢狐不疾不徐地命令自己的妖怪，驱魔师同时叫出两个妖怪会耗损体力，他一定不能让老头子腾出手来阻止他的计划。

刹那之间，宫殿中棍来枪往，杀气四溢。乾达婆没出全力，跟罡风打了个平手，这美貌公子的眼睛始终不离那几个拉着绳子的白衣人半分。

"可以了！"冢狐微笑着又打了个响指，阴森地说，"这才是我为你准备的好戏，还好你没错过。"

十几名白衣人同时拉动了铜锅下的绳子，锅微微倾覆，散发着热气和刺鼻气味的琥珀色液体流了下去。

"救命啊！你这个混蛋，为什么用松香淋我？"地底突然响起了少女惊恐的尖叫，而老头子在听到叫声的同时脸色突然就变了。他终于明白冢狐要干什么了，他借着顾羲禾的身体复活，现在仍保留着纨绔公子的爱好，要将灵雨活活做成琥珀。

"现在才明白吗？看你怎么阻止！"冢狐衣袖招展，又叫出了蔷薇，红衣少女宛如火焰般明艳灼目，手提双刺就卷入了乾达婆和罡风的战斗。乾达婆以一敌二，即便将长枪舞得密不透风也渐渐有些不支，他招数一滞，已经被蔷薇刺破了手腕。

老头子的力量被全力打斗的乾达婆牵制，根本无力唤出别人。但他毫不畏惧，长袖一展，从袖底抽出一把细软的长剑。

"你是不是死太久了，怎么健忘成这样？"他扬眉一笑，轻松地挽了个剑花，疾向那些白衣人刺去，"我的力量一直在妖怪之上，否则怎么能活这么多年？"

他快得像一道光，甚至比全力冲刺的眠狼还要快上几分。十几名白衣人还没明白怎么回事就纷纷中剑，轻则断手，重则丢了性命。这些仙子般的少年倒在地上，不过一会儿，就化为一摊陈年枯骨。

只是一眨眼间，悬吊着铜锅的绳子已经被老头子拽在手中，而乾达婆一枪突刺就刺中了罡风的腿，后者闷哼了一声，消失于夜风中。蔷薇力量本就小，只依仗些小花招制敌，几下就败在乾达婆手下，连忙在地上打了个滚，也狼狈遁走。

瞬息之间，胜负已定。老头子不动声色地将绳子缠在腰间，咳嗽了两声，嘴边溢出几缕鲜血。但他仍紧紧盯着王座上的冢狐，紫衣金冠的美少年仍好整以暇地坐着，似乎没有丝毫畏惧。

"是你吗？你来了吗？"脚边的地牢中传来虚弱的呼唤，灵雨缓缓站起来，欣喜地望着头顶的少年。

"是，你可以放心，我一会儿就让阿朱带你出来。"他瞥了一眼脚下，昔日美貌的姑娘浑身污泥，形容憔悴，已经被折磨得不成人样，她肮脏的脸上只有一双眼睛仍闪烁着明艳的光，一如往昔。

渐渐有泪水浮上了这双漂亮的大眼睛，她像只受伤的猫蜷缩在地牢里，哀伤地哭了起来。

"你终于来了啊，我以为你永远不会来救我，因为我在你的面前总是那样渺小，渺小到微不足道……"

"说什么呢？"老头子轻轻地回答，他荒芜了许久的心终于被这女孩的真情打动，泛起了一丝涟漪，"我当然会来救你了，别看我不爱搭理人，但哪怕是猫猫狗狗，我对它们都是很有感情的……"

灵雨气得抓起一块泥巴丢到他身上，但脸上却已经破涕为笑。

其实所谓仙境，不过是与心爱的人长相厮守，在这地牢中、淤泥里，美丽的少女找到了属于自己的幸福。

·八·

"情话说得差不多了吧？现在该是解决我们之间恩怨的时候了。"冢狐难得有耐心地听着他们的对话，一直没有打断。

老头子轻轻招了招手，一缕黑雾飘过，幻化为一个雪肤花貌的黑衣女子，风姿绰约地站在他的面前。

"这里交给你，我很快就会解决他。"他把拽着铜锅的绳子交给了阿朱，时间紧迫，他来不及破坏地牢，只能让融化的松香暂时不流下去。

阿朱盈盈点头，手中射出几缕银丝，牢牢地缠住了半空中的铜锅。但她却担忧地望向自己的主人，美目中凝着寒霜。

"你真的不要紧吗？"她红唇微启，轻轻地问。这苍白的少年虽然看似跟平日一样镇定，但却露出了细微的破绽，他的手在微微轻颤，脚步也有些虚浮，这都逃不过她敏锐的双眼。

"没事……"他朝她摆了摆手，笑着回答，"只是苍甲似乎还有情绪，不大听话。"

阿朱不再问，眸色却变得越发深沉。大战之中，小小的差错都会导致满盘皆输，丢了性命，为何一向谨慎的老头子这次要贸然行事？

她望向了地牢中的灵雨，少女也在期盼地看着她，眼角的小痣衬得她眸子更亮、眼睛更美，任何一个男人都无法拒绝这样一个娇俏迷人的姑娘。或许，这就是所谓的劫数？在别开目光的瞬间，这聪明的黑衣艳女心中浮起了一丝不祥的预感。

宫殿中白烛长明，灯火摇曳，照亮了冢狐状如少女的脸。他从王座上走下来，衣袖一挥，昆仑奴庞大的影子立刻出现在灯光下。力大无穷的妖怪几乎在脚刚落地的同时就向老头子发动起了攻击，他抡起酒坛般的拳头，直砸向少年驱魔师的头顶。

"苍甲！"老头子不闪不避，而是唤出了一个妖怪，鳞甲瞬间覆盖了他的全身，但跟以往不同的是，坚硬的青甲上还长满了倒刺。

"哇！"昆仑奴收手不及，登时被坚硬的甲刺扎破了手臂，痛得连连尖叫。

老头子眼中眸光一闪，苍甲消失，熊男庞大的身影出现在了他的身前。熊男抡起拳头，一拳就打在了昆仑奴的下颚，两个力大无穷的妖怪转眼就扭打在一起。

刹那间宫殿中烟尘四起，瓦砾横飞，连地面都在微微颤动。老头子咳嗽了两声，拾起了地上的细剑，如疾风般奔向冢狐。

冢狐唤出力量最小的盾龟挡住了他的攻击。但顾羲禾的身体没受过训练，两人只过了几招，他就被逼得连连后退。

剑砍在龟甲上迸射出闪亮的火花，将老头子本就失血的脸映得更加苍白。此时的他再也不是温文尔雅的翩翩公子，而是犀利冰冷得像一具杀人的木偶，招招都不留余地。

"你不是我的对手，还不如让那个叫枭的妖怪出来。"他似乎迫不及待地要结束战斗，跟平时沉稳的样子截然不同。

"枭是谁？"冢狐愣住了，就在他晃神的瞬间，蔷薇再次现身，用短刺挡开了老头子的长剑。

"你不知道？就是将灵雨掳来的人。"老头子不耐烦地皱眉。

"你是不是搞错了？那小丫头是被我带来的，她还挣扎了好久，颇费了我一番功夫。"冢狐皱了皱眉，不耐烦地说，"我可没派人告诉你，只在抓走她时留下了线索。"

老头子突然觉得哪里不对劲，连动作都随之一滞。

"他有那么重要？"冢狐冷哼了一声，钩子般的双眼中迸射出阴森的光，"长歌，你有空还不如多担心一下自己，一旦走进这方术筑就的岛，就别想活着出去。"

他话音未落，罡风再次在空中现身。这高瘦的男人挟着下落之势，扬起长棍，向少年驱魔师的头顶砸去。

老头子举起长剑护住头顶，但力量终究逊了几分，长剑被震得差点脱手，他后退几步，脸色白得如同玉雕，突然喷出了一口鲜血。

"哦？看来你有大麻烦呢！"冢狐突然笑了起来，这种情况他太熟悉了，那是驱魔师无法掌控自己驱使的妖怪而导致力量分崩离析的前兆。

"那可要让你失望了。"老头子笑了笑，再次拿起长剑向冢狐刺去。他不再驱使妖怪，因为不知是谁背叛，一旦力量分散就会被对方偷袭。

"我说过，既然你来到这座岛，就别想活着出去。"冢狐在灯火中诡异地笑了起来，如帝王般摊开了双手。

宫殿外响起凄厉的悲鸣，无数白衣人从仙山玉宇中跑下来，向这空旷的大殿奔来。但他们不再是容貌姣好的仙人之姿，一个个变得青面獠牙，宛如恶鬼。

"我在岛上的这一个月已经控制了所有的妖怪，它们都是秦朝时从咸阳被赶出来的，怨气可是大得很呢。"冢狐张开了双手，桀骜地狂笑起来。

几百年来，他一直活在老头子的阴影中，同样是驱魔师，自己总是比他差一点。可就算他豢养最强大的妖怪，最终被反噬，仍然败给了他。还好天道轮回，让他借尸还魂，并漂亮地扳回了一局。

老头子水银般黑白分明的瞳仁中仍然没有一丝慌乱，他擦干了嘴边的鲜血，再次唤出了眠狼。

一袭黑衣的冷峻少年在灯火中现身，随着狼嗥骤起，少年身影已经化为一道乌光，向为首的几名白衣人袭去。这个鲜少微笑、如玄铁般冰冷的少年，奔袭到哪里就将死亡带到哪里。乌黑的宝剑杀气四溢，每刺出一剑，就有几人倒下。不过片刻工夫，眠狼已经占了上风。

"你中计了！"然而就在这时，冢狐阴柔的脸上突然现出狡猾的笑容，随着他的笑声，蔷薇如怒放的火焰般出现在了阿朱身后。

老头子的心在刹那间揪紧，他终于明白冢狐要干什么了。

可是来不及了，蔷薇挥舞着双刺，寒光闪过，轻易地切断了坚韧的蛛丝，灼热的松香倒灌而下，眨眼间就填满了地牢。一根樱红色的丝带随着琥珀色的液体涌出了铁栅，像是一丝血线，又像是少女唇边动人的微笑。

"啊啊啊！"苍白俊逸的少年崩溃地狂叫，那已经不像是人的声音，倒像是受伤的野兽发出的咆哮。

他突然抛开长剑，朝虚空中挥了挥手，蓬勃的力量从他袖底涌起，几个妖怪的身影同时出现在夜风之中。风姿绰约的乾达婆、如小山般魁梧的熊男、脸上犹带着泪痕的苍甲、妩媚动人的阿朱还有英俊冷漠的眠狼，这些强大的妖怪站在他的身边，紧紧地簇拥着他，如铜墙铁壁般坚不可摧。

"杀了他！"他伸手指向冢狐，轻轻地说，声音中不带一丝感情。

他又变成了百年前那坐拥着黑暗疆域的帝王，再也没有了温润如玉的儒雅笑容，再也没有了伪装成虚弱的干咳，甚至连眼底的最后一丝温情都消失殆尽。

站在冢狐面前的，是一个比妖怪更可怕的人。

## ·九·

这次率先出击的居然是防御型的苍甲，梳着冲天辫的少年在地上打了个滚，变成一个周身鳞甲的圆球向冢狐冲去。

"还我小仙女！你这该死的坏蛋，为什么要杀死她？"圆球上瞬间长出了坚韧的利刺，他咆哮着滚到了冢狐的面前。

原来你管她叫小仙女啊，还真的有那么点像。不仅仅是漂亮，而且总是无忧无虑，确实不似凡间的女孩。老头子脸上泛出一丝苦涩的笑，可是这笑容浮上嘴边，却凝结成了一抹血痕，从他的薄唇中逸出。但也仿若毫不在意，指点江山般挥起衣袖，袖底现出重重魔影。一个又一个妖怪在风中出现，乾达婆长枪抡成一个满月，十几名冲在前面的白衣人刹那间被打得七零八落。

冢狐漂亮精致的脸登时变得惨白，他费尽心力才跟岛上的妖怪缔结了契约，本想打包围战，哪想这些家伙竟如此不堪一击。

"你可见过一群绵羊能生过狮子？"老头子轻蔑地笑，仿佛在嘲笑他的愚蠢，"没想到过了这么多年，你居然越活越退步了。"他一边说着，手上却不停，乾达婆迅速消失，取而代之的是以近身搏斗见长的眠狼。

苍甲被冢狐叫出的罡风以长棍抵住，正憋足了气跟这瘦高的妖怪较劲。眠狼如黑色旋风般冲到他的身边，一剑刺向罡风的胸口，与此同时，原本岿然不动的青色甲球瞬间消失，变幻成坚硬的鳞甲覆盖在了眠狼身上。罡风本在尽全力跟苍甲相搏，白蜡长棍都弯成了弧形，此时苍甲突然消失，他的力气无处可卸，狼狈地向前扑去，刚好撞在了眠狼的剑尖上。这瘦高的男人惨叫一声，骤然消失，只余一地飞溅的血花。

眠狼整个人都化为一柄锋利的剑，疾向冢狐冲去。冢狐飞快地叫出了盾龟，巨大的铸铁龟甲出现在眠狼面前，黑衣少年纵身一跃，直接跳过了障碍，脚步毫不停滞。

"受死吧！"红衣如血的蔷薇却从龟甲后出现，挥舞着毒刺直刺向半空中的眠狼。她体力不如别的妖怪，只擅长偷袭，等了很久才等到这个绝妙的时机。

　　眠狼身在半空，根本躲无可躲，可这冷漠的少年却看也不看她，如凝霜含雪般的双眼只死死盯着台阶上的冢狐。

　　蔷薇双刺如闪电，疾向眠狼裸露的脖颈刺去，可是她刚飞跃而起，一张银丝大网就从天而降，兜头将她罩入网中。

　　"方才被你钻了空子，这次看你怎么办！"阿朱倒悬在宫殿的穹顶上，手中射出道道银丝，瞬间就将蔷薇裹成了个粽子。

　　蔷薇微微一笑，身影凭空消失，再次现身时已出现在半空。阿朱纤腰一扭，仙女下凡般曼妙地跃下穹顶，一束银丝扣成套索，准确地套住了蔷薇的脖颈。

　　这两个美人一个神秘婀娜，一个明艳俏丽，像是一团乌风裹着一段红绸，在半空中斗得不亦乐乎。

　　老头子嘴中又吐出几口鲜血，斑驳的血色几乎染红了他灰袍的前襟。但是他却毫不在意，视线只死死地盯着台阶上惊慌失措的冢狐。

　　眠狼势如破竹般冲向了高台，冢狐连忙召唤大量的白衣人挡在自己面前，但是那些白色的影子在眠狼的黑剑下像是败絮般脆弱，还没等接近就被剑气所伤，眨眼间化为枯骨。白骨如雪般洒在阶下，绘成一片森然的修罗地狱。

　　冢狐连连后退，额角上冒出冷汗，他收回了盾龟，召唤出新的妖怪。但受伤的罡风败在乾达婆的枪下，昆仑奴虽然暂时挡住了眠狼，可是老头子也唤回了苍甲，叫出了孔武有力的熊男。这魁梧的壮汉几步迈上台阶，挥舞起巨拳，一拳就重重砸在了冢狐的胸口。

　　还好紫衣美少年在千钧一发之际唤出了盾龟，让它紧紧护在胸前，算是保住了骨头，可他整个人仍平平地飞出去，像是一只断了线的风筝。他顺着台阶滚落，直至老头子脚下才停了下来。一瞬间他驱使的妖怪全部消失，老头子也挥了挥手，驱退了手下。

　　辉煌灯火的金銮宫殿中只剩下他们二人，一如多年前那个风雪之夜。

　　"算你赢了。"冢狐不甘心地说，他的发冠已摔掉，长发散落，披在肩上，令这个钩子眼的少年看起来宛如少女。

　　"不，赢的是你。"老头子垂下头，他一贯冷淡平和的脸此时竟看起来有些悲伤，"你什么都没有失去，相反还有人惦记你，但我却已经失去了太多。"他从怀中掏出"船王"的琥珀吊坠放在了冢狐面前。那块棕色的琥珀在灯光下泛出温暖的光泽，里面的枫叶看起来像极了一颗心。

　　冢狐呆呆地望着这颗心，前尘往事如潮水般涌入脑海，死去多时的顾羲禾仿佛在这个肉体中再次复活。他仿若又变成了昔日那个不受喜爱的孩子，以游学之名被发配到西京。父亲虽然是富甲一方的"船王"，但是家里能干的兄长太多了，有大哥和二哥当父亲的左膀右臂，他这个最小的儿子实在太过多余。

　　"他一直在找你……"老头子轻轻地说，血一滴滴地从他的唇边滴下，落在光洁的石板上，像是绽开了一朵朵红梅，"还让我带你回去。"

　　紫衣少年爬起来，颤巍巍地从他的手中接过了琥珀，它柔软又温暖，像是凝固了的泛黄的时光。

"呜呜呜……"他突然哭了起来，眼中的精明之色在刹那间消退，此时站在老头子面前的，不过是个幼稚伤心的少年，死去数月的顾羲禾竟然在这具被侵占的肉体中复活了。

然而老头子却"哇"地吐出了一大口鲜血，甜腥之气充满口鼻，他不禁双膝一软，跪坐在地。他在西京受的伤始终没有痊愈，体内寄生的妖怪正在分崩离析，而灵雨的死加速了他崩溃的步伐。

天边明月微缺，像是这世间所有的不圆满。他跟小巫女的爱情，还没等发芽，就湮灭于死亡之中。

那么快那么轻那么薄，像是在春风中漫天飞舞却又抓不住的蒲公英，又像是生命中那些转瞬即逝的错觉。

如此美妙，又充满哀伤。

### ·十·

宫殿的地牢中，枭还在哼着戏文，这次他唱的是《三顾茅庐》的一段。他在牢中长大，很少接触人，对人情世故的了解只能通过一折折光怪陆离的戏。

"要打败一个人，最重要的是摧毁他的心，果然没错啊。"他喃喃自语地说，视线透过狭窄的小窗，似乎看到了很远的地方。

就在这时，黑暗中传来哗哗轻响，地牢沉重的铁门被人缓缓推开，走进来一个身穿斗篷的人，他的脸全被遮在风帽中，只露出月牙般白皙的下颌。

"是枭吗？"来人静静地问，夜风浮荡，送来一股奇异刺鼻的香气。

"是，狂刚睡着。"枭似乎非常重视这个人，连忙整理衣襟，面上堆笑，一副文质彬彬的样子，"至于忆，我已经很久没有见过他了。"腕上的铁链不断发出叮叮当当的轻响，令他像极了潜伏在草丛中的响尾蛇，静憩中酝酿着致命的危险。

"该轮到你出场了，我好不容易把这么多人聚集在仙岛上，就是为了演一场大戏。"

"戏？"枭立刻来了精神，笑眼中泛出精光。芸芸众生，谁不是在演一场场精彩纷叠的戏？如今有机会参演，让他非常兴奋。

"没错，可惜了顾五娘，如果她没有放弃力量而变成一个平凡的妇人，这戏还能更好看一些。"

"那小生我要扮演的是什么角色呢？"枭清了清嗓子，一甩铁链，居然唱了出来。

"当然是教训那些轻浮之人的英雄，那个叫老头子的家伙，不过是个区区驱魔师，居然敢一再破坏我的好事。"斗篷下的人冷笑了两声，"我要让他明白，主宰这个世界的是强大的威力，而并非他推崇的愚蠢的感情。"

"既然如此，小生领命！"枭微笑着朝对方作了个揖。

一阵风不知从何处吹来，吹起了那凝重如夜色的黑色斗篷，衣襟飞扬，拂过枭腕上的铁链。仿佛变戏法般，铁链发出哗啦啦一阵轻响，随后应声落地。等他回过神来时，地牢中只有淡淡月光，哪里还有枭的身影。

小窗上的铁栅已经被巨大的力量扭曲折断，连月亮的影子都变得狰狞，夜枭发出凄厉的长戛，让人听了不寒而栗。

"还好有'忆'这个人格，才让像这样强大的妖怪也能受我控制。"这人心有余悸地自言自语，仿佛怕冷般裹紧了斗篷，离开了阴暗潮湿的地牢。

幻境仙山之中，山雨欲来。而在海面上，朱文浩率领的船队也在经历着命运的暴风骤雨。

十几条大船在风雨中起落，仿佛在雨打风吹中凋落的残荷。激烈的厮杀中，甚至都没人察觉这风暴是从何时而起，它就像大海的呼吸般自然，跟随着巨鲸的脚步而来。

更可怕的是，因为巨鲸的出现，原本被弓弩击退的海妖再次卷土重来。它们比之前更凶狠残暴，干脆连美女的皮都不要了，直接露出了獠牙和利爪。

这次不只是主船，连副舰也一并遭到攻击，海妖们飞跃出海面，每次落下都会带走一名年轻的水手。而巨鲸不断搅动着海面，一次又用巨大的尾鳍攻击船体，有两艘补给船已经被它砸得七零八落，最终被黑暗的海水吞噬。

雨点砸在脸上如刀割般疼痛，朱文浩用粗绳将自己牢牢地缚在甲板上，仍大声地指挥着战斗。侍卫们射出一串串燃烧着的火箭，暂时阻止了疯狂的海妖，但却丝毫无法抵御巨鲸的攻击。陆地上的战术在海上难以发挥，水手们推出了巨型弩机，每根横木都有手腕般粗细，每架弩机需要三人合力才能启动，而发射的则是粗壮沉重的矛枪。

"这是我们最后的机会了，只要把这个妖怪杀掉，我们就能平安回家！"朱文浩的衣襟被鲜血染红，发髻被狂风吹散。他站在船头挥舞着长刀，像是神魔般下达着命令。而他的话也确实鼓舞了每一个人，谁不想回家呢？家里有亲人有美酒，在这狂风暴雨的梦魇之夜，这简直就是致命的诱惑。

只要干掉这巨大的鲸，就能回家了！

每个人的眼中都闪烁出希望的光芒，像是有烈火在黑暗中燃烧。

"发射！"随着朱文浩一声令下，主船上的十台巨型弩机同时发出巨响。沉重的矛枪破空而过，轻易就击碎了海妖的身体，却无法击中海中潜伏的巨鲸。

"第二次，准备，发射！"

矛枪再次划破风雨，发出刺耳的嘶鸣声，此时海中有浪潮翻涌，卷起致命的漩涡。

"第三次，发射！"朱文浩盯着船下的漩涡，双眸变成血色。

几乎在他话音刚落的同时，庞大如山的黑影终于跃出了水面，矛枪也挟着闪亮的寒光冲破海浪，直刺向那庞大得几乎无法征服的怪物。

"嗷——"海浪中响起了振聋发聩的悲鸣，几根矛枪插进了鲸鱼的脊背，它痛苦地跃向半空，又重重地跌落进了海中。掀起的巨浪几乎将船掀翻，但船上所有人都不约而同地欢呼庆祝。

他们终于胜利了！这只该存在于古老传说中的怪物，居然被他们打败了！方才还觉得自己渺小得如蜉蝣的他们，此时突然觉得自己伟岸得如海岸边屹立千年不倒的岩礁。

朱文浩紧绷的脸也渐渐松弛，令人心寒的阴狠表情褪去，有那么一刹那，他仿佛又变成了那个游戏人间的花花公子。

可喜悦却是如此短暂，如同佛法中描述的须臾。

紧接着有更大的浪翻涌而起，像是将整个大海都倾覆了，海水劈头盖脸地灌上了甲板，立刻将弩机和水手们冲散。这些年轻人连叫都来不及叫一声，就成了海底的枯骨。

而朱文浩因为被绳子牢牢地缠在船舷上，这才逃出一条生路。他只觉得数千斤的水流冲刷过自己的身体，几乎要将骨头都挤断。他身上每一个毛孔都被水充斥，整个世界都变成了水。

他根本来不及知道发生了什么，等一切平静下来时，整个甲板上只有一片水色，倒映着微弱的月光，宛如一面晶莹剔透的铜镜。就连方才的暴风雨都平息了许多，眼前的一切堪称静憩美好，像是一位肤色如玉的圣洁少女。

可这美景却让朱文浩心悸，因为船上一个人都没有了，整艘船在顷刻间变成了一艘凶船，即使他千万次高呼，也没有人回应他。

船下传来海浪拍击船体的声音，仿佛一只手在轻叩门扉。他绝望地看向海面，果然就像他所想的那样，剩下的副舰也都七零八落，残骸随波逐流。

那只手还在轻轻地敲门，不疾不徐，宛如深夜来访的耐心客人。他鼓起勇气看向船底，只见一个巨大的黑影潜伏在船下，像是深沉坚硬的暗礁。它的目光中透着戏谑，宛如天神俯视着地上的蝼蚁。它只需轻轻一动，整条船就会倾覆，而他也会葬身海底。他突然发现，自己对那个清俊少年发下的誓言是多么的可笑。

而他也终于明白，那个总是在咳嗽着似孱弱的少年这么多年来面对的是什么。那是永远都不会有黎明的长夜，那是在死神的肚腹上起舞，稍一疏漏就要献祭上生命的危机。

人类要挑战妖怪，是多么愚蠢，又多么可笑！可是为什么，与他初见时，他却仿佛坐拥春风，让人感到温暖又亲切呢？

在这命悬一线的时刻，他第一次看清了老头子，看清了他潜藏在那温言浅笑下强大到莫测的力量！

·十一·

冢狐抱着琥珀跪坐在地上，哭得上气不接下气，像个受了伤的孩子。实际上顾羲禾死时不过十七岁，又从小娇生惯养，也确实是个没长大的孩子。

老头子怜悯地看了他一眼，擦了擦嘴角的血痕，走到了被松香填满的地牢前。顾羲禾全无杀气，根本不值得提防，他可以放心地背对着他。

在温暖的灯火中，松香已经凝固了，一个樱红色的身影躲在琥珀之中，像是飞天的仙女调皮地在云端漫游。

老头子年轻清俊的脸浮现出一抹悲戚，为了不将她牵扯进来，他刻意将她气走。他甚至还想过，等他办完了所有的事情，就会带着一身风尘敲开她寂寞的门扉，她会欣喜地扑到自己的怀中，为他准备炙肉和烧酒，就像两人曾共度的那个除夕。

可是造化总爱弄人，即使他活了这么久也无法避开它的折磨。萌芽的情愫戛然而止，对未来的设想也化为泡影，少女被凝固在透明的结晶中，不会老也不会丑，像是命运之神唇边讥讽的笑，笑他的天真与愚蠢。

"快看，那里有些不对劲……"他喉头一阵腥甜，当血再次要涌到唇边时，阿朱突然出现在他的身边，她瞪着杏核大眼，青葱玉指指向被金棕色琥珀填满的地牢。

他咳嗽了两声，又咳出几口血，顺着阿朱所指的方向望去，只能看见一团模糊的樱红色的影子，那红色绮丽中透着悲哀。每看一次，他的胸口就传来针刺般的痛。

"里面没有人，那只是一件衣裳……"阿朱的声音柔和平静，却又像是琴弦般冰冷无情。

"你确定？"

"确定，没有头发和四肢，只是一条裙子。"

不知从何处吹来了一阵风，让他凭空打了个寒战。还没等他感受到喜悦，杀气就从天而降。一个身穿赭色长袍、头戴幞头的书生，脸上挂着灿烂的笑，如飞鸟般翩翩然穿过宫殿的穹顶，落在了他的面前。

几乎在他落地的同时，少年驱魔师伸手一挥，面前已经多了一块青色盾牌，盾牌足有一人多高，将他整个人遮住，是苍甲幻化的变形鳞甲。

"又见面了啊，比我想象中的慢，这么长的时间你在筹谋什么呢？"枭双手微扬，袖底生风，手中已经多了两柄短刀。他手上不停，短刀舞成两团寒光，以迅雷不及掩耳之势向病弱苍白的少年冲来。

老头子挥了挥手，面前的盾甲消失，取而代之的是身穿黑色锦衣、如刀锋般锐利冰冷的眠狼。眠狼黑剑疾刺，剑气纵横，瞬间就接了他几招。去掉鳞甲护身，他的速度比之前那次交手快了几倍。

"你出现得也比我估计的慢了许多，你又在筹谋什么？"

"如果这仙岛是个戏台，那我就是压轴的主角，你可见过主角开幕时就登场？"

枭的身影化为一道青风，跟眠狼以高速战斗，偌大的宫殿中，一黑一青两团虚影交织游走，叮叮当当的兵刃相交之声不绝于耳。

"是吗？那你可曾见过第一次交手就使尽全力的对手？"老头子冷笑一声，拾起了长剑，指向了互斗的两人，"眠狼，以我最大的力量支持你，让这个蠢货见识一下你的厉害！"他少年般清秀的脸庞莹白如玉，却浮现出坚毅决绝的神色。

刹那间宫殿外响起悠远的狼嚎，而眠狼突然止住脚步，不再跟着枭奔走激突。这俊美冷漠的黑衣少年收回了黑剑，摆出了一个突刺的姿势。

枭仍眉眼弯弯地笑，却将短剑拢在袖中，身姿轻盈地后退，宛如一只灵活的猎隼，瞬间就跟对手拉开了三丈有余的距离。

"你说谁是蠢货？"他静静地站在灯下，虽然他仍是笑的样子，却可见眼底的薄怒。

"当然是你！我敢保证，你破不了眠狼的突刺。"

仿佛是为了印证他的话似的，眠狼扎下马步，将黑剑在胸口平举，剑尖笔直地指向枭。

"哼，就这么一招，还想杀我吗？看你的剑快，还是我的刀快！"枭笑眯眯地伸手一招，手中又多出两把短刀。四把刀同时出现在他的手中，他突然发出尖厉的笑声，身体化为一道青影，疾朝眠狼冲去。

眠狼并未出手，始终保持着一个姿势，但瞳仁的颜色却骤然加深，杀气飞快凝聚。

"去！"枭摸不透这冷峻少年的底细，衣袖一扬，两柄刀脱手而出，疾刺向眠狼的胸口。

刀上灌注了巨大的力量，划破夜风，发出轻微的啸声。没人能躲开这么快的刀，即便是闪电也追不上它的速度。

而一直保持着突刺姿势的眠狼身体一晃，出现了一丝缝隙。

只听风中传来叮当两声轻响，两柄短刀被弹开，眠狼仿若磐石般纹丝不动，但黑剑的剑尖却在微微轻颤。

枭在射出短刀的同时，身影化为一道青风，也冲向了眠狼。就像他想的那样，少年完美无缺的防守姿态被双刀破坏，剑上凝聚的杀气已经被卸掉，只剩下五成力气。

　　他挥舞着短刀，在夜色中划出死亡的弧光，疾向眠狼的手腕划去。他被即将到手的胜利冲昏了头脑，完全没有发现，站在眠狼身后的老头子唇边蕴出一丝不易察觉的笑。

　　就在这千钧一发之际，眠狼见到刀光袭来，却没有刺出酝酿已久的招数，反而后退了两步。

　　他万万没有想到，这骄傲冷漠的少年居然会临阵脱逃，他的刀只能凭空刺在风中。而与此同时，他突然觉得脖颈一紧，自己居然一头撞在了一根银丝上。他立刻察觉到不妙，想要后退却已经来不及，银丝飞快收紧，将他紧紧缚在半空中。

　　"嗬嗬……"枭抓住脖颈，痛苦地呻吟，只见一个身穿黑色纱衣的曼妙女子从暗处走了出来。

　　"这位公子，难道不知道蜘蛛最擅长的就是等待猎物自投罗网吗？"阿朱杏眼含风，朝他抛了个媚眼，玉指轻扬，将蛛丝收得更紧。

　　"你、你们使诈……"他气急败坏地大骂。

　　"现在明白我为什么说你是蠢货了吧？"老头子轻蔑地看着被吊在半空中的他，"速度再快又怎样？只知道往前冲，连陷阱都看不到，不是蠢货是什么？"

　　"是吗？你以为自己很聪明……"枭的眉眼中再次绽放出笑意，阴森地说，"你的伤是不是一直没好？而且稍一用力就会咳血不止？"

　　老头子愣住了，而就在这时，他周身传来剧痛，甜腥的气息再次涌上口鼻，他"哇"地一下再次吐出了一口鲜血。少年本就苍白的脸变得几无人色，站在灯影下的宫殿中，简直就像一个俊逸飘忽的剪影。

　　"苍甲！你怎么还在闹别扭？"他愤恨地训斥属下。

　　"不是我啊先生，知道小仙女没死，我开心还来不及，怎么会闹别扭呢？"苍甲在风中现身，小脸皱成一团，满腹委屈。

　　"是谁？那是谁？谁背叛了我？"一直冷静平和的少年终于忍不住发怒了。

　　他跟妖怪们交换生命，以血肉之躯供养它们，它们是他最信任的伙伴。他给它们爱，给它们自由，甚至让它们比人类活得更有尊严。可是在这生死攸关之时，它们却对他露出了狰狞的爪牙。

　　灯影闪烁，映出重重魔影，似乎每一片阴影中都暗藏杀机。他终于再也撑不住，身体一晃，就跪坐在了地上。

·十二·

　　而几乎就在他倒下的同时，半空中传来布帛撕裂之声，枭身上肌肉鼓动，撑坏了书生飘逸的长袍，露出了遍布疤痕的身体。坚韧的蛛丝被撑断，他重重地落在地上。阿朱并不傻，纤腰一扭，便遁入风中逃走了。

　　只有眠狼仍手持黑剑站在自己的主人身前，但跟之前不同，少年并未摆出夸张的姿势，只是挺剑而立，仿若绷紧的弓弦，一触即发。

　　"又见面了，没想到你居然能逼出我两次！"书生不再微笑，温文尔雅的表情也变得狰狞残忍，显然是狂出现了。他活动了一下关节，浑身发出接连不断的咯吱轻响。

"那有什么难的？因为你们并不复杂。"老头子瘫坐在地上，衣襟染血，眼中却没有丝毫怯意，直视着狂嗜血的双眼。

"你是在说我们头脑简单？"

"是心思单纯。"

"我可不那么认为，只有胜者才有资格评价别人。"狂轻蔑地瞥了一眼灰衣少年，"至于你，现在跟落水狗有什么分别？"

他说罢一拳就砸向了老头子，但眠狼在刹那间动了，他的剑尖直指向狂的拳头，如果他不躲开手臂就会被剑贯穿。

但狂却根本不躲，拳头微微一偏，绕过眠狼的长剑，直砸向眠狼的胸口。

只听"砰"的一声闷响，眠狼整个人平飞出去，他甫一落地，却双足一点，如乳燕投林般轻盈地再次袭来。

"自寻死路！"狂狞笑了一声，一脚就踢向眠狼的脖颈。

然而就在这时，一杆长枪凭空出现，直挑向他的后心。不过瞬息之间，原本体力上占尽优势的狂立刻沦落到了腹背受敌的困境。

他并不害怕，一手抓住了乾达婆的长枪，而踢向眠狼的脚也并未止住。眠狼只能举剑回护，但速度却比方才慢了许多，这才堪堪避开了这一记重击。

如贵公子般高贵俊美的乾达婆将长枪舞成一团虚影，将狂裹在连绵不绝的杀招中。可是狂却似乎并不担心，轻松躲开乾达婆的攻击，目光却始终没离开坐在地上的灰衣少年。

乾达婆出手越来越快，他俊美的脸上现出痛苦的神色，力量正在从他的体内一点点抽离，留给他的时间不多了，他必须尽快战胜面前这个强大到恐怖的对手。他这样想着，枪尖一抖，仿佛变化出千万条蛇，直刺向狂的胸腹之处。这是贯注了他全部力量的一枪，即便是神也要因这雷霆般的长枪却步。

但狂却不避不让，唇边挂着揶揄的笑，似在看一场笑话。

夜风如游龙般滑过琼宇，吹得大殿内的长明灯灯花一闪，而挟着万钧之力、眼见就要将他穿透的长枪居然凭空消失了。不仅是枪，还有持枪的俊美公子，以及通身黑衣、如冰雪般冷漠的少年，也一并不见了踪影。

光影中只有健硕高大的狂如神魔般站在灰衣少年面前。少年的头微微垂着，面如金纸，衣襟遍布斑驳血痕，像是一支即将在风中熄灭的残烛。

"都说了你的手下有人背叛，还要跟我以性命相搏，真是傻啊……"狂连连摇头，他蹲在老头子面前，饶有意味地看着他长睫下枯井般的双眼，"怎么样？力量无法凝聚，分崩离析的感觉是不是很好？"

"一点也不好……"老头子似乎使尽全身力气才抬起眼帘看了他一眼，"告诉我，你们是怎么做到的？"

"你竟然不问那个人是谁？"狂扬了扬眉，似乎很惊讶。

"那并不重要，我要保证将来再没有这样的事情发生。"

"真是可笑，你以为自己还有将来吗？"狂突然笑出了声，像是看到骷髅从墓地中爬出来要跳舞，因为在他眼中，这年少清俊的驱魔师已经与死人无异。

可老头子并没有笑，他仍强撑端坐着，毫无生气的眼睛执着地望着他，等待着答案。

"算了，反正你也要死了，告诉你也无妨。"狂将手放在他的头上，露出了刽子手般残忍的笑，"你的手下们都有一个弱点，就是太重感情，他们会因此忠于你，却也会因此背叛你。"

"我懂了……最大的优势，有时也是最明显的弱点。"

"所以主人找到了你其中一个手下的孩子，用来要挟他，现在你明白了吧？"

老头子如枯井般的眼睛中跳出了几簇火苗，在电光石火间，他的脑海中浮现出了一个人的身影，那是一个高大魁梧的汉子，深山之中，他落入人类制造的陷阱里，身边躺着他的两个孩子。几百年前的月光下，他抬头望着自己，并未求救，眼中却满蕴悲伤。

"是你吗，熊男？"刹那之间，他的身体微微一晃，仿佛高山即将崩塌。

熊男，这个跟随了他百年之久，腼腆而寡言的妖怪，总是在他最需要的时候挡在他的面前。熊男很少说话，见到漂亮的女人就会脸红，即使立下功劳，所要的奖赏也不过是一壶热酒而已。熊男是那样忠诚可靠，以至于昔日这魁梧的壮汉在断龙石下受了重伤，他还是在自己决定重新做驱魔师的当晚就启程将他找了回来。

"先生……"夜风浮动，熊男如小山般的身影出现在宫殿中，他低垂着头，坚毅粗犷的五官上写满愧疚，"抱歉……其实我一直没跟你说，在很久以前，我就死在了那块断龙石下。"

"是吗？"灰衣少年长长叹息，那次熊男的死让他几乎失去一条手臂。可是出于对过去下属的留恋，他还是不死心地去那水中的墓地寻找。而在被阳光笼罩的金色河流旁，他也确实找到了昔日的故人。

当时熊男端坐在河边的一块岩石上，仍穿着他送的毛皮背心，戴着昔日扬州最流行的毡帽。即使背心上的毛几乎秃了，毡帽上也破了几个洞，可是熊男一看到他，脸上立刻露出像是过去一样的憨厚腼腆的笑容。

"是他们让你复活的？"老头子咳嗽了两声，他这次像是真的病了，连咳嗽声都虚软无力。

"是的，他们找到了我留恋不去的魂魄，并给了我新的身体。"

"原来借尸还魂的并不止紫狐一个人……"少年接连不断地咳嗽，每咳一下，口中就喷出血沫，"原来他们的暗棋在那么早就已经布下。"

"对不起，我也不想，但只要能令我像过去一样待在您的身边，让我做什么都可以。"熊男的声音沙哑低沉，仿佛在哭，"可是就在上个月，他们说我的一个孩子也有了妖力，一直住在北方的高山里。如果我不听他们的，他们就要杀掉它。"

"不论人或者妖，都有自己的苦衷，所以不必向我致歉。"

"先生，你不怪我吗？"熊男再也忍不住，将脸埋在蒲扇般的大掌中号啕大哭起来。

"不，如果要怪的话，我只怪你在遇到麻烦后没来找我。"老头子依旧微笑着，他的脸白而清俊，在灯光中宛如美玉。千百年的时光似乎没让他染上任何风尘，他依旧是那个徘徊在山中的翩翩少年，偶然救了落入陷阱的妖怪。那只妖怪口舌笨拙，不大会说话，沉默地跟在他的身后。

"以后你就叫熊男吧，我给尔力量，让你变成最强大的妖怪。"当时的他黑眼睛中似藏着整个星空，璀璨夺目，因为年轻而轻易地夸下海口，"我们在一起，会看到整个世界。"

"啊啊啊——"熊男突然痛苦地咆哮起来，因为正在这时狂单手抓住了少年的脑袋，马上就要扭断他的脖子。

一口血从这强壮汉子的口中喷出来，泪眼蒙眬中，他仿佛看到了多年前的那个夜晚。茂密的山林中，不爱说话的妖怪走过去，将少年扛在了肩头，他们站在高高的山峰上，俯瞰着层峦叠嶂。他们仿佛是这世界的王，已经拥有了一切。

·十三·

　　"结束了，胜利终究是属于我们的。"狂狞笑着，他只需稍一用力，就可以将驱魔师的头捏得粉碎。多日来的谋划终于到了收网的一刻，他的心忍不住狂跳不已。
　　"未必哦……"可是方才明明虚弱得要死的少年突然睁开了眼睛，双眼中精光四射，像是涌入了无尽的精力。
　　狂突然预感到不妙，立刻五指发力，要捏碎他的头骨。可这时鳞甲飞快地覆盖了他的头顶，宛如为他套上了一个铁制的头盔，根本就捏不动。
　　而方才还在一边崩溃哭泣的熊男猛地跃起，如巨石般冲过来，一头就将狂撞翻在地。这高大的汉子像是不要命一般，他疯狂地抢起拳头，只向狂的要害部位砸去。
　　狂的肌肉刹那间鼓起，两个力量型的妖怪在宫殿内斗得天翻地覆，像是两只巨兽在冲撞撕咬，根本没有招式可言。
　　战斗激烈到没人可以插手，老头子连连后退，双眼始终凝视着熊男。粗壮魁梧的妖怪浑身浴血，身上多处受伤，可嘴角却蕴着一丝笑容。
　　他突然觉得鼻中酸涩，泪水不自禁地涌上了眼眶。因为他知道，这是最后一次看到这名忠心耿耿的属下了。就在刚才，熊男吐出了他的心头血，他们之间的羁绊结束了。
　　伤口在飞速复原，无尽的力量在他体内凝结，他又变成了平时沉稳清俊的模样。但熊男就没有那么好运了，失去了驱魔师的血，他的力量大打折扣，不过片刻工夫就落了下风。
　　"你这个笨蛋，居然会为了他背叛我们，难道不怕我们会杀掉你的孩子？"狂愤怒地将熊男压倒在地，一拳又一拳砸在他的头上。
　　"你……怎么能懂……"熊男满脸鲜血，气若游丝，眼睛却仍凝视着灰衣少年的方向。
　　"乾达婆！"少年眼中精光四射，叫出了一个名字。
　　长枪如蛟龙出洞般直刺向狂的后心，令他不得不全力自救，乾达婆的招式连绵如水，无处不在，很快就将他裹在枪影之中。
　　"先生……"熊男躺在地上，虚弱地叫他的名字。
　　老头子走过去，握住了他的手，黑玉般的眼睛却始终不离狂半分。
　　"谢谢你，让我看到了世界……"熊男微笑着，鲜血却从口中喷涌而出，"如果没有遇到你……我只是一个山里的粗笨妖怪……"
　　"你的孩子叫什么名字？"老头子仍然没有看他，跟他对话的同时，又不断快速地召唤苍甲替乾达婆解围。
　　"先生……"熊男突然哽咽起来，这个聪明的少年总是会第一时间洞悉自己的心。
　　"你放心，我会好好照顾它。"
　　"小山，它叫小山……就住在我们初见的那座山里……"
　　老头子没说话，只轻轻点了点头。而熊男紧握着他的手渐渐松开，这高大的壮汉再无生气，倒在了他的脚边，变成了一只巨大的棕熊。此时的它遍体鳞伤，但它的脸上仍带着微笑。

灰衣少年最后看了一眼棕熊，仿佛它还活着一般，轻轻地拍了拍它毛茸茸的耳朵，似乎在叫它安心。

"终于死了吗？这种笨蛋能活到今天也是奇迹！"狂瞥了一眼熊男的尸体，冷酷地说。

"是吗？可惜你也只能活到今天而已！"老头子猛然抬起头，刹那间蓬勃的杀气从他眼中溢出。

狂突然觉得他变了，变得不再沉静如水，而像是一把出鞘的钢刀，锋利逼人。

"阿朱！"他低吟着说。

话音未落，银丝从天而降，它不是网也不是套索，而是拧成了一条银光闪闪的长鞭，直抽向狂的面门。

阿朱站在穿顶之上，手握着长鞭，将它挥得呼啸作响，像是一个倨傲的女王。她杏核大眼中像是裹着一层泪膜，衬得那双妙目更深邃神秘，宛如无法捉摸的命运。

"就叫出来这么个小娘子，也想要我的命吗？"狂狞笑着一把抓住长鞭，完全不把阿朱放在眼里。他用力一拽，阿朱惊叫着跌下来。但是她纤腰一扭，手中银丝闪烁，又飞快攀上另一根房梁。

狂将手中长鞭一甩，缠在一处飞檐翘角上，看似笨重的身躯立刻轻易地跃上半空，随即长臂一展，一拳就向躲在房梁上的阿朱砸去。拳风所到之处，坚硬的梁柱分崩离析，阿朱只能不断纵跃逃避，窘相毕现。

"看你往哪里逃？"狂追上云，像是猎犬在戏弄着兔子。

阿朱飞快地跳到宫殿的高处。双臂一张，一张银丝大网兜头向他罩来。

"想用这招对付我，未免太嫩了点！"他一把将坚韧的网撕得粉碎，但笑容却凝结在脸上。因为网里还有一个人，他一袭黑衣，俊脸上满布寒霜，正是眠狼。他如猎隼般疾冲而下，手中持着那把致命的黑剑。

狂在半空中躲无可躲，不过瞬息之间就被眠狼的长剑贯穿。而当他从半空中跌落的一瞬，他看到了伏在梁上的阿朱。她坐在高处，一扭身就消失不见，只朝他抛了个妩媚的飞眼。

"你这个混蛋，居然又使诈！"狂捂着伤口爬起来，他的面目飞快变化，又变成了那个笑眼弯弯、书生模样的枭。只是此时他浑身浴血，再也笑不起来了。

"所以我说你们心思单纯，虽然力量很大，但却太容易受骗。"老头子咳嗽了两声，微笑着回答。

"不到最后，还不知谁会受骗。"枭捂着肩上的伤口，突然挤出一个阴森的微笑，"等忆出现，一切就都结束了。"

"那就快点叫他出来吧，我真是等不及要离开这座破岛了！"老头子沉吟了一会儿，突然笑了，"是不是安逸的日子过多了，最强大的人格再也唤不醒了？"

"你给我等着，不要走！"枭突然纵身一跃，轻易地跑出了宫殿，像是一只在夜晚翱翔的蝙蝠。他虽然身姿轻盈，妖力强大，说出的话却像是小孩子般幼稚。

老头子打了个响指，阿朱翩然出现，她指间缠着一根银丝，丝线绵延到夜色中。

"真是有点笨，被我跟踪了也不知道。"阿朱忍不住摇头，一晚上发生了太多事，但这雪肤花貌的女子仍然聪明伶俐地说道。

"跟上去，看他去干什么！"老头子轻声吩咐着，转身要跑出宫殿。

"等等！"但身后却响起了一声呼唤，令他停下脚步。

只见一袭紫衣的少年从长明灯后绕出来，他的脸像雪一般白，长发披散，眼睛如同躲在黑暗中的星星，藏在乱发中。老头子一看到这双眼睛，就知道冢狐重新掌握了身体的主动权。

"穷寇莫追，你不怕那是一个陷阱？"冢狐眯着钩子眼，像一只狡猾的狐狸。

"躲又能躲到几时？劫数这东西，即便你窝在家中，它也会找上门来。"

"咦？你这口气不像是在说这仙岛和妖怪，倒像是在替那个小姑娘心痛。"冢狐并不傻，立刻听出了他的弦外之音，"你不要恨我，因为我知道她死不了，她那么聪明，怎么会轻易就死去呢？不过她现在怎样倒不好说。"

老头子白了他一眼，不搭理他。

"这岛上有太多奇怪的事情，我不想再待下去。"冢狐微微一笑，像是多年前那个阴险强大的少年，"但是长歌，看在我们相识一场，我想送你最后一个礼物。"

"你的礼物多半不是什么好东西。"灰衣少年冷冷地回答，不过冢狐愿意退出，自己少一个敌人也好。

"我来这岛上近一个月，除了收获一批妖怪外，还发现了这个玩意儿。"冢狐从怀中掏出了一只沙漏。

沙漏由整块水晶雕制而成，极尽奢侈，里面的砂也染成了金色，此时被冢狐托在手中，细细的沙粒流下来，像极了不断流逝的黄金岁月。但灰衣少年看到它，瞳孔猛地缩紧了。

"这是整座岛的心脏……"冢狐笑吟吟地说，"徐福当初倾尽全力才做出来的法器。"他说罢将手一松，沙漏跌落在地。

老头子冲过去想要接住它，但终究还是晚了一步，沙漏发出一声脆响，顷刻间便摔得粉碎。而与此同时，宫殿中华美的汉白玉圆柱裂了一丝缝隙，琉璃翠瓦缓缓滑落，花园中几名美貌的白衣少年也纷纷发出刺耳的尖叫，化为一摊枯骨。

这个人造的蓬莱仙境正在迅速崩塌。

月影消失，天空中飘起凄凉冷雨。冢狐满意地笑了，朝他挥手作别："看，这次的礼物不错吧？海水很快就会倒灌进来，希望你能有命离开。"

"你非要做到这样？"

"当然，只有把你逼入绝境我才开心。"冢狐朝他鞠了一躬，温文尔雅，说罢转身要走。

"你真是个孩子，只有孩子才靠作弄人让人记住。"但即使他做了这样的坏事，老头子仍不恼怒，水银般的双眼中只有怜悯。

"还是等你活着出来再教训我吧。"冢狐愤怒地高叫，唤出了飞车，转瞬便绝尘而去。

在落雨纷飞中，老头子看到他翻飞的紫衣下露出了一块剔透的琥珀，里面包着一片红叶，像极了一颗心。

他微微一笑，快步跟阿朱离去。

·十四·

雨势渐歇，朱文浩仍吊在船舷上，像是一枚秋天的枯叶。

巨鲸正在疯狂地破坏船本，伴随着隆隆巨响，很快所有的船都沉没了，只有他跟这条主船还在。他想起了自己向少年驱魔师许下的承诺，苦涩地笑了笑。看来一语成谶，自己真的要跟这艘船共存亡了。

　　巨鲸在海中翻滚，掀起滔天巨浪，却只围着这条最大的船打转而不攻击，像是只戏弄老鼠的猫。

　　夜雨潇潇，海风清寒。朱文浩渐渐撑不住了，胸前的伤口还在渗血，他开始感到冷，眼前也出现了幻觉，他仿佛看到童年和少年的自己在甲板上嬉戏游走。据说人死前都会看到往事，虽然一贯风流倜傥游戏于花丛中的他做梦都没想到自己居然会葬身在苍茫大海上。

　　"看来人果然不能破例啊……"他苦笑着摇头，"这辈子只遵守了一次诺言，怎么就变成了最后一次呢？"

　　巨鲸喷出水柱，一甩尾巴游远了，如巨斧般劈碎海面。他并没傻到以为这恐怖的妖怪会就此离开，它拉开距离不过是为了发起更强大的攻击。

　　"哎，这种时候，要是有一壶女儿红就好了。"他凝望着黑漆漆的夜幕长叹，知道自己大限已到。然而话音刚落，一只洁白的手从船舷上伸出来，手中提着一个圆润精致的红色酒壶。朱文浩吓得不轻，连几乎停止的心脏都开始剧烈跳动。

　　"你的酒，喝不喝？"紧接着，船舷后探出了一张漂亮的脸，那是一个活泼明艳的少女，脸圆圆的，一条粗黑油亮的辫子垂在脸侧，像是根小野兽的尾巴。可出发前他明明检查过整条船，只有莽夫水手和精悍的家臣，怎么凭空蹦出来这么个美娇娘？

　　"二十年的女儿红，很不错哦。"少女轻轻晃了晃酒壶，她的眼睛像是蕴着一层雾，蒙眬梦幻，而偏偏雾气中闪烁着刀剑般的寒光，透露出她是个厉害角色。

　　"你是谁……"朱文浩有气无力地问，如果此时出现的是个彪形大汉，他或许还能看到点希望。

　　"我叫梅香……"少女将酒壶中的酒倾倒在他身上，桀骜地笑着说，"或者你叫我龋妖也行！"

　　酒水纷纷洒落，幻化为一朵朵鲜花，姹紫嫣红，像是将富贵人家热闹的花园搬到了这凄冷的海面。而且不只是花，各种奇珍异兽在甲板上奔走鸣叫，有麒麟、九色鹿、凤凰，还有很多他连听都没听过的只存在于传说中的妖兽。

　　"你……"他刚想问话，舌头就在口中打了结，因为少女身上已经起了更加奇异的变化。细密的鳞甲爬上了她秀美的面庞，漆黑的瞳孔变成了灼人的红色，不过瞬息之间，方才还娇媚可人的女孩化身为一条白龙。

　　身后传来隆隆巨响，巨鲸掀起滔天巨浪，向大船发起最后的攻击。而在他的面前，龙翔九天，白龙亮出了锋利的爪牙。

　　被夹在两个庞大妖怪之间飘摇伶仃的朱文浩，刹那间觉得自己连枚枯叶都算不上，简直像是一粒尘埃般渺小。

　　黑暗的地牢中，身受重伤的书生跪在一个披着大氅的人面前，正哀哀哭泣，像是一个没长大的孩子。他自小长在牢里，每天都承受着非人的训练，在他获得无上伟力的同时，也拥有了一颗敏感脆弱的心。这颗心为了自保，分裂成了三个人格，每当撑不住时，就推出另外一个人格应付局面。

"是忆吗？"

"不是，我不知道自己是谁……"

"别骗我，我知道是你，只有你这个小家伙才胆小爱哭。"斗篷下的人笑了，似乎非常满意，"小时候你也这样哭过一次，结果岛上的妖怪少了一半，如果不是我阻止你，可能连这座岛都要被你拆了。"

书生抬起头，眼眶通红，黑眸晶亮，表情纯良无辜。

"世人总认为，高大凶猛的家伙才可怕，殊不知往往看起来最无害的，才是厉害角色。"忆别过眼睛，似乎不愿承认这个事实。

"忆，不要怕，你一定能赢，因为你心无旁骛，而他的心底却装下了一个人。"身披大氅的人悠悠地说着，静静看向窗外。原本温润洁白的月亮已经消失不见，取而代之的则是黑压压的天幕。

雨淋漓而下，所到之处宫殿倾塌，树木枯萎。这座仙岛没有四季，却又凝结了四季的美好。宫殿里有春日里的鲜花盛放，山巅处又有冬季的瑞雪皑皑，回廊中一片秋色，池塘里夏荷接天。不要说下雨，岛上连刮的风都是和煦的暖风，像是少女柔嫩的手拂过颊边。

"一切都要结束了。"大堂下的人充满惋惜，又像是期盼什么，"时间是个强大的东西，所有跟它作对的，不是崩塌，就是凋零。"

在一片杂草丛生、满布蜥蜴和毒蛇的荒地中，苍白清俊的少年正在深一脚浅一脚地赶路。他跟在一个雪肤花貌的黑衣艳女身后，不知要去向何方。

存在了千百年的禁术被破坏，所谓的仙岛露出了狰狞面目，岛上满是枯枝瓦砾，地上散落着骷髅，黑洞洞的眼睛似充斥着对生命的嘲笑。这哪里还是什么蓬莱仙境，简直比坟地还不如。

不过少年却不在乎，在他舍弃"长歌"这个名字的时候，就注定要奔走在一条危机四伏、妖魔横生的夜路上。幸运的话，他赢得的不过是一隙短暂的光明；不幸的话，他就会被暗夜中的妖魔吞噬。他早就已经抛弃了幻想，随时准备面对命运最残酷的一面。

"我一直没问过你，为什么要以'老头子'为隐名？"走在前面的阿朱驻足停步，居然在这噩梦般的处境中跟他闲话家常。

"因为人们提到老头子，很容易想起的就是老不死的。"少年突然笑了，咳嗽了两声，"这不就是形容我的吗？"

"你不会老的。"

"可是我会慢慢凋零。"最近发生的事情太多，尤其是方才熊男的死，让他觉得身心俱疲。

"你也不会凋零。"阿朱走到他面前，在他颊边轻轻一吻，"相信我，你只是太久没有爱了，只要找回那个漂亮的小姑娘，一切都会好起来。"

老头子笑了笑，收下了阿朱的香吻，但这么多年来，他从未在别人身上寄托过希望。灵雨漂亮的眼睛仿佛在雨幕中出现，连眼下的小痣都栩栩如生。

在这个冷雨凄惶的夜，似乎有某些坚不可摧的信念，跟这座仙岛一起慢慢崩塌了。

就像这世上大多数的事物一样，筑建起来需要千秋万载，但分崩离析却只需短短一瞬。

宫殿发出隆隆巨响，在他们身后化为废墟，时间不等人，阿朱纵身一跃，手中银丝挥舞，裹着老头子一起钻进了一条地道之中。地道居然是汉白玉砌成，两侧有拳头大小的夜明珠照明，将通道映得如同白昼。

"怎么这里没事？"阿朱抚摸着温润冰冷的玉石，完全没有摸到一丝裂痕。

"看样子，这是徐福为自己留下的后路。"

玉石上雕刻着繁复的花纹，墙上的明珠价值千金，跟这条地道相比，那宽敞到透风、只有长明灯照明的宫殿，简陋得像个茅草棚子。

"老头子，看来我们这次找对了地方。"阿朱斜斜朝他飞了个媚眼，俏生生的。

少年点了点头，伸手掐了下阿朱粉嫩的桃腮，让她继续引路。他眼中闪烁着兴奋的光，宛如旷野上独行的狼。俍俊逸文静的脸却渐渐沉了下去，守在宫殿中的是冢狐和枭这种强大的对手，那么藏在这白玉地道尽头的又将是怎样可怕的妖怪？

他心思刚一动，就听到不远处传来呼呼风响，几十个身穿白衣的少年向他扑来，他们手无寸铁，但利爪獠牙却是最好的武器。这些妖怪跟外面的不同，它们完全抛弃了人的姿态，长发披散，青面獠牙，像是从画上跳出来的恶鬼。

他并不畏惧，冷静地召唤妖怪。乾达婆出现在狭窄的地道中，他长枪一抖，寒光点点，已经贯穿了几名怪物的咽喉。这些怪物一旦倒下就化为枯骨，只听地道中不断传来沉重的闷响，转眼间已经白骨遍地。

他轻轻招了招手，乾达婆英姿勃发的身影消失，空旷的白玉地道中只剩下他一个人孤单寂寥的身影。苍白俊秀的少年咳嗽了两声，踏着累累白骨，向地道尽头走去。

此时在波涛汹涌的海面上，朱文浩也面临一场恶战，但是比起方才，他的处境更加凄惨。

白龙盘踞在大船上，时不时发出挑衅的咆哮，喷出的气流将他吹得在半空中荡来荡去。而巨鲸也察觉到来了厉害对手，只冲刺了一半就掉头离去，如今只围着大船打转。

"我不管你是什么妖……"朱文浩朝船上的白龙高叫，"快点帮我上去，我一个人爬不上去啊！"他在海风中手舞足蹈，但白龙却不理会他，只轻蔑地瞥了他一眼。这眼神对一贯高高在上的朱文浩简直就是侮辱，他登时破口大骂，把这辈子在市井中听到的脏话全用上了，原本奄奄一息的他居然变得比出发时还精神。

然而他骂到一半，突然就像是被掐住脖子的鸭子般住了口，令他闭嘴的并不是凶猛的妖怪，而是海中出现的漩涡。刹那间无数个漩涡在海面上浮现，像是绽放了千万朵花，海底似乎有一个筛子，水流正从筛孔中急灌而下。

他从未见过这种异象，登时看傻了眼。但随即海面上漂起了浮木瓦砾和郁郁葱葱的树木，更有累累白骨夹杂在其中。他突然明白了什么，心骤然抽紧了，他又开始破口大骂，这次不是对着白龙，而是对着黑漆漆宛如死亡般的海面。

"老头子，你这个老不死的，赶快给我活着回来！本大爷说话算话守着船，你这个不守诺言的人，只配给本大爷提鞋……"他越骂越起劲，骂得连白龙都晃了晃爪子，恨不得把他掐死。可是借着微弱的光，隐约可见他眼眶通红，似乎就要哭出来。

白龙长尾一甩，将他托到了甲板上。

"咔嚓咔嚓！"噩梦般的声音在空旷的地道中回响，那是枯骨被踩碎时发出的呻吟。老头子走过白骨铺就的道路，最终停在了一扇门前。门由整块玉石雕成，透着拒人于千里之外的气息，甚至连门环都没有，只有一个凹槽，算是拉手。

门后是什么？是藏着最可怕的妖怪，还是他追寻了很久的谜底？他很少如此紧张，连手心都布满了冷汗。但他仍推开了门，活了这么多年，他早知道逃避不是解决问题的办法。

出乎意料，门后居然简陋至极，连墙都是土坯的，房内阴暗潮湿，只有一扇小窗采光，冷雨飘飞而入，更见凄凉。一个赤裸着上身的男人跪坐在窗前，借着微弱的光线，可见他身子精瘦，肌肤上遍布疤痕。而且更奇怪的是，他居然在低低哭泣。

"你是谁？"老头子似察觉到了什么，轻轻地问。他既不是枭也不是狂，既不飘逸也不暴躁，完全是另外一个人了。

"我不知道……"男人仍在哭，肩膀微耸，像个脆弱的孩子。

"你是忆？"他想起了狂曾提过的名字。

"或许是吧？回忆的'忆'，好像不止一个人这样叫过我，但是我对这个世界完全不了解，每次出现都很害怕。"

灰衣少年绕到他的身前，只见朦胧的光辉中，他眉目温润干净，像是浸在水中的玉一般剔透，一双眼睛黑白分明，全无杂质，仿佛能从瞳仁一眼望到他的心底。多年以来，老头子见过的人数以万计，只需一眼，就知道这个人跟孩童般毫无心机。

"不要怕，告诉我这岛上的主人是谁，我不会伤害你的。"他循循善诱地说。

"我不知道，什么都不知道，只记得有很多人欺负我，我实在太害怕了，就将他们全杀了。"忆惶恐地说，身体在微微颤抖，似乎回想到了可怕的一幕。他几近赤裸，如婴儿般纯净，让人毫不设防。老头子将手搭在他的肩上，想要安抚他激动的情绪。

"这么说，你从小就在岛上长大？"

"是的，但我不喜欢这里，这里的人总要害我，每天一个个地放进来，杀掉一个还有新的，受了重伤就在床上躺两天，好了之后又继续这样……"

老头子收回了搭在他肩上的手，俊秀的脸变得如岩石般冰冷。忆的话让他想起了曾见过的养毒虫的人，他们往往准备一个密封的匣子，将蜘蛛、蝎子等毒虫依次放进去，让它们斗上个月余，最后活下来的那只就是最毒的虫子，一只可卖十几贯钱。

"为什么你拿开了手？可是嫌弃我？"忆抬起眼帘，睫毛微颤，眼中流露出寒光。

"只是怕你的伤口痛。"他微微一笑，看似镇定，但是鳞甲却悄无声息地覆在了要害之处。

"你知道我什么时候会出现吗？"忆抬眼看着他，目光仍然清澈如水。

"不。"

"在受了重伤，痛得要哭的时候……"他低低地笑，"偏偏我每次都能记住伤害我的人。"

几乎在"人"字出口的同时，他一拳就砸向灰衣少年的胸口，这拳既有狂的力量，又有枭的速度，让人避无可避。

只听地牢中传来"砰"的一声闷响，老头子的身子像是断线的风筝般飞了出去，重重地撞在了一面放在墙角的铜镜上，铜镜"哐当"一声倒在地上，露出了后面的一扇暗门。

·十六·

只因短短的一瞬，而且光线晦暗，他并没有留意到那个暗门。苍甲替他挡了一击后消失，他连忙唤出了阿朱。

阿朱在天棚墙角出现，坚韧有力的银丝瞬间裹住他的腰，将他带到半空中，巧妙地躲开了第二次袭击。

"你要赖！就知道逃，为什么不敢和我打架？"忆撇嘴顿足地说，表情和小孩子一模一样。可是他明明是成年人的躯体，与他稚嫩的举止形成鲜明的反差，说不出的诡异，令人头皮发麻。

"跟小孩子打架，当然要让一让。"老头子微笑着逗他，心中却焦虑万分，只想抽空跑出地牢。这里虽然宽敞，但对于一场恶斗来说还是太狭窄了，乾达婆的长枪根本无法施展，阿朱也不能利用错落的空间发起攻击。

"你说谁是小孩子？"忆不服气地掏出了双刀。跟枭不一样，枭抽刀的姿势如行云流水般优美好看，但他只是简单地拔刀，没有任何花哨的架子。老头子看到他拔刀的姿势就知道自己凶多吉少，越厉害的妖怪越返璞归真，它们更追求速度和力量。

刀光在刹那间迸发，宛如牡丹盛放的姿态，照亮了半边地牢。刀锋从老头子颊边滑过，苍甲瞬时化身为甲球将他团团包围。可是刀来得太狠太快，即便是坚硬的青甲也被砍得片片剥落，刺痛在他小腿蔓延，那是苍甲受了伤的征兆。

此时不能坐以待毙，他连忙唤出了眠狼。几乎在冷峻的黑衣少年现身的同时，鳞甲就转移到了眠狼的身上。眠狼手持黑剑，周身被鳞甲覆盖，只露出一双寒冰般的双眼，宛如从戎场上走出来的武士。

"看你的了！"老头子伏在眠狼身后轻轻地耳语。忆像是孩子般心无旁骛，所以力量格外惊人，可也正是这份单纯，让他窥到了可乘之机。

果然，眠狼以这副威武至极的姿态登场，立刻就吸引住了他的目光，他甚至连看都不看老头子一眼，就朝眠狼奔过去。

"哇，好威武，看咱们俩到底谁强！"他挥舞着短刀，只见利刃破空，发出尖啸，砍向眠狼的面门。

眠狼举剑抵挡，刀剑相交，迸射出闪烁的火花。棋逢对手，让这寂寞的妖怪异常兴奋，他围着眠狼飞速旋转，刀像落雨般从四面八方涌向眠狼。可是跟砍向老头子的时候不一样，刀上完全没有杀气，倒像是孩子在耍弄新奇的玩意儿。

眠狼身体化为一道疾风，在刀影中穿梭。他并不傻，十招砍过来只接一招，引得忆兴致更高，几乎忘了老头子的存在。

"阿朱！"躲在角落中的老头子轻咳了一声说道，朝棚顶的暗角使了个眼色。阿朱几乎跟黑暗融为一体，婀娜的身躯如一只蜘蛛般迅捷无声地爬向了大门。

银丝如水一般从她的纤指中涌出，缓缓拉开了门，地道内夜明珠的光从门缝中透进来，如利剑般刺破黑暗。在看到光线的一瞬，老头子忍不住在心底暗叫了一声"糟糕"，他千算万算，却偏偏没有算到这束光。

果然，当光线涌进来的同时，跟眠狼缠斗的妖怪突然住了手。他偏着脑袋，手持双刀站在地牢中，眼露凶光，紧张地看向大门。

　　阿朱并不傻，她巧妙地将自己藏在暗处，只余一缕蛛丝黏在门上。而灰衣的少年也站在暗影中，一言不发。

　　激斗在刹那间停止，而孩子气的妖怪也不再只顾玩乐，他咬牙切齿，像是张绷紧的弓一般凝望微敞的门，似乎在等待着什么。

　　但门后只有辉光如海，清风涤荡，哪里有半个人影。

　　在一片死寂之中，老头子眸光闪烁，突然明白了忆为什么对这扇门和这束光反应如此剧烈。因为长久以来他像是被豢养的虫王般困在牢中，每次大门打开，就会送进来一个可怕的敌人。

　　光线照亮了地牢，令灰衣少年看清了墙上斑驳的血迹，以及深浅不一的划痕和坚实粗大的锁链。一场场恶斗仿佛在他眼前重现，被送进来的有时是厉害的侠客，有时是妖力强大的怪物，当然还有驱魔师。

　　但他们无一例外都被匣中的虫王钉死在墙上，地牢被血浸染，虫王在一次次历练中越来越强大，也养成了门一旦打开就紧张戒备的习惯。

　　"原来如此！"少年沉吟着说，在电光石火间，他已经想出了逃离这里的法子。既然笼中只有一头困兽，没有他要找的人，他没必要跟发疯的野兽缠斗。

　　"这次是谁？快点进来，小爷绝不饶你。"忆愤怒地挥了挥刀，面目狰狞，颇有几分威慑的意味。

　　站在暗处的老头子像是与黑暗融为一体，即便他穿的是件洗得发白的袍子，却像是黑夜中的蛛网般毫不起眼。

　　"去！"他薄唇微启，轻轻地吐出了一个字，水银般的瞳仁中闪出狡黠的光。

　　连家狐那样工于心计的人尚且算计不过他，何况这个心思单纯的妖怪？就算他妖力惊人，那颗心仍像是筛子般充满漏洞。

　　阿朱和眠狼瞬间在地牢中消失，瞬息之间，一个人影出现在了门外。那是俊美无双的乾达婆，他身穿墨绿色绣花长袍，手中一杆长枪，枪头红缨如火焰般跳跃。

　　"真的有敌人啊！不要害怕，吉吉会救我的，吉吉不会让我死……"面对劲敌，这强大的妖怪完全变成了小孩子，一边耀武扬威地挥刀，一边为自己打气。

　　老头子听不懂他口中的"吉吉"是谁，脑中运转如飞，只想着如何运用地形和妖怪们的特长速战速决。

　　"来啊，快点出来，这里有好玩的东西。"阿朱也翩然现身，她双手一张，蛛丝就黏在墙壁两端。丝线坚韧，如牛筋般弹性十足，她纤手一松，蛛丝发出"嗖"的一声轻响，弹向忆的面门。

　　这轻佻的举动彻底激怒了忆，他提着双刀就踏出了地牢，同时他精干的身体膨胀了数倍，身上满布结实的肌肉，嘴中露出森森獠牙，已经完全是个妖怪的模样。

　　"就等你出来！"站在牢中暗处的老头子惊喜地低喝了一声。

　　阿朱与他心意相通，纤腰一扭，已经后退了几步。而乾达婆则冲到前面，手中长枪如蛟龙出海，挟着呼呼风声和无尽力量，直刺向忆的面门。

两个强大妖怪的对决在瞬息间展开，地道狭窄，令忆快如鬼魅的速度根本无法施展。他只能挥舞双刀，灌注巨力，一刀刀跟乾达婆的长枪对决。乾达婆却在这躲无可躲的地方占尽便宜，长兵刃既能攻击，又拉开了他和对手的距离，几次都令他死里逃生。但饶是如此，他仍节节败退，枪头被短刀削掉，但立刻又有一杆新的枪出现在他的手中。

　　一杆杆枪换了又换，最后他如生出三头六臂，将四只长枪拿在手中。这高贵公子的呼吸变得急促，汗水淋漓，打湿了后背。而忆仍然面色如常，两人的妖力高下立判。

　　"笨蛋，赢的终究是小爷，我要把你钉死在墙上炫耀几天。"忆狞笑一声，将全部力量灌注在双刀中，刹那间刀光如海，朝乾达婆涌来。

　　俊美的公子退无可退，地道中送来濡湿的潮意，那是外面正在下瓢泼大雨，藏在海中的仙岛崩塌了，这地牢和地道不知还能撑多久。

　　墨绿色的长袍被刀风割成一片片，细密的伤口出现在他的手腕和脸颊上。他知道那是自己即将被杀的前兆，他突然大喝一声，十几杆枪同时出现在手中。

　　"哇，有意思！"忆却毫不畏惧，兴奋得直拍手。

　　可还没等他欢呼完，乾达婆手一挥，一杆枪就被他掷了出去，枪如流星赶月，直刺向忆的面门，逼得他不得不后退几步。孩子气的妖怪连连闪避，可是还没等他站稳，另一杆枪又迎面而来。

　　"看你还有多少枪可以丢！"他很快就窥到了这招式的漏洞，即便对手再强大，也有力竭的时刻，况且支撑他打斗的驱魔师又能坚持多久？

　　就像他想的一样，老头子坐在地牢中，望向地道中的苦战，脸颊苍白，气喘吁吁。冷汗浸透了他的衣服，一晚上的恶斗几乎消耗了他所有的精力。他眼见乾达婆抛出最后一杆长枪，眼见这俊美的妖怪如玉山倾倒般跪在了地上，眼见忆一步步走近了他。不知为什么，他的双眼仍熠熠生辉，像是暗夜中从云层透出来的星光。

· 十七 ·

　　"你这个蠢货，以为这样能打败小爷？"忆桀骜地笑，一脚踢中了乾达婆的下颌。

　　俊美的贵公子浑身脱力，根本没有反击的能力，登时被他踢得向后倒去，高贵白皙的脸遍布鲜血。

　　"蠢货！蠢货！"忆下定决心要将他折磨至死，一拳拳砸到他的要害处，不过片刻工夫，乾达婆就已经满是血污，不成人形。

　　而坐在地牢中的老头子也捂着胳膊，大口喘着粗气，妖怪受伤也令他肉体受损，但他寒星般的眼睛仍死死地盯着格斗的两人。他像是猎豹，又像是苍鹰，在没有看到一击必杀的机会前，只能安静地蛰伏。

　　"知道我为什么会说你是蠢货吗？因为你竟然掷掉了所有的枪，连一杆都没留。"忆发泄够了，脸上挂着天真烂漫的笑，将短刀放在乾达婆的脖颈上，就要割掉这漂亮的头颅。乾达婆的眼睛被鲜血蒙住，但很奇怪，他的眼底却藏着几分笑意。

　　"你笑什么？"忆突然觉得头反发麻。

　　"你怎么知道我一杆都没留？"乾达婆也笑了，而几乎在笑容浮上他嘴边的同时，一道寒光从他背后蹿出。那是一杆红缨长枪，裹着冰冷的杀意和无尽的力量，划破长空，朝忆刺来。狭窄的地道中躲无可躲，忆连忙举刀去格挡。

可终究还是太晚，只听"扑哧"一声闷响，血花四溅，长枪已经贯穿了忆的胸腹，牢牢地将他钉在了地上。

这时他才看清了乾达婆身后的人，那是个妖媚的黑衣女子，手中正握着一束小臂般粗的蛛丝。蛛丝的两端黏在墙壁上，坚韧而有弹性，居然是一张现成的弓。她利用乾达婆吸引他的视线，悄悄地将长枪放在这张弓上，积蓄力量，射出了致命的一箭。

从头到尾，乾达婆都只是一个诱他入局的饵。

"小笨蛋，刚才姐姐弹你一下，是在做测试哦。"偷袭得手，阿朱还不忘朝他抛了个媚眼。

"吉、吉吉，救救我，好痛啊……忆要死掉了……"妖怪躺在地上开始胡言乱语，他一会儿变成了狂，一会儿又变成了枭，可没人愿意忍受痛苦，都躲了起来，只剩下他一人哀哀哭泣。

而坐在地牢中的老头子长袖挥舞，阿朱和乾达婆同时化为风烟，消失在白玉地道中。力量如百川汇海般涌入体内，事不宜迟，他要在整个世界崩塌前逃离这个可怕的地方。

可是寂静的牢房中突然响起了细细的歌声，那歌声说不上动听，甚至带着哭腔，却像是一只手抓紧了他的心房。

"千万恨，恨极在天涯。山月不知心里事，水风空落眼前花……"这阕温庭筠的小调，正是他们初次相逢时她在河边唱的歌。

声音似乎从地底传来，老头子循声走过去，在翻倒的铜镜后看到了一扇不起眼的暗门。门微微敞着，他缓缓推开，心不受控制地狂跳不已。

门后是一个装饰奢丽的房间，跟空无一物的地牢截然相反，所有的家具都是上好的金丝楠木制成，借着微弱的光辉，可见墙上挂着几样兵刃。

而一个身穿黑色大氅的男人像是一座黝黑沉重的山一样坐在一把高大的椅子上。他的身边正跪坐着一个衣衫不整的少女，少女浑身淤泥，狼狈难堪，只有一双眼睛仍明亮如昔。

灵雨见到老头子，立刻激动得泪如雨下，但奈何颈上架着一把锐利的短刀，让她无法奔向苍白清俊的少年。

"你这个老不死的，怎么现在才来？知道本姑娘吃了多少苦吗……"她咒骂着，却破涕为笑。

"这不是活得好好的吗，而且还有心情唱歌，能受多大的罪呢？"老头子也笑了，但嘴上却一点也不让步。

"你傻吗？是这个混蛋逼着我唱的，我现在只想骂人！骂你这个没心肝的家伙，是不是我不出声，你就把我丢在这鬼地方了？"

"那怎么会，掘地三尺也要挖出你！"

不知为什么，一贯不爱说话的他，遇到了灵雨就唇枪舌剑来往不休，几百年来积攒的词汇都会不受控制地从嘴边蹦出来。

"你就是老头子？"躲在黑色大氅里的男人忍不住打断了他们的交流，轻轻地问。他的声音沙哑低沉，像是风吹过空旷的山谷。

"你又是谁？"

"是这座岛的主人，大多数人都叫我'门主'，因为我有个不足挂齿的小组织，叫作'奇门'，已经存在了几百年。'

"真难听的名字，比老头子更难听……"灵雨忍不住嘟囔，可是脖颈间的刀收紧了，划破了她幼嫩的肌肤，令她不得不闭嘴。

"这名字起源于奇门遁甲？"灰衣少年强自镇定地说，在他身后，蛛丝悄悄在墙上蔓延，宛如飞速生长的藤蔓。

"有一部分是这个原因，另外的原因是，你不觉得人生就是由一道道门组成的？"男人低吟着说，"走出一扇门，走进另一扇门，最终生命在某一扇门后终结，就像你……"

老头子皱了皱眉，等他继续说下去。

"就像你也终将死在这间密室的门后。"男人吃吃地笑起来，很得意的样子。他的手从衣袖下露出来，嶙峋如枯骨。

"那可未必，死在门后的还不知道是谁呢。"灰衣少年也低低地笑了，眼中精光闪烁，"我猜你还有另外一个名字叫徐福吧？"

他愣了一下，随即赞许地点了点头："不愧是当我对手的家伙，那确实是我最初的名字。"

"那就可以理解了，最强大的术士，又拥有永恒的生命，难免对权力有渴望。"老头子了然地点了点头。蛛丝缓缓爬到了徐福的身后，悄无声息地从棚顶飘然而下。

"是的，本来这岛上的妖怪是要借给西夏当精兵来夺取宋人半壁江山的，如今看来，好像有点难了……"徐福惋惜地摇头，因为他豢养的大部分妖怪都化为了枯骨，"也是我大意，不该把决战的地方选在自己家中，但是为了杀你，一切都是值得的。"

"即便你不邀请我，我也会来，我们注定会相遇。"老头子微笑着说，"因为我们都在长夜中徘徊，只要有这片夜色在，我们就逃不掉成为对手的宿命。"

而所谓夜色，即是人心黑暗的一隅。

蛛丝随风挽成了一个扣，套在了徐福的脖颈上，骤然收紧。与此同时，梳着冲天辫的苍甲凭空出现，他的大眼睛亮闪闪的，奔向了徐福刀下的灵雨。

"小仙女！"他欣喜地大叫，鳞甲覆满全身，将灵雨揽在了怀中。徐福的刀没有落下，因为他被阿朱吊在了半空，黑色大氅滑落，像是揭开了一出悲剧的序幕。展现在老头子面前的是一具枯黄的骨骼，它不知已经死了多少年，周身贴满了黄色的符纸，正是这些符纸让他仍能如活人般行动。它的双眼黑洞洞的，像是充满戏谑地嘲笑他的愚蠢。

灰衣少年愣住了，浑身血液一凝。随即刺骨的疼痛从小腿传来，只见一直抱着灵雨、浑身布满鳞甲的苍甲瞪着眼睛，缓缓跌倒在地。

"为什么……"单纯鲁莽的苍甲不可置信地望着自己胸口插着的一把刀，刀直插进心口，深至没柄。但饶是如此，他仍抬起头看着眼前的少女，视线不愿离开她一分一毫。

"傻孩子，我们早就见过，你忘记了吗？"灵雨咯咯娇笑，透着天真的邪恶，"在西京的郊外，是谁给你力量让你妖化的？"

苍甲想起了那个难忘的夜晚，自己的眼神在夜晚一贯不好使，那时他正在山间游荡，一双脚停在他的面前，给了他邪恶的力量。他没看清那个人的脸，却记住了对方身上的气息，甜腻如桂花般的香味，而如今站在自己面前的少女散发的正是同样的甜香。

"竟然是你……小仙女，真是没想到啊……"他呕出一口鲜血，吐在了地上，瞳孔变成了死气沉沉的灰色。

"所以我知道，穿山甲周身都被坚甲覆盖，却只把柔软的腹部暴露给自己要保护的人。"灵雨惋惜地蹲在他面前，阖上了苍甲的双眼，"谢谢你，你是少有的奋不顾身保护我的人。"也是她算计的第一个妖怪，她接近苍甲，带他玩耍，跟他最投缘，就是等着有一天他将自己的弱点拱手奉献到自己面前。

什么都在她的计划之内，但不知为何，她有点悲伤。

苍甲少年的身躯消失，变成了一只穿山甲，灵雨拔出了它胸口的短刀，看向了脸色苍白的老头子。

"吉吉、吉吉，快来救我啊，我要痛死了……"地道内，重伤的妖怪在苦苦哀叫。

"他是在叫你吧？"灰衣少年木然地说，他僵硬得像具石像，只有眼睛流露着无尽的哀伤，"并不是'吉吉'，是'姐姐'对吗？你就是这座岛的主人，而他是你豢养的虫王？"

少女并未回答，此时她几近赤裸，肌肤泛出玉一般莹白的光。她走到徐福的身边，捡起地上的大氅，披到了自己身上。风帽上镶着一圈黑色的貂毛，将她的脸衬得更精致小巧，瞳仁越发黑亮，连眼下的那颗小痣都像是有了生命。此时老头子突然发现，她跟这衣服搭配至极，比穿着自己给她买的樱色裙子更加合适。为什么他从未发现，跟在自己身边的那个吵吵闹闹的小丫头就是夜的女王呢？

"真是可惜，扑上来救我的不是你，不然我可能会因为心软放你一马的。"灵雨长长地叹息，像个哀怨的闺阁女子。

## ·十八·

朱文浩双脚沾了地，立刻又恢复了英姿。他大大咧咧地靠在白龙身上，跟海中的巨鲸叫嚣："你这个死东西，快点跟爷来大战三百回合！来了厉害的对手就想躲？怎么刚才又闹又折腾着砸船的不是你了？"

龙鳞又湿又硬，靠在上面像是为他注入了无限的勇气，但他却没看到，白龙居高临下地瞥着他，一脸嫌弃。

巨鲸像是能听懂他的话，摆尾朝大船冲来。细雨飘飞中，可见它喷出十几丈高的水柱，掀起滔天巨浪。而白龙骤然腾空而起，如闪电般冲进海中。

之后的事情朱文浩根本就无法得知，只见大海中浪潮翻涌，涌起的浪头像是水墙般铺天盖地地砸来。能容纳几百人的大船如一叶扁舟般颠簸个不停，船上的奇珍异兽吓得四散逃命，灿烂绚丽的花朵纷纷凋谢在海中。

在山峦般的巨浪中，不是巨鲸击中了白龙，就是白龙咬住了巨鲸。两个只存在于传说中的妖怪在抵死相搏，根本没有别人插手的余地。

朱文浩紧紧扒着船舷，只觉自己像是一缕浮尘，一会儿被抛到山巅，一会儿又摔入了谷底。身边到处都是水，如果不屏住呼吸，咸湿的海水就会霸道地挤进肺里。

这可怕的境况不知持续了多久，周遭终于恢复了平静，朱文浩浑身尽湿地从甲板上爬起来，摘掉了挂在头上的几缕海草。只见雨已经停了，天边泛出了一丝蟹壳般的青色，海面由黝黑变成了深蓝，一道触目惊心的血线在海浪中缓缓晕开。

"小白龙……"他的心象是提到了嗓子眼，喊了一半，想起了方才长辫子少女告诉他的名字，"梅香！梅香！你还活着吗？"

海水苍茫无边，只有浪涛哗哗作响，哪里有人应他？

他突然十分疲惫，伏在船舷上，鼻中微酸，想哭却哭不出来。老头子不知所终，梅香生死不明，满船死士葬身海底，让他觉得自己明明活着，却跟死了差不多。

然而他刚哀叫了两声，不远处的海里就传来了异动，一个如小岛般大的白色肚皮翻了上来，正是那穷凶极恶的巨鲸。

"要不要喝酒？"船底下响起了少女娇嫩的声音，一只酒壶被抛了上来，稳稳地落入他的怀中。

碧绿的藤蔓缓缓升起，搓成一条通天的梯，蜿蜒到了甲板上。身穿白色衣裙的少女赤着双足，踩着藤蔓婀娜地向他走来。梅香的脸仍然晶莹美丽，一双圆溜溜的大眼睛像是葡萄般惹人喜爱，长辫子浸了水，湿漉漉地垂在脸侧。晨晖照在她的脸上，她微微一笑，仿佛方才的恶战根本不存在，她只是抽空去海中戏了会儿水。

"当然要喝，这么好的女儿红，怎么能浪费？"朱文浩哈哈大笑地坐在甲板上，梅香跟他并肩坐在一起。两人推杯换盏地喝了起来，仿佛已经认识了多年。

"你是怎么杀了它的？你真的是条龙吗？"朱文浩望着梅香稚嫩的脸庞，怎么也不相信她会变成一条龙。

"我没杀它，它死于自己的梦，因为这梦太真实了，它以为自己被白龙追赶，撞在海底的礁石上死了。"梅香微微一笑，朝他飞了一眼，"包括你刚才看到的一切，都是蜃气做出来的幻景。"

"这个也是？"他摇了摇酒壶。

"对，所有都是。"

"一切有为法……如梦幻泡影……"此情此景，让他想起了《金刚经》中的话。或许人生不过一场虚空大梦，梦醒时分，只有寒夜阑珊。

"老头子一定会回来的。"两人很快喝光了一壶酒，梅香变戏法似的又搬出来一坛，"他拜托'船王'捎信求我帮忙，算欠我一个人情，怎么能轻易就死掉？"

"那个……"或许是喝多了，朱文浩别过眼睛，装作毫不在意地问，"你住在哪里？如果能活着回去，我想去拜访你……"他不想错过这泼辣美丽的少女，当她方才化身为白龙之时，他就为之心折。跟她比起来，城里的女人简直就是庸脂俗粉，没有半点傲气。人生不过一场虚空大梦，随时都能结束，他不介意做个梦蝶的庄生，拥有绮丽妖异的美梦。

梅香朝他飞了个眼风，笑而不答。

而日轮正缓缓从海面上升起，万道霞光照亮了这寂寥的荒岛，还有荒岛边的大船以及船上的一对俊男美女。

长夜逝去，风雨消弭，就像这世上的所有轮回，在死亡之后，新生随之而来。

当海面被朝阳染成金红色时，海下仍然一片漆黑。灰衣的少年颓然地站在密室中，十分疲惫的样子。

"你到底是谁？"他抬起眼帘，轻轻地问。或许是因为一晚的鏖战，或许是因为手下妖怪们接连死去，他从未觉得如此疲惫，连动一根手指都十分艰难。

　　"灵雨啊。"少女抖了抖大氅，坐在了椅子上，黑衣裹着她玲珑娇小的身躯，看起来像是一只蝙蝠。她的眼睛是黑色的，柔顺的长发也是黑色的，甚至连呼吸都像是夜风般悄悄。她隐秘又暴露，她骄傲又低调，如果老头子是个行走在长夜中的人，那么她就是黑暗中的黑暗，是夜色本身。

　　"这是你的名字？"

　　"是的，这点我从未骗过你。"灵雨睫毛轻颤，笑出了声，宛如夜雨打花窗般细碎，"因为你屡次破坏我的好事，我就想看看你到底是什么样子。我寻找你的漏洞，却发现你的心毫无破绽，所以只能想办法制造机会。"她说罢长叹一声，"幸好，你很渴望爱，你总是逃避感情，然而那正是你空虚的证明。"

　　灰衣少年面无表情，却觉得心底有什么东西破灭了，悄无声息。

　　"结果你果然上钩了。"想到过去种种，她笑得面如春花，连眼角下的小痣都彰显着得意。

　　"那很好，证明我还有一颗人心。"老头子低低地回答，此时他锋芒尽失，看起来就像个不起眼的落魄少年。

　　"你看到了外面的枭？"灵雨突然转变了话题，"他是第二个住在这牢中的人，而之前的那个，就是我……"她表情淡漠，像是在说无关紧要的事。

　　"把我关在这里的就是徐福。他想做出最厉害的妖王，起初我是被当作饲料丢进来的，但是我却杀了这里的妖王，取代了它。"灵雨眼珠一转，以欣赏的眼光望着面前俊逸的少年，"我的力量不如它，但却在短时间内发现了它的弱点，将它置于死地。从这方面的天赋来说，我们是一样的。"

　　"是吗？荣幸之至。"老头子朝她欠了欠身。

　　"我在这里待了很多年，徐福珍惜我，觉得我是他这辈子的杰作，将不老不死的方术传给了我。而就在那天，我破了他的方术，取代他，成为了这座岛的主人。"她轻轻地说，"从此以后，我不敢爱任何人，感情是毒药，连最厉害的术士都能被击败，何况是我？"

　　老头子并不傻，听出了她话中的弦外之音，那注定是另一场充满阴谋和算计的风花雪月。

　　灵雨站起来，朝空中招了招手，贴满咒符的骨骸发出喀嚓轻响，宛如有生命般从地上爬起来。她依偎在白骨怀中，幽森的黑眼睛望着老头子，长长叹息："真是可惜，如果你可以再多爱我一些，我们也许可以成为很好的伙伴。"

　　"从未付出过的人，哪有资格无限地索取？"灰衣少年别开脸，似乎不愿再看这美艳神秘的少女一眼。

　　"你爱过我吗？"灵雨轻轻地问，竟有些紧张。

　　"不。"

　　"你恨我吗？"

　　"恨之入骨。"

　　"那我就放心了。"她松了口气，脸颊潮红，"恨是比爱更长久的感情。"

　　他们都活了太久，经历太多，知道所有爱的终点是淡漠，而恨却宛如烈火，越燃越炽。爱无法抵达的地方，恨可以轻松逾越。如果不能相爱，那么就用余下的生命相互憎恨。因为有恨，落雨天、阑珊夜、寂寥时，每当内心感到孤独，对方的影子就会在眼前浮现。

那是另一种不离不弃，另一种生死相依，是两个灵魂的抵死缠绵和永恒拥抱。

## ·十九·

"再会。"灵雨裹紧大氅，走到灰衣少年身边。她伸出修长的手指，像是个痴情的少女般依依不舍地滑过老头子寒星般的双眼和笔挺的鼻梁。

最终她踮起脚尖，轻轻地吻了吻他冰冷的嘴唇。

少年伸手揽住了她的腰，两人紧紧拥抱，像是一对爱侣。但等他们分开时，嘴上都沾着鲜血，他们撕咬着彼此，像是恨不得要将对方吞入腹中。

灵雨抹了抹嘴边的血，恶狠狠地看了老头子一眼，转身离去。她黑色的大氅在风中翻飞，掉出了几张蝴蝶般的符纸。纸符一落地就化为了妖怪，有曾在船上刺杀过他的黄衣少女，还有一个扛着陌刀的壮汉，最后一个是个梳着总角的小童，让人难以捉摸。

"希望你能走出这扇门，不要死在里面，我很期待跟你再次见面。"灵雨走到地道中，披着一身朦胧珠光，跟他挥手道别。

他目送着她，看她拔出乾达婆的长枪，将哭泣不止的忆从地上扶起来。两人相携而去，身影很快就被如海辉光吞没。

而等待自己的则是另一场恶斗。

熊男死了，苍甲也死了，只有乾达婆、眠狼和阿朱能够战斗。但他却并不害怕，多年来他无数次被逼入绝境，但每次从死亡边缘爬出来，迎接他的都是另一场新生。

他捡起徐福扔在地上的短刀，身姿如风驰电掣，一刀就刺向黄衣少女。少女似乎没想到他会亲自动手，登时被他打了个措手不及。

他振臂一挥，妖怪们同时出现，在地道中缠斗起来。他的力量不多了，手下的妖怪们也一样，一贯美丽的阿朱甚至都不顾风度，像是泼妇般亮出了爪牙。

所有的战斗都是这样，精殚力竭之时，武器早就被抛弃，只凭原始本能厮杀。

这场恶斗不知打了多久，连眠狼和乾达婆都头发散乱，浑身血污。对方也只剩下黄衣少女和使陌刀的壮汉，至于那个小孩子，他仗着身量小专攻人下盘，被眠狼瞅准了个空子，一脚踢晕了。但这两人也没好到哪儿去，一样遍体鳞伤，那汉子的陌刀被眠狼砍得处处都是缺口。

"我不想死在这里。"阿朱的眼睛幽森森的，脱力地伏在他的肩膀上，"我还没有活够，花花世界那么好，为什么要葬身在海中？"

他打了个激灵，像是在噩梦中被人叫醒。

"带我们出去，你有这个能力，天底下失去爱情的人很多，有的连爱情的模样都没见过，但他们仍然活着。"

"谢谢你，阿朱……"他捏了捏阿朱的柔荑，觉得灵魂渐渐回到了身体。阿朱最聪明不过，看出他伤心至极，什么战术谋略全忘了，全凭本能战斗，但再这样打下去只有两败俱伤。

眼中的红潮褪去，他又变成了平日那个沉稳冷静的少年，唯一的问题是，当情绪平稳，他才发现周身无一处不痛，连呼吸都困难。

也是到此时他才发觉，眠狼和乾达婆都身受重伤，但自始至终，他们都未抛弃主人，只用期盼的眼神望着他，这些力量强大的妖怪们将唯一的生的希望寄托在了他身上。

可这里上不着天下不着地，即便杀掉灵雨留下的妖怪，跑出了地道，等待着他们的也只有恐怖的深海。

战斗还在继续，老头子退守到了密室中，借着微弱的光线，他打量着这个装饰奢丽的房间。这确实是个少女居住的地方，柜子里有几条衣裙，铜镜前放着香膏脂粉，整个房间中唯一突兀的就是那具贴满了符咒的徐福的白骨。灵雨离开后，它不再动弹，却仍像个活人一般，舒展着四肢坐在了少女曾坐过的椅子上，一双黑洞洞的眼似藏着无尽的秘密。

"老头子，快点想想办法！"身后传来阿朱的惨叫，与此同时，他双眼如灼烧般疼痛，眼前的一切都变成了虚影，隐约可见阿朱婀娜的身体扑倒在地。

刹那之间，他想到了冢狐摔碎的沙漏。如果沙漏是整座仙岛的心脏，那么这间地牢和密室必然也有一个能令它分崩离析的关键。

随即肺部也传来针扎般的痛，令他几乎无法呼吸，不用看也知道，那一定是眠狼受了重伤。

他的力量和生命像是水一般飞快从身体中流泻出去。而就在这时，模糊的视线中，那具歪坐在椅子中的骷髅似乎动了一下，它咧开了黑漆漆的嘴，似乎在笑他悲惨的处境。

他的意识越来越缥缈，疼痛在骨骼中蔓延，在乾达婆的长枪被使陌刀的大汉砍断之时，他捡起一块石头，重重地砸向了椅子上的白骨。顿时灰尘四溢，纸符飘飞，整个骨架在瞬间崩塌，头骨发出咕隆隆的轻响，在地上远远地滚出去。

他喘息着，静待之后的变化。可雕花的汉白玉地道连一丝裂缝也无，夜明珠仍散发着柔和明亮的光芒，甚至落雨洒进小窗也依旧濡湿而充满诗意。

只有打斗的几名妖怪停下了手，似乎不明白他为什么会突然跟一副骷髅架子过不去。但很快他们又厮杀起来，刀来剑去，无止无休。

"混蛋，难道错了吗？不是这具骷髅，那么又是哪里？"他的眼睛渐渐看不清了，身体也因剧痛变得佝偻。他不再是翩翩少年，倒像个迟暮的老人，连身上洗得发白的灰布袍都失去了光彩，如破败的棉絮般肮脏邋遢。

他蹒跚着向床边爬去，只见床上悬挂着一个荷包，或许玄机就藏在那里面，他要毁了所有看起来像是核心的东西。

可他刚爬到一半，头顶突然传来隆隆巨响，坚实的棚顶刹那间四分五裂，海水如巨兽般咆哮着冲进来。整间密室崩塌了，不止这个房间，连白玉地道和幽森的地牢都瞬间分崩离析。

妖怪们消失在汹涌的水流中，他也被冲出了废墟。但是他并不害怕，反而很安心地随波逐流，像是一叶逐水的浮萍。他从未觉得如此欢喜，即使此刻漂浮在深海中，他的嘴角都挂着一丝微笑。因为他知道，自己又赌胜了一局。死亡已被远远地抛在了身后，不远的地方，等待他的就是新生。

## ·二十·

暴风雨过后的海面湛蓝得像一块剔透的翡翠，而天空也被映出同样的颜色。这铺天盖地的美景令朱文浩觉得昨晚的经历恍如一场噩梦，不过一天之间，他死而后生，现在静静地躺在甲板上看天空，安静得像是在自家的园子里纳凉。

他身边坐着一位身穿白色衣裙的少女，她的长发垂在脸侧，编成了一条粗黑油亮的辫子。

如果不是她赤裸的足边堆着几个空酒坛，这美丽的一幕几乎可以入画。

"他还能回来吗？船上的淡水只够支持三天，补给船全沉了……"朱文浩不无担忧地抱怨。他在陆地上能纵横撒野，到了海上就像一只被丢进水里的四脚蛇，不但认不出方向，船稍有颠簸就会吐个不停。

几尾鱼从海中跳出来，划出优美闪亮的银线，几乎要跳到甲板上。梅香眯着眼睛起身，像是发现了什么，接着她朝朱文浩灿然一笑，甩了甩漆黑的长辫："看来我们等的人回来了，我要走了。"

"喂，你还没告诉我你住在哪里！"朱文浩心里紧张，却装作毫不在意地说，"这女儿红太好喝了，要是我再想喝可怎么办？"

"缘分未尽的话，自然有机会举杯共饮。"梅香嫣然一笑，站到了船舷上，她似乎不愿意见那位故人，纵身一跃就跳入了海中。

"什么叫缘分未尽啊？"朱文浩急忙追过去，只见海水中溅起浮沫，白衣少女如银鱼般灵动地消失在碧蓝的海底。

他心中失落，一直紧紧望着船下海浪起伏，不过一会儿工夫，竟瞧见海底出现了一个洁白的影子。

"梅香，你回来了？"他不由惊喜地高叫。

然而他刚叫了一声，一根蛛丝就缠上了船舷，随即白影脱水而出，一头撞进了他的怀中。朱文浩发出"哇"的一声惨叫，被结结实实地压倒在地，可是他仍抱着怀中的佳人死活不肯放手。

"喂，我们不过一夜没见，用不着如此热情吧？"哪知耳边响起的竟然是少年清朗悦耳的声音，吓得他一把推开了身上的人。

只见那人几近赤裸，面容苍白俊逸，双眸宛如朗星，一头黑发湿漉漉地披散在肩头，浑身都散发着妖异的气息。他仔细看了几眼，才认出这人鱼般的少年居然是平时那个咳嗽不断、仿佛没几日可活的老头子。

"你守住了船，干得不错。"老头子站起身，赞许地拍了拍他的肩膀，然后径直走进了船舱。等他再出来时，身上已经披了一件不知道是从哪里翻出来的蓝色布袍，总算有了点过去的样子。

"你好像变了。"朱文浩打量着他。

"你也是。"老头子笑着，眼神犀利，像是一直看到他的心坎里。

"蓬莱仙岛怎么样了？"

"已经永远从这个世界上消失了。"

"岛上的妖怪呢？"

"也一样。"

"那个总是笑嘻嘻地跟在你身后的漂亮小巫女呢？"

这次老头子没有回答，他唤出了眠狼，拉起风帆，启动了大船。朱文浩并不傻，他在老头子落寞的脸上看到了自己的影子。他本来想跟他打听梅香的去处，此时也不得不把话硬生生地咽回了肚中。

老头子唤出妖怪，合乾达婆和阿朱之力，驶了足足十几天才将船驶到了岸边。一贯风流快活的朱文浩每天都在甲板上干活，双手很快就磨出了血泡。可他毫不抱怨，只是会在闲谈中不经意地提到那个只属于梦境的少女。

每当这时，老头子就很想叮嘱这位风流公子，不要跟不是一个世界的人相爱，因为我们活在现实中有太多无奈，太少奇迹。但话到嘴边，却只化为一个苦涩的微笑。

夜色阑珊之时，他孤身坐在甲板上，望着天上的星斗，没人知道他在想什么，只知道他看起来似乎比过去更加寂寞。

海中涛声跌宕，像是奏响了一首大开大阖气势磅礴的曲子。他倾听着这大自然的歌曲，回顾着自己漫长的人生。一丝笑容浮上了他清俊的脸颊，这么多年来，他第一次为拥有长久的生命而欣喜。无尽的时间给了他无尽的机会，可以承载抵死缠绵的爱，也可以承受刻骨铭心的恨。只要活着，一切就还来得及！

少女活泼明媚的姿态仿佛在海风中出现，却又转瞬即逝。他似乎捕捉到了她动人的眼波，轻轻地说："来日方长。"

是的，来日方长。


·尾声·


一年后的秋天，"船王"照例在泉州举行了一场盛大的寿宴。在这一年间，西夏在边境发动了几次战争，但都无功而返。此后"船王"的生意做得越来越大，据说因为他完成了天子交给他的任务，圣心大悦，给了他诸多经商的方便。

而就在寿宴之中，一个身穿紫衣的少年悄无声息地出现在人群里。他并没有请柬，没人知道他是怎么进来的，只有几个人见到了他，无一不惊艳于他宛如女子般阴柔美丽的面庞。

"只要把东西还回来，顾羲禾那个小子就不会再出现了吧？"冢狐绕到了内室，将一只琥珀挂坠丢到了成堆的贺礼中，仿佛丢了它，也就抛弃了自己那一颗越来越柔软的心。

据说当晚宴会结束，一贯威严而冷静的"船王"像是发了疯，拿着一只琥珀吊坠一会儿哭一会儿笑，嘴里只叫着最小儿子的名字。

棕色的透明晶体中裹着一片红色的枫叶，像极了一颗心。

小道消息风一般在街头巷尾流传，而始作俑者的冢狐正怀抱着貌美的歌妓，喝着一壶暖酒。他的薄唇边荡漾着一丝笑意，不知是在嘲笑着人类的愚蠢，还是因为这世上尚有人记挂着自己而欣慰。


秋月如霜，照亮了西京的一处废园。园中不知多久没有人打理，荒草丛生，瓦砾遍地，仿佛藏着重重鬼影。在这夜深人静之时，一个清瘦的少年叩响了废园的门。

门发出吱呀一声轻响，一个雪肤花貌的美女拉开了大门。少年说明来意，这身穿黑色纱裙、腰如裹素的女子就像是一团烟云般将他引入了园中。

他刚从乡下进城，哪里见过这等姿色的女子，亦步亦趋地跟在她的身后，只盼多亲近她一些。不知绕了多少个弯，他终于被带进了一个宽敞的房间。可这房间布置得极为简洁，只有床和桌椅，刚好够生活所需。一个身穿白衣头戴黑色纱帽的少年正坐在灯下，看起来比他大不了几岁，容貌清俊，面色苍白，一副风一吹就倒的样子。

"请问老头子先生在哪里？我家主人叫我送这个月的报告。"他好奇地向这白衣公子打听。

"我就是。"公子抬起眼睛，瞳仁宛如深潭，幽森不见底。

"可、可是你一点儿也不老……"他从怀中掏出一封信，还没等递过去，信就像是生了翅膀一样平平地从他手中飞出去，落到了白衣公子的面前。

"仍然没有找到啊……"公子拆开信封飞快看完，长叹一声，但随即又笑了，"不过不急，我的时间很多，只要人心尚有暗角，她总有露面的一天。"

接着少年从美貌的黑衣女子手中拿过打赏钱，迷迷糊糊地被送出了废园。他想到了隐居的白衣公子，还有他脸上落寞的表情，不由得替他难过。他家主人是专门寻人的，去年接到了两桩大生意，对方付的钱足够他们吃三年，而这两单生意一个来自牙人朱文浩，一个则来自一个不出名的少年。两单委托都是寻找女人，两个容貌各异却一样神秘的女人。可一年过去，手眼通天的主人仍然没有找到这两个女人的踪迹。

"人生自是有情痴，此恨不关风与月……"他年纪太小，联想到的都是旖旎的爱情故事，一路唱着听来的小调走在夜色中，为那少年公子的痴情感动至极，却并不知道，长夜中隐藏的真相，跟他的想象相去甚远。

"人生自是有情痴，此恨不关风与月。离歌且莫翻新阕，一曲能教肠寸结……"东京城的戏院外，好戏刚散了场，一个身穿靛色长袍头戴幞头的书生摇头晃脑地唱着戏中女伶的唱词。他肤色白净，眉眼弯弯，总像是在笑的样子，让人见了格外亲和。

"枭，苏州那边有消息了吗？"一个娇俏的声音响起，令他的笑容立刻凝固在脸上。

声音来自于一个身穿黑色大氅的少女，她仿佛十分畏寒，刚刚入秋就穿得格外厚重。黑色狐狸毛将她的脸遮得只有巴掌般大小，显得眼睛更黑、嘴唇更红，尤其是眼角旁的一颗小痣，宛如一滴凝固的泪，格外招人喜欢。

"有了，一切都布置好了，就等主人你发号施令。"

"做得不错。"灵雨朝他抛了个眼风，十分满意的样子。苏州有个绸缎铺子的老板要吞并另外几家的生意，她只略施手段就可以让他达成目的，至于他付出的代价，等她慢慢再拿不迟。

想到这里，她站在东京城的璀璨灯火中满意地笑了。只要人心贪婪，她就不愁没有生意做，所幸世人欲壑难填，她有足够的资本可以重建自己的帝国。

风骤然而起，吹起她的斗篷，宛如孽海中翻涌的涛。

夜，才刚刚开始，而漫漫长夜中的传说，永不止歇。

# 长夜幻歌 贰

雪肤花貌的情人在岁月的涟漪中盈盈浅

笑，一切都已在漫长的时间中泛黄。唯

唇色如血，鲜艳夺目，一如那些历经岁

月变迁而毫无转移的爱情。

细雨飘飞，黄叶飘零。

我正坐在西京的荒园中品尝着热好的美酒，黑衣雪肤的女子端坐在窗前描绘口脂，一点殷红恰到好处地修饰了她的唇色，衬得她肌肤更白，杏核大眼更加黑亮惑人。

"老头子，我美吗？"阿朱手持铜镜，朝我盈盈浅笑。

"很美……"我目光迷离地回答她，思绪却随着细雨飘飞，回到了许久之前的旧时光。似乎有个蓝衣高冠的清俊少年，踏着落雨来到我的面前。

· 一 ·

这是一个闷热的暮春，山中狭路上野草丛生，蚊虫飞舞。几只花腿细腰的蚊子围着我转，赶都赶不走，让我烦恼至极。我一边赶路一边赶蚊子，没一会儿就已经满头大汗，所以我讨厌夏天。

一只蚊子趁空叮在了我的手臂上，它贪婪地吸吮着我的血，不过须臾间便发生了巨大的变化，它的口器变成了一张奇怪的脸，翅膀由透明转为纯黑，最可怕的是身体膨胀了几倍，变得如牛虻那么大。

我厌恶地皱了皱眉，刚要卷袖把它赶走，便见斜刺里伸出一只手，"啪"的一声把它拍死在我的袍袖上。顿时鲜血横流，弄污了我唯一能拿得出手却洗得发白的布袍。

"看，我救了你一命，还不快谢我一杯清茶！"我回过头，只见身后站着一个蓝衣少年，不过十七八岁的年纪，发髻高挽在头顶，背着一柄桃木剑，看打扮是个道士。小道士长得挺拔俊俏，唯一美中不足的就是脑子似乎有点问题，浑身都洋溢着少年人特有的骄矜和狂妄。

"可我没让你救。"我瞪了他一眼，为自己的袍子难过。

"斩妖除魔乃是修道之人的要务，我怎能袖手旁观？"他凛然地说，"而且你的命还不值一碗茶水钱？真是小气！"说罢他拉我的袖子将自己掌心的蚊子血抹干净，"反正也脏了，不差这一点。"

我活了这么多年也从未见过如此厚脸皮且无耻的道士，索性跟他去山路边的茶水铺小坐。这条路通往洛阳，虽然偏僻，却也有游商走贩经过。此时天下初定，有不少人想去大城市中碰碰运气，运气好的或许能得到飞黄腾达的机会。我也是这些捞金客中的一员，只是我想要的跟他们不一样。

"你是驱魔师吧？所以蚊子吸了你的血才会妖化。"小道士喝了两碗酸梅汤后跟我搭话，仍是高高在上的姿态，"我叫清玄，是邙山上清观的，你若遇到危险，可以来找我。"

"我叫老头子。"

"不过你要小心点，如果那只妖化的蚊子跑掉，可能会危害世人。"他皱了皱眉，眉眼俊秀，颇有正义感地说。

"它危害不了世人，因为我的力量太大了……"我轻轻地说，"不过片刻它就会被充沛的妖力胀死。"

清玄原本微眯着的眼瞬间就瞪圆了，在我身上打量了一圈，随后又变成了漫不经心的慵懒模样。"你连一个可供驱使的妖怪都没有……"他文雅地喝了口水，轻蔑地说，"而且看起来年纪和我差不多，还不如我强壮呢，还是不要说大话了。"

我点了点头，装出颇为受教的样子。但是最终这茶水钱还是他付的，因为我掏尽了所有的口袋也没有翻出一个铜板，当茶水店的老板拎着茶勺站在我们身后时，清玄俊秀慵懒的脸已经变成了紫黑色。

"遇上你我真是倒了大霉，怎么有人能穷成这样？不是说驱魔师都很有钱吗？"他付完茶水钱就骂个不停，然后朝我一拱手，便飞也似的走了。

"后会无期！"他这样说道，可是我看到身边长草中他迤逦而行的影子，怎么看都觉得会再见面。

此时夕阳西下，草长莺飞中有一个窈窕的身影跟在他的身边。那是一个身穿黑衣的漂亮少女，肤色雪白，眼如杏核，梳着双环丫髻，灵秀可人。唯一美中不足的是唇色太过苍白，少了妖媚之色。

少女也在看我，似乎察觉到我发现了她的存在。我朝她眨了眨眼睛，她却不理我，倔强地别过脸，身影很快便随着清玄的步伐消失在疯长的荒草中。

那一年是唐初武德年间，天下方定，一个富丽强大的王朝即将迎来盛世。那一年我落魄至极，手下连一个妖怪都没有。但是在那一年，我遇到了阿朱。

番外壹·点绛唇

· 二 ·

洛阳城中更深露重，虽然有宵禁，我还是巧妙地躲过巡街的武侯，来到了位于城西的一处民宅中。我轻叩院门，一名白衣少女拉开了大门，皎月中她的面庞娇美如白兰。

"是老头子吧？主人恭候多时了。"她轻移莲步，带我穿过庭院来到了内室，在拉开房门的一瞬，她的身影便化为烟云，消散在春日的熏风中，只留余香萦绕。

我却不以为奇，径直走进了房中，只见灯下正坐着一位大腹便便的中年人，满含笑意地看着我。

"葛巾先生。"我朝他鞠躬。

"老头子，许多年没见，你还是这样年轻俊俏。"中年人叹息地抚摸着自己的肚皮，"可惜我疏于锻炼，又喜美食，变成了这副样子。"

"玉板仍陪着先生啊。"我想到方才那位白衣少女，不无羡艳地说。

"是啊，这么多年，妖怪在我身上栖息又离去，如流水一般，但玉板却像一棵树似的扎下了根，只要她愿意留下，我便不会撵她。"葛巾先生说。他虽然是个须髯飘飘的中年人，却为自己取了一个花的名字，而他钟爱的妖怪则同样以牡丹的品种命名。上次我们见面还是在十年之前，那时他仍英俊挺拔，谁知转眼就变成了这样。

"叫你来洛阳，是因为城里最近有个妖怪出没，无人能收服，你一贯精明强悍，或许能杀了这妖怪也未可知。"葛巾先生为我倒上一杯香醇的黄酒。

"有报酬吗？"我扬眉问道。

"我葛巾先生下的单子，何时有利薄的？"他长须微颤，笑呵呵地说，"但你得竭力争取。"

我愣了一下，随即明白了他的意思："你不止请了一个驱魔师？"

"不错，算上你一共有三个人，谁杀了那妖怪，谁就能得到这笔巨款。"葛巾先生得意地说，似乎认为这主意十分高明。

可是我却隐隐觉得不妙，但哪里不妙又说不出，只能觍着脸伸出手："那就糟了，能不能请先生付我一点头款？"

"你怎么落魄成这样了？"葛巾眯着眼睛在灯下看我，半晌后失望地摇了摇头，"上次见你还是个风流俊逸的公子，如今不但身无分文，连妖怪都没有一只。"

"世事难料嘛……"我不好意思地挠了挠头，"而且我对妖怪很挑剔，先生又不是不知道。"

最终他不得不给了我几锭银子让我维持生计，在离开时，我发现他的眼神不无失落，像是在看一只羽翅凋落的雄鹰。

"那妖怪叫什么？"临走时我问。

"幽影，这是我们给它起的名字，天下初定，杀戮太多，大城市里难免会有妖怪猎食人类。"葛巾摇头叹息，"因为它总在夜间出现，所以便为它起了这个诨号。"

我大概了解后，拜别了葛巾先生。当晚我孤身一人走在宵禁的洛阳城，城中空无一人，只有我的影子印在空旷的道路上。

新月如钩，将我的宽袍大袖映得飘摇如鬼影，不知徘徊在这古城街巷中的幽影又是何方妖怪？

· 三 ·

此时正值暮春，洛阳城中落花缤纷，引来无数多情女儿在飞花中叹息。而正午的街市上人来人往，各地杂货琳琅满目，一副繁茂热闹的景象，哪像有妖怪作祟？我孤身在城中转了半天也一无所获，不但没有打听到有用的消息，连个像样的妖怪都没有发现。

最终我只能在西市附近赁了个带院子的小屋暂住，这里南来北往，人员繁芜，消息最是密集。我没事就听街上的小贩说说洛阳城的传奇，再去茶点铺坐上半天，听那些耳目灵通的小厮们讲奇闻趣事。

他们说有个男巫晚上被驱赶的妖怪报复，死状凄惨；还有人说巡街的武侯在清晨发现一桩怪事，几名男女在啃噬一个人的尸体，走近才看清他们竟全是妖怪。

"客人，这是我知道的最可怕的事，最近洛阳城中真是妖怪横行呢。"小厮添油加醋地描述了一番，期盼地望着我。

"你说错了，不是妖怪横行……"我掏出几个铜钱丢在他的手中，微笑着说，"而是只有一个妖怪！"他瞪圆了眼睛，大概觉得我是个疯子。

但确实只有一个妖怪，男巫是被它杀死的，而第二个则是驱魔师，是死后被自己驱使的妖怪瓜分了血肉。

说到妖怪，我突然觉得有些寂寞，因为我已经很久没有找到得力的属下了。乱世之中妖怪丛生，却没有一个是我想要的。不知为什么，当我这样想时，眼前浮现出一双杏核大眼，瞳仁漆黑，宛如幽潭般能将人的灵魂吸进去。这双眼的主人正是跟在清玄身后的黑衣少女，我一想到她跟那以鼻孔看人的傲慢小道士纠缠不清，就为这颗暗投的明珠感到惋惜，虽然连见多了俊男美女的我都不得不承认那白嫩高挑的小道士确实有几分风姿。

就这样，我在洛阳城中住了半个月。天气越发热了，牡丹盛开，街市上到处都有姹紫嫣红的花影，连走在路上的姑娘们鬓上都插着碗口大的瑰丽花朵。衣香鬓影，宝马香车，怎么都是画卷般美丽的盛景，可是我却偏偏只留意到了画卷中那抹见不得光的影子。

幽影，徘徊在洛阳城中的妖怪，也该到了现身的时候。

这晚我正在灯下琢磨如何使手段引出幽影，院门的柴扉便传来一声轻响。我披上外衣走到屋外，拉开了柴门，只见在阑珊月色中正站着一个身穿布袍、腰悬长剑的年轻人。他大概二十余岁，剑眉星目，发髻凌乱，虽打扮得邋遢，却自有一种吸引人的不羁气质，颇像个魏晋侠客。

"你是谁？也是驱魔师吗？"他眯着眼睛看我，像是在打量花楼里的姑娘，"怎么这么年轻还这么瘦弱？来洛阳多久了？我怎么没见过你？"他一连问了我许多问题，我却看到了竹篱笆下他身后几抹飘摇浮动的黑影。

"进来吧。"我朝他笑着招手，"进来说话。"

这是我来洛阳后迎来的第一位客人，跟我一样是个驱魔师，但不同的是，他有强大的可以信赖的妖怪为伴。

"我叫何奈。"他一进窄屋就扬着眉说，"你听过奈河吗？是一条传说中的河，也是生死的界限，我是游走在生死边的人，所以为自己起名叫何奈。"

"我叫老头子。"我裹了裹外袍，突然觉得午夜风寒。

"你也在找幽影吧？"何奈大咧咧地坐在灯下，但他的眼神却毫不糊涂，像是夏天的麦芒般尖锐犀利，"我在西市观察了你几天，见你总在打听妖怪的事情，就猜到了你的目的跟我一样。"

"一样？你是接受委托的三名驱魔师之一？"

何奈笑着点了点头，下巴上的胡茬为他古铜色的脸增添了神秘的阴影。

"无事不登三宝殿，跟踪了我几天，又找上门来，不是为了闲聊吧？"我抱出酒坛，为他斟了一杯酒。

"我们合作吧。"何奈举起酒杯，星目朗朗地看着我，"你不是也猜到了吗，不然为何为我倒酒？"

我也举起酒杯，以袖遮面，当着他的面一饮而尽。

"葛巾先生的委托酬金不少，因此这件事也格外危险，与其独享不如找人合作，胜算还大一些。"

何奈是个聪明的人，他说的也正是我在想的。长夜漫漫，树影婆娑，在如豆孤灯中，我们结成了联盟。

三天后的夜晚，天空中乌云密布，不见星月。天气闷热难耐，蚊虫嗡嗡作响，墙垣的暗处黑影浮动，在这压抑的天气中，无论人还是妖都躁动不安。此时已是子时，我孤身一人走在洛阳空无一人的街道上，白衣如一抹朦胧的月影。

巡街的武侯刚刚离开，我便从腰间抽出一把长剑，将剑锋按在了手臂上。利刃划破了我洁白的肌肤，鲜血淋淋滴滴地流淌而下。血液的香甜随夜风弥漫，立刻从暗处蹿出来一个暗影，迫不及待地舔舐着落在地上的血。那是一只癞头猫妖，它在得到我的血后瞬间发生了变化，成了一个邋遢丑陋的矮子。我皱了皱眉，因为它能力太差，但此时也只能将就了，接着又有几个影子冲出来，它们在得到驱魔师的血后都发生了变化，可连一个能变成人形的都没有。

但我的目的已经达到，在十几个妖怪分到我的血之后，这片空旷的街巷中已妖气冲天。

那天我跟何奈交流过，发现这潜伏在洛阳城中叫作幽影的妖怪并未无目的地杀人作恶。它从来不攻击普通人类，却只杀巫师和驱魔师，不过短短半年时间，洛阳城中的驱魔师已死伤过半，而巫师们更是损失惨重。

"它倒是还挺聪明，知道人类不能拿它怎么样，所以只杀劲敌，看样子是想称霸洛阳城呢。"何奈在灯光中赞叹地说，似乎觉得有野心的妖怪十分难得。

"不，它应该有别的目的……"我总觉得这手段像是釜底抽薪之计，它在让火势渐渐变小。至于它真正想要的是什么，暂时无法看清。

"你真是想得太多……"何奈不以为然地摇了摇头，"怪不得对妖怪这样挑剔，那引出他的任务就交给你了，反正你连一个能驱使的妖怪都没有，它一定会放松警惕的。"

于是在这夜深人静之时，我便割腕自残，释放妖气，以期引出幽影。

街巷中已经站了十几个形态各异的影子，都是得到了我的血后变形的妖怪，血液渐渐在风中干涸，此时妖气冲天，惊得倦鸟都振翅而飞，但街上仍然毫无异动。

乌云罩顶，天气越发闷热难耐，一场夏日的雷雨呼之欲出，几只获得力量的妖怪正虎视眈眈地盯着我，似乎准备将我吞噬。它们不满足于几滴血，渴求更多的血肉。我握紧了剑柄，如果落雨前幽影还不出现，我就打算诛杀它们。

就在我跟这些低级的妖怪们对峙之时，空寂的街巷上传来了脚步声，急促而迅速，很快就来到了我的面前。

难道真的来了？我警惕地举起了长剑，横在胸前。可只见夜风中衣袂飞舞，来人头顶高髻，背负长剑，分明就是个道士。

"又是你？"晦暗的光线下，只见这道士不过十七八岁，面容清俊中透着傲慢，姿态挺拔，竟然是我来洛阳的路上遇到的清玄。

"又见面了，真没想到……"我失望地放下了长剑。

"瞧你做的，我就说你早晚会贻害世人，明明知道自己的血能赋予妖怪力量，还到处乱洒。"他眉头一皱，身后宝剑出手，一剑就刺中了一只妖怪的胸口。他出手快如闪电，只见青光一闪，那只觊觎我血肉的怪物已经倒在了地上。

"喂……"我刚要阻止他，这个血气方刚的年轻人已经杀掉了三四只妖怪，怪物们倒在地上恢复成原形，蝙蝠、飞鸟还有老鼠躺了一地。

他用起剑来姿势如行云流水，曼妙至极，在夜色中划出一道道流星般的弧线。本来我还想阻止他，但突然觉得有人替我除掉这些废物，还能看场剑舞表演，也没有什么不好。况且还有美女作陪，真称得上是良宵美景。

因为随着他的脚步而来的还有那名黑衣少女，她腰如裹素，双腿修长，正坐在巷口的一棵大树上，注视着这场厮杀。她肤白似雪，眼光如蛛丝般黏在激斗的清玄身上，那灼热的感情令这肃杀恐怖的夜晚都平添了几许暧昧。

我连朝她抛了几个媚眼，她却连理都没理我，一门心思只在清玄身上。

真是让人不服气啊！这么久以来，几乎所有的妖怪看到我都趋之若鹜，巴不得要跟我交换生命，签订契约，哪想到今日竟遇上一个瞧不上我的。

清玄几乎在瞬息间就杀掉了所有变异的妖怪，连力量最大的那个癞头矮子也不过在他手下撑了三招。天空中响起一声闷雷，一场暴雨即将到来。他不耐烦地瞅了一眼我手臂上的伤口，从衣袖里掏出一截布条，朝我走来。

"你的血能引来妖怪，还是好好包起来……"他皱着秀气的眉毛，一边为我包扎一边说，"自己本事不行，就老老实实在山里待着，最不济也养只老实的狗妖防身，来大城市闯荡什么呢？以为自己是道爷我吗，孤身来洛阳城中诛杀幽影……"

"什么？"我抬头看向他略显稚嫩的脸庞，"你再说一遍？"

"我说道爷我从山上下来，就是来杀幽影的，杀掉这个妖怪，我就能扬名立万了……"他包扎好我的手臂，得意地朝我笑。

恰在此时，豆大的雨点夹着雷声落了下来，小道士年少轻狂的笑容如此耀眼，点燃了沉闷的雨夜。一股腥风飘然而至，几乎在眨眼间，他挺拔高挑的身体就从我面前飞了出去，而我也被看不见的巨力推出，狼狈地跌在了一丈之外。清玄就没我这么幸运了，他被甩在墙上，又重重跌落在地，刚一爬起来口中就吐出了鲜血。

雨似乎停了，小街上只有腥风肆虐。我想看看巷口那漂亮的黑衣少女去了哪里，却发现头顶一片漆黑，少女和树竟然凭空消失了。

就在这时，一团黏腻湿热的液体滴到了我的脸上，还夹杂着难闻的腥臭。我这才明白，幽影早已悄无声息地来了，它躲在了墙头上，因为身形巨大，遮住了头顶的天空。

一道疾风迎面而来，我捡起长剑挡了一下，就势在地上一滚。这道攻击落了空，"砰"的一声砸在地上，青石板蹬时被砸了一个大坑，碎石纷飞。

清玄挂着剑勉力站着，从怀中掏出一只竹筒，掷向头顶，竹筒发出刺眼的光芒，照亮了方圆几丈的景致，只见那是一只足有三四丈大的毛茸茸的庞大怪物，双眸藏在长长的毛发下，此刻攀援在墙垣之上，它长得既像猿猴，又像昆虫，我从未见过如此奇异的妖怪。

"天啊——"清玄惊呼了一声，与此同时，竹筒掉在地上，摔得四分五裂。整个世界又陷入了一片黑暗，如死亡般绝望。

· 五 ·

我握紧了剑柄，静静地等待着攻击的到来，果然，一阵腥风从头顶刮过，我就地打了个滚，手中长剑出鞘，一剑就刺中了袭向我的巨爪。

妖怪受伤，发出一声闷哼，竟然从墙上跳了下来，地面都被震得轻颤起来。我连忙拉上清玄撒腿便跑，在临走时我还没忘看一眼街口的树，那抹黑色的倩影仿佛已化入夜色之中消失不见，只余碧树在风雨中摇曳。

"为什么要跑？我要跟它决一死战！"清玄年少气盛，高叫着挣扎。

"决一死战？是你被它捏死才对！"我冷哼一声，脚下跑得飞快，此时落雨砸在脸上，如刀割般痛。幽影在身后穷追不舍，它身体庞大又十分笨重，狭窄的街巷让它跑得十分艰难，还好雷声滚滚雨落如注，否则街边的人家都要被它惊动。

"你这胆小鬼！"他愤怒地咒骂，但我却微微一笑，并不理会。

转眼我们就跑出了长街，在即将冲出街口时，我又回头朝他微微一笑，他不理解我笑容中的含义，一愣神间，已经被我一把推出了长街。

与此同时，一根长达三丈的细长白蜡棍如蛟龙出洞般从路口冲出来，直捣幽影的面门。它身形庞大，根本无法止住冲势，一头就撞到了长棍上，顿时发出凄厉的哀嚎。

只见一个身穿花衣的虬髯大汉不知何时举着长棍出现在了巷口，而离他身边不远的何奈打着竹伞在笑吟吟地观战。

清玄被这景象惊呆了，何奈瞥了他一眼，露出痞子般的笑："小道士一边待着去，这种事该由驱魔师解决。"他说罢双眸含光，朗声道，"大力王，以最大力气击杀！"

大汉低吼一声，周身肌肉隆起，刹那间便将短袍崩裂，手中长棍舞得虎虎生风，棍影连绵如海浪，棍风层层推进，将长街封得滴水不漏。幽影被棍风逼得不断后退，连上前的余地都没有。

"这样不行，它抓住了长棍怎么办？"清玄也不傻，竟然看出了大力王的弱点。他的脸色骤然变得惨白，然而几乎在他话音落地的同时，棍子突然不动了，站在两道墙壁中的幽影果然伸出毛茸茸的巨爪死死扣住了长棍。雨落如注，它的眼睛被长毛覆盖，看不清表情，但狰狞的大嘴嘴角上扬，露出一丝残忍的笑意。

就等这一刻了！何奈朝我使了个眼色，我纵身一跃跳到长棍之上，挥起长剑，以迅雷不及掩耳之势冲了上去，剑光闪动，直指向它颌下三寸的死地。

时间似乎都在此刻停止，雨不再落下，电光不再闪烁，清玄瞪圆了眼睛，似乎不敢相信自己看到的一切。

剑刃灌注了我全部的力量，疾刺向这巨大怪物的咽喉。它躲无可躲，眼见就要丧命在剑下。然而就在这时，它庞大的身影突然悄无声息地消失了，我刺出去的剑落了个空，倒让我收势不及，差点从长棍上跌下来。

"怎么回事？"何奈向雨中挥了挥手，大力王和他的长棍一起消散在骤雨中。

"消失了……"我担忧地看向他，"居然是个有主的妖怪。"

何奈粗粗的眉头皱在一起，像是两条难看的爬虫，此时的他不复风流倜傥，似乎非常苦恼。但是随即更让人头痛的事情发生了，受伤又淋雨的小道士清玄在危机解除之后居然一头栽倒在地，晕了过去。

雨幕中的洛阳城空无一人，连巡街的武侯们都不见了，只有我跟何奈并肩而行的身影。而在身后不远处，大力王撑着伞，肩上扛着晕倒的清玄，缓缓地跟随着我们的脚步。

"你从哪儿认识了这么个废物？"何奈不耐烦地嚷嚷，"才打了一仗就倒了，简直比女人还弱。"

"他还说要杀幽影扬名天下呢。"我想到清玄骄傲的目光和帮我包扎伤口时鄙夷的神情，突然觉得这个少年既好笑又可爱。

"真是不自量力……"何奈摇了摇头，然后皱着眉看我，"我说你也收几个妖怪吧，这次我们伏击失败，还打草惊蛇，只怕下次收拾它会更困难。"

"哎，我倒是有中意的妖怪，却怕她不愿跟我……"雨浇透了我的布衣，让它变得湿而重，恰似压在我心头的难题。

"我才不信，你这么厉害，怎么还有妖怪不愿意追随你？"

"她钟情于人类，估计舍不得离开。"

"是这样啊……"何奈十分有经验地笑了，但笑容却是苦的，"这太好办了，她一定会失望的。自古以来，人类就只会让人失望，等她死心了自然就会跟着你。"

"希望吧……"我长长地叹息，回头看着雨中清玄苍白清俊的脸，虽然失去了意识，他的眉宇间仍有褪不去的骄傲，那是觉得自己是苍生的主宰才会有的气质。

何奈说得没错，人类确实总令人失望。但不知为什么，我却为那名黑衣少女感到惋惜，仿佛预见到了她被辜负的凄惨下场。

## ·六·

当晚的雨足足下了一夜，凋零了无数芳菲。清玄躺在我的陋室中，长发散落，脸颊塌陷，始终没有醒来的迹象。

清晨时天光破晓，我舒坦地伸了个懒腰，支起木窗，朝篱笆外招了招手。立刻有一张小脸探了出来，杏核大眼，皮肤雪白，像是一朵沾了晨露的白牡丹般娇艳美丽。她迟疑了一下，随即纤腰一扭，已经从木窗的窄缝中钻进小屋。在近处看，更能清楚地看到她体态匀称，婀娜动人，一袭沉闷的黑衣穿在她身上偏ããã风流无尽，令她的美平添了几分神秘。唯一美中不足的是，那花瓣般的嘴唇略有些苍白。

"他还能醒过来吗？"少女望着憔悴的清玄，紧张地问我。

"如果今晚还不醒来，就有点危险了。"我讨好地为她搬来软垫，方便她坐在地板上看护小道士，"你叫什么名字？"

"阿朱。"她朝我笑，虽然只是少女之姿，但已流露出妖媚神色，"我知道你叫老头子。"

"想拥有力量吗？"我开始诱惑她。

"不，我只想陪着清玄……"阿朱摇了摇头，凝脂般白皙的脸颊上浮现出一丝红晕，"我是跟他一起长大的，他是被扔在道观中的弃婴，而我也生在观中，我从来就没想过没有他的生活会怎样……"

青梅竹马？这可难办了。我皱了皱眉，继续找突破口："那他喜欢你吗？"

"我不知道。他这趟下山，我一直跟着他，但他从未发现我的存在。"阿朱有些惋惜地摇头，孩子气地将脸搁在膝盖上，随即又轻轻地笑了，"不过我没奢望他会喜欢我，我只要一直陪在他身边就好。"

我看着这对少年男女，不知为何，突然觉得陋室狭窄，自己如此多余。

我索性出门转了转，再回来时已是午后，阿朱在照料清玄，她为他擦净了脸，为他降温退烧，颇有几分闺秀风范。但我却看得连连叹息，她骨骼清奇，拥有无限妖力，怎么能将人生困在小小的闺房之中？

"真的不打算做我的手下吗？那样会变得很强大哦。"我递给她一盒虫，她眼光发亮，暗含惊喜，笑吟吟地吃掉了。

"不，我要跟清玄在一起，哪怕他一辈子都察觉不到我的存在，我也要守护这份感情。"她天真而深情地说，漆黑大眼中热情似火，仿佛能在小道士洁白的面皮上烧个洞出来。

"总有一天你会明白，只有拥有力量才能保护自己的爱情。"我嗤笑了一声，淡淡地说。这话打碎了少女的美梦，她立刻翻脸不认人，横眉冷对，再也没跟我说一句话。

接着她继续围着清玄上演恩爱深情的戏码，斗室太小，躲无可躲，我只能又出去找何奈了。只希望骄傲的小道士能在今晚醒来，否则我真怕她会随他而去呢。

"事情果然没有那么简单，今天雨停后我去那条长街中找过，它逃走时居然没有留下任何痕迹。"何奈看似大大咧咧，却粗中有细，告诉了我他的发现。

"看来这妖怪背后竟躲着个驱魔师。"我心底突然升腾出不祥的预感，"这人到底有多大的力量才能驱使如此厉害的怪物，难道不怕被它吃掉吗？"

何奈皱了皱眉，颇为担忧地叹息："这还没什么，如果只是怪物作祟，目的不过是霸占地盘而已，但它身后有驱魔师的话，就不好说了……"

晴空万里的天气此时都变得有些晦暗。

"你是对的，它确实有备而来，不是简单的杀戮而已。"最终他点着头说，粗犷的脸上满是不甘心的神情。

"游戏的规则已经变了。"我沉吟了一会儿，说出自己的看法，"狙击幽影毫无意义，要找出它的主人，才能一击必中。"

"说得容易，哪那么简单呢？"何奈风卷残云地吃完了饭菜，"我去找找第三个驱魔师，再拉来一个同伴也是好的。"

"第三个人？你去哪里找他？"

"秘密！"何奈将乱发向脑后一捋，得意地说，下巴上的青色胡茬流露着桀骜的男子气概，"倒是你，不敢收妖怪，是不是也怕被吃了呢？"他临走时仍不忘讥讽我，说完就迎着夏日午后的艳阳走出了酒楼，万丈金光如海，转眼间就吞噬了他狂放的背影。

但是当时我做梦都没有想到，这是我最后一次见到这个侠客般的男人洒脱不羁的身姿。再见之时，已然换了天上人间。

所幸当晚我回到家中时，清玄正躺在床上呻吟，他终于清醒了，脱离了危险。少年的生命力果然不可小觑，屋内黑暗而压抑，我笑着点燃了灯。

"你、你这个混蛋……"他在灯下看我，咬牙切齿地说，"居然骗我，你的身手明明那么好……"

"哎，我确实没有妖怪啊……"我望着阑珊月影唉声叹息。

"因为你总想要强大的妖怪，但又怕控制不了它们，所以才努力变强的……"清玄艰难地坐起身，憔悴的少年朝我天真地笑了笑，"告诉你一个秘密，我也没有你想象的那么弱……"

我望着灯下他的笑容，突然觉得他跟阿朱很相配。他们一起长大，都不谙世事，且充满热情，或许一起在清净的道观中老去也没什么不好。

　　"我掌握了一门很强的法术，否则也不会孤身来杀幽影……"他兀自说着，眼睛晶亮发光。

　　"你见没见过一个穿着黑衣黑裙的姑娘？"我轻轻地问他，而在这话出口的同时，窗棂处传来了"咔哒"一声轻响。

　　"没有……"清玄皱着眉，"我是修道之人，怎能去想什么姑娘？"

　　"但我总看到她在你的身后……"

　　"说没见过，就是没见过！"他瞪着眼睛嚷嚷，躺在床上，不再说话。

　　窗外飘来栀子花的香气，像是一个姿容清丽的佳人在房中逶迤而过，洒下满室芬芳。而夏日的热风中不知送来了谁的哭声，压抑而悲伤。

### ·七·

　　日子流水般滑过，天气越来越热，清玄伤好之后就走了，拜别时憔悴而颓废，似乎这次重伤让他锐气受挫。倒是阿朱没事会过来找我，她总是在夜阑人静时推窗而入，从不讲道理。大概没人跟她说话，令她十分寂寞。

　　她像是所有怀春少女一样，没事会跟我说小道士有多么好，不仅充满正义感，本领又高强。她说到高兴之处，手指一挥，射出一道银丝，将酒壶裹到自己面前，且饮且歌。每当我看到她这豪放的样子，又想起高傲冷漠的清玄，就更加替她不值。

　　七天过去，何奈没有消息，幽影也没再出现，偌大的洛阳城平静得像一潭死水，虽然歌舞升平，却让我心惊胆寒。

　　这天细雨蒙蒙，天气宜人，我拎着一坛好酒去拜访葛巾先生。委托是他发出去的，或许从他的口中能套出点话来。

　　当我抵达葛巾先生的住处时已是午后，为我开门的仍是玉板。这白衣女人梳着望仙髻，唇色殷红，更显丽色。

　　"还没有找到合适的妖怪？"玉板笑吟吟地望着我。

　　"快了，快了。"我朝她摆摆手，钻到房中去跟葛巾先生喝酒。

　　十几天不见，葛巾先生又胖了一圈，昔日那风度翩翩的中年美男早已消失，现在的他几乎化为一摊肥肉。偏偏他的嘴紧得很，我想方设法地灌酒套话，他却仍然不肯松口。

　　"不吐露消息是基本的操守，你有这时间来跟我厮混，还不如去杀掉幽影。"酒过三巡，他不耐烦地说。

　　"哼，那怪物身后有人指使，杀了它又有什么用？只要那人不死，就会有新的怪物出现。"我冷哼一声，嫌他不够义气。

　　"哦？是人干的？"他肥腻的脸上现出讶异之色。

　　"是的，我有很多猜测，只是现在还没法证实……"我说到一半就牢牢地闭上了嘴。这次换葛巾先生抓耳挠腮，最后不得不对我透露了一些关于第三个驱魔师的信息。

　　"那是个新出道的女驱魔师，就住在洛阳城近郊……"他说完这话就呼呼大睡，假装没有违反自己的职业操守。

　　我急匆匆地离开，因为城门就要关上了，我要在天黑之前找到那个女人。玉板依然含笑送客，发髻上一朵白牡丹衬得她人比花娇，在灰蒙蒙的雨天中美丽得耀目。

"你好像越来越漂亮了。"我忍不住回头看她。

"因为先生对我很好，妖怪得到了人类的感情才会越来越强大。"玉板已经活了很多年，不骄不躁，像是成熟的人类女子般温润。她笑眯眯地望着我说："老头子，最近你似乎在为女人苦恼。"

"什么女人啊，不过是个小丫头，傻得要命，宁可不要力量，也要跟小情郎长相厮守呢。"

"她美吗？"

我想到了阿朱的脸，点了点头。

"那她的心上人一定很爱她，没有得到人类感情的妖怪都很丑陋。"玉板红唇一抿，似洞悉到了玄机，"让她用些口脂水粉，女人漂亮些总是没错。"

天色渐晚，不容我们再多说，我匆匆赁了辆简陋马车向城郊赶去。在车上我想着玉板的话，越想越觉得不对劲。难道那别扭的小道士也喜欢阿朱？可是我想到他鼻孔朝天，看不起人的骄傲模样，就立刻否定了这可怕的猜测。

马车向郊外疾驰，在天色擦黑时赶到了荒僻的民居前。细雨飘飞，天色阴暗，几所简陋的瓦房如妖兽般蛰伏在茂林中。风里散发着血腥气，不知从哪里蹿出一只野猫，居然将马惊得尖叫嘶鸣。一丝不祥的预感从心底升起，我连忙跟上了那只跑得飞快的猫。它在瓦房中轻车熟路地穿梭，最后停在了一个小院前，纵身一跃，蹿入墙中。

门是虚掩着的，我推开了门，只见院子的地上凌乱放着各式家什，而墙上则印着一个足有簸箕大小的血手印。凝固的鲜血在雨夜中散发着狰狞的气息，我连忙向后院跑去，只见何奈正坐在一棵大树下，不，应该说是大力王坐在大树下，他也十分虚弱，以大掌托着主人的身子。

"你来了……"何奈的声音细如蚊蚋，他甚至连头都抬不起来，他的腹部破了个大洞，鲜血染红了他的旧布袍。这个桀骜不羁的男人此时已宛如一个残破的稻草人，而在他的身边围着各种不成形的妖怪和动物，虎视眈眈地要瓜分他的血肉，但慑于大力王的力量，不敢前进半分。

"怎么会这样？"我走到他面前，熟练地为他包扎，但他腹部的肉已失去弹性，显然是不能活了。

"徘徊在奈河边的男人，终究要回到奈河之中……"他不以为意地笑了笑，像是跟我喝酒时一样洒脱，"我一直在等你……等了一天一夜……"

"是幽影干的？你看清它的主人是谁了吗？"现在不是话别的时候，我忙问最关键的问题。

"我等你……是为了把最心爱的妖怪交给你……"他却不理我，只顾说自己的，显然意识已经涣散，"别的家伙都不争气地走了，只有大力王守着我……他不愿跟我解约，因为怕我死得更快……"

"我会好好对他。"我握住了何奈的手。

"你很强，我看得出来，希望你能用他杀了幽影……"何奈的手渐渐瘫软无力，浓眉下晶亮的双眼缓缓阖上了，"要小心，第三个人……"说罢他的头一歪，再也没有了声息。

大力王庞大的身躯立刻瘫软下来，我割破了手腕，将血喂入这高大的壮汉口中。他很快就变得神采奕奕，但却不打算认我为主人，一句话都不跟我说。我们把何奈埋葬在了一处山坡上，这个悲伤的妖怪在叩别了他的主人后就消失在冷雨中。

洛阳城门已关，我在次日才驾着马车回到了家中。何奈到底见没见过第三个驱魔师？我在他死去的小院中翻了半天也没有发现任何异常。那是一间空置了很久的农舍，留下的东西既有男人用的，也有女人用的，甚至还有小孩子骑的竹马，显然不是驱魔师的居所。

重重迷雾笼罩在我心头，当我回到家中，只见一个蓝衣高冠的少年正站在门外等我。

"你好像不一样了！"清玄看到我愣了一下，似乎没认出我。

"你也是。"半个月过去，他的变化也很大，挫折令他褪去狂妄，变得踏实了。

"进来坐吧，你是不是有事找我？"我朝他扬了扬眉。

"你有妖怪啦！"晨光拉长了我的影子，在进门的一瞬，清玄惊喜地欢呼。

### ·八·

清玄是来找我结盟的，按照他的说法，他的法术虽然强大，但也需要帮手吸引幽影的注意力。

"你们负责缠住他，给我一点时间驱动符咒即可。"他豪气万千，双眼中精光四溢，"我就不信，合我们三人之力还斗不过一个妖怪！"

"没有三个人了，只有我们两个。"我苦笑着摇头，"何奈死了，我的妖怪就是他留给我的。"

清玄愣住了，他太年轻，没想到死亡会来得如此之快。

"你说的法术是'惊雷咒'吧？"我看着他苍白俊俏的脸，"虽然力量很大，但古往今来，发动之人寥寥。"

"谁说的？"他目光闪烁，显然心虚。

"发动这种咒术需要必死的决心，引天雷落地，施咒者非死即伤。意念稍有动摇，就会失败。"

他垂下眼帘，不敢看我，光洁的额头上渗出汗珠。

"你再考虑一下，要不要跟我联手……"我望着窗外的天色，心中焦虑，"我要去见一个朋友，如果你觉得害怕，就走吧……"

昨晚的雨令风中都布满潮意，雨打花落，洛阳城的沟渠中尽是凋零的芳菲。我驾着马车赶向葛巾先生家中。清玄的到来提醒了我，我还有最后一个帮手，就是葛巾先生。我不指望他能跟我并肩战斗，只要他把知道的都告诉我就行。下这单委托的到底是谁？还有第三个驱魔师，真的是个女人吗？为什么我嗅不到一丝女人的痕迹？

当我赶到葛巾先生的小院时，只见院门半敞，再也没有温婉的玉板为我开门。晨光将整个世界映成一片金黄，我推开院门走了进去，只见院子里花木扶疏，一条小径直通内室，与之前所见的景致并无不同。可是不知为什么，我的心却提到了嗓子眼，握紧了腰间的佩剑。

整个院子如死寂般沉静，只有晨风吹过花木，发出沙沙轻响，我屏住呼吸拉开房门，只见屋内桌柜狼藉，一个白色的影子倒在了我跟葛巾先生每次喝酒的地方。

"玉板……"她脖子被扭断，歪在一边，如果她不是妖怪，估计早就死了。

"老头子……"她眨了眨眼，一滴清泪从颊边滑落。

我心中难过，扶起她瘫软的身体，将手腕凑到她唇边："快喝我的血，快喝啊！喝了就能活下去！"

"不了……"玉板勉强笑了笑，"脖子断了，我活下去也是个废物，何必占用你的躯体……"

"葛巾先生在哪儿？下这单委托的人是谁？你是不是见过？"

玉板双眸涣散，悲戚地望着我，断断续续地说："葛巾，被带走了……委托我们杀幽影的，是来自长安的一位贵人……"

"长安？"这个答案太出乎意料，远在长安的委托人为什么要花大钱剿灭在洛阳的妖怪？玉板点了点头，她漂亮的脸突然绽放出辉光，明艳不可方物，像是燃尽了生命最后的余晖。

"把这个给你惦记的那个女孩，每个女孩都注定要为自己喜欢的男孩涂上口脂……告诉她，不要轻易放弃……"一个硬硬的小盒从她手中滑落，滚到了地上，与此同时，玉板婀娜的身姿消失了，取而代之的是一只皮毛雪亮的白兔。我捡起那精致漂亮的盒子，打开盒盖，里面鲜红的口脂宛如丝绒。

何奈死了，玉板也死了，葛巾先生也凶多吉少。不过短短一天时间，我就失去了所有的朋友。

回去的路上我神情恍惚，居然在城中迷了路，直转到了傍晚才回到了在西市的家。暮色四合，夕阳西下，绿窗中一片黑暗，显然那骄傲自负的小道士已经走了。

我轻笑一声，推开了房门，却见一个人正无声无息地坐在地板上。他脊梁挺拔，蓝衣高冠，正是清玄。

"你没走……"

"我决定了，留下来跟你一起杀幽影。"黑暗中，他的声音冰冷如水，宛如宫商之音。

"可能会死哦。"

"我不怕！"他昂起了头，"如果贪生怕死，如何斩妖除魔？"

我点燃烛火，温暖的辉光笼罩着我们，也拉近了我们的距离。月余前在山中认识清玄时，我做梦都没有想到会跟这个骄傲自负的少年并肩作战。造化总是弄人，如今我能依仗的，居然只有这个不成熟的伙伴。

"你心里有喜欢的人吗？"我瞧着灯光下他如玉雕般的脸。

果然，一抹红晕浮上了他青涩的面颊。他虽然姿态倨傲，却面皮极薄，什么心事都写在脸上。

"最好有那么个人，这样我们的胜算能大些……"我见他的反应，暗暗松了口气。

"为什么？"他迷茫地看着我。

"因为面对危险时，只有想着要再见那人一面，才能尽力活下去，心中没有牵挂的人，很容易就会放弃。"我静静地回答他。

"你看起来跟我差不多大，怎么懂那么多？"清玄佩服至极地望着我。

"谁说我跟你差不多大啊。"我白了他一眼，以貌取人，失之子羽，驱魔师的年龄没有人能猜得到。

"其实，我喜欢的，并不是个人……"清玄叹了口气，"她爱穿黑裙，是个漂亮的女孩，从小跟我一起长大。我知道她是个妖怪，只能装作看不到她……"他说到一半，窗外传来嘤嘤哭声，似乎是谁喜极而泣。

"我修的是正一派，可以娶妻生子，但即便如此，道长也不会允许我娶个妖怪的。所以我才要下山建功立业，如果丢掉了幽影，他或许就会同意我这荒唐的请求了吧……"我一声没吭，因为觉得他的话根本不是对我说的，而是说给那个心心念念追随他的少女听。

"所以，无论如何，我想试一试。如果我输了，也希望她能继续开心地活下去，再找个人去爱……"窗外的哭声更大，渐渐散入夜风中，让听者闻之心碎。

少年男女们总是面皮薄，明明是互诉衷肠的好时机，偏要隔着一堵厚厚的墙。事已至此，只能靠我把墙推倒。我走出房间，果然见朗朗月光下，阿朱一袭黑衣，宛如天女般站在院子中。她柔美的面庞布满泪水，却是喜极而泣，哭得几近抽搐。

"别哭啦，哭多了就不好看了。"虽然这几天见了太多的死亡，可这对小情人终于捅破窗户纸，还是令我心中泛起一丝暖意。

"谢谢你……"阿朱笑着说，眼中含泪，眸光灿若星辉。

"这个给你。"我把玉板留下的精致小盒递到了她的手中，"有个人让我告诉你，女孩子注定要为喜欢的男孩子涂上口脂，所以不要轻易放弃一段感情……"阿朱接过口脂，感激地点了点头，悄无声息地走进了房间。

绿窗上映出少年男女亲密的身影，少年伸出长指，精心地为少女涂上了嫣红的口脂。

点绛唇，扫娥眉。蛛网千千结，情只为君倾。

当晚我跟清玄结成联盟后，他便踏着夜露拜别而去，阿朱喜滋滋地跟在他的身边，面色含羞，唇若珊瑚，美得简直像是画中的人。

但当天半夜，窗棂却传来细碎轻响，我披衣起身，拉开了小窗。夜色中闪出一张昙花般洁白的脸，唇色嫣红，令人沉醉。她纤腰一扭，已经穿过窗缝，亭亭玉立地站在陋室中。

"怎么没陪你的情郎，找我来做什么？"我含笑望着她，她得偿所愿，不再患得患失，像含苞的花朵般自信美丽。

"我是来跟你签约的。"阿朱轻轻地回答，似下定决心。

"奇怪，你不是说要跟他长相厮守，跟我签订契约可就不自由了……"

"你说得对，只有拥有力量才能守护爱情，我不能看着清玄去送死。"她妩媚的杏眼中闪烁着坚毅的光，她已经不再是为情所困的少女了。

"女人真是善变，我永远都搞不懂……"她们很容易为情所困，又会为了爱情而变得强大无比。我长叹口气，将手指伸到了她的红唇边。阿朱朱唇微启，一口咬破，贪婪地吸吮我的鲜血。

月光中，她的身体飞快发生了变化，乌发更加靓丽，肌肤白得发光，衣袂飘飘，宛如天女下凡。

"老头子，你果然很强呢……"半晌之后，她发出了满足的长叹，似乎对灌注于周身的力量非常满意。

"当然，我从不骗人。"

番外壹·点绛唇

"有我加入，胜算会更大。"她得意地笑，"这一战，我们赢定了。"

我笑着点了点头。

"有件事我想问你，为什么偏偏选中我？"阿朱疑惑不解，"比我强的妖怪要多少有多少。"

"因为你的眼中有跟它们不同的东西，你知道什么是爱。"我看向她的双眼，黑白分明，澄净无瑕，"干我们这行太容易在黑暗中迷失，只有心怀爱意，才不会堕入地狱。"

她似懂非懂地看了我一会儿，然后悄无声息地离开，大概又去找清玄了。我望着窗外的明月叹了口气，幽影早晚会找上门来，但时机未到，目前能做的唯有等待。

三日时光转眼即逝，洛阳城中晴空万里，清玄跟阿朱像是在抓紧生命中最后的时光缠绵，酒楼中、马场上、牡丹园中，处处都留下他们相互依偎的身影。

夜阑人静时，只有大力王苦着脸陪我坐在房檐下，看院子中草木争发。

"三天之后，必有大雨。"大力王望着澄净如翡翠的天空，信誓旦旦地说。

"下雨好啊，下雨了幽影才能现身……"我已经明白他话中的含义，"你也发现了它只在雨天出现？"

"是。"他并不看我，仿佛在碧空中看到了何奈洒脱狂放的背影，"其实我一直没告诉你，那天我们根本没看到第三个驱魔师，到达郊区的废宅时，等在那里的只有蛰伏的幽影。"

"何奈是怎么找到第三个人的线索的？"这是我始终想不通的一点。

"有人传话给他，说一个女人也在打听幽影的事，她年轻矫健，看起来是个驱魔师。"大力王痛苦地回忆，"其他的我也不知道了……"

又是女人？葛巾先生也曾告诉我他把委托交给了一个女人，但既然连面都没见过，何奈为何要我小心第三个人？

天边云卷云舒，白云如奔马般汇聚而来，宛如压在我心头的重重迷雾。还好这雾即将消散，三天之后，一场雨如期而至。雨落之时，我和清玄驾着马车赶向郊外，这将是一场大战，不能连累到寻常百姓。

天空中积云密布，像是座铅灰色的大山，让人绝望得看不到出路。而我们在黄昏中刚驶了半个时辰，便有一团阴影跟上我们，它始终保持着一段距离，不离不弃。

天黑之前，我们已疾驰出城。郊外土路颠簸，马车的速度越来越慢，而浓重的影子也追上了我们。它时而躲在树上，时而潜伏在草丛中，似乎在寻找动手的时机，非常有耐心的样子。

雨越下越大，车轮陷入泥坑，终于走不动了。而它停下的地方，恰好离何奈死去的那间小院只有几丈的距离。也许一切都是命中注定，我望着广袤苍穹，像是看到了命运的轨迹。

"老头子！"一阵狂风骤起，夹杂着刺鼻的腥风，只听清玄高叫一声，然后他拔剑出鞘，疾向那团风影刺去。

我朝空中一招手，大力王现身，孔武有力的妖怪挥起长棍砸向了巨大的黑影，影子疾速躲开，一挥手，一条血线疾冲向天空。拉车的骏马嘶鸣一声，歪倒在地，脖颈已经被砍断，显然是不能活了。

"很聪明嘛，还知道断我们的后路。"我朝清玄使了个眼色，他心领神会，将宝剑舞成一团剑花，护住要害，退出战场。

妖怪之间的战斗，本就不该有人类参与，他的任务是在幽影出现时找到藏身在附近的驱魔师。驱使如此强大的妖怪，非常消耗体力，那时他将非常脆弱。只要杀了他，一切就结束了。

"来吧!"我跳出车厢,站在湿冷的雨中,以剑尖指向黑色的幽影,"也到了我们决一雌雄的时候!"

"吼!"黑影在空中凝聚,化为一只庞大如小楼的怪兽。它咆哮着朝我冲过来,宛如小山倾倒。这是我第一次看到幽影的真面貌,它周身覆盖着长毛,却长着四只脚,肢体柔软,像是几种妖怪的结合体。

罡风扑面而来,我连连后退,大力王提棍而上,振臂一挥,长棍在他手中舞成了一个巨大的扇形,棍风暂时阻住了幽影的攻势。

"给你最大的力量!"我咬紧牙关,不断催发体内的潜能。大力王似感知我的心意,双眸变成血红,身体膨胀了一筹,一棍就捣向了幽影的面门。他一击即中,幽影被弹飞到几丈开外,但落地时居然毫发无伤,很快就再次向我们冲来。它周身的肌肉充满弹性,普通攻击根本无法伤害它。

雨落如注,湿冷无比,也让我的心底变得冰凉。

大力王显然早就知道这个秘密,他始终握着长棍,扎着马步,像是一座坚不可摧的山一般挡在我的面前。

就在双方僵持不下时,瓦房后传来一声轻呼,一个人影轻飘飘地从一处矮墙中弹出来,摔倒在地,正是清玄。

·十·

"我找到他了!"清玄从泥地中爬起来,一边后退一边叫。

只见矮墙后走出一个身披蓑衣的人,斗笠盖住了脸,一抹红色的衣襟从蓑衣下探出春色,依稀是个女子。幽影在女人出现的同时就停止了攻击,似乎在等待什么。女人招了招手,红袖招展,凶兽得到命令,再次向我扑来。与此同时,清玄挺剑而上,疾刺向她的胸口。

清玄的攻击分散了驱魔师的精力,幽影的攻势弱了很多,巨掌被大力王的长棍顶住,两只妖怪陷入僵持状态。

然而那个跟清玄缠斗的女人却给我十分熟悉的感觉,似乎在很久以前,我也见过谁有这样的好身手。一个惊人的想法在脑中显现,我轻轻地呼唤出一个名字。阿朱窈窕的身影在落雨中现身,她素手一挥,银丝兔出,径直向蓑衣人飞去。蓑衣人举起手中短棍挡住蛛丝,然而银丝在半空中拐弯,灵蛇般直袭向那宽大的斗笠。

斗笠被打飞,顿时电闪雷鸣,照亮了他刻意隐藏的面孔。正如我想的那样,那是一张横肉纠结的中年男人的脸。

"你不是女人?"清玄非常惊诧。

"葛巾先生,果然是你。"我放下剑,突然觉得心如死灰。

葛巾打了个响指,幽影登时停止了攻击,世界变得静谧安宁,厮杀声消失,只有雷鸣滚滚,雨丝飘飞。阿朱急忙奔向清玄,站在了他的身边。

"为什么要用如此歹毒的计策残杀同伴?"我平静地问。

"为了大业!"葛巾却毫无愧意,他目光凛然,宛如战场上的英雄。

"下假单、养妖怪,诱杀巫师和驱魔师,这也算是大业吗?"我冷哼了一声,握紧了剑柄。我想到了死在这里的何奈，他也察觉到这点，所以才让我小心第三个人。第三个人根本不是接受委托的人，而是驱使妖怪的人，更是布下陷阱的人。葛巾虚构了一个女人的身份，每次杀人时都换上艳装，让人以为这女人真实存在，让我们怀疑不到他的身上。

"当然，这是狙杀驱魔师最简单的方法。"葛巾脸上露出残忍的笑，"你们都是局中棋子，为了江山不乱，牺牲你们又算得了什么？"

"江山？长安？"我大概明白了真正的委托人是谁，"是太子？"

葛巾愣了一下，随即仰天大笑："老头子，我把你叫来真是一招错棋，还不如让你继续游荡，或许不至于陷入如此境地。"

"那可未必，你怎么知道如果幽影势力渐大，我不会赶来杀它？而且让我流落在外，你也担心我站在秦王那一边，所以才想方设法把我召到洛阳。"

"没错！秦王已派温大雅镇守洛阳，只要他一到洛阳，半壁江山都会落在他手中，但他万万没有想到，太子会在洛阳埋伏下最大的杀招。"葛巾阴险地笑着，"为了不让其他驱魔师碍事，我才一一诛杀他们。这些江湖术士为了猎杀幽影而趋之若鹜，却没想到真正的猎物是他们自己。每个从我手中接单的人，都会成为幽影的诛杀对象，如果他们不那么好管闲事，本来可以活得好好的。"

"那玉板呢？"我想到那温柔美丽的女人，觉得心中酸涩难过。

"她不过是个妖怪，随时都能作为棋子牺牲……"葛巾的声音变得低沉，"豢养幽影占去了我太多精力，我不想养个没用的妖怪。"

"所以你就杀了她？"我心情激荡，而大力王也几近失控，这个忠心的妖怪也为自己主人的枉死而愤怒。

杀气四溢，一触即发。

几乎在一瞬间，幽影如风疾动，大力王的长棍如蛟龙出穴，直刺向幽影的面门。他已经疯了，招招都是杀招，将长棍舞得滴水不漏，根本不再防守。

"既然你不是女人，那就好办了！"清玄冷笑一声，挺剑而上。他的剑锋快如闪电，一剑就洞穿了葛巾的咽喉。这一击太出乎我的预料，没想到这少年的剑竟然这么快，看来他方才是剑下留情。

"嗬嗬嗬……你们赢不了的……"葛巾脸上现出疯狂的笑意，"真正的妖怪，要以血召唤，你们……都中计了……"

"不好！"我立刻明白了他的意思。

但已经太晚了，几乎在话音落地的同时，幽影突然冲向了葛巾的尸体，张开大口就将他整个吞噬了。

阿朱抱着清玄急忙避开，轻轻巧巧地落在我的身边，望着幽影咀嚼着葛巾的血肉。

"它完全得到了驱魔师的血肉，再也没有人能控制它了。"我长长叹息，没想到葛巾阴狠如此，这一战注定难以取胜。

"驱魔师死了，妖怪不是会跟着死吗？"清玄不明所以。

"那得看妖怪的良心，凶残的妖怪会在主人力量衰弱时反扑，吃掉主人，这样它不但不会死，还能妖力倍增。"

雷声滚滚，雨势磅礴，幽影的身体发生着飞速的变化，像是烟雾般不断膨胀。

"真抱歉……"我愧疚地望着清玄和阿朱，"我没想到他会如此疯狂，你们快点走吧，开开心心地生活……"

"谁要走啊？"清玄将宝剑横在胸前，"它变成这样，我更不能坐视不理。"

"就是，不动手怎么知道会不会赢？"阿朱娇俏地笑。

而就在这时，幽影突然怒吼一声，朝我们袭来。它身形更加庞大，已经变得完全不似猿猴，竟然生出了八只触角，成了一只八爪鱼。

我终于明白，它为什么每次都在雨中出现。

## ·十一·

大力王骤然现身，挡在我的面前，他飞快地转动长棍，形成强大的吸力，所有被卷入的物体都被棍风碾得粉身碎骨。幽影却毫不畏惧，伸出一只触手猛地缠住了他手中的长棍。棍风戛然而止，大力王憋得脸色通红，努力跟它争夺兵刃。我勉力支撑着大力王的战斗，身上的肌肉酸痛不已。

"老头子，谢谢你给我力量，让我能把握自己的人生……"阿朱朝我抛了个媚眼，窈窕的身影一晃，已经跃上一棵大树，手中蛛丝连绵不绝地奔涌而出，转眼就将幽影裹成一只巨大的白茧。茧在不断收缩变小，她眼中精光毕现，再也不是那个眼中只有爱情的少女，终于成长为一个坚强的女人。她要把幽影活活勒死，但随着她不断加力，我的眼睛开始刺痛。

蛛丝渐渐收紧，幽影停止了挣扎。

"赢了……"清玄倾慕地望着阿朱的身影，喃喃地说。然而就在这时，茧中的幽影身形骤然缩小，仿佛不堪束缚的样子。

糟糕！我在心中暗叫一声。果然，下一瞬间，它的身体突然膨胀，立刻崩断了身上千万缕的蛛丝。一只触手以迅雷不及掩耳之势直袭向阿朱，阿朱灵巧地躲开，然而又一次攻击随即而至，她的身体被打飞出去，重重跌落在地。

剧痛从眼中传来，我的视线开始变得模糊。阿朱爬起来，手一挥，蛛丝拧成手腕粗细的绳索，套住了幽影的两只触角。大力王舞起长棍，一棍就砸向幽影的头部。但他长棍未到，一条触手袭来，挟着千钧之力砸向他的胸口，他吐了几口鲜血，跪倒在地。

阿朱只能孤军奋战，她宛如天女般挥洒着银丝，身姿优美而灵动，但幽影并不傻，再也没有被她的蛛丝缠住，反而钻了她的空子，抓起她银丝的另一端，把她砸在了树上。疼痛在我周身蔓延，我再也支撑不住，浑身脱力地倒在泥地中。

转眼之间，还能站着的只有清玄。落雨洗刷了少年道士清俊白皙的脸，他又变得像是我们初识时那样骄傲，唇边浮现出志在必得的笑。可这笑容却让我有不祥的预感，仿佛看到了离别的序幕。

"老头子，帮我照顾好阿朱……"他回头看着我，眼中神采奕奕，"幸好这是个雷雨天，让我可以把这个怪物送回地狱……"

"不！"我想要阻止他，却发现根本来不及。

清玄走向庞大的怪物，身体轻而易举地被触角缠住。可他并未抵抗，如殉道者般面色祥和。高挑骄傲的少年伸出长剑，吟诵出古老的咒文。闪电撕裂了天幕，雷声滚滚而来，须臾之间，一道电光如虬龙般从天而降，所有的一切都被巨龙吞噬。

强光和高热骤然迸发，让我不得不闭上双眼。过了许久，电光消失，热气渐消，当我再睁开眼时，眼前景致已经发生了翻天覆地的变化。

"惊雷咒"的力量惊人，地面出现了一个方圆七丈的大坑，烧焦的树木歪歪斜斜地倒在坑边，冒着丝丝白烟。幽影庞大的身体在高热中变成了一堆焦黑的肉山，狰狞地摊在坑底，再无声息。

"清玄……"阿朱跳入坑中，拖出了浑身浴血的小道士，将他带了上来。

或许是幽影庞大的身躯挡住了落雷，他还有一口气在。

"阿朱，抱歉……不能陪你了……"只是他清俊漂亮的脸此时已经成为一片模糊的血肉。这时我才发现，他那种瞧不起人的表情其实也挺好的。

"老头子，你说没人启动'惊雷咒'是因为他们怕死……"他只有一双眼睛仍晶亮如初，闪烁着狡黠的光辉，"其实是因为他们没有拼死也要保护的人，毕竟，都是道士啊……"他长叹一声，似乎只有出气没有进气了。

我朝他点了点头，他隐约笑了。

落雨冲刷了少年身上的血水，他颤抖地举起手，伸向阿朱的脸庞，指尖沾着鲜血，涂在她花瓣般的嘴唇上。

"看，这样……多美……"清玄叹息般说着，手却绵软无力地垂了下来。

阿朱唇上沾染他的鲜血，如妖花般冶艳，她再也忍不住悲伤，扑在他身上悲怆地大哭起来。

这是发生在唐武德年间的事情，那一年，天下初定，百废待兴；那一年，我在洛阳城杀掉了万妖之首，名声大振，很快就收了几名得力妖怪；那一年，秦王得到埋伏的消息，直至玄武门事变都没有来过洛阳。

也是在那一年，我得到了阿朱，一个唇色如血的妖娆女子。


·尾声·


多年后，沧海桑田，朝代变迁，昔日的东都洛阳已经成为西京。

"知道我为什么独在西京买了宅子？"我含笑问问刚画完唇的阿朱。

"必定是为了某个漂亮的姑娘。"她伸出纤指，俏皮地在我额上一点，无限风情。之后她又有了很多次恋爱，却再也没有用过心，那些俊俏的情郎不是成了她的食物，就是被她抛弃，寂寂而亡。她越发柔媚入骨，变成了一个尤物。可是在漫长的岁月中，我从未听她提起过那个清俊的小道士。

"你猜对了，是为了漂亮的姑娘。"我望着姿容艳丽的她，难得严肃地回答。

"是谁？难得你也有喜欢的人。"阿朱伏在我的耳边好奇地问。

"就是你啊。"我拉住她的手，"你还记得清玄吗？"

她浑身一震，摇了摇头，像是在躲避什么。

"他没有死，一直住在西京的道观中。但他毕竟是个人类，活了这么多年，已近弥留，前几天给我捎信，说想再见你一面……"

阿朱抬起头，眼中泪光闪动，似乎不敢相信自己的耳朵。

"那天你哭得晕倒，我给他喝了自己的血。他是修道之人，并没有被力量胀死，反而捡了条命，但腿却瘸了，也不再俊俏，所以一直不愿见你……"我的话还未说完，阿朱就提起裙角冲入雨幕之中。

　　此时正是深秋，秋雨绵绵，秋风袭人，我们加紧赶路，才在次日清晨抵达了那座位于邙山的道观。道观中种满了银杏树，落叶似金，铺在地上，宛如一条金光灿烂的时光长河。我们溯河而上，穿过朝拜殿，来到了东院道长的房间中。一个白发苍苍的老人正虚弱地躺在床上，见我们进来，忙挥退了伺候他的小道士。

　　"阿朱……是你吗……"他激动地望着娇艳婀娜的阿朱，老泪纵横。

　　阿朱坐在床边，泪眼婆娑。她并没有指责他，时间让她变得成熟，知道能再见面已是难得，何必破坏这美好的相逢？

　　"你还是那么漂亮啊，我却老了……"老人艰难地笑。

　　"不，你一点也不老……"阿朱哽咽着回答。

　　"我就要死了，能不能，再替你涂次口脂呢……"他虚弱地请求。

　　阿朱点了点头，娇羞地掏出了象牙口脂盒，用细笔沾了点口脂，递到了他的手中。他颤巍巍地接过，眯起眼睛，像是拿剑般认真，细细地将一抹嫣红涂在了阿朱丰盈饱满的樱唇上。正如多年之前，明月似玉盘，绿窗人如花，他为她点上绛唇，许下承诺。

　　时光带走了一切，又像什么都没有带走，在我面前的依旧是那对俊美的少年男女。

　　细笔沾染着鲜红的口脂落在地上，道观中回荡着悠悠钟声，那是生命消逝的丧钟。雪肤花貌的情人在岁月的涟漪中盈盈浅笑，一切都已在漫长的时间中泛黄。

　　唯唇色如血，鲜艳夺目，一如那些历经岁月变迁而毫无转移的爱情。

# 长夜幻歌

**贰**

番外贰·迷雾林

长夜漫漫，既然没有足够的爱伴我入眠，那么有滔天的恨也是好的。它令我在寂夜中不再孤单，更让我在夜路中不会迷失。

兰气已熏宫，新蕊半妆丛。色含轻重雾，香引去来风。

春林初盛，草色如茵，白雾如轻纱般覆在扬州城上，衬托得亭台楼榭和山峦庙宇宛如一幅幅水墨山水画，朦胧中见真意，虚实中藏丘壑。

我倚在舒适的软榻上，看一个身穿白衣白裙的窈窕女子穿过蒙蒙雾霭，向我走来。她艳色明媚如夏日繁花，即便身着素色也像是披了一袭红衣，一双琥珀色的眼珠如琉璃般绽放着蛊惑世人的芳华。只是这丽色无双的佳人手中却提着个锦袋，袋子是深绛色的，黑中透着几分红，让人看了极其不舒服。

"东西拿来了吗？"我坐起身，向这仙子般的美人伸出了手。

"玉姬永远不会让您失望……"玉姬拉住我的手，在我的手背上印下了一吻，"冢狐大人，按照您的吩咐，狙击泉州'船王'顾家的海盗我都一一解决了。"

"都在这里了？"我接过她递过来的锦袋。在清晨的春阳下，可以看出这袋子原本也是如烟似雾的奶白色，穗子上还坠着两颗剔透的绿玉，可是因被黏腻的鲜血浸染，它才变成了这副糟糕模样，只能从袋口那点点白斑中，依稀觅到它昔日整洁精致的风姿。

我打开了袋子，血气直冲鼻翼，只见里面装着上百根血肉模糊的指头，它们黏在一起，仿佛一坨白花花的肥腻的肉。

"我和黑风杀了几船的人，总不能将首级一一给您带回来，索性就将他们的右手拇指割下来复命了。"玉姬掩嘴娇笑，漂亮的眼睛弯得像只得意的小狐狸，"只是可惜，有几十人吓得慌不择路，跳入了海中，所以还差了不少指头。"

"干得不错。"我将锦袋递还给她，"去找个僻静处埋了，不要搅了我看雾的情兴。"

玉姬出去片刻，又袅袅婷婷地折返回来，笑意吟吟地伏在我的膝头。我斟了一杯醉花荫，凑在她檀口前，她伸出丁香小舌，不到一会儿就舔完了半杯酒，恍如一只贪嘴的猫儿。

"大人为何喜欢看雾呢？"玉姬摘下珠玉环佩，一把如水青丝柔弱无依地披散在我的膝头，她妩媚地看着我，"我听人说过，仁者乐山，智者乐水，却不知何人会乐雾？"

"可能是因为一张我也不了解自己心思的面孔吧，所以才格外喜欢捉摸不透的东西。"我笑了笑，窗前的菱花镜中映出一张年少俊美的容颜，镜中人不过十七八岁，头戴金冠，容貌精致俊美，一双细长的眼睛微微上挑着，透着几分阴柔之气。

"这么说，大人是在雾中行走的人？"玉姬毫不惊讶，柔若无骨地伏在我的臂弯间，红唇勾成一个诱人的弧度。

"你真聪明，而且很镇定，所以我最喜欢你。"我低下头，轻轻地吻了吻她。

玉姬咯咯轻笑，娇憨地扭了下头："因为人难免会迷失，好像身处迷雾之中，我身为妖怪早就见得多了。何况是像大人您这样的，活了这么久的……"她话未说完，我的手已经掐住了她柔嫩的脖颈。镜子中的紫衣美少年脸上尽是阴戾之气，再也不复优雅柔美。

她瞪着眼睛，不敢多嘴也不敢反抗，艰难地喘息着，一张羊脂般的玉面憋得通红。

"你是妖怪，见识多了又怎样？如今不也得依赖我的力量？"

"小、小女知道错了……"她痛苦地答。

我松开了手，她大口地喘息着，却不敢再温婉地伏在我的臂弯间，身子绷得像一张拉满的弓弦。

"别怕，别怕！"我含笑拍着她的背，将酒递到她面前，"喝点酒压压惊，趁着这雾气重重的好天气，我来给你讲一个关于'雾'的故事。"

玉姬接过酒杯，不知当喝不当喝，她看着我变幻莫测的脸色，也不知当不当听我的故事。

可我是不会在乎这小妖怪的想法的，她见识再广眼界再高，在我眼中都不过是个蝼蚁般的存在。毕竟活了几百年，我的身体中既潜藏过最厉害的妖怪，也有过最纯洁的少年灵魂。有时甚至连我自己都不知道，自己究竟是冢狐、梼杌，抑或是顾羲禾。

雾从杏花深处缓缓飘散，像是穿越了漫长的光阴旖旎而来。

· 一 ·

想来真讨厌，我的过去竟还要从"那个人"身上说起。"那个人"是一个我不愿提到名字的人，如果说人会在走过的路上留下足迹，那么我每一个脚印中都藏着"那个人"的影子。他阴魂不散，如跗骨之疽，总是在我渐将他遗忘时出现在我的身边。

隋初，冬。我第一次遇到了"那个人"。

那时战乱结束，天下在新皇的治理下日益太平，三省六部制各司其职井然有序。贵族的门阀专权被打破，新贵家族渐渐崭露头角。商业开始兴盛，虽然商人地位低下，可在高昂利益的诱引下，仍有不少人弃农从商。新贵家族中以李家为首，在长安势力极大，而我就出身于李家。天子平定内忧外患，于戎马之上得天下，可我生来就体弱，虽然姓李但却从未接触过权力的核心。

我永远不会忘记那个滴水成冰的冬夜，父亲将我唤入内室，将一封密函郑重其事地交给了我。

"沁儿，为父养了你这么多年，你终于有用武之地了。"他浓眉下的双眼藏着精光，如鹰眼般炯炯有神。

"父亲要我做什么？请尽管吩咐。"我心中激动，上前几步。

我不但体弱，而且面容生得像个女子，处处受宗室兄弟的嘲笑。好不容易挨到了这一天，万万不能失去这个机会。

"送一封密函去洛阳。"父亲郑重其事地转身走入密室，再出来时手中已经多了一个半尺见方的木匣。

"只是如此？"我轻轻搓了搓手。平日几乎没机会离开长安，即使这个不起眼的差事，也令我按捺不住地兴奋。

"不要小看此事，这封信事关重大，若能成功送到洛阳，你即可立下大功，再也不会在宗室子弟中抬不起头。"

我几乎是迫不及待地从父亲手中接过那个古朴的木匣，小心翼翼地用双手捧着它。木匣沉甸甸的，像是承载着我的希望。当晚我辗转反侧，夜不能寐，在黎明时分就启程出发了。

前一晚下了一场大雪，长安城中银装素裹，一辆黑色的马车正停在我家的后门。马车是再普通不过的样式，一看就是从驿站中赁来的。为了不引人注目，我也换上了青灰色的布衣。

父亲一个人撑着伞为我送行，他沉默肃穆，眼底含着几分悲凉和决绝，仿佛我这一去就再也不会回来。

不知从哪里来的勇气，我轻轻地握住了他的手，示意他放心。从小到大，我都是他最不喜欢的儿子，既没有大哥那么骁勇善战，也没有二哥那么机敏好学，我们父子从不亲近，他甚至从未抱过我。

"要回来……"他轻轻拍了拍我的手，眼底竟有几分湿润。

马车辘辘而行，穿过寂静的长街。灰蒙蒙的天色中，父亲屹立在皑皑白雪中，宛如一棵笔直坚挺的古松。

那是我对他最后的记忆。

惨淡的冬日清晨，日光像个虚弱的孩子，有气无力地从云层后探出了半张脸，洒下了些许羸弱无力的光芒，照得白山黑土都恹恹地打不起精神。

马车沿官道而行，颠簸着驶离了长安城。景色越来越荒芜，高大的城墙被远远地甩在了身后，只有蔓生荒草在路边随北风跳着诡异的舞蹈。

"再快点。"我坐在车中紧抱着木匣，不停地催促着车夫。

车夫挥舞起马鞭，在空中发出尖厉的啸声，原本不怎么肥壮的马竭力撒开四蹄，跑得气喘吁吁。

终于这样行了好几日，这天天色已晚，窗外连那如病孩子般的阳光都消失了，天幕变成泼墨般漆黑，既不见星也不见月，只有细细雪粒漫天飞舞。

"天快黑了，恐怕城门早关，我们得尽快赶过去。"车夫走下车，点燃了挂在车头的风灯，不知为什么他的话语中有几分焦虑。

我什么都没问，只将木匣抱得更紧。

可颠簸前行的马车越走越慢，渐渐停了下来。原本摇摆不定的风灯也静静地悬挂在车头，散发着温馨暖黄的光。

"怎么不走了？"我在车内大喊，可是过了许久也未得到车夫的答复。

我掀开了厚重的车帘，只见拉车的老马正悠闲地啃着道边的枯草，而风雪之中，车夫正倚坐在车厢旁，似在偷懒休息。我愤怒地推了他一把，可他的身体却歪歪斜斜地倒下去，"扑通"一声掉落到车辕边，栽倒在厚厚的雪地中。风灯的光像是一只昏黄的眼，照亮了他失血的脸，只见他的脖颈被砍得只剩下薄薄皮肉相连。

我吓得浑身一凛，暗暗从袖中拔出了短刀。

"呵！"

一声轻笑从后颈传来，我甚至没来得及看到那人长什么样，就被一刀刺中了后心。撕心裂肺的痛让我几近昏迷，一只手从斜刺里伸出来，要抢我怀中的木匣。

可那是我的希望，怎能轻易给人？

"傻孩子，你是斗不过妖怪的，快点放手吧。"一张姣好的面容出现在风灯下，那是一个面敷白粉、眉画卧蚕的女人。

"不……"

这美艳的面孔在浓郁的夜色中透着诡异和肃杀，令我战栗不已，但我仍不肯放开手中的木匣。

"那就不要怪奴家了哦。"她朱唇微启，娇声说。

我对接下来发生了什么印象模糊，只知道下意识地竭力奔逃，最后听到的声音是自己粗重的喘息声孤独地在天际回荡。等我再次醒来时，发现自己正倚在墙垣，整个人暴露在漫天的飞雪中。身边的雪被染成了艳丽的鲜红色，像是在这苍白的世界中绽放出一簇簇蓬勃如火的木芍药。

鲜血，白雪，黑夜，构成一幅恐怖而凄美的画面。

风中送来轻缓的脚步声，一个人缓缓地走进了这可怕的画面中。他毫不畏惧，弯下腰，像是打量着一件物品般，看着被开膛破肚即将死去的我。

"救我……"从我喉咙里发出的声音几不可闻。

"好可怜，想活下去吗？"他轻轻地问。

我眨了眨眼睛，虽然此时我已经几近失明，根本看不清这人的面容，只能看到一个灰白色的轮廓。

"即使变得不人不鬼？"

我再次眨了眨眼。

我听到了刀刃出鞘声，随即温热甜腥的鲜血被灌入了我的喉中，每一滴血都携带着蓬勃的生命力和无穷的力量，飞快地在我的四肢中游走。

我大口喘息了几声，终于看清了眼前的人。那是一个身穿灰白色棉袍、面容清俊的少年，他说不上俊美非凡，但却有让人看一眼就舍不得移开双目的魅力。

"我叫老头子。"他笑着说，虽然他看起来风华正茂。

就这样，我认识了"那个人"，他看起来总是很悠闲，干什么都不紧不慢。但如果他想让你留意他，哪怕他站在千万人中都无法回避他的容光；如果他想让你无视他，即便与你擦肩而过也记不住他的面容。

他就是一个如此神奇的男人。

我的伤以不可思议的速度愈合，没过多久就能卧在榻上喝粥了。而我也发现了老头子的秘密，看似只有十八九岁的他竟然是个驱魔师。

我以前在长安城中跟朋友饮酒闲聊时，也听过关于驱魔师的传说。据说那是一个神秘的职业，比巫师和阴阳师本领更大，手下的妖怪会忠心耿耿地供他们驱使。无论是价值连城的宝物，还是达官显贵的项上人头，甚至是权倾天下的权力，只要他们想要，都唾手可得。

"那都是传说啊，真实的情况你自己体验一下就知道了。"老头子听我这么说，笑着摇了摇头，不以为然，"不过你跟妖怪签订契约的时候要小心，千万不要被钻了空子。"

他像是长兄般叮嘱我，说完就离开了，似乎一点也不怕我会在这四面漏风的茅屋中被冻死。

我也确实没被冻死，而且很快就得到了第一个妖怪，它是个能变幻成孩童模样的小猴。就在我养伤的时候，它翻窗跳进来求我收下它。身体虚弱的我跟它签订了契约，并为它起名叫"三宝"。在得到妖怪的力量之后，我的伤势几乎在一夜之间就痊愈了。

在经历了那场铸剑师风波后，我收下了越来越多的妖怪，我的四肢五脏都潜伏着妖怪，每当走在灯火下，身后的影子都是纷乱繁杂的。明明只有我一个人，可仿佛有数十人站在我的身后。

我第一次品尝到了得到力量的快乐，我变得轻佻放纵，经常在午夜流连于烟花之地，享受着美人们的簇拥和爱慕。有了力量的加持，过去我因孱弱而显得阴柔的容颜已经不再是缺点，反而变成了众人追捧的对象。每当我敷粉戴冠走在街上时，总有待嫁的女子朝我投来瓜果。

我为自己取了个隐名叫"冢狐"，就像"那个人"的隐名"老头子"一样，因为驱魔师的死穴就是名字，这么做是以防巫师们咒杀。

当春日来临时，我已经成为名冠一方的驱魔师。我下手狠辣，而且什么任务都接，当其他的驱魔师满足于为人镇宅驱邪时，我早已干起了杀人越货的勾当。

在一个春草疯长的夜晚，老头子找了过来。他站在月下的树林中，仍然穿着一件素雅的白袍，容貌依旧清俊文秀，手中还拎着个小小的酒坛。

"今年春天的杏花酿，要不要一起喝一杯？"他朝我扬了扬酒坛，微笑如春风。

"你终于来了！"那时我还没这么恨他，对这个既救了我又赋予我新生的驱魔师是充满感激的。

我带他进了自己的大宅，唤出厨子拿出珍藏的鹿肉炙烤，长夜漫漫，我跟他围炉而坐，品酒吃肉。

一个身穿黄裳的伶俐小姑娘跪在我们身边，为我们削肉。她的手素白如莲花，指间夹着一枚锋利的小刀。刀光闪动，肉变得薄如蝉翼，片片铺到铁盘上，散发出浓郁的香气。

我夹起一块肉，恭敬地盛在盘中递给他，又向他敬酒，他始终客气而谦虚地接受着我的好意，瞳仁黑而亮，却如深潭般难以捉摸。

"素柳！"我轻唤了一声。

话音还未落，平地便起了一阵风。一个身穿青色纱衣纱裙的少女婀娜地出现在庭院中。她手持柳枝，且歌且舞，身姿比手中的柳枝更柔软曼妙，边跳边唱着："昔我往矣，杨柳依依。今我来思，雨雪霏霏。"

老头子眯着眼睛看妖怪们轻歌曼舞，脸上浮着一层虚无的笑意。那笑容仿佛是个面具，轻轻一揭就能从脸上拿下来一般。

"这首《采薇》唱得很像我们，只是我们在冬雪中相识，在春天重逢。"我喝了口暖酒，只觉心中满足，再无所求。

"你对自己的妖怪很得意？"

"当然！"

我朝素柳招了招手，她袅袅婷婷，宛如烟霭般走来，举手投足无一处不美，这靓丽的佳人朝我微微一笑，以如玉双手为我们斟酒。

"要小心，不要被他们控制。"老头子却皱了皱眉，略有些嫌弃地看着素柳，"妖怪不是人，一旦力量太大，而你不知道他们要的是什么，就很危险。"

　　"看来你不喜欢她？"我挥了挥手，素柳窈窕的身影融化在清凉的夜风中，眨眼间就被一个清俊的少年取代。可老头子的眼中仍毫无笑意，我像是为了争口气般不断变幻着妖怪，一个个美丽娇健的人影出现又消失，但他的双眸始终是冷清孤寒的。

　　最终当我叫出了外貌宛如六七岁孩童的三宝时，他终于点了点头。

　　"还是他最有趣。"他摸了摸三宝的头，连连夸奖，"最难得的是心思纯净，毫无欲望。"

　　可在手下的妖怪中，我最不喜欢的就是三宝，这小猴子除了手快点和会翻墙爬树之外毫无用处，我留着他也不过因为他是我第一个收下的妖怪，有几分感情。

　　"你又收下了什么厉害的妖怪？也让我开开眼。"我有几分不悦，冷笑着问。

　　哪知他愣了一下，随即摇头苦笑："我没有妖怪了，只靠吸取一些蜉蝣小妖的力量，维持青春不老而已。"

　　这次换成我愣住了，没想到看似身手不凡的老头子竟然仍是一个妖怪都没有。

　　"总之记住我刚才跟你说过的话，我们跟妖怪为伍，在暗夜中行路，恍如深处迷雾，一不小心就会失去本性，被妖怪吞噬。"他又喝了几杯酒，准备起身告辞，临走时仍不忘叮嘱我，"属于我们的时间很长，万事小心，方为上策。"他说完这些话，月白色的身影化入月光之中，像是冰消失在水中悄然不见，没有留下一丝痕迹，只有桌上的残羹冷酒提醒着我方才确实有人跟我对饮过。

　　"滚！"我抓起瓷杯朝切肉的黄裳少女掷去，她惊呼一声，吓得遁入风中。

　　之后我又见过老头子几次，我们喝酒的次数多了，我才知道他叫"长歌"，他身边还总是跟着一个名唤"琉璃"的漂亮姑娘。这姑娘的眼睛黑而亮，像是两颗晶莹剔透的黑玛瑙，谁也猜不透她的心思，看上去就并非纯良的人物。可是长歌却认为她单纯善良，看她的眼神都满含无限包容。

　　有一天我们喝完酒，琉璃偷偷地朝我眨了眨眼睛，她指了指天空的朗朗晴日，又比出三根手指晃了晃。

　　长歌背对着我们，他衣袂当风，在河边的杏花林中缓缓行走，背影出尘脱俗，宛如仙人下凡。他陶醉在落花满天的春光中，似乎没有留意到琉璃细微的举动。

　　当晚寅时，我唤出妖怪们点亮了大宅中所有的红烛，又摆出了瓜果和美酒，准备款待客人。

　　这次陪伴在我身边的是一个俊朗的青年，他面带肃杀，端坐在我的身后，却皱着眉为我捏肩膀、揉胳膊。

　　"走了一天路，浑身酸痛，再帮我捶捶腿。"我斜倚在竹榻上，又懒洋洋地伸出了腿。

　　昔日我在宗室子弟中受到百般排挤，如今总算能爬到别人头上，怎能不活得放肆狂妄一些？青年不耐烦地瞪了我一眼，刚要蹲下为我捶腿，便听风中送来了悦耳的风铃声。很快一个身穿黄裳的娇柔少女就引着一位客人走了进来，那人身披披风，身材娇小，仿佛体不胜衣。

　　"你来了？"我挥退手下，朝她点了点头。

赴约的少女有着晶亮如星子的双眸，长发编成了两个精致小巧的双环髻，发髻上还插着鲜嫩的紫色丁香，芬芳而优雅。

"你果然聪明，看懂了我的暗号。"琉璃笑了笑，看起来天真得过分，像个不谙世事的孩子。

我邀请她坐在软席上，又为她端上瓜果糕点，这是第一次有真正的少女来拜访我的宅子，怎么也该隆重点。星月辉光洒在园中的芳草上，洒在假山和凉亭间，像是为这宁憩的夜色披上了缀满珠玉的轻纱。我们并肩坐在这宛如天阙般空寂静美的庭院中，看起来恰似一对璧人。

"无事不登三宝殿，你今日所为何来，不妨直说。"我放下酒杯，伸了个懒腰，如此清风夜色，又有美人相伴，真是再惬意不过。

琉璃像是猫一般眯着眼，煞有介事地将樱唇凑到了我的耳边："有桩大生意，要做吗？长歌哥哥胆子太小，我只能找你一试。"

我微笑着看她："多少？"

"十万铢，换成白银差不多千两，很少能遇到这种简单又高价的大买卖。"琉璃笑眯眯地朝我比了比细白修长的手指，"事成之后，你七我三。"

"我八你二。"

"一言为定！"她跟我击了下掌，掌声在寂夜中听来格外清脆。

"到底是什么样的委托？太棘手了我也不想尝试。"

"说起来也不棘手，但却有很多人相继失败，否则价格也不会涨得这么高，可是城中驱魔师中属你名声最响，我觉得应该难不倒你。"她大肆拍了一番我的马屁，这才低声切入正题，"所有的事，都因雾气而起……"

洛阳是本朝陪都，地位仅次于长安，每日车马往来不断，无论是江淮两地还是西域泉州，都有数不尽的商人跋山涉水，将珍稀的货物源源不绝地运入洛阳。春日天气转暖，气候宜人，本该是商旅繁忙之时，可是西域通往洛阳的一条路却被重重迷雾封死了。雾诞生于一片茂密的树林，林中有一条狭路，虽然狭窄却平坦易行，盛夏酷暑难耐时，繁茂的枝叶宛如撑开了一个巨大的帷帐，为行人们洒下舒适的荫凉。而且林外还有一座简陋的驿站，商旅们在进入洛阳城前都喜欢在这里喝上一杯，在松软干燥的榻上睡上一觉。

可如今冬去春来，这片林中的雾就没散过，起初是有人在里面迷路，发现时已经饿死在林中。继而又有一个商队在浓雾里中了瘴气之毒，走出密林后队伍中的人就不断病倒，待到了洛阳已经死了大半。

起初商人们以为是春天万物复苏，蛰伏的毒虫都喷散毒气，才会导致这场灾祸，只要等到炎夏就好。但万万没想到，直至暮春这片树林和林中的道路仍被重重浓雾笼罩，如东君箭矢般炽热的阳光也射不穿如海涛般汹涌厚重的白雾。

商旅和驿站的人终于坐不住了，事出反常必有妖。他们请来巫师去林中降妖伏魔，但一笔笔钱花出去，巫师们死的死伤的伤，唯有浓雾阵阵，宛如山中亘古无转移的岩石般岿然不动。

这生意听起来并不棘手，跟那些宅院中作祟的妖怪手法并无二致。因此我很痛快地就接下了，次日清晨我就乘上油壁车，向城外赶去。

琉璃所说的地方并不难找，就在洛阳城十里之外的一处官道旁。昔日商旅如梭的道路，此时已经不见人影，只有驿站的旗帜在熏风中孤零零地飘荡。

这日天气晴朗，碧空如洗，可是驿站旁的树林中雾锁烟笼，连暮春碧绿的树木都被染上了几分晦暗之气。

我朝空中挥了挥手，驾车的妖怪将车缓缓停在了驿站前，随即隐身而去。

"店家！有人在吗？"我打量着驿站门前蔓生的荒草。

驿站是官办的，马棚口养了几匹又老又残的拉车牲口，可是驿站旁的客栈和酒家却完全不一样，一看那鲜艳的酒旗便知老板来自民间。

"客官，这就来！"很快从客栈里跑出来一个身穿灰布短袍、身形瘦弱的小伙计，他殷勤地扶我下车，又将马从车辕上解下来，连连称赞道，"客官的马真好，怕是洛阳城中都见不到几匹如此膘肥体壮的五花马。"

"既然知道是好马，就好好伺候它，我必有赏赐。"我得意地走进了客栈。

只见小小的客栈中阴凉舒适，一个身材瘦小的老头正坐在柜台后连连打着瞌睡，似乎已经习惯了这门可罗雀的冷清。

我敲了敲桌子，老头方打了个激灵醒了过来，他一见我昂贵的衣饰，立刻热情地招呼："这位年轻公子，是要打尖儿还是过夜啊？"

"路过宝地，简单吃点东西，再住两天。"我掏出了一百铢钱拍到了桌上。

"够了，足够了！"老头笑得睁不开眼，朝后厨嚷道，"阿燕啊，终于有客人了，快准备饭菜啊！"

菜上得很快，一碗鸡肉羹和两斤烧肉，虽然食材粗糙却做得格外美味。我一边喝酒吃菜，一边看着客栈外的树林。林中有雾霭浮动，弥漫的雾气像是个铅灰色的罩子，将树林牢牢笼罩得密不透风。偶尔有风吹过，浓雾顺着风向斜溢了几分，但很快又回到了原位。

"公子啊，你也在看这雾？"耳边响起了苍老的叹息声，老掌柜愁眉苦脸地在我身边摇头，"就是因为这杀千刀的雾，小店已经三个月没有生意了。"

"很快……很快雾就会散的。"我喝掉了最后一杯酒，将酒杯重重放在桌上，声音如惊涛拍岸。

后厨的门传来轻响，我并未回头，一个女人的影子却映入了我的眼中。那是盘踞在房梁上的黄裳少女传递给我的信息，她寄生的地方是我的眼睛，只要我想看，就能通过她的翦水秋瞳观察整个世界。

女人身穿布衣布裙，清秀的脸上有几分惶恐，只偷偷瞧了我两眼，就迅速地躲进了后厨。

这种女人我在洛阳的街头见得太多了，她们往往会假装擦肩而过，给我留下锦帕和情书。

天色尚明，一切还早。

· 四 ·

在阳光的照耀下，雾气起初是瑰丽的金紫色，继而变成牛乳般的霭白，而到了夕阳西下之时，则变成了一片浓腥的血海。

"公子喜欢看雾？"一个轻柔的声音在耳边响起，喷香的肉气窜入鼻翼，是我要的炙羊肉到了。

我回头看去，只见白日里身穿布裙的厨娘正站在我的身后，她换了件浅青色的裙子，鬓边还别了一朵新采的杜鹃花，花色鲜艳好似滴血，令她平庸的面容也添了几分丽色。

我温柔地伸出手，像最深情的情郎般抚弄着她鬓边红得刺目的杜鹃："你对那片树林很熟？花瓣沾露，似乎是刚刚采下来的。"

"回公子，奴家自小就在这附近长大，闭着眼都能找到林中的路……"天边的红霞似乎染上了她的双颊，她目含秋水，垂下了头。

"你说，闭着眼睛都可以找到？"

"是的，所以林中雾气弥漫对我也没有丝毫影响。"

我的手指从她鬓边的红花上移开，抚摸着她柔嫩的脸颊，轻柔地说："真是踏破铁鞋无觅处，得来全不费工夫……"

"公子在说什么？"她双唇微启，眼中满含倾慕，痴迷地看着我。

"没什么……"我轻轻地吻上了她的嘴唇，她也青涩地回吻我。她的唇温软湿润，还因紧张而微微轻颤，像是一朵花蕾为我缓缓盛开。

后来我才知道她叫青娘，像是这世上大多数颠沛流离、孤苦无依的女人一样，连姓氏都没有一个。

当晚月色朦胧，仿佛一位含羞的淑女腼腆地躲在云层之后。淡如烟霭的月光挥洒而下，却无法穿透浓重的雾气。我缓缓走在树林中，只觉雾气无处不在，像是一只只湿漉漉的手拉住了我的衣襟，遮蔽了我的视线。

"青娘，接下来该怎么走？"在夜雾中走了一炷香的工夫，眼前就出现了一条岔道，我停下脚步，问向跟在我身后的青娘。

"走左边的路。"她低眉顺眼地答，连看我都很小心翼翼。

傍晚时我对她说了几句甜言蜜语，还许诺她若是能将林雾驱散，就带她去洛阳定居。这个山野村姑估计从未见过我这样美貌多金的少年，轻易就相信了这虚伪的誓言。

我依照她的指点走下去，只觉脚下的路越来越窄，越来越崎岖。白日里她曾提过这林中有一片沼泽，每逢春天就有瘴气从泥水中溢出，她猜测可能沼泽中有妖怪作祟，才导致雾气终日不散。

"主人，好像有什么东西跟着我们。"身穿黄裳的少女在林中现身，警惕地看向我身后的重重浓雾。

"这么快就被发现了？你去看看！"我低声吩咐着黄鹂。

黄鹂素腰一扭，身影化入浓雾之中，吓得青娘低呼一声，躲在了我的身后。

"不要怕，她只是我的一个手下……"我拉着她的手，柔声安抚。只要我愿意，我就是天下最温柔的情郎。

"她、她是妖怪？"

"不是，她只是从小习武，身手比旁人更敏捷些。"

她不再多言，温顺地垂首跟在我的身边，像是一朵解语花。

我们在崎岖的小路上行走，路上荒草丛生，长及腰部，在夜风中摇曳，好似海涛般汹涌，绊住了我们的脚步。我皱了皱眉，轻扬衣袖，一个俊朗的青年随着袖底清风现身。他不知从何处掏出了一把长长的斩马刀，双臂运劲，将刀抡成了一个满月般的圆弧。弧光闪过，发出沙沙轻响，眨眼间就放倒了一片荒草。

"果然好走多了。"我满意地点了点头，拉着青娘的手踏在倒伏的草地上。

俊朗的青年在前开路，纷飞的草屑中似有无数的黑影起起落落。他们似乎是被杀气惊动，又像是特意赶来看这场在迷雾中上演的大戏。

"我怕……"青娘紧紧抓住了我的衣袖，"我怎么总觉得这里不止我们，还有很多很多人。"她身为凡人，虽看不到那些不成形的妖怪，也感受到了危险。

"不要怕，我们是不是就要到了？"

她抬起头，看向雾气浓浓的丛林深处，指向了一个方向："沼泽就在那里！"

我朝在前面开路的青年使了个眼色，他收起长刀，脚不点地地向前方疾奔，但不过瞬息之间又折返而归。

"回禀主人，前方确有一片沼泽，而且沼泽的中心还有湖水。"他半跪在地向我禀报。

"可有妖气？"

"并未察觉。"

我挥退了他，拉着青娘向沼泽走去。她越发害怕，不断地问我到底是什么人，为何而来，致命的危机感击碎了她旖旎的梦，这个单纯的少女终于开始害怕。

既然找到了沼泽，她对我再没有半分用处，我也懒得再安慰她，一甩手将她推倒在草丛中，冷冷地道："如果不想死的话，就赶快走。"

"公子，可你说过……"她期期艾艾地看着我说，眼中满含不舍。

"你觉得我会看上你吗？"我捋着自己如绸缎般的长发，眯着眼睛笑，"别做梦了！既然已经找到了沼泽，你已毫无利用价值。"

"怎、怎么会？"她惶恐地看着我，似乎不敢相信我会如此绝情，嘶声喊道，"你还要出去的，只有我知道回去的路！"

我微笑着她，轻轻地说："在我们来的时候，我的手下早已在沿途做好了标记，不是所有人都似你一样傻。"本来我心中对她还有几分愧疚，而那点愧疚也在她威胁我时烟消云散。我连看都不愿再看她一眼，迈开大步向沼泽走去。

苍茫夜雾中，回荡着女人哀怨的悲泣，宛如鬼哭。

我沿着崎路而行，很快就夹到了沼泽前。在淡蓝色如同潮水般的雾气中，只能看到一片幽暗的空地，而空地之中有一点点亮光，大抵是沼泽中心的湖水。

"真的没有任何妖气，果然奇怪。"风里充斥着浓雾的潮气，根本嗅不到任何妖怪的味道。

"素柳！"我打了个响指，身姿如杨柳般婀娜的素柳出现了。

她跪伏在潮湿的泥土中，绿色罗裙委地，大眼睛中满含惶恐。

"去里面探探。"我朝着漆黑如墨的沼泽扬了扬下颚。

"素柳素来怕水……"她小心翼翼地答，"不知大人能否换个妖怪？"

"相信我，你若落入水中，我会将你收回来。"

"可、可是上次大人就是这么说的，素柳还是掉进了湖中……"她的声音在夜风中轻颤，十分惶恐，"求求大人，饶了素柳。"

"你是活厌了吗？"我眯着眼睛，仍然微笑着。

草丛中、浓雾里，似躲着无数的黑影在偷窥着我们，潮湿的浓雾中弥漫着肃杀的气氛。

素柳咬了咬嘴唇，黑亮的眼睛闪出凶光，但这点恨意稍纵即逝，她转身走向沼泽，窈窕的背影很快就消失于浓雾之中。

我满意地点了点头，然而笑容尚未从唇边褪去，双目中就传来阵阵灼痛，那痛像是有人在用烧红的尖刀剜我的眼球，令我泪水横流，根本无法睁开双眼，目不能视的我急忙唤出了持长刀的俊朗青年。

　　"光刃，小心些，有厉害的家伙来了……"我捂着眼睛，警惕地聆听着周围的动静，"黄鹂受伤，才会连累到我。"

　　暗夜空寂，唯有阵阵虫鸣在长草中回荡，淡蓝色的雾海中渐渐传来几乎细不可闻的沙沙轻响，似有人踏草而来。

·五·

　　疼痛如潮汐般缓缓褪去，我看到了树的轮廓还有长草中那些模糊不清的黑影，以及一个明亮如晨曦般的少年。他看起来不过十八九岁的年纪，长发尽数拢在一顶白色纱帽中，身穿一件月白色轻纱长袍，双眸灿如朗星，薄唇边犹自挂着一抹笑意。他步履轻浮，姿态悠闲，提着一坛泥封酒坛，仿佛刚从哪个酒肆中走出来。

　　"长歌？"我揉着生疼的眼睛，几乎不敢相信自己眼前所见，"你怎么会在这里？"

　　"如此清风朗月，辜负了岂不可惜？"他抬头望了望天，可这里根本看不到浩瀚星图，只有林木遮天，雾气弥漫，"算了，这浓雾罕见，也值得欣赏一番。"

　　"你是来跟我抢生意的吧？"我将手笼在衣袖中，眯着红肿的双眼打量他，"你后悔了，所以才到这荒无人烟的鬼地方来捡现成便宜。"

　　我话音刚落，就见一道黄色身影从天而降，轻盈地落在了我的身边。那人口角沾血，头发蓬乱，一双妙目怒火中烧，竟然是黄鹂。

　　"大人，就是他一直在跟踪我们！"黄鹂咬牙切齿地汇报，"这人狡猾至极，我找了好久才发现他，刚要质问他就动手打人……"黄鹂还想继续说，我却扬起手一巴掌打在了她娇嫩的脸庞上，她捂着脸瞪视着我，惊讶至极。

　　"我跟他的事，容不得你们这些下等妖怪置喙。"我冷冷地瞥了她一眼，"还不赶快退下！"

　　黄鹂气得跺了跺脚，身影一晃就消失在草色烟光中。而光刃见情势不妙，未等我吩咐就悄然退下。转眼之间，空寂的夜色中，浮荡的雾气里，只剩下我跟老头子相对而立的身影。

　　"抱歉，我出手急了点……"长歌抱歉地笑，但他水银般晶亮的瞳仁中却毫无笑意，"可我这样做是为了救你。"

　　"哈……"我干笑一声，不知该如何回答。他对我有救命之恩，如果他在意这桩生意，我自当拱手相让，可是万万没想到他会口出狂言，说出如此拙劣的借口。

　　"快点离开这片树林，你应该做好了记号，这件事没有你想的那么简单。"他上前一步拉住了我的手，"千万不要派人去探沼泽，否则有性命之虞。"

　　他严肃的表情和紧绷着的嘴角让我心中不由一沉，我还来不及思考，一阵闷痛就从手腕传来。

　　"你算计我？"我一把甩开他的手，愤恨地说，"我本想把这桩生意让给你的，你竟然还算计我？"

　　"我、我没有……"他急切地答，惯来冷静的眼睛中浮现出些许慌张。

可疼痛越演越烈，深入骨髓，令我站立不稳，一跤就跌倒在地。

"是妖怪！"我们异口同声地说。

没错！素柳寄生的地方正是我的右手，那个怕水的姑娘看来遇到了危险。早知如此，我就不会刁难她，逼她去沼泽中打探情况。

"快叫三宝出来！"

"那个小东西有什么用？"我痛得咬紧牙关，"还不如让光刃去救素柳。"

"哼，有时力量越大也越危险，你有绝对的自信能掌控他？"长歌冷哼一声，白光一闪，已经从袖中抽出了一柄软剑。

疼痛让我几近虚脱，只能按照他的吩咐唤出了三宝。三宝领命而去，小小的身体灵敏如猿猴。他并未直接走入沼泽，而是手脚并用地攀上了一棵参天大树，从一个树冠跳上另一个树冠，几个起落就消失不见。

"你为什么那么喜欢强人所难？"三宝离开后，长歌像是第一次认识我一般打量着我。

"因为这样有趣。"我捂着手臂，虚弱地答。

"你想让妖怪们怕你，让他们觉得你有力量？"他点了点头，像是明白了什么，"你的心底有个洞，而这个洞如果不填满，早晚会吞噬你。"

他一定是疯了，说的话我一句都听不懂，但所幸右手的疼痛正在缓缓褪去，不过一会儿，就只剩下淡淡的麻痹感。

我挣扎着从地上爬起来，不顾长歌的阻拦，向沼泽中走去。我才不信邪，即便那肮脏的泥水中藏着再厉害的妖怪，我都要杀了它。我要变强大，让所有人对我刮目相看。

不知为什么，眼前突然浮现出一条窄路，路的两边是高高的围墙。一辆马车踏破风雪，从路的尽头驶来。马车疾驰而去，飞快穿过了我的身体，似乎还带着那个寒夜的雪花，令我不由打了个冷战。

我的人生从乘上那辆马车时就已经结束了。在那个雪夜，我明白了一个道理，弱者注定带着耻辱死去，只有强者才能骄傲地生存！

沼泽中遍是淤泥，一不小心就会陷入其中，万劫不复。尤其当浓雾弥漫，遮住了视线，沼泽像是一匹巨大的兽，张着黑黝黝的大口，等待着吞噬踏入其中的一切猎物。

"光刃。"可这难不倒我，又唤出了妖怪。

身姿矫健的光刃背我奔入沼泽，他脚步轻盈，足尖轻轻点地，轻飘飘地就能跃出几丈远，好似在水面上飞翔一般。几乎是瞬息之间，我们就抵达了沼泽中心的湖泊。

夜雾凄寒，宛如一匹幽蓝的轻纱将整个树林覆盖。光刃背着我站在一截朽木上，才能堪堪在淤泥中伫立。

"大人……"不远处传来了一个虚弱的声音，我听出那是素柳。

我顺着声音望去，隐约可见她正抓着一蓬长在湖边的野草，而三宝则蹲在旁边，努力地拉着她的衣襟，她才坚持了这么久没沉下去。

"回来！"我朝雾中招了招手，素柳和三宝的身影同时消失，力量涌进体内，我也不再虚弱。

"大人，湖泊中有古怪，我靠近时发现了蓬勃的妖气。"耳边响起了素柳温柔的声音，看来她并非毫无收获。

"光刃，再靠近一点。"

"大人，怕有危险。"光刃踟蹰不前。

"哼，这世上还没有令我害怕的事！"

我纵身从光刃背上跃下，挥退了妖怪，孤身一人前往湖边。妖怪的力量全部回到了体内，我的步伐复又变得轻盈敏捷。我踩着朽木几个起落就来到了湖边，只见沼泽中的湖方圆十几丈，辉映着苍茫雾气和缥缈月光，像是一面光可鉴人的圆镜。

"黄鹂。"我唤出了妖怪。

黄鹂腰肢一扭，双足点地，宛如一支离弦之箭射向了如镜的湖心。她双手一翻，手中已经多了两把锋利短刀，在夜色中舞出闪亮刀花。随即叮叮当当之声不绝于耳，黄鹂的刀锋尽数被人挡住，她纵身后退了几丈，又停在了我的身边。我瞥了她一眼，只见她双颊酡红，呼吸急促，嫩黄色的锦缎衣裳被割出了一道道刀口。

"有很多人，属下攻不进去。"

不用她说，我也看到了无数影影绰绰的身影站在湖面之上，他们巧妙地将身影藏在浓重的雾气中，如果不是方才黄鹂的刀风吹散了雾气，仍然无法发现他们的存在。

・六・

"光刃！"我唤出了力量最大的妖怪。

光刃矫健的身影瞬间出现在我的身前，他抢起长刀，划出了一道满月般的圆弧。弧光携着沉郁的死气，排山倒海般压向湖心。浓雾如同浪涛般翻涌，雾中的人影齐齐举起双手，抵挡明月般的刀光。

刹那之间雾气蓬勃而起，明亮的刀刃、奇怪的影子、澄净的湖泊全部消失不见，天地之间只有一片苍茫。

"光刃？黄鹂？素柳？"我呼唤着手下的妖怪，可是根本没人回答我。

一只坚强有力的手从斜刺里伸出来，一把扣住了我的手腕，我刚刚想要挣脱，就听耳边传来了长歌清朗动听的声音："不要动，你动作越多死得越快。"

我听从他的吩咐，一动也不敢动，静静站在湿冷的泥沼中。

雾气渐渐散去，一个人影从浓雾中缓缓走来。奇怪的是，这人居然也是从沼泽的方向而来，跟我一样是个闯入者。

"等一会儿我们就悄悄退出去……"长歌将嘴唇贴在我的耳边，用几不可闻的声音说，"只要屏住呼吸，不要乱动，就不会被发现。"他温热的呼吸环绕在我的颊边，令我皱起眉，忍不住想躲。

"不过就是些雾，有什么可怕？"我压低声音答。

"你以为这仅仅是雾吗？它能找到你内心最脆弱的地方，让你万劫不复。"他低低地提醒，声音如刀刃般冰冷。

"哼，谁会信你，你定是嫉妒我在洛阳城中风头越来越劲，特来搅局的。"我从袖底抽出一把匕首，疾向他刺去。

"李沁！"利刃划破了他的手掌，慌乱中他叫出了我的真名。这久违的称呼令我浑身一僵。白雾苍茫，似汇成了一条奔涌不息的江水，水中浪花翻滚，将我裹挟其中，溯流而上，回到了那遥远到几乎被遗忘的时光中。

　　清风吹散了如涛似海的雾气，露出了青山绿水，满园桃花。一簇簇粉白色的花朵宛如烟霭，将花园点缀得如同仙境。几名身穿襦裙、披轻纱丽帛的少女正端坐在桃花树下，一边做着女红，一边娇笑着聊天。前院几名兄长正在玩投壶游戏，我绕到后院的仓房来取白羽箭，恰好撞到了这美丽而生动的一幕。

　　其中一个少女脖颈有天鹅般修长，梳着娇俏的双环髻，乌黑的发髻上点缀着两串美丽的紫藤。藤花遮住了她的面容，只能看到她俏丽挺翘的鼻子和白皙小巧的下颌，但仅从姿态身形就能看出她是少女中最美的一位。

　　"丽容，你绣的是自己的嫁妆吗？"几名待字闺中的姑娘悄悄凑过来，娇笑着跟她打趣。

　　"才不是，只是个手帕而已。"丽容害羞地将绣样藏在了自己的身后。

　　"听说你要嫁给李长史的儿子，他家的公子可都未婚配，不知与你结亲的是哪个？"

　　丽容含羞垂下了头，白皙的手指绞着丝娟锦帕。

　　"李家长子武艺超群，次子满腹经纶，个个都是良配。"几个姑娘叽叽喳喳地谈论，"对了，还有三公子呢，可是他好像体弱多病，文采也不出色。"

　　"但他长得美呀……"不知谁小声插了句嘴。

　　几名少女立刻兴奋地说个不停，不断地夸赞我的容貌，令站在屋檐下阴凉处的我脸庞热得如同烧炭。

　　我想到几日前的黄昏，丽容与我在河边相会，我们在柳荫中细细亲吻，交换着定情信物。我越想越面红耳赤，依依不舍地看了温婉的少女一眼，就快步离去。

　　然而就在那年秋天，丽容嫁给了大哥，成为我的长嫂。

　　不知从哪里生出的蓬勃雾气如汹涌的浪潮般淹没了桃花林，还有林中莺莺燕燕的少女们。很快苍茫白雾又如潮汐般褪去，园林消失，取而代之的是尘土飞扬的马球场。

　　身穿骑装的士族子弟驾着骏马，挥舞着球杆，在场中奔走突蹿，追逐着场内的马球。马匹不时推挤互撞，发出高亢的嘶鸣，矫健的男人们谁也不肯相让，用肩膀撞开对手。炽热的阳光下，飘飞的尘土中，充斥着剑拔弩张的气氛。

　　"小公子，你快点啊，大公子被崔家的人围住了。"马球场外，我的伴当在栅栏后焦急地提醒我。身穿黑色锦衣的大哥果然被几名蓝衣少年团团围住，我咬了咬牙，双腿一夹马腹，冲向了他们。

　　我平日缺乏锻炼，骑术不精，马还未冲到大哥身前突然受惊扬蹄而起。我抓着缰绳的手一松，一头就栽倒在马下。

　　场外的人先是齐齐惊呼，继而响起了细碎的笑声。我看到了站在人前的父亲，只见他满面寒霜地望着我，眼中满是深深的厌弃。

　　浓雾聚了又散，这次的景致换成了天寒地冻的严冬。月色澄明如水，漫天寒星似乎也被冷风冻凝，伶仃地挂在天际。

　　"前日探子从宫内传出了消息，是关于宇文一族的，我们得尽快将消息送到洛阳。"昏黄灯火下，父亲在跟大哥商谈，"可洛阳在宇文氏的掌握之中，如果稍有不慎，就会有性命之忧。"

"父亲，请让我去送信，此事太过重要，不能托付给外人。"大哥上前一步，躬身向父亲请命。

我从木窗的缝隙中看着父亲凝重的脸色，不由自主地握紧了拳头。

"容为父想一想，你是家中长子，若亲自前往，未免太过显眼……"他捋着胡须，皱起眉头，"我觉得沁儿倒是个合适的人选，他已经不小了，也到了该建功立业的时候。"

我激动地将手放在门上，恨不得立刻冲进去领命，但父亲和大哥没再继续说下去，他们压低了声音，似在灯下密谋什么。

次日深夜，父亲果然将我唤入房中，将密函郑重其事地交给了我。我在风雪中乘上了马车，却不知走上的是一条万劫不复的道路。

"我好恨，我好恨啊！"种种往事在雾中闪过，我又悲又气，终于号啕大哭起来。

我濒死的时候没有哭，当我受了重伤，孤零零地躺在茅屋中时也没有哭。我与妖怪共生，过着奢靡无度的生活，以为自己早已忘掉了这些满含辛酸的过去，哪知它们仍然像是死魂灵般潜伏在我的周围，只等时机一到，就从暗处钻出来将我吞噬。

"那密函……父亲早就知道……去送的人多半会死，他舍不得大哥二哥，所以才派我去送……"泪水模糊了我的双眼，我仿佛又看到了那天的父亲，他迎着风雪站在家门外，像是一棵古松般巍峨肃穆。他凝视着我的双眼中满含不舍和愧疚，当时我看不懂他的眼神，但我倒在血泊中时就明白了一切。

所以任我在洛阳活得如鲜花着锦、烈火烹油，也始终不敢再回长安。我害怕，怕再看到那些将我推向死亡的亲人。

·七·

"我这样活着还有何趣味？"我越想越难过，心中的悲伤如滔天巨浪，瞬间淹没了理智。

我举起手中的匕首向自己的脖颈刺去，可就在这千钧一发之际，一道寒光从斜刺里袭来，"当"的一声就格开了匕首。

"这雾气会扩大人心底的悲痛，所以我才让你小心。"夜雾飘散，露出了长歌英俊的脸。我的背后立刻浮出一层冷汗，后怕地紧紧抓住了手中的利刃，警惕地看向周围。

"既然躲不过，就只能跟他拼一拼了。"长歌将软剑收入袖中，薄唇微启，口中念念有词。只见无数渺小的光芒缓缓向他身边聚集，照亮了他的白衣和他精致清秀的五官，恍如谪仙下凡。

"哼，不过是些蜉蝣小妖，能搞出什么名堂？"我嘲讽地笑道。围绕在他身边的都是最低级的妖怪，即便得到了驱魔师的力量也无法变成人形。

"确实渺小了点，可它们胜在没有人形，也毫无人心……"长歌手臂轻扬，无数光点如萤火般向浓雾中四散飞去。

到此时我才终于明白了他的意图。在这片浓雾中，只要有"心"就会迷失，只有无心无情之物，才能找出藏在重重雾气中的始作俑者。

"找到了！"长歌突然大喊了一声，疾奔向东北方。

我忙跟着追了上去，只见不远处无数光点汇聚成一簇星云，正围着一个人飞舞，光芒好似千万把利剑，撕碎了纱幔般的夜雾，照亮了躲在雾气之中的人。那是一个身穿淡青色衣裙、头戴荆钗的村野少女。

　　"是你？"当我看清她的面容时，比方才发现自己迷失心智时更惊骇，因为这人不是别人，正是带我走进这片树林的青娘。

　　她不再悲伤哭泣，像是一株亭亭绽放在空谷的幽兰般骄傲而独立，她的眼中也不再充满痴恋，取而代之的是如刀锋般的冷酷。

　　"很意外吗，名震洛阳的冢狐公子？"青娘扭了扭腰肢，身体如迎风的柳枝般舒展开来，"没想到引你入局的是个乡野村姑？"

　　我这时才发现，当她不再畏缩卑微，居然是个能堪比花魁行首的绝色少女。

　　"在见到你之前，我还以为你是何等厉害的人物，哪知如此轻易就上了我的当，居然跟我夜探雾林。"她咯咯轻笑，笑得花枝乱颤，"原来不过是个自以为是的蠢货。"

　　"光刃！"她的话彻底激怒了我，我唤出了手下力量最强的妖怪。

　　"不要！"长歌上前一步，一把抓住了我的手，想要阻止我。

　　可是已经来不及了，光刃已经现身于浓雾中，抢起长刀就向青娘砍去。刀锋挟着死亡的乌光呼啸而去，可眼看就要砍到青娘身上时，她窈窕的身影竟然如镜花水月般消失了，围绕在我们身边的又只有遮天蔽日无边无际的浓雾。

　　"说你蠢，你果然就卖蠢。你就在这雾气里挣扎吧，享受一下被自己手下的妖怪分吃掉的乐趣。"青娘娇美的声音在雾中回荡，仿佛无处不在，却又不知其踪。

　　她话音刚落，一道弧光排山倒海般向我袭来，竟然是光刃对我举刀相向。我措手不及地愣在原地，长歌纵身一跃将我推倒在地，刀锋贴着我的面颊略过，削掉了几缕鬓发。

　　"光刃，你不听话了吗？"原本风姿俊朗的光刃此刻正双眼充血，满含仇恨地望着我，宛如一匹饥饿至极的狼。可他狞笑一声，手腕一抖，刀光化为点点寒星，再次向我袭来。

　　"黄鹂！"我唤出了第二个妖怪抵挡。

　　但没想到黄鹂更加可怕，她的身形还未在浓雾中完全显现，一双素手就直抓向我的双眼。我连忙向后倒仰，重重跌在地上，才堪堪躲过了这一击。

　　"大人，想尝尝在水中求生不得求死不能的滋味吗？"一个轻柔的声音在我耳边响起，素柳眯着细长的眼睛，如蛇般盯着我。她原本明亮黝黑的瞳仁也变成了两条黑色的线，宛如蛇瞳。她张开檀口露出白森森的獠牙，一口就向我的脖颈咬来。我忙伸手抵挡，可是却根本没有力气推开她。

　　就在这危急关头，一柄软剑如游蛇般窜出，剑刃抵在了素柳口中，她的獠牙咬上剑刃，发出了"当"的一声轻响。

　　噩梦并未到此为止，光刃的刀光、黄鹂的短刃和素柳的利牙如影随形地追杀着我。长歌带着我在雾气中奔走躲避，却怎么也逃不过他们的追踪。

　　"怎么办？我还不想死！"我像是抓着救命稻草般紧紧抓着长歌的衣袖。

　　那把薄如蝉翼的软剑在他手中仿佛被赋予了生命，舞出一团团剑花将我们包围，挡下了一次又一次致命的攻击。

　　"快解约！"长歌瞳仁一转，从容地朝我眨了眨眼，"你的妖怪们足够强大，戾气也足，或许能战胜这团雾。"

"什么？"我不敢相信自己的耳朵，妖怪是我力量的源泉，是我能够依赖的所有，如果我跟他们解约，就会变成一无是处的凡人。

"快！他们被雾气迷得失去神智，对你的恨意全都激发出来，难道你真的想变成他们的腹中餐？"

我心中一凛，看着面目狰狞宛如恶鬼的手下们，不由打了个冷战。

我举起匕首，手起刀落，在手臂上割开了一个刀口，几团浓腥的血从伤口中流了出来，而几乎在黑血流出的同时，我再也看不到妖怪们了。他们仿佛遁入雾气之中，变成了飘摇的影子，我无法再跟他们沟通，更不能驱使他们。

长歌拉着我躲在了一簇茂密的灌木中，将我们的身影巧妙地藏在了树木的阴影里。他放出蜉蝣小妖，它们像是千万点萤火般照亮了整片树林。

此时身为旁观者的我才终于看清了一切，只见光刃带着素柳和黄鹂在雾中东奔西突，但浓雾仿佛有生命一般，他们走到哪里雾气就追到哪里，始终将他们困住。

"原来如此……"我忍不住感慨，此时方知长歌为何处处要阻止我。

"想不到吧？这雾是活的，它本身就是个妖怪……"长歌眯着眼睛，了然地望着这团灵活变幻的雾，"现在就看你的旧部下们跟它能不能两败俱伤了。"

仿佛是猜到了他的心意一般，浓雾裹挟着三个妖怪，时而收紧时而放松。我们面前的雾气变得越来越稀薄，渐渐竟看得到头顶的朗月星空。

过了半个时辰，雾气聚集到沼泽边丈许的空间内，颜色也不再是幽暗的淡蓝，而变成了夜色般的浓黑。隐约可见黑雾中有人影在竭力突围，可人影渐渐减少，最后只剩下一个高大挺拔的身影。

"差不多了，让我来结束这一切吧。"长歌突然纵身跳出了灌木，少年的身影如白鹤般灵活飘逸。一道银白色的光芒在他手中暴起，如灵蛇出洞般疾刺向涌动的黑雾。

突然间地面微微颤动，林中的树木轻摆，树叶如同落雪般飞舞飘落。黑雾瞬间消散，星月辉光照亮了静憩的森林，也照亮了站在沼泽中心的两个人。

其中一人白衣胜雪，是长歌；另一人浑身鲜血，已经辨不清衣裳的颜色，正是我的手下光刃。他的脚下还躺着一只黄鹂和一条青蛇的尸体，而他双眼血红，正满含仇恨地盯着面前的长歌。

"去吧，你打不过我的，念你助我驱散了迷雾，放你一条生路。"长歌收起软剑，负手而立，年少英俊的面容上带着几分从容的笑，似乎完全不畏惧凶恶的妖怪。

光刃长舒口气，朝长歌拱手作别，身影微晃，很快化入清冷夜风之中。

月光如水，将天地万物都镀上了银辉，银白色的月辉中，只见沼泽里的湖心中正站着一群身穿青衣的人，他们大多是女人和孩子，仅有的几名男人手持利刃站在前面，女人们抱着自己的孩子，都面带惶恐，警惕地盯着长歌。

· 八 ·

"青娘输了，可任二位宰割……"青娘从人群中走出来，朝长歌躬身作了个揖，随即抬起一双妙目，毫不畏惧地看着他，"只求这位大人能饶了我的族人，我们驱使浓雾妖怪在林中作祟也是不得已为之。今年的子嗣格外多，如果被商旅们惊扰了孵化，怕是会影响我族繁衍生息。"

"我明白……"长歌朝她摆了摆手，面容谦和，似乎不打算追究她的恶行。

我见状又急又气，忙疾步走到了沼泽边，指着青娘骂道："你适才羞辱我，看小爷不将你千刀万剐！"

青娘冷笑一声，瞥了我一眼，眼中仍满含轻蔑。

"算了吧豕狐……"老头子一把拉住了我的衣袖，俯首在我耳边道，"如今你没有妖怪，我手下的也是一堆废物，他们人多势众，打起来占不到半分便宜……"

我看了看他们的人数，知道他说得没错，只能牢牢地闭上了嘴。

"他们在此繁衍产卵，即便你不来除妖，这雾气也会在鸟蛋尽数孵化时消失，我早就调查清楚，所以才不愿接这桩生意……"长歌又继续道，"但是既然我们已经将雾驱散，也不能将到手的酬劳推出去……"

"你什么意思？"我怒目瞪着他。

"我知道你跟琉璃谈的是二八分成，我只要你到手酬劳的一半，这要求不过分吧？"他笑嘻嘻地说，眼底闪烁着狡黠市侩的光。我拿他没有任何办法，只能拂袖离去。长歌也小跑着跟着我离开，仿佛生怕我赖账不给他。

而在我们身后，站在湖心中的青衣人身上纷纷生出双翼，化为一只只大雁，成群结队地飞向了浩瀚苍穹。天边露出青白色的痕迹，微弱的晨曦驱散了黑暗，一行大雁划过了半明半暗的天空，将静憩美丽的树林远远地甩在了身后。

浓雾随晨光散去，而弥漫在人心底的雾气却终年永在。

失去了妖怪的我着实颓然了几日。当我再次见到长歌时，已是牡丹盛放、蔷薇似火的夏日。他来的时候是个斜阳如醉的傍晚，他身穿一件柳绿色纱袍，宛如风流公子般出现在我的房门外。

"真有你的，又找到了新的妖怪啊。"他眯着眼睛打量了一下我映在花窗上的身影，笑着摇了摇头。

"长歌大人，要不要吃果子？"三宝一见到他立刻捧着一盘刚摘的桃子凑了过去，圆圆的小脸上满是喜悦。正如长歌所说，那天受雾妖蛊惑，唯一没有背叛我的只有三宝。

"你来干吗？"我没好气地瞪了他一眼，他拿走了我到手的一半酬劳，捡了现成便宜，不知这次登门又所为何来。

"受人钱财替人消灾……"长歌潇洒地掏出把折扇，文雅地扇了两下，"有空吗？陪我去趟长安。"

我愣了一下，他应该明白我的心思，天下之大皆可游历，但唯有长安，我从不踏足。

"回去看看吧，我刚好有重要的东西要给你。"他仍笑眯眯地说，但笑容却有几分虚浮。

按照他的说法，对往事的耿耿于怀是我的弱点，如果被妖怪们发现就会抓住我的软肋。我经不住他的游说，终于还是在三日后启程前往长安。车轮辘辘，官道旁野草疯长，夏花缤纷，商队的马车激起尘土飞扬，散发着勃勃生机，与之前那个凄寒冰冷的雪夜截然不同。

七日后我们到达了长安，长安城中里坊俨然，楼宇林立，比我记忆中更加繁华。但我越走步伐越是沉重，当来到家门外的高墙前，我已经寸步难行。两侧的高墙中夹着一条甬道，当时我就是从这里乘着马车离开，最终踏上死亡的道路的。

"去看看。"长歌在背后推了我一把，可我脚步虚浮，几欲跌倒。

我不知该如何面对大哥、二哥和父亲，更不知道该如何称呼丽容。时间并未消弭悲伤，揭开血痂的痛苦更甚往昔。

长歌看似清瘦，臂力却大得惊人，他托着我的胳膊，轻易就将我带到了大宅的门前。门外有个看门的老人正坐在台阶上晒太阳。

"请问这里可是李长史家？"他彬彬有礼地问。

"李长史？"老人挠了挠头，眯着眼睛打量着我跟长歌，一副不可思议的表情，"你们竟不知李家已在大火中灭门？"

夏日灼热的阳光晒得我头晕眼花，我双膝一软，"扑通"一声跪倒在地。

"哎，说来也可怜，李长史家突然走水了，而且火势汹涌，根本都扑不灭，里面的人居然一个都没逃出来，全被烧成了焦炭。现在长安城中还流传着关于那桩惨剧的传说，百姓们都说是有妖怪作祟……"老人说起怪谈，就像是打开了话匣子，根本收不住。

"此时住的又是何人？"

"我家主人姓崔，若不是手头紧，也不会买了这荒废的宅子来住。"看门老头颇替主人不平，"结果翻修完了，花费跟买栋新宅子差不多，亏了、亏了……"

我勉力站起来，一把揪住他的衣领，厉声问："真的没一个逃出来吗？"

"当然，我骗你这后生干吗？不仅是李长史和他的长子一家，甚至连他家最没用的小儿子都一并葬身火海！"老头不耐烦地推开了我，"有这么问人话的吗？真是个疯子！"

长歌连连替我道歉，还塞给了老人几十铢作为打赏。

我甚至不知自己是如何离开的，待回过神来，才发现自己正跟长歌坐在长安城一家酒楼中。窗外落日沉沉，像是一只哀暝的眼，凝视着这浩瀚天地。

"这是你的旧物，也到了该还给你的时候了……"长歌从行囊中掏出了一只木匣，摆在了桌上，"希望你得知真相后能忘记仇恨，我们终身都将与妖怪为伴，在暗夜中行走，如果心怀恨意，稍有不慎就会被妖怪吞噬。"

我永远不会忘记这只匣子，当我抱着它离开长安城时，仿佛怀抱着所有的希望，而如今它又被放到了我的面前，仿佛命运绕了一圈又回到终点。

我颤抖地打开了匣盖，它发出嘎吱声响，缓缓弹起。这一瞬时间仿佛是静止的，连我拿出木匣中的密函，打开火漆封印的动作都恍如在梦境之中，毫无真实感。

那并不是密函，而是一封荐函，是父亲将我托付给洛阳的旧交，让他帮我谋生路的荐函。

我双目干涩难耐，仿佛有泪水流出来，又飞快地被炎夏灼人的热浪蒸发。在这如夏花般绚烂的夕阳中，我看到了漫天飞雪，雪中站着一位古松般挺拔的老人，他肃穆而坚强，悲伤又满怀希望，目送着他最小的儿子踏上了最后的生途。

"所以，你现在明白了吗？"长歌轻轻地说，"你的父亲得知了惊天的秘密，料到会有灭门之灾，才编了一个送密函的借口，将最年幼的你送出了长安城。可惜，他没想到对方会赶尽杀绝……"

"不要紧……"我仔细叠好了写在细绢上的荐函，将它放入怀中，轻轻地答道，"就像你所说的，我拥有的时间很多，一切都来得及。"

长歌似乎预感到了什么，惊诧地看向我。而我的身影已化入风中，悄无声息地离开了酒楼。

长夜漫漫，既然没有足够的爱伴我入眠，那么有滔天的恨也是好的。它令我在寂夜中不再孤单，更让我在夜路中不会迷失。

·尾声·

阳光如万千利剑，驱散了雾气。玉姬伏在我的膝头，听故事听得入了神。

"大人，那你最终报仇了吗？"她好奇地问。

"当然……"我点了点头。

在后来的百年间，我施展手段，几乎杀光了宇文一族。而追求绝对力量的我，也如老头子所言，在一个夜晚被从自己体内诞生的凶兽吞噬了。

那晚窗外白雪纷飞，室内红绡帐暖，当我的灵魂消逝之时，眼前浮现出的却是老头子年轻而清秀的面容。

"大人真的那么恨他？"玉姬听完我的故事，困惑地摇头，"我怎么觉得大人只是因为寂寞才跟他纠缠不清？"

"不，我确实恨他。"

或许更多的是妒忌，因为无论我如何充实自己的力量，也无法超越那个人。他恍如海水般深沉莫测，当你一拳对着他打下去，往往又会被涌起的浪涛伤到自己。

"大人的心真的如迷雾般难以捉摸。"玉姬轻盈地溜下床榻，施施然朝我行了个礼，"玉姬生命清浅，无法理解大人的渴求，只希望大人早日从雾中走出来。"

"你退下吧……"我朝她挥了挥手，点燃了一炉龙涎香。

龙涎香是海外珍品，只有在泉州港才能买到的上好香料。香气袅袅婷婷，宛如一个婀娜的美女随风曼舞。氤氲的烟气将我包围，我深深地吸了口烟气，陶醉地沉浸在馥郁芬芳的白雾中。

冢狐也好，顾羲禾也罢；爱也好，恨也罢。正如"那个人"所说，我有足够多的时间，终有一天会走出这迷雾般的人生。

【《长夜幻歌·贰》全文完】

THE FANTASTIC SONG
IN LONG NIGHT 2

# 长夜幻歌 贰

## THE FANTASTIC SONG IN LONG NIGHT 2

作者
多 多

选题策划
知音动漫图书·时代坊

封面绘图
官 鬼

封面设计
余诗立

内文版式
余诗立

特约编辑
熊艾妮　程 英

责任发行
周冬梅

出版社
中国致公出版社

总出品
湖北知音动漫有限公司

制作出品
知音动漫图书·时代坊

官方论坛
http://xsbbs.zymk.cn

平台支持

## 图书在版编目（CIP）数据

长夜幻歌.2 / 多多 著. — 北京：中国致公出版社，

2017

ISBN 978-7-5145-1022-5

Ⅰ.①长… Ⅱ.①多… Ⅲ.①长篇小说 – 中国 – 当代

Ⅳ.①I247.5

中国版本图书馆CIP数据核字（2017）第073922号

本书由多多授权湖北知音动漫有限公司正式委托中国致公出版社，在中国大陆
地区独家出版中文简体版本。未经书面同意，不得以任何形式转载和使用。

**长夜幻歌.2/ 多多 著**

| | | |
|---|---|---|
| **出　　版** | 中国致公出版社 | |
| | （北京市海淀区翠微路2号院科贸楼） | |
| **出　　品** | 湖北知音动漫有限公司 | |
| | （武汉市东湖路169号） | |
| **发　　行** | 中国致公出版社（010-85869872） | |
| **作品企划** | 知音动漫图书·时代坊 | |
| **责任编辑** | 宋修华　梁玉刚 | |
| **特约编辑** | 熊艾妮　程　英 | |
| **装帧设计** | 余诗立 | |
| **印　　刷** | 鸿博昊天科技有限公司 | |
| **版　　次** | 2017年8月第1版 | |
| **印　　次** | 2017年8月第1次印刷 | |
| **开　　本** | 710mm×1120mm　1/16 | |
| **印　　张** | 18.5 | |
| **字　　数** | 440千字 | |
| **书　　号** | ISBN 978-7-5145-1022-5 | |
| **定　　价** | 36.00元 | |